La plaga del cielo

DANIEL WOLF

La plaga del cielo

WITHDRAWN

Traducción de
Carlos Fortea

Grijalbo

Papel certificado por el Forest Stewardship Council®

MIXTO
Papel procedente de
fuentes responsables
FSC® C117695

Título original: *Die Gabe des Himmels*
Primera edición: noviembre de 2020

© 2018, Wilhelm Goldmann Verlag, una división de Verlagsgruppe Random House GmbH, Munich,
Alemania. www.randomhouse.de
Este libro ha sido negociado a través de un acuerdo con
Ute Körner Literary Agency,
S. L. U., Barcelona. www.uklitag.com
© 2020, Penguin Random House Grupo Editorial, S. A. U.
Travessera de Gràcia, 47-49. 08021 Barcelona
© 2020, Carlos Fortea Gil, por la traducción

Printed in Spain – Impreso en España

ISBN: 978-84-253-5944-6
Depósito legal: B-11.598-2020

Compuesto en La Nueva Edimac, S. L.

Impreso en Liberdúplex
Sant Llorenç d'Hortons (Barcelona)

GR59446

Penguin
Random House
Grupo Editorial

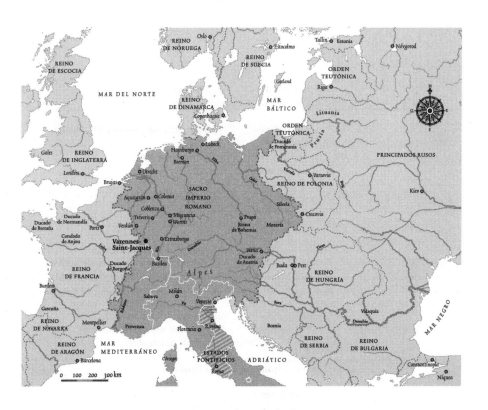

Dramatis Personae

La familia Fleury

Adrianus, futuro médico
César, su hermano, mercader
Josselin, su padre
Hélène, esposa de César
Michel, hijo de César y Hélène
Sybil, su hija

Varennes Saint-Jacques

Bénédicte Marcel, el alcalde
Louise Marcel, su hija
Luc Duchamp, el maestre del gremio de matarifes y peleteros
Edmé, el maestre del gremio de tejedores, bataneros y tintoreros
Laurent, el maestre del gremio de bañeros, barberos y cirujanos
Philibert Leblanc, médico de la ciudad
Jacques, un viejo cirujano
Fernand, un aprendiz de tejedor
Théoger Le Roux, consejero
Amédée Travère, consejero
Everard Deforest, tesorero de la ciudad
Thierry de Châtenois, bailío real
Gosselin, un aprendiz de panadero
Deniselle, una vieja herbolaria
Padre Severinus, un sacerdote
Pierre, un aprendiz de tejedor y flagelante
Jean, un carpintero ciego

La judería

Léa, una sanadora
Baruch ben Abraham, su padre; rabino y *apotecarius*
Solomon ben Abraham, su hermano, un mercader
Judith, esposa de Solomon
Esra y Zacharie, sus hijos
Aarón ben Josué, prestamista y mercader
Haïm, el carnicero
Malka, una joven
Eli, un ayudante de panadero
Alisa, una guapa chica
David Levi, su padre, mercader de piedras preciosas
Moser Fryvelmann, estudioso del Talmud de Estrasburgo
Ruth, una anciana
Uriel y Gershom, dos ancianos

Montpellier

Hervé Laxart, cirujano
Madeleine, esposa de Hervé
Jacobus, un estudiante de Medicina
Hermanus, un estudiante de Medicina
Doctor Girardus, un profesor en la facultad de Medicina de Montpellier

Otros

Meir ben Yitzhak, mercader judío de Erfurt
Matthias, un flagelante
Hermano Aldus, un monje de la orden de San Antonio
Tommaso Accorsi, un banquero florentino

Personajes históricos

Felipe VI, rey de Francia
Eduardo III, rey de Inglaterra
Clemente VI, Papa
Gérard de Saint-Dizier, decano de la facultad de Medicina de París
Pierre Gas de Saint-Flour, magister y médico parisino
Carlos IV, emperador del Sacro Imperio Romano-germánico

Prólogo

Agosto de 1331

Sacro Imperio Romano

El asesino acechaba en las tinieblas y escuchaba el aullido de los demonios.

Tenían que ser demonios: ninguna garganta humana habría estado en condiciones de proferir tales ruidos. Un griterío agudo penetraba en las mazmorras, una risa gutural, un gemido sollozante. Sin duda, en la noche bailaban las hordas de Lucifer.

«¿Han venido a buscarme?»

Dios tenía todos los motivos para arrojar su alma al infierno. El asesino había cometido un crimen e indignado al cielo. Pero aún seguía entre los vivos. Esperaba conocer al diablo cuando su cadáver se bamboleara en el patíbulo con el cuello roto. ¿Acaso Satán estaba impaciente y no quería esperar al verdugo?

El asesino apretó los dientes y se arrastró por la paja putrefacta. La mazmorra estaba mohosa y húmeda, y era tan baja que un hombre solo podía estar agachado en ella. A cada movimiento le dolía la espalda por las cicatrices de la tortura, bajo la que lo había confesado todo: sus verdaderos crímenes y unos cuantos inventados, para que la tortura cesara por fin. Las heridas curaban mal. Además, estaba débil. ¿Cuándo había comido por última vez? No se acordaba. A causa de la hambruna del invierno pasado, no se despilfarraba el valioso cereal en alguien consagrado a la muerte. Tan solo le daban un poco de agua de vez en cuando. Y hacía mucho tiempo que el guardián había llenado el cubo por última vez. El asesino estaba tan sediento que la respiración le ardía en la garganta.

Se arrastró hasta el único sitio en el que se podía estar de pie. Había un pozo encima de su cabeza, una ancha abertura en la roca, que llevaba en vertical dos brazas más arriba y terminaba en una oxidada reja de hierro que daba al patio del castillo. Durante el día, aquel pozo dejaba entrar una escasa luz en la mazmorra... y no solo luz. A veces, los hijos de la servidumbre orinaban en la reja, como el asesino había experimentado dolorosamente el primer día. Desde entonces dormía en el otro lado de la celda.

Se agarró al borde del muro y se incorporó gimiendo. El patio del castillo estaba bañado en luz de antorchas. Los aullidos y gemidos se hacían cada vez más fuertes. Muy cerca de la reja, una voz cuchicheó:

—Impuros. Son impuros, ¿no es verdad, polluelo mío? —Era el graznido de un demonio—. Sí, lo son. Nos hemos dado cuenta enseguida, tú y yo. No se nos escapa nada. Mi polluelo, mi pequeño y querido polluelo. Somos tan inteligentes, tan inteligentes... Nada que ver con esos campesinos. Esos necios apestosos y sin formación. Son impuros, impuros... —El demonio rio burlón.

El asesino tragó saliva. Cuando una sombra se movió a la luz de las antorchas, se agachó a toda prisa. Quizá si se mantenía callado los demonios no lo encontrasen allí.

Un pensamiento estúpido. Satán lo veía todo, lo oía todo, lo sabía todo. Lo rastrearía y se llevaría su alma al infierno.

El asesino se dejó caer en el suelo, con la espalda apoyada en la húmeda pared de piedra, incapaz de mover un solo dedo.

En algún momento oyó unos pasos torpes. Alguien bajó a trompicones las escaleras y chocó con la puerta de la mazmorra. El asesino resistió el deseo de encoger la cabeza y abrazarse las rodillas como un niño pequeño. Alguien metió con torpeza la llave en la cerradura y la puerta se abrió. El guardia estaba allí, con una antorcha en una mano y el cubo del agua en la otra. Miró al asesino como si lo viera por primera vez, inmóvil como una imagen de altar, hasta que de repente empezó a temblarle la mejilla. El guardia clavó la antorcha en el soporte de la pared, dio un paso dentro de la celda y siseó una maldición incomprensible. Luego dejó caer el cubo y se rascó los brazos y las piernas. Empezó a gemir, primero en voz baja y casi placentera, luego con estrépito y lleno de dolor, mientras se rascaba cada vez con más fuerza. Finalmente cayó de rodillas, luego de costado, y se revolcó en la paja presa de espasmos.

El asesino miró al poseído. El guardia se retorcía, pataleaba y golpeaba el suelo con los puños entre jadeos. Por fin se calmó. La saliva le caía en goterones de la boca abierta, su respiración era plana.

«Ayúdame», imploraba su turbia mirada.

El asesino cerró los ojos, volvió a abrirlos y miró la puerta abierta de la celda.

Entonces lo comprendió.

Satán no estaba allí para llevárselo.

Quería salvarlo.

El asesino se incorporó y se mantuvo lo más lejos posible del poseído mientras se escurría fuera de la celda. Paso a paso, apoyando ambas manos en la pared, forzó a su desollado cuerpo a subir los escalones. Entró en una sombría estancia; allí lo habían torturado, si su memoria no le engañaba. Siguió tambaleándose escaleras arriba, tan rápido como pudo, hasta una puerta que entreabrió.

Delante de él estaba el zaguán. Escudos de armas y cornamentas adornaban las paredes. A pocos pasos de él yacía un alguacil, y se comportaba como el poseído de la mazmorra, solo que sus espasmos eran aún peores. Se revolcaba en el suelo gruñendo y resoplando, cada músculo de su cuerpo parecía temblar incontroladamente.

El señor del castillo estaba sentado en medio de la mesa; con la espalda encorvada y las rodillas abiertas, al asesino le recordó a una grotesca gárgola. El hombre cogía pan, verdura y carne de las bandejas, se metía las viandas en la boca y las tragaba sin masticar. La grasa goteaba sobre sus vestiduras, los restos de comida se quedaban pegados a su barba. Su esposa estaba sentada en el banco con las piernas abiertas y se había rasgado el vestido, de modo que el asesino pudo ver sus pechos desnudos. Se rascaba los brazos y los hombros hasta hacerse sangre, y lloraba.

El asesino corrió agachado por el salón, manteniéndose en la sombra, hasta que comprendió que nadie advertía su presencia. El señor del castillo estaba incluso mirándolo fijamente mientras desgarraba con los dientes la carne de una pierna de ganso. Con cautela, el asesino se acercó a la mesa y encontró una jarra de cerveza llena, que vació de un trago.

Suspiró. ¿Había bebido alguna vez algo más refrescante?

Enseguida se sintió más fuerte. Cogió una salchicha y le dio un mordisco mientras arrastraba los pies hacia la salida.

El patio del castillo estaba lleno de gritos y sombras que sufrían convulsiones.

El guardia del adarve tiraba de su loriga como si tratara de descubrirse los brazos, que le picaban. Por fin, renunció y se frotó contra las almenas como un animal, con el rostro convertido en una mueca de dolor. Una joven criada salió tambaleándose de la cocina, se desplomó y se retorció entre espasmos. Junto al pozo estaba arrodillado el caballerizo, que metía una y otra vez la cabeza en el cubo del agua y gritaba:

—¡Arde, arde tanto! ¡Ayúdame, Señor! Haz que pare.

Sin dejar de masticar, el asesino bajó las escaleras y alzó la vista hacia la torre en la que había estado prisionero. Una figura estaba sentada en el suelo, al borde del círculo marcado por el resplandor de las antorchas... ¿Era el capellán? El hombre tenía en su regazo un pollo muerto y acariciaba con ternura sus plumas.

—Son todos impuros —balbuceaba—. Espantoso, sencillamente espantoso. Deberíamos irnos, polluelo mío. Deberíamos desaparecer antes de que nos ensucien.

El asesino siguió arrastrándose a través del patio. Sus piernas apenas estaban en condiciones de sostener su peso. En el establo encontró una horca que empleó como muleta. Así era mejor. Fue hacia el portón mientras se comía el resto de la salchicha. Se encontró a varios poseídos que reían y gritaban y lloraban, se rascaban hasta hacerse sangre, se retorcían en violentos espasmos o decían sandeces. Pero ninguno le detuvo, ninguno pareció siquiera fijarse en él.

Aunque era lo más profundo de la noche, nadie había subido el puente levadizo ni bajado el rastrillo: la puerta del castillo estaba abierta.

El asesino sonrió. Se apoyó en la horca, puso lentamente un pie tras otro y salió a la libertad.

Libro primero

EL CIRUJANO

Todo lo que los remedios no curan, lo cura el hierro; todo lo que el hierro no cura, lo cura el fuego; pero lo que el fuego no cura, ha de considerarse incurable.

Hipócrates de Cos

1

Junio de 1346

Cuando el último estudiante hubo tomado asiento, el doctor Girardus subió a la cátedra de la venerable facultad de Medicina de Montpellier y dejó vagar la mirada sobre los presentes. Lo que vio lo llenó de satisfacción. Delante se sentaban los estudiantes de las órdenes religiosas, en medio los hijos de los nobles, detrás los que venían de familias burguesas; al fondo los pobres, que dependían de las instituciones de caridad. El orden de los asientos correspondía exactamente a la sociedad estamental establecida por Dios. A Girardus le gustaba que todo respondiera a un orden.

Había incluso algunos judíos y musulmanes entre sus oyentes. La Universidad de Montpellier se preciaba de especial apertura y permitía estudiar también a los no cristianos. Naturalmente, no había mujeres presentes. Estudiantes femeninas..., la mera idea hacía sonreír al doctor. El caos y la confusión eran las consecuencias de semejante tolerancia malentendida.

Girardus hizo una seña al bedel y su ayudante golpeó el suelo con la vara. Inmediatamente reinó el silencio. Girardus abrió su libro.

—Vamos a escuchar un fragmento de *Sobre la naturaleza del ser humano*, de Hipócrates de Cos —anunció el doctor, y empezó su erudita exposición en lengua latina.

Girardus había decidido hablar de la teoría de los cuatro humores, basada en el conocimiento médico difundido por Hipócrates y refinado por Galeno, los dos patriarcas clásicos de la profesión médica. Quien dominaba la teoría de los cuatro humores estaba armado para cuidar enfermos y podía enfrentarse a cualquier sufrimiento.

—El cuerpo del ser humano contiene en sí sangre, mucosa, bilis amarilla y bilis negra, que representan la naturaleza de su cuerpo, y por ella sufre dolores y por ella está sano. Solo está especialmente sano cuando estas sustancias muestran la proporción correcta en su interacción mutua y en su cantidad, y están mezcladas de la mejor manera; siente dolores cuando una de estas sustancias se produce en el cuerpo en menor o mayor cantidad, y no está mezclada con todas las mencionadas —leyó Girardus.

Los estudiantes tomaban notas esforzadamente. Girardus decidió de manera espontánea apartarse un poco del texto autoritativo. La lección toleraba un poco de audacia académica. Había hecho sus propias consideraciones acerca de la doctrina de los cuatro humores y redactado un comentario que completaba la teoría de Hipócrates de forma inteligente pero respetuosa. Se podía decir que este representaba la sublime simbiosis de la sabiduría de Hipócrates y de su propia genialidad.

Cuando Girardus iba a empezar sus explicaciones, alguien gritó:

—¡Con todo respeto, doctor, no puedo seguir escuchando!

Frunciendo el ceño, Girardus levantó la cabeza. Aquello era una lección, no un debate… Las manifestaciones de los oyentes no eran ni habituales ni bienvenidas. Lo que no impidió que algunos estudiantes se rieran.

—Quiero decir, otra vez la doctrina de los cuatro humores —prosiguió el que había interrumpido—. No pasa una semana sin que uno de los doctores se refiera a los cuatro humores, los cuatro temperamentos o los cuatro elementos. Estoy seguro de que todo el mundo aquí puede recitar la teoría en sueños. ¿Vamos a aprender alguna otra cosa alguna vez?

Girardus era un anciano; sus ojos y oídos ya no eran los mejores, y necesitó un momento para localizar al perturbador. Adrianus, naturalmente. Un estudiante de Medicina de último curso. Sin duda una cabeza despejada. Por desgracia también un alborotador, cuyo exceso de sangre y bilis amarilla le inducía a llevar de forma constante la contraria.

—Llevo aquí sentado cinco años, oyéndoos a los doctores citar a vuestro Galeno y las otras autoridades de la Antigüedad —proseguía Adrianus—. Si al menos oyéramos hablar de *Sobre las articulaciones* de Hipócrates. Pero no, siempre los cuatro humores. Por las noches, sueño que me ahogo en un mar de mucosa. Cuando voy a tomar una cerveza, veo una jarra llena de bilis amarilla delante de mí. Y cuando contemplo a una muchacha, no puedo disfrutar de sus redondeces porque siempre me pregunto si su sangre y su bilis negra estarán en equilibrio.

Los estudiantes rieron. El bedel se vio obligado a golpear el suelo con la vara y pedir silencio con aspereza.

La voz de Girardus chirriaba de indignación.

—Magister Adrianus, debo recordarte que no somos más que enanos alzados a hombros de gigantes. No en vano el lema de la facultad de Medicina es: *Olim Cous nunc Monspeliensis Hippocrates…* «En el pasado Hipócrates era de Cos, hoy es de Montpellier.» Haríamos bien en respetar las antiguas autoridades. Estudiarlas a fondo es la única forma útil de aprender. Esto vale también y especialmente para ti.

—No tengo nada en contra de los antiguos, maestro. —Adrianus se levantó—. Pero ¿haría daño enseñar de vez en cuando algo nuevo? A ser posible, ¿algo que nos sirva para atender a los enfermos?

—La teoría de los cuatro humores es en extremo útil —repuso cortante Girardus—. Quien lo niega está fuera de lugar aquí. ¡Además, estudiáis los escritos de Constantino el Africano y Nicolás de Salerno, y recibís una formación profunda en Astrología!

—La astrología no es precisamente lo que Roger Bacon entendía por medicina práctica. Aconsejaba a los médicos confiar más en la propia observación que en los astros.

El silencio reinaba en la sala mientras los estudiantes escuchaban cautivados la disputa verbal. Girardus estaba decidido a batir con sus propias armas al descarado magister, a aniquilarlo con argumentos eruditos.

—Roger Bacon también creía que un día habrá vehículos que se moverán sin que tiren animales de ellos y que los humanos ascenderán al cielo con aparatos voladores. ¡Ese hombre era un fantasioso!

—Puede ser —dijo Adrianus—. Pero al menos tenía el valor de poner en cuestión las opiniones heredadas.

—Ah. —El doctor compuso una fina sonrisa—. Y sin duda tú te crees igual de valiente. Entonces revélanos, magister Adrianus…, en tu opinión, ¿qué debería enseñar la facultad de Medicina?

—¿Qué tal cirugía?

—La cirugía es el campo del médico de formación manual. El físico académico está obligado a dejar intacto el cuerpo humano, y distanciarse por tanto de métodos tan violentos. ¡Cinco años de estudio, y tengo que explicarte tales obviedades!

En su ira, Girardus cogió el manual con ambas manos y golpeó atronadoramente el atril con él.

—Soy muy consciente de que la cirugía le está vedada al médico erudito —respondió Adrianus—. Pero quizá esa norma sea anacrónica y necia y deba ser abandonada.

—El Papa en persona lo ha dispuesto así. ¿Y tú lo llamas necio? —gritaba ahora el doctor—. ¡Llevo veintidós años enseñando en esta universidad y nunca he visto un descaro así! ¡Debería hacer que el bedel te azotara delante de tus compañeros!

—Difícilmente podría impedíroslo. —Adrianus tuvo la desfachatez de sonreírle—. Por suerte conozco un buen cirujano que después curará mis heridas.

La carcajada de los estudiantes atronó en los oídos de Girardus. El doctor señaló la puerta con un dedo tembloroso.

—Fuera —gimió con voz ahogada—. Preséntate al instante ante el rector.

—Siéntate —ordenó el bedel, y desapareció en el despacho del rector.

Lo hicieron esperar mucho. Aquello era parte del castigo, estaba destinado a enseñarle humildad. Adrianus hizo lo mejor que podía, dejando vagar sus pensamientos y observando a los estudiantes que entraban y salían de la casa de piedra. Muchos de ellos eran monjes; estaban muy bien representados, especialmente en la facultad de Teología. También se habría podido tomar a Adrianus por uno de ellos porque, como todos los estudiantes y profesores, llevaba una tonsura y un sencillo hábito. Todos los miembros de la *universitas*, la comunidad de docentes y discentes, pertenecían al clero y estaban sometidos a la autoridad del Papa.

Pero Adrianus no era ningún monje. Era el segundogénito del mercader Josselin Fleury y venía de la ciudad libre de Varennes Saint-Jacques, en el ducado de Lorena. Su verdadero nombre era Adrien, pero, como en la universidad se hablaba exclusivamente latín, lo había adaptado. Hacía ya ocho años que había llegado a estudiar a Montpellier, primero las siete artes liberales en la facultad de Artes, luego las artes curativas en la renombrada escuela de Medicina. Porque su deseo más ardiente era ser médico.

De lo cual ya no estaba seguro. Las secas y polvorientas manifestaciones de un Girardus, las interminables lecciones de Astrología, la veneración acrítica por Galeno e Hipócrates por parte de los doctores, le parecían en ese momento una pérdida de tiempo. ¿De verdad quería pasar el resto de su vida poniendo en equilibrio los humores de sus pacientes a base de dietas y discutibles bebedizos, aunque hubiera métodos mucho mejores para aliviar el sufrimiento?

Suspiró. Le debía a su familia terminar por lo menos sus estudios. Faltaban pocos meses para el último examen. Aguantaría hasta entonces. Luego ya se vería.

El bedel abrió la puerta y le invitó a entrar con una severa mirada. Adrianus se acercó a la mesa tras la cual se hallaba el rector, que junto con el canciller dirigía las cuatro facultades y ejercía la jurisdicción sobre la *universitas*. Un hombre singularmente delgado, con un carácter desagradable, que para el gusto de Adrianus disfrutaba demasiado de su poder.

El rector clavó una mirada penetrante en él y dijo:

—Cuando te matriculaste en la facultad de Artes, hace ocho años, prestaste un juramento. ¿Lo recuerdas?

—Sin duda.

—Entonces juraste respetar a las autoridades de la universidad y someterte con humildad a ellas, ¿cierto?

Adrianus asintió escuetamente.

—Y aun así has atacado al doctor Girardus, un respetado profesor y médico, durante su lectura, y lo has puesto en ridículo… y no es la primera vez. ¿Qué te ha pasado?

—No quería atacar al doctor Girardus —se defendió Adrianus—. Tan solo he planteado la pregunta de por qué siempre tenemos que escuchar la doctrina de los cuatro humores y casi nunca oímos nada más.

—¡No te corresponde a ti criticar a tus profesores! —El rector golpeó la mesa con la palma de la mano—. No eres más que un magister. No puedes juzgar qué conocimientos necesitan para su trabajo los futuros médicos. Tu misión es seguir en silencio la lectura. ¿Me has entendido?

Adrianus se forzó a bajar la vista.

—Sin duda.

—El bedel dice además que hiciste escarnio del Santo Padre. Te lo advierto, Adrianus. Un hombre menos indulgente que yo podría considerar eso blasfemia. —El rector dejó que un silencio siguiera a sus palabras—. Pasemos a tu castigo —dijo al fin—. Ya que el pasado ha puesto de manifiesto que las sanciones habituales no te impresionan, es hora de golpearte donde duele: en la bolsa del dinero. Por tu impertinencia pagarás una multa de veinte sous.

Una libra entera de plata... un montón de dinero, incluso para el hijo de un mercader. Adrianus casi habría preferido que el bedel lo azotara. Con los labios apretados, puso las monedas en la mano del rector.

—Espero que te corrijas..., esta es mi última advertencia —dijo el rector—. Ahora, quítate de mi vista.

Fuera, esperaban a Adrianus sus dos mejores amigos. Jacobus y Hermanus tenían, como él, veintitrés años y estudiaban también el último año de Medicina. Adrianus fue a su encuentro con una sonrisa.

—¿Cárcel? ¿Varapalo? ¿Limpieza de letrinas? ¿Qué ha sido esta vez? —preguntó Hermanus, apoyado con descuido en un muro.

—Ese saco de mierda me ha impuesto una multa.

—¿Cuánto?

—Veinte sous —respondió Adrianus.

Su amigo hizo un movimiento de desdén con la mano. Hermann von Plankenfels, pues ese era su verdadero nombre, provenía de una familia de caballeros inmensamente rica... El dinero no significaba nada para él. De hecho, solo estudiaba porque no sabía qué hacer con su vida. Cuando lo aceptaron en la facultad de Artes, su padre había donado mil florines a la universidad, por lo que sus dirigentes le toleraban todo a Hermanus, que aprovechaba esa libertad sin vergüenza alguna. Estaba disponible para cualquier gamberrada y no temía las prohibiciones. Ahora, por ejemplo, llevaba un jactancioso vestido de llamativos colores, un audaz sombrero en la cabeza y un puñal recamado de joyas al cinto, aunque todo eso chocaba con los estatutos de la *universitas*.

—Olvida el dinero. Tu padre te enviará más —dijo con alegría Hermanus—. Lo importante es que vuelves a estar en boca de todos. Dentro de diez años, todavía se hablará del ataque de ira de Girardus. —Dio una palmada en la espalda a Adrianus—. Ha sido una broma espléndida, y justo lo que esa lectura, mortalmente aburrida, necesitaba. Mis felicitaciones.

—No ha sido ninguna broma, sino una redomada necedad —le contradijo Jacobus—, y no deberías ensalzarle por ella. ¿Cuántas veces te ha llamado ya el rector? ¿Cinco? ¿Seis? —Se volvió hacia Adrianus—. Sin duda su paciencia pronto se agotará. ¿Quieres que te echen de la universidad tan cerca del examen?

Aquel judío pequeño y vivaracho —cuyo nombre real era Jacob ben Amos— era en muchos sentidos la contrafigura exacta de Hermanus. Siempre estaba preocupado por algo, y por esa razón chocaba con él a menudo. Pero, cuando era necesario, se respaldaban el uno al otro.

—Ya no me van a echar. La cosa tampoco fue tan grave —dijo Adrianus, y pensó involuntariamente en la última advertencia del rector.

—Exacto —asintió Hermanus—. Además, se guardarán de poner en la calle a sus mejores estudiantes, adorno de la facultad de Medicina.

Adrianus batió palmas.

—Ahora, ya basta. Disfrutemos de este tiempo espléndido.

Hermanus asintió.

—Me has quitado las palabras de la boca. Vamos a la taberna. Sin duda podrás aguantar un trago.

—No tengo dinero.

—No hay problema. Nuestro amigo judío nos dará un poco.

—¿Cómo es que el amigo judío no sabe nada de eso? —repuso Jacobus.

—No te tomes siempre tan en serio todo lo que digo. Naturalmente, beberemos a costa de la tan distinguida como liberal familia Von Plankenfels... Que el Señor bendiga a mi padre y sus desbordantes arcas, y me conserve largo tiempo ambas cosas —declaró Hermanus, y palpó su repleta bolsa.

—En realidad enseguida empieza la clase de Astrología —objetó Jacobus.

—Nada que no hayamos oído ya mil veces, ¿no? —dijo Adrianus.

—Vuelve a ser cierto.

Se fueron paseando. Montpellier estaba sobre dos colinas, un enorme mosaico de tejados de un rojo reluciente y muros de arenisca que se desmoronaban en el aire salado y que a Adrianus le parecían inconcebiblemente viejos. Callejones laberínticos serpenteaban por entre la maraña de casas y pasaban de largo ante estrechas escaleritas, desmigajados arcos y muros de patios cubiertos de hiedra. El suelo bajo sus pies estaba pavimentado. Los desagües de las casas y de los talleres de los tintoreros se acumulaban en un arroyo y arrastraban toda clase de porquería. El sol del mediodía caía ardiente y empujaba las sombras hacia los ángulos y rincones, pero del mar venía un viento fresco que olía a pescado y algas, a agua sucia y a la madera incrustada de sal de los barcos mercantes en el puerto. Una especie de nostalgia se apoderó de Adrianus. Sentía el deseo de dejarlo todo atrás y empezar de nuevo en otro sitio.

—Hay una cosa que no puedo creer —dijo Hermanus.

—¿El qué?

—Que ya no puedas disfrutar de las chicas a causa del tema favorito de Girardus. Me temo que para eso no hace falta la doctrina de los cuatro humores, viejo amigo. Solo es necesario que una mujer medianamente vistosa venga por el camino para que te pongas como un tomate y no seas capaz de decir una sola palabra razonable.

Adrianus gruñó con disgusto. Su inseguridad ante el otro sexo no había quedado oculta a Hermanus y Jacobus. Lo que ocurría era que le conocían demasiado bien.

—Tenemos que hacer algo de manera urgente. Esto no puede seguir así.

—Gracias, pero me las arreglo.

—Timidez, individualismo, tendencia a cavilar... naturalmente, la culpa la tiene un exceso de bilis negra —explicó Hermanus.

—Naturalmente —gruñó Adrianus.

Entrada la tarde, Adrianus fue a una pequeña iglesia en la que se dictaban las clases de la facultad de Artes. Mientras los estudiantes entraban en tropel y tomaban asiento en el suelo, Adrianus subió al púlpito y extendió sus libros.

Las artes liberales estaban consideradas los siete escalones que llevaban a la sabiduría, porque servían para preparar para un estudio superior en las facultades de Teología, Derecho o Medicina. Adrianus los había subido con éxito, pero a veces dudaba de que eso lo hubiera hecho más sabio. Al menos había adquirido el título académico de *Magister artium*, que llevaba aparejada la obligación de instruir a jóvenes estudiantes.

Sus discípulos venían de Francia, Aragón, Italia, Inglaterra y los países alemanes; tenían entre catorce y dieciséis años y habían empezado el año anterior en la facultad de Artes. Adrianus contempló sus intimidados rostros. Aquellos chicos se sentían perdidos en una ciudad ajena. Sin duda más de uno se pasaba las noches despierto preguntándose si estaría a la altura de las difíciles enseñanzas. Porque la escuela municipal o catedralicia de su ciudad natal los había preparado, en el mejor de los casos, de manera superficial para el estudio.

«Exactamente igual que yo por entonces.» Adrianus todavía se acordaba muy bien de su primer año en la facultad de Artes. Grandes sueños, pero dolorosa nostalgia de casa y el constante temor a los magisters, que rápidamente tenían la vara en la mano. Adrianus, en cambio, nunca había pegado a un estudiante. Lo que esos chicos necesitaban era respeto y amabilidad, no rigor excesivo.

Él enseñaba el *Trivium*, que estaba formado por las asignaturas de Gramática latina, Retórica y Dialéctica. Abrió su *Ars medicinae*, un volumen recopilatorio con escritos traducidos de Galeno, Hipócrates y otros físicos antiguos. El día anterior había estado pensando en emplearlo para que sus estudiantes pudieran con ayuda de los viejos textos refinar su latín y adquirir al mismo tiempo algunos conocimientos médicos. Pero, a causa del incidente de aquella mañana, la idea le parecía insensata. Si aquellos jóvenes estudiaban Medicina más adelante, ya tendrían que tratar tiempo suficiente con Galeno. Además, en la mayoría de ellos el latín aún no estaba lo bastante asentado para un texto de tal complejidad. Por eso decidió seguir trabajando en los fundamentos, abrió el *Ars minor* del gramático romano Donato y empezó a hablar de los distintos tipos de palabras. Hacía repetir pasajes importantes a los estudiantes hasta que interiorizaran su contenido.

Terminó la lección al llamar las campanas al ángelus y se fue a casa. El sol acababa de ocultarse detrás de los tejados y bañaba la ciudad en una luz roja. En los patios y pasajes se reunían sombras, como visitantes con malas noticias. Adrianus atravesó el centro de la ciudad, donde los mercaderes dejaban su trabajo en ese momento y salían en tropel del mercado. Montpellier era célebre por su comercio de paños y atraía a mercaderes de toda la Cristiandad, pero también a judíos de Palestina y del sultanato de los mamelucos, que en primavera llegaban con sus barcos a los dos puertos de la ciudad y ofrecían en los mercados locales especias aromáticas, valiosos tintes y relucientes joyas. Los mercaderes compartían los albergues con peregrinos camino a Santiago de Compostela.

Adrianus dejó el bullicio atrás y dobló hacia los callejones de los cirujanos y los talladores de piedras, donde entró en una casa retranqueada detrás de un floreciente huerto. A diferencia de muchos de sus compañeros, que se alojaban en sucias pensiones o con los doctores, en diminutos cuartos de alquiler, Adrianus disfrutaba de una vida cómoda gracias al bienestar de su familia. Habría podido permitirse una vivienda propia, pero prefería vivir en casa del cirujano Hervé Laxart, al que echaba una mano como ayudante.

En el vestíbulo se encontró a Madeleine, que estaba en ese momento barriendo el suelo. Hervé y ella se habían casado hacía unos meses, y Adrianus todavía no se había acostumbrado a la presencia de una mujer en aquella casa.

—He hecho sopa. Aún queda un poco, si quieres.

—Gracias —respondió, monosilábico, evitando su mirada—. ¿Dónde está Hervé?

—Ahí al lado. Sigue trabajando.

Él subió la escalera sin responder palabra. No era culpa de Madeleine que él se comportase con tanta torpeza. Se tomaba muchas molestias y lo trataba con gran amabilidad. La culpa la tenía la maldita timidez con la que estaba dotado. Que Madeleine fuera muy hermosa no lo hacía precisamente más fácil. A veces se preguntaba si su embarazo respecto al sexo femenino no era la verdadera razón por la que había emprendido una carrera: en el aislado mundo de hombres de la universidad, apenas corría el peligro de encontrarse con mujeres.

En la cocina tomó a toda prisa un poco de sopa y pan. Masticando el último bocado, bajó a la sala de tratamientos, donde Hervé estaba atendiendo a un herido. Mientras que el físico académico evitaba el contacto demasiado estrecho con sus pacientes y trataba las enfermedades ante todo con sabios consejos, la vida cotidiana del cirujano de formación artesana estaba hecha literalmente de sangre salpicando, intestinos abiertos y huesos astillados. Él hacía todo aquello para lo que un médico de carrera era demasiado fino: enderezaba miembros quebrados, cosía heridas y extirpaba abscesos. Sin duda un trabajo sucio y a veces espantoso, pero, a los ojos de Adrianus, merecedor de la mayor admiración.

La sala estaba abarrotada de utensilios médicos; había un estante para ventosas y frascos de orina, otro para instrumentos quirúrgicos y vendajes, un tercero para escritos médicos. Del techo colgaban hierbas puestas a secar, varios arcones contenían redomas y matraces con los más variados medicamentos, ungüentos y tinturas. En el alféizar de la ventana había dos figuritas de Cosme y Damián, los santos patrones de los cirujanos.

Junto a la camilla estaba listo el instrumental: distintos escalpelos, la sierra de huesos, el trépano, el pelícano para sacar las muelas. Por el momento, Hervé no estaba utilizando ninguno de ellos. El paciente, un carpintero, tenía una herida abierta en el brazo; en la carne se le habían clavado esquirlas de madera que Hervé retiraba con una pinza. El carpintero apretaba los dientes por el dolor.

—¿Qué ha pasado? —preguntó Adrianus.

—El pobre se ha rasgado el brazo con una viga podrida.

—¿Queréis que os ayude, maestro?

—No hace falta, ya casi he terminado. Pero podrías preparar esponjas soporíferas. Apenas nos quedan.

Hervé era un hombre apuesto, de unos treinta años, pelo negro como la noche y rasgos aristocráticos, que engañaban acerca de su procedencia de una familia humilde y del hecho de que había llegado a ser un miembro respetado del gremio de los cirujanos a base de esfuerzo y capacidad. Al principio la mirada penetrante de sus ojos verdes como el bosque había puesto nervioso a Adrianus, pero pronto se había dado cuenta de que su empleador era hombre de buen carácter. Hervé tenía el don de atender por entero a su interlocutor y escuchar con la máxima concentración; podía incluso dar la impresión de que lo estaba mirando fijamente a uno.

Adrianus entró en su cámara, que estaba junto a la sala de tratamientos. Se sentó a la mesa, mezcló con agua opio, solano, beleño y mandrágora y empapó con la mixtura varias esponjas. Con las esponjas soporíferas se podía aturdir a los enfermos para ahorrarles los dolores de una amputación u otra intervención grave. El método no carecía de riesgos. Si se dosificaban mal los distintos ingredientes, era posible que el paciente no despertara de su desmayo. Por eso Adrianus trabajaba con la máxima minuciosidad.

Entretanto, Hervé ya había vendado al carpintero y le pedía ahora que regresara al cabo de dos días. No reclamó honorarios por sus servicios. Hervé era un cirujano público y recibía su salario del concejo.

Adrianus llevó el cuenco con las esponjas a la sala de tratamientos. Su patrono no se tomó la molestia de supervisarlo. Ya hacía años que había aprendido que podía confiar en su ayudante. Mientras lavaban juntos la sangre de la camilla, Hervé reprimió un bostezo.

—Puedo hacerlo yo —dijo Adrianus—. Id tranquilo a la cama, maestro.

—La verdad es que debería dormir… Ha sido un día duro. Gracias. —El cirujano le deseó buenas noches.

Adrianus limpió los instrumentos y recogió el taller antes de irse él también a la cama.

Hacía mucho que había oscurecido, pero no encontró el sueño. No hacía más que pensar en su enfrentamiento con Girardus y en su cita con el rector. Al principio, había empezado a ayudar a Hervé para ganarse un sobresueldo. Pero hacía mucho que ya no era cuestión de dinero. Trabajaba allí porque aprendía más de Hervé que de todos los doctores de la facultad de Medicina juntos.

Esa era la triste realidad.

Mucho después de medianoche, se quedó al fin dormido. Soñó con mujeres, todas ellas tan hermosas como Madeleine, e incluso era capaz de hablar con ellas sin ruborizarse.

2

A la mañana siguiente, Adrianus se reunió con los otros estudiantes delante de la sala de anatomía. Los jóvenes discutían animadamente.

—¿Te has enterado? —preguntó Jacobus—. Por fin han atrapado a Louis el Negro.

Adrianus frunció el ceño.

—¿Debería conocerlo?

—No sabía que te habías pasado media vida en una cueva —se burló Hermanus—. Que sepas que hace cuarenta años que el Papa reside en Aviñón.

—Louis el Negro es el peor ladrón de la región —explicó Jacobus—. Durante los últimos años ha asaltado a docenas de personas a las puertas de la ciudad y matado a no pocas. ¿Cómo es posible que no lo sepas?

—Mi atención se dirige más a las eruditas lecciones de nuestros doctores que a la cháchara de las tabernas —dijo Adrianus—. Pero, ahora, ¿dices que Louis el Negro está entre rejas?

—Lo rastrearon y prendieron ayer. Los cónsules quieren hacerle un juicio pronto y ahorcarlo esta misma noche.

—Iré a verlo —dijo Hermanus—. ¿Estaréis allí?

—Gracias, pero renuncio —dijo Adrianus.

—Yo también. —Jacobus miró al alemán con desaprobación—. Nunca entenderé que te pueda gustar algo tan espantoso como una ejecución.

—En este desolado lugar hay que aceptar cualquier distracción que pueda conseguirse —declaró Hermanus sin ninguna vergüenza.

En ese momento apareció el doctor Girardus. No se dignó mirar a Adrianus cuando abrió la sala de anatomía.

—Alguien siente rencor —murmuró sonriente Hermanus.

Los estudiantes tomaron asiento en los bancos. Girardus ocupó la tribuna en la cabecera y abrió un libro. Sus ayudantes, un relleno cirujano y dos estudiantes más jóvenes, depositaron un saco en la mesa que había en el centro de la sala y dejaron al descubierto su contenido. Apareció un cerdo muerto.

—Vamos a escuchar lo que Galeno manifiesta acerca de la situación y condición de los órganos humanos —anunció Girardus.

Los ayudantes volvieron el cerdo de espaldas. El cirujano esgrimió un escalpelo, abrió el abdomen del animal y empezó a hurgar en el cadáver, mientras Girardus peroraba acerca del corazón humano, el hígado y los pulmones. El cirujano señalaba con un puntero el órgano correspondiente para ilustrar el texto autoritativo.

—No puedo soportar más este absurdo —gimió Adrianus.

—Guarda silencio —advirtió Jacobus—. ¿O es que quieres volver a visitar al rector?

Adrianus se guardó sus observaciones críticas. De todos modos, no tenía sentido discutir con el doctor Girardus. Sabía de antemano cómo transcurriría la disputa:

ADRIANUS: ¿No sería más instructivo trabajar con un cadáver humano?

GIRARDUS: La facultad prohíbe disecar personas, como sabes muy bien.

ADRIANUS: En la Universidad de Bolonia está permitido. ¿No debería la prestigiosa escuela de Medicina de Montpellier ser igual de avanzada?

GIRARDUS: Los métodos de otras universidades no nos conciernen. La decisión de la facultad es firme.

ADRIANUS: Pero ¿cómo vamos a aprender de qué manera trabajan los órganos humanos si solo vemos el interior de un cerdo?

GIRARDUS: También el gran Galeno disecaba de manera exclusiva animales, y lo que era bueno y correcto para él difícilmente puede ser erróneo para nosotros.

ADRIANUS: Galeno lo tenía fácil. Era médico de gladiadores, y todos los días tenía ocasión de estudiar la anatomía humana en cuerpos destrozados.

GIRARDUS: ¡Fuera! ¡Fuera!

No, discutir con el doctor sobre la utilidad de disecar animales sería una pura pérdida de tiempo. Adrianus soportó la clase y garabateó en su tablilla de cera.

Entretanto, su profesor estaba hablando de los riñones. El cirujano, que iba un poco por detrás de la conferencia y se estaba ganando por eso las punitivas miradas de Girardus, intentaba a toda prisa liberar el órgano acuchillando el cadáver. Finalmente, lanzó una audible maldición y sacó los intestinos de la cavidad abdominal con ambas manos. La masa mucosa cayó con estrépito en el cubo, y el cirujano señaló, radiante, los riñones.

—Asado de cerdo —dijo asqueado Jacobus—. No lo dirás en serio.

—La clase de anatomía me ha abierto el apetito. —Hermanus cortó, codicioso, un trozo de carne con el cuchillo y se lo metió a la boca.

—¿Cómo podéis los cristianos comer una cosa así? —Jacobus pidió al posadero un cuenco de sopa de nabos.

Adrianus le imitó. Tenía que ahorrar.

Se sentaron en su taberna favorita y disfrutaron del sol que brillaba en el patio amurallado. Las vigas corrían por encima de sus cabezas, viejas y palidecidas por el sol; una parra silvestre se enroscaba a la madera plateada como la culebra a la vara de Esculapio. Una horda de estudiantes irrumpió con estruendo, todos ellos miembros de la facultad de Derecho. Enseguida, el gesto de Hermanus se ensombreció. En una ocasión había ofendido a un estudiante de Derecho, dándole nombres tan sonoros como «violaburros» y «estafador de putas», sin sospechar que el joven descendía de una familia de príncipes lombardos. Fue la primera y única vez en su carrera académica que el rector no solo no cerró los ojos, sino que además lo castigó por su falta. Desde entonces, Hermanus odiaba a todos los juristas.

Adrianus se tomó la sopa y observó un gato negro encaramado al muro. El animal miraba concentrado a una paloma en el techo de la taberna. Cuando se le unió un segundo pájaro, empezó a lavarse.

«Los gatos solo pueden pensar en una cosa —se le pasó por la mente—. Su cabeza es demasiado pequeña para una segunda idea. Si tienen que pensar en dos cosas al mismo tiempo, se confunden.»

Sin duda Galeno tenía alguna opinión al respecto. Seguro que ese viejo saco de mierda también había disecado gatos.

Adrianus apartó el cuenco vacío.

—¿Sabéis lo que vamos a hacer? —dijo, volviéndose hacia sus amigos.

—¿Cagar en un cubo y dejarlo en la biblioteca de los juristas? —gruñó Hermanus.

—No grites —murmuró nervioso Jacobus—. ¿Quieres que nos den una paliza?

—Que vengan. —El alemán jugó provocador con su puñal—. Al primero que llegue le ensartaré el riñón; ahora sé dónde está.

—Dejaremos lo del cubo para mañana —dijo Adrianus—. Esta noche vamos a robar el cadáver de Jacques el Negro.

—Louis —dijo Hermanus sin dejar de masticar—. Se llama Louis.

—Ese tipo es un criminal, así que colgarán el cadáver para su escarmiento. Será fácil llevárselo.

—¿Y para qué íbamos a hacer eso? —preguntó Jacobus.

—¡Para disecarlo! —respondió Adrianus.

El judío se quedó mirándolo.

—¿Te has vuelto loco?

—¿Cuándo hemos tenido la oportunidad de hacernos sin gran esfuerzo con un cadáver reciente? Piensa en todo lo que podríamos aprender. Tú también consideras necias las disecciones de animales.

—Sí, pero disecar cadáveres está prohibido... ¡por la ley cristiana y por la judía! Además, no podemos abusar sin más de un ahorcado.

—¿Por qué no? —repuso Adrianus, al que Jacobus empezaba a atacar los nervios—. Louis el Negro haría un servicio a la ciencia médica. Después de todos sus crímenes y asesinatos, haría alguna cosa sensata por última vez.

—Pero ¡y si nos pillan! ¿Y cómo vas a entrar en la sala de anatomía?

—Deja eso de mi cuenta —declaró Hermanus con ojos relucientes.

Adrianus sabía que no iba a ser necesario convencer al alemán. El proyecto era una aventura del gusto de Hermanus.

—No, no y no... ¡No participaré en una necedad como esa! —exclamó decidido Jacobus—. También vosotros deberíais olvidaros del asunto enseguida.

—Vamos, Jacobus, te necesitamos —dijo Adrianus—. ¿Cómo vamos a bajar el cadáver de la horca entre dos?

—Eso me da igual. Buscaos a otro.

—Maldita sea, eres un judío obstinado y además un cobarde, ¿lo sabes?

—Y tú... tú eres un pillo frívolo, ni una pizca mejor que Hermanus. ¡Siempre pones a los demás en apuros!

Discutieron tanto tiempo que se perdieron la lección sobre la teoría de los astros de Plinio.

Adrianus estuvo vigilando hasta que el farol del vigilante nocturno desapareció entre las casas.

—Se ha ido. ¡Vamos!

Los tres estudiantes corrieron por los oscuros callejones, Jacobus empujaba la carretilla. Después de una larga discusión, su amigo judío se había declarado al fin dispuesto a ir con ellos... «¡Pero solo para que no hagáis tonterías!», insistía todo el tiempo.

De noche, Montpellier se transformaba. Los angostos callejones y escaleras, inundados de día por la luz del sol, parecían ahora sombrías bóvedas en las que podía acechar todo lo imaginable. Desde luego, hacía mucho que los buenos ciudadanos estaban en la cama. Salvo los vigilantes nocturnos y algunos bebedores ruidosos, los tres amigos no encontraron ni un alma cuando dejaron el centro de la ciudad. Con más de treinta mil habitantes, Montpellier era cuatro veces más grande que la patria de Adrianus, Varennes Saint-Jacques, y las extensas fortificaciones de la ciudad abarcaban un extenso espacio cuyos distritos exteriores eran completamente rurales: granjas con huertos, sembrados y frutales formaban un cinturón verde en torno al casco antiguo.

Se detuvieron en uno de los tres bastiones, cuyos muros se alzaban negros como tallados en pura tiniebla por la mano de un gigante. Pronto distinguieron el cadalso, que estaba al pie de la fortificación. En lo alto de un poste estaba la rueda. A su lado la horca, una construcción tan tosca como efectiva hecha con dos pilastras de madera unidas por un travesaño: una puerta al infierno que se cruzaba colgando de una soga.

—Da miedo aquí fuera —murmuró Jacobus.

—¿Veis algún vigilante? —preguntó en voz baja Adrianus.

—Enseguida será nuestro. Esperad aquí. —Hermanus subió a la elevación y desapareció en las tinieblas.

Adrianus mantenía la calma, pero le daba la impresión de que su propia respiración era atronadora. «¿Cuántos infamados y condenados habrán exhalado ahí arriba su último aliento?» El cadalso era un lugar maldito, se decía. A lo largo de los siglos habían enterrado allí a tantos ejecutados que la tierra bajo la horca estaba hecha en su mayor parte de huesos y cráneos. Posiblemente andaban por allí almas perdidas, tan malvadas que hasta Satán las había rechazado.

De pronto, el plan le pareció claramente estúpido.

—Hermanus se está tomando su tiempo —murmuró Jacobus, cambiando el peso de un pie al otro.

Una sombra se desprendió de las tinieblas y fue hacia ellos. Gimieron de terror. Hermanus rio entre dientes.

—¿Era necesario? —le increpó Jacobus—. ¡He estado a punto de mearme encima!

—Hay un guardia —explicó el alemán—. Pero va a mirar un rato para otro lado. Es asombroso lo que un chelín de plata es capaz de hacer.

—Para ti es una cagada de mosca, pero para un alguacil mal pagado es una pequeña fortuna —dijo Adrianus.

—Hurra por los padres de la ciudad y su avaricia. Ahora, venid. Si tardamos, es posible que ese tipo pida un aumento.

Empujaron la carretilla hasta la elevación. No se veía al guardia por ninguna parte. En las tinieblas se oía un leve chapoteo; al parecer, estaba haciendo aguas.

Cuando Adrianus distinguió al ahorcado, se le puso una sensación de vacío en el estómago. Louis el Negro había sido un hombre recio, cuya presencia física tenía que haber bastado para intimidar a los viajeros solitarios. Ahora colgaba flácido, apestando a orina y excrementos, con el cráneo anguloso grotescamente torcido hacia un costado. A pesar de la oscuridad, Adrianus pudo distinguir la lengua, que salía de la boca del cadáver como un cuerpo extraño.

—Una cosa os digo: no voy a tocarlo —murmuró Jacobus—. Tocar cadáveres trae desgracia.

—Entonces trepa y corta la cuerda —dijo Adrianus.

El judío refunfuñó un poco antes de aceptar por fin. Hermanus hizo un estribo con las manos para que Jacobus pudiera alzarse hasta el travesaño. Aunque de baja estatura, era asombrosamente fuerte y un gran escalador. Pronto estuvo sentado en el travesaño cortando la soga con el puñal de Hermanus. Cuando esta cedió, los otros sujetaron el cadáver, gimiendo bajo su peso. Dejaron resbalar el cuerpo al suelo con cuidado, lo subieron a la carretilla y lo taparon con trapos.

—Largo de aquí —dijo Adrianus.

Dios estuvo de su lado mientras corrían hacia el centro de la ciudad: nadie los detuvo, nadie les causó dificultades. Hermanus iba delante y fue a echar un vistazo a la sala de anatomía. Después de una larga discusión, habían decidido disecar allí el cadáver. La casa estaba lejos del resto de los edificios de la universidad, así que no tenían que temer ser descubiertos.

—Todo despejado —anunció Hermanus.

Empujaron la carretilla hasta la puerta, en la que su noble amigo se atareaba con un trozo de alambre. Gracias a su predilección por las aventuras oscuras, tenía experiencia en abrir cerraduras y otras artes dudosas. La puerta se abrió, metieron el cadáver y lo subieron a la mesa. Adrianus puso varias teas en los soportes de las paredes y las prendió.

Por fin podía mirar con más detenimiento el cadáver. Tenía un aspecto espantoso, con el cuello roto, los ojos muy abiertos, las venillas reventadas en la cara y las manchas de excrementos en el sayón. Al menos las cornejas no habían empezado a aplicarse en su carne. Adrianus se santiguó y sacó del bolsillo su instrumental de cirugía.

—Cuando hayamos terminado, deberíamos despedazar el cadáver y vender los trozos —recomendó Hermanus—. Los curanderos y sacamuelas pagan buen dinero por partes de ejecutados.

—Estás enfermo —dijo Jacobus.

—Solo quiero ayudar. No soy yo el que se queja todo el tiempo de que tiene la bolsa vacía. —Hermanus sonrió.

No se sabía nunca si decía esas cosas en serio.

—Callaos. Tengo que concentrarme. —Adrianus cogió una tijera, liberó el cadáver de los apestosos trapos y sacó el bisturí más afilado.

—Atente exactamente al procedimiento que recomienda Galeno —aconsejó Jacobus.

Adrianus asintió en silencio. Aunque se suponía que Galeno solo había disecado monos y cerdos, había redactado unas instrucciones asombrosamente precisas para hacer lo mismo con cadáveres humanos. Adrianus las había estudiado con atención aquella tarde. Aplicó el bisturí y trazó un corte recto desde el pubis hasta el esternón. Brotó una sangre espesa. Hermanus la enjuagó con una esponja. Acto seguido, Adrianus hizo dos cortes en diagonal hasta las clavículas. Con cuidado, desprendió la carne de los huesos, la abrió como las páginas de un libro y dejó al descubierto la caja torácica.

En silencio, los tres amigos contemplaron las costillas y los órganos que cubrían. Aunque Adrianus había ayudado a menudo a operar a su empleador y había visto más de una herida abierta, era la primera vez que tenía una visión tan precisa del interior de un torso humano. También sus amigos estaban fascinados. Incluso el eternamente nervioso Jacobus había dejado de criticarlos, a tal punto le cautivaba lo que veía.

—Qué perfectos nos ha creado el Señor. —Suspiró.

De pronto ya no hablaba de prohibiciones ni de la Ley judía.

Adrianus asintió.

—Deberíamos haberlo hecho mucho antes.

—Ahora la sierra de huesos —dijo Hermanus.

Adrianus tomó la herramienta y separó las costillas del esternón.

—¿Las doblo sin más?

—Galeno recomienda la fuerza bruta —dijo Jacobus.

—Bueno, pues adelante. —Adrianus metió ambas manos en el corte.

—Sin titubeos —apremió Hermanus—. Según Galeno, es normal que algunos huesos se rompan.

—Hermanus, estoy conmocionado. ¿Vas a decirme que también tú has estudiado el procedimiento?

—Por supuesto. ¡Soy un concienzudo estudiante de Medicina!

—Pero para eso hay que leer un libro. ¡Un libro! ¿No te causa fuertes ataques de insomnio o el deseo de ir a la taberna más próxima?

—¡Eh! No ofendas mi honor de hombre de ciencia y buscador de la verdad.

—Querrás decir «hombre de rameras y buscador de jarras de vino» —observó Jacobus.

Adrianus empezó a reírse entre dientes. Estaba allí con las manos en la caja torácica de un ahorcado y no se les ocurría otra cosa mejor que decir chistes necios. También sus amigos sonrieron, y de pronto toda su tensión se descargó en una atronadora carcajada.

Pasaron algunos minutos hasta que Adrianus pudo volver a hablar.

—¡Más seriedad, señores! Este es un momento sublime de la medicina occidental.

Hizo acopio de todas sus fuerzas y dobló las costillas. Los huesos y cartílagos crujieron, y la cavidad torácica quedó abierta. Los distintos órganos estaban ante ellos, claramente reconocibles.

Allí estaba el corazón.

Ahí el pulmón.

Allá el diafragma.

—¡Dibújalo todo!

—Ya estoy en ello. —Hermanus había sacado papel y lápiz y hacía un esquema con trazos diestros.

A Adrianus le interesaban sobre todo los vasos sanguíneos. Descubrió la aorta, la arteria más grande, y la vena que salía del hígado. Galeno sostenía la teoría de que la sangre se movía dentro del cuerpo vivo siguiendo el curso de las mareas. Le habría gustado verlo.

La puerta se abrió de golpe, y varios hombres irrumpieron en la estancia: el doctor Girardus, el bedel y otros asistentes.

—¡Qué impía cochinada! ¿Y quién está en medio de ella? Mi especial amigo Adrianus. —Girardus estaba visiblemente satisfecho—. ¡Venid enseguida conmigo! Apenas puedo esperar para llevaros a presencia del rector.

El bedel agarró por el brazo a Adrianus y lo apartó del cadáver.

—Esto es el fin —declaró Jacobus con voz de ultratumba—. Cuando mi padre se entere, me desheredará. La vergüenza matará a mi madre. ¡Me echarán y me repudiarán! —Enterró el rostro entre las manos.

Amanecía cuando los llevaron al despacho del rector. A través de la puerta cerrada se oían voces amortiguadas. Era imposible no oír que los doctores debatían con vehemencia.

—Sé a quién le debemos todo esto —dijo Hermanus—. ¡A esos malditos juristas! Oyeron nuestra conversación en la taberna y se chivaron. ¡Una vileza así es propia de esa chusma de abogados! Propongo que nos saltemos el cubo de mierda y pasemos a medidas más duras de castigo.

—Cálmate, Hermanus —dijo Adrianus—. Este no es el momento.

Guardaron silencio.

En cierto momento, el bedel abrió la puerta.

—Magister Adrianus.

Adrianus entró. Detrás de la mesa del rector se habían reunido todos los profesores y dignatarios de la universidad, el *collegium doctorum* al completo. El rector estaba pálido de ira.

—Señores —dijo Adrianus—, permitid, por favor, que os explique...

—¡Ni una palabra! —siseó el rector—. No quiero oír tus excusas. Lo que ha sucedido esta noche es una monstruosidad sin parangón en la historia de la facultad de Medicina. Nunca antes la confianza de los doctores en los estudiantes fue pisoteada de manera tan vergonzosa. ¡Esto es un crimen, una blasfemia, una burla de todos nuestros valores cristianos! Hace mucho que sé que eres un notorio alborotador, magister Adrianus, ¡pero esto colma el vaso!

El rector elevaba la voz con cada palabra hasta que finalmente se puso a gritar a pleno pulmón mientras golpeaba la mesa con el puño. Adrianus soportó el estallido de ira con la cabeza baja.

—... ¡Indigno!... ¡Vileza!... ¡Vergüenza de la *universitas*!...

Girardus se adelantó y posó la mano en el hombro del rector.

—Tu ira es más que comprensible. Pero deberíamos poner rápido fin a este desagradable asunto. —El doctor miró lleno de satisfacción a Adrianus—. Por tanto, establezcamos un castigo adecuado.

Adrianus salió de la sala y cerró la puerta a sus espaldas. Hermanus alzó la cabeza con fingida indiferencia. Jacobus, en cambio, se puso en pie de un salto.

—¿Qué han decidido?

Adrianus respiró hondo.

—He asumido toda la culpa y asegurado al *collegium* que el robo del cadáver fue idea mía, y que os incité a cometerlo. Me han creído.

—¿Cómo es posible? —Hermanus frunció el ceño.

—Bueno, creo que iban a por mí de antemano. No querían perjudicaros seriamente a vosotros.

—¿Y eso significa...? —preguntó Jacobus.

—Se os amonesta y salís libres con una multa. Dos florines cada uno.

—¡Uf! —dijo Jacobus—. Es mucho dinero, pero es soportable. Creo que hemos vuelto a tener suerte.

—Espera. —Hermanus miró a Adrianus—. ¿Y qué pasa contigo?

—A mí me han expulsado de la universidad con efecto inmediato. —Adrianus compuso una sonrisa torcida—. Sí, amigos. Así es. Desde ahora ya no soy estudiante.

Por las mañanas casi no había movimiento en la taberna. Dos mercaderes del Algarve apilaban monedas de plata en su mesa y conversaban en su gutural idioma. El gato negro volvía a estar allí. Se tumbaba somnoliento en un rayito de sol, se lamía las patas e ignoraba a los humanos con esa arrogancia indiferente que solo está al alcance de los gatos.

El posadero pasó por encima de él y dejó la jarra de vino sobre la mesa. Hermanus llenó los vasos y añadió un poco de agua de manantial.

—¿Puedes impugnar la decisión del *collegium*? —preguntó después del primer trago.

—Es definitiva. Girardus me lo ha dejado claro, créeme —respondió Adrianus.

—Ese viejo chivo rencoroso. Ojalá se ahogue en su envidia.

—Lo siento muchísimo —dijo Jacobus, que estaba muy afectado—. Sin duda lo que hemos hecho está prohibido. Pero ese castigo es exageradamente duro. Tienen que saber que de ese modo arruinan toda tu existencia.

—Bueno, es lo que yo quería, ¿no? —respondió Adrianus.

—¿Qué quieres decir?

—Hace ya mucho tiempo que no estoy bien en la universidad. De la mañana a la noche, polvorientas lecciones de hombres que no han visto un enfermo de cerca desde hace veinte años. Ese no es mi mundo. Así que esto es lo mejor para todos.

—¡Pero tú eres el mejor de nosotros! —le contradijo Jacobus—. Nadie entiende el dolor de los enfermos como tú.

—Puede ser. Pero dentro de mí no hay un físico. Por fin me he dado cuenta. Dejémoslo.

Adrianus bebió. Los otros lo imitaron en silencio. Incluso a Hermanus se le habían pasado las ganas de gastar bromas idiotas.

—¿Qué vas a hacer ahora? —preguntó el alemán.

—Ya veremos. Ante todo, disfrutar de mi recién ganada libertad. —Adrianus sonrió—. Y luego… ya veremos. Quizá pregunte a Hervé si quiere formarme como cirujano. Me interesa mucho más que la medicina académica.

Jacobus le miró preocupado.

—Un oficio artesanal… ¿Qué dirá tu familia?

—Mi padre no va a estar entusiasmado, eso está claro. —«Y mi hermano aún menos», añadió mentalmente Adrianus.

—¡Oh, Señor, apiádate de nosotros! —Hermanus dejó caer la cabeza sobre el tablero.

—¿Qué pasa?

—Acabo de darme cuenta de lo que significa tu expulsión. Vamos a seguir estudiando solos. ¿Cómo vamos a soportar las lecciones de Girardus sin ti? Tendré que buscarme una nueva ocupación antes de morir de aburrimiento.

—¿No acaba de quedar libre un puesto de salteador de caminos? —dijo Adrianus.

—Bah. Ese oficio no tiene futuro. Termina uno en la mesa de disección de cualquier loco.

3

Agosto de 1346

La mujer tenía el rostro ceniciento. Con cuidado, se levantó las mangas. Adrianus vio enseguida lo que la atormentaba: se había dislocado el hombro izquierdo.

—¿Cómo ha ocurrido? —Como era su costumbre, Hervé la atravesaba con una mirada penetrante.

—Me he caído de la escalera —respondió la mujer.

Era joven y guapa. Adrianus tuvo que forzarse a no apartar la vista con timidez. Sin duda en el trabajo la dominaba bastante, porque sabía exactamente lo que tenía que hacer, y nadie esperaba de él observaciones ingeniosas. Aun así, se alegró de que Hervé tomara la palabra y él pudiera mantenerse en segundo término.

—Tenemos que colocar el hombro —explicó su maestro—. Es rápido, pero duele. Te daremos una tisana de semillas de amapola contra el dolor.

Adrianus machacó las semillas en el mortero y las mezcló con vino. Mientras esperaban que la bebida empezara a hacer efecto, prepararon el tratamiento. Hervé llevó a la paciente a una silla de elevado respaldo. Adrianus cogió una tabla especial, redondeada por un extremo y acolchada con una venda, pidió a la joven que pusiera el brazo encima y deslizó la tabla de blando extremo hasta su axila. Tenía desde siempre una marcada percepción del sufrimiento de los otros y podía sentir exactamente dónde les asediaba el dolor. Ese don lo convertía en alguien capaz de trabajar con cuidado y precisión y ahorrar a sus pacientes sufrimientos innecesarios. Con expertos movimientos, sujetó la tabla a la mujer pasando una correa por el brazo, el antebrazo y la muñeca.

Entretanto, el zumo de amapola había hecho su efecto. Los ojos de ella se enturbiaron.

Entonces Hervé le puso las manos en los hombros y apretó su cuerpo contra la silla, mientras Adrianus tiraba hacia abajo de la tabla a la que había atado el brazo. Pudo sentir que, a pesar de la infusión, ella sufría. Apretaba los dientes, valerosa.

Por suerte pronto todo había pasado. Adrianus tuvo que hacer unos cuantos movimientos de palanca hasta que el hombro encajó limpiamente en la articulación.

—Lo has conseguido —dijo sonriente Hervé.

—Gracias, maestro. —En su frente brillaban gotas de sudor.

—Lo mejor será que te tiendas hasta que se pase el efecto del zumo de amapola.

—Preferiría irme a casa.

—Bien. Pero ve con cuidado... no estás del todo en tu ser. Aquí tienes un poco de ungüento. Frota el hombro con él. Dentro de unos días el dolor debería haber desaparecido.

Anochecía ya cuando se fue la joven. Fuera esperaban otros pacientes. Hervé y Adrianus recogieron la sala.

—Tengo que hablar contigo —dijo de pronto el cirujano.

—¿De qué se trata? —preguntó Adrianus, aunque podía imaginarlo.

Hacía solo unas semanas que lo habían expulsado de la universidad. Hasta entonces había evitado hablar con Hervé de eso... por una parte por vergüenza, por otra porque no sabía muy bien qué hacer con su vida. ¿De veras quería ser cirujano? ¿Podía hacerle eso a su familia? Hervé por su parte podía sin duda imaginar lo que había ocurrido. Al fin y al cabo, hacía un mes que Adrianus le ayudaba en su consulta de la mañana a la noche y ya no iba a sus clases.

Pero Hervé no quería hablar del futuro de Adrianus.

—Ha llegado el momento de mi peregrinación —explicó—. Me marcho pasado mañana. Los cónsules me han dado el permiso hoy.

—¿Otra vez a Luzarches, a las reliquias de Cosme y Damián?

El cirujano asintió.

—Hace tres años de mi última peregrinación. Temo que los santos me nieguen su asistencia si no les muestro pronto mis respetos. Ya sabes lo que eso significa: estaré fuera dos o tres meses. Madeleine se ocupará de la casa y del huerto. Pero no recibirá enfermos. Así que tendrás que buscarte otro trabajo... o continuar tus estudios —añadió dubitativo.

—Ya no estudio. La universidad... —empezó Adrianus, pero su maestro hizo un gesto de negación.

—Eso es asunto tuyo y no me concierne. He hablado con el gremio. Algunos hermanos están buscando ayudantes. Lo mejor es que hables mañana mismo con el maestre. Naturalmente, puedes seguir viviendo aquí.

—Gracias. —Adrianus reflexionó—. Pero también puedo acompañaros, si os parece bien.

De hecho, la perspectiva de emprender un viaje le parecía muy atractiva. Después de los acontecimientos de los últimos tiempos, estaba harto de Montpellier. Dejar la ciudad durante un tiempo y ver cosas nuevas le haría bien.

—Por supuesto que puedes. —Hervé sonrió—. Es un largo camino, y me gustará estar acompañado.

Cuando terminaron de recoger, el cirujano subió a reunirse con su esposa. Adrianus encendió la vela que había delante de las imágenes de Cosme y Damián, se arrodilló y rezó a los dos patrones de los médicos y cirujanos.

«Luzarches.»

Quizá allí los santos le mostraran el camino.

—¿Dónde está Luzarches? —preguntó Jacobus cuando los tres amigos paseaban al día siguiente por la ciudad.

—Al norte de París —respondió Adrianus.

—Pero eso está muy lejos.

—Las peregrinaciones llevan consigo viajar durante un tiempo. Ese es el sentido de todo el asunto. De lo contrario, ¿cómo van a saber los santos que se obra en serio?

—Vosotros los cristianos y vuestras costumbres. —Jacobus movió la cabeza.

—Sea como fuere, Hervé supone que estaremos fuera entre dos y tres meses.

—Las malas noticias no se acaban —dijo Hermanus—. Ya es bastante malo que tengamos que soportar sin ti a Girardus. Y ahora me dejas solo con este judío aburrido. ¿Con quién voy a emborracharme cuando Jacobus vuelva a preferir sus libros a mi compañía?

—No deberías emborracharte, sino estudiar para el examen final —replicó sonriente Adrianus.

—Eso creo yo también —dijo Jacobus con desaprobación—. ¿Has hecho ya algo?

—No os preocupéis. Ya me lo sé todo. No tengo más que mirar a una mujer y puedo deciros exactamente cuáles son los fluidos que necesita.

El judío torció el gesto.

—Eres un sátiro asqueroso, ¿lo sabías?

—No voy a dejar este mundo —dijo Adrianus—. En otoño estaré de vuelta y entonces celebraremos vuestro nombramiento como doctores.

—Bueno —dijo Jacobus—. El examen es a principios de octubre. Falta poco.

—Pero no dejaréis la ciudad justo después, ¿no?

—Me temo que sí. Mi padre me ha escrito. Debo regresar a casa en cuanto haya aprobado. En la judería me está esperando un puesto de físico.

—¿Y tú? —se dirigió Adrianus a Hermanus.

—Por desgracia he recibido una carta muy parecida. —Adrianus no recordaba haber visto nunca tan compungido al aristócrata—. Por razones insondables, mi padre opina que mi formación ya ha costado bastante dinero a la familia. No quiere enviarme más. Lo que tengo debe alcanzarme hasta el examen. Luego quiere hablar conmigo de mi futuro. —La voz de Hermanus sonaba como si eso equivaliera a una sentencia de muerte—. Tendré que trabajar. ¿Podéis imaginároslo?

—Eres realmente digno de compasión —observó Jacobus.

—Pero, si suspendes (y todos sabemos que eso puede pasar), no le quedará más remedio que pagarte otro año en la universidad —dijo Adrianus.

—Se ha manifestado de manera inequívoca a ese respecto —explicó preocupado Hermanus—. Debo volver a casa sin importar cuál sea el resultado del examen. Si apruebo, he de trabajar como médico para la familia. Si no, ingresaré en el cabildo catedralicio.

Las comisuras de la boca de Jacobus temblaron.

—Solo podemos desear a tu familia que te conviertas en canónigo.

Recorrieron la calle en silencio. La tarde daba paso poco a poco a la noche. Las fachadas por encima de sus cabezas brillaban al sol, pero el camino mismo se había hundido hacía mucho en las sombras, azul como tinta diluida y fresco como un bienvenido trago de cerveza.

—Así que toca despedirse —dijo por fin Adrianus.

—Eso parece —murmuró Jacobus.

Hermanus se detuvo abruptamente.

—¿Vais a dejar de poner caras largas? Si un amigo se va, debemos gozar del tiempo que nos queda, en vez de exhalar tristeza. Yo digo: ¡festejemos hasta que la ciudad tiemble, y los buenos burgueses crean que los mongoles nos atacan!

—Es la mejor propuesta que has hecho nunca, viejo amigo —dijo Adrianus.

Incluso Jacobus se dejó arrastrar por el entusiasmo de Hermanus.

—¡A la taberna!

—Sabéis que soy un gran amigo de las tabernas, pero todo a su tiempo. —El alemán pasó los brazos por los hombros de sus amigos y bajó la voz—: Antes tenemos que remediar un gran descuido...

—¡Por Dios, apesta! —gimió Adrianus.

—Claro que apesta —dijo Hermanus—. Esa es toda la gracia. Un cubo de mierda con buen olor sería más que inútil para nuestros fines, ¿no? —Arrugó la nariz—. Pero tengo que admitir que este es un aroma exquisito. ¿Quién iba a pensar que la mierda judía, lorenesa y noble iba a dar como resultado una mezcla tan penetrante?

Jacobus bajó las escaleras de puntillas.

—La biblioteca está prácticamente vacía —contó—. Solo hay un estudiante sentado en un rincón, pero está tan embebido en sus libros que no se enterará de nada.

—¡Entonces, emprendamos la misión de venganza «Aroma»!

Jacobus montó guardia en la escalera, mientras Adrianus y Hermanus se colaban en la biblioteca de la facultad de Derecho. Entraron en una sala inundada de luz, en la que se alineaban estanterías y atriles con libros encadenados. Adrianus distinguió al estudiante lector, que de hecho no se enteraba de nada de lo que ocurría a su alrededor.

—En pleno centro, para que el aroma se extienda bien —susurró Hermanus.

Adrianus dejó el cubo en el pasillo central, entre los estantes. Hermanus no pudo por menos de dar una patada a la cubeta, haciendo que el asqueroso contenido se derramara por el suelo. Corrieron, aguantando la risa.

—¿Cómo ha ido? —preguntó Jacobus.

A modo de respuesta, un grito de asco y furia salió de la biblioteca.

—Larguémonos —dijo Hermanus.

Los amigos corrieron hasta estar seguros de haberse sacudido a eventuales perseguidores.

Jacobus sonreía de oreja a oreja. No quedaba en él rastro de su nerviosismo habitual.

—¡No puedo creer que realmente lo hayamos hecho!

—Podrás contar a tus nietos que en una ocasión cagaste en el mismo cubo que el gran Hermann von Plankenfels. Ven, recorramos las tabernas y difundámoslo. La ciudad entera se va a reír de los malditos juristas.

Hermanus abrió la puerta de la taberna, salió tambaleándose y estampó su jarra de vino vacía contra el muro, al otro lado de la calle. Adrianus le siguió sosteniendo a Jacobus, al que le costaba trabajo caminar erguido.

Dentro, el olor infernal en la biblioteca de los juristas seguía siendo el tema dominante. Las sarcásticas carcajadas de los estudiantes llegaban hasta la calle.

—¿Ha sido inteligente? —Jacobus tenía la lengua espesa por el vino. Había bebido lo mismo que sus amigos cristianos, pero aguantaba muchísimo menos—. Contárselo a todos, quiero decir. Ahora podrán... podrán suponer quién ha sido.

—Bah —se defendió Hermanus—. Ahora esto hará la ronda por las tabernas, y mañana ya nadie se acordará de quién puso la historia en circulación.

—La noche aún es joven, amigos —dijo alegremente Adrianus—. ¿Adónde vamos ahora? ¿A la taberna de Castel Moton?

—Se me ocurre una idea mejor. —Hermanus fue delante, abriéndose paso por entre las masas de bebedores que había en el callejón.

Jacobus iba apoyado en Adrianus, entonando una canción judía de borrachos. Era un cantante espantoso, pero lo compensaba con su gran entusiasmo.

Por fin, se detuvieron al borde de un edificio del centro de la ciudad. Jacobus se apartó de Adrianus y contempló con sonrisa beatífica a las dos mujeres ligeras de ropa que se apoyaban en el marco de la puerta.

—Esto es un burdel —constató Adrianus.

—No es solo un burdel... es el mejor de la ciudad. Aquí están las chicas más bonitas de los alrededores. No podemos dejarte ir sin curarte de tu timidez.

—No. Oh, no. —Adrianus levantó las manos en gesto defensivo—. No voy a participar en esto.

—Sí que vas a hacerlo. Yo pago, y me parece una gran descortesía que rechaces mi invitación. Jacobus, ayúdame. Nuestro tímido amigo necesita que lo animen un poco.

Los dos agarraron a Adrianus por los brazos y lo metieron con suave violencia por la puerta del patio. Para estar borracho, de pronto Jacobus se movía con marcada decisión. Adrianus renunció a defenderse. Las mujeres eran realmente muy hermosas y el vino le hacía sentirse un tanto travieso.

—¡Hermanus! —Riendo, las rameras besaron al noble en las mejillas. Él les pasó los brazos por la cintura.

—¿Me habéis echado de menos?

—¿Quiénes son tus amigos? —ronroneó la morena.

—Este es Adrianus. Es un caso especial. Necesita una chica que tenga experiencia con tímidos. ¿Se puede arreglar?

—Claro que sí. —La morena miró seductora a Adrianus, que en ese momento habría deseado huir.

—Ese... ¿es judío? —preguntó la otra, una belleza de cortos cabellos rojos—. Nuestro rufián nos ha prohibido dejar entrar a judíos.

—Aun así, lo atenderéis. O habréis visto por última vez a vuestro mejor cliente. —Hermanus se llevó la mano al pomo del puñal—. Si al rufián no le gusta, que me lo explique en persona.

—Costará un precio.

—Por plata no quedará. Vamos, antes de que mi querido Adrianus decida largarse.

Lo que ocurrió después a Adrianus le pareció un sueño.

—Soy Aura.

La morena le tomó de la mano. Sombras aterciopeladas lo envolvieron. Una esbelta muchacha esparcía hierbas en una sartén puesta sobre carbones, un agradable aroma ahuyentaba el hedor de la ciudad, olía a lilas y rosas, tomillo y lavanda, deseo y cumplimiento del deseo. Había fuegos que ardían detrás de tenues visillos, llamas de velas como fuegos fatuos en medio de la niebla. En algún sitio cantaba alguien. La voz sonaba amable, angelical, extrañamente asexuada.

Aura apartó un velo de seda, y Adrianus penetró en una pequeña estancia. Ella no habló, se limitó a mirarle a los ojos y a tocar sus mejillas con las suaves yemas de sus dedos, y su timidez desapareció. No había nada que temer. Con suavidad, lo dirigió al lecho, se sentó en él con las piernas abiertas y, con un diestro movimiento, se sacó el vestido por la cabeza. Su piel brillaba como el bronce. Sus pechos eran pequeños y perfectos. El pelo le caía en salvajes rizos sobre los hombros.

Ella le tomó el rostro entre las manos y le besó, sus labios sabían a sal y miel de rosas. Su cuerpo era fresco y flexible. Él se entregó a sus caricias, se perdió en ellas, se olvidó del mundo y de sí mismo.

Era la última hora de la noche cuando los tres amigos recorrían cansados los callejones. La oscuridad aún se cernía sobre la ciudad, pero las estrellas palidecían ya, y desde las colinas, al este, se alzaban en el cielo velos claros, titubeantes aún, como si el nuevo día fuera a asomarse cauteloso en el horizonte para saber si podía arriesgarse a salir de su escondite. Montpellier se revolvía pesadamente, como un gigantesco animal. ¿Debía seguir durmiendo o levantarse? No podía decidirse, y por el momento se conformaba con gruñir y parpadear. Los callejones estaban silenciosos. Aparte del vigilante nocturno, que hacía su última ronda, los tres amigos no vieron más que a una posadera que se había encontrado un borracho durmiendo en el umbral de su puerta y estaba mandándolo al diablo con las palabras «¡Lárgate de aquí, pedo de cura!».

Hermanus exhibió una amplia sonrisa.

—¿Y bien? —preguntó—. ¿Qué tal fue?

Adrianus alzó ligeramente la cabeza y miró ensimismado los tejados.

—Hmmm —hizo.

—¿«Hmmm»? ¿No se te ocurre nada más? Vamos. No dejes a oscuras a tus amigos. ¿Con qué refinadas artes amorosas te ha malcriado la pequeña Aura?

—Hmmm —volvió a hacer Adrianus.

—¿Sabes que eres una completa decepción? —se quejó Hermanus—. Tengo derecho a saberlo todo. Al fin y al cabo he pagado.

—Déjale en paz. —Jacobus, que volvía a estar en cierta medida sereno, palmeó la espalda de Adrianus—. El hombre sabio disfruta y calla, ¿verdad?

—A mí, en cambio, el Señor me ha privado de toda sabiduría, así que puedo hablar sin tapujos de mis aventuras románticas —anunció Hermanus—. Sin duda arderéis en deseos de oír cómo el gran Hermann von Plankenfels ha derramado placer y felicidad entre las rameras embrutecidas por la mediocridad erótica.

—¡No! —dijeron Adrianus y Jacobus como un solo hombre.

Durante un rato, el aristócrata refunfuñó ofendido. Solo cuando llegaron al centro de la ciudad su gesto volvió a iluminarse.

—Vamos a buscar algo de comer. El duro trabajo en el burdel me ha dejado hambriento.

—Tan temprano no es fácil que encontremos algo —dijo Jacobus.

—Sin duda el cura de la Sainte-Croix está ya en pie, y siempre tiene listos un cuenco de sopa y un trozo de tocino para los pobres estudiantes. —Hermanus se frotó las manos.

—¿Acabas de gastar en putas el salario de una semana de un mozo de cuerda y luego te vas a comer la sopa boba? —El judío movió la cabeza—. ¿Es que no tienes ninguna vergüenza?

—Yo no puedo —dijo Adrianus—. Hervé se va temprano y aún tengo que empaquetar mis cosas.

—Bienvenida, triste realidad —murmuró compungido Hermanus.

—Te llevaremos a casa —dijo Jacobus.

En silencio, fueron hacia el callejón de los cirujanos y talladores de piedras, donde ya se trabajaba... La enfermedad y la herida no dejaban espacio al descanso nocturno. El vecino de Hervé, un viejo cirujano de cráneo pelado y lleno de manchas, acababa de recibir a dos alguaciles de la ciudad, que sujetaban a un tercero. Al parecer se había herido en la rodilla y cojeaba con el rostro deformado por el dolor.

Los tres amigos se detuvieron delante del huerto de Hervé. En el portón de enfrente, que daba paso a una casa de baños, una antorcha flameaba con sus últimas fuerzas, y las sombras que arrojaba se agitaban como espectros beodos.

—Así pues, toca despedirse —dijo Hermanus—. Ojalá que no sea para siempre.

Adrianus negó con decisión con la cabeza.

—No me marcho del mundo. Si cuando vuelva no estáis en la ciudad, os escribiré. Sin duda podremos visitarnos pronto.

Hermanus asintió.

—Siempre serás bienvenido en el castillo de mi familia.

—Y también en la judería de Regensburg. —Jacobus bajó la mirada. De repente sus hombros temblaron.

—No me digas que estás llorando —observó Hermanus, medio divertido, medio sobresaltado.

De hecho, las mejillas de Jacobus brillaban húmedas cuando volvió a mirar a sus amigos.

—¿A quién queremos engañar? Probablemente nunca volvamos a vernos. ¿Quién de nosotros podrá salir de viaje durante semanas cuando tenga trabajo y familia?

—Bueno, mi maestro puede —dijo Adrianus.

—Va a hacer una peregrinación. Tampoco él puede permitirse un largo viaje de placer.

Adrianus no supo qué responder a eso. Hubiera querido renunciar a la peregrinación para poder pasar aquellos meses con sus amigos. Pero había hecho una promesa al santo. Romperla habría sido extremadamente poco inteligente. Ya tenía bastantes problemas sin irritar al cielo.

Se quedaron allí con caras compungidas. Finalmente, Hermanus carraspeó.

—Bueno —dijo—. Seguro que va a ser difícil pero, si de verdad queremos, volveremos a vernos. Hagamos un juramento: que nuestra amistad sea eterna y no dejemos de intentarlo todo para llamar regularmente a filas a la vieja tropa.

Se pusieron en triángulo y se pasaron los brazos por los hombros.

—Por la eterna amistad —dijo Adrianus.

—Por la eterna amistad —dijo Jacobus.

—Por la eterna amistad —dijo Hermanus—. Lo juramos. Cosme y Damián, servidnos de testigos.

Adrianus abrazó por última vez a sus amigos y entró, con el corazón lleno de melancolía.

4

Hervé poseía un mulo para cargar con el equipaje. Era una criatura extremadamente terca, con la que Adrianus tenía dificultades.

—¿Quieres hacer el favor de seguir? —resopló, tirando de las riendas.

No había nada que hacer. El animal se había quedado sencillamente parado en mitad del prado y no daba un paso más.

—Concédele un descanso —dijo Hervé—. También nosotros nos lo hemos ganado.

Le quitaron al mulo las alforjas, que no contenían solo mantas y provisiones, sino también el instrumental quirúrgico de Hervé, porque ofrecían sus servicios por el camino. De ese modo podían ganarse unas monedas y no tenían que vivir de sus ahorros. Se los necesitaba. Casi en cada mercado, por pequeño que fuera, en cada albergue al borde del camino, había alguien que quería que le quitara una dolorosa verruga, le colocara una articulación dislocada o le tratara una erupción que picaba.

Se sentaron entre los matorrales de la orilla, disfrutaron del cálido sol y compartieron un poco de pan y vino rebajado de su cantimplora. Ante ellos corría el Loira, una cinta resplandeciente y sinuosa, bordeada de verdes y jugosas praderas y adormiladas aldeas. Sobre las vegas cenagosas, enjambres de mosquitos formaban negras nubes.

—Si nos damos prisa, podemos llegar a Orleans esta noche —dijo Hervé—. Daríamos un pequeño rodeo, pero a cambio dispondríamos de las comodidades de una ciudad. Pero también podemos seguir hacia el norte. ¿Qué prefieres tú?

Adrianus sabía apreciar que su maestro lo incluyera en todas las decisiones.

—Vayamos hacia el norte. Cuanto antes lleguemos a Luzarches, mejor.

Oyeron cascos de caballos y distinguieron a varios caballeros franceses, equipados con toda su armadura, que iban por el sendero de carros. Tras ellos marchaban unos quince guerreros armados con cascos de hierro de ancha visera y alabardas al hombro. No era la primera tropa de esa clase que veían desde que habían salido de Montpellier hacía dos semanas.

—Hay algo en marcha —dijo preocupado Hervé—. Deberíamos preguntar por ahí si amenaza una guerra.

Después del breve descanso, Adrianus logró que el mulo se moviera. Siguieron el sendero hasta que, por la tarde, llegaron a un albergue al borde del camino. La inclinada casa de piedra se doblaba ante los robles, altos como torres, igual que un siervo atemorizado ante su amo. El interior era oscuro, lleno de humo y poco acogedor, pero dado que en el cielo se cernían pesadas nubes de lluvia Hervé y Adrianus no tenían el menor deseo de pasar la noche al raso.

Después de atender al mulo y dejar el equipaje en el dormitorio, Hervé se dirigió al posadero:

—Hemos visto caballeros que iban en gran número hacia el norte. ¿A qué se debe?

El posadero, un hombrecillo enjuto de cabello hirsuto, frunció el ceño con preocupación.

—Guerra... a eso se debe. Los ingleses (¡que Dios los castigue!) han cruzado el Canal y recorren Normandía saqueándola. Pero el rey Felipe no va a tolerarlo. Está levantando un ejército, el mayor que Francia haya visto nunca. Enviará a los ingleses a casa con la cabeza ensangrentada.

Sin dejar de maldecir a los ingleses, el hombre les sirvió dos jarras de vino rebajado y una bandeja con pan y queso de cabra. Entretanto, otros huéspedes ocupaban las mesas: campesinos de los alrededores y mercaderes de paso, pero también un noble con sus soldados, que bebían con entusiasmo y entonaron una grosera canción bufa dedicada al rey inglés Eduardo.

El humor de Hervé se había ensombrecido. Aquel hombre sensible odiaba la guerra y la violencia.

—Ojalá los ingleses se queden en el norte —dijo entre bocado y bocado—. Si los combates alcanzan París, eso podría dificultar nuestra peregrinación.

Se fueron pronto a la cama, pero los cánticos victoriosos de los soldados impidieron a Adrianus conciliar el sueño durante mucho rato.

Adrianus descendió con agilidad del árbol.

—Al este hay un pueblo —dijo—, a media hora de distancia como mucho. Seguro que en él encontramos lo que necesitamos.

Habían dejado el valle del Loira el día anterior y desde entonces iban por un territorio escasamente poblado, en el que no había gran cosa más allá de bosques y praderas pantanosas. Tenían que reponer sus provisiones cuanto antes, porque iban a quedarse sin víveres antes de llegar a París.

—Intentémoslo allí —decidió Hervé.

El pueblo —una agregación de veinte míseras chozas que rodeaban una plaza embarrada— parecía muerto. ¿Lo habían abandonado hacía ya largo tiempo? No daba la impresión, porque en los prados pastaban vacas y ovejas.

Había un olor insano en el aire, que recordaba el de la podredumbre y la putrefacción.

—¿Habrán ahuyentado los ingleses a todos sus habitantes? —murmuró Hervé mientras se detenían al borde de la plaza y miraban a su alrededor.

—¿Tan lejos de Normandía? Yo diría que no —repuso Adrianus—. Si los ingleses hubieran avanzado hacia el sur, nos habríamos enterado. Quedaos con el mulo, iré a echar un vistazo.

El cirujano asintió dubitativo.

—Toma esto. —Tendió su puñal a Adrianus.

Con la hoja en la mano, este cruzó la plaza y se asomó a una choza que tenía la puerta abierta. No había nadie. El parco mobiliario estaba destrozado; en el suelo de tierra apisonada había platos rotos, prendas de vestir y otros objetos.

Con un mal presentimiento en el estómago, Adrianus fue hacia la siguiente cabaña.

Oyó un gemido que se convertía en un grito animal. Se estremeció.

De un granero salió tambaleándose un hombre, desnudo como Dios lo había traído al mundo y tan sucio como si se hubiera revolcado en barro y excrementos. Resoplaba, chillaba y se rascaba con ambas manos el pecho y los brazos hasta hacerse sangre. Miró a Adrianus con ojos ardientes de fiebre; luego cayó al suelo y empezó a sufrir convulsiones como loco.

—¡Gran Dios! —se le escapó a Adrianus.

El diablo estaba asediando ese pueblo.

VARENNES SAINT-JACQUES, DUCADO DE LORENA

El criado aún no estaba del todo despierto cuando Luc se reunió con él al amanecer en el mercado del heno. Bostezando, abrió el matadero.

—Qué birria de ternero —observó—. Casi no merece el esfuerzo.

—Hoy en día es difícil conseguir buen ganado —dijo Luc.

—Sí, los grandes señores se compran toda la carne buena que hay en los pastos. Y a los que son como nosotros nos dejan roer los cartílagos y los tendones —refunfuñó el criado—. Malditos sean.

Luc empujó la carretilla con las herramientas. Su nuevo aprendiz metió la ternera y la ató a una argolla de hierro. El tipo estaba nervioso. Ese día iba a matar por vez primera.

—Bueno, empieza. La ternera no va a engordar por quedarse ahí quieta.

—Sí, maestro Luc. —El aprendiz vendó los ojos al animal y cogió un afilado cuchillo de la carretilla.

—¿Para qué es eso? —ladró Luc.

—Para el corte en el cuello.

—¿Qué eres? ¿Un judío que deja desangrarse a un pobre animal sin aturdirlo?

—No —dijo asustado el chico—. No soy ningún judío.

—Entonces, ¿por qué no coges la maza y le das un golpe en la cabeza?

—Me había olvidado.

—Olvidado —repitió Luc—. La semana pasada me viste a mí hacerlo una docena de veces, idiota. —El muchacho era un caso perdido. ¿Con qué clase de inútil iba a cargar?—. Te lo enseñaré una última vez. Ay de ti si sigues sin entenderlo.

Cogió la maza y propinó al ternero un golpe en la frente por el lado romo, de modo que se desplomó aturdido. Acto seguido trajo el cuchillo, recogió en un cubo la sangre que salía a borbotones y se puso a despellejar y descuartizar al animal. El aprendiz miraba atentamente y dejaba las piezas en el carro. Casi ninguna parte del animal se desperdiciaba. La carne y las vísceras llegaban luego frescas al mercado. Luc vendería la piel por buen dinero a un fabricante de pergamino, los huesos a un tornero que los convertiría en botones y peines.

La matanza duró hasta entrada la mañana. Luc fue al barril de agua y se lavó la sangre de las manos y los anchos manguitos de cuero sin los que nunca salía de casa.

—Limpia la herramienta —ordenó al aprendiz.

Entretanto, el matadero se había llenado de otros matarifes que iban a su trabajo. El ganado gruñía, balaba y chillaba; el aire caliente olía pesadamente a sangre y miedo. Luc conversó un poco con los hombres a los que dirigía como maestre de su gremio antes de volver con su aprendiz, que le esperaba. Aún no había terminado con el chico.

—¿Qué has aprendido hoy?

—Que hay que aturdir al ganado antes de matarlo.

—Extiende la mano.

Los ojos del mozo se agrandaron al ver que Luc echaba mano a su vara.

—¿Eso por qué? ¡Lo he entendido!

—Así nos aseguramos de que ya no lo olvidas.

El aprendiz apretó los labios y obedeció. Luc golpeó diez veces la palma de la mano con la vara, contando en voz alta cada uno de los golpes. Los otros maestros de la sala sonrieron. El chico luchaba contra las lágrimas, porque sabía muy bien que Luc odiaba que llorase.

—El próximo día de matanza lo harás bien, o puedes buscarte otro sitio donde trabajar de aprendiz.

Luc disfrutó de las miradas de sus hermanos. No lo habían elegido para ser su jefe porque fuera especialmente rico o exitoso —había otros así en el gremio—, sino porque pasaba por duro e implacable: un rasgo de carácter que nunca se podía demostrar lo bastante si se quería conservar el respeto de los hombres.

—Ahora tira del carro, maldita sea —ordenó—. Tenemos que ir al mercado.

Aunque la mano tenía que arderle como el fuego, ni una palabra de queja salió de los labios del muchacho cuando empuñó el mango. Luc empujó, y la carretilla empezó a dar trompicones por el mercado del heno.

La cabeza del ternero coronaba el montón de carne como un ídolo pagano, mirando fijamente el turbio cielo.

Por la noche, Luc estaba sentado en su taller y amontonaba monedas de plata en la mesa. Aunque toda la mercancía había encontrado salida, las ganancias habían sido moderadas. La carne no era demasiado buena. En fin, bastaría para mantenerse a flote durante un tiempo.

—Limpia la carretilla —indicó al aprendiz—. Luego vete a la cama. Si vuelvo y todavía estás despierto, te voy a enseñar quién soy yo.

—Sí, maestro —murmuró el joven con la cabeza baja.

Luc salió de su casa, un modesto alojamiento en el barrio de los matarifes y peleteros. En su camino se encontró tan solo con hermanos de su gremio y sus esposas, hijos y aprendices, que le saludaron con amabilidad. Los otros habitantes de Varennes evitaban la zona, porque allí apestaba casi como en el barrio de los curtidores. En los callejones se pudrían desechos de matanza, que encima atraían bandadas de ratas y otras bestias. Luc vio un perro vagabundo que mascaba un trozo de cartílago y que le gruñó babeando.

—¡Lárgate! —Luc lanzó una piedra y alcanzó al perro en un costado. El animal desapareció gimoteando entre las sombras.

En el mercado del heno, el aire mejoró visiblemente. Allí vivían los miembros más ricos de su gremio, e incluso algún que otro mercader. Cuando Luc estaba a punto de entrar en la taberna distinguió al alcalde, que salía en ese momento de la casa de un peletero acomodado. Bénédicte Marcel no estaba solo; lo acompañaban su mujer y su hermosa hija Louise. Bénédicte estrechó la mano al peletero y la familia cruzó la plaza.

—Buenas noches, señor alcalde —saludó Luc.

El aludido asintió de forma escueta.

—Con Dios, maestro Luc.

Luc sonrió a las dos mujeres, que no se dignaron mirarlo. Puede que fuera un ciudadano respetado y se sentara en nombre de su gremio en el Gran Consejo, pero seguía estando muy lejos de estar a la altura de Bénédicte. El alcalde pertenecía a la aristocracia de la ciudad y provenía de las principales familias de Varennes. Luc, en cambio, era solo un artesano, y los altos señores no dejaban pasar ninguna oportunidad de recordárselo.

Él lo aceptó con tranquilidad y entró en la taberna del gremio.

Varios maestros y oficiales estaban sentados a las mesas, bajo las bóvedas ennegrecidas por el hollín, y bebían cerveza rebajada. Luc se llenó una jarra en el barril y se sentó junto a unos matarifes. Los hombres estaban entregándose a su ocupación favorita: hablar mal de los patricios.

—Fíjate en ellos, los Travère y los Fleury y todos los demás —decía un maestro—. Llevan joyas como la nobleza y pieles de zorro como los canónigos, pero no saben lo que es un trabajo honesto. No deben su poder más que a los otros. No son mejores que los judíos, si queréis saber lo que pienso.

—No sé —dijo un experto oficial, que podía permitirse llevar la contraria a un maestro—. A mis ojos es muy natural que haya poderosos e inferiores. Dios lo ha hecho así.

—¡Deja en paz a Dios! Hombres falibles son los que han creado las condiciones que imperan en Varennes. Antes era distinto. Los artesanos éramos iguales que los mercaderes. Pero entonces nos echaron con argucias del gobierno de la ciudad. Solo nos dejaron unos cuantos escaños en el Gran Consejo. Y todos sabemos para lo que vale eso. ¿Tú qué opinas, Luc?

Todos los ojos se volvieron hacia él. Como maestre del gremio, su palabra tenía peso.

—Nos desprecian —explicó—. Escupen sobre nosotros. Y solo esperan una oportunidad para quitarnos hasta el último resto de influencia. Pero llegará el día en que recuperemos el poder en Varennes.

—Eso es lo que yo pienso. —Satisfecho, el maestro se llevó la jarra a los labios.

Luc habló de su encuentro con Marcel y de cómo su mujer y su hija le habían vuelto la espalda. Adornó un poco la historia, porque sabía que era lo que se esperaba de él. En realidad, la indignación de aquellos hombres le resultaba indiferente. Eran unos locos que no reconocían los signos de los tiempos. El futuro pertenecía al dinero, pero casi ningún artesano tenía la ambición de llegar a nada. Preferían revolcarse en la autocompasión y soñar con tiempos en los que se suponía que el mundo era más justo, los artesanos más prestigiosos y los poderosos más humildes.

Luc, en cambio, estaba decidido a ascender. No iba a pasarse el resto de su vida despiezando ganado y revolcándose en sangre y vísceras. Su destino era dirigir a la gente. Sabía hablar. Los hombres le escuchaban. De haberlo deseado, habría podido instigar en ese mismo momento a sus hermanos a que se levantaran de la mesa y mataran al primer mercader que vieran.

Pero no le veía ningún sentido a perjudicar a los poderosos. Más bien quería ser uno de ellos.

Luc era realista. Sus planes eran ambiciosos y los obstáculos abrumadores, se daba perfecta cuenta. La aristocracia municipal se protegía. Desde hacía generaciones, ninguna familia había logrado ascender al círculo de las estirpes dominantes. Pero, si había alguien que pudiera lograrlo, ese era él. Hacía diez años que había llegado a Varennes sin otra cosa que lo puesto, solo, un don nadie a los ojos de los allí instalados. Se había abierto camino hacia arriba, gracias a sus dotes había ascendido en un breve período a maestro y cabeza de su gremio.

Su camino estaba lejos de haber concluido.

Mientras sus hermanos se atiborraban de cerveza y parloteaban sobre nimiedades, él reflexionaba. Quería casarse con una joven de buena familia, que le diera acceso a los círculos más altos. ¿Louise Marcel? Un pensamiento atractivo, pero lejano a la realidad: la hermosa Louise era inalcanzable para él. Tendría que conformarse con la hija de una familia menos poderosa.

Difícil, sin duda. Le iba a costar trabajo convencer incluso a un insignificante patricio para que le diera por esposa a su hija. Antes tenía que llegar a algo, tenía que aumentar su prestigio para que aceptaran que fuera del mismo estatus que un mercader.

Dinero, ahí era adonde todo iba a parar. Necesitaría una casa mejor, ropa cara, criados. Extravagantes zapatos de pico, cubiertos de plata, un abrigo de piel. Había apartado unos cuantos florines, pero no iba a poder lograrlo solo con sus ahorros.

¿Cómo podía llegar con rapidez hasta un buen montón de oro?

Dio vueltas a la jarra en la mano, sin escuchar apenas lo que decían los otros.

Bueno, había una posibilidad. Pero le causaba un malestar casi físico.

5

Malka cogió la mano de Léa y la apretó; tenía los dedos húmedos.
—Tienes que ayudarme. Por favor.

Léa conocía esa mirada; el miedo hablaba en los ojos de Malka, terror pánico a la infertilidad y a la vergüenza. Llevaba un año casada y aún no había concebido un hijo. En la judería ya corrían rumores. Léa tenía que tranquilizar a esa pobre mujer. Era su punto fuerte. Los enfermos y sufrientes la apreciaban por su tranquilidad, se sentían confortados por ella. Y eso que no era nada maternal, y además bien joven. Léa tenía veinticuatro años, solo unos cuantos más que Malka.

—¿Con qué frecuencia yace tu marido contigo? —preguntó.

—Casi todas las noches.

—¿Y se derrama siempre?

Ruborizándose, Malka bajó la vista.

—Todo está bien en él. Tiene que ser por mí.

—No te culpes. —Léa posó la mano en la de Malka—. Nuestro cuerpo solo pertenece a la voluntad de Dios. No podemos forzarlo a lo que no esté dispuesto. Ten paciencia. Cuando llegue el momento, concebirás.

—¿Estás segura?

—Claro. Eres una mujer joven, rebosante de vida. También tu marido está sano como una manzana. Todo lo que necesitáis es tiempo.

Malka no estaba del todo tranquila.

—¿Puedes de todos modos darme una medicina?

Léa abrió el bolso. Hacía años que había aprendido que la mayoría de las veces lo más sensato era atender el deseo de sus pacientes de que les diera un brebaje o un ungüento. Quien sufría anhelaba algo tangible, una prueba palpable de que la curandera lo intentaba todo.

—Esta bolita está hecha de mandrágora, almizcle y trufa gris... La he hecho conforme a una acreditada receta —explicó—. Te la pondrás en la vulva y la dejarás nueve días en ella. Este remedio ha ayudado ya a muchas mujeres a concebir un hijo.

Malka sonrió.

—Mil veces gracias. Que el Todopoderoso te bendiga. —Abrió una arqueta, dio su pago a Léa y la besó en la mejilla.

Léa salió al callejón. Volvía a chispear. Estaba siendo un verano húmedo y frío... no tan malo como el anterior, pero casi. El año anterior había llovido incesantemente, en toda Lorena la cosecha se había echado a perder en los campos. Se había producido una hambruna, cuyas consecuencias Varennes seguía sufriendo. Léa había dejado de contar a cuántos desnutridos había tratado en los últimos meses, con poco éxito. ¿De qué servían las mejores artes cuando no había bastante comida en la mesa?

Se caló la capucha del manto sobre los abundantes rizos negros y pisoteó el lodo de la calle, pasando de largo ante la sinagoga y la mikvá. Su padre solía contar que en su infancia la judería solamente tenía esa calle; allí vivían como mucho quince familias. Desde entonces el barrio había crecido considerablemente. Se debía sobre todo a los muchos zorfatim que habían venido a Varennes cuando el rey de Francia había echado de su reino a todos los judíos, hacía cuarenta años. Dado que, como sus hermanos en la fe loreneses, eran askenazíes y hablaban el mismo idioma, se habían integrado con rapidez. El Consejo les había asignado tierras, de forma que ahora la judería abarcaba varios callejones y patios, que se pegaban a la sinagoga como niños buscando consuelo en su bondadosa madre.

Léa fue a la panadería kosher que había junto a la casa de baile. Una de las chimeneas del edificio humeaba, y el humo ascendía con lentitud al cielo y se desflecaba entre la lluvia. El panadero estaba echando en ese momento al cesto una paletada de panes humeantes.

—Ah, Léa —saludó, y se echó atrás la punta del gugel—. Seguro que vienes por Eli. Está en su cámara.

—¿Está mejor?

—Es difícil de decir. Lo mejor es que tú misma te hagas una idea.

Subió por una escalera en la pared exterior de la casa y accedió a un oscuro desván. El pinche del panadero, un muchacho rechoncho de dieciséis años, con ojos extrañamente juntos, yacía medio tapado en el lecho, sudaba y estornudaba.

—¿Tomas regularmente tu remedio? —Léa le palpó la frente.

—Todas las noches, como tú dijiste —respondió Eli con voz cascada.

—La fiebre ha bajado un poco. Estás en camino de mejorar. ¿Cómo va el cuello?

En vez de responder, el muchacho empezó a toser con tal fuerza que levantó el torso y estuvo a punto de darse con la cabeza en el techo inclinado. Gotitas de saliva alcanzaron la mejilla de Léa; se las secó sin prestar atención. Aunque el pobre tipo derramaba emanaciones malolientes, Léa no tenía miedo de enfermar por ellas. Su madre, una gran sanadora, no solo le había transmitido su inmenso conocimiento médico, sino también una salud robusta, que nunca dejaba a Léa en la estacada. De hecho, no podía recordar la última vez que había tenido aunque fuera un simple catarro.

—Lo siento —bisbiseó Eli.

—Tenemos que hacer algo contra esa tos. —Le ayudó a quitarse la camisa empapada de sudor y le frotó el pecho con un ungüento de penetrante olor—. Le diré a tu maestro que te prepare una infusión de rábano, ortiga y ajo. La tomarás de forma regular. Además, te recomiendo ponerte compresas en el cuello durante la noche.

El muchacho estaba quedándose dormido y apenas escuchaba. Ella salió del desván y dio al panadero instrucciones detalladas para tratar a Eli.

El pinche del panadero era su último paciente por ese día, así que se encaminó a casa a través de la lluvia.

Vivía con su padre, Baruch, junto a la sinagoga, en una casa de tres pisos con la fachada de madera entramada, pintada de blanco, casi tan impresionante como las casas de los prestamistas y mercaderes que hacían grandes viajes. Antes de entrar, tocó la mezuzá en el marco de la puerta y se besó las yemas de los dedos. La planta baja era una sola y gran estancia llena de estanterías en las que se almacenaban tarros con ungüentos, redomas con elixires y vasijas de barro con toda clase de sustancias. Del techo de madera colgaban hierbas puestas a secar; a Léa le recordaban a raíces que rompieran el techo de una cueva. Quien entraba en la casa por primera vez se veía fácilmente abrumado por el olor etéreo de las distintas especias y esencias. Pero Léa estaba acostumbrada a eso. Su padre era un *apotecarius*, y tenía la mayor tienda de remedios de Varennes.

Baruch estaba detrás del mostrador y pulverizaba con desgana granos de pimienta en el mortero. Era un hombre alto, pero la pena que pesaba sobre sus hombros lo había hecho encogerse. Su rostro alargado y sus ojos castaños y bondadosos casi desaparecían entre el revuelto pelo gris, que terminaba en largos caireles y una barba partida en dos. Junto al mortero había un libro abierto, del que leía mientras trabajaba. Estaba tan embebido en su lectura que solo se dio cuenta de la presencia de su hija cuando la tuvo justo delante.

—Oh, ya has vuelto —murmuró, y apartó a regañadientes la vista del libro.

Era un tratado sobre las letras hebreas y su valor numérico, advirtió Léa. Su padre estaba obsesionado con la mística de los números y el misterioso arte de la gematría.

—No había mucho trabajo —contó ella—. Le he dado a Eli algo contra la tos y a Malka un remedio contra las dificultades para concebir. Rezo porque se quede embarazada pronto. La pobre está ya enferma de preocupación.

—Mientras hay vida, hay esperanza —citó Baruch, ausente, el Talmud.

No solo era el *apotecarius*, sino también el rabino de la comunidad. Nadie en Varennes conocía las Escrituras mejor que él.

Léa habló de los otros enfermos que había visitado esa mañana. Él apenas escuchaba. Su mirada volvía constantemente al libro.

—¿Qué tal ha sido tu jornada? ¿Tuvimos clientes en abundancia?

—No me puedo quejar. —La miró, tímido—. ¿Te importaría ocuparte de la tienda? Me gustaría retirarme y proseguir mis estudios.

Ella reprimió un suspiro.

—Para variar, podrías ayudarme tú a mí. —Señaló con la cabeza el barril que había llegado por la mañana y esperaba ser abierto—. Tenemos que rellenar los botes con las nuevas especias.

—Puedes hacerlo sola. Ya sabes lo que el Todopoderoso exige de nosotros los eruditos. Debemos reflexionar día y noche sobre la Torá —explicó Baruch con fingida severidad—. Incluso la lujuria y la idolatría...

—... las disculpa más que postergar las Escrituras —terminó resignada Léa la frase—. Está bien, padre. Yo me ocuparé de todo. Luego voy a ir al cementerio. ¿Quieres venir?

Él ya no la oía. Con su libro entre las manos, subió corriendo la crujiente escalera y desapareció en el piso de arriba, y ella supo que no volvería a verlo durante el resto del día.

Esta vez suspiró de manera audible, mientras vertía en una vasija la pimienta molida. Sin duda el estudio de las Escrituras tenía una importancia inmensa para su pueblo. Sin eruditos como Baruch, que recordaban, conservaban y creaban cosas nuevas, el judaísmo habría sucumbido tras la destrucción del Templo de Jerusalén. Sus brillantes comentarios al Talmud eran leídos incluso en las comunidades SchUM del Rin, lo que había dado gran prestigio a su familia. Aun así, exageraba huyendo del mundo. Se pasaba todo el día sentado en su cámara, cavilando a la luz de las velas, inclinado sobre viejos volúmenes, y descuidaba el trabajo con el que se ganaba el pan. Sin Léa, que lo relevaba en la tienda, hacía mucho que habría tenido que vender la casa. Hasta cierto punto ella, que era de naturaleza enérgica y a la que gustaba preparar y vender medicamentos, lo agradecía. Sin embargo, estaba preocupada. «Es su forma de guardar luto», se decía. Antaño, cuando su madre estaba viva, Baruch no había estado tan ensimismado. Solo podía esperar que algún día superase su dolor con la ayuda de Dios.

Se ocupó de las especias y atendió a los clientes que vinieron a comprar remedios contra el dolor de cabeza, la diarrea y el prurito. Entrada la tarde, cerró la tienda y se puso en camino hacia el cementerio. Felizmente, había dejado de llover.

Un elevado muro, unido a las defensas de la ciudad, rodeaba la judería. Oficialmente, protegía de asaltos a sus habitantes. En realidad, servía sobre todo para mantener alejados de los cristianos a los judíos, para que los extraños usos de sus impopulares vecinos no molestasen a los incircuncisos. Léa cruzó la más occidental de las dos puertas, ignorando las sonrisas lascivas de los corchetes que montaban guardia en ella. Llevaban cotas de malla y alabardas y servían al Consejo, que atendía de ese modo su deber de proteger a los judíos de Varennes... Un deber que hacía pagar a buen precio a sus protegidos.

De hecho, la autoridad cristiana —ya fuera el Consejo, el rey o el Papa— era muy ingeniosa cuando se trataba de imponer nuevos impuestos especiales y restricciones a los judíos. Todas esas represiones hacían que Léa y sus hermanos de fe prefiriesen relacionarse entre ellos y evitar en la medida de lo posible el contacto con los cristianos. Léa solo salía de la judería cuando las circunstancias la obligaban a hacerlo, y al llegar al mercado de la sal empezaba a sentirse incómoda.

Exteriormente, nada la habría diferenciado de una mujer cristiana —llevaba la misma ropa, los mismos zapatos, los mismos adornos— de no haber sido por el trozo de fieltro amarillo que destacaba en su manto. Estaba prescrito a todo judío mayor de siete años, para poder reconocerlo como tal. Léa sentía las miradas despectivas de los clérigos de la iglesia parroquial, de los mercaderes en sus carros de bueyes, de los artesanos que iban de camino a la taberna. Era la hija de un gran erudito, respetado y querido entre sus iguales. Pero eso los cristianos no lo sabían. Para ellos Léa no era más que una no bautizada, una extraña entre ellos, una asesina de Cristo. Esta vez se ahorró los insultos y los empujones, pero era imposible no ver la aversión que se le brindaba por todas partes.

Bueno, era mutua. Léa no ocultaba que no apreciaba especialmente a los cristianos. Eran agresivos y arrogantes. No tenían modales. No eran instruidos. En la judería, todo el mundo sabía leer y escribir, incluso los simples pinches de panadería como Eli. Todos dominaban dos idiomas, el francés de Lorena y el hebreo, aunque la lengua de la Torá casi no se empleaba en la vida cotidiana. Eruditos como su padre dominaban incluso el alemán, latín, griego y arameo. ¿Y los incircuncisos? Como mucho uno de cada cinco sabía leer, uno de cada diez leer y escribir. El caso de las lenguas extranjeras era peor, si no se era un clérigo o un mercader. Y la medicina... estaba de tal modo presa de dogmas heredados que los cristianos enfermos daban pena. No era sorprendente que los más ricos de entre ellos prefiriesen médicos judíos. Cuando se trataba de la propia salud, de pronto los odiados hebreos resultaban ser lo bastante buenos.

Léa fue consciente de que la ira subía por ella. Le ocurría a menudo cuando iba al cementerio. Sencillamente, no podía olvidar lo que los cristianos habían hecho a su familia. Respiró hondo y trató de sacudirse los malos pensamientos. No quería llegar a las tumbas con el corazón lleno de ira.

Siguió la Grand Rue hacia el sur y llegó a la nueva muralla de la ciudad, que había sido construida hacía algunos años para proteger de ataques a los nuevos barrios. Un *pot-de-fer*, una de esas novedosas armas de fuego fundidas en bronce, estaba emplazado en el adarve de la Puerta de la Sal, que ella cruzó con rápidos pasos. Fuera, en el extenso recinto ferial, donde no había casi nadie cuando no se celebraba el mercado anual, se sintió notablemente más segura. Ya no había miradas hostiles. Disfrutó del aire limpio y el olor a tierra de las praderas húmedas.

El cementerio judío se encontraba al borde del bosque, y estaba rodeado de abedules y hayas de denso follaje, de modo que las tumbas languidecían entre sombras verdosas y casi nunca veían la luz del sol. Léa abrió la verja del quebradizo muro, que la saludó con un familiar chirrido. La senda serpenteaba por docenas de lápidas, en apariencia repartidas al azar entre la hiedra y la mala hierba, algunas nuevas y cuidadas, la mayoría antiquísimas y torcidas, y tan devastadas por el tiempo que habría sido posible tomarlas por piedras naturales si no fuera por los enrevesados ornamentos. De niña, Léa había buscado en una ocasión la tumba más antigua del cementerio y había descubierto una lápida que se desmoronaba bajo las raíces de un haya nudosa. La inscripción en la piedra revelaba que aquel muerto sin nombre había sido enterrado en el año judío de 4710. Hacía casi cuatrocientos años.

Estaba completamente sola en el cementerio. «Mejor así.» No estaba de humor para charlar con otros dolientes. Fue hacia dos cuidadas tumbas y depositó una piedra en la de la izquierda.

La tumba de su madre, Miriam. El día siguiente era el primer aniversario de su muerte. Una muerte repentina, absurda, incomprensible. Cuando ocurrió, Léa había tardado semanas en entender de veras lo que había sucedido: que su querida madre se había marchado para siempre. La había llorado durante meses, pero hasta la fecha el dolor aún no había desaparecido del todo. Miriam había sido todo lo que Léa quería ser. Era su obligación emular a su madre con todas las fuerzas a su alcance.

Sacó una segunda piedra del bolsillo y la dejó en la lápida de la derecha.

La tumba de su esposo. Jonah, ah, Jonah. Había muerto el mismo desdichado día que su madre, cuando acababa de cumplir veintiséis años. Había sido un erudito como su padre, claro. Baruch había escogido como esposo para ella alguien parecido a él, otro tipo de persona no habría entrado en consideración. Los dos hombres se habían entendido enseguida. Todas las noches se sentaban en la sala y mantenían sabias disputas sobre la Torá, la Cábala, las doctrinas de Moshe ben Maimón, no pocas veces hasta la madrugada. Jonah la había tratado decentemente, como una compañera igual a él, que trabajaba y ganaba dinero para que él pudiera dedicarse al estudio. Más allá de eso, su interés por ella había sido moderado. Pensador completamente espiritual, raras veces había yacido con ella… No cabía sorprenderse de que el Todopoderoso no les hubiera dado hijos. Aun así, Léa le había querido mucho. Jonah siempre había sido un amigo. Y quién sabe, de haber tenido más tiempo quizá hubieran descubierto el amor.

Se dio cuenta de que estaba llorando. Dejó libre curso a las lágrimas y rezó sus oraciones, una para su madre y otra para su esposo, como todos los días desde hacía un año.

Alzó la cabeza y miró al cielo. Las nubes se acumulaban encima del bosque, una fantástica cordillera que ardía como el ámbar al sol de la tarde. El viento hacía susurrar las copas de los árboles y secaba las lágrimas en sus mejillas. Cada día era un poquito más fácil, el dolor perdía algo de su fuerza. Si no fuera por la ira, la ira contra el destino, la injusticia, los cristianos. Era peor que el dolor, más testaruda. Léa apretó los labios y retrocedió por el sendero.

Dio un pequeño rodeo y bajó del cementerio al Mosela, que venía muy crecido por las lluvias de las semanas anteriores y arrollaba pardo y cenagoso el valle: la arteria vital de Varennes, que abastecía a sus habitantes de agua, mercancías y conocimiento. En la orilla, Léa se lavó las manos, porque el cementerio era un lugar impuro. Entre los matorrales del lado contrario descubrió un cisne con cinco algodonosas crías. Los gráciles animales se abrieron paso por entre las altas hierbas y saltaron al agua. La enérgica corriente les dio trabajo al principio, pero, confiando por entero en sus capacidades, se entregaron a la voluntad del río y nadaron junto a su madre. Léa observó un rato a los cisnes y sintió que el peso de su corazón se aliviaba.

Regresó a la ciudad. Un carro cargado traqueteaba por el camino delante de ella. Dos criados corrían a su lado instigando a los bueyes. El hombre del pescante no era otro que su tío.

—¡Solomon! —Alzó el borde de su vestido y corrió para alcanzarlo.

—Léa —saludó él sonriente, y le tendió la mano para que pudiera subir al carro junto a él—. Qué alegría verte. ¿Estabas en el cementerio?

—Ahora mismo.

Una sombra pasó por los rasgos de él.

—Hace ya un año. Me parece que fue ayer.

Solomon era de una naturaleza totalmente distinta a la de su hermano mayor, Baruch; igual de alto, pero en absoluto enjuto y encorvado, sino recio, de hombros anchos y fuerte carácter, una persona respetada en la judería, incluso en todo Varennes. Su voz era sonora y tronante, hasta cuando se esforzaba en hablar bajo. Al contrario que Baruch, era hombre inclinado a las cosas del mundo: trabajaba como mercader y prestamista y se había hecho rico con su esfuerzo. El carro llevaba toneles de vino. Como el zumo de uva plantado por los cristianos no era kosher, los judíos cultivaban sus propias cepas y las vendían a sus hermanos de fe en todo el Imperio.

—¿Qué tal ha ido en Épinal? —preguntó Léa.

Solomon había pasado dos semanas en la ciudad mercantil vecina.

—Habría podido ir mejor. Por desgracia la gente sigue sufriendo la hambruna, y eso frena los negocios. Pero no me quejo. Alguna que otra moneda de plata ha encontrado el camino hasta mis bolsillos. —Satisfecho, palpó la bolsa llena bajo su desbordante tripa—. Dime, ¿qué hace nuestro viejo erudito?

—Mete la nariz en libros polvorientos y se pasa todo el día dando vueltas al álef y su importancia mítica, ¿qué si no? Si habla alguna vez, me da un sermón acerca del Sefer Yetzirá.

—¿Acaso ha abandonado la enseñanza?

—No, aún la practica. Por lo menos un poco.

—Esto no puede seguir así —declaró Solomon frunciendo el ceño—. Hablaré con él. Creo que debería volver a casarse. Necesita una mujer que le recuerde que hay vida fuera de su cuarto de estudio.

—No querrá escucharte —dijo Léa, a la que la idea de una nueva mujer junto a su padre no hacía precisamente feliz.

El carro cruzó la Puerta de la Sal y el portón de la rue des Juifs y se detuvo poco después delante de la casa de Solomon, que estaba junto a la de Léa y Baruch. Los criados salieron en bandada del patio y empezaron a descargar los toneles.

—¿Puedes quedarte un poco? —preguntó Solomon—. Uno de mis ayudantes se ha herido una mano. Es solo un arañazo, pero quizá sea mejor que le eches un vistazo... por andar sobre seguro.

El criado le enseñó la herida. Un pequeño corte, que no acababa de curar.

—Sí, hay que tratarla. Voy a buscar mi bolsa.

En ese momento se abrió la puerta de la casa y Judith, la esposa de Solomon, salió sonriente a su encuentro. Aunque tenía más de cuarenta años, seguía siendo una belleza de espléndidos cabellos rubios, que ocultaba modosa bajo una cofia. La pareja tenía dos hijos bien criados, Esra y Zacharie, que ya no vivían con ellos. Los dos jóvenes se habían ido a Worms hacía dos años, para estudiar allí el Tanáj y el Talmud con un renombrado rabino.

Riendo, Solomon encerró a su esposa en sus brazos.

—¡Te he echado de menos, paloma mía!

—Yo a ti también, mi gordo oso. Entra en casa, tienes visita.

—¿Quién es?

—Un cristiano que quiere que le prestes dinero.

Cuando Léa entró poco después, Solomon estaba hablando con un hombre musculoso, que tenía los pulgares enganchados al cinturón y, de una forma difícil de entender, resultaba agresivo, plantado en medio de la habitación, como si la casa fuera suya. Llevaba un traje claro de lana y manguitos de cuero, y un cuchillo terciado en el cinturón. Los rasgos de su rostro eran nítidos y marcados, como dibujados con una cuchilla..., una impresión que subrayaban las recortadas patillas y la cuidada perilla de pelo ceniciento. La mirada de sus ojos azul gélido era penetrante. Léa había visto a menudo en el mercado a ese hombre: era Duchamp, el matarife, maestre de su gremio y miembro del Gran Consejo.

—¿Para qué necesitáis el dinero? —preguntaba Solomon.

—Eso no te importa. —Aunque Luc no era precisamente amable, el tono de su voz era grato.

—Bueno, cuarenta florines son un montón de dinero. ¿Tenéis avales que garanticen la devolución?

Los ojos del matarife se estrecharon. Era obvio que consideraba una desvergüenza aquella pregunta.

—Soy maestre de un gremio, judío. Por supuesto que tengo avales.

—Aun así, tengo que preguntar de qué se trata. —A Léa le resultaba un enigma cómo Solomon era capaz de mantenerse cortés en vista de aquel tono.

—Mi casa y mi taller —declaró Luc—. Eso debería ser suficiente.

—Sí, eso me basta. —Solomon pidió a Judith que subiera a buscar el dinero.

Entretanto, Léa se ocupaba del criado, que escuchaba curioso la conversación, sentado junto a la chimenea apagada. Había limpiado el corte y lo había untado con un ungüento que impedía las inflamaciones. Le vendó la mano.

Judith volvió y tendió a Solomon una bolsa de cuero que este pasó a su visitante.

—Cuarenta florines. ¿Queréis contarlos?

Luc se sentó a la mesa, vació la bolsa de monedas de oro e hizo con toda tranquilidad montones de diez piezas cada uno. No habría podido demostrar de manera más ostentosa que no se fiaba de la palabra de un judío. Finalmente, devolvió las monedas a la bolsa.

—¿A cuánto ascienden los intereses?

—Treinta y dos por ciento anual. Pagaderos en dos cuotas cada vez...

—¡Treinta y dos! —le interrumpió Luc, poniéndose en pie de un brinco—. ¿Quién va a pagar eso? ¿Te ha nublado la codicia el entendimiento, usurero?

Léa apretó los dientes. Tenía que obligarse a no decir nada. Judith había palidecido y retrocedido involuntariamente dos pasos.

Solomon, en cambio, no se dejó alterar. Su tono se mantuvo cortés, pero se hizo un poco más frío.

—El treinta y dos por ciento es lo habitual. Yo solo me quedo con una fracción de eso. Sin duda no necesito explicar a un miembro del Consejo que los elevados impuestos que el Consejo exige a la comunidad judía obligan a los banqueros a gravar los préstamos con notables intereses. Dado que además los cristianos habéis decidido excluirnos de todos los gremios, no nos queda otra cosa para sobrevivir que el comercio y el préstamo de dinero.

—Para ser un tipo que gime bajo el peso de los impuestos y lucha por sobrevivir, has acumulado una riqueza bastante grande —replicó Luc.

—Esas son mis condiciones —dijo Solomon—. Los plazos se pagan en febrero y agosto. Si no estáis de acuerdo con ellas, sois libre de visitar a otro banquero. Pero no obtendréis el dinero más barato en ninguna parte.

Luc casi lo atravesó con la mirada, pero no dijo nada.

Solomon fue a la mesa, sacó un pliego de pergamino, mojó en tinta una pluma de ganso y escribió unas líneas.

—Firmad el contrato, si estáis de acuerdo con el negocio.

El matarife le arrebató la pluma de la mano y garabateó su nombre al pie de la cédula de deuda. Al parecer sabía escribir. Algo inusual para un artesano cristiano, incluso para uno con asiento en el Consejo. Luc tiró la pluma encima de la mesa, cogió la bolsa de dinero y salió caminando con arrogancia de la habitación, sin una palabra de agradecimiento.

Apenas sus pasos se extinguieron en la escalera, Léa se puso en pie.

—¡Ese tipo desvergonzado! No deberías haber permitido que te hablara así.

—¿A eso lo llamas desvergonzado? He vivido cosas muy distintas con los cristianos. Y todos se quejan de los intereses.

—Te ha acusado de avaricia y ha puesto en duda tu entendimiento —insistió Léa—. Deberías haberlo echado. No necesitas tanto su dinero.

—¿Poner en la puerta a un miembro del Consejo? No puedo permitirme tal cosa.

—Un miembro del Gran Consejo. En el fondo no es más que un carnicero rico.

—Y, sin embargo, lo bastante poderoso como para perjudicarme seriamente. Ningún judío puede permitirse tener por enemigo a un consejero. Prefiero tragarme mi orgullo, dejar que sus ridículos escarnios reboten en mi piel y gozar de su dinero.

Léa calló. Probablemente Solomon tenía razón. Él era el mercader, el que mejor sabía cómo tratar a los clientes desagradables.

—Ahora basta. Vamos a comer. —Solomon sonrió de oreja a oreja y se frotó las manos, grandes como zarpas—. ¡Por Dios, tengo un hambre de oso! No creeríais lo difícil que es conseguir comida decente en Épinal. O es buena o es kosher, pero raras veces es ambas cosas.

Pidió al criado de la mano vendada que fuera a buscar a Baruch, y poco después la familia estaba reunida en torno a la mesa. Una vez que todo el mundo se hubo lavado las manos, partieron el pan y lo tomaron con un poco de sal, como era tradición. Acto seguido, la criada trajo las viandas. La carne asada tenía un olor exquisito, el vino era dulce, y Solomon los entretuvo con anécdotas de su viaje. Rieron mucho. Todos se dejaron contagiar por su buen humor… todos excepto Léa.

No se libraba de la sensación de que ese Luc era más peligroso que los otros cristianos.

Mucho más peligroso.

Cuando Léa y su padre llegaron a la sinagoga a la mañana siguiente, ya esperaban en ella dos docenas de personas. Baruch los saludó cordialmente y les abrió las puertas de la casa de oración. Los hombres entraron en la sala principal, mientras las mujeres subían a la logia.

Poco a poco fueron apareciendo otras familias. Era el aniversario de la muerte de Miriam y Jonah, y la comunidad iba a celebrar el último servicio fúnebre en honor de ellos. Los ciento veinte habitantes de la judería iban a participar en él.

Mientras esperaban a los rezagados, Baruch y Solomon no tuvieron otra cosa mejor que hacer que discutir.

—¡No, no y mil veces no! —El padre de Léa recalcaba su disgusto con decididos gestos.

—No te comprendo, hermano —decía su tío—. La soledad no te sienta bien... Léa también lo dice. Una nueva esposa te ayudará a encontrar el camino de vuelta a la vida.

—Pero yo no quiero una nueva esposa. Tan solo amo a Miriam.

—Eso te honra, pero en verdad es tiempo de que vayas más allá de ella. No puedes recluirte en tu cuarto de estudio el resto de tu vida. Miriam no lo habría querido. Mira, ahí viene Alisa. David aún no ha encontrado un marido para ella y además es guapa. ¿No te vendría bien?

—¡Esa chica aún no ha cumplido los dieciocho!

—Exacto. Una joven te levantará los ánimos. Mírala. ¡Dios! ¿Qué hombre podría decir que no? Cuándo ha sido la última vez que has visto dos cosas tan bonitas, tan turgentes...

—¡Tío! —protestó Léa.

—¡Solomon! —siseó al mismo tiempo Judith.

—Precisamente hoy no. Te lo ruego, hermano. —Baruch parecía cansado y triste.

—Está bien. Está bien. Ya me callo. —Solomon alzó las manos pidiendo calma.

—Estos eran los últimos —dijo Léa—. Entremos.

Ella y Judith se sentaron en la logia con las otras mujeres y atendieron a la lectura de la Torá. Los hombres judíos de la sala principal habían abierto los cuadernos de oración y se habían puesto esclavinas a rayas blancas y negras, que les cubrían la cabeza y los hombros. Enseguida el mercader de joyas David Levi sacó un rollo de la Torá del fastuoso altar instalado en la pared que miraba a Jerusalén, lo llevó hasta la bima, en el centro de la sala, y lo mostró a los presentes antes de dejarlo en el atril. Acto seguido, llamaron a cinco hombres para que leyeran la Sagrada Escritura. Solomon empezó. Volvió la espalda a la comunidad, y su recia voz llenó la sinagoga cuando recitó los versículos de los cinco libros de Moisés.

Luego, Baruch leyó un texto del Libro de los Profetas. Siguieron otras tres lecturas, para cada una de las cuales subió a la bima un miembro distinto de la comunidad. Cuando el último texto terminó con la bendición, Léa bajó a la estancia principal y subió al atril para recitar el *Kadish*. Tradicionalmente, era tarea del hijo mayor pronunciar la oración fúnebre por el fallecido, pero como sus padres solo habían tenido una hija y Jonah y ella no habían tenido hijos, se le había permitido asumir la tarea, aunque en realidad no se permitía a las mujeres participar activamente en los servicios religiosos. Eso no había gustado a todos los hombres, y al principio había habido protestas contra la inusual decisión. Pero entretanto la comunidad se había acostumbrado a que, desde hacía un año, Léa subiera a la bima al final de cada oración matinal. Los hombres de los bancos la miraban llenos de compasión.

Ella cerró los ojos por un momento y sintió la amplitud de la sala, en la que cualquier pequeño sonido retumbaba hasta la bóveda del techo. Reinaba tal silencio que podía oír el leve siseo de las velas. Ante el altar de la Torá ardía la llama eterna, en otro nicho la llama de aniversario por Miriam y Jonah. Por las pequeñas ventanas en arco, muy por encima del suelo de piedra, entraba poca luz esa turbia mañana. Léa disfrutó de la penumbra, le daba una sensación de refugio.

Abrió los ojos y contempló el rollo de la Torá, cuyas varillas estaban rematadas por pomos de plata en forma de torrecillas de filigrana. Léa no necesitaba el texto. Recitaba el *Kadish* día tras día desde hacía un año. Se lo sabía de memoria.

Iba a recitarlo por última vez.

—Exaltado y santificado sea su gran nombre, en este mundo de Su creación que creó conforme a Su voluntad —empezó—, llegue Su reino pronto, en vuestra vida y en vuestros días, y en vida de toda la casa de Israel. Y decid: Amén.

Lloraba, pero no se detuvo. Sentaba bien decir las palabras familiares, dejar correr el dolor y saber que al día siguiente habría pasado.

Se había despedido.

Podía empezar de nuevo.

6

Granges-Saint Lazare, reino de Francia

No creo que lo ataquen demonios —rompió el silencio Hervé—. Si así fuera, hablaría en lenguas extrañas y blasfemaría, y no podría soportar la visión de mi crucifijo. Me parece más bien una enfermedad.

—¿Habéis visto alguna vez una cosa así? —preguntó Adrianus.

El cirujano negó con la cabeza.

—Esta dolencia me es del todo desconocida.

Habían estado observando un rato al supuesto poseído. Cuando por fin se habían puesto de acuerdo en que no parecía peligroso, lo habían ayudado cuidadosamente a ponerse en pie y, con palabras tranquilizadoras, lo habían llevado hasta la sombra para retirarlo de la ardiente plaza del pueblo. Ahora el hombre yacía en la hierba al pie de un abedul y miraba la nada con los ojos entornados. Aún era joven, tenía pecas y abundantes rizos rojizos.

Las violentas convulsiones habían cesado; tampoco se rascaba ya. Solo de vez en cuando lo estremecía una leve sacudida, y entonces Adrianus temía que pudieran volver las terribles convulsiones. Los gritos inhumanos que el joven había proferido entonces todavía resonaban en sus oídos. Pero poco a poco el horror dio paso a una profunda compasión. Fuera lo que fuese lo que le asediaba, sin duda sufría terribles tormentos.

Hervé dejó a un lado el crucifijo y empezó a examinar al joven desnudo.

—Sufre de disentería —dijo, y señaló los restos encostrados de excrementos en la parte interior de los muslos.

—Eso no explica por sí solo este olor apestoso —observó Adrianus.

—No proviene solo de él. Es este lugar el que apesta como una tumba abierta. —Hervé palpó las extremidades arañadas—. Manos y pies están completamente fríos, a pesar del calor que hace. Parece que apenas corre sangre por ellos. En cambio, la cabeza le arde.

—¿Es posible que tenga la rabia?

—Eso he pensado yo también. Pero no veo ningún mordisco en ninguna parte.

Adrianus advirtió que los labios del muchacho se movían.

—Quiere decirnos algo.

—Te escuchamos, amigo mío. ¿Qué podemos hacer por ti? —Hervé acercó el oído a su boca.

—Sed —susurró de manera apenas audible el muchacho, con la voz tan seca y quebradiza como un pergamino viejo.

Rápidamente, Adrianus abrió la botella y le dio un poco de cerveza rebajada. El joven tragó con avidez, pero volvió a escupir la mayor parte de lo bebido. Abrió mucho los ojos, apretó los dientes y echó la cabeza hacia atrás.

—¡Vuelve a empezar! —gritó Hervé.

Retrocedieron justo a tiempo. El enfermo empezó a tener convulsiones, a revolcarse por la hierba y manotear impetuoso. Sus brazos se golpearon más de una vez con fuerza contra el tronco del árbol, pero no parecía notar el dolor.

—Va a herirse. Tenemos que atarlo. Busca una cuerda en alguna parte.

Adrianus registró las cabañas abandonadas y volvió poco después con una soga de bueyes.

—Tú le agarras las piernas, yo los brazos —dijo Hervé.

Se animaron a agarrar al muchacho, lo que resultó difícil, porque sus convulsiones aumentaron al levantarlo. Hervé sufrió un arañazo en la mejilla cuando su paciente le golpeó en el rostro, y Adrianus recibió varias patadas en el vientre. Uniendo sus fuerzas, lograron por fin llevarlo a una cabaña y tenderlo en un lecho. Adrianus cortó la soga en dos mitades, mientras Hervé se sentaba a horcajadas sobre el chico, que pataleaba y chillaba, y le sujetaba los brazos para que Adrianus pudiera atar manos y pies al bastidor del lecho.

Jadeando, el enfermo se retorcía en sus ataduras, con el rostro convertido en una mueca. Al menos ahora ya no podía golpearse los miembros y la cabeza hasta hacerse sangre.

—Dame una esponja soporífera —ordenó Hervé.

—¿Es inteligente aturdirlo? —Adrianus había estudiado que las esponjas soporíferas se usaban tan solo en casos extremos, ya que su aplicación no carecía de peligros.

—Es un riesgo. Pero las convulsiones me parecen peores.

Adrianus obedeció. Su maestro humedeció la esponja con un poco de agua y la apretó contra la boca y la nariz del enfermo. No pasó mucho tiempo antes de que el chico se calmara y se quedara dormido.

—Tenemos que buscar ayuda y averiguar qué ha pasado con los otros habitantes del pueblo —dijo Adrianus.

Hervé asintió.

—Coge el mulo y ve al pueblo vecino. Quizá allí sepan más. Entretanto, yo me quedaré con él e intentaré tratarlo. ¿Nos queda acedera?

Adrianus hurgó en su bolsa y tendió al cirujano un manojo de ramas de la planta.

—Muy bien. Haré una compresa con esto. Debería ayudar a refrescarle la cabeza.

Adrianus salió de la cabaña y fue hacia el mulo, que habían dejado atado a los abedules. El aire titilaba por el calor encima de los prados, de modo que al principio creyó que las figuras en el sendero eran un espejismo. Se protegió los ojos de la luz. De hecho, media docena de hombres se acercaban al pueblo. Hermanos de una orden desconocida para él. Llevaban cogullas negras y, sobre ellas, mantos con un signo azul celeste en forma de T: la cruz de San Antonio.

—¡Maestro! —llamó.

Hervé llegó a su lado justo cuando los monjes alcanzaban el pueblo. Rezaban una oración mientras cruzaban la plaza con la cabeza baja. Uno de los hermanos, un hombre mayor de rostro arrugado, distinguió a los dos forasteros.

—¿Sois viajeros? —exclamó.

—Peregrinos de camino a Luzarches —respondió Hervé.

—Os aconsejo que sigáis vuestro camino. El Fuego del Infierno se ha desencadenado en esta región.

Adrianus y su maestro fueron hacia los monjes.

—¿El Fuego del Infierno? —repitió Hervé.

—Una plaga espantosa con la que el Señor castiga a estos pobres campesinos.

—¿Por eso está el pueblo abandonado?

—Nosotros, hermanos de la orden de San Antonio, nos ocupamos de los enfermos —explicó el viejo monje, cuya nariz era singular: ancha y nudosa, como si se la hubieran aplastado. Sus ojos parecían cálidos y, a la vez, indeciblemente cansados—. Hemos llevado a todos a la iglesia del pueblo vecino y hemos vuelto a recoger el ganado.

—Os habéis dejado un enfermo. —Hervé guio al monje hasta la cabaña en la que dormía el joven pelirrojo.

El viejo lo contempló en silencio. Sus hermanos se arremolinaron detrás de él, estirando el cuello.

—¿Le habéis puesto vosotros las ataduras?

—Cuando lo encontramos, sufría de fuertes convulsiones —explicó Hervé—. Queríamos evitar que se hiciera daño.

—¿Cómo lo habéis calmado?

—Lo he aturdido con una esponja soporífera.

—¿Entendéis pues algo del arte de curar? —preguntó el anciano.

—Soy maestro en cirugía. Hervé Laxart, de Montpellier —se presentó el cirujano—. Este es mi ayudante, Adrianus.

—Reunid el ganado —indicó el monje a sus hermanos, y se volvió de nuevo hacia Hervé—: ¿Podéis ayudarnos a llevar al chico a la iglesia?

—Sin duda.

—He visto un carro en el granero del diezmo —dijo Adrianus—. Pondremos al enfermo en él y unciremos un buey.

Así se hizo. El chico se estremecía a veces en sueños, pero se mantuvo en gran medida tranquilo cuando el carro salió traqueteando poco después del pueblo, seguido de Adrianus con el mulo y de los monjes, que llevaban el ganado por el sendero.

Entretanto ya era entrada la tarde. El calor empezaba a ceder.

—Tengo que confesar que jamás he oído hablar de vuestra orden —dijo Hervé, que guiaba al buey—. ¿Os habéis impuesto el deber de cuidar a los enfermos?

—Nosotros los antonianos luchamos contra el Fuego del Infierno donde lo encontramos —explicó el viejo monje, que se había presentado como hermano Aldus—. Cuando supimos que la plaga había estallado al norte de Montargis, vinimos a asistir a los enfermos. El Señor ha decidido probarnos gravemente —añadió, y Adrianus notó el profundo agotamiento en su voz—. Varios pueblos están afectados. Hay docenas de enfermos. Apenas damos abasto para cuidarlos. Muchos se nos mueren entre las manos y sufren hasta el último segundo espantosos tormentos.

—Nosotros vamos camino de las reliquias de Cosme y Damián. Pero creo que los santos nos han traído aquí —dijo Hervé—. Si nos los permitís, queremos ayudaros.

—Vuestra ayuda es más que bienvenida —respondió sonriente el hermano Aldus—. Un cirujano experimentado es exactamente lo que necesitamos. En verdad es el cielo quien os envía, amigo Hervé.

—Decidme qué sabéis acerca de la plaga. ¿Qué la provoca? ¿Son malas miasmas, que se alzan en verano de las ciénagas?

—No conocemos las causas —confesó el viejo monje—. Es posible que el desencadenante sea el cereal impuro. Grano que normalmente se destruiría, pero que debido a la hambruna los campesinos comen de todos modos. Por eso damos a los enfermos pan de trigo limpio y vino enriquecido con hierbas desintoxicantes. A algunos les ayuda. Pero solo si la enfermedad aún no ha avanzado mucho.

Con una sensación de vacío en el estómago, Adrianus pensó que habían ido allí a reponer sus reservas. Gracias a Dios no habían tocado ninguna de las viandas que habían encontrado en el pueblo abandonado.

Hervé dirigió una mirada penetrante al hermano Aldus, como siempre que escuchaba con la máxima atención a alguien.

—¿Qué ocurre cuando el Fuego del Infierno avanza?

—Al principio los enfermos sufren de disentería, dolores de cabeza y fuego en la piel. Luego de parálisis y convulsiones. Su entendimiento y sus sentidos se enturbian, lo que conduce a veces a la locura y la rabia. Algunos se ahogan o su corazón se para. A otros se les mueren los brazos y las piernas, y solo es posible salvar su vida amputándoselos a tiempo.

Hervé dejó reposar aquella explicación y calló hasta que alcanzaron el pueblo vecino, después de una breve marcha a pie. Era poco mayor que el asentamiento abandonado. Campesinos enflaquecidos trabajaban en los campos de centeno y cuidaban del ganado, con rostros marcados por las privaciones y la pérdida, por el esfuerzo y el temor. Unas cuarenta casas de madera y mampostería rodeaban una roca arenisca sobre la que se alzaba una iglesia-fortaleza: un recio edificio de muros carcomidos y tejado de un rojo oxidado, que destacaba reluciente entre el verde del paisaje. Los monjes siguieron el sendero que serpenteaba ladera arriba por entre hayas rojas de espeso follaje y llevaba hasta una puerta de vigas reforzadas con herrajes.

La casa de Dios estaba dirigida con mano firme por los antonianos, que cargaban con sacos de cereal, traían rodando los toneles de vino o enterraban a los muertos en el cementerio. Por el portal abierto salía un hedor que casi dejó sin aliento a Adrianus mientras subían los desgastados peldaños: un infernal y pestilente vapor hecho de excrementos, putrefacción y carne quemada.

La nave de la iglesia era amplia, y sin embargo el espacio apenas alcanzaba. Los enfermos estaban apiñados, con angostos pasos entre los cuerpos para que los monjes pudieran moverse por la estancia. Algunos dormían, o al menos estaban semiinconscientes; otros estaban acurrucados, hundidos sobre sí mismos, miraban fijamente hacia la nada y masticaban pan. Los peores casos estaban atados a lechos de sencillo armazón, sufrían convulsiones y chillaban como el muchacho del pueblo. Varios antonianos trataban de hacerles tomar vino; dificilísima tarea, además de peligrosa, porque a pesar de las ataduras se arriesgaban a que les mordieran.

Los monjes habían bajado del carro al chico pelirrojo y buscaban un sitio libre en el que poder acostarlo.

—¡Aquí atrás queda sitio! —gritó un hermano, agitando los flacos brazos.

Adrianus apretó los dientes. Ya había visto mucho sufrimiento en la consulta de Hervé, pero esto lo superaba todo. Ninguna clase de la universidad lo había preparado para una visión como esa. A muchos enfermos les habían amputado un brazo o una pierna, a algunos incluso varios miembros. Los muñones curaban mal, en no pocas ocasiones las heridas supuraban. Peor la mayoría aún tenía por delante la amputación. Las manos o los dedos de las manos o lo pies estaban negros y gangrenados; los afectados apenas estaban conscientes y gemían de dolor.

El infierno no podría ser peor, pensó Adrianus. Y sin embargo, sabía que aquel era su sitio. Aquel era el lugar en el que debía estar para aliviar el sufrimiento y traer curación con los dones que Dios le había otorgado.

Un agudo chillido llegó hasta sus oídos.

El hermano Aldus había acudido corriendo y ayudaba a dos monjes a sentar en una silla a un enfermo rabioso, atarlo y ponerle una venda en los ojos. Su mano derecha estaba negra hasta la muñeca. Un antoniano preparaba la sierra para huesos.

Hervé y Adrianus se abrieron paso por entre los cuerpos para ayudar a los monjes.

—¿Quién es él? —preguntó de mala gana el hermano que tenía la sierra en la mano.

—Hervé, un maestro en cirugía que Dios nos ha enviado —explicó Aldus—. Va a ayudarnos.

—Nosotros nos encargamos —se dirigió el patrono de Adrianus a los monjes—. Id a descansar.

Agradecidos, los antonianos dejaron al enfermo al cuidado de Hervé. Adrianus se daba cuenta de que llevaban días sin apenas dormir.

El hombre sentado en la silla, un campesino gigantesco, que los superaba a ambos en una cabeza, se mostraba intratable.

—¡No! —rugía, y la saliva salía volando de sus labios—. ¡No, no! —Mientras gritaba se retorcía, amenazando con romper sus ataduras.

Sin necesidad de que lo pidieran, Adrianus sacó de la bolsa una esponja soporífera, y Hervé la apretó contra la boca y la nariz del campesino. El gigante estaba a tal punto furioso que el anestésico apenas hacía efecto.

—¿Empleamos una segunda esponja? —preguntó Adrianus.

—Aquí vamos a necesitar muchas —respondió entre dientes Hervé—. No podemos permitirnos derrochar nuestra escasa reserva. Amputaremos así. —Cogió la sierra de la mesa—. Roma —constató—. ¿Cómo vamos a trabajar con esto?

—Con todo este trabajo, los hermanos tienen que haberse olvidado de afilarla —explicó Aldus confuso.

—Dame la mía —ordenó el cirujano.

Adrianus sacó del bolso el instrumento y puso el hierro al fuego que ardía en una sartén de carbones, cerca de una ventana abierta. Entretanto, Hervé apretaba más las ataduras.

—Estoy listo —dijo Adrianus, cuando el hierro empezó a ponerse al rojo.

—Lo que no curan los remedios y el hierro lo cura el fuego —citó Hervé a Hipócrates, antes de pedir al viejo monje que sujetara el brazo del gigante.

El cirujano aplicó la sierra y empezó su trabajo con decisión. El campesino gritó como si lo estuvieran despellejando cuando la herramienta se abrió paso por entre la carne, los tendones y el hueso. Felizmente, Hervé dominaba el arte de llevar a cabo una amputación en el menor tiempo posible y reducir al mínimo inevitable el sufrimiento del paciente. Después de menos de quince latidos de corazón, todo había quedado atrás. La mano muerta cayó pesadamente al suelo, la sangre salió a chorros de la herida. Adrianus reaccionó con valentía: aplicó el hierro candente al muñón y cauterizó la carne dolorida. Al instante, el chorro de sangre se detuvo.

El gigante volvió a rugir y se arqueó en sus ligaduras. Luego, su cabeza cayó hacia delante cuando perdió el conocimiento.

—Está hecho —murmuró cansado el hermano Aldus.

—Vamos a vendarlo y a acostarlo. —Hervé dejó vagar la mirada por el enfermo antes de mirar al monje con sus ojos verdes como el bosque—. ¿Hecho, decís? Tan solo acabamos de empezar.

7

Septiembre de 1346

VARENNES SAINT-JACQUES, DUCADO DE LORENA

B ienvenido de vuelta, señor Fleury! —gritó el guardián de la puerta—. Espero que san Nicolás os haya ayudado a hacer buenos negocios.

—Me fue propicio —respondió sonriente César—. Ya ves que los carros vienen hasta los topes. Sesenta barriles de lana inglesa, para que no se aburran mis tejedores.

El guardia se llevó la mano al yelmo y se hizo a un lado, y la caravana cruzó la Puerta Real.

César iba en el primero de los carros, los guio por la embarrada Grand Rue y contempló las fachadas ante las que pasaba: a la derecha los palacios oficiales, a la izquierda las casas de madera entramada de los tenderos y maestros artesanos, que se alineaban apretadas como soldados en un desfile principesco. Había estado fuera dos meses y se alegraba de volver a casa. César raras veces hacía viajes de negocios y no estaba acostumbrado a las fatigas de un largo viaje. Normalmente llevaba la empresa de la familia Fleury desde el escritorio de su casa, junto con su padre Josselin, y dejaba a sus transportistas y *fattori* arreglárselas en el extranjero con las carreteras bacheadas, los albergues asediados por las chinches y los desvergonzados alguaciles de mercado. Solo si se trataba de negocios importantes salía del patio de su casa y se subía al pescante.

Dos meses en el extranjero. Sesenta noches en dudosos alojamientos o al aire libre. Cientos de horas de caminos llenos de baches, lluvia, porquería y privaciones. Prácticamente ningún lugar del cuerpo que no doliera. Y eso que César era un hombre duro, resistente.

Pero no todo el viaje había sido una tortura..., incluso había disfrutado de su estancia en Frankfurt. En la feria de otoño de la ciudad del Main había ganado mucho dinero con sus paños de tejedores locales y con el beneficio había conseguido la lana más fina que se podía encontrar en el Imperio. Tampoco el placer se había quedado corto. Había pasado alguna noche en el burdel y se había dejado malcriar por las rameras más bellas de Frankfurt. Por Dios que esas chicas entendían de amor. Cuando pensaba que iba a tener que volver a compartir el lecho con su esposa Hélène le acometía el horror. Era como intentar cabalgar un penco muerto.

César frunció el ceño al pensar en su padre. Ojalá Josselin no hubiera hecho ninguna tontería. Los meses anteriores a su partida habían sido insoportables. No había habido un día en que no discutieran por nimiedades. Su viejo patrón había cambiado, y no para bien. César quería intentar reconciliarse con él y le había traído un regalo especial de Frankfurt: uno de esos nuevos anteojos que desde hacía algún tiempo estaban en todas partes. A Josselin le vendrían bien, porque se quejaba a menudo de que la edad le había enturbiado la vista.

César bajó del carro delante de su casa en la plaza de la catedral y ordenó a los conductores llevar la mercancía al almacén, en la rue des Tisserands. Se quedó mirando satisfecho la caravana. Si todo iba según lo previsto, sería la última vez que tiraba el dinero a las fauces de los mercaderes de lana ingleses. Pronto podría quizá producir suficiente lana propia y sería por fin independiente...

Le sorprendió el ruido al cruzar el portón y se detuvo en seco. En el patio se estaba celebrando un banquete. Dos docenas largas de personas se sentaban a una mesa, engullían pan, carne y verdura humeante y pasaban las viandas con un vino del sur del color del rubí. No eran mercaderes, patricios y consejeros, como se habría podido esperar... En los bancos se apiñaba chusma de la peor especie, mendigos y tullidos, a cuál más harapiento y apestoso. Barbas enmarañadas goteaban grasa. Bocas desdentadas chasqueaban y eructaban. Sucias manos se tendían hacia jarras de vino y se secaban en agujereados sayones.

El ambiente era fabuloso. Había risas y cantos, comida y bebida como en vísperas de Cuaresma. La esposa de César, Hélène, y sus hijos Michel y Sybil estaban de pie ante la escalera con rostros compungidos. Los criados de la casa, entre ellos su escribiente y sus dos *fattori*, tenían que atender a aquella horda devoradora. En sus pétreos rostros se veía lo que opinaban de la tarea.

—Comed y bebed a conciencia, amigos míos. Nadie tiene que irse hambriento a casa. ¡Hay suficiente para todos!

El padre de César recorría la mesa palmeando en los hombros a aquellos harapientos. Josselin caminaba descalzo y, con sus raídas vestiduras, casi parecía también él un mendigo. El cabello gris le brotaba enmarañado del enjuto cráneo. ¿Cuándo se lo había lavado y peinado por última vez?

—¡César! —gritó alegremente, fue hacia su hijo y lo abrazó. Había habido momentos en los que olía mejor—. ¡Los santos te han traído sano y salvo de vuelta a casa, alabado sea el Señor! Sin duda vendrás hambriento del viaje. Ven, siéntate. Festeja con nosotros.

—¿Qué está pasando aquí? —preguntó César con voz de ultratumba.

—Todos los pecados que he cargado sobre mí como mercader: codicia, envidia, desmesura… se acabó —explicó su padre—. No voy a seguir atormentándome con ellos, sino que voy a tratar de expiarlos. Ya es hora. El Señor puede llamarme pronto a su lado, y quiero estar listo para su juicio.

—Así que has decidido invitar a nuestra casa a la escoria de Varennes y abrirle la despensa.

—No los llames así —exhortó Josselin con severidad—. Son los pobres de Dios, y es mi obligación, como mercader y como cristiano, alimentarlos y vestirlos.

—¿Vestirlos también?

—Cada una de estas pobres almas recibirá después un traje nuevo.

—¿Quién va a pagar todo eso? —ladró César.

—Tenemos dinero suficiente. ¿Y qué podría ser más elevado que compartir nuestra riqueza con los que viven en la miseria?

Su padre iba a darse la vuelta, pero César lo agarró por el brazo con brusquedad.

—Quiero que esta gente desaparezca… enseguida.

La vieja y conocida testarudez brilló en los ojos de Josselin.

—Se quedarán hasta que se hayan hartado de comer. Todavía soy el dueño de esta casa, hijo mío. No lo olvides.

Se soltó y empezó a repartir monedas de plata por la mesa, mientras se le ensalzaba a voz en cuello como benefactor.

Los mendigos se quedaron hasta el anochecer y devastaron la mesa como antaño las langostas en Egipto. Cuando los criados pusieron por fin en la puerta al último borracho, César entró en la casa y caminó furioso por el salón. Su padre era un hombre devoto desde que él recordaba; probablemente había empezado a serlo cuando su madre había muerto al nacer Adrien. Desde hacía algunos años, aquello no hacía más que empeorar. Josselin descuidaba el negocio porque estaba poseído por la idea de que con cada trato cargaba sobre sí nuevos pecados y sucumbía a la condenación eterna. Iba a confesarse todas las semanas y no dejaba de intentar nada para hacer penitencia.

El festín para los mendigos había sido volver a tocar fondo.

No había nada en contra de ser compasivo y hacer de vez en cuando un donativo al hospital de pobres. Pero ¿esto? César no quería saber lo que había costado el banquete, la carne, el vino caro, sin olvidar los trajes. Apretó los dientes y se pasó la mano por el abundante cabello. ¡Tendría que haberlo imaginado! Con toda probabilidad su padre solo había esperado a que él saliera de la ciudad para despilfarrar su patrimonio. Todas las advertencias previas no habían fructificado ni lo más mínimo. Josselin era sencillamente incorregible.

Hélène entró. Acababa de acostar a los niños.

—¿Dónde está? —tronó César.

—Está ayudando a recoger. Seguro que vendrá enseguida.

—¿Qué se ha creído?

Hélène se sentó a la mesa y cruzó, modosa, las manos encima del regazo. Era una mujer gordita, carente de todo encanto.

—Es mucho peor de lo que crees —murmuró.

—¿Qué significa eso? ¡Suéltalo, mujer!

—Es tu padre el que debe decírtelo.

No logró sacarle ni una palabra más.

Poco después, Josselin entraba en la sala, descalzo como un monje, se sentaba junto a Hélène e hincaba el diente a una salchicha ahumada como si no hubiera pasado nada.

—¿No tienes nada que decirme? —le increpó César.

—No entiendo por qué estás tan furioso —repuso su padre—. En vez de poner el grito en el cielo como un cambista avariento, deberías alegrarte de que haga algo por la salvación de mi alma.

—¿Despilfarras a manos llenas nuestra plata y esperas que me alegre?

—La generosidad frente a los desposeídos sienta bien a cualquier rico.

—¡Si sigues así, no estaremos mucho tiempo entre los ricos!

—Cierto —Josselin asintió—. Nuestro bienestar, fruto de la codicia, la usura y la explotación, pronto formará parte del pasado. Me he encargado de eso.

—¿Qué quieres decir?

Josselin dejó la media salchicha encima de la mesa y le miró con solemnidad.

—Poco después de tu marcha, tuve una visión.

—Una… visión —le hizo eco César, con voz átona.

—San Francisco se me apareció en sueños y me exhortó a expiar mis pecados y seguirle. Voy a renunciar a todas las alegrías terrenas y a pasar el atardecer de mi vida en humildad y oración, para que el Señor me reciba con los brazos abiertos cuando llegue mi hora.

—¿Vas a ingresar en un convento?

Josselin asintió.

—La orden de los franciscanos va a acogerme. Todo está preparado. Solo estaba esperando tu regreso.

César le miró fijamente. ¿Qué debía pensar de aquello? Bueno, si el viejo desaparecía detrás de los muros de un convento ya no iba a poder molestar a nadie, y César tendría por fin las manos libres en el negocio. Pero intuía que aquello no era todo.

—¿Qué va a pasar con las propiedades de la familia?

—Ya he donado al obispado seis mil florines.

—¡Seis mil! —gritó César—. ¡Es todo nuestro patrimonio líquido!

—Los estanques de pescado, los pastos, los rebaños de ovejas, el ganado bovino, la casa de campo, así como nuestras fábricas de tejidos y batanes, se los he regalado a los franciscanos —prosiguió vivazmente Josselin—. Me han asegurado que la orden podrá hacer mucho bien con ellos. En la casa de campo, por ejemplo, se podría alojar a necesitados, para que al fin tuvieran un techo sobre...

Enmudeció cuando César se lanzó sobre él. Alzó las manos grandes como zarpas, y tuvo que contenerse para no agarrar a su padre por el cuello y sacudirlo.

—¿Estás loco? —rugió—. ¡Dar sin más toda nuestra propiedad! Por las tetas de María, ¿qué te ha pasado?

—Desearía que no dijeras esas cosas —declaró picado Josselin—. Blasfemar contra la madre de Dios es un grave error.

César lo agarró por ambos hombros.

—¡Nos has arruinado!

—En cuarenta años como mercader, he acumulado muchos pecados. Tengo que hacer algo para amortizarlos. No basta con echar un sou al cepillo todos los domingos. Además, ninguno de vosotros tiene que temer pasar hambre o perder su techo. Esta casa comercial está expresamente excluida de la donación.

—¿Lo está? —César rio sin alegría y se preguntó si no estaba a punto de perder el juicio—. Qué considerado por tu parte. ¿Estás seguro de que no prefieres darle la casa al cabildo catedral porque hace diez años blasfemaste irrespetuosamente en una ocasión?

—Déjate de bromas. Este no es momento para eso.

—Dime una cosa —dijo César—. ¿Cómo voy a dirigir la empresa si ya no tengo telares, batanes ni una maldita oveja? ¿Cómo voy, en esas circunstancias, a dar de comer a la familia y a pagar a los criados?

—Tu padre te dice que va a seguir los pasos de san Francisco y todo en lo que puedes pensar es en el negocio. Eso me entristece. ¿No puede hacer mi ejemplo que pienses en tus propias y pecaminosas acciones y te conviertas también?

César apretó los dientes. Tenía que irse antes de que hiciera algo de lo que luego se arrepintiera.

—Sí, pensaré... en cómo salvar a esta familia antes de que un viejo sin una chispa de raciocinio la lleve a la ruina.

Salió dando zancadas y cerró de un portazo.

Aquella noche, César no fue el único que no encontró el sueño. Tendida a su lado, Hélène lloraba en voz baja.

—Basta ya, mujer —rezongó él—. Las lágrimas no van a ayudar a nadie.

—Nos ha dejado en la pobreza —sollozó ella—. Michel y Sybil..., por su culpa van a pasar necesidades.

—Juro por Dios que eso no ocurrirá mientras yo viva. —César estaba harto de dar vueltas. Se levantó, se puso un delgado atuendo y salió al escritorio.

A la luz palpitante de una vela de sebo, pasó las páginas del libro mayor y escribió cifras en un pliego de papel. El resultado de sus cálculos era demoledor: ya no quedaba nada de la poderosa empresa, rica en tradición, de la familia Fleury. Durante más de ciento cincuenta años había dado de comer a innumerables personas, producido mercaderes legendarios y marcado de forma decisiva los destinos de la ciudad de Varennes Saint-Jacques. La locura de un hombre, una sola y absurda decisión, había bastado para aniquilarla.

César se frotó la frente, los ojos que le ardían. Sencillamente no podía entenderlo y maldijo a su padre con terribles compuestos verbales.

Pero de nada servía quedarse allí sentado, mirando las cifras, y esperar que fueran distintas. Tenía que actuar, y deprisa.

César cogió una hoja nueva de papel italiano, mojó en tinta la pluma de ganso y empezó a escribir.

A la mañana siguiente, salió de la casa antes de que las campanas tocaran a prima. Había dormido solo unas pocas horas y tenido pesadillas, pero eso no importaba. La ira contra Josselin le daba fuerzas para soportar la jornada.

Cruzó la plaza con pasos largos, pasando ante los tenderos y campesinos que en esos momentos llenaban los puestos del mercado de verduras, zapatos, piedras de afilar y cosas parecidas, vigilados con recelo por los inspectores, que venteaban estafas en todas partes y cobraban las tasas imperativamente. Su destino era el ayuntamiento, un palacio de ventanas ojivales y gablete escalonado que superaba en altura a las vecinas casas de los patricios y aún parecía pequeño y casi humilde comparado con la nueva catedral.

Varennes Saint-Jacques era una ciudad libre y estaba gobernada por una magistratura electa. En los últimos años el Consejo había crecido considerablemente; ahora tenía veintiséis miembros, doce de ellos consejeros procedentes de la clase patricia y catorce artesanos, los maestres de los gremios. Juntos constituían el Gran Consejo, que sin embargo tenía escasas facultades. El verdadero poder de Varennes lo ostentaba el Pequeño Consejo, del que solo formaban parte los consejeros patricios. Aquellos doce hombres administraban las finanzas, juzgaban a los ciudadanos, decidían las campañas bélicas y mantenían la ley y el orden en el término municipal, que además de Varennes abarcaba varios pueblos, numerosas granjas y extensos terrenos.

El Pequeño Consejo estaba presidido por el alcalde, elegido de entre sus doce miembros. Era el hombre más poderoso de Varennes.

Y era a quien César quería ver.

Cruzó el zaguán, en el que el corregidor estaba en ese momento distribuyendo tareas entre los alguaciles, y subió la escalera. Bénédicte Marcel tenía fama de madrugador, y de hecho ya estaba en su despacho, ensimismado en un documento.

—César —saludó sonriente a su visitante—. Había oído que habíais vuelto a la ciudad. ¿Qué tal os ha ido en Frankfurt?

Salió de detrás de su mesa y abrazó a César. Ambos se apreciaban. Bénédicte era un viejo amigo del padre de César; en los últimos veinte años habían coincidido varias veces en el Consejo, cuando Josselin aún estaba interesado en aquellas cuestiones mundanas.

César ignoró la pregunta.

—Tengo que discutir con vos un grave asunto.

La sonrisa de Bénédicte desapareció.

—Se trata de Josselin, supongo.

—¿Os habéis enterado de lo que ha hecho?

—A mis oídos han llegado rumores. No sé nada concreto.

—Va a ingresar en un convento y ha donado casi todo el patrimonio de la familia.

—Así que es cierto —dijo Bénédicte con preocupación.

Mientras César explicaba los detalles, el alcalde escuchaba en silencio. Era un hombre delgado, de mediana estatura, corto cabello gris y barba limpiamente recortada, que a pesar de su riqueza —pertenecía a una de las familias más ricas de Varennes— llevaba ropas nada llamativas, y ningún otro adorno que la cadena de oro propia de su cargo. A causa de su aspecto poco llamativo, a menudo era subestimado por sus rivales. Pero ese error solo se cometía una vez; Bénédicte era un hombre muy inteligente y un político hábil, que sabía defenderse. Amaba Varennes por encima de todo y siempre aprovechaba su poder en beneficio de la ciudadanía.

—Si no hago nada —terminó César— la familia estará arruinada.

El alcalde se tomó su tiempo antes de responder.

—Bueno, la verdad es que Josselin no es el primer mercader que, en su ancianidad, vuelve los ojos a la Iglesia porque le atormenta el miedo al infierno.

—¡No vuelve los ojos a la Iglesia, se entrega a ella en carne y hueso! —repuso con vehemencia César—. Y con eso arroja a la miseria al resto de la familia.

—Me temo que está en su derecho de compartir sus bienes y donarlos para fines benéficos para lavar sus culpas.

—¡Es casi todo lo que poseemos! Si sale adelante con su plan, tendré que cerrar el negocio y despedir a la servidumbre, los escribientes y los *fattori*.

—Sois libre de impugnar la donación ante el Consejo —dijo dubitativo Bénédicte.

Era lo que César esperaba. Sacó entonces un documento del cinturón.

—He preparado ya una demanda. El Consejo debe decidir que anula la donación porque con ella mi padre perjudica a sus herederos.

El alcalde leyó la demanda con el ceño fruncido.

—Sé que es un viejo amigo vuestro —prosiguió César—. Pero ahora la familia Fleury necesita vuestro apoyo. El Consejo no puede querer que una de las familias más distinguidas de Varennes sucumba solo porque un anciano aturdido teme por la salvación de su alma. ¿Cuento con vuestra ayuda?

—Haré lo que pueda —dijo el alcalde—. Pero hay algo que tiene que quedaros claro: si lleváis este pleito ante el tribunal, eso desgarrará vuestra familia.

—No me gusta decirlo —dijo César—, pero hace ya mucho que está desgarrada.

—¿Por qué los negocios de Frankfurt aún no están reseñados en el libro mayor? —increpó César al escribiente.

—No sabíamos qué iba a pasar con la lana, ahora que vuestro padre se lo ha dado todo a la Iglesia —explicó el hombre intimidado—. Y en lo que al oro se refiere...

—Eso no te tiene que preocupar a ti. ¡Apúntalo todo, maldita sea, o vas a saber quién soy yo!

El escribiente se apresuró a poner manos a la obra. Desde el retorno de César, en la casa reinaba un ambiente como el de un entierro. Criados y doncellas mantenían la cabeza baja y se apartaban de su camino. Tampoco los *fattori* se dejaban ver. Decían que estaban haciendo inventario en los almacenes.

César se dejó caer pesadamente en su sillón y contempló los anteojos. Los había dejado en el atril la noche de su enfrentamiento con Josselin y luego los había olvidado. Los cogió. ¿Qué iba a hacer ahora con esa maldita cosa?

Se los puso y volvió la vista hacia la puerta. De pronto, todo aparecía borroso. Sin duda los anteojos no estaban pensados para un hombre con buena vista.

La puerta se abrió de golpe, y su padre irrumpió en la habitación.

—¡Sinvergüenza, avariento, impío! —gritó.

El día anterior, Josselin había ingresado en los franciscanos. Le habían hecho una tonsura y le habían dado una cogulla de lana parda que colgaba como un saco de su flaco cuerpo.

—Yo también te deseo un buen día, padre —dijo César.

Josselin temblaba de sagrada ira y agitaba un escrito que llevaba el sello de Varennes.

—El Consejo me ha citado para examinar si la donación es legítima. ¡Aquí dice que has impugnado mi voluntad!

—No me has dejado otra elección.

—Mi propio hijo me arrastra ante los tribunales —se lamentó Josselin—. ¿Cómo puedes hacerme una cosa así? ¿Quieres que arda en el infierno?

—No temas. Eres tan pío que alcanzaría para cinco hombres, aunque fuera sin la maldita donación. San Pedro en persona te guiará a las puertas del cielo cuando llegue el momento.

—En la orden están fuera de sí. ¿Y qué dirá el obispo cuando se entere? —El viejo frunció el ceño—. ¿Qué es esa cosa ridícula que llevas en la nariz?

—Nada. —César tiró los anteojos encima de la mesa—. La Iglesia no necesita nuestro oro —dijo—. No tienes que ceder todas las propiedades de la familia para pasar tus últimos años rezando en un convento. Eres un Fleury…, no te echarán.

—¡Pero estaba acordado así con el obispado y con el hermano guardián!

—Pues cambiarás el acuerdo. Nadie va a prohibirte donar algo. Por mí, puedes darles mil florines y la casa de campo. Pero déjanos el resto para que la familia pueda sobrevivir.

—¡No! Mi deseo era dar más, y vas a respetarlo.

—Como quieras. Entonces nos veremos ante el tribunal.

Josselin apretó los dientes y respiró resoplando por la nariz.

—Me duele ver que la avaricia y la envidia han clavado sus garras en tu alma. Dado que al parecer estás decidido a seguir recorriendo el camino del pecado, ya no tengo nada que hacer aquí. Desde ahora somos gente separada. Que te vaya bien. Rezaré por ti.

Con esas palabras, salió orgullosamente y cerró de un portazo que hizo estremecerse al escribiente.

César estuvo largo tiempo allí plantado rechinando los dientes, con el puño derecho cerrado. Por fin, cogió los anteojos, los tiró al suelo y los pisoteó.

8

Granges Saint-Lazare, reino de Francia

E sponja soporífera! —gritó Hervé.
—No queda ninguna —jadeó Adrianus—. Esa era la última.
—Entonces sujétalo fuerte.
Adrianus agarró al anciano por detrás y lo apretó contra la silla, mientras Hervé amputaba el pie gangrenado. El pobre diablo lanzó un grito agudo y ensordecedor cuando la sierra de huesos se cebó en su carne. Felizmente, perdió el conocimiento a los pocos instantes. Adrianus cauterizó el muñón con el hierro al rojo y ayudó a su patrón a tender al anciano.

Aún no había llegado el mediodía, y ya era su cuarta amputación de la jornada.

Se lavó la sangre de las manos.

—Tengo que sentarme un momento —murmuró, y se acuclilló junto a un pilar de la nave de la iglesia.

Llevaban dos semanas en el pueblo, ayudando a los antonianos a combatir el Fuego del Infierno. Todos los días, Aldus y sus hermanos traían nuevos enfermos a la iglesia; Hervé y Adrianus trabajaban de la mañana a la noche. Cuando no amputaban miembros moribundos, daban brebajes analgésicos a los enfermos y sacaban de los cuerpos el veneno de la enfermedad haciéndoles sangrías. El sufrimiento multiplicado los acicateaba para trabajar más. Adrianus ayudaba donde podía: a enterrar los muertos o a hacer vino de San Antonio, el zumo de uva enriquecido con hierbas que los antonianos administraban a los enfermos. La bebida había probado ser eficaz, aliviaba los dolores y animaba la circulación de la sangre.

Noche tras noche, dormían solo unas pocas horas. Poco a poco, el duro trabajo reclamaba su tributo. Todo el tiempo dejaban caer algo, cometían errores innecesarios y se gritaban por naderías.

Adrianus decidió descansar un poco. Solo unos minutos, para poder seguir trabajando luego con renovadas fuerzas. Pero apenas había cerrado los ojos cuando lo arrolló el sueño.

Una mano sacudió con suavidad su hombro. Adrianus parpadeó mirando a su patrón.

—¿Cuánto tiempo he dormido? —murmuró con voz tomada.

—Es casi de noche. —Hervé sonrió. Tenía cercos debajo de los ojos. Adrianus se sobresaltó.

—¿Por qué no me habéis despertado antes?

—Está bien. Lo tenía todo bajo control.

—Pero las amputaciones...

—El anciano fue el último. Mira a tu alrededor. No creo que tengamos que volver a amputar.

Adrianus fue al barril, se echó un poco de agua a la cara y tomó un trago de cerveza para quitarse el mal sabor de boca. Por primera vez desde hacía una eternidad, se sentía en alguna medida descansado. Dejó vagar la vista por la iglesia. De hecho, las filas de enfermos se habían aclarado. A lo largo de los últimos días, había trabajado tanto que no se había dado cuenta. Algunos habían muerto, pero la mayoría estaban al parecer curados y habían vuelto a sus pueblos. Aquellos que continuaban allí sufrían las consecuencias de una amputación y necesitaban cuidados. No vio gente con miembros gangrenados. Ni tampoco con el entendimiento enturbiado.

Pese a todo, no reinaba la calma en la iglesia. Muchos de sus pacientes tenían dolores y gemían sin interrupción.

Hervé y Adrianus pasaron la tarde cambiando vendas, limpiando heridas y tratando enfermos de fiebre. Habían discutido mucho sobre la naturaleza del Fuego del Infierno y estaban de acuerdo en que la plaga —como toda enfermedad— se debía a un desequilibrio entre los humores del cuerpo. La consecuencia era un fuerte calor, sobre todo en la cabeza. En la universidad, Adrianus se había reído a menudo de la teoría de los cuatro humores, pero su burla iba dirigida ante todo a la estrechez de miras de los doctores y su veneración acrítica de las autoridades clásicas, no a la doctrina misma, que era sin duda alguna concluyente. Las últimas dos semanas habían vuelto a demostrarlo. Para restablecer el equilibrio de los humores, habían hecho todo lo posible por bajar la temperatura de los cuerpos sobrecalentados. Ponían a sus pacientes compresas húmedas con sustancias frías, como alcanfor o cicuta machacada. Algunos de ellos tenían ampollas y abscesos, que trataban con ungüentos de aceite de oliva y hojas de malva hervidas. Además, daban a los enfermos jugo de llantén.

Y bien... cuando la enfermedad no había avanzado demasiado, aquellas medidas conseguían que la fiebre remitiera y, poco después, el resto de los síntomas desapareciera.

Cuando el trabajo estuvo hecho, se sentaron bajo el cielo estrellado y compartieron una sencilla cena a base de fruta, queso y vino.

Una figura venía hacia el pueblo por el empinado camino. Era Aldus. En los últimos días, el viejo monje apenas se había dejado ver. Había recorrido los pueblos circundantes con algunos hermanos, en busca de enfermos.

Ahora, Aldus sonreía de oreja a oreja.

—Vengo con buenas noticias, amigos míos. Desde hace tres días no hemos encontrado nuevos casos. Todo el cereal sospechoso ha sido destruido.

—¿Así que podemos esperar que el Fuego del Infierno haya sido dominado? —preguntó Hervé.

—Sí... si todo sigue así. Pero esperemos hasta mañana antes de celebrar nuestra victoria sobre la plaga.

—De todos modos, no tengo fuerzas para celebraciones. —Hervé suspiró—. Por Cosme y Damián, podría estar durmiendo tres días seguidos...

Su esperanza no se vio defraudada: a lo largo de los dos días siguientes, los antonianos tampoco encontraron nuevos casos. Según parecía, el Fuego del Infierno había soltado de sus garras a la región.

—Os doy las gracias por todo lo que habéis hecho por esta pobre gente —dijo el hermano Aldus a la mañana siguiente—. Sin vuestra ayuda, no habríamos podido salvar ni a la mitad. La orden está en deuda con vosotros para siempre.

—No hemos hecho más que seguir la voluntad de los santos —respondió con humildad Hervé.

—Nos las arreglaremos solos para atender a los enfermos que quedan. Por favor, aceptad estos víveres y seguid vuestro camino. Ya os hemos apartado bastante de vuestra peregrinación.

—Gracias. —El cirujano tomó la bolsa repleta—. Partiremos mañana. Quiero estar seguro de que las heridas de las amputaciones curan bien.

—Someteos. Esto es tarea nuestra. Ya habéis hecho bastante, en verdad. —El viejo monje no se dejó convencer y los sacó de la iglesia.

—Aldus tiene razón —dijo Hervé mientras cruzaban el cementerio—. Deberíamos descansar un poco antes de seguir. Las últimas semanas han sido duras.

Bajaron al pueblo y pasearon por sus alrededores. Era un espléndido día de finales de verano. El aire olía a hierba húmeda y verbena; el sol brillaba verde y dorado en las copas de los árboles. A la orilla de un arroyo que brotaba en un bosquecillo de robles y serpenteaba borboteando por entre los prados recogieron plantas medicinales, porque sus reservas estaban acabándose. Los campesinos que en un campo cercano clavaban postes en el suelo para levantar una cerca los reconocieron como los benefactores de Saint-Lazare, y los invitaron a una jarra de cerveza y un cuenco de sopa de nabos. Cuando Hervé y Adrianus regresaron por fin a la iglesia-fortaleza, en lo alto de la colina, ya era de noche.

Había un carro delante de la puerta, cargado de sacos y toneles. En vez de descargar la mercancía, los antonianos discutían vivamente. Más de uno estaba pálido de ira.

—¿Qué ha ocurrido? —preguntó Hervé.

El hermano Aldus parecía preocupado.

—El hermano Franciscus estuvo en Montargis para comprar vino y grano. Ha traído malas noticias.

—¿Acaso ha brotado el Fuego del Infierno en otro sitio? —preguntó Adrianus.

—Se trata de la guerra en el norte. El ejército del rey Felipe ha sufrido una terrible derrota en Crécy. Dicen que el rey ha huido a Amiens. Su ejército ha quedado destrozado. ¡Dicen que ha caído un tercio de la caballería francesa!

Hervé frunció el ceño.

—Crécy... ¿dónde está eso?

—Cerca de la costa, creo.

—¿Y los ingleses... van hacia París?

—Dicen que están marchando hacia el norte, para poner sitio a Calais. ¿Cómo es posible? —preguntó Aldus, sin dirigirse a nadie en concreto—. Era el ejército más grande que Francia ha visto nunca. Era invencible. El rey Felipe no podía perder.

Algunos monjes dieron curso a su desesperación maldiciendo a los ingleses y rogando a Dios que lanzara sus plagas contra el rey Eduardo.

—¿Iremos de todos modos a Luzarches? —preguntó Adrianus.

—Calais está a muchos días de viaje de París —repuso Hervé—. Creo que podemos arriesgarnos.

—Por desgracia eso no es todo —dijo sombrío Aldus—. El hermano Franciscus ha hablado con un mercader que comercia con Constantinopla y los reinos cristianos de Oriente. Allí corren rumores de una plaga que supera todo lo conocido hasta la fecha.

Hervé le clavó una mirada penetrante. Aldus, que entretanto había llegado a conocer aquella peculiaridad del cirujano, lo entendió como una invitación a seguir hablando.

—Dicen que causa estragos en Egipto y en las tierras de los turcos y mongoles. Todos los días se lleva a miles, y allá donde la plaga se declara llueven ranas y serpientes. Un humo apestoso se alza desde el infierno, y un trueno resuena en el país.

Adrianus no sabía qué pensar de aquella descripción apocalíptica. Los relatos sobre países lejanos siempre contenían toda clase de adornos fantásticos que, como hombre de ciencia, él consideraba exagerados. Pero sin duda la historia tenía un núcleo de verdad. ¿Qué ganaban los mercaderes, o sus asociados en Constantinopla, con inventar algo así?

—¿Se extiende la plaga hacia el oeste? —preguntó Hervé.

—Eso solo lo sabe el Señor —murmuró Aldus, que parecía harto de hablar de cosas sombrías. Fue hacia sus hermanos y los instó con brusquedad a descargar por fin la mercancía.

Había sido un día agradable, pero las malas noticias habían estropeado el humor de Adrianus. Miró con los labios apretados las franjas llameantes en el horizonte. Normalmente amaba el atardecer y el juego de colores en el cielo cuando el sol se ponía. Pero ese día aquella ascua rojiza le parecía un oscuro presagio, un signo de que se avecinaba una desgracia.

—Echemos un vistazo a los enfermos mientras Aldus está ocupado —dijo Hervé.

Agradecido, Adrianus siguió a su patrón al interior. El trabajo lo haría pensar en otras cosas.

Cambiaron las vendas y constataron que la mayoría de las heridas causadas por las amputaciones curaban bien. Sin embargo, el muñón de una joven a la que habían cortado el antebrazo izquierdo supuraba con fuerza.

—Algunos médicos consideran el pus materia curativa que hay que dejar en la herida —explicó Hervé—. Es una peligrosa insensatez a la que nunca debes dar crédito.

Adrianus asintió. Entre los paladines de aquella teoría se encontraba un tal doctor Girardus, de la facultad de Medicina de Montpellier.

—Nuestro objetivo tiene que ser mantener limpia la herida y cortar la supuración... Solo de ese modo puede sanar —prosiguió Hervé—. Entonces, ¿qué hacemos? —preguntó con mirada penetrante.

Adrianus comprendió que su patrón quería ponerle a prueba.

—Primero, lavamos la herida con una infusión de manzanilla. Cuando el muñón esté limpio, espolvoreamos un poco de polvo de aloe y hacemos una compresa con hojas de ortiga y sal.

—¿Por qué ortiga y sal?

—Bueno, el pus es de condición fría y húmeda. Así que tenemos que combatirlo con sustancias cálidas y secas.

Hervé sonrió en reconocimiento.

—Pon manos a la obra.

Cuando, a la mañana siguiente, Adrianus fue a ver a la chica, constató que su tratamiento daba fruto: el pus había desaparecido, el tejido herido tenía un aspecto rosado y sano.

—Creo que ahora podemos dejar a los pacientes al cuidado de los antonianos —dijo Hervé, mientras estaban sentados en la escalera exterior y se fortalecían con un poco de leche y sopas—. Estás muy callado. ¿Te preocupa algo?

Adrianus dejó su cuenco.

—Me gustaría pediros una cosa.

—Adelante.

Adrianus había reflexionado mucho a lo largo de las últimas semanas. Allí, en la iglesia-fortaleza de Saint-Lazare, se había dado cuenta de que su destino era ser cirujano. ¡Al diablo con las dudas! Había nacido para aquel oficio.

—Tengo que empezar por confesaros algo: ya no voy a la universidad.

—Ah. —Hervé sonrió—. ¿Creías que no me había dado cuenta?

Adrianus fue a dar una explicación, pero el cirujano alzó la mano.

—Tus motivos no me incumben. ¿Qué quieres pedirme?

—Me gustaría que me formaseis para ser cirujano.

—Me temo que no puedo —respondió Hervé.

Esa no era la respuesta que Adrianus esperaba.

—Sois un maestro del gremio de cirujanos de Montpellier. Siempre podéis tomar un aprendiz...

—No puedo formarte porque ya no puedo enseñarte nada. Eres capaz de preparar remedios para cualquier dolencia imaginable sin tener que mirar en los libros. Sabes colocar articulaciones, enderezar huesos rotos y coser heridas. Sabes cómo calmar una hemorragia, cómo sacar un diente y cómo hacer una amputación. Conoces mejor que yo los fundamentos teóricos de nuestro arte.

—Aún hay muchas cosas que podéis enseñarme —replicó Adrianus.

Hervé sonrió, y había tristeza en su sonrisa.

—Los dos sabemos que eso no es verdad. Tienes talento, pasión y empatía hasta el exceso. Lo único que te falta es experiencia, que vendrá con el tiempo. Dentro de unos años, serás un médico mucho más grande de lo que yo llegaré a serlo nunca.

Adrianus compuso una sonrisa torcida.

—Me avergonzáis.

—No digo más que lo que es. Dios te ha dado un don especial. Sal al mundo y utilízalo.

Se quedaron sentados en silencio contemplando el sol que salía tras los velos de nubes que ardían como oro entretejido en el firmamento.

—Pero hazme un favor —dijo Hervé al cabo de un rato—. No te quedes en Montpellier. Tendría que envenenar a un competidor como tú.

—No podemos arriesgarnos a eso.

—Porque Cosme y Damián no lo aprobarían.

—No debemos irritar a los santos —dijo Adrianus.

—De ninguna manera —corroboró Hervé.

Recogieron sus cosas y cargaron el mulo, que volvió a mostrarse testarudo y no consideraba adecuada la pretensión de abandonar el jugoso prado que había detrás de la iglesia. Adrianus ató su bolsa al cayado.

—¿Por qué vas a cargar con ella? —preguntó Hervé—. Ponla con el resto del equipaje.

—No voy a ir a Luzarches —explicó Adrianus con timidez.

—Quieres volver a casa, ¿verdad?

—Mi familia tiene que saber que ya no estoy estudiando. Y no está lejos de aquí... puedo llegar en diez días.

No era ninguna nimiedad interrumpir una peregrinación. Pero Adrianus confiaba en que Cosme y Damián serían indulgentes con él, después de todo lo que había hecho por los enfermos en la iglesia-fortaleza.

Hervé se quedó mirándolo largo tiempo.

—Entonces toca despedirse.

—Sí.

—Enseguida vengo. Atiende al mulo hasta que vuelva.

Sorprendido, Adrianus vio que el cirujano cruzaba el portal e intercambiaba unas palabras con el hermano Aldus. Los dos hombres entraron en la iglesia.

Poco después, Hervé regresó y le tendió un trozo de pergamino.

—Ten cuidado, la tinta aún está húmeda.

En el escrito, Hervé confirmaba haber formado a Adrianus como cirujano, según los estatutos del gremio de cirujanos de Montpellier.

—Eso no es del todo cierto —dijo Adrianus con una sonrisa.

—¿Y a quién le importa? En tu patria no va a comprobarlo nadie. Lo decisivo es que tengas algo que permita tu ingreso en el gremio.

—Gracias, maestro. —Adrianus estaba sinceramente conmovido.

Bajaron la ladera en silencio. El hermano Aldus y los otros antonianos se habían congregado en la puerta y los despedían agitando las manos.

Cuando llegaron al pueblo al pie de la colina, Hervé dijo:

—Bueno, yo voy por allí. —Señaló el norte.

—Y yo por allí. —Adrianus indicó el este.

Se miraron.

—Mis libros aún están en Montpellier. ¿Podéis enviármelos?

—Sin duda. —El cirujano sonrió—. Creo que no podemos alargar esto más. —Abrazó a Adrianus—. Buen viaje, amigo mío. Que Cosme y Damián te protejan.

—Y a vos también, maestro.

Y con eso sus caminos se separaron. Hervé llevaba el mulo de las riendas, y desapareció poco después detrás de las cabañas. Adrianus sentía el corazón oprimido. ¿Volvería a ver a su maestro alguna vez?

Con una sensación de agobio en la garganta, recorrió el sendero, el cayado en la mano, los pasos largos y apresurados, como si un poder invisible lo atrajera hacia Varennes... a casa.

VARENNES SAINT-JACQUES, DUCADO DE LORENA

Léa recogía la tienda mientras tarareaba una alegre canción. Su padre la ayudaba sin que fuera necesario sacarlo de su estudio con ruegos y protestas. También Baruch estaba de buen humor y charlaba alegremente mientras revisaba los estantes.

—¿Dónde están los bezoares? Ah, aquí. El cristal está lleno de polvo... Así mejor. Y ahora el ajo... ¿dónde lo he metido? ¡Ahí está, y no dice nada! Al barril contigo, junto a los otros. ¿Esto es lo que queda? Deberíamos comprar más. Sí, deberíamos hacerlo. El ajo es sano; un solo diente, machacado con aceite y sal, es un remedio espléndido contra los dolores de muelas, como nos enseña el Rabbah...

Hacía nueve días que la comunidad había celebrado el Rosh Hashaná, y había empezado el año 5107 desde la creación del mundo. Al día siguiente celebrarían el Yom Kippur, el día de la Reconciliación, en el que se guardaba reposo, se ayunaba de manera estricta y se confesaban los pecados durante el servicio religioso. El Yom Kippur era el final y el punto culminante de los diez días de conversión que todos los judíos debían emplear en arrepentirse de sus faltas e inclinar el juicio divino a su favor. Era un tiempo de íntima reflexión que Léa disfrutaba siempre. Los diez días de conversión eran un nuevo comienzo, en el que se dejaba atrás lo viejo y agobiante y la gente se preparaba para el nuevo año.

Eso incluía también limpiar la tienda a fondo. Léa fregó el mostrador y pulió la balanza de precisión, el mortero y los otros aparatos metálicos hasta que relucieron. Acto seguido, se puso a revisar las existencias de medicamentos. Apenas quedaba aceite de semillas de ortiga. No resultaba sorprendente, a causa del húmedo verano media ciudad estaba resfriada. También los cristianos codiciaban aquel aceite como eficaz remedio contra los dolores de cabeza, el calor de la fiebre y la destilación.

—¿Nos quedan semillas de ortiga, padre? —gritó mirando a la trastienda.

Se oyó un estrépito, y Baruch maldijo de manera audible.

—No, hija mía. La tinaja está vacía... y partida en dos, me temo. —Ella le oyó recoger los fragmentos—. Cinco esquirlas, por los cinco libros de Moisés —murmuró mientras lo hacía.

Veía cifras místicas por doquier, para él todo tenía un significado numerológico secreto... una manía que había desarrollado después de la muerte de su madre. Léa sospechaba que advertía en los números la mano ordenadora del Creador. Y eso parecía tranquilizarlo.

—Voy un momento al mercado a por él. —A Léa le apetecía poco tener que salir de la judería. Pero, si no restablecían sus existencias del demandado aceite, se les iban a escapar buenos negocios.

—Oh. —Baruch salió de entre los estantes—. He olvidado completamente decirte que vamos a repartir ahora mismo comida a los pobres en la casa de baile. He prometido al Consejo Judío que ayudaríamos.

—No importa. Puedo ir al mercado más tarde.

Casi toda la comunidad estaba congregada en la casa de baile. En el suelo había cestas con pan, carne y pescado; había toneles de sal y mantequilla y varios sacos llenos de harina y cereal. La esposa de Aarón ben Josué estaba en ese momento colgando prendas de vestir usadas de las vigas del techo. Los donativos procedían de las familias acomodadas del barrio judío. El que tenía mucho daba a las viudas, los huérfanos y otros pobres. El Consejo Judío se encargaba de que todo fuera repartido con justicia. Uriel y Gershom, los dos hombres de más edad del barrio, fueron los primeros en elegir. Uriel se quejó abiertamente de que el pan estaba duro y la carne tiesa como un zapato, lo que no le impidió llenar su cesta de tal modo que apenas podía cargar con ella. Gershom, en cambio, se mostró lacónico como siempre. Cuando Léa le ayudaba a elegir, le llamó la atención que volviera a cojear.

—¿Te duele?

—La rodilla está tiesa desde que vino la humedad —gruñó él, mientras olfateaba una manzana.

—Luego iré a echarte una mirada, ¿de acuerdo?

Léa miró preocupada al anciano. Gershom sufría de tantos achaques que le parecía un milagro que siguiera vivo. Pero de algún modo volvía siempre a ponerse en pie.

Entretanto los otros judíos charlaban entre ellos, el ambiente era amable y relajado. Algunos se abrazaban y pedían perdón por malas palabras u otras injusticias que habían cometido el año anterior. Todo el mundo quería reconciliarse con sus vecinos y conocidos, para poder dirigirse a Dios con la conciencia limpia el día de la Reconciliación.

Tan solo Baruch se vio obligado a endurecer el tono.

—Tienes que circuncidar a tu hijo —reñía en ese momento a una joven esposa que llevaba un recién nacido en brazos—. Así lo quiere la Ley. Y tienes que hacerlo al octavo día de su nacimiento. ¡Lo sabes!

—Pero es tan delicado… ¿No podemos esperar a que cobre fuerzas?

—Léa lo ha examinado, tu hijo está bien. No tienes que temer la circuncisión. Es necesaria —insistió Baruch—. Con ella renovamos la alianza eterna que el patriarca Abraham selló con Dios. Si la rompemos, estamos perdidos.

Había suficientes manos, de manera que Léa decidió acudir rápidamente al mercado. Un fresco viento de otoño envolvía la catedral, acariciaba las bocas de las gárgolas y silbaba en torno a los arbotantes. La lluvia de la noche había reblandecido el suelo, la cruz del mercado se alzaba entre el lodo y parecía los restos de una capilla hundida en un pantano. Poca gente vagaba entre los puestos, regateando con los mercaderes. Léa hubiera preferido un mercado lleno: entre la multitud no la habrían reconocido tan deprisa como judía. Enseguida atrajo las miradas. Trató de comportarse con normalidad… un arte que, como muchos judíos, dominaba a la perfección.

Fue hacia los mercaderes de especias y eligió un puesto en el que no había nadie en esos momentos. Toneles de sal y vinagre flanqueaban la mesa, en la que había una abigarrada selección de cosas: tinajas llenas de clavo, canela y pétalos de rosa. Cestos de ajo y menta, salvia y estragón. El romero y la mejorana olían frescos y sabrosos, como si acabaran de cogerlos del huerto. La bolsa de la pimienta le invitaba a uno a meter la mano y dejar correr por entre los dedos los exquisitos granos.

El hombre que había detrás de la mesa, que llevaba un grasiento gugel, estaba comiéndose un muslo de pollo y se secaba la grasa de la barbilla huidiza. Miró con descaro a Léa mientras masticaba un trozo de cartílago, pasándose el trozo de un carrillo a otro.

—¿Qué va a ser?

—Quiero semillas de ortiga.

El hombre se agachó y le puso delante una tinaja abierta.

—¡No las toques! —escupió cuando ella tendió la mano.

—Pero tengo que comprobar la mercancía.

—Por mí puedes olerla, pero aparta las manos. Si una judía revuelve ahí, no podré vendérselas a ningún cristiano.

Léa apretó los dientes y ocultó su enfado.

—¿Cuánto cuesta la onza?

—Cuatro deniers.

—Eso es demasiado. Te daré tres y me llevaré cuatro onzas.

—Cuatro es el precio habitual, y también vale para los judíos. Entérate.

—Tres y medio. Es mi última palabra —dijo Léa.

—¿Insistes? No voy a regatear contigo —repuso irritado el mercader—. O pagas el precio que te pido o te vas a otro sitio.

—Así son los judíos —dijo alguien detrás de ella—. Devorados por la avaricia y la codicia. No le dejan ganarse el pan a un pequeño tendero.

Léa se dio la vuelta. Varias personas se habían detenido y la miraban.

—¿Pequeño tendero? —les dijo—. Este es el ayudante de Théoger Le Roux, el hombre más rico de la ciudad. Y supongo que regatear estará permitido.

—No gastes ni un céntimo de más —escupió una mujer rechoncha de cara colorada—. ¡Así tenéis la bolsa llena, engañando a la gente, tú y tu padre!

—¿Cómo?

—A los cristianos nos cuestan una fortuna vuestros remedios —ladró un hombre que llevaba a la espalda un cesto lleno de leña—. Apuesto a que un judío no paga ni la mitad.

—Tonterías. En nuestra tienda todo el mundo paga lo mismo.

—¿Vas a comprar algo, o no? —preguntó impaciente el mercader.

Léa iba a abrir la bolsa del dinero cuando la mujer gorda volvió a chillarle.

—¡No te creo una sola palabra. Mentís y engañáis todo lo que podéis. Lo lleváis en la sangre!

—Sois todos una camada de ladrones —la ayudó otra.

—¡Habría que echaros! —La mujer fue a golpearla. Léa apartó las manos de la gorda.

—¿Cómo se te ocurre atacar a mi mujer?

El hombre del cesto a la espalda tenía el rostro deformado por la ira. El vendedor rugía llamando a los alguaciles, todos gritaban en confusión. Léa se dio la vuelta y corrió tan rápido como pudo, pasando de largo ante los puestos del mercado y los cristianos que chillaban. Algunos hombres la persiguieron, pero ella fue más rápida y se metió en un callejón. Los perseguidores la dejaron ir, agitaron los puños y le gritaron feos insultos.

Solo al llegar al portal de la judería redujo el paso. El corazón se le subía a la garganta. Corrió a su casa y cerró la puerta tras de sí.

Su padre volvía a estar allí. Se hallaba junto al mostrador y la miró asustado.

—¿Qué ha pasado?

—En el mercado... me han... —Las palabras se le atascaron en la garganta. Empezó a sollozar.

Baruch la abrazó torpemente.

—¿Te han hecho daño?

—No me ha pasado nada. —Se secó las lágrimas—. ¿Qué les hemos hecho, padre? ¿De dónde viene este odio?

Él se pasó la mano por la barba, confuso.

—Antes era mejor. El Consejo incluso nos permitía salir de casa sin la marca amarilla. Pero hace mucho de eso. Ahora en Varennes las cosas están igual de mal que en otros lugares.

Léa quería olvidar lo antes posible el incidente. Prefería no llenar su corazón de rencor y de malos sentimientos estando tan cerca el Yom Kippur.

—Vamos a recoger la tienda.

—Más tarde preguntaré a Solomon si puede conseguirnos semillas de ortiga.

—Que los incircuncisos tosan y soporten la moquita —dijo Léa—. Ya que no quieren otra cosa.

El día del Yom Kippur se ayunaba de manera estricta. Léa no había comido nada desde la tarde del día anterior. Por la mañana, el hambre había sido una tortura, pero ahora, muchas horas después, la sensación de vacío en el estómago había desaparecido. Sentía una claridad espiritual, una profunda vinculación con Dios, y se notaba dispuesta a purificar su alma.

La sinagoga estaba adornada de blanco y parecía un palacio de nieve fresca y pétalos de flores. También iban de blanco los hombres, que se habían puesto sus vestimentas fúnebres, con las que algún día los enterrarían. Enseguida toda la comunidad pronunció el acto de contrición, los hombres en la nave principal y las mujeres en la logia. Cada uno lo decía para sí, de tal modo que el silencio solo se veía perturbado cuando los judíos se golpeaban el pecho con el puño por cada pecado cometido.

Léa volvió la vista al año anterior y confesó sus faltas, sin permitirse autoengaño alguno. A veces había sido codiciosa, había vendido a clientes ricos medicamentos que no necesitaban del todo. No siempre había mostrado a su padre el debido respeto, lo había echado de su lado y le había hecho sentir su irritación. Había sido injusta y vanidosa, malhumorada e impaciente.

Expuso todo eso ante Dios.

Pensó también en los cristianos de la plaza del mercado hacía dos días, en sus escarnios, en los hirientes reproches. Había odiado a esa gente en aquel momento, les había deseado escrofulosis y una muerte dolorosa, aunque era el día de la reflexión, un momento sagrado de reconciliación.

Respiró hondo, hizo acopio de fuerzas. Perdonó a la mujer que chillaba y al hombre que llevaba el cesto a la espalda y a todos los demás que la habían acosado, se liberó del odio. Se golpeó con el puño en el pecho.

Después del acto de contrición hubo lecturas de la Torá y cánticos comunes. Luego, por la tarde, la comunidad recitó el *Shemá Israel* y la oración final, y la gente salió a la calle, donde Solomon se llevó el shofar a los labios. No todo el mundo era capaz de tocar la corneta de cuerno de carnero pulido; hacía falta práctica, sentimiento y pulmones fuertes. Solomon era el mejor tocador de shofar de toda la región. Cuando lo entonaba, se oía un espléndido sonido que conmovía el alma de Léa. Se sentía instantáneamente transportada a Canaán, a la tierra de sus antepasados, y aunque nunca había estado allí veía los desiertos y las colinas ocres, olía el polvo y el estiércol de los rebaños de ovejas, oía susurrar el viento entre las rocas antiquísimas.

Pareció que pasaba una eternidad hasta que el último toque del cuerno se extinguió. El Yom Kippur había terminado, el libro de la vida se había cerrado. Léa se sentía como renacida… y de pronto tenía un hambre inmensa. A su familia le pasaba lo mismo.

—¡Vamos a comer! —atronó Solomon, bienhumorado, y se frotó las gigantescas manos.

9

Octubre de 1346

Era un frío y gris domingo cuando Adrianus volvió a casa. Montañas de nubes se acumulaban sobre el valle del Mosela, como titánicos ejércitos que se concentraban para asaltar el reino de los cielos.

Adrianus se arrebujó en el manto y caminó por la hierba del borde del camino, porque el camino mismo estaba tan reblandecido que uno se hundía en el lodo hasta los tobillos. Una extensa red de terraplenes, zarzales y fosos llenos de agua de lluvia rodeaba Varennes: la marca defensiva que protegía el término de la ciudad de sus enemigos. Pasó de largo ante un pueblecito que no existía cuando había hecho su última visita. Al parecer, durante los años anteriores. Varennes había seguido creciendo, y los recién llegados tenían que asentarse en los alrededores, porque la ciudad propiamente dicha ya no podía acoger más gente. Se decía que ahora dentro de los muros defensivos vivían alrededor de diez mil almas.

Cuando tuvo a la vista las torres gemelas de la catedral, Adrianus abandonó la carretera y atravesó los prados hacia el norte. Quería ir a ver a su padre Josselin y a su hermano César, que la mayoría de los domingos no se encontraban en la ciudad, sino que acudían después de la feria con la familia a su casa de campo. A pie, Adrianus necesitaría una hora.

El edificio de piedra, bajo y cubierto de juncos, se encontraba a la orilla de un pequeño arroyo y estaba rodeado de huertos, detrás de un murete de mampostería. Adrianus cruzó el arco del portal y vio a un hombre de cogulla marrón que en ese momento salía de la casa y se dirigía descalzo a los establos.

Un monje de la orden franciscana.

Se dirigió a él con el ceño fruncido.

—Con Dios, venerable hermano —dijo Adrianus al monje—. ¿Puedo preguntaros qué os trae por aquí?

—¿Quién quiere saberlo?

—Soy Adrien Fleury. Esta finca pertenece a mi padre, Josselin. ¿Está él en casa?

—No, y la casa ya no le pertenece —respondió escuetamente el monje, y entró en el establo.

Adrianus le siguió y se detuvo en la puerta.

—¿Qué significa que ya no le pertenece? ¿La ha vendido?

—Lo mejor es que preguntéis a vuestro señor hermano.

Estaba claro que el monje no estaba dispuesto a darle información. Sorprendido, Adrianus se pasó la mano por el oscuro cabello, que había ido creciendo poco a poco, de modo que ya no se veía nada de la antigua tonsura. Finalmente, giró sobre sus talones y se puso en camino hacia la ciudad.

Se aproximó a Varennes desde el oeste. Por la Puerta del Heno entraba en ese momento un carro de bueyes cargado de leña hasta los topes, para gran disgusto de algunos alguaciles de reluciente coraza que en ese momento iban a salir por ella y tuvieron que tirar de las riendas. Agitaron las lanzas enfurecidos, pero el leñador que iba en el pescante era de naturaleza estoica y no veía motivo para acicatear a los bueyes. Adrianus se escurrió por un costado y llegó al mercado del heno, donde en ese momento unos cuantos titiriteros hacían malabares con bolas y antorchas y cosechaban unas pocas monedas de plata de su escaso público.

La última vez que había estado allí había sido después de obtener su título de *Magister artium*... hacía cinco años. Desde entonces habían cambiado unas cuantas cosas. Varennes estaba junto al Mosela y dependía del río como un niño de una madre caprichosa..., una madre que, al parecer, cada vez estaba menos en condiciones de alimentar a su descendencia. Adrianus vio a numerosos mendigos en las calles, figuras harapientas, tiesas de porquería, marcadas por abscesos y otras dolencias. No todo el mundo que llegaba del campo a Varennes hallaba su fortuna. No pocos terminaban en una amarga pobreza, vivían de limosnas y dormían en los claustros de los conventos. La miseria tampoco perdonaba a los habitantes más asentados. Más de uno seguía sufriendo las consecuencias de la hambruna: Adrianus vio aquí a algunos niños de mejillas huecas, allá a un aprendiz de zapatero remendón de flacos brazos, un callejón más lejos a dos burguesas de rostro enflaquecido.

La imagen de la ciudad mejoró de golpe cuando llegó a la plaza de la catedral. Allí reinaban el bienestar y la abundancia, porque en las casas de varios pisos que rodeaban la catedral vivía la aristocracia de la ciudad, los mercaderes y patricios enriquecidos por el comercio y la propiedad. En los puestos se apilaban sus mercancías; toneles de sal y balas de paño formaban altas torres, en las mesas brillaban los adornos de plata, especias exóticas de lejanos países atraían a la gente. En la casa de los gremios se reunían para celebrar derrochadores banquetes, presumían de bienestar y forjaban alianzas en contra de ciudades comerciales rivales. En el ayuntamiento, cuidaban celosos de su poder y se aseguraban de que nadie les disputara nunca su influencia.

Dios había querido que Adrianus naciera en una de las familias dirigentes de Varennes, y daba gracias al Señor por la suerte de haber podido crecer en la riqueza y en la seguridad. Y, sin embargo, nunca se había sentido del todo perteneciente al patriciado. Demasiado a menudo le repelía la despótica arrogancia de sus iguales... que por desgracia era también muy propia de su hermano César. Y tampoco llevaba dentro un mercader; eso lo había sabido ya de adolescente, cuando su padre había decidido que ayudara en el negocio. Había aguantado un año. Luego se había dado cuenta de que sentía pasión por el arte de curar. Ni un mes después se había marchado a Montpellier, no precisamente para alegría de su familia.

Durante los ocho años pasados, había echado de menos Varennes a menudo. Pero, si era sincero, su nostalgia no era para la familia, sino para el lugar de su infancia, para sus amigos. Porque su relación con Josselin y César había sido difícil desde siempre.

«¿Qué pasará cuando se enteren de lo que ha sucedido en Montpellier?»

En eso pensaba cuando entró en la casa familiar.

Subió a la sala, en la que se sentaban César y su esposa Hélène y miraban jugar a los niños. Adrianus llamó con los nudillos a la puerta abierta y entró sonriente.

—¡Hermano! —atronó César—. ¿Qué haces aquí?

Se puso en pie de un salto y estrechó a Adrianus entre sus fuertes brazos. Hélène lo besó en ambas mejillas. Adrianus siempre se había entendido bien con ella. Era una de las pocas mujeres con las que podía hablar sin timidez.

—¡Aparecer aquí sin más, después de todos estos años! —gritó su hermano—. ¿Cómo es que no has escrito?

—Porque entonces no habría sido una sorpresa —repuso sonriente Adrianus.

—¿Quién es, madre? —preguntó el pequeño Michel, que tenía en las manos un caballo de madera con ruedas.

—Vuestro tío Adrien —explicó Hélène—. Venid a saludarle como es debido.

—Qué mayores están los dos. —La última vez que Adrianus había visto a los niños, Michel tenía dos años y Sybil aún era un bebé.

—Tú también has cambiado. —César le puso las manos en los hombros—. Te has hecho un hombre.

—Eso parece. —Adrianus no podía soportar que César hiciera observaciones acerca de su virilidad, ni siquiera cuando, por excepción, eran benévolas.

Los dos hermanos no podían ser más diferentes. César era lo que se llama una persona «recia»: alto, con exceso de peso, cuello de toro, el ancho rostro enmarcado por una barba cerrada y abundante; bendecido, además, con la férrea seguridad en sí mismo de un hombre que tenía las arcas llenas de oro y volvía la vista hacia prestigiosos antepasados en la aristocracia de la ciudad. Adrianus, en cambio, era delgado y media cabeza más bajo que César, y tan solo llevaba una corta perilla. No le decían nada la riqueza de su familia y su pasado, porque las capacidades de un hombre y su integridad moral le importaban más que el dinero y la ascendencia distinguida.

Se sentaron ante la chisporroteante chimenea. César llenó dos copas de vino.

—¿A qué viene esa tontería de firmar últimamente tus cartas como «Adrianus»? —preguntó con una fina sonrisa—. ¿Ya no te basta con tu nombre?

—En la universidad es habitual latinizar los nombres de estudiantes y doctores. Simplemente me he acostumbrado a Adrianus, eso es todo.

—Así que ahora eres un auténtico erudito. —César recalcó con ligero desprecio la última palabra—. Seguiré llamándote Adrien, si no te importa.

A Adrianus le importaba, pero no quería iniciar una disputa por eso. Aún era demasiado pronto.

—Bueno, hermano —empezó César, y saboreó con deleite el vino—, cuenta: ¿qué te trae a Varennes? Eso solo puede significar que por fin has terminado la universidad y vas a enseñarnos tu título de doctor.

—Primero dime por qué habéis vendido la casa de campo. ¿Dónde está padre?

El gesto de César se ensombreció.

—¿Has estado allí?

—Pensaba que pasaríais el domingo en el campo. Me encontré a un monje. ¿Habéis vendido la casa a la orden de los franciscanos?

—Padre ha ingresado en un convento para expiar sus pecados. Antes, ha regalado a la Iglesia todas las propiedades de la familia. Ahora la casa de campo pertenece a su orden.

—¿Todas las propiedades? —preguntó Adrianus.

—Los telares, los rebaños, el oro, la tierra… todo. Solo ha tenido la clemencia de dejarnos esta casa.

Adrianus guardó silencio, conmocionado. César le había escrito que Josselin se estaba volviendo cada vez más devoto y sufría cada vez más el temor al infierno. Pero no sabía que estaba tan mal.

—Sí, hermano —dijo César—. No has escogido un momento feliz para volver a casa.

—No irás a aceptar eso sin hacer nada.

—Si crees tal cosa es que me conoces mal. He impugnado la donación. El Consejo está ahora mismo examinando mi demanda. Espero que el alcalde me diga pronto qué han decidido.

—No sé qué decir… —Adrianus movió la cabeza—. Hablaré con padre.

—Puedes intentarlo. Pero dudo que consigas nada. Si me lo preguntas, el viejo ya no está en sus cabales. Cualquier palabra razonable es palabra perdida con él.

Que su hermano hablara de su padre de una manera tan despectiva solo podía significar que se habían peleado, pero ¿quién podía reprochárselo a César?

—Ahora ya sabes en qué angustias estamos. Solo espero que traigas buenas nuevas. ¿Podemos dirigirnos a ti como «doctor»?

—Doctor Adrianus —dijo sonriente Hélène—. Creo que suena bien.

Adrianus dio un largo trago a su copa de vino. Por el camino se había preguntado cien veces cómo iba a decirle a su familia que había fracasado en Montpellier. No había contado con un escenario tan negro ni en sus peores pesadillas. La tentación de ahorrarles la verdad era grande. Pero no tenía sentido: antes o después, César se enteraría de lo que había ocurrido. Lo mejor era servirle un vino limpio.

Respiró hondo.

—No hay ningún título de doctor. No he terminado los estudios de Medicina. Hubo un... incidente. Me expulsaron de la universidad poco antes del examen final.

César parpadeó. La silla crujió bajo su peso cuando se apoyó contra el respaldo. Su voz sonó controlada, pero la inminente explosión de ira temblaba ya en ella.

—¿Qué clase de incidente?

—No estaba de acuerdo con las enseñanzas y me sublevé contra los doctores. Y no pudieron perdonármelo.

Su hermano se puso en pie de golpe y recorrió la estancia a zancadas. Los niños abrieron mucho los ojos. Hélène bajó la vista, como siempre que César se ponía furioso.

—La familia ha gastado mucho dinero para que pudieras estudiar en el extranjero... ¡Varios cientos de florines a lo largo de años! ¿Y tú lo tiras sencillamente por la ventana?

—La universidad no es mi mundo —repuso Adrianus con tranquilidad. Hacía ya mucho tiempo que los ataques de ira de César no le daban miedo.

—Ah, no es tu mundo. ¿Y has tardado ocho años en darte cuenta? Pero ya entiendo: no es fácil abandonar la agradable vida del estudiante. Puede que en ese caso te hubiéramos pedido que trabajaras.

—He trabajado todos estos años... con un cirujano. Lo sabes muy bien.

César fijó la mirada en él.

—Hemos puesto grandes esperanzas en tus estudios. Ibas a ser el primer Fleury con un título académico. Y precisamente ahora a la familia podrían venirle bien los ingresos de un físico. ¿En qué estabas pensando?

—No vuelvo con las manos vacías —dijo Adrianus—. Al fin y al cabo soy magister.

—Oh... muy bien, entonces todo en orden. Ocho años de estudio para un *Magister artium*, estoy orgulloso de ti. ¿Y qué pretendes hacer con tu grandioso título? ¿Embutir gramática latina a los niños en la escuela del Consejo?

—Sigo fiel al arte curativo. Trabajaré como cirujano. Mi patrón Hervé me ha formado como oficial suyo.

—¿Cirujano? —gritaba César ahora—. ¿Un Fleury tratando hongos en los pies y curando la diarrea a las viejas? ¿Quieres convertirnos en el hazmerreír de toda la ciudad?

—No entiendo por qué te excitas de ese modo. —Poco a poco, Adrianus empezaba a ponerse furioso—. La cirugía es un arte honorable y además bien pagado, cuando uno se ha hecho un nombre. Nadie va a reírse de nosotros.

—¡Es un oficio artesanal! También podrías hacerte zapatero remendón. ¡O curtidor!

—Ambos oficios en extremo útiles y agradables a Dios. ¿Puedes decir lo mismo del comercio, hermano?

—¿Qué significa eso?

—¡Que un hombre que se gana la vida explotando a pobres tejedores y acarreando balas de paño de una ciudad a otra no debería llenarse demasiado la boca!

—¡Te atreves a rebajar mi trabajo! —tronó César—. El comercio ha hecho grande a esta ciudad. Sin él, aún seríamos siervos y campesinos. ¡Y nadie habría podido pagar tus estudios!

—El argumento eterno —objetó Adrianus—. Toda crítica asfixiada en su origen. Dime, hermano… si los mercaderes estáis tan seguros ¿por qué gritáis a todo el que se atreve a dudar de vuestros métodos?

—Tiene que ser agradabilísimo sentir semejante superioridad moral. Pero cuando otros doblan la espalda por ti es fácil jugar a ser el gran sanador y benefactor.

—Yo no juego a nada y tampoco me siento superior a nadie. Pero no puedo soportar que se haga escarnio de mi profesión. Tampoco a ti te gusta que los curas arruguen la nariz ante tus caros vestidos o te llamen «saco de especias».

—La gente puede llamarme como quiera —dijo César—. Yo sé lo que he hecho en la vida y que todo mi esfuerzo ha sido por mi familia. Tú no has tenido en la cabeza más que tus escapadas y nos dejas tirados en el momento de mayor necesidad.

—Basta. —Adrianus dejó la copa en la mesa con estrépito y se levantó—. No seguiré oyendo todo esto.

—¡Sí, vete, si no soportas la verdad! —le gritó su hermano—. Deja tranquilamente que yo salve a la familia solo. Quizá entretanto quieras pinchar unas cuantas verrugas, Adrianus.

Adrianus salió de la casa con el primer canto del gallo. Nubes de niebla pendían sobre los callejones como mortajas deshilachadas. El vigilante nocturno acababa de terminar su última ronda y se iba a su casa arrastrando los pies, con su alabarda al hombro. Las puertas tenían ya que estar abiertas, porque los primeros campesinos afluían a la plaza del mercado con cestas llenas de verdura en los carros.

Desde su disputa de la noche anterior, Adrianus no había intercambiado una palabra con César. Al principio, había considerado la posibilidad de pasar la noche en un albergue, pero luego había decidido quedarse. Aquella era también su casa. César no podía impedirle ocupar su antigua habitación.

Continuaba furioso. Su hermano no había mejorado un ápice en los últimos años, quizá incluso se había vuelto aún más despótico y engreído. La verdad era que Hélène le daba pena.

Y ahora Adrianus se enfrentaba al siguiente y agotador reencuentro. Suspirando, cruzó el puente.

El Mosela venía muy crecido a causa de las fuertes lluvias, de manera que el agua parda de lodo chapoteaba contra los cimientos del muro de la ciudad. Gruesas ramas y otros materiales de arrastre se enredaban entre los pilares del puente y convertían la travesía en gabarra en una empresa peligrosa. En la otra orilla se extendía la ciudad nueva, en la que vivían sobre todo simples trabajadores y obreros de la sal, siervos del obispo que trabajaban para su señor en la cercana salina. Hacía mucho tiempo que se habían levantado y afluían en bandadas hacia la Puerta Norte.

Adrianus tomó el mismo camino y distinguió el nuevo muro que rodeaba la ciudad nueva. En las torres había bombardas de bronce fundido impulsadas por pólvora negra, que disparaban grandes bolas de piedra. De ese modo, los guardias de la torre podían alcanzar a los agresores a varios cientos de codos de distancia. Adrianus aún no había visto en acción las nuevas armas de fuego, pero conocía su terrible efecto. Por bueno que pudiera ser el progreso, a veces no facilitaba la vida, sino que se limitaba a acortarla.

Al noreste de la puerta, recostado en las suaves colinas verdes, había un monasterio. Pertenecía a los franciscanos, que se habían asentado en Varennes hacía algunas décadas. Hacía mucho que en la casa ya no se notaba que la comunidad había sido antaño una orden mendicante. Era casi tan grande como toda la ciudad nueva, y abarcaba una fastuosa iglesia, un *scriptorium* y distintos edificios de explotación, además de un extenso terreno extramuros consistente en rentables viñedos, sembrados y praderas para pasto. Los hermanos, antaño comprometidos con el ideal de pobreza, trabajaban en el sector lanar y habían acumulado enormes riquezas.

«Y padre considera oportuno darles aún más dinero.» Adrianus movió la cabeza. Solo se podía entender si el miedo al infierno le quitaba el sueño a uno.

Iba a dirigirse hacia la puerta del convento cuando descubrió a su viejo padre junto al cercado de las reses, al lado del camino. Josselin estaba descalzo en el lodo y tiraba bellotas a los cerdos con una sonrisa feliz en el rostro.

—Padre —dijo Adrianus—. ¿No vas a saludarme?

Josselin despertó de sus sueños de salvación eterna y lo observó sorprendido, hasta que de repente su sonrisa se ensanchó y tendió los secos brazos.

—¡Adrien, mi querido muchacho! Has vuelto. Qué alegría. —Josselin lo estrechó entre sus brazos. Apestaba notablemente a estiércol—. ¿Cuándo has regresado?

—Ayer.

—¿Ya has visto a César?

—Me lo ha contado todo. —Adrianus hizo una pausa—. Así que ahora cuidas a los cerdos.

La sonrisa extasiada retornó.

—Por fin he encontrado la paz. El sencillo trabajo de un pastor de ganado me llena. Aquí fuera soy uno con Dios.

—Eso está bien para ti, padre. Pero ¿era realmente necesario arrojar a la ruina a la familia para conseguirlo?

—No oigo otra cosa que «ruina». —Josselin parecía enfadado—. Te lo ha dicho tu hermano, ¿no? Exagera de forma desmedida. La familia sigue teniendo la casa, y puede que con ella sea más rica que la mayoría de las demás.

—Aun así, no estuvo bien regalarlo todo sin más. Tendrías que haberlo hablado con nosotros. Al fin y al cabo somos tus herederos.

—Dinero y propiedades: eso es todo lo que os interesa —se quejó su padre, y dijo, testarudo—: Sea como fuere, he tomado mi decisión, y es correcta. Esperaba que al menos tú lo entendieras.

Adrianus reprimió un suspiro. César tenía razón: no tenía objeto apelar al raciocinio de Josselin.

—¿Qué haces aquí? —preguntó malhumorado el viejo, mientras tiraba bellotas a los cochinillos—. ¿No deberías estar en Montpellier para el examen final?

—He dejado la universidad antes de tiempo. Voy a trabajar como cirujano.

Para sorpresa de Adrianus, Josselin no le hizo ningún reproche; se limitó a dirigirle una mirada inquisitiva. Era probable que las cuestiones mundanas, como la elección de profesión de su hijo, ya no le inquietaran especialmente.

—No llevo un físico dentro —se sintió obligado a explicar Adrianus—. La cirugía me interesa más.

—Eso está bien —dijo su padre—. Un trabajo sensato y respetable.

—Cuando me decidí por las artes curativas, no decías lo mismo —dijo Adrianus con una sonrisa.

—Era un loco ignorante y había sucumbido a la ilusión de que el comercio era tan respetable como cualquier otra industria. Hoy sé que tras él no hay otra cosa que codicia, avaricia y desmesura. Has hecho bien en elegir otro camino. Siendo cirujano no te cargarás de pecados, como tu hermano y yo. —Josselin carraspeó—. ¿Harías algo por mí, hijo mío?

—Sin duda.

—César ha impugnado mi donativo ante el Consejo. Tienes que pedirle que retire la demanda.

—No lo hará. Sabes que nunca me ha escuchado.

—Solo lo dices porque en secreto eres de su misma opinión.

Adrianus prefirió no comentar el reproche.

Se quedaron un rato en silencio, hasta que finalmente su padre dijo:

—Ahora tengo que irme. Seguro que el hermano guardián tiene nuevas tareas para mí.

—Ve, padre —dijo con amabilidad Adrianus—. No quería apartarte de tus obligaciones.

Josselin se alejó con los hombros caídos, se volvió al cabo de unos pasos, tal vez porque quería añadir algo. Luego decidió que no y desapareció en el monasterio.

La conversación había dejado a Adrianus confuso, triste y furioso. La familia estaba rota, y no se podía negar que él había contribuido a ello. Y era verdad que en esos tiempos de angustia tenían que estar juntos.

No había imaginado así su regreso a casa.

Abatido, volvió a la ciudad y fue hacia el cementerio de Saint-Pierre, la iglesia parroquial de su familia. El padre Severinus estaba a la puerta de la iglesia y hablaba con un canónigo.

—Con Dios, padre.

El sacerdote no le prestó atención. Severinus tenía una mano puesta en la mejilla y se quejaba en ese momento al otro clérigo de que, por razones insondables, Dios lo había castigado con graves dolores de muelas.

Adrianus atravesó el cementerio, que soñaba a la sombra de los nudosos árboles. Allí reposaban muchos de sus antepasados, supuestamente incluso el legendario Michel, que antaño había llevado a la fama y la riqueza a la familia Fleury. Por desgracia ya no era posible localizar su tumba. Hacía alrededor de sesenta años, la familia había hecho construir una cripta en la que desde entonces se enterraba a todos los miembros de la familia que morían en Varennes. Adrianus bajó con cautela los escalones, resbaladizos por la humedad y las hojas de otoño en descomposición. Llegó hasta una bóveda en la que entraba la luz diurna justa para poder descifrar las inscripciones de los sarcófagos.

Olía a moho, piedra húmeda y caducidad. Adrianus no apreciaba especialmente ese lugar. Pero hacía mucho que no había estado allí, y se sentía obligado a rezar una oración por su madre.

Pernette yacía en el sarcófago más reciente. Él no había llegado a conocerla: había muerto en el momento de nacer él. Adrianus tenía la sospecha de que Josselin le culpaba secretamente de su muerte. Quizá por eso su relación jamás había sido muy cordial.

Más atrás descansaban Raphael y Blanche, los constructores de la cripta. Las tapas del sarcófago llevaban sus retratos en piedra. Su padre le había contado que Raphael había sido un Pérouse, pero después de casarse con Blanche, la tatarabuela de Adrianus, había adoptado el más sonoro nombre de Fleury. Juntos habían ampliado el negocio familiar y sentado las bases de la posterior riqueza de la estirpe. Ambos eran el centro de muchas leyendas. Que contaban que Raphael, por ejemplo, había viajado a Nóvgorod en sus años jóvenes, y había vuelto convertido en un hombre. Y que Blanche era en realidad iluminadora de libros.

«Una artesana —pensó Adrianus—. ¿Qué dices a eso, César?»

Balian, el hermano gemelo de Blanche, no descansaba allí. Había ido a Francia, donde el rey lo había armado caballero. A finales del siglo anterior, Balian había fundado la línea francesa de la familia, que ahora llamaba suyo un castillo en Picardía.

«Otro Fleury al que no le importó lo que se esperaba de él.»

El contacto con aquella rama de la familia nunca se había roto, aunque raras veces se veían. Adrianus había ido por última vez a visitar a sus parientes cuando era un chiquillo, acompañando a su padre en un viaje comercial a Calais. Su primo Perceval, el heredero del castillo picardo, tenía más o menos su edad. Según decían, hoy en día era un prestigioso caballero y fiel vasallo de los poderosos señores de Coucy.

Adrianus se concentró y rezó una oración por su madre. Tenía frío en la húmeda cripta. Aquel no era un lugar benéfico. Demasiado pasado. Demasiadas tradiciones y expectativas, que le pesaban como un yugo sobre los hombros: una carga que se hacía más pesada cuanto más tiempo se quedaba allí. Además, le gruñía el estómago. Se santiguó y subió las escaleras. Cuando salió a la turbia luz de la mañana de octubre, sintió más ligero el corazón.

Adrianus decidió tomar un jugoso desayuno en el mercado.

Era hora de forjar planes para el futuro.

César hurgó sin ganas en su papilla de leche. Normalmente era un hombre de gran apetito, pero aquella mañana se sentía cada vez peor y apenas pudo tragar bocado. Tenía clavadas en el estómago la disputa con Adrien y la angustia del negocio. Además, había tenido una pesadilla. Vagaba con Hélène y los niños por una ciudad desierta, pasando frío y hambre, porque los habían echado de casa y no les habían dejado otra cosa que la ropa que llevaban puesta. Nadie quería ayudarlos. Allá adonde iba, le daban con la puerta en las narices. «¡Largo, mendigo!», siseaban viejos amigos y vecinos.

Hélène intentaba animarle, pero su fingida jovialidad no hacía más que irritarlo aún más.

—Cierra la boca, mujer —interrumpió su cháchara—. No hay quien aguante.

—Venid, niños —murmuró ella—. Vuestro padre necesita descanso.

Los tres salieron de la habitación.

Él subió al escritorio y trabajó un poco... o hizo como si trabajara. En realidad, mataba el tiempo. No podía hacer negocios mientras no supiera qué pasaba con sus propiedades. Si ordenaba elaborar la lana de Frankfurt y la vendía, y luego la asignaban definitivamente a la Iglesia, estaría en apuros. Lo último que necesitaba ahora eran deudas que no iba a poder pagar.

A media mañana, no aguantó más y fue al ayuntamiento.

—El alcalde no está —le informó el escribano del Consejo—. Iba a visitar los baños.

César fue dando largas zancadas hasta la ciudad baja y dobló hacia el callejón paralelo al canal, donde había varias casas de baños. Entró en la mejor. Pertenecía a Laurent, el maestre del gremio de bañeros, barberos y cirujanos, que solo atendía a huéspedes de elevada condición. Allí la aristocracia de la ciudad podía estar a solas. Allí se hacían negocios y política.

—¿Está Bénédicte? —preguntó al bañero, que estaba sentado a la mesa apilando deniers.

—Acaba de llegar.

César dio a Laurent unas cuantas monedas y abrió la puerta de la sala de baños. Le salieron al paso nubes de vapor, que olían a lavanda y otras esencias escogidas. Varios hombres, patricios como él, estaban en sus tinas y se dejaban frotar con la esponja. Dos criadas caminaban entre ellos repartiendo vino y viandas. Encima de un barril se sentaba un tipo enjuto que mecía las piernas y rasgaba un laúd.

El alcalde Marcel se relajaba reclinado en su bañera, con los ojos cerrados, mientras un ayudante del bañero le recortaba el pelo.

—Bénédicte —le dijo César—. Perdonad la molestia, pero tengo que hablar con vos.

El alcalde abrió los ojos.

—Sois vos. Eso está bien. Iba a buscaros luego.

—¿Ha decidido al fin el Consejo? Por favor, tengo que saberlo.

—¿No queréis meteros en la bañera? Hay sitio para dos.

—No estoy de humor para un baño —gruñó César.

—Una silla para mi amigo —dijo Bénédicte, y una criada le trajo un cómodo taburete. Otra puso una tabla atravesada sobre la tina y dejó en ella dos copas de plata, una jarra de vino, pan, queso y un cuenco con frutas escarchadas.

—Servíos —le invitó el alcalde.

César no tocó ni el vino ni las viandas.

—Hace semanas que presenté mi demanda. ¿Por qué está durando tanto esto?

—Bueno, es un caso complicado. Nunca ha pasado nada parecido en Varennes. Primero tenemos que recabar consejo en la facultad de Derecho de París. Felizmente, entretanto han respondido.

—Entonces, ¿hay una decisión?

El ayudante del bañero acababa de terminar con su trabajo y dio al alcalde un espejo de plata para que pudiera ver el resultado.

—Bien hecho. Tu maestro tiene mi dinero. Que te dé un denier.

—Gracias, señor. —El mozo se inclinó y se fue.

—¿Y bien? —César apenas podía contener su impaciencia.

—Hay una decisión —respondió Bénédicte—. Pero no estoy seguro de si os va a gustar.

—¡Soltadlo! Lo resistiré.

—Por favor, viejo amigo. No uséis ese tono —dijo amablemente el alcalde.

—Disculpad. —César chirrió los dientes—. Pero la cosa me pesa en el ánimo.

—Es comprensible. Por desgracia, tenemos que constatar que la donación es básicamente legal...

—¡Eso no puede ser!

—Pero —prosiguió Bénédicte—, aun así, podemos hacer algo por vos. Vuestro padre no debería haber dárselo todo a la Iglesia. Habría tenido que retener una parte adecuada de la propiedad para que sus herederos no se vieran perjudicados en exceso. Así lo quiere la ley.

—¿Qué es «una parte adecuada»?

—Se os devolverán los telares y los batanes, así como las mercancías de Frankfurt. Pero el resto irá a manos de la Iglesia. El Consejo no puede hacer nada en contra sin arriesgarse a una disputa con el obispo.

Los pensamientos de César se aceleraron. Así que tenía que perder el oro, la casa de campo y la mayor parte de las tierras. Pero, mientras pudiera conservar los telares y los batanes, podría soportarlo en alguna medida. Estaba a tal punto aliviado que se palmeó riéndose los muslos.

—¡Os lo agradezco, Bénédicte! —exclamó—. No podéis imaginaros lo contento que estoy. Mi familia está salvada.

—La próxima vez, tened más confianza en el Consejo —respondió sonriente el alcalde—. Jamás permitiríamos que una de las principales estirpes de Varennes fuera frívolamente empujada a la ruina.

—Tenemos que celebrarlo.

César llenó las dos copas. Brindaron, y César apuró su vino de un trago.

Justo en ese momento una de las criadas pasó ante él: una cosa preciosa de atractivas curvas. Le dio una palmada en las bien formadas posaderas, rio de manera atronadora y se metió un higo escarchado en la boca.

Más tarde, César estaba en su escritorio. Había enviado a casa a los *fattori* y al escribiente, para poder pensar en paz. Tenía delante el libro mayor, a su lado las tablillas de cera en las que anotaba sus cálculos.

Gracias a los telares y los batanes y a la lana inglesa, podía continuar con su empresa por el momento. Pero iba a ser duro. Ya no tenía reservas de ninguna clase, ni tampoco ingresos procedentes de arriendos y similares. Cada sou perdido le iba a doler.

A su favor hablaba que la feria de otoño empezaba al cabo de una semana. Si era listo, podía hacer negocios lucrativos, llenar sus vacías arcas y conseguir así un poco de aire para respirar.

Su objetivo más urgente era superar el invierno.

Hojeó la lista de los salarios que pagaba a su gente y miró largo tiempo la suma al pie de la hoja.

Era hora de tomar duras decisiones.

10

Así que pedís el ingreso en nuestra comunidad y la concesión del título de maestro en cirugía —dijo Laurent el bañero.

Adrianus estaba en pie delante de la mesa, a la que se sentaban los más antiguos del gremio. Los demás miembros, en número de veinte, se sentaban en bancos en la taberna, una sombría estancia abovedada junto al canal de la ciudad baja. A diferencia de Montpellier, los cirujanos de Varennes no tenían un gremio propio, porque sencillamente eran demasiado pocos. Por eso, se habían unido a los bañeros, barberos y talladores de piedras.

—Quisiera trabajar de manera autónoma como cirujano y asentarme en la ciudad —explicó Adrianus.

Los presentes guardaron silencio. Laurent se sentía visiblemente incómodo en su pellejo y se removía de un lado para otro en la silla. El maestre del gremio era un hombre en forma de tonel, de desbordante barriga y cráneo casi pelado. Se le atribuía un marcado sentido comercial y un afilado entendimiento.

—Bueno, señor Fleury...

—Por favor. Basta con Adrianus.

—Adrianus —asintió Laurent—. Nos ha sorprendido oír que un hombre como vos quiere entrar en este oficio. Al fin y al cabo, pertenecéis a una de las familias dirigentes de Varennes. ¿Y no habéis estudiado Medicina en Montpellier?

—Comprobé que la medicina académica no me interesaba. Por eso hice mi aprendizaje como cirujano con el prestigioso maestro Hervé Laxart.

Adrianus tendió al bañero la carta de recomendación de Hervé, que Laurent estudió con el ceño fruncido. Probablemente era uno de los pocos hombres en aquella estancia que sabían leer.

—El maestro Hervé elogia sin límite vuestras capacidades y pide al gremio que os acepte —dijo Laurent—. De hecho, Varennes necesita de manera urgente un nuevo cirujano. Los últimos que se presentaron a nosotros eran todos ellos unos chapuceros. A uno incluso tuvimos que echarlo porque le había sacado la muela equivocada al alcalde Marcel.

Los más veteranos del gremio hicieron circular el escrito y lo examinaron a conciencia. Estaba claro que lo consideraban auténtico.

—Entonces, ¿qué os hace dudar? —preguntó Adrianus.

—Bueno, está vuestra distinguida cuna…

—¿Prohíben acaso los estatutos aceptar a un patricio?

—No —respondió con rapidez Laurent—. En absoluto. Tan solo es en extremo inusual.

—Tampoco tanto. Algunos de mis antepasados fueron iluminadores de libros y pertenecieron al gremio de zapateros, guarnicioneros y cordeleros.

—Eso es cierto… —En susurros, Laurent deliberó con un viejo que había a su derecha.

Adrianus conocía de vista a ese hombre. Era Jacques, antaño el mejor cirujano de la ciudad. Según parecía, seguía ejerciendo.

—En fin, Adrianus —dijo al fin el bañero—. No podemos permitirnos rechazar a un cirujano capaz. Por la presente, os aceptamos en el gremio.

—Os lo agradezco.

—Pero por el momento tenemos que negaros el nombramiento. No os conocemos y no sabemos cómo trabajáis. Las malas experiencias de los últimos años nos han enseñado a ser cautelosos.

Adrianus había contado con algo así.

—Es comprensible.

—Os ofrecemos que trabajéis como oficial para el maestro Jacques y paséis con él el período de prueba —prosiguió Laurent—. Él decidirá durante cuánto tiempo. Propongo uno o dos años. Cuando él os considere maduro, podréis hacer el examen de maestría. ¿Estáis de acuerdo?

—Por completo.

Al parecer, los más antiguos del gremio habían esperado que el patricio Adrianus insistiera con arrogancia en sus deseos y empezara una disputa porque se le negaba el título de maestro. Cuando esto no ocurrió, Laurent y los otros se relajaron visiblemente.

—Entonces, no me queda más que daros la bienvenida al gremio como nuevo hermano —explicó sonriente el bañero—. ¿Te parece bien que te tutee?

—Claro.

Los hombres reunidos en la taberna saludaron a Adrianus golpeando la mesa con sus jarras de cerveza. Laurent y los más veteranos salieron de detrás de la mesa y le estrecharon la mano.

El maestro Jacques le pasó un brazo huesudo por los hombros y murmuró:

—Bie', chico, b'i'da co'migo.

—¿Cómo? —Adrianus sonrió confundido.

—Quiere que brindes con él —tradujo Laurent—. A veces es difícil entenderle. Ya te acostumbrarás.

Le dieron una jarra, y la cerveza le cubrió la mano cuando el viejo Jacques la embistió con fuerza con la suya, le sonrió alegremente y, al hacerlo, descubrió una dentadura llena de numerosísimos huecos.

Las campanas del convento acababan de tocar a tercia cuando César y el *fattore* que le quedaba subieron a buen paso la Grand Rue. Iban al barrio de los tejedores, bataneros y curtidores, que estaba situado entre el ayuntamiento y la judería. Era el barrio más pobre de Varennes, a excepción de la ciudad baja, al otro lado del canal. Allí casi nadie tenía derecho de ciudadanía, la gente se alojaba en modestas casas de alquiler y criaba en huertos diminutos un par de pollos desplumados o un cerdo flaco. El único edificio de piedra de verdad en todo el barrio era la cárcel de la ciudad: la Torre del Hambre, que destacaba entre las pobres chozas como una enorme porra levantada para golpear.

Un duro rasgo bordeaba la boca de César. Los últimos dos días habían sido brutales. Para asegurar la supervivencia de su negocio, había llevado a cabo recortes drásticos, despedido a la mitad de los mensajeros y a un *fattore*, recortado el salario a sus hilanderas del campo y vendido más propiedades, por ejemplo, la mayoría de sus caros vestidos, para poder atender sus obligaciones.

Pero el paso más duro todavía lo tenía por delante.

César apretó los dientes cuando doblaron hacia un embarrado callejón, en el que distinguió a varios niños miserables que jugaban en medio de la porquería, vestidos con sayones harapientos que apenas los protegían del frío del otoño. Cerró su corazón a la miseria que lo rodeaba. Tenía que pensar en sí mismo, en su familia. Ya no podía permitirse muchos escrúpulos.

Llegaron a una plaza a la orilla del canal, donde estaba el batán. El impresionante aparato era impulsado por una noria enorme. El árbol del eje con su excéntrica levantaba al girar poderosos martillos, que golpeaban el paño de lana recién tejido dentro de las cubas de agua para compactarlo, de modo que pudiera ser rapado y teñido. El batán era propiedad del gremio. En cambio, los telares que rodeaban la plaza eran casi todos de la familia Fleury. Sin duda sus maestros eran artesanos autónomos pero, como César financiaba sus explotaciones, era el único que decidía qué y en qué cantidad se producía. Su abuelo antaño había creado el telar para independizarse del puro comercio de mercancías y de la cara sal de la salina.

En ese momento, el batán estaba parado. En la plaza se habían congregado todos sus tejedores y bataneros, alrededor de cien personas, casi todos hombres. La confusión de voces enmudeció instantáneamente cuando César se presentó ante la multitud. Era un hombre respetado entre aquellas gentes, muchos temían su poder, su ira. La tos de los tejedores resonó en el silencio. Muchos de ellos trabajaban en locales húmedos y luchaban con tercas enfermedades de las vías respiratorias, por lo que pocos llegaban a pasar de los cuarenta.

«No pienses en eso», se ordenó César.

—Sin duda habéis escuchado decir que a la empresa le va mal. —Hizo oír su voz atronadora sobre la plaza—. Tengo que actuar rápido y con decisión, de lo contrario estaré... estaremos arruinados antes del invierno. La grave situación en la que mi padre nos ha puesto no me deja elección: desde ahora mismo solo puedo pagaros la mitad del salario por vuestro trabajo.

Apenas se extinguieron sus palabras, estalló el tumulto. Cien hombres gritaban en confusión, agitaban los puños. Muchos de los rostros enfermizos habían palidecido de horror, otros ardían de ira. Unos labios agrietados le escupían insultos y desesperación.

César no era un hombre temeroso, pero la ira concentrada de la multitud lo asustó. Tuvo que dominarse para no retroceder dos pasos, como acababa de hacer su *fattore*.

—¡Silencio! —rugió—. Calmaos, maldita sea. ¿Cómo queréis que hablemos de forma razonable con este ruido?

El griterío se aplacó, pero no por su intimación, sino porque Edmé se adelantó. El maestre del gremio de los tejedores, bataneros y curtidores era un hombre alto, musculoso, de rostro serio y corta y cerrada barba, que ocultaba el ojo que le faltaba detrás de un parche. Gozaba de gran prestigio en aquellas calles.

—Ya trabajamos por sueldos de hambre —dijo, con ira trabajosamente controlada—. ¿Cómo vamos a dar de comer a nuestras familias si solo recibimos la mitad?

Los hombres rugieron su asentimiento y patearon el suelo, pero se calmaron cuando Edmé levantó la mano.

—Dejadle hablar.

—Es muy sencillo. —César ya no tenía calma para explicaciones diplomáticas—. Si no queréis trabajar por la mitad no lo haréis en absoluto, porque tendré que cerrar mi empresa. Si queréis morir de hambre, está en vuestras manos.

—¡Cerdo asqueroso! —gritó alguien—. ¡Ojalá te ahogues en tu avaricia!

—¿Quién ha dicho eso? —ladró César.

En vez de una respuesta, le llovieron insultos y maldiciones desde todos los ángulos.

—¡Explotador!

—¡Maldito saco de especias! ¡Ojalá te pudras en el infierno!

—¡Si mis hijos se mueren de frío por tu culpa, os mataré a ti y a tu fea esposa!

—¿Quién se atreve a amenazar a mi familia? —rugió César—. ¡Muéstrate, cobarde!

Creía haber descubierto al culpable entre la multitud y quería lanzarse hacia delante enseñando los dientes. Su *fattore* le retuvo.

—Debemos irnos, señor —siseó el hombre—. ¡Enseguida! De lo contrario, es posible que realmente nos maten.

César vio que la masa de cuerpos acalorados se movía, amenazando con rodearlos. Algunos artesanos esgrimían porras y cuchillos mientras se acercaban gritando.

—¡No podéis tratarnos así! —gritó Edmé—. Lo llevaré ante el gremio. ¡Os vamos a arrancar la codicia!

—¡Vamos! —murmuró César al *fattore*. Se escurrieron por los callejones y huyeron del barrio tan rápido como pudieron.

La multitud furiosa no los siguió, pero el griterío se oía hasta en la plaza de la catedral.

Adrianus se había presentado puntual a tercia en casa de su nuevo maestro. Antes se había lavado concienzudamente, se había puesto vestiduras limpias pero sencillas —como prescribía la ordenanza del gremio— y una discreta agua de aroma, porque Hipócrates exigía que el aspecto exterior de un médico fuera siempre impecable.

Jacques, en cambio, no se lo tomaba tan al pie de la letra. Su pardo sayo estaba gastado y lleno de manchas, y además olía con fuerza a los medicamentos que había estado mezclando por la mañana. Tenía las uñas tan descuidadas como el cabello, que le brotaba enmarañado de la enjuta cabeza. En vez de echar mano al peine, el viejo cirujano se había puesto un gugel, con lo que el problema parecía resuelto para él.

Adrianus no quería juzgarlo con demasiada severidad. Jacques era un tipo amable, que en la asamblea del gremio le había saludado cordialmente y enseguida lo había tomado bajo sus alas. Sin embargo, le daba la impresión de que tendría que vérselas con un viejo decrépito. El anciano andaba de un lado para otro por la consulta reuniendo medicamentos, vendas e instrumental quirúrgico, pero parecía inquieto y disperso.

«Esto va a ser divertido.»

Mientras Jacques lo metía todo en su bolsa de cuero, Adrianus miró a su alrededor. El maestro poseía una casita en la Grand Rue, con una consulta en la planta baja. La estancia tenía el equipamiento habitual, pero no se hallaba tan bien surtida como el taller de Hervé. Al menos los instrumentos se encontraban en buen estado. Detrás había un pequeño herbario, que Adrianus aún no había podido examinar con atención. Probablemente en él crecían distintas plantas medicinales.

—Te'emos que hab'ar de tu salario —le dijo Jacques.

Adrianus solo había entendido una palabra.

—Mi salario, sí.

—Te pagaré die' denie's al día, ¿de acue'do?

Diez deniers eran un sueldo aceptable para un aprendiz.

—De acuerdo.

Cuando Jacques terminó al fin de preparar sus cosas, salieron de la casa. A pesar de su enclenque aspecto el viejo cirujano aguantaba bien a pie y recorría los callejones como impulsado por vibrantes energías interiores.

—E'pezamos por el pad'e Severinus —dijo Jacques.

Allí fuera, entre el ruido de la ciudad, a Adrianus aún le costaba más trabajo seguir los balbuceos de Jacques.

—¿El padre Severinus? ¿Qué le pasa?

—U' die'te pod'ido, que duele espa'tosame'te.

El sacerdote tenía que estar en verdad desesperado para dejar que el decrépito Jacques le metiera los dedos en la boca. Bien, quizá Adrianus pudiera evitar lo peor.

Severinus parecía la pasión del Señor cuando les abrió la puerta. Apretaba un trapo fresco contra la hinchada mejilla y tenía los ojos turbios como aceite en agua. Sin duda no había dormido mucho la noche anterior.

—Por fin estás aquí, alabada sea la Santísima Virgen —saludó al viejo cirujano, y frunció el ceño al ver a Adrianus—. ¿Qué hacéis vos aquí, Adrien?

—Soy el nuevo oficial de Jacques.

Severinus se dio por enterado sin decir palabra y les pidió que entrasen. Junto a la sala estaba el dormitorio, y Adrianus distinguió a una joven y hermosa mujer, totalmente desnuda, que enseguida cerró con rapidez la puerta. Se quedó no poco sorprendido. El padre Severinus tenía una concubina y ni siquiera se tomaba la molestia de ocultarla a sus visitantes.

El sacerdote se dejó caer en un taburete.

—Este diente me va a matar. Por favor, libérame de él.

—Pod'íais habe' llamado al bañero. Quizá hab'ía sido má' rápido.

—Yo no voy al bañero. Son todos unos chapuzas.

Jacques le pidió que abriera la boca y rogó a Adrianus que le diera el pelícano, un instrumento similar a una tenaza que imitaba el pico del pájaro del mismo nombre. Golpeó las mejillas del cura con él hasta que Severinus gimió de dolor.

—Ahí tenemos al c'iminal. Totalme'te infe'tado. Hay que saca'lo. Su'étalo —exigió el cirujano a su oficial.

Adrianus escuchaba concentrado, y sin embargo solo entendió la mitad. Felizmente, había ayudado a menudo a Hervé en intervenciones similares y sabía lo que había que hacer. Se puso detrás del sacerdote y le apoyó las manos en los hombros.

—Intentad relajaros, aunque duela. Pasará enseguida —dijo con voz tranquilizadora.

Jacques esgrimió un raspador con el que separó la carne del diente inflamado. Severinus empezó a patalear. Adrianus lo apretó con suave violencia contra la silla. Acto seguido, Jacques aplicó el pelícano y movió con cuidado la herramienta de un lado a otro hasta que el diente estuvo lo bastante flojo como para poder tirar de él. El sacerdote aulló, y Adrianus tuvo que sujetarlo con todas sus fuerzas. Entonces se acabó. Severinus jadeaba, y las lágrimas le corrían por el agraciado rostro.

Sonriente, Jacques le mostró la muela.

—Li'piame'te sacada. Apenas sa'gra.

—¿Queréis que le dé una infusión contra los dolores? —preguntó Adrianus.

—Adela'te.

Encontró una botella de vino, sirvió algo en una copa y añadió miel y hierbas de la bolsa de Jacques.

—Bebedlo lentamente, enjuagando la boca, hasta que deje de sangrar.

Los dedos del padre Severinus se cerraron convulsos en torno a la copa.

—Sin duda ha dolido de manera endiablada, pero ya me siento mejor. Os lo agradezco. Ahí detrás hay un poco de dinero. Coged vuestro salario.

Jacques pidió a su oficial con un gesto que se ocupara de eso. Adrianus tenía que admitir que el maestro había llevado a cabo la intervención con precisión y limpieza, sin prolongar innecesariamente el sufrimiento del paciente. Quizá había juzgado mal al viejo.

—Deberíais tenderos, padre —aconsejó al sacerdote mientras le daba las monedas a Jacques—. La herida cerrará más deprisa si os concedéis reposo.

—Lo haré. Así que sois cirujano. —Severinus sonrió cansado—. En verdad, la familia Fleury siempre da sorpresas.

La puerta se cerró tras ellos, y fueron a ver a su próximo paciente.

—¿Habéis visto a la mujer? —murmuró Adrianus al oído del maestro, y el rostro de Jacques se ensombreció.

—Todo' lo' curas so' iguales. No les i'porta' nada nue'tras almas. Mujeres y oro, es todo lo que les p'eocupa —despotricó—. E'to te'drá un mal fin. Un mal fin.

César había abierto la ventana de cristal emplomado del escritorio y miraba hacia el barrio de los tejedores, bataneros y curtidores. No podía distinguir gran cosa, pero el ruido tumultuoso que venía de allí no cedía.

Varios corchetes corrían Grand Rue arriba para averiguar la causa del estrépito y volvían a la carrera poco después. César podía imaginarse vivamente lo que estaba pasando en los callejones en torno al batán: con toda probabilidad Edmé estaba en ese momento instigando contra él a todo el gremio.

—Atrancad todas las puertas y ventanas —ordenó a Hélène y el *fattore*—. No dejéis entrar a nadie. Que los criados se armen.

—¿Qué pasa? —Temerosa, su esposa apretó a los niños contra sí.

—Simplemente haz lo que te digo. —César se ciñó su espada.

—¿Adónde vas?

No respondió a Hélène, bajó corriendo las escaleras y salió de la casa. A la gente del mercado no se le había pasado por alto el tumulto. Campesinos y mercaderes recogían a toda prisa sus productos. César corrió al ayuntamiento, ante el que se estaban reuniendo alguaciles armados. Se abrió paso por entre la espesura de alabardas y hombres acorazados hasta que el comandante lo interceptó.

—Tenemos instrucciones de no dejar pasar a nadie.

—Tengo que ver al alcalde enseguida. Déjame pasar. —Lo apartó con brusquedad y fue al despacho de Marcel.

Bénédicte estaba hablando en ese momento con Amédée Travère, otro miembro del Pequeño Consejo.

—César —saludó al que entraba—. ¿Sabéis qué les pasa a los tejedores?

—Son mi gente. He tenido que recortarles los salarios, y ahora quieren hacérmelo pagar.

—No son vuestra gente —rebatió el alcalde—. Los alguaciles hablan de una multitud muy grande.

César asintió.

—Edmé ha alborotado a todo el gremio. Tenéis que detenerlos antes de que asuelen la ciudad.

Las cejas de Bénédicte se fruncieron, haciendo que una profunda arruga surcara su frente.

—Estos artesanos. Siempre que las cosas no salen conforme a su voluntad empiezan a alborotar. ¿Cuándo entenderán de una vez que no toleramos la violencia? Llama al comandante —ordenó a su escribano.

Justo cuando el hombre iba a salir corriendo, entró el comandante de los alguaciles de la ciudad, con la mano enguantada en acero puesta en el pomo de la espada. Era un antiguo caballero que había entrado al servicio del Consejo. No era fácil hacerle perder la calma.

—La multitud remonta la Grand Rue —anunció—. ¿Qué hacemos?

—¿Cuántos hombres tenéis con vos? —preguntó el alcalde.

—Cuarenta.

—No basta. Reunid a todos los soldados, así como a los guardias de las torres y puertas. Rechazad a la multitud. No debe llegar en ningún caso a la plaza de la catedral. Quien dañe propiedad ajena será prendido.

—¿Y si la multitud opone resistencia?

—Entonces utilizad las armas... pero solo entonces. Vuestro objetivo tiene que ser disolver el tumulto sin derramamiento de sangre.

—Si procedemos con violencia contra simples artesanos, los maestres de los gremios del Gran Consejo perderán los nervios —dijo Amédée cuando el comandante se marchó.

César sabía que el consejero era un hombre tranquilo, aunque demasiado cauteloso.

—Libraré gustoso esa batalla —declaró Bénédicte con decisión—. Si los maestres no controlan a su gente e incluso encabezan a los alborotadores, el Pequeño Consejo tiene que mostrar firmeza. Eso les enseñará a respetar la paz de la ciudad. No os preocupéis, viejo amigo —dijo volviéndose a César—. No permitiremos que os amenacen y destruyan vuestros bienes.

César respiró. Era tranquilizador saber que un hombre como él podía contar con la autoridad.

—Vamos arriba —propuso al alcalde.

Subieron al desván, en el que se acumulaban toda clase de trastos polvorientos y arcas llenas de viejos escritos. Bénédicte abrió un ventanuco desde el que tenían una buena vista de la Grand Rue.

La multitud que ocupaba la calle principal era de intimidante magnitud. Edmé tenía que haber reunido a más de cuatrocientas personas. Hombres y mujeres gritaban su ira, llamaban «explotador» a César y exigían salarios justos mientras agitaban hachas, mazas, horcas. Los vecinos huían a sus casas y atrancaban las puertas.

Edmé y todos los maestros de los tejedores de César iban delante. No había duda de adónde se encaminaban los amotinados: a su casa.

En ese momento aparecieron los alguaciles, en número de unos ochenta, fuertemente armados sin excepción. Se alinearon en varias filas en la Grand Rue, cortando el paso hacia la plaza de la catedral. El comandante se adelantó, en una mano la espada desnuda, en la otra el escudo ovalado con las armas de la ciudad.

Gritó algo, y la multitud se detuvo. Edmé trató de hablar con el comandante, pero lo que dijo se perdió entre el griterío de su gente, que llegaba tanto más furioso hasta la ventana del ayuntamiento. Se podía entender lo que el comandante gritaba por encima del ruido:

—¡Atrás he dicho!

—¡Sed razonables! —siseó Bénédicte.

César contuvo la respiración. Lentamente, los alguaciles se adelantaron. Llevaban relucientes alabardas y protegían sus cuerpos con armaduras hechas de placas, estaban bien instruidos y disciplinados..., pero eso no cambiaba nada el hecho de que eran muy inferiores en número a los amotinados. En verdad, César prefería no estar en su piel.

—¡Retroceden, gracias a los arcángeles! —gritó Amédée.

Se demostró, sin embargo, que eso solo podía decirse de las filas delanteras. Las traseras, formadas por aprendices y oficiales y sus mujeres, siguieron avanzando en dirección a la plaza de la catedral. El caos se produjo cuando Edmé y los otros maestros se encontraron entre los alguaciles y su propia gente.

Alguien arrojó una piedra. Un alguacil se tambaleó al ser alcanzado y cayó contra sus camaradas.

El orden de los hombres armados se alteró. César podía sentir en toda regla cómo el miedo de los alguaciles ante la multitud instigada se transformaba en ira. Varios de ellos se lanzaron hacia delante y golpearon a los artesanos con las astas de sus alabardas. Edmé desapareció en el caldero de cuerpos ondulantes.

Lo siguiente que César vio fue cómo el comandante embestía a un tejedor con el escudo y le cruzaba el rostro con la espada.

11

El tipo es e'padero —explicó Jacques, mientras avanzaban por el barrio de los herreros en busca de su próximo paciente—. Se ha dado con el ma'tillo en la mano. Vamos a ver si la co'tusió' cura bien.

—¿La mano está rota? —preguntó Adrianus.

En vez de responder, Jacques miró a la gente que pasaba corriendo ante ellos.

—¿Adó'de va toda esa ge'te?

Aunque de los talleres, en el callejón velado por el humo, salía un ruidoso martilleo, Adrianus creyó oír gritos a lo lejos. Venían de la plaza de la catedral. Detuvo a un joven con los brazos quemados por las chispas y el mandil sucio de hollín.

—¿Qué pasa ahí atrás?

—Hay un motín en el barrio de los tejedores —dijo el herrero, y corrió en pos de sus compañeros.

—El e'padero puede e'perar. Ven —decidió Jacques.

En la plaza de la catedral oyeron gritos y entrechocar de armas. Se abrieron paso entre los mirones, entre los puestos del mercado, y llegaron a la embocadura de la Grand Rue.

Varias personas yacían en el barro de la calle, con rostros deformados por el dolor, otros completamente inmóviles. Dos alguaciles sostenían a un camarada que encogía una pierna.

Más adelante, a mitad de camino del mercado de la sal, se combatía.

—Dios Todopoderoso —susurró Adrianus.

Lo que estaba pasando allí no era una pelea de borrachos ni de grupos de aprendices enemistados... Era una batalla. Los alguaciles estaban disolviendo a una multitud y procedían de manera brutal. Quien no podía refugiarse en una calle lateral era derribado en tierra o abatido por una alabarda. La gente, artesanos sin excepción, se defendía encarnizadamente, pero no estaba a la altura de los bien armados alguaciles.

—¡Maestro Jacques! —gritó uno de los corchetes que llevaban los heridos al ayuntamiento—. A nuestro amigo le ha pasado algo. Venid a ayudarle.

Adrianus iba a seguir a su maestro cuando oyó un gemido de dolor. Un hombre entrado en años salió tambaleándose de un hueco entre dos casas, sujetándose el vientre con la mano. Dos mujeres fueron a sostenerlo, pero no pudieron evitar que se desplomara en la calle.

—¡Que alguien le ayude! —gritó llorando la de más edad.

Adrianus corrió hacia ellos, dejó el bolso en el suelo y volvió de espaldas al hombre. Su sayo estaba empapado de sangre. La vestimenta permitió a Adrianus conjeturar que esa gente eran pobres artesanos, tejedores o tintoreros. Las mujeres se parecían; a pesar de la diferencia de edad, probablemente eran madre e hija.

—¿Qué ha pasado?

—¡Lo han apuñalado! ¡Sencillamente apuñalado! No le ha hecho daño a nadie... —La madre estaba deshecha en lágrimas.

La hija también estaba pálida, pero parecía más contenida.

—Una alabarda —explicó cuando Adrianus la miró—. Un alguacil se la ha clavado en el vientre.

Él abrió a toda prisa la bolsa y cortó el sayo con un escalpelo. El herido gemía y apenas mantenía la consciencia. La herida tenía un aspecto espantoso: el agudo pincho de la alabarda había rasgado el vientre, del desflecado agujero salía cada vez más sangre. Apestaba a excrementos.

Adrianus conocía esas heridas. Aunque sabía que no había expectativas, lo intentó.

Primero tenía que parar la hemorragia. No podía cauterizar la carne herida, no en ese lugar, tenía que proceder de otra manera. Metió paños de lino, empapados en una infusión de hojas de ruda hervidas, en la herida, mientras pronunciaba una bendición para la sangre. No sirvió de nada, los santos eran sordos a sus ruegos. No dejaba de salir sangre, había demasiadas venas dañadas.

El tejedor dejó de gemir. Su respiración se aplanó, su mirada se volvió vidriosa. Poco después murió.

Adrianus se levantó, con las manos manchadas de sangre. Contempló en silencio al muerto. Aquel hombre necesitaba su ayuda, y él no había logrado salvarlo. Se había sentido impotente, a pesar de toda su destreza.

Las dos mujeres le miraban fijamente. La madre abrió la boca en una muda pregunta y leyó la respuesta en su rostro. Un grito de lamento salió de su garganta, se desplomó y enterró el rostro en el sayo del muerto.

«Lo siento», quiso decir Adrianus, pero no pudo pronunciar una sola palabra. Por Dios que no era la primera vez que veía morir a un paciente. Le había ocurrido con Hervé, le había ocurrido en la iglesia-fortaleza de Saint-Lazare. Pero esta vez era distinto. Esta vez era solo responsabilidad suya. Como en trance, se limpió las manos en la ropa, cogió la bolsa y fue con pasos rígidos hacia la plaza de la catedral.

El alguacil herido estaba sentado en el suelo. Jacques atendía su pierna y estaba entablillando el hueso roto. El alguacil apretaba los dientes.

—Esta masacre… ¿quién la ha provocado? —preguntó Adrianus a los dos hombres que habían traído al herido.

—El alcalde, ¿quién si no? —respondió uno de los corchetes.

—¿Bénédicte ha ordenado matar a inocentes? —preguntó sin dar crédito Adrianus.

—No es culpa suya que todo saliera tan mal —dijo el otro corchete—. Solo debíamos dispersar a la gente. Pero entonces esos malditos tejedores empezaron a tirarnos piedras.

—Vos sois el joven Fleury, ¿no? —graznó el herido—. Preguntad a vuestro fino hermano cómo esto ha podido llegar tan lejos.

—¿Qué tiene César que ver con esto?

—Ha recortado a la gente sus jornales. No sorprende que estén furiosos. ¿Y quién tiene que pagar los platos rotos? Nosotros… —El alguacil gimió cuando Jacques apretó el vendaje.

Adrianus se llevó la mano a la frente. Apenas podía pensar con claridad.

El maestro se incorporó gimiendo.

—Vamos, muchacho. Aún hay muchos pob'es diab'os que nos necesita'.

Con las bolsas en brazos, corrieron en dirección a los gritos.

—Hemos logrado reprimir el motín —informó el comandante de la guardia de la ciudad—. Sus cabecillas han sido cargados de cadenas. La calma ha vuelto al barrio de los tejedores.

César, Amédée Travère y el alcalde Marcel estaban en el Gran Salón, donde entretanto se habían reunido todos los miembros del Pequeño Consejo. Los patricios felicitaron al comandante por su decidida actuación.

—¿Habéis perdido hombres? —preguntó el alcalde.

—Algunos han resultado heridos. Nadie ha muerto.

—He oído decir que algunos amotinados fueron abatidos —dijo Amédée—. ¿Es cierto?

—Esa gente nos atacó de forma encarnizada, unos cuantos tenían armas —explicó el comandante con expresión impávida—. Si no hubiéramos procedido de forma decidida contra ellos, puede que el tumulto se hubiese extendido a toda la ciudad.

Cuando Amédée iba a insistir, César dijo:

—Nadie ha obligado a esa gente a recorrer las calles gritando y agitando armas. Quien viola la paz de manera arbitraria tiene que contar con que correrá la sangre. En vez de interrogar a nuestro comandante, más bien deberíamos dar gracias a san Jacques por haber protegido a Varennes de desgracias peores.

La mayoría de los consejeros manifestaron su asentimiento con decisión. Amédée no volvió a abrir la boca.

—¿Ha sobrevivido a la pelea el maestre Edmé? —preguntó Bénédicte.

—Con leves heridas —respondió el comandante—. Se encuentra entre los prisioneros.

—Traedlo aquí —ordenó el alcalde—. Vamos a juzgarlo de manera inmediata, para que los ciudadanos vean que no toleramos cosas como la que ha ocurrido y que tampoco los maestres de los gremios están por encima de la ley.

El comandante salió de la sala y volvió poco después con dos corchetes que llevaban entre ellos al prisionero. Las cadenas tintinearon cuando pusieron a Edmé de rodillas. Había recibido lo suyo en los combates. Sangraba por varios cortes, un enorme moratón le cubría el codo. Pero su voluntad estaba intacta. La terquedad brillaba en el ojo que le quedaba, y dejó paso al desprecio y al odio cuando vio a César.

—Habéis quebrado la paz ciudadana, instigado al tumulto a un barrio entero y causado la muerte de varias personas —empezó sin rodeos el alcalde—. El Pequeño Consejo se ha reunido para dictar una sentencia adecuada a vuestros crímenes.

—No acepto este tribunal. —Edmé escupió, lo que causó indignación general—. Cuando miro a mi alrededor, veo puros sacos de especias y sanguijuelas que no sirven a la justicia, sino únicamente al oro. Exijo que se reúna el Gran Consejo, para que mis hermanos de los gremios me juzguen.

—Solo el Pequeño Consejo puede dictar justicia, como seguramente sabéis —repuso Bénédicte—. Nuestra sentencia es que languideceréis en la Torre del Hambre hasta que opinemos que habéis expiado vuestros crímenes. Someteos y podréis contar con gozar de clemencia. Seguid manteniéndoos inflexible y no veréis la luz del día durante mucho tiempo.

—Escupo en vuestra clemencia. Rezaré todas las mañanas y todas las noches para que el Pequeño Consejo sucumba víctima de su propio despotismo.

—Arrojadlo a las mazmorras —ordenó Bénédicte.

—¡Vuestros días están contados! —gritó Edmé cuando los alguaciles se lo llevaron a rastras de la sala—. Pronto los gremios se sublevarán y os harán pagar todas las humillaciones...

El griterío se vio interrumpido abruptamente cuando el comandante cerró la puerta a sus espaldas.

—Os agradezco a todos que hayáis contribuido a resolver este desagradable asunto con rapidez y decisión —dijo el alcalde volviéndose hacia los hombres congregados—. Ahora, vayamos a la catedral, a dar gracias al santo por su apoyo en esta grave hora.

César estaba cenando con Hélène y los niños cuando regresó Adrien. Llevaba sangre seca pegada en las manos y en el mandil. En silencio, dejó la bolsa en el suelo.

—Por Dios, qué aspecto tienes —dijo César—. Ve a lavarte y cambiarte. Estás asustando a los niños.

Adrien se acercó a la mesa. Michel y Sybil lo miraron con los ojos muy abiertos.

—He estado todo el día atendiendo a heridos. Un hombre se me ha desangrado entre las manos... Los alguaciles de la ciudad le habían rajado el vientre. —Su voz temblaba de ira—. Quién sabe cuántos van a morir aún.

—No quiero saber nada de eso. ¿No ves que estamos comiendo?

—Dicen que es obra tuya —prosiguió impertérrito Adrien—. Que la gente salió a la calle por tu culpa.

César apartó la silla de golpe, empujó a su hermano fuera de la sala y cerró la puerta tras de sí.

—¿Cómo se te ocurre entrar aquí de golpe y acusarme delante de mi familia?

—¿Es verdad que has recortado el jornal de tus trabajadores?

—En tiempos de necesidad, es inevitable hacer duros recortes. Si fueras mercader, lo entenderías.

—¿Y tienes que ahorrar precisamente en los salarios? Los tejedores y bataneros ya viven mal ahora. Por tu culpa van a pasar hambre y miseria.

—¿Preferirías que nosotros pasáramos hambre? Por lo menos aún tienen trabajo. Si lo pierdo todo, también ellos sucumbirán.

Adrien estaba cada vez más furioso.

—Esa no es razón para tratarlos así. Habrías podido buscar una solución pacífica. Una que fuera justa con todos los involucrados. En vez de eso, has corrido a ver a tus amigos del Consejo y les has implorado que aplastaran la rebelión a palos.

—Yo no he implorado nada a nadie —escupió César—. No sabes lo que estás diciendo.

—¿Ha sido como digo? ¿Sí o no?

—No juzgues cosas de las que no entiendes.

—Tienes la sangre de toda esa gente pegada en las manos.

—Ya basta. No tengo por qué escuchar esto. —César abrió la puerta y entró en la sala.

—Te has vuelto cruel, hermano —dijo Adrien.

—Y tú ingenuo. —César se sentó y fue a llenar la copa, pero de la jarra no salieron más que unas gotas. Lanzó una maldición—. Tráeme vino —ordenó a Hélène.

César no podía recordar cuándo había reinado un silencio así en Varennes. Por las noches siempre solía haber algún borracho dando gritos, o uno de los gremios festejaba ruidosamente algo en su taberna. En cambio, ese día no llegaba sonido alguno de los callejones. La gente se había recluido en sus casas y tenía las puertas cerradas.

César yacía inmóvil en su lecho, miraba fijamente la oscuridad y escuchaba la respiración regular de Hélène. Los reproches de Adrien se habían clavado en su mente y lo mantenían despierto.

¿Qué sabía ese chico? No entendía una palabra de política, y aún menos de negocios, y sin embargo se atrevía a darle lecciones. Sabihondo como siempre. Desde que había regresado a casa no hacía más que tonterías. Ojalá se hubiera quedado en Montpellier.

«Adrianus.» Vaya un nombre.

No, César no tenía nada que reprocharse. Había actuado bien. Sin duda era lamentable que unas cuantas personas hubieran resultado heridas. A cambio, había salvado a diez veces más del hambre y la pobreza. Quien ostentaba responsabilidad sobre los demás en ocasiones tenía que sacrificar a algunos para protegerlos a todos. Adrien jamás lo entendería.

Por fin, se hundió en un sueño intranquilo.

Cuando despertó, su hermano ya había salido de casa, de modo que no tuvo que tenerlo enfrente durante el desayuno. Fue a una misa temprana con Hélène y los niños y luego al ayuntamiento, donde pidió la ayuda de cuatro alguaciles. Llevando a remolque a los hombres armados, se encaminó al barrio de los tejedores, bataneros y tintoreros.

Mientras esperaba delante del batán, su *fattore* fue de casa en casa llamando a las puertas y a los maestros. Poco después, todos sus tejedores y bataneros se reunían en la plaza.

Eran menos que el día anterior; faltaban alrededor de diez. De los presentes, no pocos tenían chichones y otras contusiones. Veía el odio en sus ojos, pero ninguno se atrevía a hablar.

—Estoy aquí para volver a anunciaros mi decisión —exclamó César—. En el futuro trabajaréis por la mitad del salario, para que la pañería pueda subsistir. Es una travesía del desierto que tendremos que superar juntos. Cuando la empresa vuelva a ir mejor, subiré los salarios... Os doy mi palabra. ¿Alguien tiene alguna objeción?

Nadie dijo nada.

—Me alegra que hayáis entrado en razón —prosiguió—. El día de ayer ha demostrado que el tumulto y la violencia no hacen más que empeorar las cosas. Cuento con que en el futuro os comportéis como buenos cristianos y respetéis la paz. Porque todo el que incite a la rebelión terminará como Edmé.

Varios tejedores tosieron. Aparte de eso, la multitud guardó silencio.

César asintió satisfecho.

—Ahora, volved a vuestros talleres. Enseguida mis transportistas os traerán un gran cargamento de lana de verano. Espero que elaboréis la mercancía tan cuidadosamente como acostumbráis.

La multitud se dispersó. César esperó a que el último tejedor hubiera desaparecido antes de abandonar el barrio con el *fattore* y los alguaciles.

Al llegar a la Grand Rue, respiró hondo. Lo había conseguido, había pasado lo peor.

La familia estaba salvada por el momento.

Luc llevaba años en el Gran Consejo y ya había vivido más de una reunión acalorada. Pero esa sesión superaba todo lo conocido. El furioso griterío de los maestres resonaba de tal modo entre las paredes de la sala que uno no entendía ni lo que decía. El alcalde Marcel se había puesto en pie y trataba en vano de conseguir calma dando puñetazos en la mesa a la que se sentaban él y los otros once hombres del patriciado.

—Un miembro del Consejo arrojado a la Torre del Hambre como un miserable ladrón... ¡es una monstruosidad como no se ha dado nunca en esta ciudad! —bramaba en ese momento, con rostro inflamado, el maestre de los herreros y coraceros—. ¡Exigimos la inmediata puesta en libertad del maestro Edmé!

—¡Ha instigado a la rebelión a un barrio entero! —repuso el alcalde, y Luc se asombró una vez más de que un hombre tan enjuto como Bénédicte pudiera gritar tan alto—. Ha violado el derecho imperial y pisoteado los estatutos de nuestra ciudad. ¿Qué deberíamos hacer, en vuestra opinión? ¿Levantarle un monumento delante de la catedral?

—Solo quería proteger a su gente de la codicia de César —terció el líder de los canteros, albañiles y tejadores—. No es culpa suya que el asunto se desbordara. Eso es responsabilidad de los alguaciles.

—De los alguaciles y de su incompetente comandante —se le sumó el maestre de otro de los gremios—. Han masacrado en toda regla a los tejedores. Edmé merecía clemencia, pero solo es un artesano, ¿verdad? Con ellos el Pequeño Consejo no conoce la piedad. ¡A la cárcel con él! Otro menos que pueda ser peligroso para los nobles señores.

Al decir esto, estaba hablando en nombre del resto de los maestres. Habían comparecido en su totalidad y tomaban asiento a la mesa en forma de U que se enfrentaba a la mesa elevada de los consejeros patricios. «¿Ha ocurrido esto alguna vez?», se preguntaba Luc. Normalmente, a las reuniones del Gran Consejo siempre faltaban por lo menos tres o cuatro maestres, quienes opinaban que de todas maneras no podían hacer nada en ese órgano insignificante.

Ese día, en cambio, la ira por la detención de Edmé los había empujado al ayuntamiento. «Locos.» Como si su protesta sirviera para algo. Solo el Pequeño Consejo decidía lo que era justo y ley en Varennes, por más alto que gritasen.

—Que Edmé esté en prisión no tiene absolutamente nada que ver con que sea un artesano —explicó cortante el alcalde—. Ha violado la ley y debe pagar por lo que ha hecho. Porque tengo que recordaros que la ley es para todos.

—¡Salvo para vosotros, sacos de especias! —gritó alguien, y otro añadió:

—¡Hasta los malditos judíos tienen más derechos que nosotros!

El griterío volvió a empezar. Los maestres de los gremios reprochaban a los patricios haberlos echado del gobierno de la ciudad con malas artes. Los patricios lo negaban con vehemencia y remitían al Gran Consejo, a lo que los maestres tronaban que este era un cuchillo sin filo ni mango. Luc participó un poco en el tumulto, para que no pudieran acusarlo después de haber dejado en la estacada a sus hermanos, pero en secreto consideraba necio aquel teatro.

En algún momento, el alcalde se hartó. Edmé seguiría en prisión el tiempo que el Pequeño Consejo considerase necesario, anunció, y disolvió la asamblea.

—¡O salís voluntariamente, o haré despejar la sala! —gritó a los furibundos maestres.

Luc fue uno de los primeros en salir del ayuntamiento. Se apartó de los hombres que protestaban y se encaminó directamente al mercado del heno, donde se hallaba su nueva casa.

Era casi el doble de grande que la otra, construida por completo en piedra y provista de un patio amurallado, un sótano y un amplio desván. La antigua casa de un mercader, que había comprado al consejero Amédée Travère. Emanaba riqueza y prestigio social, y por tanto era adecuadísima para los fines de Luc.

Abrió la puerta y recorrió las peladas estancias. La finca no había sido barata. Había devorado sus ahorros, el producto de la venta de la vieja casa y todo el oro del judío, y aun así no estaba del todo pagada. No había quedado nada para decorarla adecuadamente. Por el momento se conformaba con sus viejos muebles. De los valiosos arcones, tapices y candelabros de plata se ocuparía cuando volviera a tener dinero.

«El primer paso está dado —pensó satisfecho—. Todo lo demás ya se verá.»

Luc se sentó en la sala y llamó a su aprendiz.

—Tráeme una copa de vino —ordenó al chico.

12

Con cuidado, Adrianus separó el pelo encostrado de sangre y examinó la herida. Probablemente una maza de guerra. El punzón de hierro del arma había golpeado al hombre por encima de la frente y le había traspasado el cráneo. El agujero tenía el tamaño de un dedo; por él salían sangre y líquido espinal. A pesar de todo, vivía. El espejito que Jacques le había puesto delante de la boca y la nariz se había empañado.

—Va'ser dific'simo —murmuró el viejo cirujano—, pero vamos a i'te'tarlo.

—Trae al cura —exigió Adrianus a la esposa del herido.

Llevaban días trabajando de la mañana a la noche para tratar a los heridos del alboroto. Eran docenas. Adrianus y el maestro no salían del barrio de los tejedores más que para dormir unas cuantas horas. Con la primera luz del día, se obligaban a levantarse de la cama y proseguían su trabajo, vendaban heridas, calmaban hemorragias, enderezaban huesos rotos. El hecho de que muchos tejedores no gozaran de buena salud y tuvieran los pulmones débiles no les facilitaba precisamente la tarea. Pero estaban decididos a salvar todas las vidas que pudieran. No siempre lo lograban. Más de un herido grave se les moría entre las manos. Y no podían hacer otra cosa que llamar a un clérigo para que el moribundo pudiera por lo menos confesarse.

También había pocas esperanzas para el hombre con el agujero en el cráneo, un joven y recio batanero. A Adrianus le parecía un milagro que siguiera aferrándose a la vida. Incluso se había despertado mientras lo examinaban, y los observaba con mirada turbia.

Por suerte el sacerdote no se hizo esperar. Se arrodilló junto al lecho, escuchó con paciencia el lento susurro del joven y, por fin, le impartió la absolución. Cuando asintió mirando a Jacques, los dos cirujanos dieron comienzo a su trabajo.

Alzaron al batanero y lo acomodaron encima de la mesa. Jacques gimió bajo el peso y farfulló maldiciones, pero cumplió con su parte. Desde el principio, se había negado a dejar a su oficial ocuparse solo de todas las tareas relacionadas con el esfuerzo físico; se lo impedía su orgullo. Además, no era en absoluto tan frágil como parecía. De hecho, el anciano cirujano tenía una fuerza considerable. Una fuerza que no residía en los músculos, sino en sus duros huesos y férreos tendones; una fuerza alimentada por una enorme experiencia y una terca obstinación. Hacía mucho que Adrianus había revisado su precipitado juicio. Su respeto por el anciano crecía día tras día.

No se atrevieron a aturdir con una esponja soporífera al debilitado paciente. Adrianus sujetó al batanero, que pataleaba y gemía, mientras su maestro limpiaba la herida y quitaba con una pinza las esquirlas de hueso.

—Ne'sito un den'er. Para cer'ar el agu'ero.

—¿Qué dice? —preguntó la esposa del herido.

—Necesitamos un denier. Vamos a cerrar con él el agujero del cráneo —tradujo Adrianus, que empezaba a acostumbrarse al farfullar de Jacques.

Con expresión confusa, la mujer abrió una arqueta y dio una moneda de plata al viejo. Jacques cogió el denier con una tenaza, lo sostuvo un momento encima de la llama de una vela y lo presionó contra la herida. El batanero emitió un jadeo y perdió el conocimiento. Adrianus había oído hablar de ese método inusual, pero nunca lo había practicado en persona. Miró con curiosidad cómo el maestro aplicaba una compresa sobre la moneda. Si no había complicaciones, la moneda de plata se encarnaría con el hueso del cráneo.

—Ya e'tá. Má' no podemos hacer.

Jacques se lavó las manos y limpió el instrumental, mientras Adrianus ponía una venda al batanero.

—¿Vivirá? —preguntó la mujer.

—Eso lo sabremos a lo largo de los próximos días —respondió Adrianus—. Si la herida cura bien, tiene buenas posibilidades.

Dejaron al hombre inconsciente en la cama. La mujer se sentó junto a él y le enjugó la frente con un paño húmedo. Adrianus contempló al batanero y apretó los labios. «Probablemente sobreviva, pero ¿eso es una bendición?» Las lesiones en el cráneo eran perversas. Después de curar, más de uno dejaba de ser el mismo; se volvía necio o furibundo, y la familia tenía que encerrarlo para el resto de su vida. Pero se lo ocultó a la mujer. Era demasiado pronto para hacer un pronóstico, y no se ganaba nada con atemorizarla.

Le dejaron un brebaje analgésico y fueron a visitar a su próximo paciente, una vieja tejedora que se había caído mientras huía de los alguaciles y se había roto una pierna. Era una fractura limpia, que se podía arreglar con facilidad. Adrianus hizo una pasta de harina y clara de huevo y untaron con ella la pierna herida. Pronto la masa se endurecería y estabilizaría el hueso.

—Mantenla en alto —dijo Adrianus—. No puedes cargar peso sobre la pierna de ninguna manera.

—Pero tengo que trabajar —replicó ella, y emitió una tos jadeante.

—De ninguna manera. Como mucho, podrás volver a hacerlo dentro de unas semanas. Hasta entonces, el gremio tendrá que sostenerte.

Solo cabía esperar que la asociación de los tejedores, bataneros y tintoreros hubiera reservado la plata suficiente como para poder alimentar a todos sus miembros heridos e incapaces de trabajar.

Cuando salieron a la llovizna del exterior, ya atardecía. Hicieron una última ronda por el barrio y preguntaron si había otros heridos. Al parecer, por el momento todos estaban atendidos.

—Mañana echaremos un vi'tazo a las ve'das. Por hoy lo dejamos —dijo Jacques, y dio una palmada en el hombro a Adrianus—. Has t'abajado bie', chico. Si' ti no hab'ía podido. Desca'sa. Te lo ha' ganado.

Delante de la catedral, sus caminos se separaron.

Al llegar a casa, Adrianus colgó el manto húmedo en un gancho y subió la escalera rascándose los omóplatos. Otra pulga. Uno no estaba a salvo de esas bestias en ninguna parte. En el barrio de los tejedores, con sus cabañas miserables y tejados podridos, la cosa era especialmente grave, porque las pulgas nacían de entre la podredumbre húmeda y prosperaban en la suciedad. Decidió ir a los baños después de cenar y darse unas friegas con jugo de ajenjo.

—Oh, ya estás aquí. Ven a sentarte con nosotros —llamó Hélène desde la sala.

Adrianus se imaginaba cosas más agradables que sentarse frente a su hermano. Pero el hambre fue más fuerte. Tomó asiento junto a Hélène, echó mano a la bandeja de la carne asada e ignoró la sombría mirada de César.

—¿Qué tal le va a nuestro benefactor? —preguntó este sin dejar de masticar—. ¿Cuántas vidas has salvado? Pareces cansado. Pero, como es sabido, quien lucha con terquedad por el bien no precisa reposo. La gratitud de los que sufren es más importante que el propio bien, ¿no es cierto? En verdad estamos bendecidos, Hélène. A nuestra mesa se sienta un santo.

En la mesa reinaba un silencio de muerte. Adrianus comía su carne, mojaba pan en la salsa y sostenía la mirada de César.

—Pero tal vez no sea el puro amor humano el que te impulsa —prosiguió su hermano—. Docenas de pacientes en pocos días, y cada uno paga un par de monedas. Debéis de tener la bolsa a reventar. Un espléndido negocio para ti y tu maestro. El oficio se asienta realmente sobre un terreno de oro.

Adrianus tuvo suficiente. En silencio, puso unas cuantas viandas en su bandeja y se levantó para seguir comiendo en su habitación.

—¿No vas a agradecerme el consejo, Adrien? —César sonrió con expresión lobuna—. ¿O te has quedado sin habla de pura hipocresía?

—Por última vez: mi nombre es Adrianus.

Salió de la estancia sin decir una palabra más.

Era una mañana fresca y clara. En la Grand Rue apestaba como de costumbre a excrementos animales y humanos, a restos de comida putrefactos en el montón de estiércol y al humo resinoso de los fogones. Ese olor cambió de golpe cuando Jacques y Adrianus doblaron hacia el callejón de los fundidores de campanas y arcabuceros. Allí olía con tal fuerza a escoria de carbón y metal fundido que la nariz de Adrianus no podía percibir nada más. Ya estaban trabajando intensamente. El calor que salía de los talleres le hizo olvidar el frío que hacía. De un portón salió un aprendiz, que lo habría embestido con la carretilla de no haberse atascado la rueda en el barro. La carretilla volcó, las barras de hierro cayeron al suelo. Enseguida apareció el maestro y dio un pescozón al chico mientras le regañaba; rojo hasta las orejas, el aprendiz se puso a recoger las barras.

Una semana después del sangriento tumulto de la Grand Rue, la vida cotidiana había vuelto. Los heridos estaban atendidos, y ya no tenían que ir corriendo de una operación urgente a otra. En vez de eso, atendían todas las dolencias y los achaques que asediaban desde siempre en Varennes: uñas encarnadas, articulaciones rígidas, verrugas dolorosas. No era un trabajo especialmente emocionante, pero aun así Adrianus lo disfrutaba. Los llamaban y hacían todo lo que podían para que el enfermo mejorase: no podía imaginarse un oficio mejor.

—¿Qué clase de hombre es Philibert? —preguntó al maestro.

—Ha'te tú mi'mo una idea —respondió escuetamente Jacques.

Philibert Leblanc era el físico de la ciudad, un médico con nombramiento oficial, responsable de todos los enfermos de Varennes... al menos en teoría. De hecho, tan solo practicaba la medicina interna, ya que, como médico de formación académica, la cirugía le estaba prohibida. Cuando se necesitaba una intervención quirúrgica llamaba a Jacques, cuyo deber era hacer su trabajo... como ese día. Adrianus no conocía a Philibert, porque el físico había llegado a Varennes hacía pocos años. La conducta de Jacques no permitía esperar nada bueno, pero Adrianus decidió enfrentarse al médico municipal sin prejuicios.

Fueron hacia una casa de fachada de entramado, de vigas rojas y paredes encaladas. Delante de la puerta había una bombarda; junto a la pieza de artillería había una pirámide de balas de piedra. Su paciente era arcabucero, y uno de los hombres más ricos de su gremio. Un aprendiz los guio hasta el dormitorio, en el que un hombre pálido y atormentado por el dolor yacía en el lecho. Una mujer joven le sostenía la mano.

Jacques saludó con un murmullo al físico, que estaba de pie junto a la puerta, agitaba un frasco con orina y contemplaba concentrado el contenido amarillo pálido.

—E'te e' mi nuevo oficial, Adrianus.

De pronto, Jacques hablaba con mucha claridad para sus circunstancias.

Philibert rozó con una mirada al viejo cirujano y no se preocupó de Adrianus. Era un hombre alto, larguirucho, que estaba allí encorvado y cargado de hombros, como si le molestara su propia estatura. El rostro alargado daba una impresión extrañamente juvenil, pero el cabello raleaba ya. Adrianus calculó que tendría unos cuarenta años.

—Menos mal que has venido —dijo Philibert—. Un cálculo atormenta a este hombre. Tienes que extirpárselo cuanto antes.

Jacques desempaquetó sus instrumentos. Adrianus retiró la manta con cuidado.

—Estos dolores —bisbiseó el arcabucero—. Si me libráis de ellos, habréis ganado un amigo para toda la vida.

—No os preocupéis —anunció Philibert—. Os curaremos y sanaremos enseguida.

«Nosotros —pensó Adrianus—. Jacques y yo, querrás decir.» El físico no daba signos de ir a intervenir. Como la mayoría de los médicos académicos, prefería no acercarse demasiado al paciente, sino pronunciar grandes discursos mientras otros hacían el verdadero trabajo.

—Vuestra dolencia viene del consumo de comidas pesadas, que producen un exceso de bilis negra. Los jugos superfluos se solidifican en la malvada piedra que tanto daño os hace. Dado que ha sido voluntad de Dios que el brebaje de sangre de toro, vino y saxífraga no haya dado resultado, tenemos que proceder a una incisión en el perineo. Antes, Jacques se encargará de que la piedra llegue al fondo de la vejiga.

Los dos cirujanos, que sabían lo que había que hacer sin necesidad de instrucciones de Philibert, habían empezado con el tratamiento hacía mucho. El arcabucero se puso en pie, desnudo, junto a la cama, miró al frente y apretó los dientes de tal modo que las mandíbulas se le marcaron... no tanto porque Adrianus estuviera masajeándole la vejiga como porque Jacques le había metido en el ano dos dedos untados en manteca y hurgaba dentro.

—¿La tenéis? —preguntó Adrianus.

—Au' no. ¡Sigue!

Entretanto, Philibert impartía doctrina sobre la condición de la orina humana, los iniciaba en los cuatro humores y, finalmente, les daba una conferencia general sobre la naturaleza de la vida.

—... originariamente, el ser humano vivía novecientos años. Pero, cuando Dios envió el Diluvio sobre este mundo lleno de pecados, decidió limitar nuestro tiempo sobre la tierra. Hoy, nadie puede esperar vivir más de ciento veinte años, y encima cualquier enfermedad reduce y acorta la vida. Tan solo el arte curativo, tal como nos ha sido legado por las autoridades de la Antigüedad, es capaz de aplazar lo inevitable. Una forma de vida mesurada y una dieta equilibrada son la llave de una larga vida. Os aconsejo, querido amigo, renunciar en el futuro a la carne de vaca, la col y las lentejas, porque son esas viandas las que han hecho desbordarse la bilis negra...

El arcabucero se esforzaba honestamente por escuchar a Philibert, pero los dedos en su recto lo distraían en gran medida.

—¡Ahí e'tá! —exclamó por fin Jacques—. ¡Rápido, vamo' a saca'la!

Adrianus cogió un escalpelo.

—Dolerá un poco, pero no podéis moveros en ningún caso. ¿Lo conseguiréis?

El pálido arcabucero asintió.

Adrianus metió la mano entre sus piernas, palpó el perineo y pudo notar el cálculo, que Jacques apretaba desde dentro contra la pared de la vejiga. Con cuidado, hizo una pequeña incisión. La pequeña masa cristalina resbaló fuera como el hueso de una cereza. Un espléndido ejemplar. No era para sorprenderse que el pobre hombre tuviera tales dolores.

La herida solo sangraba un poco, así que renunciaron a cauterizarla. Adrianus aplicó una compresa empapada en vino e indicó al arcabucero que volviera a tumbarse y apretara el emplasto contra la herida hasta que cesara la hemorragia.

—¿Se ha acabado? —preguntó en tono apagado.

—No del todo, amigo mío —explicó Philibert—. Para terminar, tenemos que haceros una sangría para sacar de vuestro cuerpo la bilis negra excesiva.

—¿Para qué hacerle una sangría ahora? —susurró Adrianus al maestro—. Hemos hecho todo lo necesario.

—Tú ha' lo que dice.

—¿Hay algún problema? —preguntó el físico.

—Ni'gú' p'ob'ema —repuso Jacques—. ¿Dó'de lo sa'gramos?

Philibert abrió un libro y frunció el ceño. Adrianus sospechó que estaba estudiando la reproducción de un hombrecillo de las sangrías, en el que podía verse qué vaso sanguíneo había que abrir dependiendo de las fases de la luna y los signos del zodíaco.

—Abriremos la vena del brazo izquierdo —decidió el médico municipal.

Jacques apretó una cinta a la altura del codo y abrió la vena comprimida con la lanceta. Adrianus recogió en la copa la sangre que brotaba.

—La sangría purifica el cuerpo y el entendimiento, estimula la digestión y eleva el ánimo —anunció vivamente Philibert—. No tengáis miedo... enseguida os sentiréis mejor.

El arcabucero lo aceptó con estoicismo. Sin quejarse, miró al techo y sostuvo la mano de su joven esposa mientras la sangre afluía a la copa, como diminutas gotas de rubí, una tras otra.

13

Enero y febrero de 1347

Por la mañana temprano, no hacía mucho más calor en la botica que en la calle. Tiritando, Léa cruzó la estancia en penumbra y empezó por atizar los carbones de la parrilla. Había una fuerte corriente de aire que hacía temblar las llamas. Se acercó a la ventana ojival y puso un poco de musgo en la juntura entre el muro y el marco de madera. El fino pergamino que al llegar el otoño tendían entre los marcos impedía mal que bien el paso del frío gélido. Arriba, en la zona destinada a vivienda, todas las ventanas tenían cristales emplomados y postigos. Quizá pudiera convencer a su padre para gastar un poco de dinero y poner también allí aquellos novedosos cristales.

Se acercó a la parrilla y se frotó las manos. En cuanto hubiera entrado en calor, cogería su bolsa e iría a visitar a los enfermos de la judería. Cuando iba a poner manos a la obra, entró Uriel. Aquel hombre bajito se acercó inclinado al mostrador, apoyándose en un bastón. Era el judío más viejo de Varennes y afirmaba haber superado ya los ochenta inviernos.

—*Shalom* —le saludó sonriendo—. ¿Qué deseas?

—Me destila la nariz —se quejó el viejo—. Me vuelve loco.

Ella le pidió que se sentara. De hecho, la nariz de Uriel estaba completamente roja y excoriada.

—¿También tienes tos? ¿Te duele la garganta?

—Es solo la nariz. El moco no deja de salir en todo el día.

—¿Cuánto tiempo hace de eso?

—Más o menos desde Janucá.

—¿Tanto tiempo? Tendrías que haber venido antes a verme, Uriel. Seguro que no es más que un leve resfriado, pero a tu edad no se bromea con eso. —Léa cogió de la estantería sietenrama y miel y puso ambas cosas en el mostrador.

—¿Qué significa eso de «a tu edad»? —Uriel tenía el bastón cruzado sobre las rodillas y lo aferraba con sus manos llenas de manchas—. Me siento fuerte como un muchacho —graznó malhumorado—. ¡Si Haïm el carnicero empezara una pelea conmigo, le daría fácilmente una paliza!

—¿Qué tienes contra Haïm?

—Nada en absoluto. También podría vencer a cualquier otro joven. ¡Con una mano!

—Sin duda. —Sonriendo, Léa echó una pizca de sietenrama al bol y mezcló la hierba con miel.

—Ochenta no son años. —Uriel sonrió con picardía. Los pocos dientes que le quedaban asomaban torcidos en su boca—. Matusalén, el hijo de Hénoch, tenía novecientos sesenta y nueve años cuando murió durante el Diluvio. Si Dios quiere, yo también lo conseguiré.

—¡Novecientos sesenta y nueve años! ¿Quién quiere ser tan viejo? —Léa movió la cabeza. Uriel era un hombre pobre, que vivía en una pequeña cabaña. En su casa no había ni ventanas emplomadas ni pergaminos; durante la estación fría, tenía que tapar con paja los diminutos agujeros de ventilación de las paredes. Pero estaba acostumbrado. Probablemente se había resfriado por otras razones—. Dime, ¿sigues dando esos largos paseos?

—Todas las tardes —respondió Uriel.

—No es una buena idea. Con este frío, deberías quedarte en casa.

—Pero si no paseo no puedo dormir.

—¿Quieres que te dé algo para que descanses por las noches?

—No necesito ningún somnífero —declaró testarudo—. Me basta con mi paseo.

Léa suspiró.

—Entonces por lo menos abrígate, ¿me oyes? Lo mejor es que te pongas dos túnicas de lana, una encima de otra, y te cubras bien la cabeza con el gugel. —Llenó de miel un tarro pequeño—, Aquí tienes. Échate un poco en la leche todas las mañanas y todas las noches. Además, te harás una infusión de cebolla y te lavarás la nariz con ella para que la mucosidad se contenga. Si no mejoras, vuelve. Pero esta vez no esperes un mes entero.

—Apenas entra uno por esa puerta le empiezan a dar órdenes. Ya sé por qué no me gusta venir —gruñó Uriel mientras sacaba con lentitud varias monedas de las profundidades de su sayo—. Cada día te pareces más a tu madre.

—No podrías hacerme un cumplido mejor. —Sonriendo, Léa guio al anciano hacia la puerta—. Y ahora, a la cama.

Cuando se hubo ido, ella se apresuró a llenar la bolsa de medicamentos. Era hora de ir a visitar a los otros enfermos de la judería. Seguro que ya estaban esperándola.

La respiración de Luc humeaba en el frío, y le salía de la boca en forma de nubes blancas mientras ordenaba a su aprendiz que llevara los cerdos al matadero. Aquel castigo había hecho milagros: desde entonces el chico no había vuelto a salirse del redil y trabajaba como era debido.

Luc había comprado una piara, veinticinco gordos animales... Una rara visión en aquellos tiempos de escasez. Habían sido caros, pero esperaba un buen beneficio de aquella carne. Al día siguiente, en el mercado, se la iban a quitar de las manos. Entonces podría por fin empezar a amueblar su casa como correspondía a su condición.

El mozo metió los cerdos en el aprisco y dejó fuera una cerda, a la que rápidamente mataron y despellejaron. Mientras el aprendiz evisceraba el cuerpo, Luc ató al siguiente cerdo y lo aturdió con un fuerte golpe en el cráneo. El rebaño, dentro del aprisco, empezó a gruñir y chillar y armó un estrépito infernal.

—Maestro —llamó el mozo.

Luc dejó el cubo con la sangre humeante y acudió a la llamada. El aprendiz le enseñó un trozo de carne que estaba atacado de tenia: las larvas anidaban entre las fibras de los músculos. Luc apretó los labios.

—Sigue adelante —ordenó al fin.

—¿No deberíamos dar aviso?

—Ni una palabra de esto a nadie, ¿me oyes?

El chico asintió intimidado y volvió al trabajo. Luc despedazó a toda prisa el segundo cerdo. También allí: larvas por todas partes.

«Si solo son dos, podría encajarlo —pensó—. Quiera Dios que no esté afectada la piara entera.»

Sus oraciones no fueron escuchadas. Cada cerdo que mataban contenía larvas masivamente. El mozo le observaba perplejo.

—¿Qué miras?

—¿Matamos a los otros de todos modos? —preguntó el chico en voz baja.

—Claro. —Luc echó mano a la maza.

—Pero...

—¡Cierra la boca y haz lo que te digo!

Luc miró de reojo al alguacil sentado en su rincón, tomando cerveza diluida sin prestarles atención alguna. Por suerte, ese día tenían todo el matadero para ellos solos. Si se daban prisa, nadie se enteraría de las larvas. No podía permitirse perder toda aquella carne.

Trabajaron tan rápido como pudieron, sin concederse descanso. Fue una miserable carnicería, que duró hasta la noche. A Luc le ardían los ojos; le dolía cada músculo del cuerpo. La sangre de cerdo se le pegaba al rostro, a los cabellos.

—Voy a cerrar pronto. Apresuraos —exclamó el alguacil.

Cargaron la carne en los dos carros de bueyes que Luc había alquilado y fueron rápidamente a su casa. Cerró el portón y se echó al hombro medio cerdo.

—Rápido, al almacén con ellos.

El mozo obedeció, aunque estaba a tal punto agotado que casi se desplomaba bajo el peso. Luc sudaba, a pesar del frío gélido, cuando metieron los gruesos animales y los colgaron de las vigas del techo.

El aprendiz se desplomó en un taburete.

—Levanta. No tenemos tiempo de reposar.

—Pero estoy cansado.

—Podrás dormir mañana. Tenemos que hacer embutidos y trabajar durante toda la noche. ¡Muévete, o te alargaré las orejas! —ladró Luc.

Subió medio cerdo a la mesa y empezó a picar la carne en trozos tan pequeños que ya no se podían ver las larvas. El aprendiz lavó las tripas y metió en ellas el picadillo.

Apenas habían empezado cuando alguien llamó. Luc maldijo en voz baja y abrió la puerta tan solo una rendija.

Era el vigilante nocturno.

—He visto luz. ¿Aún trabajáis aquí?

Todo se contrajo dentro de Luc.

—Enseguida terminamos. Solo tenemos que recoger el almacén.

—La campana de la tarde ha sonado ya hace una hora —repuso impaciente el vigilante—. Apagad enseguida la luz o informaré al Consejo de que trabajáis durante la noche.

Era más sensato ceder. De lo contrario, al tipo se le iba a ocurrir la idea de inspeccionar el almacén.

—Apaga las antorchas —gritó Luc a su criado—. Terminamos por hoy.

—Volveré a echar un vistazo más tarde —dijo el vigilante nocturno, y enfatizó su amenaza golpeando el marco de la puerta con el chuzo—: Pensad que la noche pertenece a los canallas y a los demonios. Un hombre honorable solo trabaja a la luz del día.

Luc envió al aprendiz a la cama y se sentó en la sala con un jarro de vino.

Apenas pudo dormir aquella noche. Al amanecer despertó al chico. Se pusieron los mandiles de cuero, afilaron los cuchillos y continuaron donde lo habían dejado por la noche. Aunque se daban prisa, avanzaban con lentitud. Hacer embutidos era un trabajo lento, que exigía minuciosidad y precisión. Luc dudaba de que fueran a terminar dentro de la jornada.

Hacia el mediodía volvieron a interrumpirlos. Esta vez era el inspector el que estaba a la puerta, un funcionario que supervisaba la calidad de todos los alimentos destinados al mercado. Había traído consigo dos escribientes y dos guardias armados. Luc no podía creer su mala suerte.

—Saludos, maestro Luc. El vigilante nocturno me ha pedido que inspeccione vuestro taller. Por favor, dejadme entrar.

—¿Por qué? —preguntó amablemente Luc—. He atendido su orden y apagado la luz enseguida, ayer tarde.

—No se trata de eso —repuso el inspector—. Vuestro comportamiento le pareció sospechoso.

—Ya conocéis a esa chusma. Se divierten molestando a honrados artesanos porque ningún gremio los quiere a ellos. No me he hecho culpable de nada.

—Entonces no tenéis nada que temer de mí. —La voz del funcionario se hizo más cortante—. ¿Tengo que recordaros que un maestre de un gremio está obligado a colaborar con la inspección?

—Esto es una desvergüenza. El Consejo tendrá noticias mías.

—Haced lo que tengáis que hacer —dijo impertérrito el inspector, y entró en el almacén apartando a Luc. Cogió una antorcha de su soporte en la pared y examinó las mitades de cerdo—. Mira por dónde, toda la carne está infestada de larvas. ¿Teníais intención de comunicarlo?

Luc apretó los dientes y guardó silencio.

—¿Qué pasa con la carne que ya ha sido convertida en embutido? ¿También está agusanada? —El inspector clavó una mirada penetrante en Luc. Al no recibir respuesta, se volvió hacia el aprendiz—: ¡Responde! O te impondré un castigo que te dejará sin habla.

El joven bajó la mirada.

—Está toda infestada.

El funcionario se volvió hacia Luc, mientras el escribiente tomaba notas apresuradamente en su tablilla de cera.

—¿Ibais a vender este embutido sin señalar que era de inferior calidad? Se trata de una grave infracción de las ordenanzas del mercado. ¿No os importa que la gente enferme por vuestra culpa? —Movió la cabeza—. Una actitud mercantil carente de conciencia, y eso viniendo del maestre de un gremio. Incautadlo todo —ordenó a los alguaciles—. Vos, venid conmigo al ayuntamiento.

—Esperad —dijo Luc, cuando los dos corchetes se pusieron en movimiento—. No nos precipitemos. Vayamos arriba y bebamos una jarra de vino.

—¿Para qué? La cosa está clara.

—Solo quiero hablar con vos. Por favor, escuchadme.

Luc apostó por su alma ganadora y sonrió al inspector. El gesto de este se ablandó.

—Muy bien. Por ser vos.

Arriba, en la sala, Luc llenó dos copas del mejor vino que tenía en la casa. El inspector bebió, sorbiendo complacido las gotas por entre los dientes.

—Tengo que incautarme de toda la carne e imponeros una multa elevada. Ningún camino puede eludir esto —explicó, pero ya no sonó tan imperativo como hacía un momento.

—He cometido un error y responderé por él —dijo Luc—. Pagaré la multa y os dejaré la carne. Tan solo os ruego que procedáis de manera discreta y no mencionéis mi nombre, sobre todo delante del Consejo.

—Eso sería en extremo inusual.

—Si se corre la voz de que vendo carne de mala calidad, estaré arruinado.

—Bueno, maestro Luc, eso os lo debéis a vos mismo.

—Sin duda. Ya he dicho que fue un error, cometido en un momento de debilidad. Me arrepiento sinceramente y os doy mi palabra de que no se repetirá. ¿No puedo haceros cambiar de opinión? —Luc dejó encima de la mesa el florín que ocultaba en la mano.

El inspector miró fijamente la moneda de oro y se mordió el labio. Titubeando, tendió la mano y agarró a toda prisa el florín, como si el hecho fuera menos vergonzoso si se llevaba a cabo a la velocidad del rayo. Se bebió el resto del vino de un trago y se levantó.

—Nos llevaremos la carne más tarde, al amparo de la oscuridad. Nadie se enterará.

—Os lo agradezco. Hoy habéis ganado un amigo influyente.

—¿Cómo nos aseguraremos de que también los corchetes y el escribiente se atienen al acuerdo? —preguntó relajado el inspector.

Luc abrió la arqueta que tenía en el cuarto de al lado, cogió tres sous y le dio las monedas de plata al funcionario.

—¿Bastará con esto?

—Creo que sí. —El inspector evitó la mirada de Luc mientras bajaba la escalera, silbaba a su gente y se iba de allí poco después.

Luc se derrumbó en un escabel. Se sentía agotado y abatido, y se frotó los ojos ardientes. No necesitaba contar el resto de la plata que quedaba en el arca para saber que era condenadamente poca.

Y no faltaban ni seis semanas para que el judío reclamara su dinero.

La voz de Solomon llegaba desde la bima al último rincón de la sinagoga y llenaba la casa de oración con su oscuro, cálido, retumbante sonido, mientras leía el pergamino de Esther. La comunidad ya había oído la historia innumerables veces, y sin embargo escuchaba expectante cómo el visir persa Hamán ordenaba la aniquilación de los judíos y Esther y Mordecai conseguían en el último momento salvar a su pueblo de sus asesinos. Siempre que se oía el nombre de Hamán, se acababa el devoto silencio. Los niños hacían girar las matracas y pateaban el suelo; era un ruido como de mil demonios desencadenados que corrieran chillando por la sinagoga. Solomon disfrutaba con el trajín de los niños y acompañaba el estruendo con sus atronadoras risas.

A la mañana siguiente empezó Purim, la más alegre de todas las fiestas judías. Los niños se habían disfrazado y corrían por los callejones vestidos de Esther y Mordecai o de pequeños reyes y bufones, con abigarrados ropajes. Los adultos iban de casa en casa repartiendo regalos, golosinas o pequeñas piezas de bisutería. Léa había horneado orejas de Hamán, exquisitos hojaldres rellenos de semillas de amapola que Baruch y ella regalaban a los pobres junto con una moneda de plata. Mientras recorrían la judería, niños disfrazados pasaban corriendo, bailaban alrededor del rabino y se burlaban de él con descarados cánticos. Él se lo tomaba con tranquilidad, porque el día pertenecía a la gente sencilla, que en Purim hacía mofa de las autoridades de la comunidad. Pero, como se esperaba de él que fingiera indignarse, en cada ocasión gritaba furioso y ahuyentaba a la horda, que se reía.

De las casas salía el seductor aroma de pan recién hecho, carne asada y judías cocidas, porque las mujeres lo preparaban todo para la fiesta la tarde anterior. Desde el oficio religioso de la mañana, el vino corría a raudales. Gershom y los otros ancianos estaban ya tan borrachos que se sentaban, con la cara colorada, delante de las casas, envueltos en gruesos abrigos para protegerse del frío invernal, y cantaban alegres canciones. De su boca salían densas nubes de humo blanco. Si uno de ellos tenía frío, se limitaba a beber más vino.

En el camino de vuelta les salió al paso Aarón ben Josué, mercader y prestamista como Solomon, que no acostumbraba a estar bendecido con un gran sentido del humor. También él había bebido en abundancia. Pasó alegremente el brazo por los hombros de Baruch y lo enredó en una conversación sobre la situación mundial del judaísmo que, a juicio de Léa, no tenía mucho sentido.

—Voy a ver si Judith necesita ayuda con la comida.

—Te acompaño —dijo su padre con expresión implorante, pero el charlatán Aarón lo estaba monopolizando y Léa no tenía la menor intención de ayudarle. Corrió a su casa, donde su familia celebraba el Purim ese año.

En la cocina había un olor tan exquisito que se le hizo la boca agua. Al fuego se asaban varias gruesas carpas, la grasa goteaba en las llamas con un siseo. A su lado, en una marmita, se cocía una fuerte sopa de verdura. Judith estaba de pie junto a la mesa y aplastaba guisantes cocidos, con los que iba a llenar los hojaldres.

—Deja que te ayude. —Léa echó mano al mandil.

—Casi he terminado. Mejor ve a buscar a Solomon y dile que venga. Seguro que sigue encorvado encima del libro mayor. Nunca sabe cuándo es suficiente.

Antes de irse, Léa probó la sopa y cerró complacida los ojos. En verdad Judith era una cocinera magistral.

Cuando salió de la casa, su padre seguía intentando inútilmente librarse de Aarón. Se volvió hacia la izquierda… y se quedó clavada en el sitio. Un cristiano remontaba la calle dando fuertes pisotones en la nieve. Era Luc Duchamp, el maestre del gremio de los matarifes.

«¿Qué hace aquí? ¿Tiene que venir a importunarnos justo hoy?» Cuando el cristiano llegó hasta el portón de Solomon, se dio cuenta: «Claro, el primer plazo ha vencido». Se había olvidado por completo del asunto.

Antes de entrar, Luc se detuvo un momento y contempló el relajado trajín que reinaba en la judería. Léa estaba segura de que la aversión que veía en aquellos ojos azul gélido no eran imaginaciones suyas.

Probablemente Solomon estaría solo en casa, porque sus criados andarían de fiesta por las calles. Tuvo una sensación desagradable en el estómago y decidió seguir al matarife.

—¡Usurero! —gritó Luc al entrar en la casa.

—Está en su escritorio y no os oirá —dijo Léa—. Yo os guiaré hasta él.

Sin decir palabra, el cristiano subió los escalones. Ya su mera presencia la inquietaba. Lograba expresar su desprecio hacia los judíos con cada mirada, con cada gesto, por trivial que fuera.

Solomon alzó la vista del atril cuando entraron en la estancia.

—Maestro Luc —saludó al visitante—. Supongo que habéis venido a pagar el primer plazo del crédito.

Léa no perdía de vista a Luc. Los puños y el jubón que llevaba bajo el manto de lana estaban llenos de manchas granate: la sangre de los animales que mataba. ¿Por qué no se había puesto ropa limpia antes de visitar a su acreedor? Sin duda el maestre de un gremio podía permitirse un segundo traje. «Por lo menos podría haberse lavado los puños», pensó Léa. Que no hubiera hecho ninguna de las dos cosas era sin duda alguna una arbitraria falta de respeto.

Luc dejó unas monedas de plata en el atril sin decir palabra.

—Me temo que esto es demasiado poco —dijo Solomon—. Lo acordado era un treinta y dos por ciento. ¿Queréis ver la cédula de deuda?

—Ya sé lo que pone la cédula de deuda —repuso Luc—. Los intereses son demasiado altos. No voy a pagar más.

—Nuestro acuerdo de agosto pasado es un contrato vinculante. Lo que hacéis no es conforme a derecho. Os ruego que me deis el dinero que falta… o tendré que denunciaros al Consejo.

—El Consejo jamás procederá contra un cristiano para ayudar a un judío a cobrar su salario de usura.

—Yo no estaría tan seguro —declaró con calma Solomon—. Así que, por favor, sed razonable. Difícilmente puede interesaros tener conflictos con la autoridad. ¿O no podéis pagar? Si estáis en apuros, sed sincero conmigo. Seguro que hallaremos una solución.

Léa notó al instante que el matarife consideraba una ofensa la oferta de ayuda.

—Yo no estoy en apuros —dijo Luc—. ¿Qué te has creído, judío? Pero, claro, los artesanos no son para ti más que chusma indigna de tu oro.

—Si así fuera, difícilmente os habría prestado una suma semejante. A mis ojos sois un hombre honorable, maestro Luc. Pero ni el más honrado está libre de pasar apuros financieros. —Solomon alzó las manos en ademán apaciguador.

A Léa le costaba trabajo ver todo aquello. Sin duda su tío solo trataba de relajar las cosas y hacer valer su derecho. Pero la precaria situación de los judíos le obligaba a humillarse constantemente con ese hombre, aunque en verdad debería haber sido Luc el que habría tenido que mostrar un poco de humildad. Probablemente Solomon ni siquiera se daba cuenta de lo que hacía. Realizaba negocios con cristianos tan a menudo que hacía mucho que aquel comportamiento se le había metido en la sangre. «Nos quitan nuestra dignidad y nos exigen que sonriamos —pensó Léa—. Eso es lo peor de todo.»

El matarife resopló despectivo y se volvió.

—Dejad paso —increpó a Léa, que estaba en la puerta.

—Antes dadle el dinero que falta.

Luc se plantó delante de ella hinchando el pecho, un mero gesto de amenaza por el que ella no se dejó intimidar. Pero Solomon sí temió que el matarife fuera a pasar a las manos.

—¡No os atreváis a tocarla! —Su tío echó mano al garrote que tenía en su escritorio, listo para situaciones como esa.

—¿Vas a pegarme, judío?

—Si es preciso. Pero antes llamaré a los corchetes. A no ser que me deis mi dinero y os marchéis pacíficamente. —Solomon abrió la pequeña ventana emplomada, desde la que se veía a los dos alguaciles que montaban guardia en la puerta occidental de la judería.

Luc puso cara de ir a lanzarse sobre él. Dejó con estrépito en el escritorio un montón más de monedas.

Solomon contó y asintió.

—El siguiente plazo vence dentro de seis meses.

—¡Eso ya lo veremos, perro judío! —siseó el matarife, en voz baja pero audible. Se precipitó fuera de la estancia y habría derribado a Léa si esta no se hubiera apartado.

Solomon dejó el garrote a un lado, abrió una arqueta y depositó las monedas en ella. El rostro barbado no mostraba emoción alguna.

—¿Estás bien? —preguntó.

—Solo me ha dado un susto, nada más.

Léa se acercó a la ventana. En ese momento, Luc salía con paso arrogante por el portón. Por fin. No habría podido soportar a ese hombre ni un solo instante más.

—Un hombre desagradable, hay que decirlo —rezongó Solomon—. Para su próxima visita, cuidaré de que haya dos mozos presentes.

—Más que desagradable —dijo Léa—. Esto no quedará en desfachateces y amenazas. ¿No has visto su mirada? Ha estado a punto de agredirte.

—Bah, no se atreverá. Es maestre de un gremio, no un vulgar matón. Tiene mucho que perder.

—Eso no puedes saberlo. Nos odia.

—Muchos lo hacen. —Solomon sonrió con tristeza.

—Creo que deberías protegerte.

—¿Y cómo?

—Refuerza las puertas. Contrata guardianes.

—¿Para que todo el mundo vea que tengo miedo? ¿Qué impresión daría eso? Además, los guardianes cuestan mucho dinero. No. Sé cuidar de mí mismo.

—Tío... —dijo Léa, pero él no admitió réplica.

—Basta. Es Purim, el día en el que nuestro pueblo celebra la salvación frente a sus enemigos. Hoy miramos con toda confianza hacia el futuro y nos reímos de los temerosos. Ven, vamos a bajar. Seguro que Judith ha hecho cosas exquisitas, y tengo un hambre de oso.

Léa se dio por vencida. Solomon cerró el escritorio y fue delante; los escalones de madera crujieron bajo su peso como las planchas de un barco en un mar agitado.

Durante la comida se mostró marcadamente alegre, comió en abundancia y vació copa tras copa. Pero Léa no se engañaba.

Tenía miedo.

Exactamente igual que ella.

Luc se había buscado una mesa en un rincón y bebía a solas. No estaba en la taberna del gremio, sino en otra del mercado de la sal a la que sobre todo acudían mercaderes extranjeros. Esa noche no habría soportado a sus hermanos y su obtusa cháchara. Allí, en cambio, casi no lo conocía nadie y podía ahogar tranquilamente su rabia en cerveza.

Ese judío usurero y su codicia. No le había perdonado ni un denier. Lo había tratado como a un muerto de hambre. La humillación se le había clavado en las vísceras como una serpiente.

Que eso tuviera que pasarle precisamente a él. A él, un maestre y miembro del Consejo.

Pero así eran los judíos. Desmedidos y viles. Siempre dispuestos a arrojar a la ruina a los cristianos. Cuanto más era el daño que podían causar, con tanta mayor energía ponían manos a la obra. Aquel pueblo era una mala úlcera que se extendía incesante por la ciudad. No descansarían hasta que hubieran empujado al último cristiano a la esclavitud del interés y el interés compuesto.

Apuró la cerveza y pidió otra.

Esclavitud, exactamente. A él ya lo habían sometido. Si quería pagar aquellos intereses de usura, tendría que trabajar más y con mayor dureza. Ya no estaría en condiciones de guardar algo para sí mismo, y no digamos de gozar de la vida. Nada de tabernas, nada de rameras, durante mucho tiempo.

No había escapatoria.

Otra cerveza. Y otra.

Cuando hubo vaciado la jarra, se dio cuenta de que era el último cliente que quedaba en la adormilada taberna. Tenía que ser ya tarde. Daba igual. De todos modos, no tenía ganas de trabajar.

—¡Posadero! Otra —gritó con voz espesa, mientras levantaba la jarra.

El hombre se acercó a la mesa.

—Ya habéis tenido bastante. Debo pediros que os vayáis. Me gustaría cerrar.

Luc trató de convencerlo de que le sirviera otra jarra. Cuando el camarero no se dejó ablandar, empezó a gritar y a armar bronca. El tipo desapareció y volvió poco después con sus hijos ya adultos, que se plantaron amenazadores delante de la mesa. Luc se levantó tambaleándose. Tenía ganas de pelea, pero no estaba a la altura de aquellos tres, y menos en su estado. Estampó unas monedas encima de la mesa, escupió en la paja que cubría el suelo y se despidió.

El frío invernal le golpeó como un latigazo, hizo que le llorasen los ojos y le dolieran los dientes. Apenas había dado unos pasos por el desierto mercado de la sal cuando empezó a despejarse. Respirando hondo, se encaminó a la rue des Remparts y al mercado del heno.

Con el tiempo, sus ojos se acostumbraron a la oscuridad. Había nieve por todas partes, se mezclaba con el lodo congelado de las calles y formaba grises montones delante de las casas. Varennes le pareció casi completamente abandonado, y se sintió como si fuera el último ser humano sobre la tierra.

La vida era un asco.

Una figura vino a su encuentro. Un hombrecillo enjuto, que se envolvía en un grueso manto de lana y avanzaba apoyado en un bastón. Luc distinguió un punto claro en el manto. La mancha amarilla. Entonces reconoció al viejo judío Uriel, conocido por dar paseos nocturnos por la ciudad, el diablo sabía por qué. Probablemente estaba regresando a su casa.

—Saludos, maestro Luc —graznó el viejo—. Que el Todopoderoso os guarde en vuestro camino.

Los labios de Uriel se contrajeron y dejaron al descubierto los torcidos dientes. ¿Le sonreía? Sí. Y aquel brillo en los ojos diminutos: sin duda burla y menosprecio. Seguro que en la judería se estaban partiendo de risa hablando de él, regocijándose en su angustia, riéndose a su costa.

«El gran maestre del gremio. ¿Habéis visto cómo ha apretado el culo? Bien hecho, Solomon. *Mazel tov!*»

Con la mano en el pomo del cuchillo, Luc siguió al viejo. Lo agarró por detrás y lo arrastró a una calle deshabitada. Uriel casi no pesaba nada, poco más que un cochinillo, y así pataleaba. Cuando Luc lo soltó, se puso a dar traspiés y estaba tan asustado que solo conseguía jadear.

Luc mató al cerdo judío.

Primero el golpe para aturdirlo. Sacó el cuchillo y dio al viejo un golpe en la frente con el extremo del mango. El hombrecillo chocó contra la pared y se desplomó con lentitud.

Luego el corte en la garganta. Luc levantó el cuchillo, lo cogió hábilmente por el mango y lo clavó en el cuello de Uriel. La afilada hoja cortó sin esfuerzo la piel arrugada y la carne flácida. La sangre salió a borbotones de la herida, y Uriel cayó en la nieve entre estertores. Se sacudió una vez y quedó inmóvil.

Luc contempló el cadáver, sin sentir el menor arrepentimiento. Solo satisfacción. Había devuelto la humillación sufrida. Un judío menos. Había hecho del mundo un lugar mejor.

Registró al viejo y maldijo en silencio al no encontrar dinero. Se acordó de que un callejón más allá había una letrina. Levantó a Uriel, se aseguró de que nadie venía por la rue des Remparts y llevó el cuerpo inanimado a la fosa. Apartó con el pie la tapa de madera y dejó caer al viejo. El cadáver cayó a los excrementos con un chapoteo y se hundió.

Una tumba adecuada para un judío. Con un poco de suerte, nadie lo encontraría jamás.

Entretanto había empezado a nevar… gruesos copos, que caían del cielo en enormes masas. Luc sonrió. Dios estaba con él. La nieve nueva cubriría la sangre; pronto todos los signos de su acto habrían desaparecido.

Menos la sangre en su manto, donde el judío lo había ensuciado. Así que tenía que ir a casa y quemar la prenda que lo delataba en la chimenea.

Luc recorrió los callejones sin ser visto y poco después se deslizaba dentro de su casa por la puerta trasera.

14

Marzo de 1347

Los hombres maldecían, conjeturaban y murmuraban funestos temores. Las voces se fundían en un estrépito que se alzaba y descendía como en una posada repleta. Más de uno daba un puñetazo en la mesa o gesticulaba con las manos. Llevaba ya todo el día lloviendo, sombreros y mantos brillaban húmedos. Léa avivó el fuego de la chimenea y llenó las copas de vino caliente, en el que esparció clavo y otras especias benéficas. Pronto el aire de la pequeña estancia podía cortarse.

Los doce hombres —todos ellos judíos cumplidores de la Ley, que gozaban de elevado prestigio— constituían el Consejo Judío, que administraba la comunidad y resolvía los litigios entre hebreos. Sin embargo, su poder era ilimitado, porque la última palabra siempre la tenían las autoridades cristianas. Los doce eran dignatarios sin dignidades, poderosos sin poder, aunque los presentes no quisieran darse cuenta.

Cuando, con Aarón ben Josué, entró el último miembro del Consejo, Solomon pidió silencio a los otros.

—¿De qué te has enterado, Aarón?

—He preguntado en toda la ciudad —contó el mercader, cuya voz singularmente aguda le reportaba burlas de vez en cuando—. Nadie ha visto a Uriel durante los últimos tres días. ¿Habéis estado en su casa? —Se volvió hacia Solomon y Baruch.

—Hemos roto la puerta —respondió el padre de Léa—. Tampoco se encuentra allí. Todo está en orden, nada apunta a un robo.

Marcharse sin más, sin contárselo a los vecinos, no parecía propio de Uriel. Además, era decididamente demasiado viejo para aventuras. Los hombres llegaron a la conclusión de que tenía que haberle ocurrido algo.

—Todo el mundo sabe que a menudo sale a dar largos paseos nocturnos, incluso con este frío —dijo el mercader de piedras preciosas David, que era alto y delgado como una pluma de ganso—. Quizá lo acecharon para robarle.

—Nunca lleva dinero en sus correrías —observó Haïm. El carnicero era el miembro más joven del Consejo, un hombre impresionante de anchos hombros y rubia melena, entreverada de mechones rojizos como la abundante barba. Decían de él que era tan fuerte como el héroe bíblico Sansón—. Por Dios, casi no tiene nada que merezca la pena robar.

—Nosotros lo sabemos, pero los incircuncisos no.

—¿Crees que los cristianos son responsables de la desaparición de Uriel? —preguntó Baruch.

David parecía indeciso.

—No podemos excluir esa posibilidad.

Se extendió una impresión de congoja. Aarón rechinaba los dientes de ira. Los hombres decidieron denunciar el caso al Consejo de la ciudad.

Cuando se marcharon, Léa recogió la estancia y bajó a la tienda. Había mucho que hacer, pero apenas podía concentrarse en el trabajo. Hacía días que la atormentaba la sospecha de que algo malo se estaba cociendo en la ciudad.

Su padre no regresó hasta mediodía. Parecía abatido.

—El alcalde ha ordenado a la guardia buscar a Uriel —dijo—. No puede hacer nada más por nosotros. Mientras no haya un cadáver, tampoco hay un delito para el Consejo.

Léa no había esperado otra cosa. Y, en lo que a la guardia se refería: no iba a mover un dedo para encontrar a Uriel. La mayoría de los alguaciles eran personajes toscos, que no tenían aprecio alguno por los judíos.

—Recemos porque solo sea un error y Uriel aparezca pronto. Estaré en mi estudio. —Baruch subió encorvado la escalera.

«¿Un error? No —pensó Léa—. Ha sido asesinado.»

Adrianus paseó por el pequeño herbario que había detrás de casa de Jacques, examinando los arriates, altos hasta las rodillas, encerrados por cercas de ramaje. El camino en forma de cruz partía el huerto en cuatro partes iguales. No solo era por motivos prácticos. Como muchos conocedores de las plantas, Jacques estaba convencido de que el número cuatro tenía cualidades sagradas y mágicas. Representaba las cuatro estaciones, los cuatro elementos de los que todas las cosas estaban hechas y los cuatro ríos que brotaban del jardín del Edén. Cuatro arriates del mismo tamaño eran el mejor supuesto para un crecimiento sano.

El invierno no había dejado gran cosa de la mayoría de las plantas. Restos de hojas podridas y tallos muertos yacían sobre la tierra húmeda. Hacía una semana que se habían fundido las últimas nieves, y desde entonces cada día el ambiente era más cálido. Adrianus partía de la base de que el clima suave se mantendría por el momento. Aunque era un hombre de ciudad, tenía un buen olfato para los caprichos de la naturaleza. Podía oler la proximidad de la primavera. Pronto las plantas brotarían y harían reverdecer los parcos arriates, que les permitirían empezar a renovar sus reservas de medicamentos.

—Entonces, os ayudaremos a crecer. —Adrianus clavó la horquilla del estiércol en el cubo y repartió silbando abono entre los arriates.

Había venido con la primera luz del día, para poder atender el jardín antes de que los primeros pacientes los llamaran. El maestro se había levantado hacía mucho; como muchos ancianos, Jacques se las arreglaba durmiendo poco. En esos momentos, estaba preparando el desayuno dentro de la casa. Habían convertido en costumbre desayunar fuerte, porque a menudo no lograban probar bocado en todo el día.

Mientras se dedicaban a la leche caliente y el pan de trigo sarraceno, charlaron acerca del trabajo que les esperaba. Entretanto, Adrianus entendía ya sin esfuerzo el farfullar de Jacques.

—Ayer por la noche Philibert estuvo aquí. No' necesita esta mañana.

—Qué bien empieza el día —rezongó Adrianus.

—Tenemos que ir a ver a Théoger Le Roux, el co'sejero. Además hay u' herido en el bar'io de los her'eros.

—Os propongo que vos vayáis a ver a Philibert. Yo me ocuparé del herido.

—Nada de eso, amiguito. Yo fui a ver a Philibert la ú'tima vez. E'ta ve' te toca a ti —repuso sonriendo el maestro.

Adrianus se sometió a su destino con un suspiro.

No era la primera vez que iba solo a ver a un enfermo. Cuando había demasiado trabajo que hacer se lo repartían, porque Jacques ya tenía plena confianza en sus capacidades. Adrianus se lo agradecía descargando al maestro en la medida de sus posibilidades y asumiendo las tareas físicamente exigentes, como el cuidado del herbario. Jacques tenía que cuidar sus viejos huesos, aunque no lo admitiera.

Adrianus sonreía para sus adentros al recordar su primer día en aquella casa. Ya hacía casi seis meses. Quién hubiera pensado entonces que un día Jacques y él iban a colaborar tan bien. Entretanto, se sentía tan a gusto allí como con Hervé. Disfrutaba con la responsabilidad suplementaria.

Después de comer, cogió su bolsa y cruzó la brumosa mañana. Théoger Le Roux poseía una de las casas más grandes de la plaza de la catedral. Sobre las paredes de piedra, encaladas y carentes de ventanas, de la planta baja, reposaban tres plantas de madera. Cada una de ellas era un codo más ancha que la inferior, y tenía saledizos que hacían que el edificio pareciera un gordo desconsiderado que abría los codos y reclamaba para sí todo el espacio en la mesa. En ese momento, dos carros de bueyes cargados de balas de lana cruzaban el túnel que llevaba por el patio a detrás de la casa. Varios hombres seguían a los carros charlando vivamente.

—¡Señor! —gritó uno de los obreros cuando Adrianus llegó a la puerta de la casa. Era el joven batanero con el agujero en el cráneo al que habían curado el otoño anterior.

Sonriendo, el recio individuo fue hacia él.

—¿Me reconocéis, señor?

—Claro. —Adrianus había renunciado ya a pedir a sus pacientes que dejaran de llamarlo así. Para la gente sencilla, siempre iba a seguir siendo un patricio, al que era imposible llamar por su nombre—. ¿Cómo estás?

—De maravilla, gracias a vos y al maestro Jacques. El agujero ha desaparecido.

—Déjame ver.

El batanero se retiró el gugel y apartó los cabellos pajizos. De hecho, salvo la cicatriz, ya no se veía nada más. La moneda había soldado bien con el hueso del cráneo.

—¿No tienes más molestias? —preguntó Adrianus.

—Por un ojo no veo tan bien como antes, pero puedo vivir con eso. Es mejor que ver las malas hierbas desde abajo, ¿no? ¿Y quién puede decir de uno mismo que por dentro está hecho de metal noble? —Sonriente, el mozo se dio con los nudillos en la sien—. Los chicos dicen que, si me doy un golpe en la cabeza, sonará como cuando se brinda con una copa de plata.

—Me alegra que te vaya bien. —Adrianus le dio una palmada en la espalda.

El batanero no quería dejarle ir.

—¿Puedo traeros algo? ¿Quizá un poco de verdura? Tenemos coliflor en el huerto.

—De verdad que no hace falta.

Adrianus sabía que no poca gente en el barrio de los tejedores sobrevivía a duras penas. A menudo tan solo su propio y mísero huerto los protegía del hambre.

—Insisto. Os debo la vida. La semana que viene os traeré las coliflores. ¡Que Dios os bendiga, señor! —El batanero corrió hacia el túnel.

Adrianus entró en la casa y subió a la sala, dando un salto por encima del perro tendido en el escalón más alto. Philibert ya estaba allí y hablaba con Théoger, que estaba sentado a la mesa, con una copa de vino entre los dedos llenos de anillos. El consejero era a tal punto obeso que la silla casi desaparecía bajo la masa de su cuerpo. También allí había otro perro, un enorme animal al que Théoger rascaba detrás de las orejas con la mano libre. Su predilección por los perros era famosa en toda la ciudad. Sin duda poseía dos docenas de ejemplares, que se movían libremente por toda la casa. La mayoría eran bestias que enseñaban los dientes y que con ellos podían arrancar el cuello sin esfuerzo a un hombre. Se decía de ellos que obedecían cada palabra de Théoger, y que los trataba mejor que a sus criados.

—... no son parte de nosotros —estaba diciendo el consejero en ese momento—. Seguirán siendo extranjeros para siempre. ¿Habéis visto alguna vez a un judío que trate de integrarse? Voluntariamente no ocurrirá nunca, el único medio es el bautizo forzoso. Porque su religión tiene que resultar falta y deplorable a cualquier buen cristiano. —Théoger dio un sorbo al vino y movió la cabeza, mientras se secaba la boca con el dorso de la mano—. Se juntan y se apiñan detrás de su muro. ¿Qué es lo que hacen allí, os pregunto? Nadie lo sabe. ¿Se enriquecen a costa de los pobres cristianos? ¿Planean incluso nuestra aniquilación? Tenemos que estar alerta y observarlos, o nos amenaza la ruina.

—Comparto por completo vuestra opinión. —La extraña cabeza de Philibert oscilaba arriba y abajo mientras asentía sumiso.

Adrianus ya había oído a menudo tales conversaciones, que tenía por cháchara idiota. Naturalmente que los judíos se quedaban detrás de su muro... ¿Quién los había obligado a ello? En su familia se pensaba desde siempre que había que proteger de hostilidades a los hebreos y dejarlos en paz. Pero hoy en día no se hacían amigos con esa opinión.

Bueno, no había venido a debatir con Théoger. Quería dejar atrás ese asunto lo antes posible. Como ninguno de los dos hombres se había fijado en él, carraspeó.

—Ah, el joven Fleury —dijo el consejero, y ordenó con un gesto a un criado que llenara la copa—. Vuestro hermano me ha contado que habéis ido a parar entre los cirujanos. Al principio no quería creerlo. ¿Qué os ha llevado a eso? No es trabajo para un hombre de vuestra condición. ¿Quién quiere arrancar una uña encarnada cuando puede ganar una fortuna con paños y sal?

Adrianus no se dignó responder.

—El maestro Jacques dice que me necesitáis —se dirigió a Philibert.

—Habría preferido que el maestro viniera en persona. Pero, bueno, también vos podéis ayudarme y echarme una mano. Théoger sufre de una dolorosa gota. Tenemos que hacerle una sangría enseguida para sacar del cuerpo la mucosa superflua.

Adrianus desempaquetó el instrumental, con los labios apretados. Tendría que habérselo imaginado. Empleada con cautela, la sangría era un medio sensato, con el que se podían lograr algunas cosas. Pero Philibert prescribía esa intervención a todos los pacientes para todas las dolencias. Ponía sanguijuelas incluso a gente que se había roto un dedo. Adrianus no quería preguntarse cuánto daño había hecho ya el médico de la ciudad con su incompetencia. Sin contar esa irritante manía de utilizar los verbos en plural al hablar. Adrianus era un hombre pacífico, pero Philibert despertaba en él el deseo de hacerle una sangría hasta que cayera en el suelo gimoteando y pidiendo clemencia.

—¿Cómo debo abrir la vena?

—Aplicaremos las ventosas a la espalda —dijo el médico.

Adrianus cogió cuatro ventosas de cristal e iba a dirigirse a la chimenea cuando cambió de idea.

—Con el mayor respeto, no creo que debamos sangrarlo. La mejor forma de tratar la gota es con una dieta equilibrada.

Por Dios, solo había que mirar a Théoger para saber por qué estaba enfermo. ¿Cómo podía Philibert estar tan ciego?

—Bebéis mucho vino, ¿verdad? —Se volvió hacia el dueño de la casa—. Mi consejo sería que renunciaseis por el momento a él...

—Doctor Philibert, ¿es esto habitual? —Théoger frunció el ceño con disgusto.

—No es en absoluto habitual. Joven —dijo cortante Philibert—, Théoger es mi paciente. Yo decido qué tratamiento es el adecuado. Vos os limitaréis a obedecer mis indicaciones. La gota es una enfermedad traicionera. Solo un físico que ha adquirido su título de doctor en la renombrada Universidad de París puede aliviarla y curarla... ¡Desde luego, no un simple cirujano!

—Yo también he estudiado... en la Universidad de Montpellier, cuya facultad de Medicina es superior a la de París, me permito añadir —repuso Adrianus.

—¡Una afirmación monstruosa, y encima falsa! La Universidad de París es la mejor de toda la Cristiandad. Además, vos habéis abandonado antes de tiempo la escuela de Medicina, y por tanto no debierais llenaros la boca con ella.

—Aun así, sé tanto como vos sobre la gota, si no más.

Philibert enrojeció y abrió la boca para dar una furiosa respuesta, pero Théoger puso fin a la disputa.

—¡Basta! —tronó—. Mi salud no será manzana de la discordia de dos vanidosos gallos de pelea. El doctor Philibert es mi médico... haremos lo que él dice. Y vos, Adrien, os contendréis, o vuestro maestro tendrá noticias de esto.

Adrianus no quería que Jacques tuviera problemas por su culpa. Se tragó su disgusto y puso las ventosas en el suelo, delante de la chimenea. Si Théoger quería sufrir absurdamente, no era su problema. Pidió al consejero que levantara los brazos y le sacó el ropón por la cabeza, porque el obeso patricio no podía desnudarse sin ayuda. Philibert no ocultó su satisfacción y le miró con sonrisa complaciente. También el gigantesco perro le miraba. En los pardos ojos del animal ardía el odio, como si Adrianus fuera un gnomo repugnante que revolviera a escondidas en la despensa.

—Por favor, inclinaos hacia delante.

Adrianus escogió cuatro puntos de la espalda de Théoger, rasgó la piel con la lanceta y aplicó las ventosas a los cortes. Cuando las ventosas se enfriaron hicieron vacío, y la sangre brotó de las diminutas heridas.

—El gran Galeno nos enseña que en el ventrículo izquierdo del corazón arde un fuego —empezó a pontificar Philibert—. Con su gran calor, depura la sangre que entra y convierte el aire respirado en *spiritus vitalis*, sin el que nuestro cuerpo estaría completamente inanimado. Pero a veces las fuerzas naturales del cuerpo fallan, y enfermamos. Entonces, es preciso sacar al exterior los humores superfluos para restablecer el sano equilibrio y que el *spiritus* pueda fluir sin obstáculos por las venas, los nervios y órganos.

Mientras el físico parloteaba y las ventosas se llenaban de sangre, Adrianus miraba al techo.

«¿Qué he hecho para merecer esto?»

—La herida cura bien —dijo Adrianus una semana después—. Creo que no necesitas una venda nueva. Si se vuelve a abrir, ven enseguida a verme.

—Sin duda. —El herrero cerró la mano herida, volvió a abrirla y repitió el proceso varias veces—. Casi no duele. ¡Por san Eloy, qué alegría! No quiero pensar en qué habría sucedido de haber perdido la mano. Os lo agradezco mucho, señor.

—Me complace. —Adrianus acompañó al artesano hasta la puerta.

El maestro había ido al mercado y seguramente estaría fuera hasta el mediodía, porque era un hermoso día de primavera, que invitaba a pasear y detenerse en los puestos, y no había gran cosa que hacer en esos momentos. Adrianus quería aprovechar la oportunidad para limpiar a fondo la consulta.

Acababa de empezar a barrer cuando la puerta se abrió de golpe. Varias personas entraron, llevando a cuestas a alguien cubierto de sangre.

—¡Tenéis que ayudarle! —jadeó uno de los hombres. Era el arcabucero al que habían curado el otoño anterior.

—A la mesa con él.

El arcabucero y sus ayudantes hicieron lo que se les mandaba. El herido era joven, casi un niño aún… y su aspecto apenas era humano: había sangre, heridas, quemaduras, carne desgarrada por todas partes. Pero aún respiraba, como pudo comprobar Adrianus al acercar el rostro a la boca del joven.

—Por Dios y por todos los apóstoles, ¿cómo ha podido ocurrir esto? —El arcabucero estaba próximo a las lágrimas.

—¿Qué ha pasado? —preguntó Adrianus, mientras cortaba a toda prisa las vestiduras rasgadas y ensangrentadas del aprendiz.

—Estábamos delante del muro de la ciudad, probando las nuevas bombardas. Pero algo salió mal. Alguien tiene que haber mezclado mal el grano del trueno. Sea como fuere, esa maldita cosa saltó por los aires. Puede que una chispa, o la ceniza ardiente de la tea…

—¿Hay algún otro herido?

El arcabucero negó con la cabeza.

—Martin era el único que estaba cerca cuando la bombarda explotó.

—Tiene mal aspecto. No sé si voy a poder salvarlo.

—Intentadlo, por favor —imploró el maestro.

La pierna derecha de Martin era la que estaba en peor estado; no era más que carne y huesos astillados. Las demás heridas no sangraban tanto como para amenazar su vida.

—Haced fuego en la chimenea y poned el cauterio entre las brasas. ¡Deprisa! —instó Adrianus a los impresionados hombres.

El aprendiz había perdido el conocimiento, y su inconsciencia era tan profunda que no iba a despertar con tanta facilidad. Con rapidez, Adrianus hizo un torniquete en el muslo para que el joven dejara de perder sangre.

—¿Está el hierro al rojo?

—Prácticamente.

Adrianus empuñó la sierra de huesos, amputó enérgico la pierna destrozada y cauterizó el muñón. Examinó el pulso y la respiración del aprendiz. Ambos débiles, pero constantes. El chico tenía una asombrosa voluntad de vivir.

Ahora empezaba el trabajoso y complicado trabajo de tratar las innumerables heridas y quemaduras, que cubrían casi cada rincón del cuerpo. Los hombres permanecieron mudos y pálidos mientras Adrianus limpiaba heridas abiertas, extirpaba esquirlas de metal del tamaño de un dedo, ponía vendajes, cauterizaba las peores heridas y aplicaba ungüento a las quemaduras. Trabajó como en trance, sin ser capaz de medir cuánto tiempo pasaba; sin duda dos, tres horas.

Cuando por fin hubo terminado se apartó de la mesa, se secó mecánicamente la sangre de las manos y se frotó con el brazo los ojos ardientes. Se sentía como si acabara de despertar de una pesadilla.

El arcabucero se puso en pie de un salto.

—¿Vivirá?

—Aún es pronto para decirlo. He hecho lo que he podido, pero es posible que el choque y la pérdida de sangre sean demasiado para él. Y aunque lo supere —añadió abruptamente Adrianus—, ¿qué vida le espera? Miradlo. Quedará lisiado y deforme. Nunca podrá volver a trabajar.

—Yo cuidaré de él —prometió el arcabucero—. Podrá vivir en mi casa y tendrá todo lo que necesite.

—Es lo menos que puede esperarse de un hombre que se ha hecho rico fabricando instrumentos para matar.

El maestro bajó avergonzado la cabeza.

Esa gente que abusaba del progreso para construir armas cada vez más refinadas... Adrianus no quería verlo más.

—Ahora, marchaos.

—¿Qué pasa con el chico?

—Se quedará en observación aquí.

Con cuidado, los hombres llevaron al herido a la habitación de al lado y lo tumbaron en la cama. Continuaba inconsciente.

Cuando el arcabucero y sus ayudantes se fueron por fin, Adrianus volvió a comprobar el pulso de Martin. Igual de débil, lo mismo que la respiración. Profundamente agotado, se dejó caer en un taburete y apretó varias veces los ojos. Nunca había tratado antes a un herido tan grave. Se sentía aturdido y exhausto.

Por el momento, no podía hacer más por el chico. Se sirvió una copa de vino y la apuró en tres largos tragos.

La puerta crujió. Philibert entró seguido de una mujer pálida y sudorosa.

—Sentaos ahí, buena mujer. Enseguida os ayudarán —dijo el físico, y se volvió hacia Adrianus—. ¿No está el maestro Jacques?

—Tendréis que conformaros conmigo. —Adrianus fue a por su instrumental—. ¿Dónde debo practicarle la sangría?

Philibert parpadeó.

—Aún no os he explicado cuál es su dolencia.

—Pero ¿debo hacerle una sangría?

—Sin duda. Sin duda. Decidme, ¿cómo lo habéis adivinado?

—Inspiración divina —rezongó Adrianus, y sacó del bolso la correa para el brazo.

—Ahora vete —dijo Jacques—. Esa pob'e muchacha apenas puede se'ta'se, y he prometido ir e'seguida.

—Creo que debo quedarme con Martin —repuso Adrianus—. Yo lo he operado y conozco todas sus lesiones.

—No podemos hacer más por el chico que se'ta'nos ju'to al lecho y mirar. Pod'é hace'lo solo. ¡Maldita sea! Me dices todo el tie'po que me cuide, pero cua'do me duele de ve'dad la espa'da me quieres echar de casa.

Adrianus apretó los labios y enjuagó la frente de Martin. El chico había despertado de su inconsciencia hacia unos días, pero no había dicho una sola palabra desde entonces. Si las heridas no se gangrenaban o surgían otras complicaciones, probablemente saldría adelante.

—¿Es posib'e que te'gas miedo a las mujeres? —preguntó receloso Jacques.

—¡No! Claro que no. ¿Cómo se os ocurre semejante locura?

—Hace mucho que te'go esa se'sació'. Pero, si no es cie'ta, puedes ir.

Adrianus se dio por vencido. Cogió su bolsa y se encaminó al burdel municipal, situado extramuros.

A primera hora de la tarde, la mayoría de las meretrices no tenían nada que hacer. Se sentaban en el prado, gozaban del sol de la primavera y bebían cerveza. Para disgusto de Adrianus, no se veía por ninguna parte al rufián que dirigía la casa por encargo del Consejo.

—Ahí viene por fin el sanador —exclamó una de las mujeres—. Pero no es el viejo Jacques, en absoluto.

—Es el nuevo —dijo otra, una atractiva rubia llamativamente maquillada que llevaba pulseras de cobre en las muñecas—. Qué tipo tan guapo. Yo también dejaría que me tratara. ¿No quieres tomarme el pulso, señor cirujano?

Adrianus miró al suelo y pasó deprisa de largo ante ellas. La carcajada que lo envolvió le atronó los oídos.

Cuando entró, pensó en su última visita a un burdel, que naturalmente no le había curado de su timidez; gracias, Hermanus. En aquella ocasión tan solo estaba borracho. También esta vez tendría que haber tomado una copa de vino, o dos o tres, quizá lo habría hecho todo más llevadero. Dentro, otras rameras descansaban en los bancos y mataban el tiempo. «Si al menos fueran feas», pensó desesperado. Pero la mayoría eran muy vistosas, el rufián conocía su negocio. Y, como los animales de rapiña ventean el temor de sus presas, notaban su timidez y se complacían en estirarse en poses provocativas. Le mostraban muslos y pechos desnudos y le gritaban obscenidades.

—Me duele, señor cirujano. Sí, justo aquí. ¿Quieres tocar?

—Mis humores no están en equilibrio. ¡Ven, méteme algunos!

—Tengo tanto calor... ¿Me das algo para refrescarme?

«¡Por Dios! ¿Dónde está el rufián?» Mientras Adrianus miraba a su alrededor, descubrió al único cliente que había a esa hora, un canónigo que tenía sentada en el regazo a una ramera exuberante, le descubría los pechos y le tomaba las medidas con sonrisa beatífica. El clérigo respondió a su mirada y le saludó como si se hubieran encontrado en la plaza del mercado. Estaba claro que no le preocupaba lo más mínimo que lo vieran en aquel lugar.

Adrianus oyó pasos pesados en la escalera y se volvió. Por fin, el rufián.

—Vos tenéis que ser Adrianus —dijo aquel hombre pequeño, con cara de comadreja—. Os habéis tomado vuestro tiempo. Cara tiene dolores. Está cada vez peor.

—¿Dónde está?

—¡Dejad de gritar, mujeres! ¿Qué va a pensar la gente? —Luego se dirigió a él—: Arriba. Seguidme.

Entraron en una pequeña estancia que apestaba a sudor y otros fluidos corporales, a pesar de que había una lámpara de aceite en la que se quemaban hierbas aromáticas. Sobre la sucia cama yacía boca abajo una mujer. Joven, desenvuelta, de corto y revuelto cabello, una belleza meridional, y desnuda como el día que vino al mundo. El rostro de Cara estaba humedecido por las lágrimas, y Adrianus vio sangre fresca en las nalgas.

—El maestro Jacques lo dijo: hemorroides de la peor especie —explicó el rufián—. Así no puede trabajar. Tenéis que cauterizarlas.

—No os precipitéis. Antes tengo que examinar con calma a la paciente.

—Traeré la parrilla —gruñó el rufián.

—¿Entiendes nuestro idioma? —se dirigió Adrianus a la ramera.

Cara asintió.

—Siéntate para que pueda examinarte.

Le bastó con una mirada: un caso grave. Ya no había nada que hacer con úvulas y ungüentos.

—La verdad es que tengo que cauterizarlas.

—¿Dolerá mucho?

Tenía un acento fuerte, que él no era capaz de localizar.

—Es doloroso, sí. Pero rápido. Tienes mi palabra.

El rufián regresó con la parrilla e hizo fuego.

—Ya os lo dije —señaló, cuando Adrianus metió el cauterio entre las brasas.

Poco después, recorrió el burdel un chillido estridente, que terminó abruptamente cuando Cara perdió el conocimiento.

—Ayudadme a volverla de espaldas —dijo Adrianus—. Ahora levantad las piernas. Sí, así está bien.

Cara no tardó mucho en despertar y mirarlos con ojos turbios.

—Lo has aguantado. —Adrianus sonrió—. Te dejo un poco de aceite de rosas. Frota con él las partes quemadas para que curen pronto.

El rufián hizo la única pregunta que de verdad le interesaba:

—¿Cuándo podrá volver a trabajar?

—Ahora necesita descanso para recuperarse. Como muy pronto dentro de una semana. Vendré a comprobarlo —añadió Adrianus, cuando el rufián torció con disgusto el gesto.

Cobró sus honorarios y bajó las escaleras. Las mujeres dormitaban a la entrada, charlaban o tomaban fruta escarchada. Se percató aliviado de que habían perdido el interés por él. En un aposento abierto, visible para cualquiera, el canónigo estaba montando a su ramera en ese momento y emitía al hacerlo sonidos en extremo poco clericales.

Con el bolso en la mano, Adrianus fue hacia la puerta, que se abrió de pronto. Entró un sonriente César, con una ramera de cada brazo.

—¡Hermano! —Su sonrisa se extinguió—. ¿Qué haces tú aquí?

—Trabajar. —No era nada nuevo para Adrianus que César engañara a su mujer con rameras—. A plena luz del día —dijo con desaprobación—. ¿Es que no conoces la vergüenza?

—Eso a ti no te importa. Yo tampoco me meto en tus asuntos. —César pasó de largo ante él—. Y ay de ti si le hablas de esto a Hélène —graznó antes de ir arriba con las dos bellezas.

—Qué bonito es tener un hermano mayor del que poder estar orgulloso —murmuró Adrianus, y salió del burdel.

15

Abril de 1347

La multitud en la feria ya era agobiante. Pero nada comparado con las masas humanas del mercado.

La multitud se movía por el edificio como un monstruo de múltiples piernas: un gusano estúpido, incapaz de ninguna decisión razonable. La gente se apretujaba delante de los puestos y manoseaba las mercaderías, taponaba las puertas y asediaba rugiendo el mostrador del vinatero. A esto se añadían los inspectores del mercado, que se abrían paso sin muchos reparos y buscaban con mirada sombría a los atrapabolsas... de los que, a juzgar por la feria de primavera de aquel año, había muchos.

—Tengo que ir a mi puesto. ¡Así que dejadme pasar, maldita sea! —ladraba César, mientras empleaba los codos. Aun así, tardó una eternidad en llegar a su destino.

Ofrecía a la venta sobre todo paños, pero también un poco de sal y vino del Mosela. Aunque las balas de paño y los toneles formaban una pila impresionante detrás de la mesa con el arca del dinero, César tenía que confesarse a sí mismo que su puesto era uno de los más pequeños del mercado. Hombres como Théoger Le Roux o Amédée Travère ocupaban el triple de espacio con sus gigantescas cantidades de productos y daban trabajo a una docena de ayudantes, que andaban como celosos roedores recolectando oro y plata.

César tenía que conformarse con tres personas: dos mozos y un *fattore*. En ese momento, su ayudante estaba hablando con varios mercaderes de la Hansa, que desde hacía unos cuantos años acudían a las ferias de Varennes en abril y octubre, en número cada vez mayor. Los alemanes eran el modelo de César, los admiraba por su perseverancia y dureza en las cuestiones comerciales. De hecho, la gente de la Hansa gozaba de una triste reputación en todo Occidente por su falta de escrúpulos. Algunos en Varennes incluso los temían, pero no así César. Su legendario antepasado Balian había plantado cara a la Confederación de Gotlandia, como la Hansa se llamaba entonces, y demostrado que no era en absoluto tan invencible como muchos creían.

Se tomó tiempo para saludar a los alemanes y se enteró para su alegría de que querían comprarle toda la sal. El negocio fue sellado con un apretón de manos, y antes de que aquellos hombres barbados se fueran los invitó a ir a visitarlos a él y a su mujer por la tarde.

—¿Qué tal se vende el paño? —preguntó al *fattore*.

—Se ha vendido alrededor de un tercio, pero podría ser mejor. Me temo que sigue siendo demasiado caro.

No le sorprendió. César se esforzaba en producir paño barato, pero mientras dependiera de la costosa lana extranjera poco podía hacer. Al fin y al cabo, el precio de la lana representaba cuatro de cada diez partes de los costes de producción. Por esa misma razón la empresa se recuperaba con lentitud… demasiada para su gusto. Por eso su objetivo era volver a comprar cuanto antes los pastos y los rebaños. De lo contrario, iba a quedarse estancado durante años.

Por desgracia, por el momento no disponía de recursos para adquirir tierra y ganado en grandes cantidades. Tenía que aguantar aún un tiempo la insatisfactoria situación, le gustara o no.

—Baja el precio un denier por vara —indicó al *fattore*—. No quiero quedarme con el paño bajo ningún concepto.

Volvió a abrirse paso por entre la multitud. El regateo en los puestos, el griterío de los mercaderes y la incesante confusión de voces causaban un estrépito atronador, que se mezclaba con los intensos olores de la nave —a especias, tintes, grasa de lana, cerveza— hasta convertirse en un infierno para los sentidos. Quien lo experimentaba por primera vez quedaba aturdido en toda regla por las impresiones. Incluso César, que estaba acostumbrado al trajín del mercado, dio gracias a los santos cuando por fin salió al aire libre. En los extensos terrenos de la feria, extramuros de la ciudad, olía sin duda peor que en el edificio a causa del ganado y las letrinas, pero al menos corría un viento fresco, y el ruido no era tan fuerte.

Nadie era capaz de decir cuánta gente visitaba las ferias locales cada año. Diez mil, veinte mil personas, quizá más. La mayoría era del propio Varennes, de los alrededores y de otras ciudades de Lorena, pero una parte considerable venía de muy lejos. El duque garantizaba vías seguras a los mercaderes extranjeros, el Consejo proporcionaba cómodo alojamiento y bajas tasas de mercado. La feria de abril de aquel año había tenido una asistencia especialmente buena a causa del clima suave y seco. Mientras César recorría la pisoteada pradera, escuchaba en los puestos y quioscos una confusión de lenguas de dimensiones casi babilónicas. Junto al lorenés, se hablaba en francés y en alemán, se regateaba en inglés, flamenco y lombardo; incluso creyó oír castellano. Y tan variadas como las lenguas eran las personas. Sucios campesinos se codeaban con burguesas enjoyadas, mozos apestosos a sudor con damas que olían a rosas. Los mercaderes llevaban vestimentas de valioso paño y bolsas repletas; los nobles, mantos de púrpura y sombreros adornados con plumas; el pueblo llano, sayos pardos y sencillos zapatos de cuero. La feria los reunía a todos: mercaderes y caballeros, vecinos y forasteros, grandes y pequeños. Por distinta que fuera su apariencia, se parecían en la caza de dinero y buenos negocios.

César pasó de largo ante los puestos del obispado y ante pirámides de toneles que olían a sal recién traída de la salina. Su objetivo era el callejón de los ingleses, al sur de los terrenos. Solo sabía un poco de inglés, pero la mayoría de los mercaderes de lana de la isla hablaban el francés de sus señores normandos, de manera que pudo escuchar sin esfuerzo distintas ofertas. Estuvo regateando con un mercader de Lincolnshire hasta negociar un precio aceptable para un gran transporte de lana. El inglés llenó dos copas de vino del sur, y bebieron por el negocio. El propietario no había cambiado ni mercancía ni oro cuando César volvió la espalda al puesto. Solo lo haría el último día del mercado, cuando los mercaderes cerraban sus libros y enviaban los carros con la carga.

Había sido una mañana agotadora, y decidió reponer fuerzas antes de exponerse de nuevo al bullicio del mercado. Se encaminó a uno de los mejores figones, en los que a mediodía se reunían muchos hombres del gremio. César distinguió entre la multitud al alcalde Marcel, fue hacia él y puso el cuenco humeante en el barril que servía de mesa.

—Me temo que tengo malas noticias —dijo el alcalde.

—¿De qué se trata? —César sopló en el cuenco de guisantes caliente.

—El Consejo ha decidido poner en libertad a Edmé.

César bajó la cuchara.

—¿Al cabo de menos de siete meses? Dijisteis que iba a pasar años en la Torre del Hambre.

—Su familia ha comprado su libertad. Ha ofrecido al Consejo una elevada suma, de modo que me vi superado en votos. Lo siento.

César lanzó una blasfema maldición y dejó caer la cuchara en el cuenco. Se le había quitado el apetito.

—Es insatisfactorio, pero ¿qué tenéis que temer? —dijo Bénédicte—. Nadie puede obligaros a volver a contratar a Edmé.

—Instigará a todo el gremio en contra de mí en cuanto esté libre.

—Ya no es maestre. Los tejedores, bataneros y tintoreros eligieron a otro cuando Edmé fue a parar a la mazmorra.

—Ya lo sé. Pero, si conozco al gremio, le devolverá el puesto. Ese hombre es más popular que nunca entre su gente.

—Veis las cosas demasiado negras. Creo que ha aprendido la lección.

—Entenderéis que no tenga mucha confianza en eso.

César tenía que hacer algo, y deprisa. No iba a dejar que ese alborotador diera el primer paso. La empresa no estaba para más retrocesos.

—Hagáis lo que hagáis, os ruego que actuéis con prudencia —dijo

Bénédicte, que al parecer adivinaba lo que estaba pensando—. No quiero más alborotos en la Grand Rue.

—No dejaré que las cosas lleguen tan lejos —dijo César—. Tenéis mi palabra.

La gente de la Hansa estaba cansada del día de mercado, y no se quedaron mucho tiempo. Poco después de comer se despidieron y volvieron a su alojamiento en los terrenos de la feria.

Mientras la criada recogía la mesa, César se echó el manto por los hombros.

—¿Adónde vas? —preguntó su mujer.

—Tengo que volver a salir.

El olfato de César para las emociones de los demás no estaba muy desarrollado. Sin embargo, esta vez fue imposible pasar por alto la ira de Hélène, el dolor y la amargura en su voz cuando dijo en voz baja:

—Si tienes que ir a ver a tus rameras, al menos podrías hacerlo con discreción. ¿O es que te complace humillarme delante de toda la ciudad?

—No voy a ver a ninguna ramera. ¿Cómo se te ocurre hablarme así, mujer?

¿Lo había traicionado su querido hermano? «Eso sería propio de Adrien. ¡Ese insidioso apóstol de la moral!»

—¿Lo prometes? —insistió Hélène.

—¿Dudas de mi palabra?

Ella no dijo nada; la expresión de su rostro era respuesta suficiente.

—Tengo que ocuparme de un asunto de negocios que no admite demora.

Su mirada acusadora lo siguió hasta el exterior.

«¡Maldita sea!», pensó mientras recorría las calles oscuras, con el manto de la capucha calado. Llevaba meses empleándose en salvar a la familia de la ruina, trabajaba hasta el agotamiento, tomaba decisiones que pesaban sobre su ánimo... ¿y esa era la gratitud? Quejas y reproches de la mañana a la noche, y su propio hermano atacándolo por la espalda. «Si estuvieran tan solo un día en mi pellejo, Hélène y él, sabrían lo que es esto.» La presión, el miedo. Solo en el burdel encontraba el olvido durante unos momentos. ¿Qué tenía eso de malo? La propia Hélène era la culpable. Si se esforzara más en la cama, él no tendría que buscar satisfacción y consuelo en otro sitio.

Describió un círculo alrededor del vigilante nocturno, que remontaba la Grand Rue con su farol. En el barrio de los tejedores, a esa hora de la noche hacía mucho que todos estaban en la cama, la mayoría de las cabañas estaban oscuras. César fue a uno de los talleres y puso un pie en la escalera exenta que llevaba al desván. En la diminuta ventana que había bajo el gablete se distinguía una turbia luz.

La empinada escalera crujía y vacilaba con cada paso. César temía romperse todos los huesos y se agarraba al pasamanos, no muy digno de confianza. Al llegar arriba, abrió la descuadrada puerta.

La estancia era angosta y sucia y apestaba a pies sin lavar. Junto a la tosca cama no había más que una caja y una mesa a la que se sentaba Fernand. El oficial tejedor tenía como siempre una jarra en la mano, de la que estaba tomando un trago en ese momento. Al entrar César se sobresaltó tanto que cayó de espaldas junto con el taburete, lanzando un grito extrañamente femenino. Con una agilidad de la que no se hubiera creído capaz a un borrachín como él, volvió a ponerse en pie. Durante todo el proceso, logró el milagro de no dejar caer la jarra y derramar apenas un poco de su valioso vino.

—Señor —dijo con voz beoda—. ¿Qué hacéis aquí a hora tan tardía?

—Tengo que hablar contigo.

Lleno de desprecio, César contempló la lamentable figura y se preguntó por qué no hacía mucho que había echado a Fernand. Bueno, quizá por fin le resultara útil.

—¿Queréis tal vez un trago? —Fernand le ofreció la jarra.

—Siéntate y escúchame.

El oficial obedeció.

—Desde ahora, observarás a Edmé para mí —dijo César.

—¿Cómo voy a hacerlo? Está en prisión.

—Ha sido puesto en libertad hoy. ¿Cómo es posible que no lo sepas?

Fernand se encogió de hombros. El vino era lo único que le interesaba. César se preguntó si aquel tipo era de verdad el adecuado para esa tarea. Por desgracia, nadie más entraba en consideración.

—Su familia ha comprado su libertad —explicó impaciente—. El Consejo considera expiado su delito.

—¿Volverá a trabajar para vos?

—¿Tú qué crees, Fernand?

—Seguro que no —respondió a media voz el tejedor.

—Parto de la base de que volverá a dirigir el gremio. Observa cada paso que dé. Si instiga a la gente en mi contra o pronuncia discursos alborotadores en el gremio quiero saberlo, ¿entendido?

—Lo que se habla en el gremio solo incumbe a sus miembros —objetó dubitativo Fernand—. Se considera deshonroso contarlo fuera.

—No es deshonroso si sirve a un noble fin. Vas a ayudarme a mantener la paz en el barrio. Juntos podemos evitar nuevas revueltas y salvar vidas. Además, te pagaré bien —añadió César.

Por fin los ojos de Fernand brillaron.

—¿Cómo de bien?

César le arrojó una bolsa, que tintineó. Fernand la abrió, contempló las monedas de plata y, probablemente, calculó su valor en vino.

—Desde ahora, te daré esto todos los meses. A cambio, me contarás todo lo que planea Edmé. ¿Lo harás?

—Sin duda, señor.

—Bien. No hace falta que te diga que nadie debe tener noticia de nuestro acuerdo, ¿verdad?

—Mis labios están sellados —declaró el oficial.

—Confío en ti. —César salió. Cuando abrió la puerta, se volvió una vez más—: Y haz algo de una vez con la escalera, o en una de tus borracheras te vas a romper la crisma.

16

Mayo de 1347

Por qué no habla? —preguntó preocupado el arcabucero—. ¿No se habrá vuelto necio?

—Su entendimiento parece tan claro como siempre —respondió Adrianus—. Creemos que simplemente no quiere hablar.

«¿Quién podría reprochárselo?» Contempló a Martin, que se apoyaba en sus muletas. Aunque las heridas curaban bien, el joven estaba para el resto de su vida lisiado y marcado de tal modo por cicatrices que la gente se asustaba al verlo. Jamás tendría una esposa, hijos, siempre dependería de las limosnas. Nadie podía aliviar su sufrimiento. ¿Qué iba a decirle al mundo?

Al menos el arcabucero mantuvo su palabra de cuidar de Martin desde entonces.

—Ven, muchacho, te llevaremos a casa —dijo, y le ayudó a encaramarse al carro.

Adrianus los miró a ambos hasta que desaparecieron entre las casas.

—Hemos hecho lo que hemos podido —dijo Jacques—. Más hab'ía sido un milagro. No te ama'gues por eso. —Le dio una palmada en la espalda y fue al interior de la casa.

Adrianus le siguió con el corazón encogido. Sin duda, ningún arte quirúrgico del mundo habría podido salvar la pierna de Martin o impedir las horribles deformaciones. Era el precio que el chico tenía que pagar por seguir vivo. Su destino era voluntad de Dios y no correspondía a Adrianus disputar con él. Y sin embargo… en días como ese le faltaba humildad para aceptar el plan divino. ¿Por qué el Señor le había dado el don del arte curativo si no quería que Adrianus ahorrara ese sufrimiento?

Después de la cena fue a la iglesia de Saint-Pierre y habló de sus penas con el padre Severinus. El clérigo tenía la mente en otra parte, quizá en su concubina, que le calentaba la cama mientras él atendía sus trabajosas obligaciones sacerdotales. No tenía otra cosa que ofrecer a Adrianus más que frases hechas.

—La sabiduría de Dios es infinita. Tenemos que confiar en él y buscar refugio en su clemencia cuando dudamos del mundo.

—Me pregunto si no habría sido mejor dejar morir al chico —dijo Adrianus.

—No debes pensar así. Solo el Señor decide sobre la vida y la muerte. —El padre Severinus reprimió un bostezo—. Ahora vete, hijo mío. Mañana será otro día en el que podrás hacer el bien.

Adrianus se fue temprano a la cama, pero durmió mal y terminó despertando sobresaltado de una pesadilla, que se apagó clemente cuando abrió los ojos.

Se marchó de la casa muy temprano; César, Hélène y los niños todavía dormían. El sol no saldría hasta al cabo de una hora, pero la primera luz del día, poco más que un pálido mensajero de la mañana, se arrastraba ya por las callejas. Jacques aún estaba acostado, y roncaba audiblemente cuando Adrianus abrió la puerta y encendió una tea. Estaba agotado de todo ese infructuoso cavilar; todo en él lo apremiaba a hacer algo útil. Salió al jardín con la antorcha en una mano y un cubo de agua en la otra.

Hasta entonces había sido una primavera suave y soleada, con exactamente la cantidad correcta de lluvia, de manera que podían verse crecer las hierbas. La salvia estaba crecida, las hojas largas como dedos brillaban plateadas, parecían cubiertas de polvo de hadas. La aquilea florecía ya, el apio de monte desprendía el aroma especiado de una exquisita sopa. Adrianus sintió que los pensamientos sombríos perdían fuerza. Tanta era la vida que penetraba enérgica en el mundo. Paseó a lo largo de los arriates, dejó que las hojas y los tallos se deslizaran por entre sus dedos y disfrutó del verde esplendor. Jacques cultivaba en su jardín alrededor de veinte hierbas distintas. Manzanilla y valeriana, por ejemplo, de cuyas raíces se obtenía un aceite benéfico contra los retortijones de estómago y el sueño intranquilo. Además de caléndula, consuelda y la utilísima hierba de San Juan, que ayudaba en la digestión, aceleraba la curación de las quemaduras y, según creían algunos, servía para expulsar los demonios. Detrás, pegado al muro, crecían también hinojo, fárfara y aromática melisa, esta última un remedio contra las dolencias cardíacas. Se empleaban para ellas las hojas en forma de corazón de la melisa, porque era sabido de manera general que lo mejor era curar lo similar con lo similar.

¿Qué era eso?

Adrianus dejó el cubo y se acercó antorcha en mano al endrino. Todas las hojas estaban cubiertas de orugas. El gusano también estaba en todas las plantas vecinas. Apenas había hoja que no estuviera ya comida.

Cogió en la mano una de las orugas. La criatura era casi tan larga como su dedo meñique, y estaba densamente cubierta de pelo negro y amarillo. El día anterior no estaban allí. Tenían que haberse colado durante la noche y ahora estaban hartándose con las plantas.

Vació el cubo entre maldiciones, arrancó las orugas de las hojas y las tiró en él. Una empresa casi desesperada, tenían que ser centenares. Para colmo, empezaron a arderle las manos. Eran los pelillos de aquellas bestezuelas, que se le quedaban clavados en la piel y provocaban un espantoso picor.

—¡Maestro! —gritó—. ¡Maestro Jacques! ¡Tenéis que venir enseguida!

Poco después, el viejo cirujano estaba, descalzo y sin nada más encima que una fina camisa, en el jardín, exactamente allá donde se cruzaban los senderos entre los arriates. Ahora estaba lo bastante claro como para poder distinguir los daños incluso sin la luz de las antorchas. Confuso, se rascaba el mentón mal afeitado, lo que producía un ruido de frotación.

—Son demasiadas —dijo—. Au'que las quitemos todas, seguro que se cuela' ot'as.

—Pero necesitamos las plantas. Ya casi no tenemos medicinas... ¡Maldita sea, cómo pica! —Adrianus se rascaba las manos hasta herírselas.

—Vamos de'tro, a ocupa'nos de tus manos.

Jacques arrancó los pelos de oruga que Adrianus tenía clavados en las manos... un trabajo lento, que sometió su paciencia a una dura prueba. Luego mezcló una solución salina con la que se lavó las manos. Las partes heridas al rascarse ardían como el fuego, pero el picor y la erupción apenas disminuyeron. Hojeó a toda prisa la *Physica* de Hildegard von Bingen hasta encontrar un remedio contra el enrojecimiento de la piel.

—¿Tenemos babosas rojas?

Jacques cogió un bote de la estantería. Adrianus puso en el mortero una de las babosas, la trituró y aplicó la masa en las zonas que picaban. El efecto no fue muy considerable. Bueno, la mayoría de las medicinas surtían efecto solo al cabo de un rato. Tenía que ejercitarse en la paciencia.

Volvieron a salir al jardín y contemplaron la desdicha con más atención. Solo alrededor de un tercio de las plantas estaban afectadas, pero entre ellas se encontraban las que necesitaban continuamente. Las orugas habían causado ya grandes daños y dejado peladas plantas enteras.

—No hay mucho que salvar —constató Adrianus—. Incluso si elaboramos todo lo que queda, las reservas alcanzarán como mucho para dos o tres semanas. Y algunas se han perdido por completo, como el endrino.

—No tiene se'tido —decidió Jacques—. Dest'uiremos las pla'tas para que el parásito no se pueda exte'der.

—¿Y de dónde vamos a sacar nuestras medicinas?

—Se las comp'aremos al rabino Baruch e' la judería. Su tie'da es la mejor.

Adrianus conocía de oídas la botica, pero nunca había estado en ella. Su fama era grande.

—Haré una lista enseguida.

Puso la tablilla de cera encima de la mesa, pero las manos le ardían tanto que apenas si podía escribir. La erupción no mejoraba. Reprimió una fea maldición y tiró el punzón sobre la mesa.

Compasivo, Jacques le llevó la jarra con las babosas.

Adrianus apretó los dientes y consiguió de alguna manera escribir la lista. Cuando acababa de terminar, entraron tres canteros. Dos de los hombres sostenían al tercero, que se había caído del andamio y se había roto la pierna. Jacques empezó enseguida a enderezar el hueso. A causa de sus manos, Adrianus no podía ayudarle, así que decidió ir a la botica.

Poco después atravesaba la puerta occidental de la judería y remontaba la rue des Juifs. Solo había un breve trayecto hasta la casa del rabino Baruch, pero pronto se sintió como un intruso. La gente de la calle le observaba. Adrianus podía entenderlos. Los cristianos no iban a menudo por allí, y cuando lo hacían no pocas veces significaba desgracias para los judíos.

La botica estaba junto a la sinagoga. De la jamba derecha de la puerta colgaba la mezuzá, una cápsula de cobre artísticamente trabajada que contenía un pergamino con el *Shemá Israel*, la profesión de fe judía, tal como Jacob la había declarado hacía años. Estaba en todas las casas hebreas. Mil olores asaltaron su nariz cuando entró en la tienda. Olía a pimienta, manzanilla y romero, intensos ungüentos, esencias etéreas y aceites curativos, así como a sustancias completamente exóticas, que no era capaz de reconocer. Una escasa luz entraba por la ventana ojival, y aumentaba las sombras entre las estanterías y los barriles, de manera que la parte posterior de la tienda se perdía en la penumbra: una gruta encantada que le parecía mucho más grande que la casa que la contenía.

Detrás del mostrador había una joven. Encima eso.

—Busco a Baruch, el *apotecarius* —dijo.

—Yo le represento.

Llevaba una cofia que apenas podía retener sus cabellos; aquí y allá asomaban negros rizos rebeldes. Sus suaves rasgos y su piel aterciopelada formaban un contraste llamativo con sus ojos castaños, que miraban alerta, penetrantes. Tenía más o menos su misma edad, y era bellísima.

Se obligó a mirarla cuando dejó la tablilla de cera encima de la mesa.

—Necesito esto —declaró escuetamente, y con bastante brusquedad, haciendo que ella levantara una ceja.

No había querido parecer tan descortés, no era su forma de ser. Pero había ocurrido. Mientras aún luchaba con su nerviosismo, las ásperas palabras ya habían brincado desde su boca.

—Por favor —añadió.

—¿Qué os ha pasado en las manos?

—Una erupción.

—¿Habéis manejado sustancias corrosivas?

—Orugas —respondió Adrianus, antes de darse cuenta de lo ridículo que sonaba.

—¿Orugas? ¿Cómo ha sido eso?

Él dio unos golpecitos con el índice en la tablilla.

—De verdad necesito estas cosas con urgencia. —Volvió a sonar brusco e impaciente.

Pero ¿por qué tenía que hacerle todas esas preguntas?

—Esa inflamación de la piel tiene que arder de manera espantosa. Deberíais tratarla. Os daré los remedios contra ella.

—No los necesito. Ya tengo uno.

—¿Cuál es?

Por Dios, ¿es que no iba a dejar de preguntar nunca?

—Una solución salina con babosa triturada.

—Eso no os ayudará. Os daré semillas de amapola; las trituráis, las mezcláis con un poco de aceite de rosas y os lo ponéis en la piel.

—Mi remedio es muy útil —repuso él—. Es una acreditada receta de Hildegard von Bingen.

—Incluso Hildegard von Bingen puede equivocarse. Prefiero confiar en Rhaces y Avicena. Y ellos recomiendan amapola.

¡Ahora le daba sermones sobre el arte curativo!

—Decidme: ¿sabéis quién soy? —preguntó irritado.

—No. ¿Debería?

—No necesito remedios caros. Soy médico: sé cuidar de mí mismo.

—Aun así os daré las semillas de amapola, si es que estáis dispuesto a revisar vuestra docta opinión —declaró ella con terquedad; cogió la tablilla y desapareció entre los estantes.

Adrianus tamborileó en el mostrador hasta que ella volvió con los productos. Sin decir palabra, lo puso todo en su cesta. Dejó fuera el aceite de rosas y las semillas de amapola.

—Son diez sous y dos deniers.

Cuando abrió la bolsa del dinero, escapó de sus manos inflamadas y las monedas cayeron al suelo.

—¡Maldita sea! —soltó sin querer.

La judía no movió un dedo y se quedó mirando cómo recogía las monedas. ¿Era una sonrisa lo que temblaba en torno a sus labios?

Dejó en el mostrador diez sous y dos deniers, ató con torpeza la bolsa al cinturón y caminó arrogante hacia la puerta.

Primero la erupción, y ahora esto. ¿Qué había hecho él para que el Señor le castigara de ese modo?

Apenas se cerró la puerta, Léa se acercó a la ventana y contempló con el ceño fruncido al joven médico. ¡Qué tipo tan arrogante y desagradable! Entraba en su tienda y se comportaba como si fuera Galeno en persona.

«Cristianos. Son todos iguales.»

Aquella noche, Adrianus volvió a lavarse las manos con agua salina y se frotó con moco de babosa... Se había llevado sabiamente el bote con los animales. Acto seguido, se fue a la cama y trató de dormir. Cuando se tumbó, la piel volvió a quemar, más fuerte que nunca. Cerró los puños, pero pronto el picor se hizo insoportable, se rascó hasta hacerse sangre y pensó que Satán en persona tenía que haber enviado las orugas. Se levantó entre maldiciones, abrió el bote y masacró otra babosa. Una vez que se puso la mucosa, se tumbó agotado, se quedó dormido... y volvió a despertar poco después porque le ardían los dedos. Cerró los ojos y trató de dominar el dolor a base de fuerza de voluntad. Lo consiguió durante unos minutos. Luego apartó la manta entre maldiciones, buscó en la oscuridad el bote de las babosas y se golpeó el pie con la pata de la cama. Con los dientes apretados, hurgó dentro del bote y comprobó que todas las babosas habían sido ya víctima del mortero. Lo intentó con otro baño salino y compresas refrescantes, pero el ardor volvía en cuanto las compresas húmedas se calentaban.

Tenía que ser ya más de medianoche cuando se deslizó por la casa silenciosa con una vela en la mano. En la despensa no encontró aceite de rosas, pero sí semillas de amapola, que trituró enseguida en el mortero. Esparció el polvo en dos paños empapados en vino, con los que se envolvió las manos desolladas.

No pasó mucho tiempo antes de que el ardor cediera.

Suspirando, Adrianus se sentó y alabó la sabiduría de Avicena.

César pidió que le trajeran una bala de paño, tiró del extremo de la tela y la frotó entre los dedos. Buen trabajo, sin duda; firme y suave a la vez. Pero no podía competir del todo con los finos paños de Flandes y Lombardía que preferían en las casas patricias y en los castillos de los nobles. Más tarde hablaría con sus maestros y los instaría a trabajar de forma aún más minuciosa.

Tiró la bala al carro y ordenó a los hombres que llevaran la carga al almacén. Uno de los tejedores se le acercó.

—Una palabra, señor —dijo Fernand en voz baja.

Entraron en el cobertizo, donde nadie podía verlos.

—¿Hay novedades? —preguntó César.

—Ayer se reunió el gremio —respondió Fernand, que como de costumbre apestaba a vino—. Hubo una votación. Edmé vuelve a ser el maestro.

—Eso era de esperar. ¿Es todo?

—Ha pronunciado un gran discurso. Ha dicho que nosotros... que vuestra gente no debe aceptar la rebaja de salarios. Que el gremio los apoyará en su lucha.

—¿Cómo sentó el discurso? ¿Lo jalearon?

—Algunos sí. Pero la mayoría tiene miedo y no quiere problemas. No creo que vuelvan a salir a la calle.

César no estaba tan seguro de eso. Edmé no cejaría. Insistiría a la gente hasta que volvieran a recorrer la ciudad rugiendo y agitando armas. Aquel hombre era un alborotador nato y tenía todos los motivos para odiar a César.

—Sigue manteniéndome al corriente. —Con esas palabras despidió a Fernand.

César no perdió el tiempo. Fue al edificio del gremio de mercaderes, donde algunos mercenarios esperaban que los enrolaran como escolta de alguna caravana. Debajo de las arquerías, ante la puerta del gran almacén, distinguió a dos hombres, sentados en cajas, que tomaban sopa. Llevaban cotas de malla y cintos con un puñal y una espada, y tenían un aspecto sombrío con sus rostros cubiertos de cicatrices. Sabía desde un viaje de negocios del año anterior que eran matones de confianza.

—¿Estáis interesados en un encargo? —les preguntó.

Adrianus sostuvo a la luz el frasco de orina y estudió el líquido turbio.

—Lo que os aflige es una tenia. En realidad, es terreno del doctor Philibert —añadió.

—Philibert es un inútil —declaró el joven patricio, momento en el que Adrianus y Jacques intercambiaron una muda mirada—. Quien está en sus cabales acude a médicos que dominan su oficio. Vosotros dos tenéis la mejor reputación en la ciudad.

—Gracias por la co'fia'za —dijo Jacques—. Y no os p'eocupéis por la tenia. Os pu'garemos y eso eliminará el bicho en un ab'ir y cer'ar de ojos.

Al patricio le ocurrió como a todos los que oían farfullar a Jacques por vez primera: no entendió una palabra y miró a Adrianus en busca de ayuda.

—Os purgaremos, es decir, os daremos un fuerte laxante —tradujo este—. Eso matará al parásito y lo expulsará del cuerpo.

El patricio asintió.

—Empecemos cuanto antes. No quiero soportar estos retortijones ni un día más.

Adrianus fue al estante de las medicinas, pero no encontró lo que buscaba.

—Ya no tenemos ajenjo.

—¿No se lo comp'aste a Baruch? —preguntó el maestro.

—Debo de haberme olvidado.

—Pues ve a comp'arlo.

—¿No podéis ir vos?

—Eres mucho más rápido que yo. ¿Quieres que nuest'o amigo esté aquí suf'ie'do solo po'que eres un perezoso?

—Yo no soy perezoso —dijo Adrianus—. Es solo que no me las arreglo bien con la ayudante de Baruch.

—¿Ayuda'te? ¿Te refieres a Léa, su hija? Es una buena chica, y además una buena sa'adora.

—Tampoco es tan buena. Se burló de Hildegard von Bingen —indicó malhumorado Adrianus—. Y en verdad no podría llamarla «buena chica». Me pareció más bien arrogante y discutidora.

—Muchacho, muchacho —dijo Jacques—. Tú y las mu'eres, es una t'agedia. Eres un homb'e apue'to. ¿Por qué te ponen tan ne'vioso?

—No me ponen nervioso —replicó Adrianus—. ¿Por qué pensáis eso?

El patricio se dobló en la silla.

—Ya empieza otra vez —señaló entre dientes.

—Ves, es cu'pa tuya —afirmó Jacques—. Hace mucho que podrías estar de vue'ta. ¡Vete ya, ma'dita sea! Sob'evivirás.

Malhumorado, Adrianus se encaminó a zancadas a la judería. «Ojalá que hoy esté en la tienda el viejo Baruch.»

No tuvo suerte: Una vez más, solo encontró a Léa en la botica.

—Vos otra vez —dijo—. ¿Os habéis convencido al fin de que vuestro moco de babosa no sirve y queréis las semillas de amapola?

En realidad, Adrianus se había propuesto ser cortés esta vez. Pero aquel saludo le hizo olvidar su propósito.

—Necesito ajenjo —soltó, desabrido.

—Entre nosotros, los judíos, es costumbre empezar por saludar al dueño de la tienda. ¿Entre los cristianos no?

—El paciente tiene dolores. Por favor, apresuraos.

Ella fue a uno de los estantes, puso un bote en el mostrador y metió un poco de la mezcla de hierbas en una bolsa que entregó a Adrianus.

—Vuestras manos están mejor —constató.

—Claro que están mejor. Como os dije hace poco, soy médico y sé cómo se tratan los sarpullidos.

—Habéis tomado semillas de amapola, admitidlo.

—Os acordaréis de que no las compré.

—Hay semillas de amapola en cualquier cocina —repuso ella.

—¿Cuánto es esto? —bufó Adrianus.

—Un sou.

—Qué caro.

—Si no fuerais tan brusco sería más barato.

Con los labios apretados, le puso las monedas en la mano. Al llegar a la puerta se volvió.

—¿Dónde está vuestro padre? Para ser el *apotecarius*, se deja ver muy poco en la tienda.

—Prefiere estudiar la Cábala en vez de atender a cristianos desvergonzados. Y yo empiezo a entenderle.

Adrianus movió la cabeza y salió de la tienda.

Ya estaba oscuro cuando el último paciente se fue. Hacía un rato que el vigilante nocturno había llamado a la puerta y los había instado a dejar el trabajo. Rápidamente, recogieron la consulta y apagaron las luces.

—Hasta mañana —se despidió Adrianus de Jacques, y se dirigió, cansado, hacia la puerta.

Acababa de salir al callejón cuando un joven acudió corriendo. Un tejedor, a juzgar por la vestimenta.

—¡Gracias a san Bernabé, aún estáis despiertos! —jadeó—. ¡Tenéis que venir enseguida!

—¿Qué pasa? —Jacques asomó la cabeza por la puerta.

—El maestre Edmé... ha sufrido un asalto y está gravemente herido.

Jacques cogió su bolsa, y los dos cirujanos siguieron al joven oficial al barrio de los tejedores.

Habían llevado a Edmé a su casa. Dos docenas de personas se apretujaban en torno a la mesa en la que yacía, allegados, amigos y vecinos.

—Los sanadores están aquí..., ¡dejadlos pasar! —gritó el oficial.

El ambiente estaba caldeado. Los hombres maldecían, las mujeres siseaban blasfemias. Un barbudo tejedor agarró por los hombros a Adrianus y espetó:

—Vuestro fino hermano es quien ha hecho esto.

Se abrieron paso hasta Edmé, que tenía muy mal aspecto. Una pierna estaba rota, el agudo hueso de la tibia sobresalía de la carne. Con una mano, el maestre del gremio se agarraba al borde de la mesa; el otro brazo yacía en extraño ángulo sobre su cuerpo. Sangraba por una herida abierta encima del párpado y tenía varias contusiones en el rostro. Estaba consciente y respiraba pesadamente. Cuando Adrianus se inclinó sobre él, pudo ver que le habían arrancado dos incisivos a golpes.

—Así no podemos t'abajar. ¡Fuera todos, vamos!

Los hijos adultos de Edmé ayudaron a Jacques a echar a la gente de la casa, hasta que además de los dos cirujanos solo quedó presente la familia. Uno de los hijos atrancó la puerta.

—¿Esponja soporífera? —preguntó Adrianus.

Sin duda Edmé había perdido mucha sangre y sufrido un choque... Aturdirlo en aquellas circunstancias era arriesgado. Jacques negó con la cabeza.

—Lo haremos así.

Cuando enderezaron la tibia rota, el maestre rugió de tal modo que sin duda lo oyeron en todo el barrio. Toda la familia tuvo que sujetarlo. Cualquier otro se hubiera desmayado, Edmé no. También se mantuvo consciente cuando trataron el brazo. En verdad, aquel hombre tenía la constitución de un caballo de batalla.

Vendaron la herida abierta y la que el hueso había abierto debajo de la rodilla. Después de una hora de durísimo trabajo, terminaron. Edmé yacía resoplando, tenía cerrado el ojo sano y estaba cubierto de sudor. Los cirujanos apagaron su sed con una jarra de cerveza que les dio la mujer de Edmé.

—¿Sobrevivirá? —La tejedora era casi tan alta como su marido; una mujer recia y nervuda; no hermosa, pero de impresionante atractivo.

—Ninguna de las heridas es mortal. No es tan fácil matar a tu Edmé.

Adrianus estaba tan revuelto que olvidó por completo su timidez habitual.

Contempló al herido apretando los dientes. Habían golpeado a Edmé con un arma roma, probablemente una maza forrada de hierro. La fractura abierta bajo la rodilla no había sido casual. Quien lo había hecho quería que el maestre cojeara para el resto de su vida.

—¿Se sabe algo del agresor?

—Eran... dos. —Edmé había abierto el ojo; su voz sonaba ronca y tomada, pero asombrosamente fuerte—. Dos hombres... enmascarados... No pude... reconocerlos.

—Fue en el local del gremio —añadió su esposa—. Lo atacaron de camino a casa y lo arrastraron a una calle lateral.

—César —graznó Edmé—. Él los... envió.

Adrianus apretó los puños de tal modo que las uñas se le clavaron dolorosamente en la piel. Sí, también él creía capaz a César de una monstruosidad así. Su hermano tenía que haber decidido dar una lección a Edmé nada más enterarse de que lo habían puesto en libertad. César temía al poderoso gremio de los tejedores, bataneros y tintoreros, y no retrocedería ante nada para intimidarlos.

—Vos sois un buen hombre. —Se volvió el hijo mayor hacia Adrianus, con voz temblorosa por la ira—. ¡Pero vuestro hermano es un monstruo, un demonio! ¿Cómo puede hacer una cosa así a un honrado artesano?

—¡Iremos al Consejo mañana y lo denunciaremos! —anunció el más joven.

—No podéis probar nada. Nadie os creerá —repuso cansado Adrianus.

Callaron. En silencio, Jacques reunió los instrumentos y los lavó en el cubo del agua.

—Vosotros los altos señores siempre os vais de rositas, ¿no? —murmuró el primogénito de Edmé—. ¡Por san Jacques! Malditos sean todos los patricios.

—¡Basta! —le increpó su madre—. ¿Has olvidado quién ha salvado a tu padre?

—Está bien. —Adrianus hizo un gesto conciliador.

—A más tardar mañana por la mañana todo el gremio sabrá esto —prosiguió el joven con mirada ardiente—. Los hermanos se pondrán furiosos. Le enseñarán a César que no puede tratarnos así.

—¿Y cómo vais a hacerlo? —preguntó Adrianus—. ¿Vais a volver a ir a la plaza de la catedral y dejaros matar? ¿No hubo bastantes muertos la vez pasada?

Los dos jóvenes callaron confusos.

—¿Y qué debemos hacer? —preguntó la mujer de Edmé—. ¿Hemos de aceptar sencillamente lo que se nos hace?

Adrianus no podía ofrecer consejo alguno a aquellas personas. Pocas veces se había sentido tan indefenso.

—Mantened la calma. Cualquier otra cosa no hará más que causar más dolor insensato. —Lo que decía sonaba hueco y cobarde. Se frotó los ojos ardientes y se incorporó—. Acostemos a vuestro padre.

—¡César! —Adrianus aporreó la puerta del dormitorio—. ¡Despierta!

Oyó una áspera maldición. Al momento siguiente su hermano abrió la puerta. Se había puesto una fina camisa y aún estaba adormilado.

—¿Sabes qué hora es?

—¿Has inducido el ataque contra Edmé? —preguntó cortante Adrianus.

—¿De qué demonios estás hablando?

—Dos hombres lo acecharon y lo dejaron medio muerto a golpes. Dime: ¿los enviaste tú?

—¿Qué pasa? —resonó desde el cuarto la voz somnolienta de Hélène.

—Todo está bien, sigue durmiendo. —César salió al pasillo y cerró la puerta—. ¿Dices que Edmé está herido? ¿Es grave?

—Está mal, pero sobrevivirá. Jacques y yo hemos hecho lo que hemos podido.

Adrianus miró a su hermano, que parecía de verdad consternado. Bueno, eso no significaba nada. César había sido desde siempre un buen embustero y un actor aún mejor.

—No tengo nada que ver con eso —afirmó.

—No te creo —dijo Adrianus.

—Cree lo que quieras.

César fue a darse la vuelta. Adrianus lo sujetó por el brazo.

—Incluso aunque sus lesiones curen bien, probablemente quedará cojo. Si tiene mala suerte, además, el codo se le volverá rígido. Tú sabes lo que eso significa para un tejedor.

—El gremio lo apoyará.

Adrianus miró perplejo a su hermano.

—¿Eso es todo lo que se te ocurre?

—Recordarás que Edmé no es precisamente amigo mío —repuso ásperamente César—. ¿Quieres que finja compasión para que te sientas mejor?

—Quiero que asumas la responsabilidad de tus acciones, en vez de mentirme a la cara.

Su hermano lo agarró bruscamente por el cuello, lo empujó a través del pasillo y lo apretó contra la pared.

—¡No te atrevas a hablarme así!

—¿O qué? ¿Me pegarás? Adelante —dijo Adrianus con calma—. No podré impedírtelo… siempre fuiste más fuerte que yo. Al menos entonces sabré que tengo razón en mi sospecha.

César le dio un empujón y lo soltó.

—Estoy harto de tus ridículas acusaciones y reproches. Debería echarte.

—¿De una casa que me pertenece por igual? —Adrianus compuso una fina sonrisa—. Eso podría ser interesante. Pero ¿sabes una cosa? Ahórrate el esfuerzo. Estoy harto de ti. Me marcho mañana.

—¿Y adónde vas a ir? Con tu salario de hambre, puedes permitirte como mucho un sótano en la ciudad baja.

—¿Y a ti qué te importa?

—Haz lo que quieras. —César desapareció en el dormitorio y cerró de un portazo.

A la mañana siguiente, Adrianus estaba delante de la casa de Jacques con una carretilla que contenía todas sus pertenencias.

—¿Puedo alojarme con vos un tiempo?

El viejo cirujano suspiró.

—Ent'a.

Una vez dentro, se sentaron a la mesa.

—¿P'ob'emas con tu he'mano?

—No pequeños. Ya sabéis que me conformo con poco —dijo Adrianus—. El cuartito que hay detrás de la consulta me basta. Cuando tengamos un enfermo en observación dormiré debajo de la escalera. Y naturalmente podéis descontar el alquiler de mi salario.

Jacques se levantó y retiró la leche del fuego.

—Puedes queda'te aquí el tie'po que quieras. —Puso dos cuencos humeantes encima de la mesa y miró severamente a Adrianus—. No quiero vo'ver a oír esa to'tería del alquiler, ¿e'te'dido?

—¿Te ha visto entrar alguien? —preguntó César.

—Nadie me ha visto —respondió Fernand, mientras subían la escalera—. He tenido cuidado.

—Aun así, la próxima vez espera a que oscurezca.

Entraron en la sala. Hélène y los niños no estaban en casa, de forma que podían hablar sin ser molestados. Fernand miraba a su alrededor con curiosidad. Aunque la familia había tenido que vender parte de sus propiedades, la decoración de la casa seguía siendo demasiado distinguida para un simple tejedor. El borracho estaba fuera de lugar en medio de las sillas talladas y los finos tapices de la pared, como una mancha de suciedad en un cáliz de plata reluciente.

—¿Qué pasa? —preguntó César.

—Ayer por la mañana se reunió el gremio. Creen que estáis detrás del ataque a Edmé. —Fernand le miró con sus turbios ojos.

—Quien se atreva a difundir tales mentiras se verá la cara conmigo ante el tribunal.

—Sin duda. —El tejedor sonrió taimado.

—¿Qué más? —preguntó César.

—Hay mucha ira. Algunos quieren hacéroslo pagar, pero la mayoría tienen miedo. Creen que a todo el que arme jaleo le pasará lo mismo que a Edmé.

Así que el mensaje había llegado.

—¿Significa eso que no van a sublevarse contra el recorte del salario?

—No es de esperar tal cosa.

—Bien. Sigue teniendo los ojos y los oídos abiertos. Infórmame si ocurre algo.

Fernand miró de reojo la jarra de vino que había encima de la mesa.

—Y deja de beber —dijo César—. Un día se te irá la lengua mientras estás borracho.

—No temáis, señor. Lo tengo todo controlado —aseguró el tejedor, antes de hinchar las mejillas y eructar ruidosamente—. Lo siento, señor.

—Vete a dormir la mona, hombre.

17

Junio de 1347

Adrianus atravesó el jardín y tiró al cubo las babosas. Una empresa inútil. No era capaz de recolectar los pequeños gusanos con tanta rapidez como salían. Era por el tiempo. El verano estaba siendo igual de húmedo que el del año anterior, y con lluvia y calor el suelo producía constantemente nuevos y devoradores gusanos. Las babosas se aplicaban a las plantas y dañaban todo lo que las orugas habían dejado.

—No tiene sentido —dijo más tarde a Jacques—. Tenemos que dar por perdido el huerto. O al menos la mayor parte de él.

—Así ocur'e a veces —dijo el viejo cirujano con estoicismo—. Nuest'os cap'ichos están impotentes f'e'te a los del cielo. El año que viene e'pezaremos de nuevo. De mome'to comp'aremos a Baruch todo lo que necesitemos.

—Volveré a hablar con Léa. Quizá nos haga un buen precio si compramos medicinas regularmente en grandes cantidades.

—Ahora de p'o'to quieres volver a ir. —Jacques sonrió—. La hija de Baruch es guapa, ¿ve'dad?

—¡Eso no tiene nada que ver!

Adrianus no tenía el menor deseo de volver a ver a aquella mujer mandona. Pero lo había tratado de tonto en dos ocasiones. No quería que las cosas quedaran así.

Se puso en camino enseguida. El tiempo aquella mañana era tan caprichoso como un gatito. Hacía un momento estaba soleado y suave, y de pronto se puso a llover. Pesadas gotas rompieron en los tejados, en sus manos; al instante siguiente, llovía con tanta fuerza que todo desapareció detrás de un velo gris. El agua de lluvia se acumulaba en las huellas de los cascos de los caballos y en los surcos de las ruedas de los carros, los pasos de Adrianus chapoteaban en el lodo. Cuando llegó a la botica, tenía el manto empapado.

En esta ocasión no encontró allí a Léa. Un hombre de pelo gris, con barba partida y caireles, se inclinaba sobre una balanza de precisión y manipulaba los pesos. Adrianus no supo si sentirse aliviado o decepcionado.

—Siete dracmas —murmuraba el *apotecarius*, perdido en sus pensamientos—. Siete años de vacas gordas y siete de flacas... Oh, *Shalom* —saludó a su visitante, y sonrió distraído, como si acabara de despertar de un bello sueño.

Adrianus se echó atrás la capucha. El pelo húmedo se le pegaba al cráneo. Las gotas le perlaban el rostro.

—Con Dios. Vos tenéis que ser Baruch.

—El mismo.

—Quiero proponeros un negocio, venerable rabino...

—Mi hija Léa vendrá enseguida —le interrumpió amablemente el *apotecarius*—. Ella se ocupa de la tienda. Por favor, discutidlo con ella... Ah, aquí está.

Léa entró por la puerta principal. Estaba tan empapada como Adrianus y llevaba un bolso de cuero parecido al suyo. Se acordó de que Jacques le había dicho que ella era la sanadora de la judería.

Le rozó con una mirada antes de colgar el manto de su gancho.

—He dado a Alisa un poco de vino con jengibre, galanga y polvo de cúrcuma —le dijo a su padre—. Pronto estará mejor.

—Bien, bien —dijo distraído el *apotecarius*—. «Ninguna riqueza es más grande que la de tener unos miembros sanos.» Este joven quiere tratar algo contigo. Estaré en mi estudio.

—¿De qué se trata? —preguntó Léa.

—Un negocio, ¿verdad? —dijo Baruch.

Adrianus asintió.

—¿No quieres oírlo tú? —preguntó Léa con una leve irritación en la voz.

—Lo harás bien sin mí. Tengo que seguir trabajando en mi texto. Los eruditos de Estrasburgo lo están esperando. —Baruch desapareció entre los estantes, y se oyó el crujido de las escaleras.

Léa suspiró de manera casi inaudible y pasó detrás del mostrador.

—Si es mal momento volveré luego —dijo Adrianus.

Ella no respondió al comentario.

—¿Qué clase de negocio?

Él carraspeó. «Contente.» Esta vez, no se pondría él mismo la zancadilla. Pero era más fácil decirlo que hacerlo. Era realmente muy guapa, en eso Jacques tenía toda la razón. Volvió a carraspear.

—¿Os asedia la tos? —preguntó Léa—. Puedo daros un poco de zumo de salvia... ¿o queréis volver a intentarlo con las babosas?

Exactamente esas observaciones eran las que le sacaban de sus casillas. Pero logró mantener la calma.

—Mi garganta está bien. Pero de hecho son las babosas las que me traen aquí. —Aquello era en cierta medida ingenioso.

—Si queréis vendérmelas, no estoy interesada. No creo en el efecto curativo del moco de babosa.

—Se trata de las babosas de nuestro huerto —prosiguió impertérrito Adrianus—. Casi todas las plantas han quedado inutilizables. No podemos trabajar sin medicinas.

—¿Quiénes son «nosotros»?

—El maestro Jacques y yo.

—¿Sois cirujano? Pensaba que erais físico.

—En cierto modo soy ambas cosas. Es complicado —añadió sonriente. «¿Quién lo ha dicho?» No era tan difícil—. Sea como fuere, tenemos que conseguir plantas medicinales en otra parte. Nos gustaría seguir comprándooslas a vos si nos hacéis un buen precio.

—¿Queréis un descuento? —preguntó ella con poca amabilidad.

—No podremos volver a producir medicamentos propios hasta la primavera próxima, así que nos abasteceríais casi un año entero. Una rebaja no es demasiado pedir.

Ella reflexionó.

—Un veinte por ciento en cada medicina. Más no es posible.

—Seguro que compraremos mercancía por un valor total de veinte o treinta florines. Podríais descontarnos un poco más. Un tercio me parece adecuado.

—¿Un tercio? Si queréis burlaros de mí, salid de la tienda ahora mismo.

No se lo estaba poniendo fácil. Adrianus luchó contra la ira que crecía dentro de él.

—Un tercio no es demasiado. Con lo baratas que son las simples plantas de huerto, vuestro margen de beneficio es bastante elevado. En las especias caras, como el azafrán, podríamos ponernos de acuerdo en una cuarta parte.

—Vos no sabéis nada de nuestro margen de beneficio —repuso Léa—. Además, os prohíbo esa clase de alusiones.

—¿Qué alusiones?

—Que los judíos somos codiciosos y queremos sacarles el dinero a los cristianos a la primera oportunidad… Eso es lo que queríais decir, ¿no?

—Claro que no —repuso él—. Pero no podéis negar que vuestros precios son altos.

—¡Otra vez! —gritó ella—. Decidme una cosa: si no podéis soportar a los judíos, ¿por qué venís aquí una y otra vez? ¿Os depara placer atacarme?

Por un momento, Adrianus se quedó sin palabras. ¿Cómo podía malinterpretarlo de ese modo?

—¿De dónde sacáis que no puedo soportar a los judíos?

—Desde el primer momento fuisteis áspero y descarado. Apuesto a que no sois tan grosero cuando entráis en una tienda cristiana. ¡Pero con una judía podéis permitíroslo!

—Un momento. —Él levantó las manos en gesto defensivo—. ¿Sabéis quién soy?

—Aún no, y tampoco me interesa.

—Soy Adrianus Fleury —dijo, con ira controlada a duras penas—. Mi antepasado fue el alcalde Michel Fleury, que otorgó antaño una cédula de protección a los judíos de Varennes. Mi familia siempre ha estado a favor del bienestar de la comunidad hebrea. No dejaré que me acuséis de antisemita solo porque intento negociar un buen precio.

Aquello la alcanzó. Creyó ver confusión en sus ojos.

—Puede que vuestros antepasados hayan ayudado a mi comunidad, pero eso está lejos de hacer de vos un amigo —replicó, pero su ira había perdido algo de fuerza.

—Bien, si mi origen no os convence, quizá lo haga esto: uno de mis mejores amigos es judío.

—¿Aquí? Yo lo sabría.

—En Montpellier, donde estudié. Se llama Jacob ben Amos y puede que ahora ya sea un prestigioso físico.

Léa calló. Si estaba compungida, no lo mostró.

—Sea como fuere —prosiguió—, no era mi intención ofenderos. Si lo he hecho, disculpadme. Vos tampoco fuisteis precisamente amable, y me da la impresión de que no os gustan mucho los cristianos. —Sabía que no era justo comparar, pero sus reproches le habían afectado.

La esperada explosión de furia no se produjo. Ella apartó la báscula y ordenó las pesas.

—Tengo razones para eso —murmuró.

Adrianus no estaba seguro de haberla entendido bien.

—¿Qué queréis decir?

—No creo que eso os concierna. —Léa le miró. Volvía a controlarse; su voz sonó fría—. Un quinto de descuento en las plantas, un sexto en las especias caras. ¿Qué decís?

—De acuerdo.

—¿Tenéis una lista con todo lo que necesitáis?

—Aquí está. —Puso en el mostrador la tablilla de cera.

—Os preparé las medicinas. Podéis venir a buscarlas mañana, y en adelante una vez a la semana.

—Bien. —Adrianus asintió a modo de despedida, pero ella eludió su mirada y desapareció en la penumbra de la tienda.

Sencillamente, no entendía a aquella mujer.

Adrianus bajó la escalera con pasos rígidos. El resplandor de las antorchas ardía rojizo sobre los muros húmedos; apestaba a orina y humo, a azufre y al sudor del miedo. De abajo llegó un gemido, se extinguió abruptamente, volvió a resonar y se alzó hasta convertirse en un alarido estridente.

«Así tiene que ser el infierno», se le pasó por la cabeza.

Entró en la bóveda que había bajo los cimientos de la Torre del Hambre. Le peste en aquel sótano era insufrible. El acusado, un mendigo o un pobre jornalero, estaba sentado en una tosca silla, con las manos atadas al respaldo. Tenía la cabeza echada hacia atrás, de modo que la nuez sobresalía como un absceso. Respiraba pesadamente. El sudor brillaba en su piel, sudor y sangre, que salía de una docena de cortes y heridas abiertas. El verdugo estaba en ese momento avivando el fuego y poniendo un hierro entre los carbones.

—Ya hemos empezado —explicó de manera superflua el alcalde Marcel.

Aparte de él estaban presentes otros dos miembros del Pequeño Consejo, Amédée Travère y Théoger Le Roux. Bénédicte y Amédée estaban junto a la entrada con rostro petrificado, y ocultaban con todas sus fuerzas su aversión a lo ocurrido. Théoger, en cambio, había plantado su obeso cuerpo delante de la silla e interrogaba al acusado con ojillos brillantes.

—¿Has cortado la bolsa de limosnas del cinturón del canónigo? Confiesa, y las torturas terminarán.

—¡Yo... no fui! —chilló de forma entrecortada el sospechoso—. Lo juro.

—Como quieras. Adelante —ordenó Théoger.

Adrianus dejó el bolso de cuero en el suelo y apartó la mirada cuando el verdugo agredió al hombre, que bramaba, con el hierro al rojo. Como miembro del gremio de cirujanos, era su obligación prestar atención quirúrgica a los torturados cuando el Consejo lo ordenaba. Pero nadie podía obligarle a contemplar el espantoso espectáculo.

Felizmente pasó con rapidez, porque el hierro al rojo fue demasiado para el hombre.

—¡Sí! —chilló—. ¡Sí, yo lo hice! ¡Que el Señor se apiade de mi alma!

—Muy bien —dijo satisfecho Théoger—. Firma esta confesión.

El verdugo puso una pluma de ganso en la mano atada del jornalero, y el torturado garabateó tres cruces temblorosas al pie del documento.

Una victoria de la justicia, pensó sarcástico Adrianus, pero nadie le pedía su opinión allí.

—Atended sus heridas —ordenó Théoger—. Puede que sea un miserable ladrón, pero hacedlo a conciencia. Mañana el verdugo le cortará la mano, y no deseamos que reviente antes. Los ciudadanos merecen un poco de distracción.

—Soltadlo —indicó Adrianus al verdugo, y atendió al entretanto inconsciente calmando las hemorragias, cosiendo los cortes y las heridas y untando las quemaduras con un ungüento a base de jugo seco de aloe. Ninguna herida era especialmente grave. El verdugo era un maestro en el dudoso arte de causar gran dolor a los acusados sin mutilarlos más de lo debido.

Dos corchetes llevaron al hombre inconsciente a su celda.

—Aquí está vuestro salario. —El alcalde Marcel puso varias monedas en la mano de Adrianus.

Adrianus apuntó una reverencia y se fue.

Léa estaba poniendo la última medicina en la cesta cuando Adrianus entró en la farmacia.

Había pensado mucho en su disputa del día anterior y finalmente se había confesado que había sido injusta. Adrianus no tenía ninguna culpa del dolor que su familia había sufrido. No tenía derecho a ofenderle solo porque fuera cristiano. Si lo hacía, no sería mejor que la gente de la plaza del mercado que le gritaba expresiones horribles. Se avergonzaba de sus irreflexivas palabras. Adrianus les reportaba mucho dinero y podía esperar algo de amabilidad a cambio.

En lo que a la áspera conducta de él se refería, puede que fuera sencillamente tímido, y tratara de disimular de ese modo su inseguridad. En eso no era distinto a su difunto marido Jonah.

Adrianus fue hasta el mostrador y murmuró un saludo.

Léa carraspeó.

—Tengo que disculparme con vos.

—¿Por qué? —preguntó, ausente.

—Por mi comportamiento de ayer. No estuvo bien.

Él hizo un vago movimiento con la mano: «Está bien». A ella le llamó la atención que estaba pálido y muy tenso.

—¿No os encontráis bien?

—Vengo de la Torre del Hambre —respondió él—. He tenido que atender a un torturado. Estoy acostumbrado a muchas cosas, pero esto... —Negó con la cabeza.

—He preparado vino caliente. ¿Queréis un poco? Seguro que os hará pensar en otra cosa. —Fue atrás, donde un caldero colgaba encima del fuego, infusionó las especias con un saquito de fieltro y llenó dos copas.

—Gracias. —Adrianus cogió con ambas manos la copa humeante.

—¿Ha sobrevivido el acusado? —Léa dio un sorbo al vino, que tenía un sabor exquisito a canela, clavo y cardamomo: justo lo adecuado para aquella tarde turbia.

—Lo he remendado para que nada impida al verdugo cortarle la mano mañana delante de una multitud jubilosa. —El desprecio vibraba en su voz: por la humanidad, por el mundo entero.

—¿Un ladrón, pues? —Sentía que él quería hablar.

—Se supone que robó la bolsa de las limosnas a un canónigo. Él lo ha confesado pero ¿qué importa eso? Habría admitido regicidio, hechicería y comercio carnal con Belcebú con tal de que cesaran los dolores. La tortura no solo es inhumana, sino que sobre todo no es fiable. Me pregunto por qué el Consejo insiste en mantenerla.

Léa compartía su opinión. Que el interrogatorio doloroso se emplea-ra cada vez más a menudo para forzar una confesión en procesos con pruebas poco claras era una peligrosa evolución.

—Por comodidad, supongo. Es más fácil sacarle a alguien una confe-sión a palos que escuchar aburridos testimonios y buscar con esfuerzo la verdad.

—No digo que antes todo fuera mejor. También los juicios de Dios eran necios y crueles. Pero hace cien años no había tales excesos. Estamos retrocediendo.

«Los judíos podemos confirmar eso», pensó Léa.

—¿Os gusta el vino?

—Es exquisito, gracias. —La sombra de una sonrisa pasó por su rostro.

—Es vino kosher… mi tío lo planta. Espero que no os importe.

—Eso solo significa que la uva la habéis pisado judíos, ¿no? ¿Por qué iba a importarme?

Ella estaba sorprendida de que lo supiera.

—A muchos cristianos les molestaría. Ni siquiera osan estrecharnos la mano.

—Porque son unos estúpidos que no piensan más allá de la puerta de su casa —dijo él con inesperada aspereza, y luego sonrió confuso—. Dis-culpad. No debería hablar de este modo. Pero en días como estos me convierto en enemigo de la humanidad.

—Quien sale de una cámara de tortura y no es enemigo de la huma-nidad no tiene corazón. ¿Un poco más de vino?

—Gracias, pero debería irme. El maestro espera las medicinas.

Pagó y cogió la cesta bajo el brazo. Cuando la puerta se cerró tras él, Léa pensó que en verdad era hora de revisar su opinión de Adrianus. ¿Cuándo había encontrado un patricio que hablara con ella sin condes-cendencia?

Y renunciar a ser mercader y ganar dinero a paletadas para ayudar como un simple cirujano a la gente… Había que tener mucho valor para eso.

Algunos días después de su último encuentro en la tienda, Adrianus se encontró a Léa en la Grand Rue. Estaba saliendo de casa de un enfermo cuando ella cruzaba la puerta de la judería.

—¿De camino al mercado?

—Necesitamos piedras de afilar y fieltro —respondió ella—. Tampo-co vendría mal un cuchillo nuevo.

Adrianus había terminado con el trabajo por el momento y decidió acompañarla. Durante su última conversación en la farmacia había ocu-rrido algo extraño: su timidez respecto a ella había desaparecido casi por completo. Quizá porque había sentido que ella le entendía. No había muchas mujeres con las que pudiera hablar tan abiertamente.

En el futuro, se guardaría de juzgar precipitadamente a los otros.

—¿Cómo está vuestro padre? —preguntó.

—Trabaja demasiado. Aparte de eso, bien, creo.

—Tiene que ser un famoso erudito si sus escritos se leen incluso en Estrasburgo.

—Se ha hecho un nombre con sus comentarios al Talmud —dijo Léa—. Pero su especialidad es realmente la Cábala y los escritos de Moshe ben Maimón, al que vosotros los cristianos llamáis Maimónides.

—¿No le gusta tanto trabajar en la farmacia?

—Con la tienda se gana el pan, pero creo que nunca tuvo el corazón en ella. Su amor es para los libros.

—Puede considerarse afortunado por tener una hija que le quita trabajo —dijo Adrianus.

—Hago lo que puedo.

—He oído decir que en realidad sois sanadora.

Ella le dedicó una mirada de sorpresa. Al parecer, le resultaba extraño que un cristiano mostrara tanto interés por su vida.

—No he estudiado el arte curativo como vos. Pero sé lo bastante como para poder curar la disentería, los dolores de cabeza y la fiebre... o los sarpullidos —añadió.

—Eso fue...

—... vuestro moco de babosa, por supuesto —dijo burlona.

Una bandada de pollos picoteaba entre la porquería, y se apartó cacareando cuando Adrianus y Léa se pusieron en su camino.

—¿Fue vuestro padre el que os enseñó el arte curativo? —preguntó él.

—Mi madre. Era una sanadora experimentada.

Su voz era extrañamente inexpresiva cuando dijo aquello, y él sintió que había algo más... que un gran dolor se ocultaba detrás de las palabras.

—La gente nos mira —observó en voz baja.

A Adrianus no se le había escapado.

—Que lo hagan.

—¿No os importa que os vean con una judía?

—En Montpellier, Jacobus y yo incluso íbamos juntos a los baños. Estoy acostumbrado.

Llegaron a la plaza del mercado.

—¿Pasa algo? —preguntó él al notar su tensión.

—La última vez hubo un incidente.

El día era cálido y soleado, y racimos de gente se apiñaban delante de los puestos del mercado. Había tres saltimbanquis que entretenían con sus malabarismos a la multitud. Uno tocaba una chirimía, el otro un tambor. El tercero hacía juegos malabares con antorchas y cosechaba aplausos cuando lanzaba al aire un palo ardiendo y lo agarraba con destreza sin que el círculo de llamas se detuviera ni por un pestañeo.

Léa fue hacia los puestos de los tenderos. La gente la evitaba involuntariamente, como si fuera una leprosa.

Cogió un cuchillo y probó el filo.

—¿Cuánto?

—No vendo a judíos —dijo escuetamente el hombre que había tras el mostrador.

Léa le lanzó una mirada de indignación y dejó el cuchillo. Pero Adrianus no quiso dejar así el asunto.

—¿Por qué no? Su dinero es tan bueno como el mío.

Que un patricio tomara partido por una judía causó visible inseguridad en el comerciante. Nervioso, se lamió los labios y balbuceó una disculpa. Pero Léa ya había seguido su camino.

—Está bien. Si no quiere mi plata, él se lo pierde.

El tendero de la mesa vecina lo había visto todo, y le vendió sin pegas un cuchillo y varias piedras de afilar. Pero tampoco fue capaz de decir una palabra de agradecimiento cuando ella le pagó. Lo mismo ocurrió en el puesto del pañero: Léa consiguió un rollo de fieltro, pero el vendedor le hizo sentir a cada gesto su poco aprecio por ella.

—Este comportamiento es repugnante —dijo Adrianus en el camino de vuelta—. Me disculpo ante vos en nombre de todos los cristianos de Varennes.

—Eso es una tontería. ¿Qué culpa tenéis vos de que la gente se comporte así?

—No todos los cristianos piensan así de los judíos —declaró él rígido.

—Pero muchos lo hacen. —Cuando ella se dio cuenta de cuánto sonaba a reproche aquella frase, sus rasgos se ablandaron—. Disculpad. Todo esto no es culpa vuestra. Os agradezco que me hayáis ayudado.

Callaron hasta llegar a la puerta de la judería.

—¿Vais al mercado a menudo? —quiso saber Adrianus.

—Lo menos posible, pero no siempre se puede evitar. En el barrio no hay todo lo que necesitamos, y mi tío no puede conseguir todas las mercancías. ¿Por qué lo preguntáis?

—Podría acompañaros cuando tengáis que conseguir provisiones fuera de la judería. Ya habéis visto a los tenderos. Con un cristiano a vuestro lado, os ahorraréis al menos las peores desvergüenzas.

—No quiero ser una carga para nadie —repuso ella con frialdad—. Y tampoco necesito un protector.

—Sois una mujer que sabe defenderse… soy el primero en ser consciente de ello. —Sonrió—. Pero en estos tiempos deberíais aceptar cualquier ayuda que podáis conseguir. La próxima vez quizá no se queden en insultos.

—Lo pensaré. *Shalom* —dijo ella, y salió por la puerta.

18

Julio de 1347

El calor pesaba como un yugo sobre la ciudad. Léa se sentía como si la hubieran envuelto en pieles. Incluso cuando estaba sentada inmóvil, sudaba por todo el cuerpo.

El verano había llegado tarde aquel año, pero tanto más fuerte, como si tuviera que expiar las semanas llenas de frío y llovizna. Pronto el Mosela empezó a llevar poca agua; incluso en el punto más hondo, un hombre podía pasar caminando de una orilla a otra. Cuando había viento, lo que ocurría bastante poco, levantaba nubes de polvo por los callejones. La vida en la judería se ralentizó. Los criados pasaban todo el día yendo a la fuente a por agua. El ganado sesteaba en la sombra y solo se movía para ahuyentar molestas moscas con el rabo.

Por supuesto que Léa no era la única que sufría con el calor. Fuera, en los campos, más de un campesino se desplomaba mientras ataba las gavillas de centeno y tenía que ser llevado a la sombra por sus compañeros. Léa trató a un criado del mercader Aarón ben Josué que había llevado pesadas mercancías al almacén bajo el ardiente sol. Se había desplomado inconsciente, y al despertarse decía cosas confusas. Léa le puso compresas refrescantes, le dio a beber abundante agua con un poco de sal y jugo de abedul y luego habló seriamente con Aarón.

Tuvo que ir dos veces al mercado, y ambas fue sola. Había rechazado la oferta de Adrianus. Su orgullo no le habría permitido aceptarla.

Aun así, lo veía con regularidad. Él iba a la farmacia todas las semanas a recoger sus medicamentos. La mayoría de las veces se quedaba a tomar una copa de vino, y charlaban un poco.

Aquel día, él había dado curso a su irritación.

—¿Conocéis al doctor Philibert, el físico municipal?

—Me lo he encontrado alguna vez. —Philibert iba de vez en cuando al barrio y se ocupaba de los judíos enfermos que no querían ser atendidos por una mujer.

—El maestro Jacques y yo tenemos que ayudarle de vez en cuando

—dijo Adrianus—. Hoy nos ha mandado ir a casa de Théoger Le Roux, el consejero. Cuando llegamos, Théoger estaba sentado en el patio y apenas podía moverse a causa de los dolores. Tenéis que saber que sufre de gota.

Léa se lo deseaba de corazón. Théoger era uno de los peores antisemitas de Varennes.

—En cualquier caso, Philibert nos manda llevarlo al piso de arriba para poder hacerle una sangría —prosiguió Adrianus—. Os podéis imaginar que no estábamos precisamente entusiasmados. Ese hombre pesa tanto como tres como yo, y encima con este calor.

—Hay criados a montones. ¿No podían hacerlo ellos?

—Eso es lo que preguntó también el maestro, pero Théoger no quiso saber nada. «¡Esos necios!», tronó. «No esperan más que una oportunidad para tirarme por las escaleras.» Así que lo cogemos entre nosotros y de alguna manera logramos llevarlo a su alcoba. El maestro no deja que se le note nada, pero me di cuenta de que estaba a punto de desplomarse bajo el peso. Cuando por fin Théoger está en la cama, Philibert quiere examinar su orina y me hace tomar una muestra. Agita el matraz y anuncia: «Vamos a retrasar la sangría. Primero haremos una cura de sudor». Muy bien, pedimos a la doncella que caliente agua y prepare la cuba… Hay que estar agradecido de que a Philibert se le ocurra alguna vez algo distinto de sangrar a la gente. Pero nos alegramos demasiado pronto. «Aquí no», dice Philibert. «Lo llevaremos al maestro Laurent, que hace los mejores baños curativos.» «¿Ahora?», pregunto. «Acabamos de subirlo aquí arriba.» «Ahora», responde Philibert. «Esperar y dudar sería extremadamente dañino para el pobre Théoger.»

—Qué absurdo —dijo Léa—. Solo lo ordenó porque quería demostraros quién mandaba allí.

Adrianus asintió.

—Con él siempre hay que contar con eso. Le gusta arrear a los pobres cirujanos.

—Sin duda no lo tolerasteis.

—Hubo una disputa, naturalmente. Por desgracia. Théoger hizo valer su autoridad: «Se hará exactamente como dice el doctor Philibert. ¡No quiero oír una palabra más!». Así que no nos quedó más remedio que llevarlo abajo.

Léa sacudió la cabeza.

—Lo sacamos de la cama y volvimos a cogerlo, el maestro a la derecha, yo a la izquierda, y me pareció que pesaba el doble que antes —contó Adrianus—. El sudor nos corría por la cara mientras bajábamos las escaleras peldaño a peldaño. El maestro gime, Théoger gime, y yo temo resbalar en cualquier momento y quedar aplastado por él. ¿Creéis que Philibert nos ayuda? Pues os equivocáis. Baja cómodamente detrás de nosotros y nos da un sermón sobre las curas de sudor y su utilidad para la digestión.

Adrianus caminó hinchado por la tienda, imitando la voz de Philibert:

—Como nos enseñan los antiguos maestros, todo alimento se transforma en el tracto gastrointestinal en un *Chylos* pastoso que a su vez el hígado cuece rápidamente para convertirlo en sangre. Esta afluye a las distintas partes del cuerpo, donde es consumida. Si hay un excedente, como es sabido, se convierte en sudor. —Levantó un dedo, con aires de importancia—. ¡Esto es lo que vamos a propiciar! Con la cura, estimularemos y reforzaremos el flujo de sudor, para que los humores dañinos abandonen enseguida el cuerpo. Esto, mi querido Théoger, aliviará la gota en un abrir y cerrar de ojos. Mañana mismo podréis levantaros del lecho sin que os atormenten y asedien los dolores.

Léa se cubrió la boca con la mano y rio hasta que se le saltaron las lágrimas. ¿Era ese el mismo Adrianus que hasta hace poco no era capaz de mirarla a los ojos?

—¡Ese hombre! —dijo él—. Me temo que un día no podré soportarlo y lo apalearé delante de los pacientes.

—Queréis decir que lo apalearéis y abofetearéis.

—Es posible que incluso lo ahogue y lo estrangule.

—Os lo desaconsejo —dijo ella—. Si le conozco bien, os denunciaría y pediría cuentas.

Adrianus sonrió.

—Ya os he entretenido bastante. Gracias por el vino. —Cogió el cesto con los medicamentos y se fue.

El sol se hundía sobre los tejados, una luz ambarina entraba por la ventana ojival y dibujaba un ancho trazo en el suelo de madera. Léa se acordó de que su padre le había pedido vino hacía ya una hora. Llenó una copa, le echó un poco de menta y fue arriba.

Baruch estaba en la biblioteca, rodeado de sus discípulos, en número de seis. Nunca aceptaba más, y si uno le dejaba era sustituido enseguida por uno nuevo. «Seis discípulos por los seis días de la Creación», solía decir. Solo tres provenían de la judería local. El resto eran jóvenes procedentes de Estrasburgo, Speyer y Worms, y habían ido a Varennes a estudiar con él. Dado que la comunidad era demasiado pequeña para tener su propio centro de enseñanza, los instruía allí o en la sinagoga. Varios armarios contenían sus escritos. Baruch tenía más de cien libros: un gran tesoro, que hacía sombra incluso a las bibliotecas privadas de los cristianos más ricos de Varennes.

—Moshe ben Maimón nos invita a usar nuestro entendimiento cuando estudiamos el Tanaj —estaba explicando Baruch en hebreo, idioma que todos sus estudiantes, también los germanoparlantes, entendían—. Para él, la lógica y la fe en Dios no son opuestas. Considera que los milagros de los que leemos en la Torá son parábolas. A sus ojos, el Mesías que un día vendrá no es ni un salvador celestial ni un redentor con cuya llegada comenzará el fin de los tiempos, sino tan solo un hombre mortal. Aunque un hombre con un gran poder. Un nuevo rey de los judíos, que reconstruirá el Templo de Jerusalén y pondrá fin a nuestra esclavitud bajo amos extranjeros. El rabino Moshe fue duramente atacado por esta forma de ver las cosas; sus enemigos no dudaron siquiera en entregar sus escritos a la Inquisición, que no tardó en quemarlos. Pero formaos vosotros mismos una opinión acerca de este erudito, el más grande de todos. *Shalom* —despidió sonriente a sus discípulos—. Id y leed con entusiasmo.

Cuando los jóvenes se hubieron marchado, Léa le tendió la copa.

—Por favor, perdona que haya tardado tanto. Adrianus seguía en la tienda.

—Gracias, hija mía. «Mucho vino es malo para el cuerpo, pero un poco le hace bien» —citó del Talmud, tomó un trago y suspiró complacido. El sudor le brillaba en la frente.

Léa iba a volver a bajar, pero Baruch le pidió que se sentara junto a él.

—Ese Adrianus —empezó— viene muy a menudo a la tienda.

—Bueno, pasa todas las semanas a recoger las medicinas encargadas.

—No me libro de la sensación de que no solo las medicinas lo traen aquí.

—¿Qué quieres decir con eso, padre?

—Le gustas.

—Eso es una tontería. —Ella rio.

—La forma en que te mira es inequívoca. Puedo entender que te sientas a gusto con él…, es apuesto, amable e inteligente. Pero es un cristiano. Entre vosotros nunca podrá haber sentimientos profundos. Nunca, ¿me oyes?

—¿Sentimientos profundos? ¿De qué estás hablando? No es más que un buen cliente. Y la familia Fleury siempre fue amiga de nuestra comunidad. No hay nada detrás.

—Guárdate de sus avances —prosiguió impertérrito Baruch—. Ya sabes lo que pasa con las mujeres judías que se relacionan con incircuncisos. La vergüenza nos destruiría.

—Tengo que ocuparme de la tienda. —Ella se fue moviendo la cabeza.

Luc recibió a Amédée Travère en el taller. El consejero no quiso subir a la sala. No estaba de humor para charlar.

—¿Para qué necesita un matarife sin familia una casa tan grande? —preguntó, desabrido.

Luc respondió con amabilidad pero con determinación:

—Con todo el respeto, Amédée, eso no es asunto vuestro.

—Desde que la habéis comprado, tengo que perseguir mi dinero. Llevo semanas esperando que paguéis el último plazo. Creo que eso sí es asunto mío.

—Los últimos meses no han sido fáciles para mí. He tenido muy mala suerte. Pero recibiréis vuestro dinero... Tenéis mi palabra.

—¿Cuándo?

—En cuanto los negocios me vayan mejor.

—Eso puede ocurrir dentro de algunos meses, de algunos años... o nunca. Ya estoy cansado de vuestros apaciguamientos.

—Podéis confiar en mí. Soy un hombre de honor.

—Os doy dos semanas —declaró Amédée con aspereza—. Si el día de la Magdalena no habéis pagado, me devolveréis mi casa.

—Bien —se sometió Luc—. Dentro de dos semanas recibiréis el plazo que falta.

—No. Todo. El resto del precio.

—No podéis hacer eso.

—Vos me obligáis a ello. Os lo advierto, Luc. No tengo paciencia con los deudores morosos, aunque presidan diez veces un gremio. —El consejero se fue sin una palabra de despedida.

Luc se sentó en un banco.

—Tráeme vino —ordenó a uno de sus criados.

Vació la copa de un trago y volvió a llenarla enseguida. Hasta el día de la Magdalena. Por santa Bárbara, ¿cómo iba a conseguirlo? Los negocios iban tan mal que apenas se mantenía a flote. Hacía tiempo que el arca que guardaba en su alcoba estaba tan vacía como la tumba de Lázaro.

—Maldito seas, Travère —murmuró Luc, y bebió un trago.

Aunque lograra reunir el dinero de algún modo, quedaba el siguiente plazo del judío usurero, que vencía después de la Ascensión. Cuando Luc pensaba en el crédito, una sensación de angustia le oprimía el pecho, como si estuviera a punto de hundirse en un espeso pantano. Los judíos no traían otra cosa que desgracia y perdición a los cristianos. Nunca debería haberse mezclado con ellos.

Bueno, demasiado tarde. Todo lo que podía hacer ahora era limitar el daño.

No podía contar con el gremio. Nadie debía enterarse de su desfavorable situación. Tenía que confiar en sus propias fuerzas.

Cogió el cuchillo de matarife, lo clavó en la mesa, lo arrancó y volvió a clavarlo, mientras se martirizaba el cerebro.

Adrianus llamó varias veces a la puerta. Nadie le dijo que entrara. Retrocedió unos pasos y alzó la vista hacia la ventana del piso de arriba que daba al callejón.

—Edmé, ¿estás ahí?

—Estoy aquí —resonó la voz del tejedor.

Adrianus abrió la puerta, que estaba desencajada, de modo que tuvo que darle un golpe con el hombro. El aire en la planta baja se podía cortar, y olía pesadamente a grasa de lana y pies; por la ranura de la ventana entraba algo de luz en la gran sala, pero casi no entraba aire fresco. En ese momento nadie trabajaba en los dos telares. Una cerda y dos flacos cochinillos sesteaban en una pocilga instalada debajo de la escalera.

Adrianus subió los crujientes escalones al piso de arriba, que, al contrario que el de abajo con sus muros de piedra, estaba hecho enteramente de madera y entramado de mampostería. El dormitorio y sala era oscuro y estrecho, y de las vigas ennegrecidas por el hollín colgaban distintas hierbas. Junto a las camas, una mesa con bancos y un único arcón, había pocos enseres. Ya fuera consejero o maestre, aquella era la vivienda de un hombre pobre.

Edmé estaba sentado junto a la ventana, con una jarra de cerveza rebajada delante de sí. Aquel hombre tan alto y orgulloso parecía hundido.

—¿Dónde están tu mujer y tus hijos? —preguntó Adrianus dejando la bolsa.

—Se han ido a llevar paño nuevo al batán. —Edmé le miró con su ojo sano—. Había mandado llamar al maestro Jacques.

—El maestro tiene trabajo en la ciudad nueva. —Un trabajador de la salina se había quemado con una sartén de sal por la mañana. Jacques estaba tratándolo en ese momento y había pedido a su oficial que fuera a ver a Edmé.

—Le esperaré.

—Nada de eso. Vas a dejar que yo te atienda. —La luz era mala. Adrianus sacó su bolsa de yesca y poco después ponía encima de la mesa una palpitante vela de sebo de carnero—. Enséñame la pierna.

A regañadientes, Edmé se levantó el calzón. Lanzó una tos seca.

—¿Hace mucho que toses?

—Desde siempre.

Muchos tejedores tenían afectadas las vías respiratorias. Apenas era posible tratar sus dolencias. La enfermedad se llamaba «pobreza». Contra eso no servían ni las medicinas ni las sangrías.

En cambio, la fractura abierta había curado bien. La cicatriz recordaba los viejos dibujos de las cuevas.

—¿Te duele aún? —preguntó Adrianus.

—Siempre que me levanto.

Él palpó la tibia.

—¿Dónde te duele?

—Por debajo de la rodilla.

—Luego te daré algo para los dolores. —Tenía pocas esperanzas de que aquel dolor desapareciera alguna vez por completo. La fractura había sido mala. Era una gran suerte que Edmé pudiera volver a caminar—. ¿Cómo va el brazo?

—Apenas puedo moverlo. —Con la mano izquierda, Edmé se subió la manga. Tenía el brazo derecho doblado en ángulo delante del cuerpo.

—¿Puedes estirarlo?

—No. Está tieso.

Adrianus apretó los labios y examinó el brazo, que aún había sufrido una herida peor que la pierna. Una complicada fractura múltiple, que solo habían logrado enderezar con gran esfuerzo. Fracturas tan graves raras veces volvían a soldar bien. «Los matones de César sabían exactamente lo que hacían. Querían que quedara lisiado.» El futuro de Edmé era sombrío. El trabajo en el telar requería esfuerzo físico. Se necesitaban los pies para apretar el pedal y las dos manos para pasar la lanzadera y tensar el hilo.

No necesitaba explicar a su paciente lo que eso significaba.

—Nunca más podré trabajar —dijo en ese momento Edmé—. La familia tendrá que alimentarme como si fuera un viejo achacoso.

—¿No vas a recibir ayuda del gremio?

—Puedo olvidarme del gremio. Cuando mis delicados hermanos se enteraron de lo que me había pasado, no tuvieron nada más urgente que hacer que elegir a un nuevo maestre.

—Aun así tienes que pedirles ayuda. Están ahí para eso.

—Si en esta ciudad hubiera algo parecido a la justicia, vuestro hermano pagaría por mí. —Edmé se bajó la manga.

Adrianus metió la yesca en la bolsa para no tener que mirar a Edmé. Si por él fuera, se condenaría a su hermano a pagar una elevada indemnización por haber destrozado la vida de aquel hombre. Pero lo que él considerase correcto no tenía importancia. Jamás se había encontrado a los agresores, y con eso César quedaba limpiamente al margen. Era probable que ni siquiera se avergonzase de su acción. En vez de él, era Adrianus el que sentía una profunda vergüenza.

«No debería haber venido.» Por su culpa Edmé se hundía aún más en la amargura.

Dejó un saquito encima de la mesa.

—Esto es raíz de consuelda. Que tu mujer la ralle y te la ponga en la pierna. Mientras lo hace, rezarás a san Quirino. Eso aliviará el dolor. Si pasadas dos semanas te sigue doliendo, dímelo.

—¿Cuánto cuesta eso?

—Nada.

Edmé no dio las gracias. Con la mano sana, cogió la jarra y bebió un trago de cerveza.

—La próxima vez que venga el maestro Jacques. Solo.

—Como desees. —Adrianus sopló la vela, la metió en la bolsa y se fue.

19

...**P**ero no quiero condenar en bloque a la universidad. No todo lo que se enseña en la facultad de Medicina es malo —dijo Adrianus—. Allí he aprendido mucho sobre anatomía, medicamentos y el principio de los humores... un conocimiento que sin duda no habría obtenido con esa profundidad si me hubiera formado para ser cirujano. Pero el estudio está desequilibrado. Solo se habla de teoría. La crítica a Galeno y al resto de las autoridades se desecha. La praxis se descuida. Hay doctores que abandonan la universidad sin haber tocado nunca un enfermo.

—No sorprende que la carrera de Medicina produzca médicos como Philibert —dijo Léa.

Adrianus asintió.

—Bocazas a las que no se les ocurre otra cosa que sangrar a los pacientes porque jamás han aprendido a enderezar una fractura o coser una herida.

Miró por la ventana. Hacía mucho que había oscurecido. Le había contado a Léa media historia de su vida y se había olvidado del tiempo por completo.

—Debería irme. —Echó mano a la cesta—. Si conozco al maestro, mañana me sacará de la cama al amanecer.

Léa lo acompañó hasta la puerta.

—Hasta la semana que viene —lo despidió sonriente.

Él salió y comprobó que casi todas las casas del callejón estaban a oscuras. «Por san Jacques, tiene que ser casi medianoche.» Que un cristiano anduviera por la judería a esa hora tardía era más que inusual. La cháchara de la gente le daba lo mismo, pero esperaba que Léa no tuviera dificultades por culpa suya. A Adrianus no se le había escapado que el viejo *apotecarius* no aprobaba sus visitas vespertinas, aunque fuera demasiado cortés como para decir nada.

Cuando se dirigía rápidamente hacia el portón, de la casa vecina salió corriendo una mujer rubia que no llevaba encima más que una camisa.

—¡Léa! —jadeó sin prestarle atención.

—¡Tía Judith! —dijo Léa, que estaba a punto de cerrar la puerta—. ¿Qué sucede?

—¡Hay alguien en la casa!

—¿Quién?

—No lo sé. Un intruso.

—¿Puedo ayudar? —preguntó Adrianus.

—¿Quién es él? —preguntó recelosa la mujer rubia.

—Un amigo —respondió Léa—. Vamos a ver. ¿Venís? —le dijo.

—Sin duda. Pero deberíamos llamar a los guardias si realmente es un intruso.

Léa desapareció en la tienda y regresó con un garrote. Entretanto Adrianus llamó a los dos corchetes, pero los hombres no dieron signos de moverse. Mientras corrían a la casa vecina, las mujeres despertaron a gritos a los habitantes del callejón.

Adrianus pidió a Léa el garrote y fue delante. En la casa todo estaba oscuro y silencioso.

—Tiene que haber entrado por el patio —susurró con voz temblorosa Judith—. Probablemente ha sabido que Solomon se ha ido a Metz con los criados.

Algo crujió.

—¡Viene del despacho! —Léa asumió el mando y corrió escaleras arriba.

Adrianus pidió con un gesto a las mujeres que se quedaran detrás de él mientras se acercaba a la puerta cerrada. Otra vez el ligero crujido. Al parecer, alguien trajinaba en las arcas del despacho.

A la luz de la luna, que entraba por una ventana próxima, Adrianus pudo distinguir que la puerta había sido forzada con un formón.

—¿Puede escapar por los tejados? —susurró a Léa.

Ella negó con la cabeza.

—La ventana es demasiado pequeña.

Empujó a las mujeres hacia la escalera.

—Esperaremos aquí a que venga ayuda.

En ese momento se abrió la puerta, y una figura salió al pasillo. Cuando el intruso descubrió a Adrianus y a los otros, subió rápido como el rayo los escalones hacia el desván.

Adrianus fue tras él y logró agarrarlo por la túnica. El intruso tropezó y trató de golpearlo con un objeto alargado. Adrianus encogió la cabeza, y el formón chocó contra la pared. Eso dio al intruso el tiempo necesario para soltarse y escurrirse dentro del desván.

Adrianus le siguió, preparado para otro ataque cuando metió la cabeza por el hueco abierto.

No sucedió nada.

Léa apareció tras él.

—Quedaos atrás —cuchicheó Adrianus, y atendió los ligeros sonidos que salían de la oscuridad.

El desván estaba atiborrado hasta las vigas de toneles, cajas y sacos, entre los que discurría un estrecho pasaje. Apenas se veía la mano delante de los ojos. Adrianus se adelantó tanteando.

Detrás de un montón de cajas había un poco más de claridad. Vio una estrecha ventana al pie del gablete trasero. El intruso había arrancado el relleno de paja que cubría el hueco y trataba de salir por él, al parecer con la intención de llegar al tejado bajo de la casa vecina y escapar de ese modo.

Adrianus se acercó a hurtadillas y tiró del brazo del intruso, que cayó jadeante al suelo. Adrianus iba a darle un garrotazo cuando el formón le golpeó en las espinillas. Retrocedió tambaleándose de dolor.

El intruso se rehízo y cogió impulso para volver a golpear, pero Adrianus agarró la mano que sujetaba el formón. Forcejearon, y notó que tenía que vérselas con un hombre fuerte. Liberó el brazo derecho, golpeó con el garrote y alcanzó a su adversario en el estómago, haciéndolo chocar contra una pila de toneles y soltar el formón. Adrianus pisó el arma y la apartó con el pie.

El intruso no se dio por vencido. Derribó los toneles vacíos, haciendo que casi enterraran a Adrianus. Mientras este retrocedía, el intruso giró sobre sí mismo y quiso huir hacia la escalera. No dio ni dos pasos. Léa salió de la oscuridad y le estrelló una caja en la cabeza. Gimiendo, el hombre se desplomó.

Adrianus pasó por encima de los toneles, se sentó a horcajadas sobre el intruso y le sujetó los brazos. Estaba aturdido y no se defendió.

—¡Una cuerda, deprisa!

Léa desapareció y regresó poco después con una soga. El intruso volvió en sí y trató de apartar a Adrianus, que le golpeó en el rostro, volvió boca abajo al hombre y le ató las manos.

Se oyeron pasos en la escalera, y varios hombres entraron en el desván, con antorchas en la mano.

—¿Lo tenéis? —preguntó Baruch, con ojos agrandados por el miedo.

Adrianus se levantó, y el rabino arrancó la máscara con la que se cubría el intruso.

—¡Es el maestre Luc!

Adrianus apenas podía creerlo, pero no había duda: ante él yacía la cabeza de los matarifes y peleteros. El hombre atado miraba lleno de odio a los judíos, mientras la sangre se escurría de su nariz.

Baruch y los otros daban ruidosamente rienda suelta a su indignación.

—¡Un consejero que allana una casa durante la noche... es sencillamente monstruoso!

—¿Es que no conocéis la vergüenza?

—¡Ni siquiera en nuestro barrio estamos ya a salvo de los cristianos!

—¿Dónde están los guardianes? —Adrianus se impuso a la confusión de voces.

Los hombres se apartaron y dejaron pasar a los dos corchetes.

—Os habéis tomado una buena cantidad de tiempo.

—Nuestra tarea es proteger de agresiones la judería, no atrapar a ladrones —declaró indiferente uno de los dos hombres. Sus ojos se abrieron mucho al ver a Luc—. ¡Por san Jacques! Esto sí que es grande.

—Lleváoslo. Mañana testimoniaré ante el Consejo que lo hemos sorprendido en flagrante delito —dijo Adrianus—. Y en lo que se refiere a vuestro comportamiento, el Consejo también tendrá noticias.

Los guardias le miraron ofendidos, pero no se atrevieron a replicar. Pusieron en pie a Luc. El maestre apretó los dientes y no dijo una sola palabra.

—Esperad. —Léa sacó un pliego de pergamino y una bolsa de dinero del cinturón de Luc—. Creo que esto pertenece a mi tío.

—¿Qué es? —preguntó Adrianus.

Ella desenrolló el pergamino y le echó una mirada.

—Una cédula de crédito. Este tipo ha tomado dinero prestado a Solomon y pensaba sin duda librarse de este modo de su deuda y robar de paso un poco de oro.

—¡Avergonzaos! —gritó su padre, rojo como un tomate.

—Apártate de mí, judío —siseó Luc cuando el rabino se plantó ante él para acusarlo.

—Basta por ahora. Lo llevaremos a la Torre del Hambre. —Un guardia apartó a Baruch, y los corchetes se llevaron a Luc.

Delante de la casa se había formado una multitud que asediaba a preguntas a Baruch y Judith. Cuando por fin la calma llegó a la judería, amanecía ya.

—No sé cómo daros las gracias —dijo Baruch cuando por fin estuvieron en la sala—. Si no hubierais actuado con valentía Luc habría escapado y nunca habríamos podido demostrar que había sido él.

—Fue vuestra hija la que lo derribó —repuso sonriente Adrianus.

—Pongámonos de acuerdo en que lo derribamos juntos.

Léa miraba a Adrianus con nuevos ojos. Enfrentarse a un intruso sin titubear… no le había creído capaz de tanto valor. Aparte de una contusión en la espinilla, no había sido herido, gracias al Todopoderoso.

—¿Os emplearéis a favor de que se le pidan cuentas? —preguntó Baruch.

Adrianus asintió.

—No os preocupéis. Recibirá su justo castigo.

Léa compartía los reparos de su padre.

—¿Aunque sea un consejero y presida su gremio? ¿No logrará librarse de algún modo?

—Escalo y robo durante la noche, sorprendido en flagrante delito, varios testigos... Tendría que ser cosa del demonio.

—Deberíamos pedir al Consejo que le interrogue también sobre Uriel —propuso Baruch.

Léa asintió.

—Una buena idea.

—¿Uriel? —preguntó Adrianus.

—Un anciano del barrio, que ha desaparecido —explicó ella—. Sucedió el invierno pasado. Creemos que Luc tiene algo que ver. Probablemente Uriel fue asesinado, pero no se encontró el cadáver. Por eso el Consejo nunca acusó a nadie.

Judith entró y dio a cada uno un cuenco de leche caliente. Adrianus recibió una ración especialmente grande.

—Espero que Solomon vuelva pronto —dijo ella—. ¿Cómo voy a sobrevivir las próximas noches sin él?

—Puedes dormir en nuestra casa —dijo Baruch—. O pediré a mis estudiantes que pernocten aquí para que no estés sola.

Léa torció el gesto.

—Ha sido una ligereza por parte de Solomon. Luc lo amenazó, y él no hizo nada. Tiene que contratar guardias de una vez.

Judith seguía pareciendo atemorizada.

—¿Qué clase de hombre entra de noche en una casa ajena para robar a sus habitantes?

—Un hombre dominado por la codicia y otras pasiones, que permite que el mal predomine en él. «Al principio los malos instintos son débiles como una telaraña; pero luego se vuelven tan fuertes como la soga de un carro» —citó Baruch de las Escrituras, mientras movía la cabeza con preocupación.

Adrianus se despidió poco después y remontó despacio la Grand Rue, que empezaba a despertar. Cuando Jacques supo lo que había ocurrido, le dio el día libre. Adrianus tomó un poco de zumo de amapola para el dolor y se metió en la cama.

Aunque estaba mortalmente cansado, sus pensamientos no encontraban reposo. Qué noche. El maestro Luc, un ladrón... Una parte de él lo tomaba por un sueño alocado y contaba con despertar en cualquier momento.

Pero no solo el recuerdo del incidente nocturno lo apartaba del sueño. Léa.

Hacía mucho tiempo que pensaba en ella con sospechosa frecuencia.

Y le disgustaba no tener motivos para ir a visitarla más de una vez a la semana.

Le disgustaba incluso mucho.

¿Qué estaba pasando? ¿Acaso se sentía atraído por ella?

Bueno, era hermosa, lista y elocuente; cualquier idiota podía darse cuenta. Pero ella era judía y él cristiano, la mera idea era absurda.

«Olvídala y búscate una mujer cristiana. De todos modos, es hora de fundar una familia.»

Daba vueltas de un lado para otro, pero el dolor que le latía en la pierna casi le volvía loco. ¿Por qué el maldito medicamento no actuaba?

Apartó la colcha, fue cojeando hasta la consulta y se tomó una dosis generosa de zumo de amapola. Poco después dormía tan profundamente y sin sueños como si el formón de Luc no le hubiera dado en la pantorrilla, sino en el cráneo.

20

A la mañana siguiente, Adrianus se reunió con Léa, Baruch, Judith y todos los demás judíos que habían participado en el prendimiento de Luc, y fueron juntos a la plaza de la catedral. Delante del ayuntamiento se había congregado una multitud. Eran sobre todo peleteros y matarifes, pero también otros artesanos. Adrianus notó la atmósfera recalentada ya desde lejos. A la gente no le gustaba que el maestre de un gremio fuera a parar delante de los tribunales, y rugían furiosos insultos hacia las ventanas de la sala del Consejo.

—¡Dejad pasar a los testigos! —ordenó el comandante de la guardia, y sus hombres hicieron retroceder a la multitud.

Cuando Adrianus y sus acompañantes pasaron por el callejón abierto, les lanzaron miradas llenas de odio.

—¡Chusma judía! —gritó alguien—. ¡Habría que echaros!

Adrianus admiró lo bien que Léa y los otros ocultaban su disgusto. Cruzaron el portón con la cabeza erguida.

Habían abierto todas las ventanas de la sala del Consejo, porque el tribunal tenía que celebrar sus sesiones a la vista del pueblo. Los doce miembros del Pequeño Consejo estaban sentados en el estrado que había a la cabecera. El alcalde Marcel, que iba a dirigir el proceso, se había puesto un espléndido manto y sostenía la vara de juez entre las manos. Cuando Adrianus y los judíos entraron en la sala, asintió en dirección a dos guardianes.

—Traed al acusado.

Poco después, Luc entraba en la sala arrastrando los pies cargados de ruidosos grilletes, flanqueado por los guardias. Al parecer, las dos noches pasadas en la Torre del Hambre no le habían enseñado humildad alguna. No prestó atención a los testigos y miró arrogante a los consejeros como si ellos, no él, fueran los delincuentes.

«¿Entiende siquiera lo que se le viene encima?», se preguntaba Adrianus. Entre los judíos se extendía la inquietud. Temían que el matarife se librara con un sucio truco.

—Maestre Luc —elevó la voz el alcalde—, se os acusa de haber entrado en casa del mercader Solomon ben Abraham y haber robado una cédula de deuda y una bolsa llena de dinero...

—Las acusaciones no se sostienen —le interrumpió Luc—. Esto es un complot del Pequeño Consejo y los judíos con el objetivo de destruir a un respetado artesano.

Fuera, en la plaza, algunos jalearon.

—Se os ha sorprendido en flagrante delito —declaró cortante Bénédicte—. Con eso habéis perdido todo derecho a hablar ante este tribunal. Además, habéis cometido la acción durante la noche, lo que hace especialmente vergonzoso vuestro crimen.

—Ridículo.

—Una palabra más —le advirtió Bénédicte— y esta vista tendrá lugar sin vos. El tribunal reclama ahora ver las pruebas.

Un corchete levantó tres objetos sucesivamente.

—Con este formón el acusado entró en la casa del judío y rompió tanto la puerta del despacho como el arca. Más tarde hirió con ella en la pierna al testigo Adrien Fleury. En el despacho, robó esta cédula de deuda y esta bolsa con plata y oro.

Los consejeros hicieron circular las pruebas y las examinaron.

—Adrien —dijo el alcalde—. Vos estabais presente cuando el criminal fue apresado. Contad al tribunal todo lo que ocurrió aquella noche.

Adrianus se situó ante el estrado y contó cómo había entrado con Léa y Judith en la casa de Solomon siguiendo los ruidos.

—El intruso advirtió nuestra presencia y trató de escapar. Yo le seguí hasta el desván y le impedí huir por la ventana. Hubo un forcejeo, y junto con la hija del rabino Baruch logré doblegarle. Poco después aparecieron Baruch y otros judíos y ayudaron a entregarlo a los guardias.

—¿Visteis que el intruso era Luc Duchamp, maestre del gremio de los matarifes y peleteros? —preguntó Bénédicte.

Adrianus asintió.

—Sin ninguna duda.

—Hay algo que nos parece extraño: ¿qué hacíais a hora tan avanzada en la judería?

—Fui por la tarde a la botica del rabino Baruch a comprar algunas medicinas. Estuve conversando con Léa y me olvidé de la hora que era.

—¡Amigo de los judíos! —rugió alguien en la multitud.

El alcalde dirigió a Adrianus una mirada difícil de interpretar, pero no pasó de ahí.

—Reclamamos a los otros testigos que nos describan lo que vieron.

Uno tras otro, Baruch y los otros judíos varones se adelantaron y contaron lo que habían visto y oído. La pluma rasgaba veloz el pergamino en el que el escribano del Consejo lo fijaba todo por escrito.

—Hay algo más —dijo titubeando el rabino Baruch. No era posible no ver que el alto tribunal y los muchos cristianos rabiosos ante el ayuntamiento le intimidaban considerablemente—. Solicitamos al Consejo que interrogue a Luc sobre Uriel, que desapareció el día de Purim.

—¿Ese viejo judío? ¿Qué hace esto al caso? —preguntó impaciente el consejero Théoger Le Roux.

También el alcalde frunció el ceño.

—¿Hace mucho que albergáis la sospecha de que Luc podría tener algo que ver con la desaparición de Uriel?

—Creemos que lo ha asesinado —respondió Baruch.

—¡Sospechas sin fundamento! —gritó alguien entre la multitud.

Otros agitaron los puños. El propio Luc rio despreciativo.

—¿Cómo es que entonces no habéis acudido a nosotros hasta ahora? —preguntó Bénédicte.

El rabino apretó los puños y volvió a abrirlos.

—Si hubiéramos acusado entonces a Luc, nadie nos habría creído. Pero ahora el Consejo sabe de lo que es capaz.

—El tribunal va a deliberar —declaró Bénédicte, y los consejeros juntaron las cabezas.

Un tenso silencio llenó la sala, alterado tan solo cuando algún individuo gritaba su disgusto en el exterior.

Luc miró fijamente a Adrianus. En sus ojos de un azul gélido el desprecio, el odio y la fría ansia de matar hablaban con tal intensidad que Adrianus tuvo que forzarse a no apartar la vista. Sostuvo la mirada a Luc y dio en silencio gracias a los santos cuando los consejeros ocuparon de nuevo sus asientos y el maestre se volvió hacia ellos.

El alcalde Marcel fue el único que siguió en pie.

—El alto tribunal de la ciudad libre de Varennes Saint-Jacques ha decidido —anunció—. Os encontramos a vos, Luc Duchamp, culpable de haber entrado durante la noche en casa de Solomon ben Abraham, con la intención de robar una cédula de deuda, además de a vuestro acreedor para pagar vuestras deudas y enriqueceros. Habéis actuado de forma en extremo deshonrosa y además fuisteis sorprendido en flagrante delito. Por eso, solo puede haber un castigo para vuestro crimen: la muerte en la horca. Pero antes se os someterá al interrogatorio doloroso. Si el Consejo llegara a la conclusión de que habéis asesinado al judío Uriel, no se os concederá la gracia de una muerte rápida. En vez de eso se os pondrá en la rueda, de manera que la muerte se produzca con lentitud y entre grandes tormentos. Que el Señor se apiade de vuestra alma.

Bénédicte golpeó el suelo con la vara de juez.

Los judíos festejaron.

Fuera, delante del ayuntamiento, estalló el infierno.

Bénédicte se preparó para una acalorada asamblea cuando los maestres de los gremios irrumpieron en la sala. Ni siquiera el prendimiento de Edmé había vuelto tan agresivo el ambiente dentro del Gran Consejo.

Los hombres no se sentaron en sus asientos, sino que se plantaron delante de la mesa de los consejeros patricios.

—Exigimos que Luc sea puesto en libertad y entregado a su gremio —empezó sin rodeos el nuevo cabeza de los tejedores, bataneros y tintoreros—. No habrá ejecución, y tampoco interrogatorio doloroso.

—Ha cometido un grave delito, del que hay pruebas inequívocas —repuso Bénédicte—. Quedará en prisión hasta la ejecución de la condena, como prescriben las leyes de esta ciudad. Y el interrogatorio doloroso se llevará a cabo como se ha dispuesto.

—¿Pruebas inequívocas? —El maestre del gremio de sastres y sombrereros se acaloró—. ¡Testimonios de judíos! No permitiremos que un honrado cristiano sea colgado por eso, y menos aún puesto en la rueda.

—Ese «honrado cristiano» me ha comprado una casa, aunque no estaba en condiciones de pagarla —dijo Amédée Travère—. Su ansia de esplendor me ha hecho perder mucho dinero. Y en vez de responder a sus deudas ha intentado robar a un honrado mercader. Aparte de eso, no solo había judíos presentes cuando fue sorprendido en flagrante delito. Nada menos que Adrien Fleury ayudó a prenderlo.

—¿Y al Pequeño Consejo no le parece curioso que el digno señor Fleury estuviera en la judería en mitad de la noche? —gritó el cabeza de los sastres.

—Adrianus ha apuntado motivos plausibles para ello —dijo Laurent, el maestre de los bañeros, barberos y cirujanos, y el único artesano presente en la sala que no lanzaba espumarajos de ira—. Por lo demás, eso es un asunto privado suyo y no tiene importancia aquí.

—La necesidad ha impulsado a Luc a su acción. ¿Por qué no ha sido eso tenido en cuenta? —gritó el maestre de los canteros, albañiles y tejadores.

La ignorancia de aquellos hombres ponía furioso a Bénédicte. No veían más que lo que querían. «Maleducados, duros de mollera y llenos de odio a todo lo que no entienden —pensó—. En verdad nuestros antepasados tuvieron razón al recortar su poder dentro del Consejo.»

—¿Necesidad? Eso es ridículo. Nadie ha obligado a Luc a comprar una casa cara y endeudarse hasta las cejas. Yo os digo lo que le ha impulsado: la codicia y el ansia de prestigio.

Indignados, los maestres gritaron en confusión.

—¿Cómo podéis atreveros a hablar así de un respetado ciudadano?

—Los usureros judíos tienen más derechos en Varennes que los artesanos cristianos... ¡A esto hemos llegado!

—Primero Edmé y ahora Luc. ¡Queréis humillar a los gremios, de eso es de lo que aquí se trata!

—¡Basta! —rugió en esta ocasión Bénédicte—. ¿Os dais cuenta de las tonterías que estáis diciendo? Luc llegó a Varennes cuando era un siervo huido, sin recursos, sin amigos, sin futuro. Nosotros le dimos nuestra confianza, le permitimos ejercer un oficio y llegar a maestre. ¿Y cómo nos lo agradece? Pisoteando nuestras leyes y perjudicando a inocentes. Por eso va a ser colgado. —Llamó a los guardianes—: La asamblea ha terminado. Desalojad la sala.

—¿Quieres echarnos? ¡Espera, miserable saco de especias, yo te enseñaré! —Uno de los maestres subió de un salto al estrado, tendió las manos sobre la mesa y agarró a Bénédicte por el cuello del jubón.

Léa presentó a Adrianus a su tío.

—Solomon acaba de regresar de Metz —explicó—. Sabe lo que ha ocurrido.

El gigantesco mercader tenía una estatura y un aspecto similares a los de César, pero a Adrianus le pareció más tratable. Solomon le estrechó la diestra con sus manos grandes como garras.

—Os doy las gracias por vuestro valor —dijo con voz sonora—. Nos habéis guardado de un gran daño a mi esposa y a mí. Desde ahora, siempre seréis bienvenido en esta casa. Por favor, bebed un vaso de vino con nosotros.

Adrianus se sentó con la familia de Léa. Sobre la mesa ardía una vela; las relucientes copas de plata que había ante cada asiento multiplicaban la temblorosa llama. Judith abrió una botella de cristal verdoso, llenó su copa con vino del sur y lo rebajó con un poco de agua. Adrianus no tocó la bebida.

—Me temo que traigo malas nuevas —empezó—. Los maestres de los gremios han forzado una asamblea del Gran Consejo a causa de Luc y han protestado contra la sentencia. Dicen que habrá tumultos y agresiones.

Los judíos le miraron en silencio. Leyó en sus ojos los peores temores.

—Seguid —le pidió el rabino Baruch.

—Amenazaron con una sublevación al Pequeño Consejo. El alcalde tuvo que ceder y cambiar la ejecución por una condena más leve.

—¿Y es...? —preguntó Léa.

—Van a marcar a fuego a Luc y a desterrarlo de la ciudad.

Solomon y Judith gimieron.

—¿Y el interrogatorio doloroso? —dijo el rabino.

—Los maestres del gremio consideran traído por los pelos el asunto de Uriel. Marcel tuvo que prometerles que no se hará ningún daño a Luc mientras esté en la cárcel.

Léa golpeó la mesa con la mano.

—¡Lo sabía! En esta ciudad, un maestre y consejero puede cometer el peor de los crímenes sin que se le castigue de manera adecuada.

—Y los judíos volvemos a pagar las consecuencias —murmuró Baruch.

—¿No basta con que ese tipo me haya hecho perder un montón de dinero? —Solomon movió la cabeza disgustado—. Esta injusticia, que clama al cielo...

Adrianus coincidió con ellos y guardó silencio. Se avergonzaba de las circunstancias imperantes en su ciudad.

Léa observó los terrenos de la feria, cubiertos de bruma, que se extendían entre la Puerta de la Sal y el patíbulo. Había subido con su familia a primera hora a la muralla para asegurarse un buen sitio. Una decisión inteligente, porque ahora había una gran multitud en el adarve. No solo los judíos querían ver el inminente espectáculo; también había cristianos en las almenas, o salían en gran número a la pradera.

Dos docenas de guardias cercaban el terreno en torno al antiquísimo tilo donde los miembros del Pequeño Consejo estaban tomando asiento en los bancos del tribunal. Junto a ellos estaba el verdugo, que ocultaba el rostro bajo una máscara roja como la sangre y cruzaba delante del pecho los brazos llenos de cicatrices.

El tiempo pasaba con torturadora lentitud. Cuando las campanas tocaron a tercia, varios miles de personas se habían reunido en las praderas y los caminos de ronda, casi toda la ciudad.

—¡Ahí está! —gritó alguien.

La inquietud se apoderó de la multitud. Varios guardias con armaduras de placas llevaron a Luc desde la puerta hasta el tilo y le obligaron a arrodillarse ante los consejeros. El alcalde Marcel se incorporó. Aunque habló alto, apenas podía oírsele debido al murmullo de voces.

—Por tu crimen, te desterramos de Varennes Saint-Jacques hasta la fecha del nacimiento de María del año próximo. Si, antes de expirar este plazo, pones un pie dentro del término de la ciudad, serás prendido y ahogado en un tonel de agua. Ningún habitante de esta ciudad podrá ayudarte ni darte cobijo. Quien infrinja esta disposición será castigado con la muerte. Se te retira el derecho de ciudadanía, y quedan incautadas tus propiedades. Además, se te marcará a fuego para que se sepa por todos los tiempos qué delitos has cometido y que eres malo de naturaleza.

El alcalde hizo una seña al verdugo. Los guardias de la ciudad sujetaron al condenado. El verdugo metió el hierro en las ascuas del brasero y abrió las hebillas del protector de cuero que Luc llevaba en torno al antebrazo derecho.

El protector cayó al suelo. Léa se inclinó hacia delante para ver mejor. ¿Qué había en el brazo de Luc? ¿Una marca de fuego más antigua?

Ella no era la única que lo había visto. La multitud empezó a cuchichear, excitada.

—¿Cómo es que nadie lo sabía? —exclamó Solomon—. ¿Cómo ha podido mantenerlo en secreto todos estos años?

Los consejeros estaban tan sorprendidos como el pueblo. Rodearon a Luc, observaron la marca y exigieron una explicación. Cuando Luc guardó testarudo silencio, volvieron a sus asientos, y el alcalde Marcel ordenó al verdugo que prosiguiera.

Este retiró también el protector izquierdo y examinó a fondo el brazo desnudo antes de sacar el hierro al rojo de las llamas.

—¡No! —gritó el alcalde—. En la mano derecha.

El verdugo apretó el disco al rojo contra el dorso de la mano de Luc. El condenado echó atrás la cabeza y chilló de dolor. La multitud gimió como en un momento de placer múltiple y colectivo.

Pocos instantes después, el espectáculo había terminado. Luc se había desplomado sobre la hierba. Los guardias lo pusieron en pie y se lo llevaron, aturdido. Algunos entre la multitud jaleaban, pero la mayoría del pueblo gruñía disgustado.

Los judíos se quedaron en silencio en las almenas y siguieron a Luc con la mirada hasta que desapareció entre los árboles.

—Por lo menos ahora sabemos por qué nunca se veía a Luc sin ese protector —dijo más tarde Haïm. El carnicero movió la cabeza—. Aun así, es asombroso que pudiera ocultar tanto tiempo la quemadura.

—Bueno, vivía solo, salvo por su aprendiz —repuso Aarón—. No tenía más que evitar los baños y cuidar de que nadie viera su antebrazo desnudo.

—Luc tenía muchos secretos… la quemadura no es el único —dijo Léa, que traía vino y golosinas a los hombres del Consejo Judío.

—¿A qué te refieres? —preguntó su padre.

Léa había hablado con Adrianus antes de que este se fuera a casa.

—He estado preguntando. Nadie conoce su pasado.

—¿No llegó a Varennes hace diez años como siervo huido? —preguntó Aarón.

Ella asintió.

—Pero ¿dónde vivía antes? ¿A qué señor servía? Ni siquiera los hermanos de su gremio lo saben.

—Eso no me lo creo. —Haïm había cruzado los musculosos brazos delante del pecho—. Solo se permite ingresar en el gremio a un hombre cuando tiene una reputación intachable. Antes se le hacen muchas preguntas.

—Luc pasa por ser un buen orador, capaz de hacer creer a los demás lo que quiera —dijo Léa—. Probablemente contó mentiras al gremio, y estuvieron dispuestos a creerlas.

—Armémonos para el futuro —rompió el silencio Aarón—. Luc no se atreverá a volver antes de que termine el plazo, pero catorce meses pasan pronto. Cuando haya cumplido su pena pensará en la venganza, y esta nos alcanzará.

—¡El Señor no lo quiera! —gritaron varios judíos.

En ese momento entró Solomon. Había estado en el ayuntamiento.

—¿Qué has sabido, hermano? —preguntó Baruch.

—No hubo forma de sacar una palabra a Luc. Pero la vieja quemadura es muy elocuente. Representa un escudo y varios símbolos que dan mucha información, dicen los consejeros. Al parecer, nuestro amigo Luc ya fue desterrado en una ocasión por haber falsificado moneda.

—¿Qué armas muestra la quemadura? —preguntó Léa.

—Las de la ciudad de Meissen —respondió Solomon.

La mayoría de los miembros del Consejo Judío nunca habían oído hablar de ese lugar.

—Meissen está al este del Imperio —explicó Aarón, que, como Solomon, practicaba junto al préstamo de dinero el comercio de larga distancia, y conocía por eso los países alemanes.

—Es una valiosa advertencia que deberíamos aprovechar —dijo Solomon—. Según mi experiencia, el que falsifica moneda no se detiene ahí. Sin duda Luc ha cometido otros crímenes, quizá incluso algunos por los que nunca ha sido castigado. Deberíamos vigilarlo para el caso de que vuelva con malas intenciones.

Los hombres asintieron.

—Enviaré hoy mismo noticias a mis socios del margraviato y me informaré —explicó rabioso Solomon—. Si Luc oculta algo, lo averiguaré. Si Dios quiere, pronto tendremos a ese tipo en nuestras manos.

21

Agosto y septiembre de 1347

La niña los llevó hasta una taberna junto a la Puerta del Rey, agazapada y ladeada bajo la muralla, encajada entre una casa y el muro cubierto de hiedra de un cementerio.

—Está arriba —dijo la niña, y abrió la puerta.

Juncos cortados crujieron bajo sus zapatos cuando los dos cirujanos subieron la escalera. No hay nada más desolador que una taberna por la mañana temprano, pensó Adrianus. No había un solo huésped sentado a las mesas. Una luz turbia se colaba por la ranura que servía de ventana. El olor a cerveza y grasa de asado permitía deducir que la noche anterior allí se había bebido en abundancia... lo que le recordó desagradablemente que también él había tomado la noche pasada alguna jarra más de lo que la sed pedía. Varennes había celebrado la Ascensión de María con una espléndida procesión por toda la ciudad, en la que los gremios habían colaborado. Después de la bendición de las plantas medicinales en la catedral, los bañeros, barberos y cirujanos habían ido a su local, donde habían puesto fin al día festivo con cerveza y vino especiado. Ahora, a Adrianus le retumbaba el cráneo como si tuviera sentado dentro un enano tocando el tambor.

El maestro, en cambio, estaba tan alegre como siempre, aunque había bebido por lo menos tanto como él. «¿Cómo lo hace?», pensaba cansado Adrianus. Jacques siguió a toda prisa a la niña hasta una angosta alcoba casi completamente ocupada por una cama. En ella yacía la posadera, una obesa mujer de cuarenta años, con el rostro pálido de dolor.

—Aquí estáis por fin, gracias a los santos —murmuró.

—Tu hija dice que te has sacado el hom'ro.

—No es mi hija.

—Pero ¿te has sacado el hom'ro o no?

—Sin duda me he hecho daño al levantar un barril de cerveza.

Adrianus miró a su alrededor. Allí no podían trabajar razonablemente, la estancia era demasiado pequeña.

—¿Puedes levantarte?

—Lo intentaré. —Gimiendo, la posadera volvió a dejarse caer en el lecho—. Me baja hasta la rabadilla.

—Te llevaremos aquí al lado.

Con el rostro deformado por el dolor, la mujer se sentó para que los cirujanos pudieran cogerla entre ambos. «Por Dios», pensó Adrianus. Pesaba más que Théoger Le Roux, si tal cosa era posible. Apretó los dientes y reprimió una maldición cuando la posadera se apoyó en él. Fueron hacia la puerta con pasos diminutos.

De pronto, Jacques gritó. Soltó a la paciente, se dobló y cayó al suelo.

—¿Qué pasa? —jadeó Adrianus, que apenas podía sujetar solo a la mujer.

El maestro tan solo gemía.

De alguna manera, Adrianus logró remolcar a la posadera hasta la habitación de al lado. La sentó en una silla y volvió corriendo junto a Jacques.

—Me ha dado u' dolor i'fe'nal en el sacro —gimió el viejo cirujano.

Hacía mucho que Adrianus esperaba una cosa así. Quien no tomaba en consideración su edad y no retrocedía ni ante el más duro de los trabajos tenía que desplomarse en algún momento.

—Os daré algo contra el dolor. —Adrianus le hizo beber zumo de amapola—. Vamos a tumbaros en la cama.

—No. Dé'ame aquí e' el suelo.

Adrianus ayudó al maestro a tumbarse y le puso un cojín debajo de la cabeza. La niña estaba de pie en la puerta con los ojos muy abiertos.

—En cuanto haya cedido el dolor, os llevaré a casa.

—P'imero te'mina el t'atamie'to.

A Adrianus le parecía una necedad, pero no tenía sentido discutir con Jacques. Para el maestro, los pacientes siempre estaban primero.

—Corre a buscar a Laurent, el bañero —indicó a la niña—. ¿Sabes dónde vive?

La niña asintió.

—Que traiga un ayudante y una camilla.

Cuando la niña salió corriendo, él contempló lleno de preocupación al maestro. A la edad de Jacques, hasta un lumbago era peligroso. Al menos el zumo de amapola iba haciendo efecto poco a poco: sus rasgos se relajaban.

Adrianus volvió con la posadera y empezó el tratamiento. En los últimos meses había colocado muchas articulaciones y adquirido mucha práctica en hacerlo, así que resolvió el asunto con pocos movimientos. La posadera gritó cuando el hueso entró en la cápsula.

—Ya está. Ahora puedes volver a mover el hombro.

Con cuidado, ella lo hizo girar.

—Casi no duele.

—El dolor debería desaparecer por completo dentro de unos días.

La posadera le dio las gracias de manera desbordante y le llevó una jarra de sidra que Adrianus bebió mientras esperaba a Laurent. El maestre del gremio y su ayudante aparecieron poco después y asistieron a Adrianus en la labor de tender en la camilla a Jacques.

—Esto tenía que pasar —refunfuñó Laurent—. Llevo años diciéndole que pare. ¿Vas a darte cuenta de una vez?

—No es más que un lu'bago —murmuró Jacques—. La semana que viene estaré e' pie.

—¿Y seguirás como si no hubiera pasado nada? Eres un viejo testarudo. El Señor te acaba de enviar el mensaje de que es hora de parar.

—Pararé cua'do esté mue'to —declaró tercamente Jacques mientras Adrianus y el ayudante lo bajaban.

—Oh, no te preocupes. Si no entras en razón, eso puede ocurrir muy pronto —dijo Laurent.

Solo hacía pocas semanas desde que se había calmado el alboroto en torno al destierro de Luc. Adrianus esperaba poder concentrarse en paz en su trabajo al final del verano. Pero no fue así. Tenía que ocuparse del maestro de la mañana a la noche y entretanto correr a atender a los pacientes, que por desgracia no tenían intención de esperar al mes próximo para enfermar.

Jacques se recuperaba con lentitud. Pasaron más de dos semanas hasta que los dolores desaparecieron por fin, pero con eso no quedó superado el problema. A Adrianus le parecía como si la obstinada dolencia y el largo reposo en cama hubieran envejecido años al maestro. Sus movimientos eran lentos y distraídos, dejaba constantemente caer objetos y perdía el hilo de la conversación.

No se engañó: el antaño tan activo e indestructible cirujano se estaba convirtiendo en un hombre tembloroso. A Adrianus le dolía tener que verlo.

El propio Jacques no quería saber nada de eso y negaba estar limitado en manera alguna. Pero una parte de él se daba cuenta de cómo estaba, y eso le hacía sufrir. Todos los días pasaba horas en la consulta limpiando los instrumentos y murmurando frases incomprensibles.

Con la melancolía vino la entrada en razón.

—Laure't es un fa'fa'rón codicioso, pero ha dicho la ve'dad —dijo una tarde Jacques—. No puedo segui' así. Mira cómo me tie'blan las manos. Los e'fer'mos tiene' que tener miedo de que los raje de ar'iba abajo cuando les ace'co el esca'pelo.

—Habéis trabajado cuarenta años y curado a innumerables personas —dijo Adrianus—. Parar ahora no sería ninguna vergüenza.

—El arte curativo es mi vida. Nu'ca he querido hacer ot'a cosa. —El maestro tenía lágrimas en los ojos.

—Podemos seguir trabajando juntos. A partir de ahora iré solo a ver a los pacientes, pero como maestro llevaréis la inspección y mezclaréis infusiones y medicamentos.

—No so' solo las manos. Ta'bié' los ojos ha' pe'dido. Acabaré e'venena'do a alguie' por co'fu'dir los i'gredie'tes. No me lo pe'donaría. Laure't tiene razó', ha sido una señal. Es mejor que me retire. —El viejo cirujano le miró—. Ahora te toca a ti, muchacho. Varen'es necesita un cirujano dece'te e' e'tos tie'pos turbios.

La noche del día siguiente, los dos cirujanos se reunieron en el local con Laurent y los más ancianos del gremio.

—No nos gusta perderte, pero es la voluntad de Dios que lo dejes —declaró el rechoncho bañero cuando supo los planes de Jacques—. Ya has hecho bastante por el gremio y por Varennes. Disfruta de los años que te quedan. Nos encargaremos de que no te falte de nada.

Jacques asintió escuetamente.

—P'opo'go a Ad'ianus como mi sucesor.

—¿No es eso prematuro? —Laurent se volvió a Adrianus—: ¿Cuánto tiempo has sido oficial de Jacques?

—Unos diez meses.

—Bueno, hemos acordado un tiempo de interinidad de entre uno y dos años. Menos sería inusual, pero eso tiene que decidirlo tu maestro. ¿Qué dices? —preguntó el bañero—. ¿Está maduro Adrianus?

—Vaya si lo e'tá —dijo Jacques—. Es el mejor oficial que he tenido nu'ca. Si no me crees, pregu'ta por ahí. Todo al que el muchacho ha t'atado alguna vez lo pone por las nubes.

—Eso no es necesario, te creo. Y dado que no tenemos precisamente cola de cirujanos esperando a las puertas de la ciudad, no podemos ser caprichosos. Así que propongo que Adrianus haga mañana mismo el examen de maestro, para que pueda ejercer de manera autónoma. ¿Estáis de acuerdo, hermanos?

Ninguno de los más ancianos puso objeción alguna.

Laurent asintió.

—Pediré al doctor Philibert que venga mañana al local del gremio.

—¿Philibert supervisará el examen? —preguntó Adrianus.

—Es su deber como físico municipal. Así lo quiere el Consejo.

Adrianus compuso una sonrisa forzada.

Con la primera luz del día, Adrianus se levantó y abrió la caja de sus libros, que Hervé le había enviado hacía unos meses. Felizmente, había conservado los cuadernos con sus apuntes de las clases de Medicina. Los recorrió página por página, aunque habría podido recitar hasta en sueños los fundamentos teóricos del arte curativo.

—No tienes nada que temer —trató de tranquilizarlo Jacques—. En la co'sulta nadie te dirá nada, y la teoría es secu'daria. Philibert no se at'everá a pone'te la za'cadilla dela'te de todo el gremio.

Adrianus solo podía esperar que el maestro tuviera razón. Había trabajado duro para alcanzar su sueño, y la idea de fracasar poco antes de su meta por la mala fe de un hombre le resultaba insoportable.

Cuando las campanas tocaron a tercia, entraron en el local del gremio. El resto de sus miembros ya se habían reunido allí y estaban sentados en los bancos. Adrianus dejó su bolso encima de la mesa situada en el centro de la sala.

Philibert se tomó su tiempo. Cuando al fin apareció, con cierto retraso, dejó notar su malhumor. Se sentó y dijo escuetamente:

—Empezad.

Laurent se levantó y carraspeó.

—Nos hemos reunido para examinar la capacidad de Adrianus para ser maestro en cirugía. Nuestros estatutos prescriben que el candidato pague al gremio una tasa de un florín o una libra de plata. ¿Has traído el dinero?

Adrianus le entregó una bolsa de cuero que contenía casi todos los ahorros que había reunido durante los meses anteriores. Dos ancianos del gremio contaron rápidamente las monedas y asintieron hacia Laurent.

—Ahora, vas a demostrar tus conocimientos mezclando una pomada contra las quemaduras, cosiendo una herida y haciendo una sangría a un voluntario.

Abrió la bolsa y se concentró en el trabajo. La pomada quedó mezclada en pocos pasos. Los bañeros, barberos y talladores, que poseían todos ellos al menos conocimientos básicos de la ciencia curativa y de las hierbas medicinales, se pasaron el crisol y estuvieron de acuerdo con el resultado. Pero Philibert tenía algo que objetar.

—Yo habría tomado más enebro y menos manteca —explicó el físico—. Pero se puede dar por válida y dejar pasar la mixtura.

«Empezamos bien», pensó Adrianus.

Un oficial de Laurent puso en la mesa un cochinillo muerto e hizo una profunda incisión en el cadáver fresco. Adrianus limpió la herida y la cerró con aguja e hilo. Fue una costura limpia, que no dejaba nada que desear. Jacques, Laurent y los más ancianos elogiaron el buen trabajo. No así Philibert.

—Bastante lento, diría yo. Si no hubiera sido un cerdo muerto sino un humano vivo, habría sufrido durante un tiempo innecesario.

—Naturalmente, a una persona le habría dado a beber zumo de amapolas —repuso Adrianus—. Aparte de eso, mi tarea era coser limpiamente, no deprisa.

—¿Estáis conforme con el trabajo de Adrianus o no? —insistió Laurent.

Philibert hizo un gesto imperioso con la mano que podía entenderse de cualquier forma.

—Continuad —se limitó a decir.

—Para la próxima tarea necesitamos a un voluntario. —El maestre se volvió a los hombres congregados—: ¿Quién quiere someterse a una sangría?

Un viejo bañero se presentó.

—Yo podría volver a soportar una.

—¿Cuándo te han sangrado por última vez? —se informó Adrianus, pues formaba parte del examen aclarar ese extremo.

—El año pasado.

—Entonces está bien.

Adrianus pidió al hombre que se sentara y le preguntó por su edad, su modo de vida y su condición física antes de hojear el tratado sobre las sangrías. Se tomó su tiempo para elegir la vena correcta, porque Philibert le observaba con cien ojos. Había que tener en cuenta la fecha exacta, la fase de la Luna y otros factores astrológicos. ¿Era quizá ese un día prohibido, en el que una sangría representaba un peligro mortal para el paciente? No, el 5 de septiembre era impecable. Adrianus tomó notas y volvió a repasarlo todo. No podía permitirse ningún error. Philibert no pasaría por alto ni la menor inexactitud.

—Por favor, cerrad el puño derecho.

Ató el antebrazo y abrió la vena por debajo de la sangradura. La sangre goteó en el cuenco. El bañero era fuerte y sano; Adrianus tomó tanta savia vital como agua podía un adulto beber de un trago. Acto seguido, soltó la correa y selló la herida con un emplasto de lino y miel.

Un tenso silencio reinó en la sala. Todos los ojos se posaron en Philibert. El físico comprobó minuciosamente la sangre y el estado del bañero. Acto seguido, sacó su propio tratado e hizo largos cálculos, con los labios apretados.

—Correcto —dijo al fin entre dientes.

Adrianus dejó escapar la respiración contenida. Jacques y los otros hermanos sonrieron aliviados. Laurent fue hacia él con la mano tendida.

—No tan deprisa —dijo Philibert.

—Pero si ha superado con éxito todas las tareas —repuso Laurent.

—Yo decidiré cuándo ha terminado el examen. Esta era la parte práctica. Ahora tiene que mostrar y demostrar que también está versado en la teoría.

—Esto es en extremo inusual. La cirugía es un oficio artesano. Los fundamentos teóricos de la Medicina se examinan como mucho de manera marginal. Que haya hecho la sangría correctamente demuestra que sabe lo bastante de ellos.

—Eso me lo dejaréis juzgar a mí. —Philibert clavó una mirada penetrante en Adrianus—. Explicad la teoría de los humores según Galeno.

—Galeno nos enseña que por el cuerpo humano corren cuatro humores: *sanguis, cholera, phlegma* y *melancolia* —empezó Adrianus, y dio una conferencia que hubiera hecho honor a un doctor Girardus de la facultad de Medicina de Montpellier.

Pero Philibert seguía sin estar satisfecho. Lanzó a Adrianus pregunta tras pregunta: sobre el funcionamiento de los órganos internos, sobre las teorías de Hipócrates y Marcelo, sobre el papel de los cuerpos celestes en el origen de las plagas.

Adrianus las respondió todas. Philibert tuvo que darse por vencido. Estaba pálido de ira.

—Creo que el candidato ha demostrado de manera impresionante que puede medirse con cualquier *medicus* formado en el ámbito de la teoría. —Laurent no se molestó en ocultar su satisfacción—. ¿Podemos al fin felicitarlo por haber aprobado el examen?

—Primero —dijo Philibert con los labios apretados— tenemos que hablar de su idoneidad de carácter, antes de tomar una decisión precipitada. ¿Está el oficial a la altura de las exigencias morales de su profesión?

Jacques y algunos otros refunfuñaron indignados. Tampoco Laurent ocultó su disgusto:

—Con todo respeto, doctor, este examen está empezando a convertirse en una farsa. Si el carácter de Adrianus fuera inadecuado, no le habríamos dejado ingresar en el gremio. Espero no tener que recordaros que desciende de una de las familias más distinguidas de Varennes.

Adrianus se sentó. Consideraba más inteligente callar ante todo aquello. En cambio, Philibert se puso en pie de un salto.

—¡Si supierais cómo se comporta conmigo! Es reticente y arrogante. No tiene ningún respeto a mi puesto. ¡Se atreve incluso a disputar y reñir conmigo delante de los enfermos!

—Eso me sorprende —dijo Laurent—. Conozco a Adrianus como un colega amable y razonable, que se lleva bien con todos. ¿Qué pensáis vosotros, hermanos?

Los hombres elogiaron el carácter de Adrianus y lo calificaron de un enriquecimiento para el gremio. Philibert temblaba de ira, y no dijo una palabra más.

Laurent asintió satisfecho.

—Con esto, queda todo aclarado. Dado que las dudas de Philibert sobre la capacidad de Adrianus no parecen suficientes, por la presente decido, con todo el gremio por testigo, que ha aprobado el examen. Varennes tiene un nuevo maestro de cirugía. ¡Deja que te felicitemos, hermano!

Los hombres rodearon a Adrianus, le palmearon los hombros y alabaron a los santos Cosme y Damián. Casi nadie se dio cuenta de cuándo Philibert salió de la estancia.

—Os lo agradezco, hermanos —dijo conmovido Adrianus.

—¡E'to hay que celeb'a'lo! —gritó Jacques.

—¡Bien dicho! —atronó Laurent—. Venid todos esta noche al local. ¡Abriremos los toneles de vino del sur y beberemos a la salud de nuestro nuevo maestro hasta tambalearnos!

Un júbilo atronador llenó la sala.

22

A sí que vuelves a dejarte ver —gruñó César.

Estaba en su despacho, apilaba monedas de plata en la mesa y anotaba las sumas en el libro mayor. El áspero saludo irritó a Adrianus, pero no respondió. No tenía ganas de pelea. Le dolía la cabeza del festejo del día anterior y quería dejar atrás aquella cita lo antes posible.

—¿Cómo van los negocios? —Se sentó a la mesa.

—Han ido peor. Pero vamos remontando poco a poco. ¿Qué has hecho estas últimas semanas? —preguntó César, sin levantar la vista del libro mayor.

—El gremio me ha nombrado maestro.

—Eso he oído decir.

—¿No vas a felicitarme?

—Felicidades. Nuestros antepasados estarían orgullosos de ti. Ningún Fleury ha alcanzado nunca nada comparable.

«Calma», se dijo Adrianus.

—Escucha, hermano. Sé que últimamente no nos hemos llevado bien. Pero ahora necesito tu ayuda.

—¿Para qué? —César le miró con poca amabilidad.

—Quiero empezar a practicar lo antes posible. No necesito instrumental quirúrgico, vendajes y cosas parecidas por el momento... Jacques ha sido tan amable de cederme parte de sus cosas. Lo que no tengo es una casa propia con consulta y huerto medicinal. Por desgracia estoy sin reservas. El examen para maestro ha devorado casi todos mis ahorros. Pero de todos modos no habrían bastado para...

—Así que quieres dinero —le interrumpió César.

Adrianus asintió.

—El suficiente para una casa modesta fuera del centro.

Su hermano se levantó de golpe y caminó por la sala antes de volver su rostro enrojecido hacia Adrianus.

—Evitas a tu familia durante meses como si fuéramos leprosos, pero en cuanto necesitas dinero volvemos a ser lo bastante buenos. ¿Qué es lo que se te pasa por la cabeza?

—Sabes muy bien por qué te he evitado. Así que no hagas como si no tuviera nada que ver contigo.

—Ah, sí: mis prácticas comerciales. Un mercader que en caso necesario emplea los codos es para ti el diablo en persona. Pero eso no te impide pedirme el oro que no tendría sin mis métodos. ¿Sabes cómo se llama a la gente como tú? ¡Hipócritas y fariseos!

—Quería explicártelo por las buenas —dijo Adrianus—. Pero, si quieres volver a discutir a toda costa, así lo haremos. Debo recordarte que esta casa, la plata de las arcas, el ganado, etcétera, no te pertenece solo a ti. Padre te nombró administrador y dispuso que me permitieras una participación adecuada en las posesiones de la familia. Así que no te pido nada. Reclamo tan solo lo que me pertenece.

César jadeó indignado.

—Treinta florines deberían bastar —prosiguió Adrianus—. Alégrate de que me modero y no insisto en que me pagues todo lo que me corresponde.

—¡Cómo te atreves!

—Es mi derecho.

—Acabo de salvar a la familia de la ruina. Si ahora retiro de la empresa semejante cantidad de oro, estaré arruinado.

—Oh, basta ya. Ganas treinta florines en un mes medianamente bueno. Además, no tienes que dármelos de golpe. Diez ahora y el resto más tarde… no pido más.

—¡La familia ya ha despilfarrado cantidades ingentes en tu inútil estudio! —tronó César—. ¡No recibirás un solo céntimo de mí!

—Creo que el tribunal tendría otra opinión.

—¿Vas a demandar a tu propio hermano? Adelante. Haz lo que quieras. Ya veremos quién de los dos tiene más amigos en el Consejo.

—¿Es tu última palabra?

—¡Fuera! ¡No quiero volver a verte!

Adrianus salió. Su hermano cerró la puerta tras él.

Más tarde, le contó a Jacques su disputa con César.

—Puedes vivir y t'abajar aquí todo el tie'po que quieras —dijo el anciano—. Me alegra tener co'pañía. Y la p'óxima vez que veas a tu fino he'mano dile que debería ave'go'za'se.

—Gracias.

Adrianus apreciaba la ayuda de Jacques, pero aquello no era una solución duradera. Un maestro de familia patricia que vivía realquilado con un anciano hermano de su gremio… La ciudad entera se iba a reír de él.

Por desgracia, no se le ocurría ninguna mejor. Hacía mucho que había descartado el plan de llevar a César a los tribunales. De hecho, sus expectativas de éxito eran escasas, y la familia quedaría definitivamente rota. Tenía que haber otro camino.

¡Si no fuera por esos malditos dolores de cabeza!

Bebió una infusión de semillas de estragón y salió a la puerta a tomar el aire. Mientras paseaba por los callejones, trataba de repasar su situación. Sus pensamientos iban una y otra vez a parar a Léa, como tan a menudo en los últimos tiempos. «Esto debe parar», se decía, pero sus pies tenían otra opinión: lo llevaban derecho a la judería. Muy bien, ya que estaba aquí... ¿Acaso las charlas con ella no tenían el efecto, peculiar pero grato, de ponerle de un humor enérgico y confiado?

Delante de la botica encontró al padre de Léa, que estaba hablando con otros dos judíos que, como el rabino, llevaban onduladas barbas y caireles. Baruch le saludó con una inclinación de cabeza, amable y reservado a un tiempo. Desde el incidente con Luc, Adrianus era un huésped bien visto en casa del *apotecarius*. Pero Baruch seguía viendo con preocupación su amistad con Léa.

El sol de la tarde entraba por la ventana de la tienda; dorada como la miel, la luz caía sobre la gastada madera del mostrador, los polvorientos estantes, los matraces, crisoles y redomas de turbio cristal, que parecían llenos de humo, y aterciopeladas sombras se fundían con la penumbra detrás de la escalera. De todas las épocas del año, el final del verano era la que más gustaba a Adrianus. Cuando pasaba el gran calor y el aire empezaba a oler a otoño, cuando poco a poco las hojas se teñían y por las mañanas subía el vapor del río, se sentía uno con el mundo. Amaba esa luz ambarina; le parecía vieja y experimentada y llena de fuerza, como si quisiera volver a demostrar lo bien que era capaz de calentar antes de tener que ceder el paso a sus eternos rivales: la niebla, el viento y la lluvia.

Léa estaba en ese momento moliendo granos en el mortero y sonreía cuando él entró.

«Sonreía.»

Llevaba el pelo descubierto, los negros rizos envolvían su rostro, suaves y abundantes, y era tan bella que dolía. Por un momento volvió la timidez, el nerviosismo y el pánico a no ser capaz de decir una sola palabra en su presencia.

—Llegáis un día demasiado pronto —dijo ella—. Las medicinas no estarán listas hasta mañana.

Adrianus carraspeó.

—No estoy aquí por eso. Necesito vuestro consejo.

—¿Vuelve a asediaros el sarpullido? —Sus ojos brillaron sarcásticos.

—No, todo está bien. —Levantó las manos y se las enseñó por los dos lados—. De hecho tengo buenas noticias. Me han nombrado maestro.

—¿Ya? Pensaba que aún teníais que esperar un año.

—El maestro Jacques ha recomendado al gremio acortar el plazo de prueba.

—Eso es estupendo. Mis felicitaciones. Tenemos que brindar por eso.

—Nada de vino, gracias —rechazó él cuando ella iba a bajar.

—¿Festejasteis demasiado ayer por la noche en el local?

—Como maestro recién nombrado, hay que seguir el paso a los demás. Esos bañeros beben como carreteros. Los barberos aún son peores. Y un tallador de piedras aguanta más que tres mercenarios flamencos.

Ella echó las especias molidas en una vasija.

—¿Así que necesitáis un remedio contra la resaca y los dolores de cabeza?

—Se trata de mi futuro como cirujano. —Le habló de su angustiosa situación.

—¿No puede vuestra familia daros dinero para una casa? Pensaba que era una de las más ricas de la ciudad.

—Eso era. Desde que mi padre se lo dio casi todo a la Iglesia, luchamos por sobrevivir. Mi hermano me ha dejado claro que no recibiré un céntimo de él.

—Eso no suena muy colaborador.

—Nuestra relación es bastante... difícil.

—¿Cuánto gana un maestro de cirugía?

—Lo bastante como para vivir decentemente. Demasiado poco como para comprar una casa. Tendría que ahorrar durante algunos años. Pero lo necesito ahora.

—¿No podéis pensar en una consulta en casa de vuestra familia?

—Me gustaría evitarlo —repuso él—. Pero algunos mercaderes hebreos tienen propiedades fuera de la judería. ¿No sabréis por casualidad si alguno de ellos quiere vender un alojamiento a buen precio?

—Puedo preguntar —dijo Léa—. Pero ¿no queréis preguntar primero a vuestros hermanos del gremio, o al gremio de mercaderes? Me parece que tiene más expectativas.

—Normalmente solo se nombra maestro a alguien cuando tiene suficiente capital para empezar. Sin duda en mi caso lo daban por supuesto. Mis hermanos no deben saber que mi bolsa está más tiesa que un zapato viejo. —Adrianus compuso una sonrisa torcida—. Por eso, este asunto debe quedar entre nosotros.

—Lástima. Iba a salir ahora mismo a contar por doquier que el prestigioso médico Adrianus es en realidad un muerto de hambre. —Volvió a ponerse seria—. ¿Por qué no preguntáis a mi tío si os da un crédito?

Hasta ese momento, esa idea tan obvia no se le había ocurrido a Adrianus... En su familia normalmente no se estaba en el apuro de tener que tomar dinero prestado.

—¿Creéis que lo haría?

—¿Por qué no? Sois un Fleury... es difícil imaginar un deudor más digno de confianza. —Léa salió de detrás del mostrador.

—No sé si... —dijo Adrianus.

—Simplemente hablemos con él.

—¿Cuánto necesitáis? —le preguntaba Solomon poco después.

—Treinta florines deberían bastar —respondió Adrianus.

El banquero abrió una de sus arcas, contó las monedas de oro y las dejó encima de la mesa.

—Si no basta, hacédmelo saber.

Adrianus le dio las gracias.

—¿Qué interés pedís?

—¿Interés? Vos sois un amigo de la familia —tronó bienhumorado Solomon—. ¿Qué clase de hombre sería si me enriqueciera con vos?

—No puedo aceptarlo.

—Os debo mucho. Quiero tomarme la revancha.

—Al menos un denier por sou —insistió Adrianus—. Insisto en ello.

Léa clavó una mirada en su tío: «Concédele lo que pide».

—¿No puedo haceros cambiar de opinión? —hizo un último intento Solomon.

—Es mejor que no lo probéis. —Adrianus sonrió—. Los Fleury pasamos por tercos y peleones.

El recio judío suspiró.

—Muy bien. Si queréis a toda costa hacer aún más rico a un mercader riquísimo, no voy a impedíroslo —bromeó—. Un denier por sou al año, pagadero en marzo y en septiembre. ¿De acuerdo?

—De acuerdo.

Sellaron el trato con un apretón de manos.

El dinero gustaba dentro de su bolsa. Había sido la decisión correcta pedir consejo a Léa. Ahora podía por fin independizarse y hacer planes para el futuro.

—No dudéis en venir a visitarme si volvéis a necesitar ayuda —dijo Solomon cuando salían del despacho.

Adrianus se despidió e iba a marcharse, pero Judith salió al pasillo y lo retuvo.

—¿Adónde vais? Naturalmente, os quedaréis a comer.

Sin esperar su respuesta, lo llevó a la sala y lo sentó a la mesa. Desde que había ayudado a prender a Luc, lo idolatraba. Cuando la criada sirvió las viandas, Judith insistió en que las probara todas y apenas había tomado el último bocado cuando ya le acercaba otro trozo de carne, algo de pan o el cuenco de verduras humeantes. Un hombre joven y rebosante de energía como él tenía que comer bien, decía, era algo totalmente natural.

—Y beber también —completó, y llenó su copa de plata hasta los bordes de vino rojo como el rubí.

Al otro lado de la mesa, Léa sonreía compasiva.

Hacía mucho que había oscurecido cuando Judith dejó por fin ir a Adrianus. El pobre estaba atiborrado como un ganso cebado; se arrastró gimiendo hacia la puerta. Léa se quedó mirándolo hasta que la oscuridad lo engulló, antes de volver a casa junto a su padre. La vela en el estudio se había consumido hasta no quedar más que un cabo; la llama ondulaba como un diminuto fuego fatuo sobre la cera y ardía en naranja y en azul. Baruch yacía con la mejilla sobre un libro abierto y chasqueaba la lengua en sueños.

Léa suspiró y lo sacudió suavemente por el hombro. Él se sobresaltó, farfulló algo incomprensible y tanteó la mesa, agitado, como si hubiera perdido una valiosa joya.

—Ve a la cama, padre. Si te quedas dormido en la mesa, mañana volverás a quejarte de tu espalda.

Los ojos de Baruch estaban vidriosos, y la barba aplastada de forma tan extraña que ella tuvo que contener la risa.

—Deja que acabe rápido este párrafo. Tres frases más y habré terminado. Tres frases por los tres patriarcas —murmuró.

—Nada de eso. Puede esperar hasta mañana.

Léa no toleró réplica y lo llevó a la cama. Ella aún no estaba cansada. Se sentó en la sala, abrió la ventana y contempló el cielo. Era una noche despejada. El aire suave olía al humo del fogón, al agua del Mosela, al polvo de las calles. Las estrellas brillaban como céntimos de plata lanzados al cielo. Léa se preguntaba a menudo qué pasaba con esas diminutas luces. ¿Eran agujeros en la carpa celeste, por los que el resplandor de Dios descendía hasta el mundo? ¿Por qué las estrellas influían en el destino de las personas, como afirmaban los astrólogos?

«¿Cuál es mi destino?»

Era una mujer viuda. Su tarea era llevar la botica, ocuparse de su padre y cuidar a los enfermos de la judería. Los confusos sentimientos de los últimos días, la irritabilidad, el hormigueo en el estómago cuando se encontraba con cierto cirujano… necedades. Haría bien en sacudirse tales cosas. No necesitaba ensoñaciones extraviadas. ¿Acaso no tenía una vida plena?

Adrianus era un amigo, nada más. Era peligroso imaginarse otra cosa. ¿Una mujer judía y un hombre cristiano? La comunidad la expulsaría, su familia rezaría el *Kadish* por ella como si hubiera muerto. Por no hablar de las duras penas que conforme a la Ley amenazaban a una pareja semejante.

Léa respiró hondo varias veces y sintió que la claridad volvía. La razón era el amo, el sentimiento el esclavo… nunca al revés. No debía olvidar eso.

Por suerte había aprendido hacía ya mucho tiempo a controlar su interior. Solo así conseguía levantarse cada mañana y enfrentarse a la vida.

Dejó la ventana abierta y se fue a la cama. Aunque ahora estaba tan cansada que apenas había podido decidirse a desnudarse, sintió una hormigueante inquietud en cuanto se acostó. Pasó mucho tiempo hasta que por fin consiguió dormirse.

Normalmente sus sueños eran enigmáticos, una confusa marea de impresiones a las que raras veces podía arrancar un sentido. Aquella noche, en cambio, soñó con imágenes claras y realistas. Se vio a la sombra de un manzano, a la orilla del río, que lavaba los guijarros a sus pies. No llevaba puesto nada más que una fina camisa, pero no le importaba, estaba sola en la pradera. Unos pasos susurraron en la hierba. Un hombre apareció detrás de ella y le puso las manos en los hombros, le acarició la nuca y el cuello con las yemas de los dedos. Ella no podía ver su rostro, y sin embargo sabía quién era; había estado esperándolo. Cerró los ojos y se entregó a sus caricias, y pronto sintió sus labios en la piel. Él le quitó la camisa, y se amaron encima de la hierba...

Léa despertó, y necesitó mucho tiempo para entender dónde estaba y que se encontraba sola. La sábana retorcida y empapada de sudor se le había enredado en torno al cuerpo, tenía la piel ardiente e hipersensible. Cuando apartó la sábana, la fina tela rozó sus pechos, y un relámpago exquisito la estremeció. Y aquellas imágenes excitantes... se negaban a desaparecer. Se puso de costado, dio vueltas hacia un lado y hacia otro, pero la lucha estaba ya perdida. Se tocó el vientre y el arranque del vello púbico, sus dedos parecían obedecer a una voluntad ajena y bajaron más. El corazón estaba a punto de reventarle el pecho, y esperó de verdad que Dios no estuviera mirando en ese instante.

Adrianus cerró la puerta y empujó la carretilla con sus pertenencias al interior de la sala que había previsto para consulta. Era la habitación más luminosa de la casa, con una ventana que daba a la calle y otra que daba al patio. El anterior propietario le había dejado una mesa, varias sillas y algunas otras piezas de mobiliario, de manera que Adrianus pudo empezar enseguida a acomodarse.

Había tenido que buscar durante un tiempo hasta encontrar por fin una casa adecuada. Había pertenecido a un tintorero acomodado y estaba en el barrio de los tejedores, junto a la Grand Rue. No era especialmente grande ni confortable, pero bastaba para sus pretensiones. La había obtenido a buen precio, de modo que aún le había quedado algo de dinero para amueblarla.

La puerta trasera estaba de tal modo encajada que tuvo que empujarla con el hombro para abrirla. Salió al patio, que estaba rodeado de un muro bajo. Allí plantaría el huerto, y quizá criara un par de gallinas.

Hacía bastante frío para la estación en la que se encontraban, y ya se disponía a entrar cuando vio un movimiento a su derecha. Junto a la casa había un gran telar, que pertenecía a su familia. Una escalera exterior, en la que se hallaba un hombre vestido de forma miserable, llevaba al desván.

—¡Vecino! —llamó, mientras bajaba los peldaños.

Aquel hombre se movía de manera vacilante e insegura, lo que no se debía tan solo a la temblorosa construcción de madera. Estaba a todas luces borracho. Adrianus se acordaba vagamente de conocerlo. Era uno de los tejedores de César, un oficial de dudosa reputación.

Sonriente, el tejedor se acercó al muro del patio.

—Con Dios. Así que por fin alguien ha comprado esa vieja choza. Pero, decid: ¿no sois el hermano de mi patrón?

—Lo soy. Adrianus —se presentó—. Y tú eres... Fernand, ¿verdad?

—Así me bautizó antaño mi querida madre, el Señor la tenga en su gloria. —Fernand estaba visiblemente satisfecho de que Adrianus le conociera—. ¿Vivís aquí ahora?

—Me trasladaré en los próximos días.

—Un Fleury en el barrio de los tejedores. Los otros no lo creerán cuando se lo cuente. ¿Cómo ha ocurrido?

—Necesitaba una casa, y esta es tan buena como cualquier otra. —Aquel tipo no le era demasiado simpático, Adrianus quería abreviar la conversación.

—¿Así que aquí es donde vais a remendar lisiados, curar la diarrea a la gente y todo eso?

—Lo que toque.

—Yo tengo una pierna mala, que duele cuando hace frío. ¿Podríais echarle un vistazo?

Adrianus asintió.

—Ven a verme la próxima semana. —Como el tejedor no daba señales de marcharse, dijo—: Ahora tengo que seguir.

—Claro. No quería reteneros. Hasta pronto. —Fernand se fue arrastrando los pies y murmurando—: Un Fleury en nuestro barrio, si no lo hubiera visto con mis propios ojos...

Desde la consulta, Adrianus observó cómo su vecino remontaba con esfuerzo la crujiente escalera. Al llegar al penúltimo escalón, perdió el equilibrio y cayó tambaleándose contra la barandilla. Adrianus se estremeció por dentro, ya lo veía despeñándose.

—¡Cuidado! —gritó.

Pero Fernand ya había recuperado el equilibrio. Sin volverse, alzó la mano y saludó torpemente, antes de abrir la puerta y escurrirse dentro del desván.

Un borracho conocido como vecino... Adrianus torció el gesto. Bueno, no se podía elegir.

—Arriba solo están el dormitorio y una habitacioncita, hay poco que ver —dijo Adrianus—. Pero la consulta ya casi está completamente amueblada.

Léa le siguió al cuarto de al lado, gozando del grato cosquilleo de estar haciendo algo prohibido. Una judía en casa de un cristiano, eso era delicado. Su padre no sabía que estaba allí. Había salido de la judería con el pretexto de que tenía que ir al mercado.

Contempló las sillas, las estanterías para los libros y medicamentos, la mesa con los instrumentos quirúrgicos, que él había pulido hasta sacarles brillo.

—La sala está bien elegida.

Adrianus estaba radiante de orgullo.

—Está hecha exactamente como Hipócrates recomienda. ¿No es una enorme suerte? Por las dos ventanas entra suficiente luz como para que pueda ver durante el tratamiento, pero no tanta como para molestar al paciente. Contemplad las sillas. He encontrado dos que tienen justo la misma altura, para que el paciente siempre tenga la sensación de que somos iguales. Muchos médicos subestiman la importancia de que el paciente sienta que lo toman en serio.

—Son buenos instrumentos. —Léa contempló una sierra de huesos.

—La mayoría me los ha dado Jacques. Pero también he comprado algunos nuevos. Solo quiero trabajar con las mejores herramientas.

Habló de sus planes para organizar y rotular los estantes de tal modo que pudiera encontrar enseguida el medicamento correcto o la obra de consulta apropiada.

—Eso demuestra al paciente que se ha puesto en manos competentes.

Sus ojos brillaban de entusiasmo. Léa habría podido escucharle eternamente. Sintió que el corazón empezaba a latirle de forma inapropiada. ¿Qué estaba pasando allí?

—Venid. Os mostraré el patio.

Tomó su mano y la guio hasta la puerta. Lo hizo sin pensar. Léa le dejó. Le pareció enteramente natural.

Salieron al patio. Entonces él se dio cuenta y le soltó la mano. En sus ojos palpitó la vieja timidez, que desapareció en cuanto ella le sonrió.

—Aquí estará el huerto —explicó—. El Consejo me ha dado permiso para coger tierra comunitaria fértil para los arriates. Aún estoy buscando una solución para los parásitos, para que la próxima primavera no lo devoren todo. Pero ya encontraré algo.

Le explicó dónde iba a plantar cada hierba, porque lo había calculado todo con exactitud. Todo su pensamiento y su aspiración perseguían el objetivo de ayudar a la gente y aliviar el sufrimiento. Léa no conocía a muchos hombres tan llenos de entusiasmo, bondad y amor por la vida. «Y él ni siquiera se da cuenta.»

Un rasgo de carácter en extremo atractivo.

—Aún hay mucho que hacer, pero me dedicaré a ello más tarde —concluyó—. Mañana empiezo con el trabajo, ya se han anunciado los primeros pacientes. Deberíamos celebrarlo, ¿no?

En realidad, Léa quería estar en casa antes de que rompiera la oscuridad, pero ya estaba preparando una excusa: «Perdona, padre, me retuvieron...».

—Claro —dijo.

Subieron.

—Bueno, la verdad es que no se está cómodo aquí —dijo Adrianus cuando entraron en la pelada estancia, que contenía poco más de una mesa y dos sillas—. Pero tengo lo más importante. —Levantó sonriente una botella.

El vino no era kosher. Pero Léa no estaba comportándose precisamente como una judía modélica, así que eso tampoco importaba. El Todopoderoso le perdonaría ese paso en falso.

—Por el recién nombrado maestro Adrianus.

Brindaron.

El vino era dulce y fuerte. Sus miradas se encontraron cuando bebieron, el momento se convirtió en una hora, un día, una eternidad. Él carraspeó.

—Por desgracia no tengo nada de comer. Solo un poco de pan y... ¿queso? Voy a buscarlo.

—No tengo hambre —le detuvo ella.

Se levantaron y callaron. Léa sentía ya los efectos del vino; era una agradable ligereza, como si hubiera abandonado la realidad, como si en esa casa rigieran otras reglas, reglas mágicas, que la liberaban de expectativas y de la carga de sus preocupaciones.

¿Cuándo se había sentido así por última vez? De hecho, ¿se había sentido así alguna vez?

Empezaba a atardecer, y la estancia se sumía ya en la penumbra. Tan solo un poco de luminosidad entraba por la pequeña ventana porque las casas del otro lado de la Grand Rue ocultaban el sol. Las sombras se ahondaban en los rincones, las paredes se disolvían en ellas. Léa amaba esa hora del día, las suaves formas y colores, la manera en que cesaba el trajín en la ciudad, el cansancio satisfecho por doquiera, aunque ella misma siempre estaba alerta, alerta y ansiosa de recuperar toda la belleza que se había perdido durante el día antes de que la noche le pusiera fin.

Adrianus puso una tea en el cuenco que había sobre la mesa y abrió la bolsa de la yesca. Léa le tocó la mano.

—No hace falta luz.

Él alzó la cabeza y la miró, y fue como si ella viera su rostro por primera vez. No era perfecto, ni siquiera especialmente llamativo, pero le pareció hermoso.

Él dejó a un lado la yesca, se inclinó sobre la mesa y la besó.

Léa cerró los ojos. Sus labios sabían a vino y menta, su aliento era fresco, su mano recorrió su cabello y le tocó la nuca, ella la sentía en todo el cuerpo. Abrió la boca, y la punta de la lengua de Adrianus se escurrió dentro y encontró la suya.

Ella movió la silla para estar más cerca de él, que malinterpretó su movimiento y se apartó de ella.

—Disculpad. No hubiera…

Ella se levantó con lentitud, él también. El dolor pasó fugaz por su rostro. Titubeando, alzó la mano, un gesto que ella no fue capaz de interpretar.

—Léa —fue apenas un susurro.

Ella se adelantó y le tocó la mejilla. Sus labios volvieron a encontrarse, esta vez más ansiosos, más exigentes. Él la atrajo hacia sí, y cuando ella sintió su miembro endurecido bajo la túnica, todas las necesidades de su cuerpo, que había reprimido durante tanto tiempo, despertaron de golpe y exigieron sus derechos.

Él la llevó hacia el cuarto de al lado, empujándola con suavidad, y, sin soltarla, abrió la puerta con el pie. Ella advirtió fugazmente que el dormitorio aún estaba más pelado que la sala.

—Solo hay una cama —dijo él respirando con pesadez.

—No necesitamos más.

Más tarde se quedaron en el lecho, la fina sábana enredada en torno a sus piernas desnudas. Hasta la pequeña ventana se elevaban voces; eran tejedores y bataneros que habían terminado su trabajo y se encaminaban a sus casas.

Léa yacía de espaldas, con las manos en el vientre, y se mordía el labio inferior. Gotas de sudor cosquilleaban entre sus pechos. Adrianus apoyó la cabeza en el brazo doblado en ángulo y la miró desde el costado. Sonrió. Las yemas de sus dedos acariciaron los finos pelitos de su antebrazo.

—Qué hermosa eres.

A ella el contacto le resultó desagradable; quería que él se quedara quieto y se apartó de él. Percibió su confusión y sintió furia dentro de sí, hacia él, hacia el maldito vino, pero sobre todo hacia sí misma. ¿Qué se le había pasado por la cabeza? ¿Acaso había perdido el juicio?

Se levantó de golpe, recogió sus vestidos dispersos y se los puso a toda prisa.

—¿Qué pasa? —preguntó él.

—Tengo que irme.

Él se incorporó y quiso besarla. Ella apartó la cabeza y se sustrajo a sus manos.

—No.

—Léa...

—Ha sido un error. —Su voz sonó más áspera de lo que pretendía—. Un error que no se repetirá. Y nadie debe enterarse de esto, ¿me oyes?

Se calzó los zapatos y salió de la habitación, bajó las escaleras. «Idiota —se insultó—. Necia, pequeña idiota. ¿En qué estabas pensando?»

Él la siguió.

—Espera.

Ella fue a abrir la puerta que daba a la Grand Rue. No. Nadie debía verla, seguro que tenía la culpa escrita en el rostro. Fue a la puerta trasera y la sacudió hasta que al fin se abrió una rendija.

Adrianus estaba en el paso entre el zaguán y la consulta.

—Dime qué es lo que pasa, por favor.

Si notaba dolor, lo ocultaba bien. Volvía a ser el erudito que no mostraba sentimientos, que quería ir con frío entendimiento al fondo de un enigma.

Ella se asomó fuera. Más allá del muro del patio, no se veía a nadie en ese momento.

—Adiós, Adrianus.

Salió y poco después corría por los callejones.

23

Adrianus había imaginado de otro modo su primer verdadero día como maestro.

Había querido lanzarse al trabajo lleno de entusiasmo para dar a sus pacientes el mejor tratamiento del que fuera capaz. Pero esta sensación había desaparecido sin dejar rastro cuando, por la mañana temprano, bajó a la consulta. Había dormido poco y se sentía como aturdido. Atendió a los pacientes que le visitaron durante el día de manera mecánica y se forzó a ocuparse de ellos con una sonrisa que cualquiera podía ver que era falsa.

Bien, podía entender a Léa… claro que sí. Una relación amorosa entre un cristiano y una judía era algo prohibido, tanto entre su gente como entre la de ella. Si los sorprendieran, tenían que contar con dolorosas consecuencias. Además, siendo una mujer judía, a Léa se la castigaría con mucha mayor dureza que él, quizá incluso con la tortura y la muerte.

Ella tenía miedo. Eso era más que comprensible. Y sin embargo su apresurada huida le había alcanzado como un cuchillo en el corazón.

A primera hora de la tarde, cerró la casa y fue a la botica.

Léa estaba subida a una escalera de mano, colgando hierbas frescas de las vigas del techo. Palideció cuando él entró.

—¿Qué buscas aquí?

—Quiero hablar contigo.

—Tienes que irte enseguida. No deben volver a vernos juntos.

—Aquí no hay nadie. ¿Dónde está tu padre? ¿Arriba?

—Está en la sinagoga —respondió de mala gana ella—, preparando la fiesta de las cabañas.

—Muy bien. —Al ver que ella seguía mirándole sombría, añadió—: Me iré solo cuando me hayas escuchado.

Ella bajó de la escalera con un suspiro y cerró la puerta. Luego se retiró detrás del mostrador, que se alzaba entre ellos como una fortaleza.

Adrianus respiró hondo. Estaba a punto de pronunciar cosas que nunca había dicho a una mujer, y no sabía si estaba a la altura de la tarea. La noche antes quizá habría podido... pero ¿ahora?

—Lo que ha ocurrido entre nosotros... Te quiero, Léa —dijo en voz baja.

Ya estaba hecho. No hubo risas, ni ninguna observación sarcástica. Pero tampoco ninguna otra respuesta.

—Y noto que tú sientes lo mismo. Dime que no es así —insistió cuando ella guardó un terco silencio.

Una emoción recorrió el rostro de ella. ¿Preocupación? ¿Dolor? Él no habría sabido decirlo... pero ella había vuelto a controlarse.

—Entre nosotros no puede haber amor —dijo ella—. ¿Cómo es que no eres capaz de entenderlo?

—Lo comprendo muy bien. Tienes miedo. Pero nadie va a enterarse. Podemos ser cuidadosos, encontrarnos en secreto...

—No es eso —le interrumpió ella, y su voz era más suave—. Quiero decir, claro que tengo miedo. Sería una estúpida si no lo tuviera. Se trata de otra cosa. —Ella evitó su mirada, apretó los puños y volvió a abrirlos mientras buscaba las palabras—. No he contado nunca cómo murieron mi madre y mi marido.

—¿Estabas casada?

—Se llamaba Jonah. Murió hace alrededor de dos años, el mismo día que mi madre.

—¿Qué pasó?

—Viajamos a Speyer, padre, madre, Jonah y yo. Padre quería visitar allí a un rabino al que conocía. Fue en la peor época de la hambruna. En los pueblos por los que pasábamos veíamos gente terriblemente enflaquecida, algunos tan débiles que yacían inmóviles en el suelo.

»Una noche estábamos descansando a la orilla del Rin y se nos acercó un grupo. Campesinos a los que el hambre había obligado a abandonar su tierra, según nos enteramos. Eran cuatro hermanos, sus mujeres y unos cuantos niños. Se aproximaron titubeando a nuestro campamento. Jonah y padre tenían los garrotes a mano, pero los campesinos fueron amistosos. "Nos asedia el hambre, nos echan de todas partes", dijeron los hombres. "Hasta los curas y monjes nos echan. Mirad a los niños, están tan débiles que apenas pueden andar. Por favor, ayudadnos."

»"Bueno, nosotros apenas tenemos nada", dijo mi padre. Pero al ver a los niños la compasión le abrumó. "Aunque seguro que alcanza para todos. Sentaos con nosotros."

»Compartimos nuestra comida con los campesinos. La engulleron, más de uno lloraba de felicidad. "Sois tan bondadosos", dijeron. "Nunca lo olvidaremos. ¡Que Dios os proteja, judíos!"

»Después de la cena nuestros caminos se separaron, porque los campesinos querían llegar a Estrasburgo antes de que cayera la noche. Al día siguiente atravesamos un bosque. Llovía, y nuestros pies se quedaban constantemente prendidos en el barrio. Apenas podíamos esperar a llegar por fin a Speyer y gozar allí de la hospitalidad de nuestros hermanos.

»De pronto, en el camino aparecieron unas figuras. Estaban tan empapados que al principio no los reconocimos. Eran los campesinos del día anterior. El que llevaba la voz cantante tenía una gruesa rama en la mano y sonreía taimado. "¡Danos tu oro, judío!", gritó.

» "No tengo ningún oro", dijo mi padre, pero el campesino se rio de él.

» "Los judíos siempre tenéis oro. Nosotros lo encontraremos."

»Los hombres nos rodearon y tiraron de nuestros mantos. "¿Esta es vuestra gratitud?", gritó mi padre. Un campesino le golpeó, y cayó al suelo.

» "¡Corred!", gritó Jonah. Madre y yo nos cogimos de las manos y corrimos lo más rápido que pudimos, mientras Jonah luchaba con los campesinos. Las mujeres estaban en lo alto del terraplén y chillaban: "¡Matad a esa chusma judía!".

»Uno de los hombres nos siguió, pero pudimos darle esquinazo. Al menos eso pensaba yo. De pronto, madre gimió y cayó de bruces en el lodo. El campesino había lanzado un hacha, y la había alcanzado entre los hombros. No pude hacer nada por ella.

»Me escondí en la espesura y esperé... no sé cuánto tiempo. En algún momento, había dejado de llover, emprendí el camino de vuelta. Los campesinos habían desaparecido. Jonah y padre yacían en el lodo. Les habían quitado todo menos la ropa. Padre volvió en sí poco después; solo estaba levemente herido. Pero a Jonah le habían aplastado el cráneo. No les había bastado con matarlo... Le habían hecho pedazos la cabeza.

»Los ocultamos en el bosque a madre y a él y continuamos hasta Estrasburgo. Judíos amigos nos acogieron y nos ayudaron a traer los cadáveres a Varennes, donde los enterramos.

»Era verdad que no llevábamos oro encima. Tan solo un puñado de monedas de plata y algunos pergaminos. Por eso murieron madre y Jonah.»

Léa no pareció darse cuenta de que las lágrimas corrían por sus mejillas. Adrianus apenas podía soportar su mirada, pero ¿qué cobardía habría sido apartar la vista? Fue a decir algo, pero no pudo. Tenía la garganta reseca.

—¿Entiendes ahora?

—Sí —respondió él.

—Tú y yo... Nunca podrá ser. Sería una traición a mi pueblo, a mi familia.

Con un movimiento brusco, terco, se secó las lágrimas, echó unos granos de especias al mortero y empezó a triturarlas. Adrianus se quedó inmóvil. Finalmente se volvió, abrió la puerta y se fue.

Luc se agachó bajó el zarzal y contempló los cerdos que buscaban hayucos en el suelo húmedo, al pie de los árboles. El viento fresco le soplaba contra la cara la peste de los animales. Sostenía en las manos una lanza, que había hecho con un largo bastón y un cuchillo. Sus hermanos del gremio le habían pasado la hoja el día de su destierro, antes de retirarse a los bosques más allá de las defensas. Además le habían dado un manto de lana, un mechero de yesca, zapatos fuertes y un rollo de bramante. Sin esas cosas no habría sobrevivido las semanas pasadas.

Se acuclilló inmóvil. La impaciencia era grande, el hambre aún mayor, pero no podía precipitarse. Si espantaba a los animales, no volvería a tener tan pronto una oportunidad de abatir uno.

Eran cerdos domésticos, más de treinta, que los campesinos llevaban cada mañana al bosque, en la linde de la ciudad, para que no dañaran los campos. Aquella circunstancia ya había salvado a Luc de morir de hambre en más de una ocasión.

Sus propietarios habían marcado a los animales con un hierro al rojo. Compuso una fina sonrisa. «Ya tenemos algo en común.»

En ese momento empezó a dolerle la mano derecha. Luc torció el gesto. La maldita quemadura curaba mal, aunque se la frotaba regularmente con hojas de sauce pisoteadas. Sobre todo lo atormentaba por las noches, como si quisiera asegurarse de que no olvidaba su acción.

Un cochinillo se acercó al zarzal. A cuatro patas, Luc gateó alrededor del matorral, cuidando de no romper ninguna rama. El animal hurgaba con el morro en el barro y no se dio cuenta de su presencia. Él se incorporó, saltó como un rayo y golpeó. La lanza se clavó en el cuello del cochinillo, que chilló y pataleó. Luc hundió más la hoja y el astil, hasta que tuvo ensartado al animal. La piara emprendió la fuga gruñendo, los cencerros que los cerdos guía llevaban al cuello tintinearon, no tardarían en alarmar a los pastores. Luc no perdió el tiempo. Arrancó la lanza, se echó el cerdo muerto al hombro e ignoró la sangre que salía a borbotones, mientras se apresuraba a internarse en el bosque, lejos del claro y de la piara que alborotaba.

Las privaciones de las últimas semanas, el hambre constante y las noches húmedas lo habían debilitado. Antaño había sido un hombre recio y resistente. Ahora, incluso una breve carrera lo llevaba hasta el límite de sus fuerzas. Aun así, corrió hasta llegar al salvaje corazón del bosque, donde nadie podría encontrarlo. Ningún sendero llevaba hasta allí. Quien no conocía la zona no tardaba en perderse en terrenos intransitables, hechos de empinados terraplenes, zarzales y vaguadas cenagosas en las que un hombre se hundía fácilmente hasta las caderas. Luc dejó caer el cerdo, se sentó en un árbol volcado y tomó aire, jadeando. Empezó a toser y se secó el barro de la barba enmarañada.

¿Cuánto tiempo más iba a aguantar? ¿Qué haría en invierno, cuando el frío fuera terrible, cuando los campesinos se llevaran los cerdos a casa para matarlos?

No quería pensar en eso. Se había asegurado carne suficiente para varios días. Ese día iba a darse un festín.

Descuartizó el cochinillo en el suelo cubierto de musgo, lo evisceró y le quitó los huesos. Encontró un poco de leña seca, prendió un fuego con la yesca y asó la espléndida pieza. Tenía un aroma maravilloso. Si tuviera un poco de sal. Y una cerveza.

Luc comió hasta hartarse, sorbió la médula de los huesos y envolvió el resto de la carne en el manto, que llevaba al hombro cerrado como un hato. Ya no quedaba mucho tiempo de luz, era hora de buscar un lugar para pasar la noche. Orinó en el fuego, pisoteó las brasas y se puso en camino.

Conocía distintos escondrijos en los que poder dormir con cierta seguridad. Ninguno de ellos era realmente cómodo, y en invierno no iban a ofrecer protección suficiente para el frío. En una ocasión había encontrado una cueva lo bastante grande para dormir en ella, encender un fuego y conservar alimentos. Por desgracia, ya estaba ocupada. El proscrito que habitaba en ella era un mal compañero. Harapiento, enflaquecido hasta los huesos y completamente loco. Más una criatura del bosque que una persona. Había amenazado a Luc con un arco y una flecha, y le había gritado hasta que se había ido.

Llegó a un arroyuelo en el que sació su sed antes de marcharse. En Varennes corría desde hacía generaciones el rumor de que en lo más profundo del bosque, cerca de un túmulo, había un barranco escondido con protectoras paredes de roca, un manantial y unas viejas cabañas. Antaño, los proscritos se habían escondido allí de un malvado señor de la ciudad. Había encontrado el túmulo, pero no el legendario valle. Aunque cada vez estaba más convencido de que no era más que una leyenda, no dejaba de buscar. En las cabañas podría almacenar provisiones y leña y pasar el invierno. Se aferraba a esa esperanza, porque sin un sitio en el que guarecerse moriría.

Salió al claro en el que estaba la vieja tumba. Al menos, suponía que se trataba de aquel lugar mítico del que sus hermanos de gremio gustaban de contar historias inquietantes. Para Luc no era más que un montón de viejas piedras que se alzaba entre los helechos. Desde el claro fue hacia el este, porque en aquella dirección había un trozo de bosque que aún no había explorado. Por buenos motivos: era de difícil acceso y hecho de traicioneras fosas de lodo y montones de madera fósil entre los que había que abrirse camino trabajosamente. La última vez que había ido por allí, había estado a punto de ser atacado por un furioso tejón.

Oyó voces y se agachó con rapidez. Tres hombres cabalgaban con toda comodidad por el claro. Cuando se acercaron, Luc pudo distinguir los detalles. Un joven noble y sus acompañantes, armados de ballestas y venablos. Sus zurrones de caza estaban llenos a reventar de liebres, jabatos y al menos un faisán.

—Ya basta —oyó decir Luc a uno de los hombres—. Regresemos a casa y abramos un barril de vino.

—Aún es temprano —respondió el noble—. Volveremos cuando empiece a anochecer. ¿O te has quedado ya sin aliento?

Los jóvenes intercambiaron toscas bromas. Luc logró observar con más detalle al noble. Su corto y oscuro cabello estaba peinado a un lado. Los rasgos suaves y juveniles formaban un extraño contraste con el brillo férreo de sus ojos.

Los tres jinetes venían exactamente en dirección a él e iban a descubrirlo si no se movía. Agachado, intentó escurrirse en la espesura.

—¡Eh, tú! —gritó el noble—. ¡Quieto!

Los jinetes acicatearon a sus caballos. Luc puso pies en polvorosa y corrió por entre la vegetación, que esperaba que fuera demasiado densa para los corceles. Ramas y espinos le rasgaban el sayo y le arañaban la piel. De pronto los matorrales se aclararon, y quedó desprotegido entre los árboles.

—¡Allí está!

Un jinete rodeó los matorrales y picó espuelas a su caballo, esgrimiendo el venablo en la mano. Luc se deslizó por un terraplén, volvió a ponerse en pie sobre un terreno pantanoso y avanzó con esfuerzo por entre el lodo, en el que se hundía a veces hasta los tobillos. «No vayas a perder ahora los zapatos», pensó presa del pánico, antes de llegar hasta un árbol atravesado al que se encaramó. Avanzó por el tronco haciendo equilibrios hasta su extremo, donde el suelo volvía a ser sólido. Mientras corría hacia un lugar del bosque en el que los árboles estuvieran más juntos, echó un fugaz vistazo a sus espaldas. Sus perseguidores habían frenado los caballos y buscaban en ese momento un camino que diera la vuelta a la ciénaga. Quizá les llevara el tiempo suficiente como para poder sacudírselos de encima.

Se agachó bajo las ramas bajas y corrió hacia el bosquecillo de pinos. Las copas de los árboles ocultaban el cielo y, a cada paso que daba, la oscuridad crecía a su alrededor. El aire se le clavaba en el pecho como si hubiera respirado esquirlas de cristal. Empezó a toser y tuvo que detenerse. ¡Ese maldito bosque! Era un monstruo que le estaba chupando la vida y que iba a matarlo con lentitud pero con certeza.

—¿Dónde estás, pequeño cerdo? —oyó gritar al noble—. ¡Muéstrate!

La voz no sonaba lejana. Luc se acuclilló con la espalda apoyada en el tronco de un árbol, se encogió y esperó que aquellos hombres fueran demasiado delicados como para descabalgar y registrar el bosquecillo a pie. Apenas podía distinguirlos. Según parecía, seguían a caballo, pero no daban signos de marcharse.

—Dejemos a ese pobre diablo en paz —dijo uno.

—¿No lo has visto? —respondió el noble—. Apuesto a que es un proscrito. Es nuestro deber matarlo antes de que haga algo.

—Deber —dijo burlón el tercero—. ¿Cuándo te ha preocupado a ti eso? Lo único que te importa es divertirte.

—¿Y qué si es así? Puede unirse lo útil a lo agradable, ¿no?

Luc oyó carcajadas.

—Busquémoslo —decidió el noble—. El bosquecillo no es grande... no puede esconderse eternamente. El que lo atrape pagará las putas a los demás.

—¡Bien dicho!

Luc vio que los jinetes se separaban. Era verdad que el bosquecillo no era grande. Si lo abandonaba por un sitio cualquiera, era muy posible que lo descubrieran. Pero quedarse allí y esperar que perdieran el gusto por su pequeña caza del hombre le parecía aún más peligroso. Aquellos tipos se habían picado unos a otros y no iban a cejar. A más tardar cuando oscureciera lo sacarían de su escondite.

—Ven, pequeño cerdo. Deja ver tu corteza. ¡Juega con nosotros!

Se deslizó hasta el borde de la ladera y se ocultó debajo de un pino de raíces aéreas. Allí empezaba la parte del bosque en la que suponía que estaba el valle secreto: una primitiva maraña de árboles antiquísimos, espesura impenetrable y rocas areniscas que se alzaban al cielo. De un tamaño incalculable e imposible de atravesar a caballo. Allí podría librarse de sus cazadores.

Pero entre él y el bosque había una franja, de más de veinte brazas de anchura, en la que apenas había árboles. Allí nada ofrecía protección. Y a su derecha distinguió a uno de los jinetes, que estaba en una pequeña elevación y vigilaba atentamente.

Aun así, tenía que intentarlo. Cogió aire, se echó el hato al hombro y salió corriendo. El jinete sonrió, guio con los muslos al caballo para que bajara poco a poco la ladera y se echó la ballesta a la cara.

Quince brazas todavía.

Diez aún.

El virote de la ballesta silbó en el aire y falló por un pelo. El jinete maldijo audiblemente y lanzó su caballo a galope.

Luc corrió como nunca en su vida.

Cinco brazas.

Los otros hombres tenían que haber oído los cascos, porque se acercaban por la izquierda.

—¡Corre, pequeño cerdo, corre! —gritó el noble, riendo con alegres carcajadas.

Luc alcanzó la espesura, se metió en ella, estuvo a punto de golpearse en la cabeza con una rama baja. Oyó voces excitadas y alcanzó a ver que al menos dos de los hombres bajaban de sus monturas y se lanzaban en pos de él. Luc corrió, tan rápido como el imprevisible terreno permitía, aunque tenía la sensación de que sus pulmones iban a incendiarse en cualquier momento. Respiraba jadeante, intentaba ignorar el dolor, el agotamiento. Si aquellos hombres lo alcanzaban lo matarían, y algo le decía que no le darían un rápido fin.

A medias corriendo a medias trepando subió un terraplén y se escurrió por entre dos rocas. Al otro lado aún había más vegetación, matorral de espino que se agarraba a sus brazos y piernas como una multitud que quiere detener a un ratero que huye.

El manto se le quedó enganchado en los espinos y se abrió, la exquisita carne cayó al suelo. Luc no se paró a recogerla. ¡Tenía que seguir!

En algún momento ya no pudo más. Soltó la lanza, se apoyó en un árbol y notó la corteza pedregosa contra la palma de las manos. Dejó colgar la cabeza, jadeó, tosió moco mientras la sangre corría por sus brazos rasguñados. Que lo cogieran. Todo era mejor que seguir soportando un segundo más los dolores en los miembros y en el pecho.

Esperó ser atrapado y arrojado al suelo en cualquier momento. Pero no ocurrió nada. Se secó el sudor de los ojos y miró a su alrededor. Nadie. En sus oídos susurraba la sangre. Creyó oír unas voces bajas que se alejaban con lentitud.

Lo había conseguido, los había despistado. Estaba demasiado agotado para sentir alivio. ¿Dónde se encontraba? No tenía la menor idea. En algún lugar profundo del bosque, en el que ni un alma se aventuraba. Empezaba a oscurecer. No era un buen sitio para dormir, pero no tenía elección. Ese día no iba a dar un paso más. Le faltaban fuerzas hasta para recoger leña y encender un fuego.

Se dejó caer en el suelo, puso sus pocas pertenencias a su alrededor y cerró los ojos. Iba a ser una noche desagradable sin el manto. Al día siguiente lo buscaría.

Y luego se iría. No encontraría jamás el maldito refugio de los rebeldes, ni aunque lo buscara un año entero. Sencillamente, el bosque era demasiado grande. Luc estaba harto, tan harto de él... Se iría al Vogesen, donde no había proscritos locos ni nobles asesinos. A algún valle apartado, desierto, con leña suficiente, presas que cazar y cuevas en las que pasar el invierno. Luego, en primavera, seguiría su camino y empezaría de nuevo en otra parte, como ya había hecho en una ocasión.

«¿Y qué pasa con la quemadura de la mano? No es tan fácil ocultarla como la otra.»

Encontraría una solución. Nadie sabría nunca de dónde venía, qué había hecho.

Cuando cayó la noche, empezó a tener frío. En algún momento se quedó dormido, pero se despertaba constantemente y se frotaba los brazos y piernas entumecidos. Una de esas veces tuvo un sueño del que se acordaría incluso años después. Vio al usurero Solomon, al rabino Baruch, a su hija Léa y a todos los demás judíos. Se reían de él, se reían hasta las lágrimas, se reían hasta que les dolía el vientre.

24

Octubre de 1347

VARENNES SAINT-JACQUES

El precio de la lana dejó a César sin habla por un momento.
—¿Pretendéis robarme? —bramó.

—En absoluto. Hace años que sois un buen cliente, amigo César —le apaciguó el inglés, que, como la mayoría de los mercaderes extranjeros que venían a la feria, hablaba francés—. Pero por desgracia no puedo dejaros la lana más barata. La guerra con Francia lo encarece todo.

—Vuestro rey tomó Calais hace ya dos meses. ¡La guerra ha terminado!

—Pero ha causado unos costes enormes. Toda Inglaterra gime bajo el peso de los impuestos. También los mercaderes de lana tenemos que hacer nuestra contribución.

En silencio, César maldijo tanto a las guerras en general como al rey inglés y su absurda codicia por el trono de la flor de lis en particular. Pero al que más maldijo fue a su padre, una vez más. «Sin ti nunca habría llegado a esta situación. ¡Ojalá te pudras en tu celda de monje!»

—Me llevo doce sacos —explicó al inglés.

—¿Tan pocos esta vez?

—¡No puedo permitirme más, maldita sea!

Admitir eso ante otro mercader no era inteligente. Pero no era capaz de controlar su ira. Se obligó a componer una sonrisa y tendió a su socio la mano como despedida.

Su *fattore* le esperaba en el mercado. Pero César necesitaba algo de comer y una cerveza antes de estar en condiciones de vérselas con clientes avaros e inspectores condescendientes. Se abrió paso por entre el tumulto y se puso a la cola en un figón.

A causa del mal tiempo, la feria de otoño de Varennes Saint-Jacques de ese año estaba teniendo pocas visitas. Aun así, muchos cientos de personas acudían cada día a los terrenos situados fuera de los muros de la ciudad, regateaban por las mercaderías de los puestos y hacían frente a la llovizna. César había oído decir que la mayoría de los mercaderes del gremio local estaban satisfechos con los negocios. El paño de Varennes gozaba de creciente popularidad.

Él mismo no se beneficiaba lo bastante de aquel auge. Se retiró a una de las carpas con un cuenco humeante y una jarra de cerveza y reflexionó sobre su situación, mientras engullía las gachas saladas.

Su rumbo era ascendente, sin duda. La empresa se recuperaba, aunque con lentitud. Seguía muy lejos de su antiguo tamaño. El gran impedimento había surgido pronto: la cara lana inglesa, que le obligaba a ofrecer sus paños a precios que no eran competitivos.

Debía recuperar su antiguo plan y producir la lana él mismo. Ningún camino podía rehuir eso. Tenía que comprar tierra y corderos en gran número, a ser posible pronto, para poder independizarse al fin de los ingleses.

Pero la plata que había en sus arcas no era suficiente para eso.

Necesitaba oro.

Mucho oro.

Adrianus saludó a Philibert con una inclinación de cabeza al llegar a casa del alcalde. El físico respondió con otra. Se había conformado con el hecho de que Adrianus había ascendido a maestro y ocupado la plaza de Jacques, pero no se esforzaba por mejorar su tensa relación. A Adrianus no podía serle más indiferente. Desde hacía semanas, trabajaba dura y encarnizadamente para olvidar su dolor. Podía ahorrarse a Philibert. Solo le interesaba el bienestar de sus pacientes.

Un criado apareció y los guio por la casa, que era una de las viviendas privadas más grandes y hermosas de Varennes. En la planta alta entraron en un dormitorio en el que se encontraban el alcalde Marcel y su esposa. En la cama yacía su hija Louise, pálida y asediada por el dolor. La sábana estaba ensangrentada; Louise llevaba una venda torpemente puesta en la pierna.

Philibert se inclinó con devoción ante el alcalde. «Solo falta que le bese el anillo», pensó Adrianus.

—¿Me dicen que un perro la ha atacado y mordido?

—Ocurrió en los terrenos de la feria —contó Bénédicte, que, como su mujer, parecía atemorizado y preocupado. Louise era la luz de sus ojos, la cuidaba como un tesoro; toda la ciudad lo sabía—. Un perro salvaje. Nos estaba rondando y, cuando Louise quiso espantarlo, la mordió.

—Echemos un vistazo a la herida —dijo Philibert, y con «nosotros» se refería naturalmente a Adrianus, que enseguida soltó con gran cuidado la venda.

Louise dejó escapar el aliento con un siseo. Él le dedicó una mirada. Una hermosa muchacha, que empezaba a florecer para convertirse en una mujer deseable… No era sorprendente que no pudiera librarse de los pretendientes. Adrianus se alegró de que Philibert se encargara de hablar con ella. Seguía teniendo dificultades con las mujeres hermosas, a pesar de todo... a pesar de Léa.

Interiormente, meneó la cabeza. No quería pensar en ella. No debía pensar en ella. «¡Concéntrate en el trabajo!»

La herida no tenía buen aspecto. Seguía brotando sangre fresca. La piel a su alrededor estaba enrojecida e hinchada.

—¿Habéis atrapado al perro? —preguntó al alcalde.

—Mi gente lo mató.

—¿Tenía la rabia?

—No. De eso estamos seguros.

Adrianus respiró aliviado. Si Louise se hubiera contagiado de la peligrosa plaga, apenas habría podido hacer nada por ella. Philibert, en cambio, compuso una expresión insatisfecha. Le disgustaba que no se le hubiera ocurrido a él la idea de preguntar por la rabia.

—Aun así deberíamos cauterizar la herida —se dirigió Adrianus al médico.

—En absoluto —contradijo Philibert—. Ahora lo importante es que cure con rapidez. Con ese fin, excitaremos el flujo del pus para que los humores nocivos abandonen su cuerpo. Bénédicte, pedid a un criado que traiga estiércol de caballo, con el que untaremos la nueva venda.

—Ese es un proceder necio, y además en extremo peligroso. —Muchos médicos creían que el pus era una materia útil, que fomentaba la curación de las heridas. A Adrianus no le sorprendía que también Philibert se encontrara entre los defensores de aquella teoría equivocada—. ¿Es que no habéis leído a vuestro Hipócrates? Debemos mantener la herida lo más limpia posible. Si supura, es un signo de impureza y procesos físicos dañinos.

—¿Os atrevéis a calificar de «necia» mi teoría? —El rostro de Philibert se llenó de manchas rojas—. ¿Vos, un tallador cualquiera sin el menor conocimiento de la ciencia médica? ¡Cómo osáis! ¡Bénédicte, os ruego que echéis a este hombre impertinente!

—Nadie va a echarlo —dijo el alcalde—. El maestro Adrien goza de buena fama en la ciudad. Quiero escuchar su opinión.

—Es la opinión de un sencillo artesano. Si vuestra hija ha de sanar, solo podéis seguirme y confiar en mí.

—Si seguís al doctor Philibert, podría producirse un absceso gangrenoso que llevara a la muerte —dijo Adrianus.

—¿Es eso cierto? —preguntó la esposa de Bénédicte con los ojos muy abiertos.

—¡No está en nuestra mano saber si un enfermo vive o muere! —se indignó Philibert—. Eso lo decide y dispone tan solo el Señor. Un médico que niega tal cosa se eleva en su arrogancia por encima de las potencias celestiales. Nuestro arte puede en todo caso allanar el camino a la curación. En el caso de vuestra hija, eso significa que tenemos que hacer supurar la herida.

Bénédicte se veía entre dos fuegos, temiendo por la vida de su hija. Se volvió hacia Louise.

—¿Qué quieres tú? ¿Cómo debemos proceder?

—¿Te acuerdas de aquella vez? —Los dolores agobiaban a la joven, su voz sonaba débil y comprimida—. Tenía fiebre, y el doctor Philibert me curó en un abrir y cerrar de ojos. Confío en él. Haremos lo que él diga.

—¡Bien dicho, inteligente Louise! —dijo triunfal el físico.

—Con todo respeto, esta lesión es algo distinto de una fiebre —indicó Adrianus haciendo un último intento, pero el alcalde le interrumpió.

—Basta. Está decidido.

Bénédicte ordenó al criado traer estiércol de caballo. El hombre regresó poco después con un cubo apestoso.

—Untad la venda y ponédsela —ordenó Philibert.

—No —dijo Adrianus—. Si insistís en tomar esa medida, tendréis que ejecutarla vos mismo.

Bénédicte perdió la paciencia.

—¡Obedeced nuestros deseos o vuestra práctica en esta ciudad habrá terminado! —atronó con tal fuerza que su esposa se estremeció.

Adrianus apretó los labios, untó la venda con estiércol y envolvió con ella la pierna de Louise.

—Y ahora vamos a sangrar a la paciente —decidió Philibert, lleno de satisfacción.

Cuando los dos médicos salieron de la casa, Adrianus se fue sin despedirse.

—¡Esperad! —le gritó Philibert. Como Adrianus no daba señales de ir a detenerse, el físico le siguió con largos pasos—. Vuestra conducta ha sido monstruosa, una vez más. ¡Poner en duda mis capacidades delante del alcalde!

—¿Qué capacidades? —repuso Adrianus.

—Mi arte es muy superior al vuestro. No sois más que un chapuzas y un fanfarrón. ¡En el futuro, seguiréis y ejecutaréis mis instrucciones sin decir una sola palabra! ¿Me habéis entendido, Adrianus?

—Para vos, «maestro Adrianus». —Aceleró sus pasos y dejó plantado al médico municipal y sus espumarajos.

La tea siseó y crujió cuando el fuego hizo hervir los humores ocultos en las fibras de la madera. Léa la sostuvo inclinada para que la resina caliente no le goteara en la mano. El humo tenía un olor acre y vivificador a un tiempo, como a pino recién cortado.

La entrada de la mikvá consistía en una sala cuadrada de paredes desnudas y losas levantadas, entre las que la mala hierba se abría paso con descaro cuando no la arrancaban a tiempo. Léa se quitó los zapatos y bajó descalza la escalera hacia la oscuridad. Los peldaños de piedra estaban grasientos y gastados, y le recordaron que, desde hacía generaciones, los judíos acudían allí todos los días a purificarse ritualmente.

Léa había tenido su flujo del mes, y por tanto estaba considerada impura según la Ley. Debía sumergirse en la mikvá para poder volver a tomar parte en los servicios religiosos. Al final de la escalera, colocó la tea en el oxidado soporte, se quitó toda la ropa —la cofia, el manto, el vestido, la ropa interior, la cadena de plata con el cuerno de carnero— y lo dejó todo en el banco de piedra de la pared.

El baño ritual estaba más de cuatro brazas bajo tierra, y en él hacía frío como en un nevero. Léa se estremeció al cruzar el arco. El agua brotaba de un pequeño manantial situado en algún lugar bajo la judería, se abría paso con fuerza primigenia por una serpenteante grieta en la roca y se concentraba en la piscina amurallada para afluir después al Mosela por un angosto tubo. Agua viva, como prescribía la Ley. Primero, Léa sumergió un pie. Estaba tan fría que la sintió en los huesos. Conteniendo la respiración, bajó los resbaladizos escalones; el agua trepó por sus muslos, alcanzó el pubis, el ombligo. Se dejó caer de bruces. Un jadeo escapó de sus labios antes de sumergirse. Cualquier pensamiento que hasta hacía un momento poblara su mente emprendió la fuga ante el cortante frío, sin dejar atrás otra cosa que el vacío. Había cerrado los ojos y podía sentir que el pelo suelto ondeaba como algas alrededor de su cabeza.

Léa esperó a que la necesidad de aire fuera abrumadora y se incorporó tosiendo. El cabello cayó salpicándole la nuca, hilos de agua perlaron su piel. Con rapidez, salió de la piscina y se secó con un tosco paño de lana.

Cuando se fue a casa, la tarde ya caía e impregnaba de oscuridad la luz otoñal de los callejones. Léa se sentó junto a la chimenea, añadió leña y se cepilló el pelo. Hacía días que daba vueltas a una idea, la examinaba minuciosamente desde todos sus ángulos. Durante su baño en la mikvá, había cuajado en una decisión, según se daba cuenta ahora.

Más tarde, mientras cenaba con su padre, la enunció:

—Quiero volver a casarme.

Baruch masticaba un trozo de pan, con el pensamiento todavía puesto en sus estudios. La miró parpadeando.

—¿Qué has dicho?

—Ya hace más de dos años de la muerte de Jonah. Le he guardado luto durante suficiente tiempo. Quiero volver a atarme a alguien y tener hijos.

Baruch sonrió confundido mientras digería aquella novedad. Por fin, su sonrisa se expandió hasta ocupar todo su rostro.

—¡Eso es maravilloso, hija mía! —exclamó—. Un nuevo marido para ti, hijos... ¿Sabes cuánto tiempo llevo deseando esto?

A Léa le alegró verle reír..., una rara estampa desde la muerte de su madre.

—¿Cómo es que nunca has dicho nada?

—No quería apremiarte. Pensaba que tú misma lo sabrías cuando el tiempo estuviera maduro. Y mira por dónde, ya ha llegado. ¡Alabado sea el Señor!

—¿Me ayudarás a encontrar un buen marido?

—Claro, claro. Oh, llevaré a cabo esa tarea de forma concienzuda, y lleno de orgullo. —Baruch caminó excitado por la sala—. Déjame pensar... mis discípulos. Podríamos empezar por ahí. «Quien casa su hija con un erudito cuenta con la gracia de Dios», nos enseñan por buenos motivos las Escrituras. Pero ¿cuál sería el adecuado? Tiene que ser instruido y fiel a la Ley, además de acomodado y de buen aspecto, ¿verdad? —Le guiñó un ojo y siguió preguntándose en voz alta cuál de sus estudiantes entraría en consideración.

Léa se forzó a sonreír. Se sentía como vaciada. Pero su padre era feliz, y eso tenía que bastar.

Adrianus se volvió de un lado del lecho al otro y se quitó la manta, porque estaba sudando. Al cabo de un rato empezó a tener frío y se tapó de nuevo. No podía dormir, lo mismo que las noches anteriores. Poco a poco, aquello se estaba convirtiendo en una enfermedad. Yacía inmóvil y escuchaba el latir de su corazón y el tamborilear de la lluvia en el tejado.

En algún momento se sobresaltó. Aquellos golpes... ¿los había soñado? Por un momento no estuvo seguro de si se encontraba despierto o dormía. Entonces volvió a oírlo: alguien llamaba de manera enérgica a la puerta de su casa.

«¡Léa!», pasó por su mente. Se puso una camisa, bajó corriendo las escaleras y abrió la puerta. Fuera, en medio de la lluvia, había una figura, que se echó atrás la capucha del manto lo bastante como para que pudiera ver su rostro. No era Léa, claro que no. Aun así, sintió una decepción irracional, ridícula.

—Mi hija está muy mal —dijo el alcalde Marcel—. Tenéis que venir a verla enseguida.

Adrianus le pidió, a él y a los dos guardias armados, que entraran.

—Voy un momento a vestirme.

Poco después, los cuatro hombres corrían remontando el callejón, negro como la noche. Frías gotas de lluvia perlaban sus mantos y se estrellaban contra sus rostros. A lo lejos gritaban varios hombres, probablemente visitantes extranjeros de la feria que bebían en las tabernas de la ciudad baja.

—¿Habéis informado también al doctor Philibert? —preguntó Adrianus.

Bénédicte dudó con su respuesta.

—Su tratamiento no ha funcionado. Ahora vamos a ensayar el vuestro.

—¿Cómo está ella?

—Tiene fiebre alta y escalofríos, y está casi inconsciente.

«Eso era de prever», pensó Adrianus, pero lo guardó para sí.

—Tengo miedo de que muera. —En la voz de Bénédicte resonaba el horror de un padre que contaba con lo peor—. Debéis ayudarla, por favor.

—Ojalá no sea demasiado tarde —repuso escuetamente Adrianus.

Entraron en la casa y subieron a la alcoba de Louise. Junto a la cama se sentaba su madre, deshecha en lágrimas. A su alrededor había varios criados y doncellas, con el rostro compungido.

—Podéis quedaros —dijo Adrianus a Bénédicte y su esposa—. Todos los demás deben irse. Tengo que examinarla con calma.

Mientras el alcalde echaba a los criados Adrianus dejó el bolso, acercó una de las velas y examinó la pierna de Louise. Emanaba calor y olía a podrido en los alrededores de la herida. La joven temblaba y sudaba con fuerza, y no era posible hablar con ella.

Dejó la vela en la mesilla y cortó la venda con unas tijeras. La peste que salió a su encuentro casi lo dejó sin respiración. Hacía mucho que no veía una herida en tan mal estado. La mordedura estaba llena de pus, el tejido abierto y gangrenoso.

—Tengo que cauterizarla —explicó—. Le dejará la pierna desfigurada pero, si no lo hago, morirá. Dad las gracias por esto al doctor Philibert.

Adrianus metió el hierro en la chimenea y empezó a limpiar la herida. Dio gracias a Cosme y Damián de que Louise no estuviera consciente. De haber estado despierta, habría gritado de dolor a cada contacto. Cuando hubo quitado el pus que tanto apreciaba Philibert, cauterizó la carne martirizada. Louise emitió un débil gemido. Sumergió el hierro al rojo en un cubo de agua, ungió generosamente la herida con pomada de aloe y la envolvió en una venda empapada de miel.

—Por el momento no puedo hacer más por ella. Ahora tenemos que esperar.

Bénédicte y su mujer estaban cogidos de la mano. Cuando Adrianus vio la desesperación en sus rostros, su ira se esfumó. No se les podía reprochar haber creído a Philibert. En todo Occidente los médicos predicaban el efecto curativo del pus y otras insensateces. Louise y sus padres eran víctimas de una medicina dogmática, petrificada en tradiciones superadas.

—Hemos sido injustos con vos y os pedimos disculpas —dijo el alcalde.

Adrianus asintió.

—Aceptadas.

—¿Velaríais junto al lecho de Louise? Os quedaríamos muy agradecidos. Y, naturalmente, pagaremos bien vuestros servicios.

Él acercó una silla a la cama y se sentó junto a los padres de la chica.

El día siguiente amaneció turbio y gris. Louise no despertó. Adrianus volvió a examinarla a fondo y luego se puso el manto.

—¿Os vais? —preguntó Bénédicte.

—Tengo que pedir consejo antes de continuar el tratamiento. Dadle agua, mantened la estancia fresca y seca y enjuagadle regularmente el rostro con un paño frío —indicó Adrianus al alcalde antes de ponerse en camino.

Como de costumbre, hacía mucho que Jacques estaba despierto. Vestido con su sayo gris, no demasiado limpio, estaba sentado a la mesa, con las piernas abiertas y los nudosos pies bien plantados en el suelo, y masticaba un embutido ahumado. Adrianus iba a visitarlo por lo menos dos veces a la semana, cortaba leña para él y le ayudaba en todas aquellas cosas que causaban dificultades al viejo cirujano. La mayoría de las veces hablaban de los pacientes de Adrianus, porque Jacques estaba ansioso por hablar del trabajo y aconsejarle. Esto le gustaba a Adrianus. Su viejo maestro era una fuente inestimable de experiencia y ya le había mostrado varias veces el camino correcto en tratamientos difíciles.

—A'te todo hay que bajar la fieb'e —dijo Jacques al saber el estado de Louise—. De lo co't'ario le cocerá los ó'ganos i'te'nos. En cualquier caso, ha sido una buena idea ap'icar miel y aloe. Eso sacará el veneno de la herida y la e'f'iará.

—¿Qué me aconsejas entonces? —preguntó Adrianus.

Desde que era maestro se tuteaban.

—Depende. Con aquilea, ma'zanilla y escaramujo seguro que acie'tas.

—Esa chica lucha con la muerte, Jacques. Nada debe salir mal.

El viejo cirujano se comió el resto del embutido y reflexionó.

—Mírale la orina. Así pod'ás ver cómo e'tá la fieb'e. Si e'tá baja'do, hay que e'citar el flujo de sudor, y el cue'po hará el resto po' sí solo. Si sigue igual de a'ta, dale mucha aquilea y ma'zanilla y po'le co'p'esas f'ías en la fre'te.

Adrianus cobró nuevo ánimo y regresó junto a los Marcel, que no se habían movido de la cabecera de su hija. Tanto Bénédicte como su esposa estaban mortalmente agotados. El alcalde había pasado el rato con un librito encuadernado en cuero.

—Son las anotaciones de mi antepasado Bertrandon —explicó mientras Adrianus desenvolvía sus cosas—. Viajó al este hace más de ochenta años, acompañado, por otra parte, por un tal Balian Fleury. —Sonrió, cansado—. Querían ir a Gotland, pero nunca llegaron. Por el camino Bertrandon enfermó, una fiebre de los pantanos. Volvía una y otra vez, y lo asedió hasta el fin de su vida. Ya veis, los Marcel siempre fuimos de constitución débil. Quizá por eso Louise no se recupera.

—Su estado no se debe a una constitución débil, sino a un tratamiento equivocado. —Adrianus no lograba contener la aspereza de su voz. En tono más amable dijo—: Pensamientos así no nos llevan a ninguna parte, Bénédicte. Miremos de hacer por vuestra hija todo cuanto esté en nuestro poder.

—Claro —asintió el alcalde.

Louise seguía en un estado de inconsciencia febril. Adrianus le dio suaves golpecitos en las mejillas hasta que abrió los ojos. No estaba seguro de que le reconociera.

—Quiero que te levantes y orines en este cuenco. ¿Podrás?

Tuvo que repetir su petición varias veces hasta que Louise la entendió por fin y encontró fuerzas para atenderla. Acto seguido estaba tan agotada que volvió a quedarse amodorrada. Adrianus agitó el cuenco de cristal delante de la vela de la llama y estudió la orina. Todo apuntaba a que sus humores estaban en parte afectados de podredumbre, y que por eso la fiebre no bajaba por sí sola.

Cambió la venda, preparó compresas frías para ella e infusionó un poco de aquilea y manzanilla en agua. Bénédicte le ayudó a dar la infusión a beber a Louise.

—Dádsela regularmente y renovad la venda cada hora, para que siempre esté fresca. Si algo cambia, llamadme. —El estado de Louise seguía siendo crítico. Por eso, el deber de Adrianus como médico y cristiano era dar una orden más. Le costó trabajo pronunciar las palabras—: Por precaución, mandad llamar al sacerdote.

La esposa de Bénédicte empezó a sollozar.

25

Octubre y noviembre de 1347

La feria de otoño duraba una semana entera. En ese tiempo César tenía mucho que hacer, de modo que se levantaba cada día antes de salir el sol y no volvía a acostarse hasta entrada la noche. Sentía el cansancio, el agotamiento, metidos en los huesos como si se tratara de un resfriado terco, pero no tenía tiempo para descansar. Sus planes no admitían demora.

La mañana siguiente a la fiesta con la que la feria terminaba tradicionalmente se encaminó a la judería. Aarón ben Josué acababa de recibir un envío de mercancías. Sus ayudantes descargaban toneles del carro y los llevaban canturreando alegremente al sótano. Como la mayoría de los mercaderes judíos que César conocía, Aarón traficaba sobre todo con especias que recibía de sus hermanos en la fe de Italia. En el patio olía con tal intensidad a pimienta, canela y nuez moscada, que apenas se advertía la peste de los callejones embarrados y los rebaños de ganado.

César se dirigió hacia Aarón, que estaba en la puerta de su casa y supervisaba el trabajo.

—Una palabra, Aarón.

El pequeño mercader lo saludó con cordialidad. Tenía algo de servil, le pareció a César.

—¿Qué os trae hasta mí?

—Estoy aquí por negocios. ¿Podemos entrar y hablar sin ser molestados?

—Sin duda. —Con su voz extrañamente alta, Aarón gritó a los criados que trataran con cuidado la mercancía, antes de encaminarse a su despacho.

Mientras recorrían la casa, César miró a su alrededor. Aarón era sin duda uno de los hombres más ricos de la judería, casi tan próspero como Amédée Travère y otros grandes mercaderes cristianos. Las estancias estaban atiborradas de selectos muebles, suaves alfombras y reluciente plata. César sintió la envidia crecer en su interior. Solo con el comercio era imposible que un judío llegara a alcanzar tal riqueza… Había demasiados impuestos y restricciones que le hacían difícil la vida. Quedaba el préstamo de dinero. Aarón trabajaba desde hacía muchos años en esa industria… y, según parecía, con enorme éxito.

«Habría que ser judío —pensó César—. Qué hermoso sería tomar intereses y dejar que el dinero trabaje por uno, en lugar de tener que deslomarse día tras día. Bueno, luego se iría al infierno… ¿y qué? De todos modos, si se es judío ya se está condenado.»

Movió la cabeza. Esos eran necios pensamientos. Había venido precisamente porque Aarón prestaba dinero. La envidia y el disgusto estaban fuera de lugar.

—¿Y bien? —preguntó Aarón una vez que estuvieron en el despacho.

César admiró un candelabro de plata que había en el hueco de la ventana: una menorá. La pieza, espléndidamente trabajada, tenía siete brazos y recordaba a un árbol de desbordantes ramas. Debía de haber costado una pequeña fortuna. Tuvo que forzarse a apartar la vista de ella.

—Quisiera hablar de un préstamo con vos.

—Un préstamo. —El judío asintió diligente, y se frotó las manos—. Venir a verme ha sido la decisión correcta. Tengo más experiencia en el negocio que ningún otro prestamista de Varennes. Sin duda puedo daros lo que necesitáis.

—¿Cuáles son vuestras condiciones?

—Eso depende del volumen del crédito y de vuestras garantías. En préstamos pequeños y medianos, suelo exigir un treinta y dos por ciento. Los plazos se pagan dos veces al año. Pero también puede hacerse más rápido, si lo deseáis.

César se había informado. El treinta y dos por ciento era la tasa de interés habitual entre los judíos.

—¿Y en caso de préstamos grandes?

—¿Cuánto dinero queréis tomar prestado? —preguntó Aarón.

—Necesito al menos mil quinientos florines. Sería mejor dos mil.

—¡Dos mil! —Aarón se acarició la barba, nervioso—. Eso es mucho dinero. No puedo prestaros una suma así.

—Necesito ovejas para poder producir lana para mi pañería —explicó César—. Eso no puedo hacerlo con cien animales.

—Lo entiendo. Pero dos mil florines… o incluso mil quinientos… No puedo prescindir de tanto. Ni siquiera a corto plazo. Ningún mercader de la judería podría hacerlo… tenéis mi palabra.

—¿Cuánto podríais prestar?

—Quinientos. Es el mayor crédito que concedo. En todo caso…

—En todo caso, ¿qué? —insistió César cuando Aarón eludió su mirada.

—Un préstamo así está reservado a clientes ilustres. Al obispo. Al duque. A los señores de Metz.

César estaba empezando a irritarse con ese hombre.

—¿Por qué yo no puedo recibirlo?

—No tenéis suficientes garantías —explicó cauteloso Aarón—. Vuestra familia ha perdido gran parte de sus propiedades... lo que naturalmente no es culpa vuestra —añadió enseguida—. Si eso no hubiera ocurrido, habríamos podido hablar.

—Muy bien —dijo César—. ¿Cuánto me prestaríais?

El judío se tomó tiempo para responder.

—Ochenta florines. Máximo cien.

—¿Tan poco? ¿Os estáis burlando de mí? —César se enfureció.

—Bastaría para un pequeño rebaño.

—Pero yo necesito uno grande. Tengo cien tejedores y bataneros a los que dar trabajo.

—Más no es posible. El riesgo sería demasiado grande. Lo siento.

—¿Ni siquiera con intereses más altos?

—Esa no sería una conducta honorable. Tendría que subir hasta el treinta y ocho o hasta el cuarenta por ciento, y no es compatible con mi conciencia.

«¿Desde cuándo tenéis conciencia los usureros?», pensó César.

—Como queráis. Entonces iré a ver a Solomon ben Abraham. Apuesto a que no será tan pusilánime como vos. —En realidad habría querido decir «codicioso».

—Solomon os dirá lo mismo. Os lo aconsejo, aceptad mi oferta: cien florines en condiciones moderadas —dijo Aarón—. Haced crecer con cautela vuestro negocio. Demasiados mercaderes son impacientes, se exceden y sucumben a causa de eso.

—Yo soy quien mejor sabe lo que es bueno para mi negocio. —César se despidió escuetamente y se fue.

Mientras caminaba con los dientes apretados por la rue des Juifs, desechó la idea de hacer una segunda oferta a Solomon. Otra humillación sería más de lo que podría soportar. Ya vería de dónde sacar el dinero. Necesitaba un banquero que pensara a gran escala, tuviera mucho oro y no retrocediera como un potro asustado ante cualquier riesgo. Y nada de judíos... ya tenía bastante de ellos por el momento. Quedaban los lombardos de Metz. Pero conocían su situación y sin duda no abrirían para él sus arcas.

Tendría que ir muy lejos para conseguir crédito.

«Mil gracias, Aarón.» Durante cien años su familia se había empleado a favor de los judíos de Varennes, no había rehuido ninguna disputa con el obispo y el Consejo para protegerlos del odio y la violencia. Su antepasado Michel los había eximido incluso de algunos impuestos para que pudieran prestar dinero con más facilidad. Y lo hacían con asiduidad... si se era un «cliente selecto». Si llegaba un Fleury cualquiera, la centenaria amistad desaparecía de pronto, uno se mostraba tacaño y hablaba únicamente de garantías, garantías, garantías.

Pero ya se enteraría. Estaba claro que quien así lo trataba no necesitaba su amistad.

Desde la sinagoga, vinieron hacia él varios jóvenes con caireles y libros en las manos. Estudiantes del Talmud. Uno se reía a carcajadas. ¿Se burlaba ese tipo de él? César apretó el puño y miró de frente al individuo, pero este ni siquiera se fijó en él.

Se fue antes de sucumbir a la tentación de darle una paliza a un judío.

—¿Te vas? —preguntó Hélène cuando César hizo el equipaje aquella noche.

—Mañana me voy a Italia —explicó él. Tenía que atravesar los Alpes mientras aún fuera otoño, antes de que el hielo y la nieve bloquearan los pasos durante meses—. Estaré fuera hasta la primavera. El gremio enviará a dos hombres que cuidarán de ti y de los niños.

Ella no pareció especialmente impresionada porque él fuera a estar un semestre lejos de casa.

—¿Por qué Italia? —preguntó.

«Esta mujer y sus eternas preguntas», pensó él irritado. Pero si no respondía no iba a dejarle en paz.

—Tengo que buscar un crédito para el negocio.

—¿No puedes acudir a los judíos?

—Ya lo he hecho. No quieren ayudarme. Tampoco puedo contar con los lombardos de Metz. Necesito mucho oro y solo puedo conseguirlo en Florencia.

—Entiendo —dijo Hélène—. Seguro que también hay hermosas rameras en Italia.

—Deja las alusiones, mujer —graznó él, mientras sacaba un palmo la espada de la vaina y examinaba el filo.

Ella cerró la boca, pero verla allí en la puerta, con los brazos tercamente cruzados y esa expresión de suficiencia en la cara, casi lo irritó aún más.

El joven se llamaba Moser Fryvelmann. Venía de Estrasburgo y estudiaba el Talmud con Baruch. Léa lo veía casi a diario en casa desde hacía meses, pero jamás había hablado con él. Los estudiantes estaban obligados a mantenerse alejados de las mujeres no casadas.

De hecho, tenía buen aspecto, con su pelo negro y rizado, sus ojos amigables y el bien formado rostro. En lo que a eso se refería, su padre había hecho una buena elección. El carácter de Moser, en cambio..., a Léa le resultaba cada vez más desagradable.

Baruch había invitado a comer al joven Fryvelmann. Se había lanzado sobre las viandas con bendito apetito y elogiado sus artes culinarias.

Ahora estaba sentada a la mesa frente a ella, la desnudaba con los ojos y pronunciaba grandes discursos. Por desgracia Baruch le daba ánimos, haciéndole preguntas sin cesar.

—Antes de estar conmigo estudiaste con Esra ben Kalonymos, ¿verdad, Moser?

—Oh, sí. Un gran rabino. Pero, como previamente había refinado mis conocimientos en Worms durante dos años, no pudo aportarme gran cosa —se jactó el aludido.

—Espero que conmigo no ocurra lo mismo. Moser es mi mejor estudiante —dijo Baruch volviéndose hacia Léa.

—Sin duda —dijo ella.

—Tu padre exagera. Aún me queda un largo camino —añadió con fingida modestia el joven—. Quizá la próxima primavera vaya a España y busque un maestro allí. Hace mucho que sueño con ver Toledo y la famosa escuela de traductores, aunque ya no sea lo que era.

—¿No es muy caro un viaje como ese? —Léa se arrepintió enseguida de haber planteado la pregunta.

—Cierto, pero mi familia es rica y apoya generosamente mis planes.

—Debes saber que el padre de Moser comercia con oro y joyas —dijo su padre con ojos brillantes.

—Llevamos cuatro generaciones en el negocio de las joyas —completó Moser—. Hasta el duque conoce y aprecia a mi familia.

—Cuatro generaciones por las cuatro matriarcas: Sara, Rebeca, Raquel y Léa. —Baruch recalcó de manera llamativa el último nombre—. ¡Si esto no es una señal…!

—Pero quizá tampoco viaje a Toledo. Si antes encuentro una mujer hermosa, me quedaré aquí. —Moser le guiñó un ojo.

—¿Más vino? —Baruch se apresuró a llenar de nuevo las copas de plata.

El joven Fryvelmann dio un largo trago y bebió complacido el zumo de vid. Léa, en cambio, apenas tocó su copa, porque aún tenía vivo en la memoria lo que había pasado la última vez que había probado el vino. Esa noche necesitaba más que nunca disponer de un juicio despejado.

—Pero no sigamos hablando de mí —dijo Moser—. Háblame de ti y de tu trabajo. Ayudas a tu padre en la botica, ¿no?

—Además me ocupo de los enfermos del barrio.

—Sin duda un trabajo agotador, y a veces comprometido.

—Eso nunca falta cuando se atiende a personas que sufren —respondió Léa.

—Bueno, si algún día llegas a ser mi mujer ya no tendrás que ocuparte de eso. Entraré en el negocio familiar, podremos vivir sin preocupaciones, y podrás dedicarte por completo a la casa y los niños.

Ella se levantó tan de golpe que estuvo a punto de derribar la silla.

—No me siento bien. ¿Puedo retirarme?

—Espero que no sea nada serio —preguntó su padre.

—No te preocupes, tan solo estoy un poco mareada. Probablemente el vino.

«Y la vana conversación. Y las miradas lascivas.» Salió corriendo sin despedirse de su huésped.

Una vez en su alcoba, se sentó en la cama y remendó un zapato agujereado. ¿En qué estaba pensando? No iba a reparar su paso en falso con Adrianus casándose con un completo desconocido, y encima con uno al que no apreciara. Eso no iba a servir a nadie, ni a ella ni a su padre. Con eso solo conseguiría ser desdichada. Y sin duda Jonah y su madre no habrían querido una cosa así.

Léa se quedó mirando a la nada, con el zapato en la mano. Lo había intentado, lo había intentado de verdad, pero no había nada que hacer. Puede que Moser fuera rico y guapo, pero no se distinguía ni por su bondad ni por su naturalidad. Se reía de su trabajo y no le importaban los que sufrían. No tenía ni una de las cualidades que ella apreciaba en un hombre.

En otras palabras: Moser no era Adrianus.

En algún momento, oyó que su padre acompañaba a la puerta al joven Fryvelmann. Poco después Baruch entró en su alcoba, con una sonrisa animada por el vino en el rostro.

—¿No es maravilloso?

—Es espantoso —respondió Léa.

—¿Cómo puedes decir una cosa así? Es un hombre inteligente y muy bien educado.

—¿No has visto cómo me miraba? Y ese lenguaje jactancioso: ¡Yo, yo, yo! Insoportable.

—Bueno, admito que, de hecho, está muy pagado de sí mismo —concedió Baruch—. Pero no importa. Ya encontraremos a otro.

—Es mejor que lo dejemos, padre.

—¿Qué quieres decir? —preguntó él perplejo.

—No voy a casarme. Ha sido una idea necia.

—Tienes miedo. Lo comprendo. Pero se pasará cuando hayamos encontrado al hombre adecuado.

—No tiene nada que ver con el miedo.

—Entonces, ¿con qué? Explícamelo. —Baruch sonaba cada vez más impaciente.

—He cambiado de opinión, eso es todo.

—¡Me habías dado una alegría tan grande!

—Lo sé, padre, y lo siento. —Se sentía terriblemente mal.

—¡Mujeres! —exclamó él—. Hoy así, mañana de otro modo. Tu madre era igual. ¡Como para que un hombre no se vuelva loco! —Alzó las manos al aire—. Estaré en mi estudio —dijo al salir—. Al menos con los libros se sabe dónde se está.

Adrianus siguió al criado escaleras arriba. Cuando entró en la alcoba de Louise, el alcalde Marcel salió a su encuentro con los brazos abiertos.

—Aquí está nuestro salvador. ¡A mis brazos, amigo Adrien!

Bénédicte era un hombre sobrio, al que no se conocía por mostrar exaltadas efusiones sentimentales. Adrianus soportó el abrazo, embarazosamente conmovido, y se volvió hacia Louise.

—Así que estás mejor.

—Y cómo. —Ella le sonreía de oreja a oreja—. Por supuesto, la pierna todavía me duele, pero la fiebre casi ha desaparecido. Y tengo un hambre de oso. —Le mostró un cuenco que aún contenía unas cuantas migas—. He tomado una hogaza de pan, un queso entero y dos manzanas. Ahora me gustaría levantarme.

—No hay que precipitarse.

Adrianus deseaba que alguien pudiera hablar en su lugar. Por la sagrada sangre de Saint Jacques, había visto desnuda a esa joven e incluso le había recogido la orina, y sin embargo le intimidaba. ¡Era para volverse loco! Pero ahora era maestro. Desde ese momento tenía que arreglárselas solo con las pacientes femeninas. Así que lo mejor era que se acostumbrase. Se llevó el puño a la boca y carraspeó.

—Por favor, desvístete para que pueda examinarte.

Ella no había exagerado. Ya casi no tenía fiebre. Los ojos estaban despejados. La orina tenía un color normal. La mordedura ya no supuraba y empezaba a curar. Aliviado, dio las gracias a Cosme y Damián por su asistencia. Mientras cambiaba la venda, dijo:

—Has tenido suerte. Dentro de unos días, deberías estar totalmente curada. Pero no te excedas. Tu cuerpo se encuentra debilitado y necesita descanso. También hay que cuidar la pierna hasta que la herida haya cerrado.

Dio a los padres instrucciones precisas acerca de cómo cuidar a Louise durante los días siguientes y les dejó distintas medicinas.

El alcalde aferró la diestra de Adrianus con ambas manos, y no quería soltarla.

—Las historias que corren sobre vos no son exageradas. Sois en verdad un gran médico, maestro Adrien. Estamos en deuda con vos para siempre. Por favor, aceptad esto como honorarios. —Tendió un florín a Adrianus.

—Esto es mucho más de lo que normalmente...

—Insisto en ello. —Bénédicte le puso en la mano la centelleante moneda de oro y cerró los dedos de Adrianus en torno a ella—. Una cosa está clara. Desde ahora solo os consultaré a vos. Y ese chapucero de Philibert se va a enterar.

Adrianus se sentía generoso.

—No seáis demasiado severo con él. Es cierto que ha cometido un error, pero no hace más que lo que enseñan las universidades. No todo el mundo es capaz de desenmascarar la cháchara dogmática de los profesores.

—Aun así, no volverá a entrar en mi casa —declaró con gesto sombrío el alcalde.

Al día siguiente, Adrianus tuvo visita de un mozo que trabajaba como bañero para Laurent.

—El maestre me envía. Debéis venir al local.

—¿De qué se trata?

Adrianus no tenía en ese momento ningún paciente en la consulta. Se echó el manto por los hombros y cerró la puerta de la casa.

—El médico de la ciudad está allí. No sé nada más.

Adrianus no estaba sorprendido. Por la ciudad corría el rumor de que el alcalde Marcel había citado a Philibert y le había advertido de que al siguiente error grave perdería su puesto. Ahora venía probablemente su venganza.

Laurent y los más antiguos del gremio estaban en la sala, sentados detrás de una mesa que habían puesto en la cabecera. Esto solo ocurría cuando se reunía el tribunal del gremio para juzgar la mala conducta de un miembro concreto. Philibert estaba en mitad de la sala y parecía decidido a asesinar a Adrianus con su mera mirada.

Adrianus no se dignó prestarle atención y saludó a los hombres sentados a la mesa. Parecían malhumorados.

—Maestro Adrianus —se dirigió Laurent a él—. El tribunal del gremio se ha reunido para decidir sobre una queja presentada por el doctor Philibert. Doctor, por favor, repetid lo que habéis alegado en contra de nuestro hermano.

—El maestro Adrianus me ha criticado repetidas veces delante de los pacientes y ha puesto en duda mi criterio como doctor por la Universidad de París —explicó el médico municipal—, la última vez en presencia del alcalde. Con eso me ha humillado delante de toda la ciudad. ¡Exijo que el gremio le sancione y le demande ante los tribunales!

—Maestro Adrianus, ¿qué dices respecto a este reproche?

—Sí, lo he criticado. Sí, he puesto en duda su criterio... porque era equivocado y por su culpa la hija de Marcel ha estado a punto de morir.

—¡Esto es inaudito! —empezó Philibert, sin embargo el maestre le interrumpió:

—Dejadle hablar.

—Si eso lo ha humillado —prosiguió Adrianus—, solamente lo debe a sí mismo y a su incompetencia.

—¡Os prohíbo hablar así de mí! —gritó Philibert—. El Consejo me ha facultado para supervisar todas las medidas médicas. Por esa razón, tenéis que obedecerme y mostrarme respeto. ¡No corresponde a un simple artesano poner en cuestión y dudar de mis eruditas decisiones!

Si en el tribunal del gremio quedaba un resto de simpatía para su petición, la había perdido.

—Decid, doctor —le exigió Laurent—: ¿dónde está escrito que un cirujano tiene que obedeceros?

—¡Eso se desprende de mis facultades!

—No os he preguntado eso. ¿En qué parte de los estatutos de la ciudad figura?

—Os buscaré el pasaje —dijo Philibert inseguro.

—Eso podría resultar difícil, pues tal pasaje no existe. Estuve esta mañana en el ayuntamiento y lo comprobé. Puede que os sorprenda, pero hay simples artesanos que saben leer —observó el bañero con suficiencia, y prosiguió—: Un cirujano de esta fraternidad solo se debe a su conciencia. Ningún físico puede obligarle a tomar determinadas medidas médicas. Por tanto, vuestra queja es nula de pleno derecho. En realidad estaréis bien aconsejado si en el futuro escucháis a un cirujano tan capaz como Adrianus.

Philibert se había quedado pálido, inmóvil. Tan solo su mano derecha se movía: la cerró varias veces convulsivamente.

—Jamás —logró decir al fin— me ha ocurrido y golpeado semejante vileza. Esto tendrá consecuencias.

Con estas palabras se dio la vuelta y salió de allí con aire arrogante.

—Gracias —dijo Adrianus a Laurent, que salía de detrás de la mesa.

—No hay de qué. El gremio protege a sus miembros, para eso estamos aquí. Por Cosme y Damián, qué fanfarrón hinchado. —El bañero se pasó los dedos, peculiarmente cortos, por el pelado cráneo—. Por desgracia no carece de peligro. Me temo que te has ganado un enemigo de por vida.

26

Tambien aquella noche Adrianus oyó llamar a la puerta.
Estaba tan agotado que se había quedado dormido nada más
acostarse. Su descanso había sido profundo y carente de sueños, como si
lo hubieran aturdido con un medicamento fuerte. Estaba, por tanto, confundido cuando salió de la cama y avanzó vacilante hacia la escalera.
Después de bajar unos cuantos peldaños se dio cuenta de que tal vez era
una mala idea abrir la puerta totalmente desnudo. Volvió atrás y se puso
la camisa.

Las llamadas se hicieron más apremiantes. «Louise —pensó—. Ha
vuelto a empeorar.» Giró la llave y se preparó para encontrarse con un
desesperado Bénédicte Marcel.

Léa estaba delante de la puerta.

¿Volvía a estar soñando? Tenía que ser eso. Enseguida despertaría, se
acordaría de todo; el dolor y la nostalgia lo arrastrarían como una marea
negra.

—Adrianus —susurró ella.

Entró y se echó atrás la capucha, el abundante cabello rizado cayó
sobre sus hombros. Titubeando, él extendió la mano, le tocó la mejilla. Su
piel estaba fresca como lluvia de otoño, flexible como terciopelo. ¿Era
ella de veras?

—He sido tan tonta…

Ella le tomó la mano, se acercó lentamente, casi con temor, hasta que
sus labios se tocaron.

VOGESEN

Los zapatos de Luc chasqueaban al caminar. Estaban tan gastados que se
llenaban de agua a cada paso sobre el suelo húmedo. Cansado, se sentó
en una roca, se los quitó y movió los dedos entumecidos hasta que volvió

a sentir un poco de vida en ellos. Había oído hablar de gente a la que se le habían congelado los dedos. No quería llegar a eso. Sería el principio del fin.

Aquel lugar estaba en alguna medida resguardado del viento. Aun así, apretó el manto en torno a su cuerpo enflaquecido. Unos pocos meses en el monte y tenía peor aspecto que los mendigos de la ciudad baja: el pelo enmarañado, las mejillas caídas, la piel parda de suciedad, la ropa desgarrada. Cuando se hallaba al raso, estaba siempre helado en sus harapos. Cada día hacía más frío. Deseó regresar a su cueva, en la que podía sentarse junto al fuego todo el día. Pero tenía que buscar algo de comer.

La vida en las montañas no era en absoluto tan fácil como había esperado. La vieja cueva de osos en la que se alojaba desde hacía unas semanas le ofrecía sin duda protección contra el viento y la lluvia. A cambio, le costaba trabajo encontrar comida en aquel territorio inhóspito. La mayoría de las veces solo encontraba hojas, raíces y escarabajos que sabían a pan mohoso. Raras veces un conejo o un urogallo. El hambre lo debilitaba, lo volvía lento, de manera que las presas se le escapaban a menudo. Y aún no había llegado el auténtico invierno. ¿De qué iba a alimentarse cuando la nieve llegara a las rodillas y el suelo se helara?

Involuntariamente, se tocó el dorso de la mano. Por lo menos la quemadura había sanado. A veces aún picaba, pero eso le ocurría también en otras partes del cuerpo. Algunas noches, las pulgas lo atormentaban tanto que apenas podía pegar ojo.

A regañadientes, se puso los zapatos y se apoyó en la lanza para levantarse. Tenía que continuar. Seguiría el arroyo e iría hasta la cabaña del pastor, que estaba más abajo en la ladera. Aquel hombre era viejo y vivía solo. No representaba un gran peligro. Solo debía tener cuidado con el perro. Quizá allí pudiera robar un poco de pan o carne.

Tras una breve marcha a pie topó con el sendero que serpenteaba por el valle entre rocas y carrascales. A un tiro de piedra distinguió a un gamo que trepaba con destreza por la ladera grisácea. Cogió la lanza con las dos manos. ¿Debía...? No, no había nada que hacer. Aquel animal era demasiado ágil para él.

Oyó el crujir de ruedas de carro y se escurrió deprisa en la espesura. Desde que los tres nobles habían tratado de cazarlo evitaba todo contacto con la gente, aunque anhelaba volver a oír una voz, escuchar una conversación. ¿Cuándo había visto por última vez a otras personas? Al pastor, cuando había descubierto su cabaña. Eso había sido hacía varias semanas, y solo lo había observado desde una distancia segura. El viejo no tenía ni idea de la existencia de Luc.

Se acuclilló detrás de los matorrales y vio poco después a dos campesinos que empujaban una carretilla por el sendero. Un hombre y una mujer, gente joven de rostros sanos y mejillas coloradas. Ella iba mordisqueando un mendrugo de pan y masticaba a dos carrillos.

A Luc se le hizo la boca agua.

El viento susurraba en las ramas, y no podía entender todo lo que decían, sobre todo porque hablaban en un dialecto alemán que no conocía. Al parecer venían de Alsacia e iban a Varennes. El resto podía imaginárselo: siervos que habían escapado de su señor y buscaban la libertad, como tantos antes de ellos. Le habría gustado advertirles: «Id a otro sitio. Un hombre honrado no tiene motivos para la alegría en Varennes. A no ser que sea judío. Entonces todo el viento le sopla a favor».

El estómago le gruñía tanto que le dolía. Hizo acopio de valor y salió al sendero. Los campesinos se detuvieron y lo miraron temerosos. Nada sorprendente, dado su aspecto. El hombre metió la mano en la carretilla y sacó un garrote.

Luc bajó la lanza, de modo que la punta señalara el suelo, y alzó la mano derecha.

—Con Dios, caminantes. —¡Por san Antonio, cómo sonaba su voz! Un graznido rasposo, más parecido al ruido de un animal que al de una persona—. No temáis. No voy a haceros nada. Me atormenta el hambre, y quería pediros un poco de pan. —Hablar por vez primera después de semanas de silencio le dio tal placer que las palabras acudieron a sus labios demasiado rápidas e informes.

—Disculpa, forastero —dijo el hombre. Había visto la quemadura en su mano—. Pero apenas tenemos para nosotros. No podemos darte nada.

—Solo un bocado, por favor —imploró Luc, y no se avergonzó de hacerlo.

Ambos cambiaron una mirada, y la mujer susurró algo al hombre.

—Muy bien —asintió el hombre—. Tendrás un poco de pan si nos dejas seguir en paz.

—Tenéis mi palabra.

La mujer le tiró el resto del mendrugo. Luc clavó en él los dientes y engulló en tres grandes bocados el trozo de pan. Sabía celestial, mejor que todo lo que había probado nunca. Solo que aquella escasa vianda no disminuía en absoluto el hambre, al contrario: el estómago le gruñía más que nunca.

—Más. Os lo ruego.

—No podemos privarnos de más. Ahora, apartaos para que podamos seguir nuestro camino. Por favor. Eso era lo acordado.

Luc no les creía una palabra. Ambos eran unos embusteros que le ocultaban sus provisiones. Sin duda en la carretilla llevaban aún más pan, coles y gruesos embutidos. Alzó la lanza y quiso ir hacia ellos.

El hombre le cortó el paso.

—Déjanos en paz.

—Quiero ver lo que lleváis ahí.

—No.

El campesino enseñó los dientes y le lanzó un golpe. Empezaron a forcejear. El hombre era joven, sano y fuerte, pero el hambre y la desesperación conferían a Luc fuerzas enormes. Comenzó a usar como un garrote el astil de la lanza, alcanzó al hombre en la cadera y lo derribó en tierra. El campesino cogió una piedra, la tiró y le dio en el hombro a Luc, que gimió de dolor y de rabia. Cuando el joven iba a levantarse, dio un salto hacia él y le clavó la lanza en la garganta. De la herida salió un chorro de sangre, por la boca aún más. Pataleó, luego se quedó inmóvil.

La mujer chilló de tal modo que sin duda se oyó hasta en la cabaña del pastor. Las lágrimas corrían por sus mejillas. Protegió el carro con su cuerpo.

—Quita de ahí —ordenó Luc, respirando pesadamente.

—¡Demonio! ¡Monstruo! —le gritó más insultos, y de pronto tenía en la mano un cuchillito.

Luc le agarró el brazo y lo sacudió, pero ella no quería dejar caer el cuchillo. Con la mano libre le arañó la cara, le escupió, le pateó y golpeó como una gata rabiosa. Él retrocedió, y ella se lanzó sobre él con el cuchillo. Él le clavó la lanza en el vientre, de tal modo que la hoja salió por la espalda.

La mujer no murió enseguida. Cuando él sacó el arma, se desplomó y yació en el sendero entre estertores y convulsiones, con las manos apretadas en la herida.

Luc apartó el paño que cubría la carretilla. Debajo se ocultaban dos cestas. Una contenía una manta de lana arrugada y apestosa; la otra, un trozo de pan seco, un odre lleno de agua y un saquito con guisantes. No había coles ni embutidos, pero eso era mejor que nada.

Bajo el paño se movía algo. Lo apartó por completo y dejó a un bebé al descubierto. El niño estaba envuelto en tiras de lana que solo dejaban su rostro a la vista. Tal como estaba tendido en el carro, a Luc le pareció una larva humana.

Plegó el paño formando un saco y metió la comida en él. La mujer seguía sufriendo estertores, y ahora también el niño empezó a chillar: un sonido agudo, que salía a empellones de la boca, que estaba muy abierta. Luc odiaba los gritos de los niños. Le dolían los oídos, y le daban tanta grima como el ruido de unas uñas en una plancha de pizarra.

Se apresuró a quitar a los campesinos los zapatos y el sayo de lana. La mujer aún vivía, pero ya estaba demasiado débil para defenderse cuando le quitó los zapatos y la túnica. El bebé gritaba cada vez más alto. Luc recogió el cuchillo y el garrote, lo metió todo en el saco y se deslizó hacia la espesura. Un buen botín, al fin y al cabo. La comida solo alcanzaba para un día, pero la ropa nueva lo protegería del frío. Al día siguiente podría ir fortalecido a casa del pastor.

Trepó por la ladera y no volvió a mirar la carretilla. El griterío del bebé fue bajando de volumen, y pronto no hubo forma de distinguirlo del rumor del viento.

Léa y Baruch se envolvieron aún más en los mantos cuando fueron a casa de Haïm. Era el mes de Kislev, que ese año correspondía al noviembre cristiano. El pálido sol parecía un céntimo de plata que hubiera pasado por mil manos antes de que Dios lo hubiera clavado en aquel cielo. Un viento cortante barría los callejones y hablaba, amenazante, del invierno que se avecinaba.

A pesar del frío, Haïm y sus ayudantes estaban trabajando en el patio. El gigantesco carnicero los saludó con cordialidad, su ancha sonrisa partía en dos su desgreñada barba.

—Ya me imaginaba que vendrías. Seguramente quieres ver mi cuchillo, ¿no?

Baruch asintió.

—Es hora.

Haïm abrió una estrecha caja de madera. Baruch sacó el cuchillo de matar, de mango de hueso, y examinó con mucho cuidado el filo. Haïm era el shojet de la comunidad, solo él podía matar los animales conforme a los antiguos preceptos. Al padre de Léa le incumbía la tarea de controlar regularmente sus herramientas, para que el ganado no se viera atormentado por una hoja roma o mellada.

—Un cuchillo impecable —elogió Baruch—. Con esto puedes matar de acuerdo con la Ley.

Haïm se puso enseguida a la tarea y llamó a un ayudante, que sacó un pollo del cercado y se lo trajo. El mozo sujetó al animal que pataleaba, Haïm le cortó el cuello con un diestro tajo y dejó que la sangre cayera al suelo. Entretanto Léa se reunió con la mujer de Haïm, que estaba detrás de la mesa de la mercancía. Era buena carne kosher, que Haïm había lavado a conciencia y frotado con sal para quitarle hasta el último resto de sangre. Léa compró varias piezas, que envolvió en un tosco paño de lino y metió en su cesto.

Cuando salieron a la calle, una racha de viento infló sus túnicas.

—Lo mejor es ir a casa y avivar el fuego —murmuró estremeciéndose Baruch.

—¿Has decidido ya dónde celebraremos Janucá este año? —preguntó Léa—. Tengo que ir empezando con los preparativos.

—Otra vez en casa de Solomon y Judith, ¿no? Allí se está mejor.

Con los dedos agarrotados, extrajo la llave del cinturón e iba a abrir la puerta de la casa cuando Solomon llamó desde enfrente. Había sacado la cabeza por la ventana y le hacía señas para que se acercara.

Léa y Baruch subieron a la sala, en la que chisporroteaba una chimenea extremadamente bienvenida. Solomon les enseñó una carta. En el mensaje se veía que había dejado atrás un largo camino. El pergamino estaba manchado, la tinta corrida aquí y allá por la lluvia y la humedad.

—Un mercader amigo me ha escrito. Meir ben Yitzhak, que vive en Erfurt.

—¿Se trata de Luc? —preguntó Léa.

Su tío asintió.

—Meir ha estado informándose por cuenta mía. Lo que ha averiguado es muy instructivo. Estuvo en Meissen. Allí se acuerdan de Luc... que en realidad se llama Lutz. Lo condenaron de verdad por falsificar moneda. Hace ya casi veinte años de eso, y solo fueron unos pocos céntimos, por lo que prescindieron de la pena de muerte. Después de su destierro, Luc parece haber abandonado la región. Nunca volvieron a verlo allí, y no saben adónde fue.

—Lutz —repitió Léa—. ¿Nos ayuda eso?

—Bueno, ahora sabemos su verdadero nombre —dijo Baruch—. Con eso podemos hacer más indagaciones.

—Le diré a Meir que las haga —dijo Solomon—. Por desgracia, puede tardar. No va a ir próximamente al este. En primavera viajará a Venecia. Lo mejor es que le respondamos enseguida. —Llamó a un criado.

—¿Cuántos céntimos fueron? —preguntó el padre de Léa.

Solomon le miró con el ceño fruncido.

—Los que falsificó —explicó Baruch.

—Cuarenta, creo. ¿Qué importancia tiene eso?

—Cuarenta céntimos. —La voz de Baruch sonaba preñada de desdicha—. Cuarenta días después de la revelación del Sinaí, Aarón hizo el becerro de oro. En verdad, ese Luc es un truhan de la peor especie.

Solomon movió la cabeza y reclamó al criado papel y tinta.

PASO DE SAN GOTARDO, LOS ALPES

Rachas de viento cortantes como cuchillos silbaban en el camino y se aferraban aullando a las rocas. Empujaban hielo, diminutos cristales, finos como el polvo. El cielo sobre las cumbres de las montañas tenía el color de la ceniza y la nieve. César estaba helado, aunque llevaba un abrigo forrado de piel de zorro. Cansado, se apoyó en su cayado y siguió a sus mercenarios y criados, que llevaban los dos mulos pesadamente cargados por el sendero lleno de guijarros.

Había llegado dos semanas tarde. En realidad, el paso estaba considerado intransitable a partir de Todos los Santos. Tuvo que pagar mucho dinero al guía de montaña para que aun así lo guiara por los Alpes. Porque César no había querido ni volver ni esperar durante meses que se fundieran las nieves.

Tuvieron suerte con el tiempo: apenas nevaba. Aun así, la marcha a través de la montaña había sido dura. Hacía días que un viento con sonido a helada los fustigaba. Debido a los duros inviernos de los años anteriores, los glaciares avanzaban hacia los valles, y el suelo helado dificultaba el avance. Senderos vertiginosos se agarraban a empinados flancos de montaña. Los albergues al borde del camino eran parcos y sucios, y el puente del Diablo, sobre el Reuss, hacía honor a su nombre: al cruzarlo, había faltado un pelo para que uno de sus hombres cayera al abismo junto con el animal de carga.

«¿Y a quién debemos todos estos esfuerzos? Únicamente a ti, Aarón. A ti y a los otros avaros usureros judíos —pensaba César—. Malditos seáis.»

Pero lo peor ya había pasado. Habían dejado atrás la cima del paso, desde el día anterior iban montaña abajo. Ya no faltaba mucho para Italia.

—¿Cuánto falta para el albergue? —gruñó desde detrás de su bufanda de lana.

—Ya se ve —respondió el guía, en el dialecto difícilmente comprensible de su pueblo.

César no veía nada en absoluto. Pero sus ojos tampoco eran tan agudos como los del guía.

Hablar era trabajoso, con aquel viento que les arrancaba las palabras de la boca, así que siguieron el sendero en silencio, pisando cantos rodados, tanteando con los cayados engañosas ondulaciones de la nieve. Por fin también César logró ver el albergue. Como los demás, era un pequeño edificio hecho de piedras grises, pegado a la empinada ladera, encajado entre rocas enormes. El humo salía por la chimenea y prometía comodidad y comida caliente.

Los hombres movilizaron sus últimas reservas de energía y aceleraron el paso. Para colmo, parecía acercarse una tormenta, y nadie quería estar al raso cuando se desatara.

Él se detuvo. Un momento, aquello no era un trueno…

—¡Alud! —rugió el guía—. ¡Todos atrás!

El rugido se hizo cada vez mayor. Los hombres gritaron en confusión mientras retrocedían por el sendero instigando a las bestias a bastonazos. César se movió sin pensar. Corrió y siguió a su guía. Tropezó camino arriba. Resbaló sobre piedras sueltas, cayó cuan largo era y sin duda se habría quedado tendido allí si uno de sus criados no le hubiera ayudado a levantarse.

A pocas brazas de él, masas de nieve y rocas pasaban rugiendo y se precipitaban con estruendo en el abismo.

Instantes después, todo había pasado. Respirando con dificultad, César se sentó en una roca y parpadeó al darse cuenta de que acababa de escapar por poco a la muerte. Los otros se congregaron a su alrededor.

—¿Estamos todos? —preguntó el guía.

César vio los dos mulos. Bien. Pero faltaba uno de los hombres, un mercenario.

Se dispersaron y treparon cautelosamente por el montón de piedras, que por suerte no bloqueaba por completo el sendero. Al otro lado hallaron una lanza. No había ni rastro del mercenario mismo. O el alud lo había enterrado o lo había arrastrado al barranco.

Los criados murmuraron oraciones.

—No podemos hacer nada por él —dijo César—. Sigamos.

Con mucha paciencia lograron guiar a los atemorizados animales por encima de los guijarros apilados. Poco después abrían la puerta del albergue y entraban agotados.

—Cerveza y comida para mi gente y para mí —pidió César.

Les trajeron ambas cosas y se lanzaron sobre ellas como si no hubiera un mañana. La abrupta muerte de su compañero les había enseñado lo rápido que podía acabarse todo. Su hambre, su sed, su deseo de alegrías para el cuerpo, eran enormes.

Más tarde, cuando estuvo sentado junto al fuego, saciado, satisfecho y un poco borracho, César dio en silencio gracias a los santos por su salvación y prometió hacer un donativo a la Iglesia si las potencias celestiales lo llevaban sano y salvo a Florencia y luego a casa.

Prometió incluso ser bueno con Hélène en adelante.

27

Enero y febrero de 1348

Vogesen

Durante la noche había nevado de nuevo. Envuelto en todas sus ropas y mantas, Luc fue desde el fuego apagado hasta la entrada de la antigua osera, una grieta dentada en diagonal por encima de su cabeza. La empinada ladera cubierta de guijarros por la que había tenido que trepar para llegar hasta allí desaparecía por completo bajo masas blancas empujadas por el viento. Una costra de hielo cubría la nieve recién caída.

Luc se quedó tendido un rato, demasiado débil como para hacerse una idea clara de su situación. Retrocedió a rastras, acumuló la leña con dedos temblorosos y la prendió. Se inflamó chisporroteando, un diminuto núcleo de calor en aquel desierto gélido. Luc se acercó tanto como pudo atreverse a hacerlo sin quemarse. Aun así, el frío se quedó tercamente clavado en sus carnes.

Lo que se estaba convirtiendo en fino humo era su última leña.

Comió unas cuantas raíces, masticándolas hasta que en la boca no le quedaron más que blandas fibras.

Era su última comida.

Hacía mucho que había dejado de contar los días. Calculaba que el nuevo año había empezado ya. Al principio el invierno había sido bastante suave, y había concebido esperanzas de superar los próximos meses. Luego se había vuelto cada vez más frío, había nevado y no había dejado de hacerlo durante días. Luc ya no encontraba nada que comer. También la búsqueda de leña se volvía cada vez más trabajosa.

«Sal —se dijo—. Tienes que reunir ramas, arrancar raíces, quizá matar una liebre.»

No lo conseguía. Estaba demasiado cansado, demasiado débil. Se enroscó junto al fuego y esperó.

Esperó la muerte.

Hacía frío en la estancia, pero Léa apenas lo notaba. Estaba tumbada con Adrianus bajo la manta, sus cuerpos estaban sobrecalentados por el acto del amor. Se sonrieron, agotados, con los ojos entreabiertos.

—¿Adónde vas? —preguntó él somnoliento.

—Enseguida vuelvo.

Se puso la ropa interior y bajó las escaleras con la vela en la mano. En la consulta, se acercó a la estantería y escogió distintas hierbas, que trituró en el mortero e infusionó con agua caliente en un cazo.

Al caer la oscuridad, se escapaba tantas veces como podía para encontrarse con Adrianus, aunque no fuera más que durante una hora. Le había sorprendido comprobar lo diestra que era en esas cosas. Que él viviera al lado de la judería la ayudaba tanto como el carácter ajeno al mundo de su padre, que todas las noches se aislaba en su estudio.

Nadie sospechaba nada.

Sin embargo, le remordía la conciencia. Mentía a su padre, engañaba a su familia, violaba las leyes de su pueblo. Pero no habría soportado evitar a Adrianus, renunciar a su sonrisa, a sus caricias. Si los sentimientos de culpa eran el precio de su amor, lo pagaba gustosa.

«¿Adónde va a ir a parar esto?»

Siempre que aquella pregunta se le pasaba por la cabeza, Léa la apartaba. No había respuesta. Adrianus y ella no tenían futuro. Vivían de día en día, se alimentaban de besos robados y secretos abrazos. Eso tenía que bastar. No había más felicidad para ellos.

Ella siempre tenía metido en el cuerpo el miedo a concebir un hijo. Una mujer con sus conocimientos sabía medios y vías para evitarlo. Pero ni siquiera el más refinado de los medicamentos prometía absoluta seguridad. Se bebió la mezcla de hierbas y rezó una vez más porque hiciera efecto.

De pronto, las vasijas y redomas del estante tintinearon. La casa entera crujió y gimió. Un libro cayó del armario, como movido por la mano de un fantasma. Léa estuvo a punto de perder el equilibrio cuando el suelo tembló debajo de ella.

—¡Adrianus! —Corrió hacia la escalera.

Él bajaba tambaleándose los vacilantes escalones, sin otra cosa puesta que el calzón.

—¿Qué demonios es esto?

Aquello era cada vez peor. Léa tuvo que agarrarse. En el exterior gritaba gente.

—¡Fuera, rápido! —gritó Adrianus.

Una marmita de hierro fundido cayó de su estante y rodó por la habitación. Luego el mueble entero se desplomó, los cacharros de barro estallaron, llenando de esquirlas el espacio hasta la puerta de la casa. Léa y Adrianus, descalzos ambos, dieron la vuelta, corrieron a la consulta y salieron al patio.

El barrio entero parecía estar en pie. Los oscuros callejones estaban llenos de gentes atemorizadas. Planchas de nieve caían deslizándose de los tejados. Los perros ladraban. Léa y Adrianus se quedaron de pie sobre la tierra helada, cogidos de las manos.

Pocos instantes después, el terremoto terminó tan repentinamente como había empezado.

Adrianus respiró hondo. El corazón le batía furioso contra el pecho.

—¿Estás bien?

—No me ha pasado nada.

—Volvamos dentro.

Léa se dio cuenta, de pasada, de que Adrianus miraba fijamente el muro del patio antes de seguirla. Dentro, le llamó la atención que la vela encendida estaba en el suelo. Tenía que haberla dejado caer. La recogió con rapidez.

—Qué susto —dijo.

Adrianus no respondió a su sonrisa. Parecía distraído. Por lo visto, el amenazador fenómeno natural le había afectado mucho.

—Tengo que irme. Seguro que padre está terriblemente asustado y me estará buscando.

—Claro.

—Le diré que he tenido que ir tarde a ver un enfermo.

Se vistió, dio a Adrianus un beso de despedida y salió a escondidas, con la capucha del manto calada.

La Grand Rue estaba llena de gente, pero nadie le prestó atención. Creían que el fin del mundo se acercaba. Lloraban arrodillados en la nieve y pedían clemencia al Señor.

Baruch estaba bajando la escalera cuando ella entró en la farmacia. La vela que el rabino llevaba en la mano oscilaba con la corriente de aire. Tenía la barba enmarañada, y el cabello hirsuto parecía una extraña corona en torno al cráneo.

—¡Padre! ¿Estás bien?

—¿Qué está pasando ahí fuera, por la gracia del Todopoderoso? —preguntó él con voz tomada—. ¿Y cómo es que todo está desordenado?

Léa le miró a los ojos legañosos.

—No me digas que el terremoto no te ha despertado.

Él parpadeó.

—¿Ha habido un terremoto?

Adrianus se había puesto unos zapatos y barría los cacharros rotos. Tenía que hacer algo para calmar sus agitados pensamientos.

La figura en el muro del patio, que miraba antes de que Léa y él volvieran a entrar… estaba seguro de que era su vecino, el tejedor Fernand. ¿Cuánto más había visto ese viejo borracho? Era una noche clara, de luna llena. No cabía excluir que hubiera reconocido a Léa. Ella apenas vestida, él medio desnudo, cogidos de la mano a una hora tardía… Incluso un borrachín como Fernand estaría en condiciones de sacar las conclusiones adecuadas.

«Esto es malo.» Adrianus tiró los fragmentos al cubo. «Solo el diablo sabe lo que estará haciendo ahora.»

¿Debía hablar con Fernand? No, no había que despertar a una bestia dormida. Tampoco iba a contarle nada a Léa. No haría más que ponerla nerviosa.

Aunque le costara trabajo, no le quedaba otro remedio que esperar con paciencia.

A la mañana siguiente, todo Varennes hablaba del terremoto. Cada uno tenía una explicación distinta. Algunos afirmaban que Satán había gritado en su infernal mazmorra y hecho temblar los cimientos del mundo. Otros consideraban el temblor un presagio de un nuevo Diluvio. Otros, a su vez, hacían responsable de todo a la inmoralidad del clero.

El miedo había hecho presa en la ciudad. Adrianus no daba abasto a calmar a sus pacientes. A la vez, trataba contusiones, cortes y heridas abiertas que la gente se había hecho al caerse la noche anterior o al ser alcanzada por objetos. Por suerte nadie había resultado gravemente herido.

A primera hora de la tarde, cuando ya casi había olvidado el incidente con Fernand, el tejedor estaba de pronto a la puerta. Sonreía, y apestaba a vino y grasa de lana.

—¿Qué puedo hacer por ti?

Fernand pasó de largo ante él, entró en la consulta y miró a su alrededor. Adrianus cerró la puerta de la casa y le contempló en silencio. El tejedor cogió un trépano y observó el instrumento por todos lados, antes de dejarse caer con descaro en una silla.

—Ayer por la noche vi una cosa —empezó a decir—. Había una mujer con vos.

—Te engañas —dijo Adrianus.

Fernand negó con la cabeza.

—Lo vi muy bien.

—Estaba oscuro como boca de lobo, y probablemente estabas borracho como una cuba. Te lo imaginaste.

—Incluso la reconocí. Era la hija del rabino, con la que ya se os ha visto antes en la ciudad. ¿Qué hacía con vos en medio de la noche? —Cuando Adrianus no respondió, Fernand dijo, sonriente—: Bueno, me lo puedo imaginar. Ts, ts, ts. Un cristiano y una judía, eso no puede ser. Eso no puede ser. ¿Qué diría el obispo? ¿Y el Consejo?

—No creerían una sola palabra a un borracho conocido en toda la ciudad. No es más que otro desharrapado que habla mal de un patricio, dirían.

—Ah, ¿eso creéis? En el Consejo hay algunos que no pueden soportar a los judíos. Una mujer judía que seduce a un hombre decente... Esas cosas no les gustan. Estoy seguro de que me escucharían con mucha atención. Y luego interrogarían a vuestra Léa. Si tiene suerte, en el ayuntamiento. Si no, en la Torre del Hambre.

—¿Qué quieres? —preguntó bruscamente Adrianus—. ¿Dinero?

—Estoy corto de fondos y, de hecho, podría necesitar un pequeño subsidio. Seis sous al mes bastarían para que me guardara el asunto para mí.

Seis sous eran mucho dinero para un tejedor. No era poco para un cirujano. Pero Fernand lo tenía en sus manos. Adrianus le dio la plata.

El tejedor cerró los sucios dedos alrededor de las monedas.

—Gracias. Nos veremos el mes que viene.

Adrianus cerró la puerta tras él y oyó al tejedor irse, canturreando una canción obscena. Se dejó caer en una silla y se llevó el puño cerrado a los labios. El corazón se le subía a la garganta.

La siguiente vez que vio a Léa fue dos días después, en la botica. Ella le sonrió mientras él se acercaba al mostrador: Adrianus escuchó frunciendo el ceño los ruidos procedentes del piso alto. Se oían golpes, y alguien maldecía de manera audible.

—Solo es padre —dijo ella—. Está ordenando su biblioteca.

Él le dio el cesto, y ella puso en él los medicamentos encargados. Dado que el huerto de él no daría frutos hasta primavera y Jacques había dedicado el suyo a las verduras, por el momento seguía dependiendo de la farmacia de Baruch.

Léa notó que no estaba precisamente locuaz.

—¿Todo bien?

—Es solo un paciente que me da dolores de cabeza. —Había decidido no decirle nada por el momento de Fernand y sus amenazas. Tenía que acabar solo con eso.

—¿Puedo ayudar?

—Mejor hablemos de cosas más agradables —respondió en voz baja—. ¿Cuándo nos vemos?

—¡No debes hablar de eso aquí! —siseó ella.

—Tu padre no va a oír nada, con el ruido que está armando.

—Lo intentaré mañana. Pero no te puedo prometer nada. —Le lanzó una mirada severa, pero cuando le tendió la cesta le tocó la mano como por azar y la excitación hizo crepitar la piel de Adrianus.

—Espera a que oscurezca. Y ten cuidado de que nadie te vea.

—No soy tonta, Adrianus. ¿De verdad está todo bien?

—Simplemente hoy no es mi día, eso es todo.

«Deberíamos poner fin a esto —pensó él al salir—. Sería lo único razonable...»

FLORENCIA

César estuvo complaciéndose con la ramera una hora entera. Cuando por fin su deseo quedó satisfecho descendió al piso de abajo, donde el rufián le preparó un baño caliente y le dio vino y fruta escarchada. Se metió contento en la bañera, cerró los ojos y se relajó.

«Las putas de Florencia —pensó— son una clase aparte.» Eran extremadamente bellas; conocían métodos llenos de fantasía para malcriar a un hombre, posturas refinadas y prácticas de las que las aburridas mujeres lorenesas jamás habían oído hablar. Aquello tenía su precio, naturalmente, pero César lo pagaba gustoso. En los brazos de una ramera italiana olvidaba todas sus preocupaciones.

Había sido una espléndida idea pasar el invierno allí.

Después del baño llamó a sus mercenarios, que esperaban fuera, porque iba siendo hora de regresar a casa de su anfitrión. Decidió no alquilar una litera. Era una tarde fresca, pero soleada, y quería ir a pie.

Florencia era una ciudad asombrosa. Su tamaño y su riqueza impresionaban cada vez a César cuando recorría los callejones rojo ladrillo y ocre y admiraba las innumerables iglesias y los palacios, como por ejemplo la fortaleza del Bargello, que albergaba al poderoso podestà. Cien mil personas vivían dentro de los muros de la ciudad, diez veces más que en Varennes. En los mercados se apilaban selectas exquisiteces, especias de la India, algodón de Chipre, seda de Asia Menor, pero sobre todo los más refinados tejidos locales. Florencia vivía del comercio de paños y producía año tras año montañas de ellos. César había visto las telas de los tejedores locales y tenía que reconocer, lleno de envidia, que eran mejores que todo lo que se fabricaba en Varennes. Había comprado varias balas, porque quería estudiar a fondo las avanzadas técnicas de tejido y tintado para imitarlas a su regreso.

Hizo una excursión a la piazza del Mercato y dio una vuelta por las naves en las que los mercaderes que hacían largos viajes ofrecían sus productos. Una marea de impresiones asaltó sus sentidos mientras se abría paso entre la multitud: los mercaderes gritaban, la canela llenaba el aire de aroma, las monedas centelleaban. El oro pasaba de mano en mano y terminaba tintineando en las arcas colocadas detrás de los mostradores, relucientes florines con la flor de lis de la ciudad, tan codiciados que hacía mucho que los imitaban en todo Occidente. Examinó los bienes de lujo expuestos y se preguntó cuáles compraría cuando volviera en primavera.

Lo mejor sería alcanfor, ricino y otras mercancías que no había en Lorena y que por eso mismo prometían gran beneficio.

Pensó en su llegada a Florencia hacía unas semanas y en su primera visita al Mercato Vecchio. El derrochador exceso que se ofreció a sus ojos, los tesoros despóticamente expuestos a la vista, lo habían deslumbrado. «Florencia es el paraíso, el jardín del Edén del comercio», había pensado, y casi se había avergonzado de su origen comparativamente modesto. Entretanto iba conociendo mejor la metrópoli comercial del Arno y la contemplaba con más sobriedad. Sin duda Florencia era mucho más grande, rica y poderosa que la contemplativa Varennes. Pero no era en absoluto el cielo en la tierra. También allí sufrían angustias terrenales. Solo el año anterior, una mala cosecha devastadora se había cobrado muchas víctimas. Poco antes, sangrientos alborotos y crisis económicas habían sacudido la ciudad-república. Las repercusiones se notaban aún. El propio César podía enumerarlas.

Había ido a Italia a pedir un préstamo. Nada más fácil que eso, había pensado, porque en Florencia estaban las mayores casas bancarias de la Cristiandad. Los Bardi y los Peruzzi financiaban a reyes y papas, se decía, se bañaban en oro. Así que había ido a la orilla izquierda del Arno, donde tenía su residencia la Compagnia dei Bardi... solo para comprobar que el palacio había sido destruido hasta los cimientos. Una multitud sedienta de sangre lo había quemado hacía pocos años, le contaron.

César se informó y se enteró de que ninguno de los grandes bancos seguía existiendo. La culpa la tenían las malas decisiones de negocio y los caprichos de los poderosos. El rey inglés Eduardo III había tomado mucho dinero prestado a los banqueros florentinos para financiar su guerra contra Francia... se hablaba de más de un millón de florines. Cuando el rey se negó a devolver sus deudas, los bancos que estaban en mala situación habían recibido un golpe mortal y llevado a la ciudad-república al borde de la ruina. Los Bardi, los Peruzzi y otras familias de banqueros habían sido expulsados de la ciudad entre oprobio e insultos.

César se había desesperado. ¡Ese largo viaje, hecho en vano! Pero no se había conformado. No era hombre que se rindiera al primer contratiempo. Decidido a conseguir lo que había venido a buscar, habló con distintos mercaderes y anudó contactos. Hizo de la necesidad virtud. Si ya no había grandes bancos, se dirigiría a los pequeños. Florencia seguía siendo una ciudad próspera. En algún sitio tenía que haber alguien en condiciones de prestarle dinero para su empresa.

Así conoció a Tommaso Accorsi. El joven y emergente mercader trataba, como César, con paños, y actuaba como banquero. Dado que se comportaba con prudencia y no se metía en negocios cada vez más extravagantes, había superado sin daño la crisis bancaria de los años anteriores. César le convenció de la bondad de sus planes y consiguió que Accorsi le prestara dos mil florines en condiciones ventajosas. Cuando discutieron el negocio, durante una espléndida comida en el palacio Accorsi, comprobaron que se caían bien. Hicieron amistad, y el florentino invitó a César a alojarse en su casa hasta que la nieve se hubiera fundido y pudiera regresar.

César abandonó el ruidoso mercado y, poco después, cruzaba el Ponte Vecchio, un puente asombroso, bordeado de pequeñas tiendas, colgadas de manera extravagante sobre el Arno. La casa de su anfitrión se encontraba justo en la otra orilla, en Oltrarno, el venerable barrio de los mercaderes y banqueros. La vivienda era pequeña comparada con los palacios y las torres de los linajes aristocráticos. Pero, en lo que a comodidades se refería, no dejaba nada que desear. Había un patio interior con setos cuidadosamente dispuestos, matorrales de hoja perenne y un león de piedra del que brotaba una fuente. César ocupaba un lujoso aposento con una cama blanda y vistas sobre el río.

Allí se dirigía cuando vio a Accorsi. El mercader estaba delante de la escalera y hablaba con dos hombres a los que César no conocía. Mantuvo una distancia respetuosa. No es que hubiera podido seguir la conversación: los tres hablaban en italiano, que él apenas entendía.

—¿Salimos a montar mientras aún sea de día? —propuso cuando se fueron los desconocidos.

Accorsi y él compartían las mismas preferencias: mujeres hermosas, buena comida, caballos rápidos. Más tarde pensaba invitar a su amigo florentino a una prometedora posada que había descubierto durante su excursión al burdel.

—Dejémoslo para mañana. Hoy no estoy de humor, micer César —respondió Accorsi, que, como muchos mercaderes del norte de Italia, hablaba un aceptable francés.

Subieron la escalera. Había pocos hombres a cuyo lado César se sintiera pequeño. Accorsi era uno de ellos: el mercader le sacaba media cabeza y tenía además la envergadura de un luchador forjado en la batalla. El cabello de su cráneo anguloso era rizado, y de un negro tan puro como César no había visto a nadie.

—¿Quiénes eran esos hombres? —preguntó.

—Mercaderes amigos de Montepulciano.

La escueta respuesta indicó a César que el florentino no quería hablar acerca de su encuentro. Pero raras veces tenía eso en cuenta cuando le apretaba la curiosidad.

—¿Hay malas noticias? —insistió.

Accorsi luchó consigo mismo.

—Los criados no deben oírnos —dijo al fin—. Vamos a mi aposento.

Entraron en una estancia que tenía una ventana al patio y otra al río. César contempló el mar de tejados y el pálido sol invernal, y pensó fugazmente que la ciudad, con sus docenas de torres de iglesias, palacios y defensas, le había recordado a su llegada un gigantesco alfiletero.

Accorsi fue hacia un armarito de madera de ciprés, llenó de vino dos cuernos de cristal y dio un buen trago al suyo.

—Mis amigos acaban de estar en Venecia —empezó—. Lo que cuentan de allí suena terrible.

César miró preocupado a su amigo. Cuando un hombre duro como Accorsi tenía miedo, eso no prometía nada bueno.

—¿Disturbios? ¿Una nueva crisis bancaria?

—Si solo fuera eso… No. Ha estallado una plaga y·está cobrándose muchas víctimas.

—¿Qué clase de plaga? ¿Disentería?

César empezaba a irritarse por tener que sacárselo todo a Accorsi. Era un huésped en ese país y tenía derecho a que le informaran acerca de los peligros que le amenazaban.

—Peor, me temo. Nadie sabe lo que es. Pero dicen que es terriblemente mortal. La gente muere como moscas. Solo en Venecia seiscientos diarios, dicen. Mis amigos se fueron al instante cuando lo supieron.

—¿Solo en Venecia? ¿Qué significa eso? ¿Ha brotado la plaga en otros lugares?

—Mis amigos no saben nada preciso. Pero en las rutas comerciales oyeron rumores de que la misma enfermedad ha estallado en Génova.

Se tomaron el vino en silencio. César nunca lo habría admitido, pero las plagas lo llenaban de horror. Era posible defenderse de la mayoría de los peligros para el cuerpo y la vida con una espada y unos fuertes muros. En cambio, las enfermedades mataban de manera invisible y sin ruido, hasta el hombre más fuerte se sentía impotente frente a ellas. Lleno de horror, se acordó de lo que su hermano había contado del Fuego de San Antonio en el norte de Francia. Lo que Accorsi describía sonaba mucho, mucho peor.

—¿Estamos seguros en Florencia? —preguntó.

—Sin duda. —El mercader de negros cabellos se esforzó por sonar confiado—. Venecia y Génova están a varios días de distancia. No puedo imaginar que una plaga, por espantosa que sea, pueda llegar hasta nosotros desde la costa. Mientras no sepamos nada más concreto debemos mantener la calma. —Sonrió—. Seguid disfrutando de vuestra estancia en Florencia, micer César.

En cambio, César habría querido partir enseguida y maldijo en silencio al invierno, que lo retenía en aquel país.

28

Varennes Saint-Jacques

La jornada de Adrianus empezó con Fernand bajando la temblorosa escalera, llamándolo a gritos, y plantándose sonriente ante la puerta del patio. Él estaba en ese momento fuera, echando desechos de cocina al montón de estiércol; su respiración humeaba en el frío. Sin decir palabra hizo pasar al tejedor, y entraron en la consulta.

—Sin duda podéis imaginar por qué estoy aquí —empezó Fernand.

—¿Puedo?

—El mes casi ha pasado. Es hora de cobrar mis... honorarios.

—Tu chantaje, querrás decir.

—Llamadlo como queráis. —El tejedor volvió a sonreír, enseñando unos dientes en mal estado. Tendió la mano con descaro.

Adrianus le dio las monedas.

—Dime una cosa: ¿se comporta así un buen cristiano?

—Preguntádselo al hombre que se lía con una judía y traiciona a su Señor y Redentor. Muchas gracias, maestro Adrianus. Nos veremos el mes que viene —dijo Fernand, y se despidió.

Desde el terremoto, Adrianus se esforzaba por tener una especial cautela cuando veía a Léa. Había acordado con ella que solo iría a verle entrada la noche, cuando los callejones estuvieran oscuros como boca de lobo y sus vecinos —todos ellos artesanos que trabajaban duro y tenían que levantarse al cantar el gallo— estuvieran hacía mucho en la cama. Antes de que se fuera, él se cercioraba de que nadie la viera salir por el patio. Durante el día solo se veían en la botica, e incluso eso como mucho una vez por semana. Más habría resultado sospechoso. Aparte de eso evitaban que los vieran juntos, ya fueran cristianos o judíos. Léa, que seguía sin saber nada de Fernand, ignoraba por qué él se había puesto tan alerta. Ella misma vivía en el constante miedo a que su padre o cualquier otra persona pudiera seguirles la pista.

En lo que a Fernand se refería, por supuesto, todas las precauciones eran inútiles. Por el momento lo tenía en sus manos.

«Ojalá le parta un rayo», pensaba Adrianus.

Su jornada no mejoró después. El consejero Amédée Travère sufría de disentería, y los había convocado a él y a Philibert. Cuando Adrianus entró en el dormitorio del patricio, el médico ya se encontraba allí. Era la primera vez, desde la catástrofe con Louise Marcel, que las circunstancias los obligaban a cooperar. Adrianus se preparó para reproches, disputas y luchas de poder en cuanto dejó su bolso en la mesa.

Sin embargo, Philibert le saludó con amabilidad.

—Buenos días, maestro Adrianus. Espero que hayáis tenido una noche agradable.

Adrianus respondió con una inclinación de cabeza. ¿Había hablado el alcalde Marcel con el físico y le había movido a perdonar a Adrianus?

Philibert se volvió hacia el enfermo.

—¿Queréis contarnos y explicarnos vuestra dolencia?

Amédée yacía en cama y tenía la gruesa manta de lana subida hasta la barbilla. El patricio tenía el buen aspecto reservado a los hombres que habían pasado de los cuarenta años: sus rasgos marcados, la barba plateada de tres días y los ojos llenos de sabiduría arrancaban suspiros a las mujeres de toda la ciudad cuando lo veían. Sin embargo, Amédée no explotaba en modo alguno su efecto sobre el otro sexo. Vivía de manera en extremo virtuosa: estaba casado con la misma mujer desde hacía veinte años y no se permitía ningún paso en falso, ni en el amor ni en los negocios.

La enfermedad había empeorado seriamente su aspecto. El rostro estaba ceniciento y pastoso, y el cabello empapado de sudor se le pegaba a la frente. La cámara estaba invadida de un olor apestoso procedente del orinal que había junto a la cama.

—¿Qué queréis que os explique? —dijo malhumorado Amédée—. Tengo diarrea.

Aun así, Philibert pidió al consejero que se levantara para poder examinarlo. Hizo que Adrianus le tomara una muestra de orina, que estudió a conciencia.

—De hecho, es un caso claro de disentería o diarrea, como vos la habéis llamado de modo tan gráfico —dijo alegremente—. Maestro Adrianus, ¿queréis hacer el favor de abrir la ventana? Luego sangraremos al paciente.

Adrianus no le contradijo, porque en este caso también él consideraba sensato sangrar al enfermo. Ayudó a Amédée a quitarse la fina camisa, le rasgó la piel en varios puntos de la espalda y aplicó las ventosas calientes, que enseguida quedaron adheridas y se llenaron de sangre.

—Buen trabajo —elogió Philibert cuando Adrianus cerró con emplastos las diminutas heridas y tapó al agotado Amédée—. Tomad además esta infusión de hierbas. Basta y sobra con un pequeño trago después de cada comida. A más tardar mañana temprano deberíais encontraros mejor. Que os vaya bien, maestro Adrianus —se despidió el médico municipal.

Adrianus lavó la herramienta moviendo la cabeza. ¿Qué demonios le pasaba a Philibert?

En mitad de la noche, Adrianus despertó sobresaltado. Había oído ruidos. Había alguien en la casa.

Iba a levantarse cuando de pronto sintió en la garganta un frío acero.

—Quédate tumbado —dijo alguien.

Adrianus volvió a dejarse caer en el lecho y no osó moverse. El cuchillo reposaba en su bocado de Adán. Junto a su cama había una silueta que apenas distinguía en las tinieblas. Abajo se oía hacer ruido a alguien. Al parecer, estaban revolviendo sus estantes y arcones. Un pesado libro cayó con estruendo al suelo. Hubo un sonido de cristales rotos.

Cuando abajo se oyó un leve silbido, la silueta apartó el cuchillo y salió deprisa de la estancia, escaleras abajo. Adrianus oyó cerrarse la puerta trasera, y los sonidos enmudecieron.

Se obligó a salir de la cama, encendió una tea con dedos temblorosos y bajó. Un aire gélido llenó la planta baja y le hizo estremecerse. Su bolsa de dinero había desaparecido. La había dejado estúpidamente encima de la mesa en lugar de guardarla en el arcón. Por lo demás, los intrusos apenas si habían tocado nada en la cocina.

Tanto más estragos habían hecho en la consulta. Adrianus cerró la puerta y contempló el caos. El instrumental quirúrgico, los libros más valiosos, la mayor parte de los medicamentos… todo había desaparecido. Lo que aquellos hombres habían considerado sin valor lo habían tirado al suelo y pisoteado sin ningún respeto.

Se dejó caer en el sillón de tratamientos y respiró hondo.

Los dos corchetes se habían puesto cómodos en la cocina y esperaban aburridos. Adrianus estaba en el pasillo que llevaba a la consulta, daba sorbos a un cuenco de leche caliente y contemplaba el bostezo de los estantes vacíos. Finos copos de nieve se fundían en el pergamino que sellaba la ventana.

Pasó un tiempo hasta que el alcalde Marcel, el maestre Laurent y el comandante de la guardia regresaron. Los tres hombres golpearon el suelo con los pies y se sacudieron la nieve de los mantos antes de entrar.

—El doctor Philibert dice que no sabe nada —contó Bénédicte—. Anoche no estaba en la ciudad, sino en la casa de campo de un amigo, y no ha vuelto hasta esta mañana. Hay testigos, lo hemos comprobado.

—Claro. Se ha asegurado —repuso Adrianus—. No es tan tonto como para entrar en persona en mi casa. Ha contratado a alguien.

—¿Estáis absolutamente seguro de que él se encuentra detrás de esto? También pueden haber sido ladrones corrientes. Es una pena que ninguno de los vecinos haya visto nada.

—Unos ladrones corrientes se habrían comportado de otro modo. Habrían registrado sobre todo las estancias de arriba en busca de objetos de valor. Estos, en cambio, iban directos a por mi instrumental médico. Y sabían exactamente qué medicinas y libros son caros y cuáles no, porque dejaron las cosas baratas. Alguien con conocimientos médicos tiene que haberlos instruido... alguien que quiera destruirme profesionalmente.

—No sé —dijo el alcalde—. Yo también considero incompetente al doctor Philibert. Pero no puedo imaginar que fuera tan lejos.

—Yo me lo puedo imaginar muy bien —declaró desabrido Laurent—. Ese medicastro odia a Adrianus. Ya ha intentado perjudicarle en una ocasión. Para mí, el caso está claro. Deberíamos volver a interrogarle... pero esta vez en la Torre del Hambre.

—Bueno, naturalmente existe esa posibilidad. —Bénédicte miró a Adrianus.

Adrianus apretó los dientes. Las acusaciones que estaba planteando eran graves. Si presentaba una demanda en toda regla, el Consejo prendería a Philibert y lo haría torturar hasta que confesara. Pero Adrianus tenía aversión al interrogatorio doloroso y no se lo deseaba ni a su peor enemigo.

—No —dijo—. Si no podemos probar nada contra Philibert, así son las cosas.

—¿Vas a dejar que se vaya de rositas? —preguntó Laurent—. Lo considero un error.

—Una cosa así no queda impune. En algún momento caerá sobre su cabeza.

—Eso da muestras de una gran confianza en Dios —gruñó el maestre del gremio—. O de ingenuidad. No podrás trabajar sin tus cosas. ¿Cómo vas a reemplazarlas? Si renuncias a toda indemnización, tampoco el gremio podrá ayudarte.

—Encontraré un camino —dijo Adrianus.

—Bien, es vuestra decisión —dijo Bénédicte—. Si necesitáis algo, hacédmelo saber.

Los dos hombres salieron al frío exterior.

Adrianus cerró la puerta tras ellos, puso leña en el fogón y contempló cómo las llamas atacaban el tronco por todos lados, como leones hambrientos a su presa.

—He hablado con Solomon —dijo Léa al día siguiente—. Te prestará gustoso otros diez florines, al mismo interés.

—Gracias. Eso debería bastar. —Al menos para nuevos instrumentos y medicinas. Por el momento, Adrianus podía renunciar a los libros.

No le gustaba tomar prestado aún más dinero. Por desgracia, no veía otro camino. No podía contar con César, y ahora aún menos puesto que su hermano no volvería como mínimo hasta dentro de tres meses. Y Adrianus tenía que ganar dinero ahora. Fernand no era hombre que se conformara con palabras amables.

Se frotó la cara, cansado. Tenía la impresión de que todo se desplomaba.

Léa le cogió la mano por encima de la mesa.

—Todo está bien. Lo importante es que no te han hecho nada.

Se besaron y poco después subían a su dormitorio.

Después de amarse, yacieron abrazados bajo el edredón. La noche de invierno se apretaba contra el pergamino de la ventana. La nieve recién caída en los callejones ahogaba todos los sonidos; la ciudad permanecía silenciosa bajo el cielo estrellado. Adrianus estaba agotado y feliz. Léa sabía en verdad cambiar el rumbo del humor de un hombre. Cuando estaba con ella, se sentía invencible. Los obstáculos y retrocesos carecían de importancia. Podría con Philibert, con Fernand, con todos los que querían perjudicarle.

Y Léa… Nunca la abandonaría, nunca, aunque todo Varennes, toda Lorena, toda la Cristiandad se le opusieran.

La nieve no duró mucho. Pocos días después, aquel esplendor blanco se fundió. Varennes entera se hundió en el barro cuando el invierno mostró su peor cara. Llovía, la monótona capa de nubes se cernía, baja; allá donde se mirase todo se veía gris y nada más que gris, como si los colores fueran un lujo que Dios negaba desde ahora a la pecaminosa Cristiandad.

Adrianus recorrió el mercado y se abasteció de aceite, grasa y otros ingredientes para medicamentos y pomadas. Tenía los puestos casi para él solo. Los mercaderes maldecían la lluvia y la falta de clientes.

Cuando iba a marcharse, distinguió a Philibert.

El físico estaba junto al mostrador de un pañero y palpaba con expresión de crítica la mercancía expuesta. Adrianus se puso junto a él.

—Maestro Adrianus —dijo el médico.

—Doctor Philibert —dijo Adrianus.

Con toda tranquilidad, el físico examinó una tela verde y la comparó con el color de su traje.

—He oído hablar del robo. Sencillamente espantoso. Uno ya no está seguro ni entre sus cuatro paredes.

—Ya no se puede confiar en nadie.

—En verdad, en verdad, son malos tiempos.

—Incluso tan malos que a un hombre le roban un trépano pero le dejan una copa de plata. ¿No es curioso?

—Sí que lo es. ¿Tenéis alguna explicación?

—Pensaba que vos podríais ayudarme a encontrarla.

—¿Ah, sí? Me confundís.

—Los ladrones sabían exactamente cómo perjudicarme —dijo Adrianus—. Un hombre con conocimientos médicos tiene que haber puesto sus ojos en mí.

—¿Quizá alguien del gremio que envidia vuestro éxito? —dijo Philibert.

—Pongo la mano en el fuego por mis hermanos. Pero ¿y el hombre que pocos meses antes me acusó ante el gremio porque piensa que lo he humillado delante de toda la ciudad?

El físico pareció sinceramente indignado.

—¿Pretendéis sospechar de mí y culparme?

—¿Hay motivos para hacerlo?

—Os lo advierto. Esto es atacar mi reputación. ¡Podría acusaros y pediros cuentas!

Ambos se miraron fijamente, antes de apartarse uno del otro al mismo tiempo.

—Buenos días, maestro Adrianus.

—Buenos días, doctor Philibert.

LIBRO SEGUNDO

LA GRAN MORTANDAD

El mundo enfermo prescinde del médico,
cuando la muerte está a las puertas.

FRANCESCO PETRARCA

29

De abril a junio de 1348

A ccorsi apuntó con la ballesta y apretó la llave. El virote silbó en el aire y alcanzó al pichón antes de que pudiera desaparecer entre las copas de los árboles.

—Buen tiro —elogió César.

Mientras su anfitrión desmontaba y se ponía a buscar la presa, él disfrutó del cálido sol en la nuca y se regocijó con las vistas. Ante él se extendía un viñedo que terminaba en el valle y, sobre un amplio tapiz de sembrados, praderas y huertos, se fundía con los muros de la ciudad; todo estaba bañado en una maravillosa luz ocre. El viento estaba en calma. Las abejas zumbaban entre la lavanda, al borde del camino. Olía a hierba, tierra húmeda, flores que brotaban, y a cada inspiración César sentía que la fuerza vital corría fresca por sus venas.

Amaba ese país, con su clima suave, sus mujeres ardientes, sus avenidas de cipreses y suaves colinas que se perdían en una bruma azul. Al cabo de unos días, dejaría Florencia para volver a casa. Le iba a costar trabajo.

Accorsi regresó sonriente, sosteniendo el pichón en alto.

—Si queréis acudir hoy al mercado —dijo el mercader—, deberíamos ir regresando.

—¿Tenéis que recordarme con tanta brusquedad que no estoy aquí para el placer? —respondió bromeando César.

—En verdad habéis tenido suficiente placer, micer César. Ahora es tiempo de que repartáis algo de plata entre la gente. Y cuando digo «gente» no me refiero a las rameras y los taberneros.

Riendo, picaron espuelas a los caballos, bajaron al trote de la colina y poco después cruzaban la puerta de San Frediano. En casa de Accorsi, César se puso ropa con la que poder dejarse ver en el mercado, y llenó su bolsa de monedas de plata y oro.

Llevaba mucho tiempo aplazando el momento de comprar mercancías para el viaje a casa... Sencillamente, en Florencia había demasiadas alegrías para los sentidos y distracciones, que le habían apartado de hacerlo. Pero había llegado el momento. Llamó a sus criados y bajó la escalera.

En el patio interior lo recibió un excitado rumor de voces. Varios hombres hablaban gesticulando a Accorsi, que les pedía sin éxito que se expresaran con calma. El estómago de César se contrajo. Su humor relajado había desaparecido de golpe.

Los hombres salieron corriendo, sus gritos resonaron en la calle. Los criados estaban pálidos. Dos criadas lloraban.

—¿Qué ha pasado? —se dirigió César a Accorsi, aunque ya conocía la respuesta.

—La plaga está aquí. —La voz, normalmente tan sonora, del florentino había perdido toda fuerza, apenas era más que un susurro átono—. Varias personas han enfermado en los barrios pobres.

Desde aquel día de febrero, César había evitado pensar en el peligro amenazante, se había convencido de que no le iba a afectar a él. La plaga en las ciudades costeras amainaría y desaparecería pronto, como siempre hacen las epidemias. De hecho, prácticamente se había olvidado del asunto.

Ahora se apoderaba de él una furia bronca, irracional.

—¡Dijisteis que aquí estábamos seguros! —increpó a su anfitrión.

Accorsi no reaccionó ni con vergüenza ni con indignación, sino de una manera totalmente extravagante. Su boca dio forma a una sonrisa que tenía algo de mueca, de repente los anchos incisivos le parecieron a César lápidas ordenadas en filas e hileras.

—Bueno, parece que me equivoqué. Esas cosas pasan.

César caminó intranquilo y se pasó la mano por el cabello.

—¿Qué hacemos ahora?

—La plaga se extiende a gran velocidad. A más tardar dentro de unos días alcanzará el centro de la ciudad. No hay remedio, no hay salvación. Todo lo que se puede hacer es rezar… y huir. Sí, huir —repitió Accorsi, como si de repente se hubiera dado cuenta de la grandiosa idea que era.

Con voz tonante se volvió hacia los criados, que salieron corriendo en todas direcciones como gallinas asustadas y subieron las escaleras con cajas, sacos y cestas en las manos. El propio Accorsi fue hacia los establos.

César estaba junto a la fuente del león, contemplaba el trajín y se sentía como si estuviera dentro de un sueño especialmente loco. No podía concebir ninguna idea clara.

Su anfitrión regresó llevando de las riendas a su corcel más rápido.

—Me retiro al campo —explicó—. También vos deberíais dejar la ciudad. Hoy mismo. Volved a casa. Que san Nicolás os proteja.

Accorsi montó y salió corriendo sin una palabra de despedida.

César se sentía como si tuviera en la garganta una bola del tamaño de un puño. Tragó varias veces y luego se volvió hacia sus criados y mercenarios, que entretanto se habían congregado a su alrededor.

—Recoged mis cosas —ordenó con voz ronca—. Partimos enseguida.

Toscana y Lombardía

Dejar Florencia era algo más fácil de decir que de hacer. En pocas horas, se corrió la voz del estallido de la plaga. Rumores terribles se difundieron por las calles. La gente se reunía en grupos y competían unos con otros en número de muertos y enfermos. Maldecían a los pecadores, a los blasfemos, a los impíos, alzaban al cielo las manos temblorosas y pedían ayuda al Señor. Todo el que podía permitírselo —mercaderes, patricios, aristócratas— huía al campo. A las puertas de la ciudad se apiñaban carros hasta los topes y animales de carga que bramaban, y entre ellos los ricos y poderosos, que por primera vez en su vida se veían expuestos a una amenaza que no podían eliminar con el oro y la fuerza de las armas. Estaban pálidos los distinguidos rostros, sudadas las caras vestimentas. Apresurados, regalaban anillos cubiertos de rubíes y las relucientes cadenas de oro de sus cargos solo para que les dejaran avanzar un puesto en la cola.

César estuvo largo tiempo atrapado en medio del tumulto. No dominaba la lengua, ni conocía escapatorias ni atajos, ni tampoco tenía amigos que le ayudaran. Cuando por fin pudo abandonar la metrópoli del Arno, ya era entrada la tarde.

Marcharon hasta entrada la noche y acamparon al raso, ocultos en un bosquecillo de pinos al borde de la carretera. César apenas encontró el sueño aquella noche. Junto al temor a la plaga, le torturaba el miedo a ser asaltado. Al fin y al cabo, llevaba encima dos mil florines y no tenía para su protección más que cuatro guerreros a sueldo.

Se sentía arrastrado entre opciones opuestas. ¿Debía ir por las rutas comerciales para llegar rápidamente al norte? El contacto con otros viajeros significaba un mayor riesgo de que le robaran. Pero, si se mantenía alejado de las rutas más transitadas y además evitaba los pueblos y aldeas, no avanzaría tan rápido y estaría expuesto durante más tiempo al aire pestilente del país.

El miedo a la plaga venció. César optó por la ruta comercial e instó a su gente a darse prisa.

Atravesaron los Apeninos, distinguieron a lo lejos las torres de Bolonia y siguieron hacia el noroeste. En la llanura, César vio por primera vez víctimas de la plaga.

Era una familia de campesinos, de seis miembros. Los dos adultos y los cuatro niños yacían en la hierba junto al camino; los cuerpos difundían un espantoso olor. César y sus hombres osaron acercarse hasta diez pasos de distancia. Los pálidos rostros, las pálidas manos y pies, estaban empapados de sudor. César habría supuesto que una fiebre normal se los había llevado de no haber sido por los bubones en los cuerpos. Se abombaban en la nuca, grandes como gordas ciruelas, y estaban llenos de sangre podrida, que les daba un color negro azulado. César se tapó la boca y la nariz con el cuello del jubón y luchó contra la náusea que le acometía.

—Por Dios —susurró uno de los mercenarios—, aún viven.

La campesina, a la que habían dado por muerta, se movió y tosió en la hierba un esputo de sangre y moco antes de descubrir a los loreneses y tender una mano temblorosa hacia ellos. Con voz chirriante, pidió ayuda o agua, o ambas cosas. Probablemente no fueron más que imaginaciones suyas, pero César creyó notar que su cuerpo emanaba un calor febril, que se percibía incluso a esa distancia. La mujer se puso de rodillas, se dobló bajo un nuevo ataque de tos y les imploró con los brazos tendidos.

Un espanto que nunca había sentido se apoderó de él.

—Vamos, deprisa —apremió a sus hombres.

Trazaron un gran arco en torno a los enfermos para rodearlos y no volvieron a mirar hacia ellos.

No fue el último encuentro de esa clase. En casi todos los asentamientos que se topaban en su camino vieron a personas que tosían, al mismo tiempo que sudaban y tenían escalofríos, gemían de dolor, lloraban y apenas podían caminar erguidas. En todos los casos, César y su gente siguieron su camino a toda prisa y evitaron buscar agua y comida en esos pueblos. En algunos lugares la plaga había estallado hacía ya muchos días y había arrastrado sin excepción a todos y cada uno de sus habitantes, tanto hombres como mujeres, tanto ancianos como niños. En las plazas de los pueblos yacían los cadáveres hinchados, apretados unos contra otros, como si la parca los hubiera abatido con un solo golpe de guadaña. Ya no quedaba con vida nadie que pudiera enterrarlos: un festín para moscas y cuervos.

Como mercader, César había viajado mucho. Ya había visto más de una plaga, como la disentería, que brotaba a menudo donde mucha gente compartía un pequeño espacio; o la fiebre de los pantanos, que asediaba comarcas cálidas y húmedas. Todas esas enfermedades eran látigos terribles, que reclamaban muchas víctimas y eran difíciles de curar. Pero no eran nada comparado con lo que estaba pasando allí.

Ninguna otra epidemia mataba tan deprisa, con tanto sufrimiento, tan masivamente. Aquello era nuevo. Aquello era mucho peor que todo lo que había existido antes.

«Esto es el apocalipsis. El fin», pensó César.

Una semana después de salir de Florencia, apenas les quedaban provisiones.

—Iremos a Milán —decidió, y rezó porque la plaga no hubiera avanzado aún hasta la metrópoli lombarda.

Cansados, siguieron el sendero de carros que atravesaba la llana región, flanqueado de praderas y sembrados y pequeños bosques. Era un día fresco y triste. Nubes grises se acumulaban en el cielo, y a César le parecían rocas titánicas que podían desplomarse en cualquier momento para enterrar aquel territorio atormentado. Ante ellos había un pequeño pueblo, poco más que un puñado de chozas con tejados de paja. No se veía a ningún habitante. César y sus acompañantes se aproximaron, alerta.

Entonces salió al camino una figura, un hombre que ponía tambaleándose un pie delante de otro. Jadeaba de dolor. En su cuello florecían dos bubones negros. No era un campesino. Llevaba la distinguida vestimenta de un noble.

—¡Ni un paso más! —gritó César.

El enfermo no le oyó o no le entendió. Respirando con dificultad, fue hacia ellos. Uno de los mercenarios tensó la ballesta y colocó un virote.

—¡Atrás, o disparamos!

El hombre se desplomó y quedó a cuatro patas en el camino, como un animal, antes de rehacerse y seguir avanzando tambaleándose.

—*Sete* —cuchicheó—. *Acqua...*

—Dispara —ordenó César.

—Está indefenso.

—Sobre todo está prácticamente muerto. Vas a hacerle un favor. ¡Vamos!

El soldado apretó la llave. El virote alcanzó al enfermo en el pecho, la fuerza del impacto lo levantó del suelo. Entre convulsiones, buscó con la mano el astil emplumado antes de morir.

El mercenario se colgó la ballesta y quiso ir hacia él.

—¿Qué haces, loco? —le increpó César.

—Quizá lleve encima dinero o joyas.

—Somos cristianos... no saqueamos a muertos. ¿Y no hueles la pestilencia? Enfermarás si la respiras demasiado. Lo mejor es marcharnos de aquí.

Evitaron el pueblo y llenaron sus odres en un arroyo que serpenteaba por las praderas.

Al día siguiente llegaron a Milán. La enorme ciudad yacía en la llanura como un monstruo que dormitaba. Aparte de ellos no se veía a nadie en la pavimentada carretera que llevaba hasta los muros. César contó con lo peor.

La puerta estaba cerrada. Cuando se acercaron, un hombre armado se asomó a las almenas y gritó algo. César no lo entendió todo, pero el mensaje era inequívoco: «No dejamos entrar a nadie. ¡Largaos!».

—¡Solo queremos reponer nuestras provisiones, no nos quedaremos mucho tiempo! —gritó César en su torpe italiano.

—¡Marchaos, o emplearemos la violencia! —Varios soldados aparecieron en el adarve y apuntaron ballestas cargadas hacia ellos.

Los loreneses se alejaron con rapidez.

—Este es nuestro último trozo de pan —dijo uno de los criados mientras, horas después, descansaban al borde del camino—. Si esto sigue así, vamos a pasar hambre.

—Ya encontraremos algo. —César puso en su voz una confianza que ni él mismo sentía. No podía permitir que la desesperación se abriera paso. Si los hombres lo abandonaban, o incluso se volvían contra él, estaría perdido.

Hacia el anochecer —no habían encontrado a ningún otro viajero en todo el día— distinguieron en una elevación la granja de un campesino rico, rodeada de frutales y cipreses plantados como columnas. No se veía a nadie. César ordenó a un criado trepar a un árbol y observar la granja. Al cabo de un rato, el hombre bajó de su atalaya.

—Parece abandonada —dijo.

—Tú y tú —dijo César a dos mercenarios—. Mirad si encontráis algo de comer.

Los hombres no reaccionaron precisamente con entusiasmo ante el encargo.

—¿Y si hay enfermos? —dijo uno.

—Si veis alguno, o allá arriba todo está lleno de cadáveres, regresad enseguida. —Como los mercenarios seguían titubeando, sacó un florín—. Será vuestro si encontráis comida suficiente para los próximos días.

La codicia venció al temor. Con las hachas en la mano, los dos hombres remontaron el sendero y desaparecieron detrás de la puerta. No pasó mucho tiempo hasta que regresaron. Sonreían, uno de ellos empujaba una carretilla.

—Ni un alma. Han huido y lo han dejado todo. Es la pura cámara del tesoro.

Los otros hombres reían de alegría cuando los mercenarios repartieron el botín. Habían encontrado pan, queso, jamón ahumado, miel y nabos. César se sentó en la hierba y comió hasta hartarse, por vez primera desde hacía días.

Las amenazadoras masas de nubes se habían fundido durante la noche en una masa gris y uniforme que se tendía de horizonte a horizonte y ocultaba el sol. «Como una mortaja», pensó César, y dejó vagar la vista por la carretera solitaria, la llanura y los pueblos lejanos.

Adecuado para un país que le parecía un gigantesco cementerio.

Varennes Saint-Jacques

Llegaron a casa un amable día de verano, varias semanas después. Varennes no era Florencia ni Milán, era pequeño y mísero y provinciano, y sin embargo a César le desbordaba de alegría el corazón cuando cruzó la Puerta de la Sal.

Estaba en casa. La plaga había quedado atrás.

Los Alpes parecían una muralla natural, que mantenía la epidemia alejada del norte del Imperio... Al menos no habían visto un solo enfermo en las montañas y más allá de ellas. La gente de aquellos valles apartados ni siquiera había oído hablar de la plaga. La marcha a través de los desfiladeros había sido más fácil que en el viaje de ida, porque la nieve se había fundido y el clima era más suave que en noviembre. En Lucerna, había comprado caballos para él y para los hombres, porque quería llegar a casa lo antes posible.

Cuando descabalgó en el patio, los criados vinieron corriendo a saludarle. Atraídos por el ruido, Hélène y los niños bajaron por la escalera. Michel corrió hacia él, que levantó riendo al chico y giró con él en torno a su eje.

—¡Por san Jacques, cómo has crecido! No lleva uno ni medio año fuera y este chico se convierte en gigante.

—¡Un gigante! ¡Soy un gigante! —gritó Michel, y empezó a caminar por el patio dando zancadas con gesto furibundo, para diversión de los criados.

César cogió en brazos a Sybil y fue hacia Hélène, cuya alegría por su regreso se mantenía dentro de unos límites. Se forzó a besarlo en la mejilla.

—Llevad el oro al despacho —ordenó César a un criado cuando entraron—. Que el escribano lo cuente y lo apunte en el libro mayor.

Delante de la sala el *fattore* salió a su encuentro.

—Habéis vuelto, gracias a san Nicolás. Espero que el viaje no fuera demasiado duro. Los negocios han ido bien durante vuestra ausencia, lo he anotado todo. ¿Queréis que lo repasemos juntos?

—¡Por Dios, hombre! Si acabo de bajar del caballo. Ahórramelo. —Ahuyentó a su ayudante y se dejó caer en una silla.

Hélène le sirvió vino y le añadió unas hierbas, como a él le gustaba.

—¿Te has divertido en Florencia? —preguntó, mordaz.

—¿Divertido? No tienes ni idea de lo que he pasado, mujer.

Dio un gran trago. Era buen vino del Mosela, ni demasiado dulce ni demasiado áspero. Sabía a hogar.

Ella se sentó frente a él, esperando al parecer que le contara el viaje. César no quería hablar de eso. Además, pensaba en otra cosa. La muerte masiva y el horror que había visto por el camino... Su deseo del cuerpo consolador de una mujer era enorme.

—Vayamos arriba —gruñó cuando hubo apurado la copa.

—¿En pleno día? —preguntó Hélène.

—No voy a esperar hasta la noche. Despacha a los niños.

—Id al establo a ver cómo están los gatitos, ¿eh? Que Marie os dé un poco de leche para ellos —dijo a Michel y Sybil, que salieron corriendo entusiasmados.

Poco después estaban en el dormitorio. César corrió el cerrojo.

—Arrodíllate y levántate las faldas —ordenó.

No era una ramera florentina, pero aquí y ahora le bastaba.

—Me alegra que estéis aquí —dijo el alcalde Marcel cuando César fue al ayuntamiento a la mañana siguiente—. Tengo algo importante que discutir con vos. Everard abandona el Pequeño Consejo. La edad le pesa, y ya no se siente a la altura de sus obligaciones de consejero y tesorero de la ciudad. Tenemos que celebrar una elección, y quiero pediros que os presentéis.

—Me temo que tenemos preocupaciones más apremiantes —respondió César.

Bénédicte le pidió con un gesto que se sentara.

—¿Qué ha ocurrido?

—Acabo de llegar de Italia. El país entero, entre Florencia y Milán, sufre una plaga. Mueren a millares. Pueblos enteros han quedado deshabitados. Es peor que cualquier cosa que haya visto nunca.

—¿Qué clase de enfermedad es? —preguntó el alcalde, preocupado.

—Al principio recuerda a una fiebre grave. Los enfermos se sienten mal, tienen fuerte sudor y al mismo tiempo escalofríos helados. Luego les salen bubones negros, la mayoría de las veces en la nuca o en las ingles. Son unas cosas gigantescas y asquerosas, los dolores tienen que ser terribles. La muerte llega pronto. Más de uno se acuesta sano por la noche, enferma mientras duerme y ya no despierta por la mañana.

—Jamás he oído hablar de una plaga así.

—Tampoco en Italia se conoce la enfermedad. Los médicos están desconcertados. Lo peor es que se extiende a toda velocidad. En febrero solo estaban afectadas las ciudades costeras, pero ya en abril la epidemia alcanzaba todo el norte de Italia. En Basilea me han contado que ahora ya hace estragos en el país de los franceses.

El alcalde escuchó la noticia en silencio.

—¿Teméis que podría llegar hasta nosotros?

—Sin duda no hará daño tomar medidas —dijo César.

Bénédicte asintió.

—Convocaré más tarde a todos los sanadores y discutiré la cuestión con ellos.

César fue a levantarse, pero el alcalde le pidió que se quedara.

—Volviendo a la elección del Consejo: ¿puedo contar con vuestra candidatura? Si realmente nos amenaza una plaga, sería de ayuda que en el Consejo se sentara un hombre que ha visto la enfermedad con sus propios ojos y puede valorar el peligro.

César había esperado que aquel cáliz pasara de largo ante él. Sin duda se consideraba un honor representar a la ciudadanía en el Consejo. Pero también era un trabajo esforzado, que robaba tiempo y para el que solo había una indemnización de gastos. Además, un consejero pronto hacía enemigos en la ciudad. Cosas todas ellas a las que bien podía renunciar.

—Varennes os necesita —apremió Bénédicte.

César sabía que difícilmente iba a poder sustraerse a su responsabilidad. Había pocas familias con capacidad de ingresar en el Consejo... El círculo de personas que entraba en consideración era reducido. Cualquier varón Marcel, Travère, Le Roux y Fleury tenía en algún momento que cumplir con su deber. Tiempo atrás, su padre había sido varias veces miembro del Pequeño Consejo.

—Podéis contar conmigo.

El alcalde sonrió.

—Os lo agradezco, César. Sois un hombre inteligente y con capacidad de decisión. Con vos como miembro, el Pequeño Consejo estará a la altura de todos los desafíos.

30

Adrianus había estado tratando a un herido en la ciudad nueva y se había enterado tarde del llamamiento del alcalde. Fue el último en entrar en la sala del Consejo. Todos los demás sanadores estaban ya presentes.

Distinguió a bañeros, barberos y talladores de piedras, en pocas palabras, a todos los miembros de su gremio. También habían venido los infirmarios de todos los monasterios; además de Deniselle, una mujer de la comarca experta en hierbas. Philibert estaba junto al alcalde y exhibía un gesto que no dejaba duda de que se sentía muy superior al resto de los presentes tanto en estatus como en conocimientos.

La mirada de Adrianus rozó a Léa, que acompañaba a su padre. En público siempre se comportaban como si solo se conocieran fugazmente: un cirujano y una boticaria que hacían negocios, pero por lo demás evitaban cualquier trato, como correspondía a un varón cristiano no casado y a una mujer judía. Después del incidente con Luc, cuando se supo que había estado de noche en la judería, había habido rumores y conjeturas durante semanas. No quería alimentar esa cháchara. Su situación ya era en verdad bastante delicada.

Para su sorpresa, también César estaba presente. Tenía que haber vuelto de Italia hacía muy poco. Saludó a Adrianus con la cabeza.

El alcalde Marcel pidió silencio.

—Gracias por haber comparecido todos. Quizá algunos ya hayáis oído que hay preocupantes noticias que quiero discutir con todos vosotros...

—Antes quiero saber qué se les ha perdido aquí a los judíos —gruñó un tallista.

No pocos miembros del gremio asintieron iracundos, y lanzaron miradas hostiles a Léa y Baruch, como Adrianus comprobó con amargura.

—El rabino Baruch y su hija son sanadores expertos, y tienen además la botica más grande de la ciudad —explicó impaciente Bénédicte—.

Dado que en esta reunión se trata de la salud de todos los habitantes de la ciudad, también tienen derecho a estar aquí, como los demás. César, que acaba de volver de Florencia, cuenta que en Italia y Francia ha estallado una plaga. Nadie sabe de qué enfermedad se trata, pero está claro que se cobra muchas víctimas y se extiende con rapidez. Tenemos que contar con que también asediará Lorena y Varennes Saint-Jacques. Por eso, es preciso que nos preparemos. Quisiera oír vuestras propuestas respecto a lo que podemos hacer.

—¿Cuáles son los síntomas de la enfermedad? —preguntó Adrianus.

—Fiebre alta, sudor, escalofríos —respondió Philibert sin mirarle. Estaba claro que Bénédicte y César se lo habían contado previamente—. Debilidad, grandes dolores y bubones negros en el cuerpo, que llevan a la muerte en poco tiempo. Además, cuentan que los enfermos emanan y despiden miasmas perjudiciales.

La inquietud se extendió por la sala. Nadie había oído hablar nunca de esa enfermedad. Más de uno empezaba a tener miedo.

—¿Conocemos al menos las causas? —exclamó el maestre Laurent.

—Está fuera de duda que el Señor quiere de este modo castigar a los hombres por sus pecados —declaró Philibert—. Tal como hizo antaño con el Diluvio y con la destrucción de Sodoma y Gomorra. Por eso, nuestra medida más apremiante tiene que ser cerrar el burdel, las tabernas de la ciudad baja y otros lugares de depravación. Además, celebraremos procesiones de manera regular para rogarle que nos perdone nuestros pecados.

Aquella disposición no suscitó precisamente entusiasmo. Algunos de los hombres presentes se contaban entre los clientes más fieles del burdel en cuestión, y también de las tabernas. Pero ninguno osó pronunciarse en contra.

—Deberíamos implantar una obligación de aviso —dijo Adrianus—. Si uno de nosotros descubre a un enfermo de la plaga, tiene que informar enseguida al Consejo para que podamos actuar deprisa. Además, deberíamos controlar a los visitantes extranjeros en las puertas de la ciudad para ver si están afectados por la enfermedad. —Su mirada encontró la de César—. Lo mismo vale para los ciudadanos que regresen de un viaje. Lo mejor es que el Consejo prohíba a todos los habitantes de Varennes viajar a las regiones afectadas.

—Muy bien —dijo el alcalde—. Pediré al Consejo que apruebe todas esas medidas.

César advirtió que más de uno lo miraba con recelo.

—No os preocupéis —declaró—. El doctor Philibert me ha examinado a conciencia. Estoy sano.

—Si el peligro emana de los extranjeros, no deberíamos admitir a ninguno —dijo un barbero—. Cerremos las puertas de la ciudad y no volvamos a abrirlas hasta que la cosa haya pasado.

—Eso supondría nuestra ruina —le contradijo Bénédicte—. Somos una ciudad mercantil, que vive del intercambio con los forasteros. Lo haremos tal como dice el maestro Adrien.

—Para mí no es suficiente —pidió la palabra Laurent—. Las plagas aparecen siempre allá donde muchas personas se reúnen en un espacio angosto. Pienso en los mercados anuales. Cada abril y cada octubre, a lo largo de tres semanas, la ciudad rebosa de visitantes. Para mi gusto, es demasiado arriesgado. Deberíamos suspender las ferias durante un año.

—Eso sería un duro golpe para los mercaderes y para muchas industrias de la ciudad —objetó César.

—Mejor perder dinero que vuestra vida —dijo Adrianus—. Apoyo la propuesta del maestro Laurent.

Otros se le sumaron, por lo que finalmente el alcalde tuvo que dar su brazo a torcer.

—Cancelaremos la feria de otoño. Para la de primavera, esperaremos a ver cómo evolucionan las cosas.

—Pero necesitamos la feria de otoño —repuso César.

Bénédicte levantó la mano.

—Está decidido. El bien del pueblo tiene prioridad.

César lanzó una mirada sombría a Adrianus. «Gracias, hermano.» Adrianus había estado haciendo cuentas. La última vez que habían hablado había sido a finales del verano anterior. Habían tenido una discusión, la peor y la última hasta la fecha. Desde entonces habían pasado diez meses. Un largo tiempo, en realidad más que suficiente para que ambos se calmaran. Pero apenas volvían a encontrarse cara a cara amenazaba una nueva disputa. Adrianus suspiró interiormente. Sencillamente, no les había sido dado mantener una relación amigable.

—Creo que estas medidas bastan por el momento —decidió el alcalde—. Los pregoneros las darán a conocer por la ciudad.

—Eso podría provocar el pánico —observó Laurent.

—Me temo que eso ocurrirá antes o después —dijo Adrianus—. No podremos impedir que los ciudadanos tengan noticia de la plaga. Es mejor que todos, desde los niños hasta los ancianos, estén advertidos desde el principio.

Bénédicte asintió.

—Todas las medidas tomadas quedan bajo la supervisión del doctor Philibert. Los demás os dirigiréis a él si sabéis algo nuevo acerca de la plaga.

Aquella ampliación de sus facultades gustó extraordinariamente al médico de la ciudad. Miró imperativo a sus nuevos subordinados.

Laurent resopló despectivo.

—¿Tenéis algún reparo? —preguntó poco amable el alcalde.

—La inspección debería estar en manos de quienes gozan del mayor prestigio entre los sanadores de Varennes —respondió el obeso bañero—.

Y esos somos el maestro Adrianus y yo. Considero que un físico de dotes moderadas y discutible reputación no es la persona adecuada para esto.

—¿Cómo os atrevéis? —bufó Philibert.

—Tenemos que vérnoslas con un peligro desconocido de terribles proporciones —objetó el alcalde—. En tiempos como estos, estaremos bien aconsejados si prestamos oídos a un físico que ha estudiado con los más grandes médicos de la Cristiandad. Mi decisión es firme. Ahora, id y rezad para que el Señor, en su infinita sabiduría, deje a Varennes al margen de su venganza.

Con estas palabras, Bénédicte despidió a los sanadores.

Cuando bajaron la escalera, Adrianus volvió a mirar de reojo a Léa. Leyó en sus ojos el mismo temor que también él sentía.

Adrianus había dejado el ayuntamiento a toda prisa, porque no tenía el menor deseo de escuchar los reproches de César. Sin embargo, su hermano lo alcanzó en la Grand Rue.

—Tengo prisa. Mis pacientes esperan.

César no se dejó quitar de en medio.

—¿Tienes que atacarme por la espalda a cada oportunidad?

—Puede que te sorprenda, pero no lo he hecho para perjudicarte. Lo único que me importa es el bien de los habitantes de la ciudad, y en estos tiempos la feria representa un peligro.

—Pero ¿cómo voy a vender mi paño?

—Encontrarás la manera.

—Acabo de tomar prestado mucho dinero. Quizá sin los negocios de la feria no pueda devolverlo. ¿Te das cuenta de lo que pasará entonces?

—¿Cuánto has tomado prestado?

César bajó la voz.

—Dos mil florines.

Adrianus se detuvo.

—Por Dios, César. ¿No sería un riesgo demasiado grande en cualquier caso?

—El negocio va bien, y es hora de arriesgar. Con ese dinero quiero comprar ovejas, para librarme de la cara lana inglesa. Por lo menos, ese era mi plan antes de tener noticia de la maldita plaga —dijo César con gesto sombrío—. Lo habría conseguido.

—Aún puedes hacerlo —respondió conciliador Adrianus. A pesar de todo, sentía compasión por su hermano. Sobre los hombros de César descansaba una enorme presión y, como si no fuera suficiente con eso, el destino le ponía siempre piedras nuevas en el camino—. Pero no me eches la culpa de tus desgracias. No tengo la culpa de la plaga.

Siguieron caminando en silencio. Delante de su casa, Adrianus dijo:

—¿Quieres pasar y hablarme de tu viaje?

—Creía que tenías que trabajar.

—Puedo prescindir de un poco de tiempo.

Entraron. Era la primera vez que César estaba allí, y echó un vistazo a su alrededor. No dijo una palabra de la casa. Adrianus llenó dos copas de cerveza rebajada. Bebieron para superar el silencio.

—Así que Italia —dijo al fin—. ¿Qué has vivido allí?

—No te lo puedes imaginar.

—¿Tan malo ha sido?

—La plaga ha borrado pueblos enteros. El viento apesta igual que una tumba abierta. Allá adonde se va se oyen los gritos de dolor de los enfermos.

Un escalofrío recorrió la espalda de Adrianus.

—¿Y no hay ningún remedio?

Su hermano negó con la cabeza.

—Los médicos están desconcertados.

—Tanto mejor que nos hayas advertido. Si Dios quiere, podremos rechazar la plaga con nuestras medidas.

César gruñó.

—Si me hubiera callado la boca... Al final no llegará a la región, y aun así perderé un montón de dinero.

Volvieron a quedar en silencio.

—Tienes una bonita casa —dijo de pronto César—. He oído decir que te la has comprado con el dinero de los judíos.

«Dinero de los judíos.» El tono de su voz no gustó a Adrianus.

—Solomon fue tan amable de darme un crédito.

—No te dejes engañar.

—Solomon es un hombre decente. Sus condiciones son muy generosas.

—Está claro que te incluye entre sus «clientes ilustres». —La sonrisa de César era todo lo contrario de amable.

Adrianus frunció el ceño.

—¿Te ha dicho eso Aarón ben Josué?

—¿Cómo sabes que fui a verlo?

—Léa me contó que no quiso darte crédito.

—Bueno es saberlo. Probablemente toda la judería se ha reído hasta las lágrimas de que me despachara como a un pedigüeño indigno.

—Nadie se ha reído de ti. A Aarón le habría gustado ayudarte. Pero el riesgo era demasiado grande para él.

—¿Y qué pasa con el que corrió nuestra familia al defender a los judíos? —atronó César—. En verdad, no solo hicimos amigos en el obispado. Pero Aarón no dedicó un instante a pensar en ese riesgo.

—Estoy seguro de que Aarón sabe lo que hicimos por su comunidad —repuso Adrianus—. Pero ¿debe por eso meterse en un negocio que le parece peligroso?

—Habría podido ayudarme. A eso lo llaman «gratitud».

—Puede ser que Aarón fuera cauteloso en exceso. Quizá incluso tacaño. Aun así, no puedes medir a todos los judíos por el mismo rasero. Si hubieras hablado con Solomon, sin duda habríais encontrado una solución.

—Bah —resopló César—. Esos usureros judíos son todos iguales.

—¿Qué estás diciendo? Pareces Théoger Le Roux.

—Puede que Théoger sea un fanfarrón, pero de vez en cuando dice cosas que son ciertas. A los judíos les va demasiado bien. Se han vuelto arrogantes. Si no tenemos cuidado, nos tomarán el pelo.

Adrianus miró espantado a su hermano.

—Espero que nuestros antepasados no estén escuchando. Se revolverían en la tumba.

—Que lo hagan. He terminado con los judíos. —César vació su copa y la dejó con estrépito sobre la mesa—. Ahora tengo que irme. Que te vaya bien, hermano.

La puerta se cerró.

Adrianus se quedó con la copa en la mano. «Es el miedo al futuro el que habla por su boca.» Solo podía explicarse aquellas extrañas afirmaciones porque el constante apremio de los negocios había vuelto agresivo a César. Como un animal herido, que lo muerde todo a su alrededor y lo considera una amenaza. Incluso a los judíos, que en verdad no tenían ninguna culpa de su angustia.

Adrianus movió la cabeza y apuró el resto de la cerveza.

Ojalá su hermano volviera pronto a entrar en razón.

Los monjes franciscanos elogiaban la pobreza y el ascetismo, pero eso no impedía al hermano guardián regatear por cada moneda de oro como un mercader de especias veneciano.

—Doscientos —exigió.

—¿Doscientos? —rugió César—. ¡Eso son cincuenta más de lo que esta casa maldita de Dios costó entonces!

El hermano guardián alzó la mano y frunció el ceño con desaprobación.

—En estas estancias no toleramos blasfemia alguna. Moderaos, o tendré que pediros que os vayáis.

—Os daré ciento sesenta, y ni un céntimo más —dijo César.

—¿Cuándo construyó la casa vuestra familia? ¿Hace quince años? Desde entonces han cambiado unas cuantas cosas. El terreno cultivable y el construido en el término municipal se han encarecido.

—Muy bien, muy bien. Ciento setenta.

—No puedo bajar de ciento noventa. Es mi última palabra.

—¡Por eso me venden una casa de varios pisos junto a la catedral!

—Creo que eso no es más que un rumor.

—Para ser un monje mendicante —gruñó César—, sois muy desvergonzado.

—Os he dicho que moderéis vuestras palabras —respondió el hermano guardián con enervante tranquilidad—. Si me ofendéis, no obtendréis la casa.

Terminaron poniéndose de acuerdo en ciento ochenta y cinco florines. Malhumorado, César empujó las monedas sobre la mesa. Ahí se iba su dinero. En realidad el préstamo de Florencia estaba previsto para su negocio. Pero, si la plaga llegaba a Varennes, necesitaría un lugar al que poder retirarse con su familia. Contra el mortal peligro solamente ayudaba la huida al campo. En silencio, César maldijo a su padre. Si, en su necedad, Josselin no hubiera regalado a la Iglesia la casita en medio de los frutales, no tendría que estar sentado allí echando su oro a las fauces de aquel fraile mendicante. «Primero se cancela la feria de otoño, y ahora esto. Los golpes se suceden con una hermosa regularidad. ¿Qué te he hecho, Señor?»

—Necesito la casa lo antes posible —dijo.

—Hemos instalado el *infirmarium* en ella —explicó el hermano guardián—. Pasará un tiempo antes de que podamos alojar en otro sitio a los hermanos enfermos.

—Tenéis una semana.

—Una semana —asintió el monje—. Debería bastar.

Poco después, César se dirigía hacia la puerta a través del floreciente jardín del convento, con el contrato en la mano. Fuera vio una figura enjuta que guiaba a los cerdos por el prado: su padre. Josselin llevaba una sucia cogulla y sus pies desnudos también estaban así: era enteramente el fraile modelo.

—¡César! —gritó haciendo señas—. ¡Hijo!

César le ignoró. En verdad, lo último que necesitaba ahora era una conversación con aquel viejo loco.

31

Julio de 1348

Te tomas una jar'a de ce'veza?
—Por desgracia aún tengo cosas que hacer antes de que oscurezca —respondió vagamente Adrianus, para que Jacques supusiera que tenía que atender a un enfermo.

En realidad quería recoger su casa, porque Léa iba a ir a visitarle más tarde. No le gustaba no poder ser sincero con su viejo maestro. Pero las mentiras y las excusas eran el precio que Léa y él tenían que pagar por sus secretos encuentros.

Adrianus fue al tonel y se echó agua a la cara. Era una tarde calurosa, y había estado ayudando a Jacques en el trabajo en el huerto.

—Recuperaremos esa cerveza. Que te vaya bien.

—Y a ti, muchacho. Y no t'abajes ta'to, o te'minarás tan dob'ado y ar'ugado como yo.

Cuando Adrianus llegó a su casa, Fernand ya estaba esperándolo. Sin una palabra de saludo, abrió la puerta y dejó pasar al tejedor. Sin que le invitaran, Fernand se sentó a la mesa de la cocina y exhibió una sonrisa de superioridad mientras Adrianus contaba seis sous.

—Hace poco vi a vuestra Léa en la Puerta de la Sal —dijo el tejedor—. En verdad es una linda cosa.

—Tienes tu dinero. Puedes irte —dijo Adrianus.

Fernand no dio señales de ir a levantarse.

—Pensándolo bien, seis sous al mes son bastante poco. Quiero decir, una horita de amor con una judía... Hay gente a la que han echado de la ciudad por menos. Corréis un hermoso riesgo. Mi silencio debería valer más para vos.

Adrianus sintió la ira crecer en su interior.

—Seis sous son más que suficiente para un borracho inútil.

—Ah, ¿queréis ofenderme? Eso va a costaros un sobreprecio. A partir de ahora, doce sous al mes.

—¡Fuera!

—Venga el dinero, o iré al Consejo.

—No te atreverás.

Entonces Fernand fue presa de la ira.

—¡Ya lo verás! —gritó, y se puso en pie de un salto.

Adrianus estaba harto. Aquel tipo era un pozo sin fondo. Si ahora cedía, todo sería cada vez peor. Al cabo de tres meses Fernand pediría quince sous, luego veinte, luego treinta; solo se detendría cuando Adrianus estuviera arruinado.

Agarró a Fernand y lo arrastró a la puerta trasera.

—¡Desaparece, y que no vuelva a verte!

—¡Acabaré contigo, amigo de los judíos! —chilló el tejedor mientras pataleaba.

—Adelante. Nadie te creerá. —Adrianus abrió la puerta y dio un empujón a Fernand.

—¡Te arrepentirás de esto! —El borracho cruzó el patio con paso orgulloso, refunfuñando. Para alivio de Adrianus, no fue en dirección a la plaza de la catedral, sino que subió la escalera de su desván y cerró la puerta tras de sí.

Dentro, Adrianus se dejó caer en una silla. La ira desapareció tan rápido como había venido. Se frotó la boca y la barbilla. «Se dará valor bebiendo. ¿Y entonces? Quizá acuda al Consejo, quizá no. Con borrachos como Fernand nunca se sabe.»

Se enfadó con su falta de autodominio. ¿Cómo se había dejado arrastrar a tratar a ese tipo con tanta brusquedad? Habría sido más inteligente hablar de manera racional con él. Pero aquella sonrisa… Siempre despertaba en Adrianus el deseo de pegar a Fernand.

Bueno, demasiado tarde. El niño ya se había caído al pozo. Tenía que preguntarse cómo evitar lo peor.

Salió de la casa y corrió a la judería.

Precisamente ese día, Léa no estaba sola en la botica. Su padre husmeaba entre los estantes y mantenía distraídas conversaciones consigo mismo.

—Dónde he dejado… ¡Ah, aquí! No, este es el azafrán. Un momento, un momento… Ah, esta memoria. La edad es en verdad una corona de espinas…

—¿Qué ha ocurrido? —preguntó Léa, que advirtió en Adrianus que algo no iba bien.

—Tengo que hablar contigo. Es importante —respondió él en voz baja—. ¿Puedes sacar de aquí a tu padre?

—¿Cómo sin que sospeche? Dilo ya: ¿qué pasa? —susurró en tono apenas audible.

—Nos han descubierto.

Ella palideció. En ese mismo instante el rabino Baruch salió a la luz, dejó un tarro de especias en el mostrador y saludó a Adrianus con una inclinación de cabeza.

—Maestro Adrianus. No os esperábamos hasta la semana próxima.

Él dijo lo primero que se le ocurrió:

—He tenido que cambiar el pedido, vuestra hija ya está al corriente.

—Bien, bien. Decidme, ¿cómo está vuestro señor hermano? He oído decir que ha comprado una casa nueva.

—Es la vieja casa de campo de la familia. Mi padre se la había regalado a la Iglesia cuando ingresó en el convento. César ha vuelto a comprarla.

—Sabio paso. Muchos cristianos ricos adquieren casas en el campo desde que corre el miedo a la plaga, ¿verdad? Una escapatoria que por desgracia nos está vedada a los judíos…

Y así continuó. Quizá Baruch quería interrogarle, quizá sencillamente estaba de un humor locuaz… Con el extravagante *apotecarius* no se sabía nunca del todo. Adrianus respondió con paciencia a sus preguntas, mientras no dejaba de pensar que era muy posible que Fernand ya fuera de camino al ayuntamiento.

—Encantado de veros —terminó finalmente el rabino. Se volvió hacia su hija—: Me voy arriba. Mis discípulos no tardarán en llegar. Hazlos subir, por favor.

Apenas se extinguieron en la escalera los pasos de Baruch, Léa dijo:

—¿Nos han visto juntos?

Adrianus asintió.

—Un tejedor llamado Fernand. Vive al lado.

—¿Cómo lo sabes? ¿Te ha amenazado?

Él respiró hondo.

—Me chantajea… ya desde hace un tiempo.

—¿Cuánto?

—Desde el terremoto.

—¡Hace seis meses de eso! ¿Por qué no me has dicho nada?

Él no respondió.

—¡Maldita sea, Adrianus! No puedes ocultarme una cosa así. Nos afecta a los dos.

—Tenía mis razones. —Cuando ella ya iba a indignarse, él alzó las manos en gesto defensivo—. Por favor, déjame explicarme. Ha ocurrido lo siguiente: Fernand me pidió dinero. Seis sous al mes por su silencio. Ahora se ha vuelto codicioso y exige el doble. Cuando no quise dárselo, ha amenazado con denunciarnos.

Ella se llevó la mano a la boca y volvió la cabeza.

—¿Lo tomas en serio?

—Claro. La pregunta es: ¿qué hacemos ahora?

Léa apoyó ambas manos en el mostrador. Se había sacudido el susto y volvía a ser la mujer que no se entretenía con miedos y preocupaciones, sino que buscaba soluciones con decisión.

—Primero tenemos que ganar tiempo. Te propongo que vuelvas a hablar con ese Fernand y le pagues para que podamos pensar tranquilos cómo protegernos.

Adrianus estuvo de acuerdo. Solo esperaba que no fuera demasiado tarde.

Léa abrió el arca que había debajo del mostrador y sacó una bolsa llena de monedas.

—Aquí hay exactamente doce sous.

—No. Yo le pagaré.

El tono de voz de ella no admitía réplica.

—Coge el maldito dinero.

Al atardecer, Adrianus volvió a su casa. Oyó voces excitadas y vio a una multitud de gente delante del edificio vecino cuando salió al patio.

«Llego demasiado tarde —pensó—. Se lo ha contado a todos.»

—¡Maestro Adrianus! —gritó un viejo batanero—. San Felipe os envía. Tenéis que venir enseguida.

Veinte pares de ojos le miraron cuando abrió la puerta del patio. La gente en el callejón le hizo sitio, y vio un cuerpo tendido en el suelo.

Fernand.

El oficial tejedor yacía con los miembros descoyuntados al pie de la escalera y no se movía. Un charco de sangre oscura se extendía debajo de su cabeza. De forma mecánica, se arrodilló a su lado. Tenía las piernas, los brazos, todos los músculos, extrañamente rígidos.

—Estaba borracho hasta las cejas, como de costumbre —dijo alguien—. Salió de su desván y cacareó: «Nadie se pelea conmigo. ¡Nadie!». Cuando bajaba la escalera dando traspiés, perdió el equilibrio.

Adrianus miró primero la temblorosa escalera de madera, luego al inmóvil tejedor. Apretó los dedos índice y corazón sobre la yugular y tomó el pulso.

—¿Podéis salvarlo?

—Está muerto —se oyó decir Adrianus.

Dos tejedores le ayudaron a volver de espaldas el cadáver. El rostro de Fernand estaba destrozado; la cabeza colgaba del cuello como si no se encontrara realmente sujeta al tronco. La consternación se extendió entre la multitud. Algunas personas se persignaron y murmuraron oraciones.

—Traed al sacerdote —pidió Adrianus a los dos tejedores. No sabía qué pensar, qué sentir.

La voluntad de Dios le resultaba más enigmática que nunca.

Oscurecía ya cuando Adrianus recorrió la rue des Juifs. En la farmacia aún había luz. Le habría gustado dar la vuelta. Los últimos pasos le costaron un esfuerzo enorme.

De arriba le llegaron trozos de palabras en hebreo: el rabino Baruch, que daba clase a sus discípulos sobre el Talmud. Léa limpiaba el mostrador como una obsesa, con los labios apretados. Al verlo, dejó el trapo y salió de detrás del mueble.

—¿Ha aceptado?

—Fernand está muerto.

Ella parpadeó.

—¿Qué significa... muerto? ¿Acaso lo has...?

—¿Cómo? ¡No! No he tenido nada que ver con eso. ¿Me crees capaz de asesinar a una persona?

—Claro que no. Perdona. Es que estoy medio loca de miedo. Dime: ¿qué ha pasado?

Adrianus se lo contó.

Ella movió la cabeza con lentitud.

—Increíble.

—Ha ocurrido antes de que pudiera contárselo a nadie. Estamos a salvo... por el momento.

Ella le abrazó.

—No puede ser azar. Dios nos ha salvado.

—Quizá.

Adrianus no podía sentir compasión por Fernand pero ¿era realmente Dios el que había intervenido? ¿No era más bien Satán, que quería seducirlos para que se enredaran en el pecado aún más?

Se apartó de ella.

—Esta vez todo ha quedado en un susto. Pero el peligro no ha desaparecido. En algún momento volverán a sorprendernos. Con un poco de mala suerte, alguien que no se conforme con chantajearnos.

Ella le miró. El susto aún la tenía afectada; con su pálido rostro, sus ojos oscuros y los rizos que escapaban de la cofia, le pareció más hermosa que nunca.

—Este incidente ha sido una advertencia. —Apenas logró pronunciar las siguientes palabras—: No podemos seguir así.

—¿Qué quieres decir?

—No podría soportar que te ocurriera algo... que te desterraran o torturasen. No debemos volver a vernos.

—Adrianus...

—No hay otra salida. —Tenía que hacer aquello con dureza y decisión. Si dudaba, si se enredaba en una discusión, se debilitaría—. Es lo mejor para los dos.

Ella dio un paso hacia él y alzó la mano. Él retrocedió.

—Espera.

—Adiós, Léa. —Se volvió y fue hacia la puerta.

Ella no imploró, no dijo nada, pero él sintió su dolor, con tanta claridad como si fuera el suyo. Cerró su corazón y salió a la noche.

—Nos hemos reunido para dar la despedida a Everard y hallar un sucesor para él —saludó el alcalde Marcel a los asistentes.

César había tomado asiento en una silla en la pared larga de la sala, y atendía a la forma en la que despojaban a Everard Deforest de sus dignidades en el Pequeño Consejo. Era una ceremonia larga y, le pareció, agotadora, hecha de oraciones en común e hinchados discursos de agradecimiento. Everard era un hombrecillo achacoso, doblegado por la edad, que se sentaba en el Pequeño Consejo desde que César tenía uso de razón, y hacía el mismo tiempo que ostentaba el cargo de tesorero. Estaba conmovido mientras alababan sus méritos en pro de la ciudad libre de Varennes, y al final incluso derramó unas cuantas lágrimas. Con frases confusas, dio las gracias a todos por el honor, y no acababa, así que Bénédicte terminó interviniendo, pasó el brazo por los flacos hombros del anciano y lo sacó cuidadosamente de la sala.

Los once consejeros restantes respiraron de manera audible.

—César, de la familia Fleury, por favor, adelantaos —dijo el alcalde.

Lo que ocurrió entonces solo podía llamarse «elección» empleando muy buena voluntad. Por lo general, los miembros del Pequeño Consejo eran nombrados para un período de dos años, en un complicado procedimiento que garantizaba que el gremio de mercaderes tenía gran influencia sobre la composición del poderoso órgano y los artesanos, prácticamente ninguna. Cuando un consejero abandonaba el cargo antes de tiempo —ya fuese porque muriera, cayera en desgracia o, como Everard, estuviera afectada su salud—, su lugar lo ocupaba un candidato procedente del círculo de las familias capaces de ocupar un asiento en el Consejo. La ciudadanía y sus electores no tenían derecho a opinar. Bastaba con que un consejero propusiera un sucesor y este fuera confirmado por los otros.

—¿Aceptáis ingresar en el Pequeño Consejo, servir con todas vuestras fuerzas a la ciudad libre de Varennes Saint-Jacques y obedecer al rey? —preguntó con solemnidad Bénédicte.

César asintió.

—Acepto.

—¿Aceptáis además asumir el cargo de tesorero y velar con vuestra mejor voluntad por el tesoro de la ciudad?

—Acepto.

—¿Quiere alguien de este gremio presentar objeciones?

No fue ese el caso.

—Entonces, declaramos por la presente que César Fleury ha sido legítimamente elegido consejero y ha ingresado en el Pequeño Consejo el sexto día siguiente a la festividad de María Magdalena del Año del Señor de 1348. Que san Jacques y los arcángeles san Miguel, san Gabriel y san Rafael sean mis testigos.

Los consejeros, el escribano y otros funcionarios municipales llevaron a César del ayuntamiento a la catedral, donde se celebró una misa. Acto seguido, los canónigos sacaron de la cripta el arca sobredorada con las reliquias de san Jacques y César pasó la noche orando ante ellas. Con la primera luz del día los consejeros reaparecieron, pusieron ante él los estatutos de la ciudad y le tomaron juramento.

Cuando César salió de la catedral, rodeado de sus nuevos hermanos, las campanas de todas las iglesias de Varennes doblaron. Por un momento incluso se conmovió.

—No te muevas —dijo Léa—. De lo contrario, puedes perder el ojo.

—¿Me va a doler? —preguntó Ruth.

—Un poco. Pero pronto habrá pasado.

La anciana sufría de una catarata que le enturbiaba la visión del ojo derecho. Era hora de perforarla. Léa ya había hecho a menudo esa intervención. Trabajaba según el acreditado método del médico árabe Hunain ibn Ishaq, cuyos *Diez libros sobre el ojo* había estudiado con fascinación.

Con la mano izquierda sujetó los párpados; con la derecha, llevó la aguja al punto que antes había marcado con el extremo romo. Ruth se estremeció ligeramente cuando ella atravesó la córnea, pero fue valiente. Con cuidado, Léa guio el instrumento por la pupila de tal modo que el líquido turbio fluyó por la aguja hueca. A los pocos segundos había terminado. Sacó la aguda herramienta con un hábil movimiento de giro.

—Lo has hecho bien —elogió a la anciana.

—¿Podré volver a ver bien?

—Debes tener paciencia hasta que el ojo esté curado. Tardará una semana. Si se inflama, tienes que llamarme enseguida. —Lavó el ojo con una solución salina suave y aplicó a Ruth una compresa de lana impregnada de aceite de rosas y yema de huevo—. Debes tener la venda puesta siete días. Lo mejor es que no salgas de casa y tapes con paja las ventanas para proteger el ojo.

Ruth y su hijo le dieron las gracias de forma desbordante, y quisieron convencerla de que se quedara a comer. Pero Léa lo rechazó cortésmente y dijo que tenía que ir a ver al siguiente paciente.

Todos los días, desde la salida del sol hasta el mediodía, se ocupaba de los enfermos de la judería; luego, trabajaba en la tienda hasta que caía la oscuridad. La farmacia nunca había estado tan limpia y recogida. Sus pacientes elogiaban su incansable trabajo y la calificaban de «benefactora». La última vez que había trabajado con tanta dureza había sido después de la muerte de Miriam y Jonah. No quería pensar en Adrianus, no quería sentir dolor, ni nostalgia, ni deseo de su contacto. Quería olvidarlo todo. El trabajo era el mejor medio para hacerlo. Los pacientes y la tienda reclamaban toda su atención. Entre heridos y enfermos de fiebre, recetas y cálculos, no había tiempo para tristes pensamientos y necias preocupaciones.

Adrianus había tomado una decisión, y probablemente incluso fuera la correcta. La aceptaría.

Por desgracia, estaban las noches. Cuando estaba tumbada en silencio, cuando su entendimiento salía de paseo, no tardaba en ver su rostro, volvía a escuchar su voz —«Adiós, Léa»— y el dolor regresaba, abrupto y cortante como la hoja de un cuchillo. Le había costado trabajo entregarse con todo el corazón a otro ser humano. Le había costado mucha fuerza sacudirse las expectativas de su pueblo y de su familia y entregarse a él… solo para constatar a los pocos meses que no podía ser. Que sus sentimientos no podían imponerse a la despiadada realidad. Durante aquellas noches, la abrumaban la amargura, la tristeza y la rabia contra el destino, y se quedaba acostada hasta la primera luz del día, mortalmente cansada y desvelada a un tiempo.

La noche anterior había sido una de aquellas. Léa no necesitaba mucho sueño, pero poco a poco aquella situación la iba minando. Mientras caminaba por la judería, los brazos y las piernas le pesaban cual si fueran de plomo, y apenas podía mantener los ojos abiertos. Antes de ir a visitar a Ruth, se había tomado una fuerte infusión de hierbas vivificantes. «Esto no puede seguir así.» En un momento u otro, una sanadora agotada cometía errores. Por la noche tomaría un poco de leche caliente con zumo de amapolas, si una vez más no lograba descansar. No era igual que un sueño sano y natural, pero era mejor que nada.

—¡Venid todos aquí! —gritó alguien.

Léa aceleró el paso y llegó a la placita delante de la sinagoga, que se estaba llenando de gente. Descubrió entre la gente a su padre, Solomon y Judith. El prestamista Aarón ben Josué estaba ante el portal del templo y se disponía a pronunciar un discurso.

—Estad tranquilos —reclamó impaciente a la multitud—. Tengo que deciros algo importante. ¡Buenas nuevas!

—¿Qué pasa? —preguntó Léa a su padre.

Este se encogió de hombros.

—Nosotros también acabamos de llegar.

—¡Acabo de estar en el mercado y he oído a un pregonero anunciar un mensaje! —gritó Aarón—. Un mensaje de Aviñón. ¡El papa Clemente en persona se pronuncia a nuestro favor! Sin duda todos habéis oído el feo rumor de que los judíos somos los responsables de la plaga. Pero el Papa nos protege. Ha promulgado una bula en la que nos exime de toda acusación y prohíbe a los cristianos comportarse con violencia contra nosotros. Quien ignore su voluntad será excomulgado.

Pocos entre los presentes sabían lo que era una bula y qué significaba la excomunión, pero la mayoría entendieron en líneas generales las palabras de Aarón y se alegraron de que los judíos hubieran ganado un poderoso protector con el papa Clemente.

Solomon, en cambio, era escéptico.

—En toda Lorena temen a la plaga —dijo cuando la multitud se dispersó—. La gente ya no piensa con serenidad, de puro miedo. Cuando estuve la semana pasada en Metz, oí cómo hablaban de nosotros. Algunos incircuncisos creen que echamos algo al agua para llevar la plaga a las ciudades. Si las cosas se ponen feas, no se dejarán impresionar por las amenazas de un príncipe eclesiástico muy lejano.

—Al fin y al cabo el Papa es el jefe supremo de todos los cristianos —objetó Baruch—. Lo consideran incluso representante de Dios en la tierra.

El gesto de Solomon se había ensombrecido.

—Y, sin embargo, no es más que un mortal, con poder temporal limitado. ¿Qué puede hacer? Pensad en la violencia contra nuestros hermanos alsacianos hace unos años. Nadie la impidió, aunque hace mucho que tenemos un protector poderoso: el rey.

Ninguno supo qué decir a eso. Una sensación de angustia se apoderó de Léa y de sus parientes.

—Los judíos estamos solos —concluyó Solomon—. Siempre ha sido así. Siempre será así.

Llamó a sus dos guardias y se dirigió a su casa con Judith.

32

Septiembre de 1348

Una hora después de la oración de la mañana, el Consejo Judío regresó de su encuentro con la autoridad cristiana. La comunidad se congregó en la sinagoga para oír lo que aquellos hombres tenían que contar.

—El alcalde Marcel ha vuelto a confirmarlo —se dirigió Solomon a la multitud—. Luc Duchamp fue desterrado del término de la ciudad hasta la fiesta del nacimiento de María. Ese plazo ha pasado. Ya puede regresar a Varennes.

El disgusto se extendió.

—¡Ha salido demasiado bien librado! —gritó el viejo Gershom, y se indignó tanto que le dio un ataque de tos.

—¡A alguien así habría que matarlo! —gritó Eli.

Baruch pidió tranquilidad a las gentes atemorizadas.

—El alcalde ha hablado con los guardias de la muralla. Ninguno de ellos ha visto a Luc. Desde el día de su destierro ha desaparecido sin dejar rastro. Se supone que se ha marchado o ha muerto de hambre durante el invierno.

—Pero ¿hay pruebas de eso? —preguntó Léa.

—Por desgracia, no —respondió su tío.

—¡Si aún está vivo, se vengará de nosotros! —gritó Judith—. ¿Quién va a protegernos de él?

—No es más que un hombre —trató de tranquilizarla Solomon—. ¿Qué puede hacer?

—Muchos incircuncisos le escuchan —objetó Eli—. Puede instigarlos contra nosotros, como hizo antaño el rey de los Armleder, que levantó un ejército y asaltó muchas comunidades en Alsacia.

Otros asintieron sombríos.

—Todavía no es seguro que vaya a volver —dijo Baruch—. Así que por el momento no podemos hacer nada más que esperar y estar alerta. Ahora, id a casa y rezad para que el Señor nos proteja.

Descontenta, la gente salió de la sinagoga.

Léa miró a su padre y a los otros miembros del Consejo Judío, en pie junto a la bima. Irradiaban seguridad y confianza en Dios. Pero Léa conocía bien a aquellos hombres, y veía que ni ellos mismos creían en aquellas palabras tranquilizadoras.

Adrianus recogió la última gota de sangre con la ventosa, retiró la venda del brazo y cerró con un emplasto el diminuto corte del antebrazo de Jean.

—¿Notas alguna diferencia?

—Nada —se quejó el carpintero—. Sigo ciego como un topo.

Adrianus movió la cabeza. Llevaba semanas tratando a Jean, lo había sangrado varias veces y probado todas las medicinas que Rhaces y otros eruditos recomendaban para las dolencias de los ojos. Nada servía. Ni siquiera encontraba la causa de la ceguera. Jean era un hombre de treinta años, fuerte, sano como una manzana, que no sufría ni de cataratas ni de ninguna otra enfermedad. El hecho de que hacía un mes, de pronto, hubiera perdido la vista no parecía obedecer a causas físicas. Adrianus se encontraba ante un enigma.

—Evita la carne y el viento frío, y reza a santa Odile —aconsejó al carpintero.

—Eso llevo semanas haciéndolo. Pero no me ayuda. Ningún santo lo hace. Si no puedo volver a trabajar pronto, terminaremos en la miseria.

—Probablemente sufres de un exceso de bilis negra. Contra eso ayuda la ruda fresca. Que tu mujer te la prepare una vez al día con vinagre, bilis de pollo e hinojo. —Adrianus dudaba de que aquella medida proporcionara alivio. Pero tenía que dar algo a Jean para que el carpintero no perdiera por completo la esperanza—. ¿Has entendido? —se dirigió a la mujer de Jean, que también estaba sentada a la mesa.

—Ruda con vinagre, bilis de pollo e hinojo —repitió ella, con ligera impaciencia en la voz.

A Adrianus le hubiera gustado recordarle con dureza sus obligaciones como esposa, que, desde que la conocía, ella atendía con enorme desgana. La manera en que trataba a Jean le ponía furioso. Según había oído, llevaba años engañándolo con distintos hombres del barrio. Jean no había querido darse por enterado, aunque todos sus amigos le habían aconsejado que echara a su esposa infiel, o por lo menos la denunciara al obispo. Su amor por ella era demasiado fuerte… un sentimiento al que obviamente ella no correspondía. Hacía un mes que él la había sorprendido en la cama con un oficial de carpintero que estaba de paso. Ya no podía seguir negando que le ponía los cuernos. Aun así, no había hecho nada.

Pocos días después se había quedado ciego.

Adrianus se preguntaba si había una relación entre ambas cosas. Al fin y al cabo, a menudo los graves pecados se manifestaban en dolencias físicas. Pero, en ese caso, ¿no habría tenido que enfermar la adúltera? El bondadoso Jean, en cambio, no era culpable de nada, hasta donde él podía valorarlo. Quedaba la posibilidad de que hubieran embrujado a ese pobre hombre o de que un demonio lo asediara. Pero no había pruebas ni de lo uno ni de lo otro.

En toda su carrera como médico, Adrianus nunca se había sentido tan impotente.

Vertió la sangre en el callejón y guardó los instrumentos en su bolsa.

—Toma la ruda todos los días. La semana que viene volveré a verte.

Jean no respondió. El carpintero se sentaba derrumbado a la mesa, las lágrimas le corrían por las mejillas.

Adrianus se fue a casa y se quedó pensando en el amor y en la dolencia cardíaca que podía causar. Ese día ya no tenía más pacientes y quería ocuparse de sus plantas. El pequeño huerto del patio le daba muchas alegrías. Había plantado los arriates con árnica, consuelda, comino negro y otras plantas útiles, lo que le ponía en condiciones de fabricar él mismo sus propias medicinas. Todas las mañanas recogía unas cuantas hojas, tallos y raíces y los convertía en ungüentos, aceites y brebajes, de modo que ya no tenía que ir a la botica. Lo que era una gran suerte, no solo para su bolsa. Cuanto menos viera a Léa, mejor.

«El pobre Jean, que ama a una mujer infiel. César, que no se da cuenta de lo que tiene con Hélène. Léa y yo. ¿Por qué, Señor? ¿No está el amor ahí para hacernos felices? ¿Por qué no podemos desear a aquellos que sean buenos para nosotros?»

Suspiró. Basta de pensamientos infructuosos. Desde ese momento se ejercitaría en la disciplina intelectual. Nada de sueños melancólicos. En vez de eso, confianza en Dios, confianza y concentración en el trabajo.

Las hierbas estaban en toda su plenitud y tenían un aroma exquisito. Adrianus arrancó las malas hierbas y removió la tierra aquí y allá. Enseguida su humor mejoró. No necesitaba regar los arriates... había una tormenta en el aire, que hacía que la piel le hormigueara. Aún estaba lejos; probablemente las nubes preñadas de agua se cernieran aún sobre el Vogesen y estuvieran acumulando fuerzas para su viaje por el valle del Mosela. De vez en cuando Adrianus podía oír un ligero atronar... aunque «oír» no era la palabra correcta. Más bien sentía la tormenta en el estómago, un profundo rumor, vibrante y sonoro como la voz de Dios advirtiendo a Satán.

Alzó la vista y constató que tenía visita. Un hombre estaba abriendo, sonriente, la chirriante puerta del patio. Su imagen fue a tal punto inesperada que Adrianus miró perplejo al visitante.

—¿Has estado comiendo amapolas? ¿Por qué me miras como si te hubieran dado un golpe en la cabeza? ¿No vas a saludar a tu viejo camarada? —preguntó Jacob ben Amos.

—¡Por Dios! No puede ser... —Adrianus corrió a su encuentro, y los dos amigos se abrazaron riendo—. ¡Cielos, Jacobus! Por todos los arcángeles, ¿qué haces tú en Varennes? ¿Te han echado por fin de Regensburg, viejo fanfarrón?

—Doctor Jacobus, si me permites. —El físico judío sonrió taimado—. Y, lo creas o no, de hecho, me dejan ejercer en Regensburg. A veces incluso se extravía un cristiano por mi consulta. Estaba de paso y pensé, voy a echar un vistazo. El guardián de la puerta fue tan amable de indicarme el camino hacia tu casa... no sin hacerme la cordial advertencia de que siguiera mi viaje rápido, porque Varennes ya tenía bastantes judíos.

Adrianus torció el gesto.

—Me temo que has elegido una mala época para tu visita, viejo amigo. ¿Adónde vas?

—A París, a la corte del rey. Ya sabes, el *Compendium de epidemia*.

Adrianus frunció el ceño, inquisitivo.

—¿No has oído hablar de esto? El rey de Francia ha convocado a los mejores médicos y eruditos para analizar la nueva plaga y poder desarrollar por fin terapias eficaces contra ella —explicó Jacobus—. Los resultados estarán pronto. El Consejo de Regensburg me ha ordenado guardar una copia del dictamen para el caso de que la pestilencia llegue hasta nosotros. No es que me apeteciera viajar a la región de la plaga. Pero ninguno de los médicos cristianos quería y a un judío lo puedes obligar. Como Varennes está de camino, pensé: «esto une lo útil y lo agradable, y podrás ver qué anda haciendo el viejo Adrianus».

—Es curioso que en Regensburg hayáis oído hablar de ese dictamen y nosotros no —dijo Adrianus—. En verdad, Varennes tampoco está tan apartado. —Movió la cabeza—. Sea como fuere... qué bien que estás aquí. ¿Cuánto tiempo te vas a quedar?

—Solo esta noche. Mañana mismo tengo que seguir viaje. Por desgracia el tiempo apremia.

—Entonces, veamos de aprovechar ese escaso tiempo. Tenemos mucho que contarnos.

—En verdad. —Jacobus sonrió.

Una pesada gota de lluvia estalló en el dorso de la mano de Adrianus. Sobre la ciudad nueva, el cielo hervía.

—Será mejor que entremos...

Jacobus había cambiado, se había hecho mayor, más maduro. El temeroso nerviosismo había dado paso a una tranquila sabiduría. Estaba claro que la responsabilidad de su puesto de físico le sentaba bien. Llevaban más de dos años sin verse. Sin duda Adrianus, Jacobus y Hermanus se escribían con cierta regularidad —este último claramente menos que los otros—, pero hasta entonces no se había producido un encuentro de los tres amigos. En última instancia, los apremios de la vida cotidiana habían sido más fuertes que el voto que habían hecho aquella mañana de verano, delante de la casa de Hervé.

Mientras fuera caía una lluvia similar a un diluvio, Jacobus miró curioso a su alrededor.

—Estás muy bien aquí. Te abres camino, me alegra. Pero no veo ninguna mujer. Sigues siendo ese tímido solitario, ¿no?

Un dolor parecido al de una hoja al rojo estremeció el pecho de Adrianus, breve pero intenso. Le hubiera gustado contárselo todo a Jacobus, quitarse la pena del alma. Pero no iba a obtener comprensión alguna. Él y Léa, la hija del rabino... Para un judío devoto y fiel a la Ley como Jacobus, eso sería una blasfemia que nada podría justificar. Posiblemente destruiría su amistad. Adrianus se forzó a sonreír.

—Bueno, ya somos dos. ¿O es que tú te has casado desde tu última carta?

—Ah, es un desastre —se quejó Jacobus—. Nada me gustaría más que fundar una familia, ahora que la plata por fin sale a borbotones. Pero todas las mujeres buenas de mi comunidad están ya adjudicadas. Me temo que tendré que buscar en otra parte.

—¿Has sabido algo de Hermanus? —cambió Adrianus de tema—. Sus cartas no son muy instructivas.

—Nada más que historias de mujeres, borracheras y fanfarronadas... Hermanus, tal como le conocemos. —El judío sonrió—. Pero, no te lo vas a creer: de hecho, llegó a ser físico y ahora se proclama doctor en Medicina.

—¿Ha aprobado el examen final? ¿Cómo es posible?

—Bueno, al principio la cosa no pintaba bien. Poco después de que nos abandonaras, se dio cuenta de que no iba a poder recuperar en unas semanas la materia de los últimos años. Así que hizo todo lo que pudo para que lo echaran de la universidad. «Un Hermann von Plankenfels no fracasa miserablemente... sino a bombo y platillo», anunció.

—Me imagino algo tremendo —dijo Adrianus.

—No te haces una idea. Se presentó borracho en clase y llamó «asno estúpido» y «mono» al doctor Girardus. Se peleó con estudiantes de la facultad de Derecho y se dejó pillar con dos rameras en la sala de anatomía.

Adrianus rio hasta que se le saltaron las lágrimas. Deseaba de veras que Hermanus estuviera allí.

—Eso tiene que haber sido suficiente.

—A cualquiera de nosotros lo habrían echado tres veces. Pero estamos hablando de Hermanus. El viejo Von Plankenfels volvió a abrir sus arcas y envió oro a Montpellier, de modo que escapó con una admonición, aunque Girardus lo llamó «vergüenza de la facultad de Medicina». ¿Cómo es que no te lo escribió? Él no pierde una oportunidad de jactarse de sus fechorías.

—Ni idea. Quizá la carta se perdió. ¿Así que fue al examen?

—No le quedó más remedio —prosiguió Jacobus—. Nos examinaron por separado, así que no puedo decir con certeza qué pasó allí. Hermanus afirmó más tarde que no había dejado de meterse el dedo en la nariz y había contestado cada pregunta de los examinadores con una conferencia sobre los órganos sexuales femeninos.

—Fanfarronadas —dijo Adrianus.

—Puede ser. Pero bien podemos suponer que no se tomó ninguna molestia por aprobar. Su padre tiene que haber ofrecido más oro al *collegium*. Solo así es posible explicar que Hermanus saliera sonriente del edificio de la facultad, agitando en la mano el diploma de doctor.

Adrianus movió la cabeza sin dejar de reír.

—La familia da a la facultad cantidades ingentes de oro solo para obtener un médico incapaz a cambio. ¿Por qué, por todos los demonios del infierno?

—Ya sabes cómo son los nobles. Cuando el segundón inútil no sirve para caballero o canónigo, se hace doctor. Lo principal es que lleve un título sonoro. Dudo que pueda atender a miembros de la familia enfermos de verdad. Probablemente le hagan pronunciar grandes discursos mientras un cirujano cualquiera hace el verdadero trabajo.

—Eso me suena familiar —murmuró Adrianus.

—¡Oh! —Jacobus le miró consternado—. No quería... Quiero decir, eso no debería...

—Está bien. —Adrianus sonrió conciliador; luego dio una palmada en la mesa—. ¿Sabes lo que necesitamos? ¡Vino!

—Es la mejor idea que he oído hoy.

—Es incluso kosher.

—¿Cómo es que tienes vino kosher en casa?

—Tengo amigos en la judería local.

Adrianus guardaba las dos botellas que le había dado Judith. En realidad, querría haberlas tomado con Léa.

—Bueno, me parece bien. Vamos, viejo amigo, llena las copas hasta los bordes. Así está bien. Ha sido una larga cabalgada, y me arde la garganta.

Brindaron.

—Por nuestro reencuentro —dijo Adrianus.

Jacobus chasqueó con placer la lengua.

—¿Por qué dijiste que había escogido un mal momento para mi visita?

—Los judíos tienen dificultades en Varennes en estos momentos. Las hostilidades contra la comunidad empeoran día tras día.

Una sombra cruzó el rostro de Jacobus.

—Como en todas partes.

—¿En Regensburg también? —preguntó Adrianus.

—Naturalmente, hay incorregibles que nos insultan y nos hacen responsables de la plaga. Pero tengo la impresión de que las cosas están mejor en Regensburg que en otros lugares. Poderosas familias cristianas nos respaldan y han prometido protegernos de los ataques. Sea como fuere, nos sentimos en cierta medida seguros.

—Me alegra oír eso.

—Mejor hablemos de cosas más felices. —Jacobus apuró la copa, volvió a llenarla y sonrió de oreja a oreja—. ¿Cómo vamos a encontrarte una mujer?

La tormenta fue inusualmente larga. Cuando el último relámpago alumbró la ciudad, hacía mucho que había oscurecido. La lluvia tamborileaba monótona en el tejado. Vaciaron la botella, y luego la segunda, y hablaron de lo divino y lo humano. Hacía bien tener allí a un amigo. Hacía una eternidad que Adrianus no pasaba horas tan relajadas.

A la mañana siguiente Jacobus, que seguía sin aguantar nada, tenía un dolor de cabeza importante. Adrianus avivó el fuego, descolgó la sartén de hierro y le hizo unos huevos, mientras el judío se sentaba a la mesa y se ponía una compresa fría en la frente.

—Daría cualquier cosa por no tener que ir a París —se quejó—. Dicen que allí los muertos se amontonan. Imagínate el olor a cadáver. Posiblemente me ponga enfermo. ¡Por Dios, voy a morir antes de haber podido acostarme con una mujer!

—Ya te has acostado con una mujer. Me acuerdo de cierta noche en Montpellier.

—Quiero decir una verdadera mujer. Una honorable. Una judía, con la que poder engendrar un hijo.

Adrianus le llevó los huevos.

—Cómete esto. Verás el mundo de otra manera.

—Utilizas esta sartén para toda clase de comidas, ¿verdad?

—Oh. —Preparar cárnicos y lácteos con los mismos cacharros no era kosher, conforme a la Ley judía—. No he pensado en eso. Lo siento —dijo Adrianus.

—Trae aquí. —Cansado, Jacobus le hizo una seña de que acercara la sartén—. Tengo que parecerte un cobarde —dijo el judío mientras masticaba—. Un médico que teme a las enfermedades... yo mismo sé lo necio que resulta. Si al menos pudieras venir conmigo...

—No me pareces un cobarde. Es normal y razonable sentir miedo por un peligro desconocido. —Adrianus comió un trozo de pan con embutido ahumado—. Pero quizá tenga una solución para tu problema.

—Salvo que quieras ir a París en mi lugar, no sé qué podrías hacer por mí.

—Eso es exactamente lo que pienso hacer.

Jacobus estaba a punto de llevarse a la boca un trozo de pan mojado en yema. Se detuvo a medio movimiento.

—¿Qué, ir a París en mi lugar? ¿Te has vuelto loco?

Adrianus había estado pensando largo tiempo en eso la noche anterior. Le atraía enormemente oír el debate de los médicos parisinos y saber más de la enigmática plaga. Además, le gustaba la idea de escapar de Varennes durante un tiempo. Todo allí le recordaba a Léa.

—Es así: el Consejo de Regensburg quiere ante todo tener el dictamen. Que lo consigas tú u otro es secundario. Nadie tiene que enterarse de que no has estado en París.

Jacobus dejó caer la mano con el trozo de pan.

—¿Harías eso por mí? ¿No tienes miedo?

—Claro que lo tengo. Pero lo superaré. Entretanto tú puedes vivir aquí, cuidar el huerto y atender a mis pacientes. Sé que contigo están en buenas manos.

El físico se puso en pie de un salto y se le echó al cuello.

—Gracias, amigo mío. Gracias mil veces. ¡Que el Todopoderoso te bendiga!

—Mejor espera antes darme las gracias. Aún es solo una idea. No sé si voy a poder salir de la ciudad en estos tiempos. La última palabra la tiene el Consejo. Lo mejor es que hablemos enseguida con el alcalde.

—¡Lo haremos! Pero antes voy a comerme estos exquisitos huevos —anunció alegremente Jacobus, y se lanzó sobre su desayuno con renovado apetito.

Encontraron al alcalde fuera de los muros de la ciudad, montando un caballo nuevo. Era un espléndido animal, un caballo árabe blanco como la nieve, que tenía que haberle costado una fortuna. El rostro de Bénédicte estaba radiante de alegría mientras trotaba por los prados. Llevaba una chaqueta entallada y unas elegantes botas de media caña con hebillas doradas, lo que hacía que aquel hombre normalmente tan conservador resultara casi audaz y extravagante.

Tiró de las riendas del corcel y descabalgó con ímpetu. Adrianus no pensaba que el alcalde fuera un jinete tan competente.

—Vamos bien. Pero basta por hoy —dijo Bénédicte a los mozos de cuadra—. Cepilladla a conciencia. —Se dirigió hacia una carretilla en la que le esperaban agua y vino y apagó su sed—. ¿Qué hay, maestro Adrien?

—Quisiera presentaros a mi amigo Jacob de Regensburg, que está en este momento visitándonos. Es doctor en Medicina y estudió conmigo en Montpellier.

—Doctor Jacob —saludó Bénédicte al judío, que se inclinó ante él.

—Ha llegado a mis oídos que el rey francés está haciendo examinar la nueva plaga, a la que ahora llaman «la gran pestilencia» —prosiguió Adrianus—. Los eruditos van a presentar su dictamen en octubre.

El alcalde asintió.

—Lo sabía.

—¿Desde cuándo, si puedo preguntar?

Una extraña sonrisa sobrevoló los labios de Bénédicte.

—Desde el mes pasado. Hasta donde sé, la facultad de Medicina de París ha informado a todas las grandes ciudades de Francia y del Imperio.

—¿Lo sabéis desde hace un mes y no me habéis dicho nada?

—No hay motivo alguno para ese tono de reproche, maestro Adrien.

—Disculpad —dijo Adrianus, refrenando su enfado a duras penas—. Tan solo estoy sorprendido, eso es todo.

—No os he dicho nada porque quería evitar precisamente esta situación.

—¿Qué situación?

—Que deseáis ir a París. Eso es lo que queréis solicitarme, ¿no?

Adrianus asintió.

—Si la pestilencia llegara a Varennes, la supervivencia de todos nosotros puede depender de que estemos familiarizados con los conocimientos de los eruditos.

—Pero en París ya ha estallado la plaga.

—Lo sé. Aun así, el Consejo tiene que autorizar mi viaje.

El alcalde dejó su copa.

—Hace mucho que ya hemos decidido enviar a alguien a París. Irá el doctor Philibert.

—¿Ese chapucero? No podéis estar hablando en serio.

—A pesar de todo es el médico de la ciudad... Esto entra dentro de sus tareas. Y desea expresamente viajar a París. Ya he dado mi consentimiento.

Adrianus alzó las manos al cielo.

—¡A Philibert solo se le ocurrirá sangrar a los enfermos, da igual lo que averigüen los eruditos! ¿Habéis olvidado la catástrofe con vuestra hija?

—Puede que sus capacidades prácticas sean limitadas, pero aquí lo que importa son sus conocimientos teóricos. En lo que a eso concierne, sin duda el doctor Philibert está versado. No olvidéis que ha estudiado en la Universidad de París. Conoce en persona a muchos de los eruditos. Quizá tenga acceso a conocimientos que no van a compartirse de manera pública.

—Yo también he pasado años en una facultad de Medicina y sé cómo piensan los médicos eruditos. Para eso no necesitamos a ningún Philibert.

—Está decidido —dijo el alcalde—. El doctor Philibert partirá mañana.

—Dejadme al menos ir con él —imploró Adrianus.

—Entonces, durante semanas, no habría ningún médico en Varennes. No puedo asumir ese riesgo en estos tiempos.

—Jacob me representaría. —Adrianus apoyó una mano entre los

omóplatos de su amigo—. Es un físico competente, respondo por él. Los bañeros y talladores de piedras pueden ayudarle en el trabajo quirúrgico.

Bénédicte miró al judío.

—¿Habláis francés?

—Fluidamente. —Jacobus sonrió—. He vivido mucho tiempo en Montpellier. Sin duda el acento local no siempre es fácil de entender, pero me acostumbraré.

—¿Y podéis permitiros estar tanto tiempo lejos de vuestra patria? ¿Nadie va a echaros de menos en Regensburg?

—No os preocupéis por eso. Mi comunidad no cuenta con mi regreso por lo menos hasta finales de octubre.

El alcalde luchaba consigo mismo.

—Por desgracia, se da la circunstancia de que sois judío. No me entendáis mal: aprecio mucho los conocimientos de los médicos hebreos, y no tendría reparo alguno en confiaros mi salud. Pero muchos pacientes del maestro Adrien son gente sencilla y llena de prejuicios en lo que atañe al pueblo hebreo...

—Bueno, Jacob no luce caireles —dijo Adrianus—. Permitidle que se quite la marca amarilla y nadie lo reconocerá como judío.

—Tenéis una respuesta para todo, ¿eh? —replicó Bénédicte, medio enfadado, medio divertido.

Adrianus se hizo el modesto.

—Sería lo mejor para Varennes. Si Philibert viaja solo a París, es posible que se pierdan conocimientos importantes.

Bénédicte se decidió.

—Está bien. Si queréis exponeros a toda costa al peligro de la plaga, podéis ir. El doctor Jacob podrá quitarse la marca amarilla para moverse sin obstáculos por la ciudad.

—Gracias —dijo Adrianus—. Tenéis mi palabra de que seré prudente. Cuando vuelva, no pisaré Varennes hasta asegurarme de que no estoy enfermo.

El alcalde lo miró con severidad.

—Un ruego insistente: aprovechad el viaje para hacer las paces con Philibert. Esa eterna pelea tiene que terminar al fin. En estos tiempos, en verdad podemos exigir de nuestros médicos que abandonen sus disputas privadas y colaboren de manera en alguna medida colegial.

—Haré cuanto esté en mi mano —dijo Adrianus entre dientes.

Pasó el resto de la mañana dando a Jacobus una idea de sus pacientes.

—Jean el carpintero es mi caso más difícil. Ese pobre hombre se ha quedado ciego de la noche a la mañana. No he podido encontrar causa alguna, y no digamos conseguir que recobre la vista. Quizá a ti se te ocurra algo.

—¿Ha tenido antes algún accidente? ¿Tal vez un golpe en la cabeza que haya confundido sus humores?

—Nada parecido.

—A veces se oye hablar de casos como ese —dijo pensativo Jacobus—. Cuentan que en Regensburg vive un hombre que, de la noche a la mañana, dejó de poder mover los brazos. Nadie es capaz de ayudarle. Ahora pasa el día sentado en su casa, atendido por sus hijas.

—¿No tendrá por casualidad una mujer que le pone los cuernos? —preguntó Adrianus.

El judío frunció el ceño.

—¿Qué tiene eso que ver con sus brazos?

—Nada, olvídalo. Jean era el último. Ven, vamos a la judería, para que pueda presentarte a todos.

Poco después recorrían la rue des Juifs. Adrianus esperaba fervientemente no encontrarse a Léa. Por fortuna, no apareció por ninguna parte.

—El hombre al que quiero que conozcas se llama Solomon ben Abraham —explicó ante la casa del mercader judío—. Estoy seguro de que él y su esposa Judith te saludarán con cordialidad.

—¿Es Solomon el rabino de la comunidad? —preguntó Jacobus.

—Solomon es mercader y miembro del Consejo Judío. Su hermano Baruch es el rabino.

—Entonces deberíamos ir a ver a Baruch primero. Es lo habitual.

—No, todo tiene sus motivos. Ahora, ven —apremió Adrianus, y empujó a Jacobus por la puerta del patio.

Solomon estaba en ese momento en la parte trasera de la casa, examinando mercancía recién llegada: especias exóticas y caros colorantes que había comprado en la lejana Alejandría a través de judíos venecianos, explicó orgulloso. Dio cordialmente la bienvenida a Jacobus y prometió presentarlo a la comunidad, para que se encontrara como en casa en Varennes. Cuando Solomon comprobó que Jacobus tenía sus dificultades con el francés de Lorena, los dos hombres pasaron enseguida al hebreo. Aunque Adrianus no entendió una palabra, tuvo la impresión de que Solomon y Jacobus mantenían una charla animada.

—Me gustaría volver y prepararlo todo para el viaje. ¿Te arreglarás solo?

—Sin duda, sin duda —dijo Jacobus—. Vete. Nos vemos después.

—Eso no puede ser —intervino Solomon con voz tonante—. Naturalmente, te quedas a comer. Si Judith se entera de que te has ido sin probar su hígado picado, tendré que oír estridentes reproches.

Era de esperar que Solomon invitara también a Baruch y Léa para que conocieran a Jacobus. Adrianus se obligó a sonreír.

—Suena muy atractivo pero, de verdad, tengo que irme. Me marcho a París mañana a primera hora, y aún hay mucho que hacer.

—¿París? Bueno, si es así: buen viaje —dijo Solomon, un poco decepcionado—. Que el Todopoderoso te proteja. Vuelve sano junto a nosotros.

Adrianus se despidió. Cuando salía del patio, vio a Léa en la rue des Juifs. Llevaba su bolsa… estaba claro que venía de visitar a un enfermo. Aún no le había visto. Retrocedió un paso y se ocultó en el arco de la puerta hasta que la de la farmacia se hubo cerrado tras ella. Sin duda era algo infantil y cobarde, pero no soportaría una tensa conversación con ella.

Aun así, perdió el buen humor.

El Consejo puso dos monturas a disposición de los dos viajeros. Philibert no estaba muy feliz de que Adrianus le acompañara.

—Yo cogeré el caballo —decidió.

—¿Y yo debo montar el mulo? —dijo Adrianus con disgusto—. Ya hablaremos de eso.

—Es lo adecuado a la condición de un artesano. No se le puede pedir a un físico que se deje llevar por la región por tan vil criatura.

—¿Adecuado, decís? Muy bien. Hablemos de nuestra condición. ¿Quién de los dos es el patricio y desciende de una de las principales familias de Varennes?

—Quizá vuestra familia fue principal un día. Pero ahora está al borde de la ruina. ¿No ha tenido incluso que pedir prestado dinero a los judíos?

—¡Mi hermano se sienta en el Pequeño Consejo!

—¡Solo está cubriendo un hueco, porque el senil Everard ya no puede ejercer el cargo!

—¡Basta! —se interpuso el alcalde—. ¡Por Dios! Los dos hombres más inteligentes de la ciudad, y se comportan como niños. ¿No os da vergüenza?

—No soy yo quien ha empezado —gruñó Philibert.

Adrianus apretó los dientes y reprimió una réplica. El médico municipal siempre lograba sacar lo peor de él. Jacobus estaba junto a ellos con gesto tímido.

—Sortearemos quién lleva el caballo.

Bénédicte cogió dos pajillas y se las tendió a los médicos.

Adrianus sacó la más corta.

Philibert sonrió satisfecho.

—Dios ha decidido. Está bien así.

—Volveremos a sortear para el regreso. Ya veremos qué opina Dios entonces.

—Sin duda volverá a asignarme el caballo. Ese es el orden natural de las cosas.

Bénédicte parecía sufrir graves dolores de cabeza, a juzgar por su expresión.

—Id a París por el camino más corto. Manteneos lejos de pueblos y ciudades, porque no sabemos hasta dónde ha llegado la pestilencia. No tenéis que comprar víveres... os hemos preparado los suficientes para el viaje de ida. Cuando estéis en París, evitad los barrios afectados. Id enseguida al palacio real y presentad el escrito del Consejo para que os dejen entrar.

Adrianus cogió rápidamente la carta sellada, lo que no gustó a Philibert. No pudo evitar saborear ese pequeño triunfo.

—El bienestar de Varennes depende de este viaje —les exhortó Bénédicte cuando sacaron a los animales del establo—. Así que conteneos, por favor, y subordinad vuestras mezquinas disputas a la tarea común.

—Soy muy consciente de mi responsabilidad —observó Adrianus—. Habrá que ver si eso alcanza también a otros.

—No os preocupéis —repuso Philibert—. He prestado el juramento hipocrático y conozco sutilezas de la ética médica de las que un burdo remendador de huesos ni siquiera ha oído hablar.

—¡Marchaos ahora. Cabalgad! —chilló el alcalde—. No quiero veros más.

—Suerte en tu camino. —Jacobus volvía a parecer tan atemorizado y nervioso como aquella vez en Montpellier. Abrazó a Adrianus—. Y ten cuidado, ¿eh? Si te ocurriera algo, nunca me lo perdonaría.

—Dios cuidará de mí.

—¡Vamos, montad! —apremió Philibert, que ya estaba en la silla—. No tenemos tiempo para charlas y demoras.

El médico picó espuelas a su caballo, Adrianus trotó tras él en el mulo. Cuando hubieron dejado la ciudad, Philibert abandonó todo disimulo y salió al galope, de tal modo que pronto dejó atrás a su acompañante.

—Oh, Señor —murmuró entre dientes Adrianus—, por favor, dame fuerzas para no estrangularlo mientras duerme...

33

La recaudación municipal se guardaba en el sótano del ayuntamiento, bien protegida por gruesas paredes y un portón reforzado con hierro, de vigas de madera duras como piedras. César descorrió el cerrojo —un monstruo macizo de complicado paletón— y empujó la pesada fuerza con todo su peso. Dentro, colocó la tea en el oxidado soporte de la pared y abrió el arca que contenía todos los documentos relativos a las finanzas municipales. Su sombra bailaba sobre las paredes y el techo como un danzarín enloquecido, mientras ponía encima de la mesa el libro encuadernado en cuero y empezaba a pasar las hojas.

Se arrepentía ya de haberse dejado arrastrar a asumir ese cargo. Trabajar allí abajo era un abuso. ¿Cómo lo había soportado el viejo Everard? Hablaría con el alcalde y exigiría que le dieran una estancia en el piso de arriba. Una habitación con ventanas, se entendía. Dentro de aquel sótano apestaba como en una cripta.

Como tesorero, César era responsable de las finanzas municipales. Entre sus tareas estaba administrar la recaudación de impuestos, cuadrar los ingresos y los gastos y mantener al corriente de los mismos al Gran Consejo. Hasta ese momento solo había tenido vagas nociones de aquello. Tenía que empaparse a fondo de aquella materia nueva para él.

«El tiempo que va a llevarme», pensó malhumorado. Tiempo que le iba a faltar a su negocio. Pero no había nada que hacer... había jurado llevar a cabo cuanto estuviera en su mano.

El libro contenía indicaciones referentes a las finanzas de los últimos cinco años: listas de impuestos y salarios, gastos en obras municipales, costes de adquisiciones, como nuevas alabardas para la guardia y cosas parecidas. César se abismó en el documento. Durante el primer y el segundo año, las listas estaban llevadas con limpieza. En cambio, a partir del tercer año la avanzada edad de Everard se hacía notar. La caligrafía se volvía más temblorosa. Las listas contenían errores de cálculo e indicaciones que no tenían sentido para César. Empeoraban de página en página.

Finalmente, las anotaciones del último año eran tan confusas que solo con el mayor esfuerzo lograba entenderlas.

—Que hayan dejado seguir tanto tiempo a ese viejo loco —murmuró—. ¿Cómo es que nadie intervino?

Intuía la respuesta: porque el cargo de tesorero era tan impopular que nadie quería asumirlo.

En la cámara del tesoro hacía frío.

—¡Traedme mi manto!

Su voz retumbó en el sótano, pero nadie pareció oírle. Se frotó las manos heladas, apretó los dientes y retrocedió unas cuantas páginas. Había algo que no encajaba en las anotaciones. Los gastos de la ciudad superaban con mucho los ingresos provenientes de impuestos, intereses y arriendos; en las listas faltaban grandes sumas.

¿Un descuido de Everard?

César tomó notas en las tablillas de cera, ordenó los confusos datos e hizo cálculos. Sí, el antiguo tesorero había cometido algunos errores, pero no eran importantes. Las sumas faltaban en realidad.

Volvió a echar mano al libro y hojeó hasta el comienzo. La muralla, claro. Hacía años, el Consejo había hecho derribar la antigua muralla y construir una nueva, que encerrase también los nuevos barrios y granjas al otro lado del foso: una empresa ambiciosa, que había costado mucho dinero. Varennes tenía que pagar por ella elevados plazos mensuales: a distintos prestamistas de Metz, que habían financiado el proyecto; al obispo, al que pertenecían las canteras y los arenales; a los constructores, que seguían sin haber recibido toda su remuneración.

Si aquello continuaba así, la ciudad estaría arruinada al cabo de pocos años. Sobre todo al haberse cancelado la feria de otoño y prescindir el Consejo de considerables ingresos.

¿Por qué nadie se había dado cuenta? ¿Estaba Everard tan senil como para, sencillamente, haber olvidado poner al Gran Consejo en conocimiento de la tensa situación financiera? ¿O hacía tiempo que los otros consejeros habían dejado de escuchar su confusa cháchara?

Sea como fuere… había que hacer algo. De manera urgente. De lo contrario, en unos meses el Consejo dejaría de estar en condiciones de pagar a sus trabajadores y proteger a los habitantes de la ciudad.

César se rompía la cabeza preguntándose qué se podía hacer. Se pasó la mano por la barba y finalmente llegó hasta la lista de los gastos mensuales.

A la asamblea acudieron justo la mitad de los maestres de los gremios.

—¿Dónde están los otros? —preguntó César.

—Creo que lo han tomado por un error —explicó Laurent, que presidía a los bañeros, barberos y cirujanos—. Sin duda han supuesto que en realidad habíais querido convocar el Pequeño Consejo. Un nuevo consejero suele confundirlos a veces.

—No, esto atañe al Gran Consejo. Pensaba que lo había dicho expresamente. —César miró expectante a los reunidos—. Bueno, ¿nadie va a ir a buscarlos?

—No merece la pena —dijo el maestre de los canteros, albañiles y tejadores—. Probablemente de todos modos no habrían venido. Es raro que más de la mitad acuda a las reuniones.

César movió la cabeza. Así era la gente de los gremios: se quejaban todo el año de que su opinión no le importaba a nadie, pero cuando se quería contar con ellos tampoco les gustaba.

—Empecemos —decidió el alcalde Marcel—. ¿Qué es eso tan importante que tenéis que decirnos?

César levantó el libro del tesoro.

—He estado familiarizándome con las finanzas municipales. Son un desastre. A causa de la nueva muralla, Varennes está endeudada de tal modo que nos amenaza la ruina. ¿No os lo ha indicado mi predecesor?

—Creo recordar que Everard señaló algo a este respecto —dijo titubeante Amédée Travère.

—Si lo sabíais, ¿por qué no hicisteis nada?

—Bueno, no se puede afirmar directamente que lo supiéramos. Ya conocéis al viejo Everard. Entresacar las ideas sensatas de su cháchara es como buscar un grano de oro en un montón de grava.

—Un hombre así no puede ser tesorero. ¡Tendríais que haberlo depuesto!

Los dieciocho hombres callaron, turbados. César refrenó su irritación diciéndose que los presentes solo eran en parte responsables de la actual situación. Desde hacía décadas, el Gran Consejo era una espada sin filo, un gremio al que nadie quería. Sus reuniones eran consecuentemente negligentes.

—Muy bien —interrumpió el silencio Bénédicte—. No sirve de nada llorar después por la leche derramada. Es mejor que busquemos soluciones. ¿Cómo están las cosas?

César recurrió a sus tablas de cera.

—Queda poco dinero en las arcas. A causa de las deudas, la ciudad pierde alrededor de cien florines al mes. He calculado que, si no actuamos enseguida, estaremos en bancarrota dentro de ocho meses.

Algunos consejeros gimieron.

—¿Qué proponéis? —Théoger Le Roux estaba sentado a la mesa del Consejo como si fuera una montaña de carne, y enterraba la silla debajo de su masa física. Sus dedos cargados de anillos parecían rígidos. Al parecer volvía a atacarlo la gota.

—Debemos pagar los plazos de la muralla. De lo contrario, tendremos que vérnoslas con gente poderosa —respondió César—. Solo queda reducir los gastos en otra parte y, al mismo tiempo, elevar los ingresos.

—¿Un nuevo impuesto? —propuso Amédée.

—Lo desaconsejo por completo —respondió Laurent, y los otros maestres asintieron con decisión—. Muchos de nuestros hermanos ya casi no tienen para vivir. Nuevas tasas serían su fin, a no ser que los impuestos graven solo a los ricos.

—Quien subyugue a los ricos con nuevas tasas —contradijo Théoger— dañará el comercio, y con él a toda la ciudad.

—Mis propuestas van en otra dirección —señaló César adelantándose a la disputa—. Todos conocéis mi situación, y sabéis que tengo experiencia en tomar decisiones difíciles y hacer ahorros rigurosos. De ese modo pude salvar mi empresa. Aquí tenemos que proceder exactamente así. He hecho una lista de todos los gastos que se pueden reducir con facilidad sin que el gobierno de la ciudad quede debilitado por ello. Hasta nueva orden los guardias de la ciudad no tendrán nuevas armas, botas y armaduras. Las fuentes y los hornos públicos se limpiarán tan solo una vez al año. Se despedirá a los vigilantes nocturnos y a los de las torres, y los gremios asumirán, como antaño, sus tareas.

Todas aquellas propuestas fueron aceptadas por unanimidad.

—¿Bastará eso para ahorrar cien florines al mes? —preguntó el alcalde.

—Por desgracia, no —respondió César—. Pero hay una partida de la que aún no hemos hablado: la protección de los judíos. Nos permitimos año tras año elevados gastos que solo benefician a una pequeña minoría. Si los suspendemos, ahorraremos tanto de un solo golpe que las finanzas se volverán a equilibrar.

—Eso es lo que digo yo —dijo Théoger—. Somos una ciudad cristiana. No se entiende que despilfarremos dinero en los judíos.

—Ya hemos hablado a menudo de esto, y debería estar claro para todos —repuso impaciente Bénédicte—. La protección a los judíos no es un privilegio que nos permitimos porque no tenemos nada mejor que hacer. Nos fue encargado antaño por el rey, con todos los derechos y obligaciones que implica. Además, el alcalde Michel Fleury extendió en el año 1220 a los judíos una cédula de protección en la que el Consejo se compromete por toda la eternidad a proteger de ataques a los judíos. Por buenas razones, siempre hemos tomado en serio esa obligación.

—Aun así, César tiene razón —dijo el maestre del gremio de herreros y coraceros—. En verdad yo no tengo nada en contra de los judíos, pero creo que disfrutan de demasiados beneficios. En estos tiempos, debemos pensar primero en los cristianos…

—¿Los judíos disfrutan de beneficios? —El rostro de Bénédicte enrojeció—. ¿En qué mundo vivís?

—Tienen que pagar elevados impuestos, no pueden ejercer la mayor parte de los oficios y han de llevar la marca amarilla —coincidió Laurent con el alcalde—. En verdad, esa gente no lo tiene fácil.

—Y yo tampoco —dijo entre dientes César, que empezaba a perder la paciencia—. La vida es dura para todos nosotros. Luchamos, sufrimos, morimos.

—Para los judíos es más dura —repuso Amédée—. Luchan, sufren, mueren, y son insultados, perseguidos y marginados constantemente.

—Se me llenan los ojos de lágrimas. —Théoger se acaloró—. ¿Necesitáis que os diga por qué se los margina? Porque siempre se esconden detrás de sus muros y no renuncian a sus extrañas costumbres. Adaptarse les parece demasiado pedir.

—¿Qué os parece si volvemos al tema? —terció uno de los maestres—. Al fin y al cabo aquí hacen falta soluciones, no debates interminables. Votemos la propuesta de César.

La propuesta fue aprobada por gran mayoría. Solo Bénédicte, Amédée y Laurent votaron en contra.

—No es nuestra intención abandonar por completo la protección de los judíos —se dirigió César a sus críticos—. Seguiremos tomándola en serio. Solo que ya no apostaremos guardias delante de la judería, eso es todo.

—Este acuerdo va mucho más allá —repuso Bénédicte, conteniendo a duras penas su ira—. Hoy es un día negro para Varennes. Acabamos de traicionar ideales que el Consejo ha respaldado durante cien años.

—No seáis tan teatral —dijo Théoger—. Los judíos sobrevivirán. Son tan indestructibles como las cucarachas.

Antes de que pudiera volver a haber disputa, César declaró:

—Queda otra cosa. Como sabéis, el rey no nos transfirió por completo la regalía de los judíos. El tesoro real sigue reclamando el derecho a incautar la propiedad de los judíos muertos sin descendencia. Deberíamos adquirir ese privilegio para que el Consejo pueda acumular rentables edificios de alquiler, viñedos y cosas por el estilo. Sin duda eso no nos ayudará a aliviar las finanzas a corto plazo, pero nos reportará ingresos a largo.

—¿No basta con dejar a los judíos en la estacada? —El alcalde saltó de su silla—. ¿También tenéis que sangrarlos?

—Nadie va a ser sangrado aquí. —César no entendía la explosión de ira de Bénédicte. De hecho, empezaba a preguntarse si ese hombre estaba interesado en la solución de su problema—. A los judíos les dará igual si la posesión de que se trate pasa al rey o a la ciudad. Para nosotros, en cambio, representa una gran diferencia.

—Yo también lo veo así —dijo Théoger, antes de que el indignado alcalde pudiera responder—. Votemos pues. ¿Quién está a favor de que mañana mismo convoquemos al bailío real y le sometamos la propuesta de César?

Una vez más volvieron a elevarse dieciséis manos. Una vez más, tan solo Bénédicte, Amédée y Laurent negaron su asentimiento a la propuesta.

—Entonces está decidido —dijo satisfecho César—. Enviaré enseguida un mensajero al palacio real.

En su condición de ciudad libre, Varennes Saint-Jacques no debía obediencia ni vasallaje a ningún príncipe temporal o eclesiástico. Los ciudadanos eran sus propios señores y obedecían tan solo al rey. Dado que Carlos IV residía en la remota Praga y solo raras veces acudía al lejano oeste del Imperio, estaba representado en la Lorena por sus bailíos. El responsable en Varennes era un tal Thierry, un noble de la venerable casa de Châtenois, que había dado numerosos príncipes, señores y obispos.

Thierry vivía en el palacio real, que administraba, y raras veces se dejaba ver en Varennes. Una vez al año iba al ayuntamiento y recaudaba los impuestos reales. Los ciudadanos podían dirigirse a él si no estaban de acuerdo con las sentencias judiciales del Consejo. Sin embargo, la mayor parte del tiempo se dedicaba a sus propias fincas o a la caza y otras distracciones aristocráticas.

El bailío era un hombre de cuarenta años, cuyo rostro casi desaparecía por completo detrás de una barba excesiva. Bajo la vestimenta verde se ocultaba un compacto paquete de duros músculos y una piel llena de cicatrices, porque Thierry era un guerrero de los pies a la cabeza. Había combatido por última vez al lado de Raoul, duque de Lorena, y había ido contra los ingleses junto al rey de Francia. Llamaba a la batalla de Crécy «la peor y más vergonzosa carnicería que el mundo haya visto nunca». Raoul había caído bajo la granizada de flechas de los ingleses. Thierry había tenido suerte y se había librado con una herida en la pierna. Por eso cojeaba cuando entró en la sala.

Los consejeros se incorporaron y saludaron con toda formalidad al bailío real. Dos criados trajeron una cómoda silla, en la que tomó asiento.

—¿Cómo es que el alcalde no está aquí? —preguntó Thierry a los reunidos.

La ira de Bénédicte no se había esfumado durante la noche. Por eso, había hecho saber al Consejo que no iba a tomar parte en la entrevista. César estaba desmedidamente irritado con él.

—Por desgracia se halla indispuesto. Pero nos arreglaremos sin él. Se trata de un asunto que entra dentro de mis competencias.

—Vos sois el nuevo tesorero, ¿verdad?

César asintió.

—El Consejo quiere proponeros un asunto. Queremos solicitar al rey que nos transfiera todas las facultades relacionadas con la regalía judía. Nos interesa sobre todo el derecho a poder incautar la propiedad de los judíos muertos sin descendencia. ¿Estaría el rey de acuerdo?

—Lo que pedís es un valioso privilegio.

—Sin duda podremos ponernos de acuerdo.

Thierry pensó largamente. En verdad aquel hombre no era un erudito, pero era todo lo contrario de un necio. Habían aconsejado bien a César que no lo subestimara.

—La regalía judía asegura al rey ingresos irrenunciables —declaró el bailío—. Pero más aún que el oro necesita fieles vasallos que apoyen su causa. En lo que a eso se refiere, no siempre ha podido confiar en Varennes.

—¿Aludís a que en el pasado seguimos a Luis, el rival de Carlos? —conjeturó Théoger Le Roux.

—Negasteis la obediencia a mi señor cuando más la necesitaba. En vez de eso, fuisteis fieles a un hombre que poco después fue excomulgado por el Papa. —A causa de la barba, era difícil interpretar la expresión de Thierry.

—Pero antes Luis el Bávaro era emperador legítimo, y Carlos tan solo su adversario —dijo Théoger—. Habría sido deshonroso y vergonzoso dejar de seguir a Luis. Cuando él murió y Carlos se convirtió en único rey, no dudamos en jurarle lealtad, y desde entonces la mantenemos. ¿O acaso le hemos dado algún motivo para dudar de nuestra lealtad?

El bailío dejó la pregunta sin responder. Volvió a guardar silencio largo tiempo.

—Como sabéis, mi señor tiene intención de volver a ser elegido emperador el verano próximo —esta vez con los votos de todos los príncipes electores— para despejar de una vez por todas cualquier duda acerca de su mando. Para eso necesita el respaldo de las ciudades imperiales. ¿Estáis dispuestos a apoyar sin ninguna restricción a Carlos?

Los consejeros dudaron antes de responder. Carlos era un emperador discutido. Corría el rumor de que los Wittelsbach, sus adversarios más poderosos, iban a presentar un candidato propio a la elección del verano. Posiblemente, junto a Carlos, habría otro rey que competiría por los príncipes y las ciudades para debilitar a su rival. En esas circunstancias, ¿era sensato atarse tan pronto a Carlos? ¿No era mejor esperar a ver cómo evolucionaban las cosas?

Thierry notó sus dudas y dijo:

—Una oferta: os cedemos todas las facultades de la regalía judía, y además os permitimos repartir la posesión judía en cuestión... Desde ahora, dos tercios corresponderán a la ciudad y uno a las familias más distinguidas de Varennes.

César no necesitaba que le explicaran lo que eso significaba: si aceptaban el trato, podía esperar obtener en los próximos años valiosas posesiones judías sin tener que pagar ni un denier por ellas.

Estaba claro que los otros consejeros estaban pensando lo mismo. Se removían inquietos en sus asientos.

—Una oferta en extremo atractiva —dijo Théoger—. Decid al rey que puede contar con nosotros.

—No tan deprisa —terció Amédée Travère, volviéndose hacia el bailío—: Apreciamos vuestra propuesta pero, antes de aceptarla, debemos examinar con cuidado qué consecuencias tendría para los judíos. ¿No es una incitación para los malvados a asesinarlos y quedarse con sus posesiones?

Los otros consejeros dieron curso a su indignación.

—Jamás le haría nada a un judío para enriquecerme —declaró cortante César—. ¡Os prohíbo tales suposiciones!

—¿Es que no habéis oído? —ladró Théoger—. Se trata de defunciones corrientes. ¿Qué ocurre si una parte de la herencia va a parar a las familias dirigentes? Al fin y al cabo, nosotros somos los que hemos hecho grande a Varennes. Podemos esperar un poco de reconocimiento a cambio.

Aquella ira vehemente sorprendió a Amédée.

—Solo digo que tenemos que examinar con atención las consecuencias de nuestras decisiones. No he llamado «asesino» a ninguno de los presentes.

—¡Primero Bénédicte... y ahora vos! —le increpó Théoger—. Reparos allá donde se mire. Ya no soporto ese constante vacilar y titubear. Lo que hace falta aquí es una decisión firme. Yo digo que aceptemos la oferta. ¿Quién me sigue?

Todos salvo Amédée se unieron al obeso consejero.

César se sentía como si el aire de la sala fuera a llenarse de chispas de euforia.

—Transmitid al rey que puede contar con todo nuestro apoyo.

El bailío asintió.

—Enviaré enseguida un mensajero a Praga. Si el rey está de acuerdo, la cancillería imperial os remitirá un documento con la nueva regulación.

César sonrió para sus adentros. Empezaba a encontrarle el gusto a su nuevo cargo.

«Doce —pensó Baruch—. Una buena cifra. Una cifra sagrada. Doce hombres por las doce tribus de Israel.»

Los miembros del Consejo Judío se habían congregado delante de la sinagoga. Ahora salían juntos de la judería y remontaban la Grand Rue. Estaban furiosos y atemorizados, pero Solomon les insufló valor.

—Estamos bajo la protección del rey —explicó con voz tonante—. Es obligación del Consejo cuidar de nuestra seguridad. Además, pagamos elevados impuestos por ese privilegio. Así que no dejéis que nadie os diga que no nos corresponde.

—El alcalde Marcel siempre fue amigo de los judíos —acudió en su ayuda Aarón ben Josué—. Sin duda todo esto no es más que un malentendido fácil de subsanar.

Baruch deseaba poder compartir su confianza. Pero no creía que fuera un error. Las últimas decisiones de la autoridad cristiana no eran más que el último retoño de la larga tradición de decretos y medidas que perjudicaban desde siempre a su pueblo: la marca amarilla, los agobiantes impuestos, las prohibiciones laborales. Naturalmente los responsables eran conscientes de las consecuencias, pero no les importaban.

«Setecientos», pensó Baruch. Esos eran los pasos que había hasta el ayuntamiento, los había contado una vez. «Cuatrocientos y trescientos. Dos cifras sagradas. Las letras Taw y Schin. Cuatrocientos años de cautividad en Egipto. Y la cifra del *ruach elohim*, el espíritu de Dios.»

Incluso en los días buenos, el trabajo en el Consejo Judío le parecía una obligación tolerable. Hoy era una carga que apenas podía soportar. La gente de su comunidad esperaba de él que se hiciera responsable de ellos, que los defendiera con decisión. Pero estaba interiormente paralizado de miedo.

Los incircuncisos de la plaza de la catedral se quedaron observándolos. «Miraos, con vuestros caireles y vuestras barbas partidas —decían sus miradas—. Ridículos. Una ofensa. No son de los nuestros. ¿Por qué siguen detrás de nuestros muros?»

Baruch deseaba volver a su estudio. Sí, incluso habría preferido mil veces ayudar en la botica en vez de ir al ayuntamiento. No se hacía ilusiones: al contrario de sus hermanos, él no era un hombre valeroso. Donde mejor se sentía era entre sus libros. «Un hombre tiene que estudiar las Escrituras —solía decir—. El conocimiento religioso lleva a la salvación.» Muchos grandes maestros le daban la razón. Pero en el fondo de su corazón sabía que no solo le importaba la salvación. En realidad, temía el mundo y sus exigencias.

«Veintiséis», pensó Baruch. Esos eran los peldaños de la escalera del ayuntamiento, que llevaba al despacho del alcalde. «La cifra del nombre de Dios. Moisés llegó veintiséis generaciones después de Adán.»

Baruch amaba las cifras. Las Escrituras estaban llenas de ellas. Eran unas con las letras, y cada una tenía un significado secreto. También en la vida cotidiana aparecían por todas partes, tan solo con buscarlas con la suficiente atención. Las cifras demostraban que el mundo no era en absoluto tan caótico como parecía. En ellas se mostraba la omnipotencia del Creador.

El alcalde Marcel los saludó con amabilidad y les pidió que tomaran asiento a la mesa. Pero Solomon fue directo al grano y sostuvo en alto el documento que el Consejo Judío había recibido por la mañana.

—Estos acuerdos son monstruosos. Exigimos que los revoquéis.

Bénédicte guardó silencio. Baruch notó que estaba extremadamente disgustado con todo aquello.

—Me temo que no puedo —dijo al fin.

—¡Pero violan la ley real! —atronó Solomon.

—No es cierto. El Pequeño Consejo tiene derecho a interpretar a su albedrío la regalía judía. En lo que a las nuevas disposiciones sobre herencias se refiere, hemos recabado además el consentimiento del bailío real.

Los hombres protestaron indignados.

—¿Así que al rey le parece bien que los judíos de Varennes queden en adelante sin protección? —gritó Aarón—. ¡Eso no puede ser!

—Por supuesto que seguiremos protegiendo la judería —repuso el alcalde—. Pero ya no podemos permitirnos apostar día y noche guardias ante las puertas.

—Pero necesitamos a los guardias —dijo Solomon—. Cuando se hayan ido, todo el mundo podrá entrar y hacer sabe Dios qué antes de que podáis intervenir. Dicen que en Francia ya ha habido violencia contra nuestros hermanos. ¿Tiene que ocurrir aquí lo mismo?

—Esos rumores carecen de todo fundamento. Hace mucho que en Francia ya no hay judíos.

—Algunos zorfatim han vuelto por orden del rey francés. Y ahora los hacen responsables de la plaga.

—Muy bien, quizá haya habido excesos aquí y allá —concedió Bénédicte—. Pero ahora eso ha terminado. El Santo Padre acaba de...

—Conocemos la bula papal —le interrumpió Solomon—. No va a protegernos.

Baruch odiaba la discordia y la disputa. Hubiera preferido dejar la confrontación a los otros. Pero callar habría sido cobarde e imperdonable.

—Sobre todo las nuevas disposiciones sobre herencias son una llamada al asesinato de judíos —dijo acudiendo en ayuda de Solomon—. Revocad al menos estas, si ya no queréis cuidar de nuestra protección.

—No está en mi poder. El Pequeño Consejo ha aprobado la nueva normativa por gran mayoría.

—Oh, naturalmente que lo ha hecho. —Aarón se indignó—. Théoger Le Roux y los otros buitres solo están esperando para arrancarnos nuestras propiedades. Los judíos somos en verdad la vaca lechera de toda la ciudad. Decid: ¿para qué pagamos la donación y todas las demás tasas? Durante todos estos años, siempre se dijo que con ellas se cubría nuestra protección. ¿Vais a bajar los impuestos, ahora que nadie protege nuestro barrio?

Era lamentable ver cómo se retorcía Bénédicte.

—Eso no es posible —explicó—. A Varennes no le va bien, desde el punto de vista financiero.

—Así que todo va a parar —constató Solomon— a que nosotros pagamos vuestra muralla y al mismo tiempo se nos convierte en presa fácil para asesinos y antisemitas.

—Cuidaré personalmente de que no sufráis ningún daño.

—¿Qué vais a hacer si durante la noche una chusma sedienta de sangre recorre la judería? —preguntó Aarón.

El alcalde no tuvo respuesta a eso.

—A lo largo de más de cien años, la autoridad cristiana mantuvo lazos de amistad con los judíos de Varennes. Hoy el Consejo ha borrado de un plumazo esa antigua amistad —explicó Solomon lleno de amargura—. No lo olvidaremos.

Los doce hombres del Consejo Judío bajaron los veintiséis escalones y recorrieron los setecientos pasos de vuelta a la judería, donde se dispersaron abatidos.

En la botica, Léa esperaba a Baruch.

—¿Habéis conseguido algo? —preguntó.

—El alcalde no puede ayudarnos —respondió Baruch—. Se siente impotente frente al Consejo.

No podía mirar a los ojos a Léa. Un padre debería estar en condiciones de proteger a su hija. Baruch se sentía como si la hubiera dejado en la estacada.

En silencio, subió por la escalera y se retiró a su estudio. Cogió un libro del famoso místico Abraham Abulafia, cuyos pensamientos sobre gematría y numerología siempre le habían inspirado.

Pero ese día no encontró consuelo alguno en la belleza de las cifras.

34

Octubre de 1348

L a posadera trajo el desayuno a Adrianus y se inclinó sobre la mesa lo bastante como para que pudiera ver sus pechos. Excitado y confuso, él bajó la mirada y se comió las gachas. Era el único huésped, y al parecer el primero desde hacía semanas. La exuberante pelirroja no dejaba de revolotear a su alrededor, atendiendo cada uno de sus deseos... y dispuesta a hacer mucho más por él si se dejaba. Había perdido a su esposo e hijos en la plaga, y se moría por un contacto cariñoso. Adrianus no cedió a sus avances, aunque no la encontraba carente de atractivo. Su corazón pertenecía a Léa y a nadie más que a Léa, todavía. Las otras mujeres no le excitaban.

Un viento fresco soplaba en torno al albergue; olía a lluvia, lodo y putrefacción. En aquellos días, olía a putrefacción en todo París. Después de la comida, Adrianus subió al pequeño desván en el que habitaba y cogió el manto. Philibert se alojaba en su antiguo Collège y lo había dejado literalmente en medio de la calle. Así que había ido a parar allí, a aquella pequeña posada del Quartier Latin.

La posadera le miró nostálgica cuando salió a la calle. Fue por la orilla del Sena hasta el Petit Châtelet, una puerta fortificada que vigilaba el acceso al Petit Pont. Adrianus había estado en París hacía muchos años con su padre y su hermano, y no reconocía la ciudad. El Quartier Latin, el gran barrio universitario a la orilla izquierda del Sena, había sido antes un sitio animado, vital, con tabernas en todas las esquinas en las que se daban cita estudiantes de todo el mundo y rameras pintadas de colores chillones. En el Petit Pont se reunían licenciados en Teología para sostener disputas eruditas, los doctores daban clase en plena calle. Hoy, calles enteras estaban desiertas. Los cementerios se habían convertido en fosas comunes. En el puente no había más que un solitario estudiante, esperando comprador para sus manuscritos baratos.

La pestilencia había hecho estragos en París durante cinco meses. Cinco meses de horror. Peor que todo lo que Adrianus podía imaginar. La plaga se había llevado a decenas de miles, algunos decían incluso que la mitad de los doscientos mil habitantes de la ciudad. La nueva enfermedad no tenía compasión de nadie. Pobres y débiles morían lo mismo que ricos y fuertes, mendigos igual que obispos, obreros igual que nobles. Seguía habiendo cadáveres por todas partes, en los patios, las iglesias, las casas abandonadas, porque hacía ya mucho que la autoridad no alcanzaba a poder enterrar a las legiones de muertos. Entretanto la plaga se retiraba de París... Los doctores de la facultad de Medicina decían que había pocos casos nuevos. Pero Philibert tenía tal miedo a la pestilencia que desde su llegada hacía unos días apenas salía de su alojamiento.

También Adrianus tenía miedo... más que nunca en su vida. Y sin embargo salía todos los días a recorrer la metrópoli. Tenía que ver lo que hacía la plaga, lo que sucedía con una ciudad cuando venía. Para estar preparado.

«Por favor, mantenla lejos de Varennes —rezaba noche tras noche—. Sería nuestro fin.»

Cruzando el puente se llegaba a la Île de la Cité, el centro de París, el centro del poder eclesiástico y temporal de Francia. En el extremo oriental de la isla fluvial se alzaba la catedral de Notre Dame con el palacio episcopal, en el extremo occidental estaba el Palais de la Cité, la fastuosa residencia del rey. Entre una y otro se ondulaba un mar de tejados rojizos, entretejido de angostos callejones, en su mayoría pavimentados, para que los nobles señores no se vieran perturbados por el olor apestoso del lodo de las calles.

También allí reinaba un peculiar silencio. Muchas casas ante las que pasó estaban vacías. Los pocos artesanos y mercaderes callejeros que iban a su trabajo parecían extrañamente carentes de fuerzas. Sobre todos ellos pendía la sombra de la muerte. Cuando Adrianus seguía hacia el oeste la rue de la Calandre, vio a la puerta de un patio dos perros sarnosos que mordisqueaban un cadáver. Les tiró una piedra y espantó a los animales. Casualmente, en ese mismo instante venían por el camino dos sepultureros con su carro. Adrianus les señaló el cadáver. Sin decir palabra, cargaron al muerto y siguieron su camino. Hacía mucho que su triste obligación había degenerado en rutina, y ya no arrancaba emoción alguna a aquellos hombres.

Cruzó las puertas del palacio y caminó por el ancho patio de la residencia real, pasando ante la espléndida Sainte-Chapelle, en la que se conservaban la corona de espinas de Cristo y parte de la Santa Cruz. Detrás de la iglesia estaba el Donjon, una maciza torre redonda que en tiempos de necesidad servía de último refugio, así como las viviendas de la familia real, unidas a opulentos jardines.

Adrianus se dirigió a la Grand'salle des gens d'armes, una enorme sala desde la que le llegó el rumor de muchas voces. Unas columnas altas y recias, decoradas con las estatuas de anteriores reyes, se abrían muy por encima de su cabeza como capullos de rosa, y se fundían con las nervaduras de la bóveda. Decían que la sala podía acoger a dos mil personas. En ese momento no había tantas, pero sin duda sí varios centenares: sanadores, legados y nobles de toda Francia y otros países de la Cristiandad, que esperaban en tensión el dictamen de la Universidad de París sobre la gran mortandad.

A regañadientes, Adrianus se reunió con Philibert, que estaba con algunos doctores de la universidad local.

—Llegáis tarde —dijo el físico.

—¿Han empezado ya?

—No.

—Entonces no llego tarde.

Philibert se volvió de nuevo hacia los eruditos, al parecer antiguos compañeros, con los que conversó animadamente en latín. No se rebajó a presentar a su acompañante. Durante todo el viaje solo habían hablado lo imprescindible, y desde que estaban en París hacía sentir sin cesar a Adrianus que aquella era su ciudad. Allí había estudiado antaño, allí conocía a todo el mundo. Adrianus era ajeno a todo aquello y debía hacer el favor de seguir siéndolo.

Hubo inquietud entre la multitud cuando dos guardias del palacio con brillantes corazas abrieron una puerta.

—Su Majestad Felipe, de la Casa de Valois, sexto de su nombre, soberano ungido de Francia y más cristiano de todos los reyes —atronó uno de los hombres.

Adrianus y los otros presentes se inclinaron profundamente mientras el monarca se sentaba en el trono de la flor de lis. A su derecha y a su izquierda se apostaban cuarenta y nueve licenciados y doctores de la facultad de Medicina, que irradiaban una sublime importancia.

Adrianus veía por primera vez al rey. Felipe era un hombre mayor, de cincuenta y cinco años, que se envolvía en un manto azul bordado con flores de lis doradas. El cabello, ralo, le llegaba hasta los flacos hombros; el rostro era simétrico y de una perfección casi estatuaria, pero demasiado severo para ser llamado bello. Decían del soberano que, a pesar de su inteligencia, tendía hacia el capricho y la frivolidad. Adrianus no podía juzgar eso. Cuando estudió el rostro real, no descubrió en él otra cosa que tristeza. Solo hacía un mes que la esposa de Felipe, Juana, había muerto de la pestilencia. La triunfal campaña de la muerte no se había detenido ni siquiera ante los muros de los palacios reales.

—El Señor castiga a la humanidad pecadora con una epidemia de dimensiones apocalípticas —tomó la palabra el rey—. Nadie sabe de dónde viene este flagelo. Nadie es capaz de curar la nueva enfermedad. Por eso, hemos llamado a París a los más grandes doctores de la facultad de Medicina, para que estudien la plaga y averigüen sus causas. Han redactado un erudito dictamen, que ahora os presentamos.

Felipe asintió en dirección a dos de los eruditos. Los hombres se inclinaron en una reverencia y se adelantaron.

—Gérard de Saint-Dizier, decano de la facultad de Medicina, y el licenciado Pierre Gas de Saint-Flour —murmuró Philibert a Adrianus—. Mis profesores en la universidad y los más grandes médicos que conozco. Haréis bien en escuchar con atención sus palabras.

Cuando alguien como Philibert presentaba a aquellos dos hombres como los «más grandes médicos», Adrianus hacía bien en rebajar sus expectativas. Gérard de Saint-Dizier se bañó en el esplendor del rey mientras dejaba vagar una mirada arrogante sobre los presentes. Disfrutaba visiblemente del momento. Pierre Gas de Saint-Flour le tendió un volumen encuadernado en cuero.

—Este es el *Compendium de epidemia*, el experto resultado de nuestra investigación, para el que no rehuimos esfuerzo alguno ni trabajo por grande que fuera —explicó el decano, y leyó en latín:

»"Nosotros, los miembros del colegio médico de París, presentamos aquí, tras madura reflexión y concienzuda discusión sobre la mortal peste que predomina, así como después de pedir la opinión de nuestros viejos maestros, un claro análisis de esta plaga conforme a las reglas de la astrología y las ciencias naturales. Declaramos lo siguiente:

»"Se sabe que en la India y los países ribereños del ancho mar, los astros, que luchan con los rayos de sol y el calor del fuego del cielo, ejercen su influencia especialmente sobre el mar y luchan con fuerza contra sus aguas. De esto surgen vapores que oscurecen el sol y transforman su luz en tinieblas. Esos vapores forman un ciclo que asciende y desciende de veintiocho días. Finalmente, el sol y su fuego tienen tan gran efecto sobre el mar, que atrae gran cantidad de él y lo transforma en vapor que se eleva en el aire.

»"Si en algún sitio el agua está echada a perder por peces muertos, deja de poder quedar disuelta por la fuerza del sol y transformarse en vapor, granizo, nieve o rocío sanos, sino que los vapores se extienden por el aire y envuelven en nubes algunas regiones. Así ocurrió en Arabia, parte de la India, en las llanuras y valles de Macedonia, en Albania, Hungría, Sicilia y Cerdeña, donde no quedó vivo un ser humano...".

Así continuaba. Adrianus sintió furia. Se habría podido resumir el exuberante dictamen en dos frases: los astros tenían la culpa de la plaga, no había nada que hacer. Y para eso había viajado a París.

—¡Es brillante! —susurró Philibert—. Esa precisión científica. Ese agudo análisis. De hecho, yo mismo me había hecho ya consideraciones similares. Qué honor que tan grandes intelectos confirmen y refuercen mis modestas teorías.

—Es cháchara —dijo Adrianus—, y además inútil. Si la pestilencia llega a Varennes, sin duda toda esa chapuza no nos ayudará a curar un solo enfermo.

Philibert enrojeció de ira.

—¿Cómo podéis decir una cosa así? El dictamen contiene todo el conocimiento médico de la Cristiandad. ¿Dudáis acaso de que los astros y las malas miasmas hayan desencadenado la plaga?

—Puede que sean las causas. Pero ¿dónde está su utilidad práctica? No entran ni una vez en los síntomas de la enfermedad.

Los circundantes les exigieron, irritados, que guardaran silencio. También el decano Gérard se sintió perturbado por su disputa e interrumpió su exposición.

—¿Hay alguna pregunta? —quiso saber, irritado.

—¿Qué estáis haciendo? —siseó horrorizado Philibert cuando Adrianus se abrió paso entre la multitud. Se inclinó ante el trono.

—Maestro Adrianus, cirujano de Varennes Saint-Jacques —se presentó—. ¿Puedo hablar?

—Sin duda. Pero resumid, para que podamos avanzar con rapidez —dijo el rey.

—Ha llamado mi atención que en el dictamen no se mencionan ni una sola vez los bubones negros, la fiebre alta y todas las demás características de la nueva enfermedad —indicó Adrianus a los dos médicos y sus cuarenta y siete colegas—. Decid: ¿ha visto alguno de vosotros a uno de los enfermos, y no digamos examinado personalmente?

Más de uno de los médicos jadeó en busca de aire, indignado.

—¿Con quién creéis que estáis hablando? —le increpó el magister Pierre—. Somos eruditos y clérigos, no remiendahuesos que tratan a sus pacientes con escalpelo y trépano. Su Majestad el rey Felipe nos ha pedido establecer las causas de la pestilencia, y eso es lo que hemos hecho con el mayor cuidado.

—Entonces decidnos qué hacer con ese conocimiento. ¿Qué debemos hacer si la plaga llega hasta nosotros? ¿Qué podemos aconsejar a los enfermos?

—¡Majestad! —gritó el decano Gérard—. Os ruego que hagáis callar a este hombre impertinente.

—Habéis hecho vuestra pregunta —dijo el rey a Adrianus—. Ahora, moderaos y dejad proseguir a nuestros eruditos. —Se volvió hacia los médicos—: También Nos tenemos curiosidad por saber qué terapias tenéis en mente. ¿El *Compendium* contiene consejos para luchar contra la plaga?

—Sin duda, majestad. —El decano lanzó una mirada devastadora a Adrianus—. Iba pasar a la dietética preventiva cuando he sido interrumpido de forma tan abrupta. —Carraspeó y siguió leyendo el dictamen—: «No se deben comer aves, aves acuáticas ni lechones, carne de buey viejo y carne grasa, tan solo la de animales de naturaleza cálida y seca, y ninguna que caliente y excite. Recomendamos caldos con pimienta molida, canela y especias, en especial a aquellas personas que normalmente toman pocas y selectas viandas. Es nocivo dormir durante el día. El sueño solo debe durar hasta romper el alba...».

La ira de Adrianus dio paso a la resignación. ¿Qué esperaba? El Estudio de Montpellier le había enseñado hasta la saciedad cómo pensaban aquellos hombres. Estaban prisioneros de las doctrinas de Galeno y las concepciones astrológicas, y no eran capaces de reaccionar a una amenaza nueva como la pestilencia. Allí no hacía otra cosa que perder el tiempo. Soportó el resto de la intervención y dio gracias al cielo cuando hubo pasado.

—Haremos que se os entreguen copias del *Compendium* —se dirigió el rey a la multitud—. Podréis recogerlas en la facultad de Medicina. Ahora, id y orad para que el Señor perdone nuestros pecados y aleje la plaga de nosotros.

Adrianus y los demás se inclinaron cuando Felipe abandonó la sala, seguido de sus cuarenta y nueve eruditos. Acto seguido, la multitud se dispersó.

Philibert se lanzó sobre Adrianus.

—¿Cómo habéis podido hacerme esto? Todo el mundo sabe que venís conmigo. ¡Por Dios! Nunca nadie me había infamado y puesto en evidencia de este modo.

Adrianus lo dejó plantado y se dirigió a la salida.

En el patio del palacio, los médicos extranjeros y los legados formaban grupitos y discutían el dictamen. Adrianus constató que no era el único que consideraba el *Compendium de epidemia* alejado de la práctica e inútil. Más de uno lo saludó con una amable inclinación de cabeza, por haber tenido el valor de expresar lo que muchos pensaban.

Cuando escuchó a los hombres que venían de más lejos, supo que hasta ahora Italia era el país más afectado por la plaga. Solo en Florencia, decían, habían muerto en pocos meses nueve de cada diez habitantes, noventa mil personas. Milán, en cambio, se había librado de la pestilencia. Los circundantes lo consideraban un milagro, pero uno de ellos observó que probablemente no tenía nada que ver con la intervención divina, sino con el hecho de que Milán había cerrado sus puertas durante semanas y se había aislado rigurosamente de su entorno asediado por la plaga.

Una conversación suscitó la curiosidad de Adrianus. Algunos hombres del sur de Francia hablaban con mucho respeto de Guy de Chauliac, el médico personal del Papa, de quien Adrianus ya había oído mencionar su nombre. Guy había estudiado en Montpellier unas dos décadas antes que él, y estaba considerado una leyenda viva de la facultad de Medicina.

—Aviñón está sufriendo gravemente la pestilencia —dijo un médico provenzal—. Solo en los primeros tres días que siguieron a la aparición de los primeros casos murieron dos mil personas. La plaga también ha penetrado en el palacio papal. Guy de Chauliac está haciendo todo lo posible por proteger al Santo Padre, y está teniendo éxito.

—¿Puedo preguntar cómo ha procedido Guy? —se dirigió Adrianus al hombre.

—Bueno, ha pedido al papa Clemente que no salga de sus aposentos bajo ninguna circunstancia. Cualquier persona que habla con él tiene que guardar distancia. Guy es el único que puede acercarse al Santo Padre. Hay fuego encendido en su cámara día y noche; Guy esparce regularmente en él hierbas aromáticas como enebro y romero. Eso mantiene lejos del Papa las miasmas que causan la enfermedad.

Adrianus tomó nota del método. Le parecía más sensato que las trilladas propuestas dietéticas de los eruditos de París.

El viento cambió de dirección y trajo hacia el palacio un olor putrefacto, dulzón, denso y nauseabundo. Adrianus respiró por la boca y regresó a su albergue.

—Inútil.

Unos días después, Adrianus estaba sentado en su desván, leyendo la copia del dictamen. No contenía nada que completara de manera sensata lo expuesto en el palacio real. Tan solo más de lo mismo, en hinchadas palabras.

—Traído por los pelos. —Sobrevoló el texto y siguió hojeando, impaciente—. Inútil... inútil... completamente necio.

Cuando llegó a la última página, cerró la carpeta y consideró la posibilidad de tirarla por la ventana. Si la plaga llegaba a Varennes, tendría que averiguar por sí mismo qué había que hacer. Una áspera maldición escapó de sus labios. Todo el viaje había sido una completa pérdida de tiempo.

Alguien llamó a la puerta con energía y la abrió de golpe, antes de que Adrianus pudiera decirle que pasara.

—¿Estáis listo para partir y regresar a casa? —preguntó Philibert.

—Ya nada me retiene aquí.

—Bien, bien. Entonces vayámonos. Sin duda en la patria nos esperan ansiosamente.

El físico iba silbando una canción mientras descendía la crujiente escalera. En vista del viaje, trabajoso y peligroso, que les esperaba, Adrianus consideró inadecuado aquel buen humor. Algo no encajaba.

La posadera no quería dejarle ir. Philibert se apartó, picado, cuando estampó un beso en la mejilla a Adrianus. Por fin, pudo soltarse y sacar el mulo del establo.

—Habíamos acordado que cambiaríamos —le dijo a Philibert, que sostenía el caballo por las riendas.

—No habíamos acordado nada. Pero, si insistís, por mi parte podéis usar el caballo.

Adrianus miró fijamente al médico. Se había preparado para un duro enfrentamiento. Aquello había ido demasiado rápido.

—¿Lo queréis ahora, o no? —Sonriente, Philibert le tendió las riendas.

Adrianus le pasó el mulo y montó. «Esto apesta —pensó cuando echaron a andar—. Apesta peor que un absceso abierto.» Se armó interiormente.

35

Varennes Saint-Jacques

Mientras Adrianus estaba en París, el final del verano se marchó del valle del Mosela. El otoño llegó sin previo aviso a Varennes, y cubrió a los habitantes de la ciudad de tristeza, oscuridad y frío húmedo. Durante las noches, la niebla llenaba las calles. Por la mañana venía el viento y ahuyentaba las densas nubes de bruma, que se escondían en el bosque y regresaban arrastrándose por las noches para envolver de nuevo a la ciudad. La gente estaba helada. Los más pobres no tenían leña suficiente para secar al fuego sus ropas húmedas. En la judería, pronto una de cada tres personas estuvo resfriada. Léa apenas daba abasto a tratar a todos los pacientes y preparar medicinas contra la tos, la destilación nasal y el dolor de garganta.

Trituró sietenrama en el mortero y luego metió el polvo dentro de una bolsa.

—Mezcla esto con miel —dijo a Alisa, que esperaba junto al mostrador de la tienda—. ¿Tenéis hinojo y estragón en casa?

La joven asintió.

—Pon un poco encima de una piedra caliente. Tu padre tiene que aspirar el humo. Haz esto entre tres y cinco días, debería liberarle la nariz.

Apenas se había marchado Alisa cuando entró su tío.

—Hay novedades. Ve a buscar a tu padre.

—¿No puede esperar hasta más tarde? He prometido a Malka que iría a ver a su hijo. —Desde la circuncisión, el pequeño lloraba sin parar. Probablemente tenía dolores.

Solomon sostuvo una carta en alto.

—Ha escrito Meir ben Jitzchak, de Erfurt.

Léa pasó a la sinagoga y entró en la biblioteca que había detrás de la sala principal. En aquella cámara del tesoro de la sabiduría había estantes de vieja y torcida madera, bañados en la polvorienta luz que se colaba por las altas aspilleras. Contenían distintos escritos, entre ellos todo el Talmud con sus 613 mandamientos, el *mitzvá*, que los judíos se habían prescrito en el monte Sinaí. Más que en ninguna otra parte, era en la biblioteca donde Léa sentía lo que significaba ser judía. El Señor había elegido a su pueblo y entregado su amor incondicional a los hebreos cuando reveló la Torá a Moisés. Pero aquella relación especial con el Creador tenía un precio. Seguir todos los *mitzvot* y llevar una vida grata a Dios era trabajoso y lo exigía todo de un judío.

Baruch tenía un candelabro en la mano y murmuraba para sus adentros, mientras buscaba en un estante y pasaba los dedos por los lomos de cuero de los libros.

—Solomon quiere hablarnos —dijo Léa.

Él se estremeció.

—¿Tienes que asustarme de ese modo?

—Perdona.

—Mis discípulos llegarán enseguida. Debo preparar la clase.

—Es importante. Solomon tiene noticias de Meir ben Jitzchak.

Él apagó la vela, y fueron a la farmacia.

—¿Hay novedades respecto a Luc? —preguntó Baruch a su hermano.

—Leedlo vosotros mismos.

Alisaron el pergamino encima del mostrador y se inclinaron sobre él. El mensaje era breve. Meir se disculpaba con Solomon por llevar tanto tiempo sin que tuviera noticias suyas. Había estado de viaje, y hacía poco tiempo que había podido seguir indagando.

«Por desgracia la investigación no dio muchos resultados —escribía el mercader—. Después de ser desterrado de Meissen, Lutz fue a Bohemia y estuvo un tiempo en Praga. Allí se pierde su rastro. Nadie ha sabido decirme cuándo y por qué salió de la ciudad.»

—Praga —dijo Léa—. Eso no nos ayuda.

—Quizá deberíamos dejar de preocuparnos por él —dijo Baruch—. Ha tenido casi dos meses para volver. Probablemente esté muerto, o ya haga mucho que está en otra parte.

—Es posible. —Solomon no parecía convencido—. Aun así, pediré a Meir que siga preguntando entre los judíos de Bohemia. Alguien tiene que saber algo.

Callaron agobiados.

—Ahora tengo que ir a ver a Malka —explicó por fin Léa, y cogió su bolsa.

—¿Jacobus? ¡He vuelto!

El silencio saludó a Adrianus al entrar en su casa. Se asomó al huerto y llamó mirando al dormitorio, pero no había nadie. Probablemente su amigo estaba en ese momento visitando a un enfermo o en la judería. La casa estaba limpia, la consulta recogida, el huerto cuidado. Bueno, no esperaba otra cosa de Jacobus.

En la mesa de la cocina había una jarra con agua fresca del pozo. Adrianus se dejó caer en una silla, llenó una copa y estiró las piernas mientras bebía. Tenía la cabalgada metida en los huesos como una fiebre mal curada. El viaje desde París había sido agotador. Lluvia constante, caminos embarrados, noches frías. Tramos enteros en los que la plaga se había ensañado, donde la parca alzaba la guadaña y cosechaba millares de almas. Entretanto la pestilencia ya causaba estragos en toda Francia y, de hacer caso a los rumores, había pasado ya a Inglaterra: un invisible pasajero en los barcos mercantes que atracaban en Burdeos y en Londres; una mercancía envenenada que expandía su peste mortal nada más desembarcar.

Su viaje a casa había sido una huida de la muerte. Philibert y Adrianus habían evitado las rutas comerciales, rodeado las ciudades, pisado únicamente pueblos y albergues cuando estaban seguros de que allí nadie había enfermado. Pronto habían dejado atrás los territorios afectados, pero Adrianus podía sentir que el avance de la plaga estaba lejos de haber terminado. Con cada día que pasaba la pestilencia avanzaba más hacia el este, conquistaba nuevos valles y asentamientos, estaba ya a las puertas del Sacro Imperio Romano, como un ejército enemigo que no se detenía ante ningún muro, ante ningún castillo. Habían preguntado, habían hablado con peregrinos y mercaderes viajeros. Decían que en Lorena la enfermedad aún no había hecho su aparición; tampoco en Flandes ni en Alsacia. Adrianus había dado gracias a Dios, aunque intuía que el Señor solo estaba concediéndoles un plazo de gracia. ¿Por qué iba a perdonarles? Ellos eran igual de pecadores que los italianos, los franceses, los ingleses. Pronto la plaga extendería sus secas garras hacia Varennes y los castigaría por sus pecados.

Y no habían traído de París ningún remedio eficaz.

Por eso, dejó en manos de Philibert presentar al Consejo el inútil *Compendium de epidemia*. El médico adoraba hacerse el importante ante los grandes señores. Entretanto, Adrianus daría vueltas a cómo combatir la plaga de manera eficaz.

Pero eso podía esperar hasta el día siguiente. Cansado, subió la escalera, se metió debajo de las sábanas y se quedó dormido nada más cerrar los ojos.

Un ruido estrepitoso lo despertó. Adrianus sacudió aturdido la cabeza y se frotó los hinchados ojos. Aún era de día. La niebla en los callejones se había espesado de tal manera que el ventanuco del dormitorio mostraba una blanca nada. ¿Había vuelto Jacobus? No, tenía una llave y no iba a llamar con tanta energía. Adrianus se vistió a toda prisa y corrió abajo.

—He oído que habéis regresado —dijo el hombre que esperaba fuera, en medio de la niebla—. ¿Podéis ayudarme?

—Gosselin, del gremio de panaderos, ¿verdad? —Adrianus le pidió que pasara—. ¿Qué puedo hacer por ti?

Gosselin se subió el gugel y mostró el cuello, cuyo lado derecho estaba cubierto de gruesos nudos. «¡Bubones negros!» Adrianus retrocedió involuntariamente un paso. Se fijó más. Aquel hombre no padecía la plaga. Los nudos eran distintos de los bubones tan típicos de la pestilencia; eran más pequeños, más numerosos y de color pardusco.

Escrófulas. Una enfermedad terrible, y difícil de curar. Pero, en sus comienzos, no tan mala como la pestilencia.

Indicó a Gosselin que se sentara en la silla donde hacía los tratamientos y se quitara el gugel.

—No los tienes desde hoy, ¿verdad? ¿Por qué no has acudido con esto al doctor Jacob?

—No me gusta ir a médicos que no conozco. Además... —El panadero se detuvo.

—¿Sí? —insistió Adrianus.

—He oído decir que el doctor Jacob es judío —explicó dubitativo Gosselin.

«Aunque no lleve una marca amarilla.» Probablemente habían observado que Jacobus trataba con los judíos de la ciudad y habían sacado las conclusiones correctas. Adrianus esperaba que no hubieran insultado o agredido a su amigo.

—¿Y eso qué hace al caso? —preguntó, indignado—. Es un buen médico. Eso es lo que importa cuando se está enfermo, ¿no?

Gosselin miró confuso al suelo. Moviendo la cabeza, Adrianus se acercó a la estantería. Tenía poca experiencia con la escrofulosis, como se llamaba esa dolencia en la literatura médica, y debía consultar. Aún no había ahorrado suficiente dinero para sustituir los libros robados, pero Jacques le había prestado los suyos.

Los nudos pardos eran ganglios inflamados y reventados. Hildegard von Bingen aconsejaba tratarlos con leche de burra. El *Macer floridus*, un texto sobre hierbas curativas, recomendaba un emplasto de llantén, cilantro y hierba de san Pedro. Adrianus decidió intentarlo con ambos medios y cogió de su estante los ingredientes necesarios. Tenía de todo, salvo cilantro. En su huerto no había, y menos en otoño; era una planta rara y cara.

Solo en casa de Léa podría conseguirla.

Adrianus respiró hondo. Durante las semanas anteriores había evitado pensar en ella, había apartado y confinado sus sentimientos. Si volvía a verla, el dolor regresaría sin compasión. Pero ¿qué iba a decirle a Gosselin? ¿Que tendría que renunciar al ungüento curativo porque su médico sufría mal de amores?

Frotó los nudos con leche de burra. Gosselin se estremecía a cada contacto.

—Esto debería aliviar los dolores. Esta noche te haré además un emplasto.

—Gracias, maestro Adrianus. —El panadero dejó unas monedas en la mesa y se fue.

Adrianus se ató la bolsa al cinturón, se puso el manto y contempló con disgusto las nubes de niebla delante de la puerta. No había nada que hacer; de todos modos tenía que ir a la judería. Había prometido a Solomon pagar el siguiente plazo de su crédito justo a su regreso.

Salió de la casa.

La niebla era tan espesa y compacta en los callejones que apenas podía ver las fachadas de las casas vecinas. Aquel vapor blanco atenuaba todos los sonidos, y en el barrio de los tejedores reinaba un peculiar silencio, aunque normalmente el crujir y retumbar de los grandes batanes se oía hasta en la Grand Rue. Adrianus se sintió como un fantasma mientras remontaba la calle.

Los guardias que solían estar a la puerta de la judería habían desaparecido. «La niebla se los ha tragado, ¿quién será el próximo?» Adrianus movió la cabeza. Qué extraño pensamiento. El viaje infructuoso, el miedo a la plaga, tenían que haberle afectado más de lo que admitía. Pensó en ir primero a ver a Solomon, pero luego giró hacia la botica. Mejor dejarlo atrás cuanto antes.

Ella estaba delante del mostrador, destapando en ese momento un tonel de vinagre con un formón. ¿No habría podido encontrar a Baruch al menos una vez? ¿Se dejaba ver aún el viejo *apotecarius* por su tienda?

—Léa.

Ella no le había oído entrar y se sobresaltó. Por un momento, levantó el formón como para parar un golpe. «Tiene miedo —pensó él—. Todos los judíos tienen miedo, es cada vez peor.» Luego volvió a controlarse, bajó la herramienta y ocultó sus sentimientos. Él había visto a menudo ese rostro. Era su forma de tratar con el dolor, el temor y los malos recuerdos.

—Has vuelto —constató, y se metió detrás del mostrador—. ¿Cómo ha ido en París? Solomon me ha hablado de tu viaje —explicó.

Adrianus la miró. Una parte de él quería charlar con ella, quedarse y no irse jamás. La otra quería comprar el cilantro deprisa y desaparecer lo antes posible.

—Podríamos habernos ahorrado la molestia. Los doctores de París tampoco saben con qué tenemos que vérnoslas.

Ella asintió, como si no hubiera esperado otra cosa. Luego se quedaron callados.

Él carraspeó.

—Necesito cilantro.

—Claro. —Ella cogió la escalera y cortó un puñado de tallos de las vigas del techo.

—Supongo que entretanto has conocido a mi amigo Jacob.

Léa asintió.

—Va a menudo a visitar a Judith y Solomon.

—Todavía no lo he visto desde que volví. ¿Le va bien?

—Oh, no podría irle mejor. —Una sonrisa pasó por su rostro.

—¿Qué ha sucedido?

—Eso debe contártelo él. —Léa bajó de la escalera y metió el cilantro en su bolsa.

Adrianus pagó. «Ya tienes lo que quieres. Ahora vete.»

—¿Cómo es que no hay guardias a vuestra puerta? —preguntó.

—¿Aún no te has enterado?

—¿De qué?

—De los últimos acuerdos del Consejo que tu fino hermano ha logrado aprobar. La ciudad ya no tiene dinero, así que ahorra con la protección de los judíos.

—Pero el Consejo está obligado a hacerlo. El rey...

—... nos deja en la estacada —terminó ella la frase—. Los judíos le damos igual. Y eso no es todo. Además, el bailío ha autorizado que la propiedad de los judíos que mueren sin herederos se reparta entre la ciudad y las familias más distinguidas.

Adrianus estaba horrorizado. ¿No se daba cuenta César del peligro en que ponía con eso a los judíos?

—Hablaré con César. El Consejo tiene que revocar eso.

Ella no dijo nada.

—¿Necesitas algo más?

—Eso era todo.

Adrianus cogió la bolsa. Aunque el cilantro estaba seco, olía casi con tanta intensidad como si fuera fresco.

Otra vez ese silencio, que se apilaba entre ellos como un muro que llegara hasta las nubes, como un acantilado insuperable.

—Ahora tengo que irme.

Léa no le pidió que se quedara. Se limitó a asentir.

Adrianus quiso despedirse, pero no logró pronunciar las palabras.

Poco después cruzaba la Puerta del Rey y caminaba a lo largo del río. El frío del otoño se colaba en su ropa por huecos diminutos y acariciaba su piel con dedos húmedos. A la orilla y encima del agua la niebla era tan densa que apenas podía distinguir el Mosela. Un barquero guiaba su canoa por entre las nubes blancas, apartándose con una pértiga de las rocas y entendiéndose a gritos con el mozo que guiaba los dos bueyes por el camino de sirga.

Adrianus cruzó el cinturón de tierras de sembradura que rodeaba Varennes y llegó a una pradera al borde del bosque que formaba parte de las tierras comunales de la ciudad. El suelo allí era demasiado malo y pedregoso para plantar cereal, por eso se empleaba como pasto. Un sendero llevaba hasta allí desde el camino: un surco entre las malas hierbas, que habían recorrido durante décadas innumerables pastores y carboneros. A ambos lados del camino, las ovejas devoraban estoicas las secas espigas que crecían entre las piedras. El rebaño se extendía por toda la pradera y desaparecía en parte entre la niebla.

Adrianus oyó voces bajas y olió un humo corrosivo. Fue en la dirección de la que venían ambas cosas y distinguió a César y a su *fattore*. Hélène le había dicho que podría encontrar allí a su hermano. En medio de ambos hombres se arrodillaba un barbudo pastor, que tenía sujeto a un cordero que pataleaba. Otro sacó un hierro de marcar del fuego que ardía en un agujero en la tierra y grabó al animal, que acto seguido se soltó y salió corriendo, balando indignado, por el prado. El ayudante anotó algo en su tabla de cera.

César desbordaba de ruidosa jovialidad.

—¿Quién nos hace el honor? ¡Nuestro viajado remiendahuesos! —gritó y dio una palmada en la espalda a Adrianus—. ¿Cuándo has vuelto?

—Este mediodía.

—¿Qué tal ha ido en París?

—No ha dado para mucho. —Adrianus no estaba de humor para contarle su viaje a César—. ¿Cuándo has comprado las ovejas?

—Trescientos animales en agosto. Y otros cien ayer. Espléndida visión, ¿eh? —César contemplaba orgulloso el rebaño—. La abadía de Longchamp me ofrece otros cuatrocientos. Si llegamos a un acuerdo, arrendaré los prados que hay por encima de la salina. El cabildo me ha hecho una buena oferta.

—Así que has decidido arriesgar.

—Que la feria se haya suspendido es un duro golpe. Pero lo conseguiré. Siempre se necesita buen paño —dijo confiado César.

Los pastores agarraron otro animal para marcarlo. Era un macho recio, que se resistió furioso, de modo que el *fattore* tuvo que ayudar a sujetarlo.

César dedicó una mirada a Adrianus.

—Si te conozco bien, no has venido aquí a charlar de ovejas, ¿no?

—He oído que habéis retirado la protección a los judíos.

—Eso es lo que se dice continuamente, pero no lo hace más cierto. —César ya no sonaba amable— Hemos tenido que disminuir la protección a los judíos…, hay una diferencia. El Consejo debe reducir sus gastos urgentemente, y por Dios que los ahorros no afectan solo a los judíos. Todo el mundo tiene que aportar su contribución.

—Ya no hay guardias en las entradas. ¿Qué queda de la protección a los judíos, te pregunto? Y esa nueva normativa sobre herencias… con eso los ponéis más en peligro aún. Tenéis que revocar esos acuerdos enseguida —dijo Adrianus.

—El Consejo los ha aprobado por gran mayoría. Incluso aunque quisiera, tendría las manos atadas.

—Si no revisáis vuestra decisión, esto acabará mal para los judíos.

—Eso me parece muy exagerado. A tus amigos judíos les va mejor que nunca. Lo soportarán.

Adrianus pensó en su conversación del verano. ¿Cómo se había expresado entonces César? «He terminado con los judíos.» No pudo contener su disgusto por más tiempo.

—Dime, hermano..., ¿te sientes mejor?

—¿De qué demonios estás hablando?

—De que te has vengado de Aarón ben Josué. ¿Te ha procurado satisfacción?

—¿Crees que lo he hecho por Aarón? —le increpó César—. No tienes ni idea.

—Solo te importa el bien de Varennes, ¿eh? El pueblo acosado por las deudas, que siempre te ha importado tanto.

César no se rebajó a responder.

—¿Cuántas nos quedan por marcar? —preguntó a su gente.

El *fattore* echó un vistazo a la tablilla.

—Unas cuarenta.

—Seguid. Quiero haber terminado antes de que oscurezca.

César entornó los ojos y apretó los labios, y observó las ovejas que salían de la niebla o desaparecían en ella como seres fabulosos y soñadores.

—¿Algo más, hermano? ¿O puedo al fin seguir trabajando?

—Sin duda. En verdad, está todo dicho. —Adrianus se volvió y retrocedió por el sendero.

Era perturbador. Si hubieran llamado a César «enemigo de los judíos», él lo habría negado con vehemencia. Ni siquiera se daba cuenta de que el miedo, el rencor y las decepciones personales le habían envenenado el ánimo. «Estos son tiempos difíciles. César no será en verdad el único en pensar así. ¿Qué significa esto para nuestra ciudad, para nuestro futuro?

»¿Qué significa esto para los judíos?»

La idea era aterradora. Adrianus se arrebujó en el manto y aceleró el paso hacia la Puerta del Rey.

Una vez preparado el emplasto para Gosselin, Adrianus se fue a casa, donde encontró a Jacobus.

—Ya he oído decir que has vuelto. —El físico estaba radiante—. ¡Deja que te abrace, amigo mío! ¿Qué tal fueron las cosas en París?

Se sentaron a la mesa, y Adrianus le contó el decepcionante viaje.

—Me temo que sabemos lo mismo que antes. Te he traído una copia del dictamen. En él puedes leerlo todo. Pero en realidad no merece la pena.

—¿Has visto enfermos?

—A algunos, sí. Es espantoso, Jacobus. Peor de lo que puedes imaginar. Quiera Dios que la plaga perdone a Varennes y Regensburg.

Jacobus apretó los labios y asintió.

—No sé cómo darte las gracias. Estoy profundamente en deuda contigo.

—Lo he hecho con gusto. Pero, ahora, basta de hablar de ese desdichado viaje. ¿Cómo te las has arreglado?

El rostro de Jacobus se iluminó.

—Mejor de lo que pensaba. Me entendí bien con tus pacientes desde el principio. Pero por desgracia no he podido ayudar al ciego Jean. Una dolencia en verdad extraña…

—¿No hubo incidentes desagradables?

—¿Porque soy judío, quieres decir? Creo que alguno que otro ha intuido algo. Pero no ha habido más que una mirada torcida de vez en cuando. Por favor, no te preocupes. He tenido una buena estancia en Varennes.

Adrianus cada vez tenía más la sensación de que aquel no era el Jacobus del que se había despedido hacía unas semanas. Su amigo parecía más jovial, más relajado. Sus ojos brillaban vivaces.

—Tengo que contarte una cosa —logró decir al fin Jacobus—. He encontrado el amor.

—Me alegra oír eso. ¿Quién es la afortunada?

—Alisa, la hija de David, el mercader de piedras preciosas. ¿La conoces?

Adrianus sonrió.

—Guapa chica. Tienes buen gusto. ¿Lo sabe ya ella?

—Oh, sí. Nos conocimos cuando Solomon me presentó a la comunidad. Fue amor a primera vista. Queremos casarnos lo antes posible. Su padre está de acuerdo.

—Eso son en verdad buenas noticias.

—El destino me trajo a Varennes —explicó lleno de convicción Jacobus—. Pero solo tu intervención pudo hacerlo realidad. Nunca lo olvidaré.

—¿Vais a casaros aquí?

—Queremos ponernos bajo el baldaquino nupcial en Regensburg. Antes, quiero presentar a Alisa a mi familia. Sus padres vendrán con nosotros. David es un hombre rico, que puede permitirse un viaje así.

Iban a partir ya al día siguiente… Resultaba que solo estaban esperando el regreso de Adrianus.

—Vamos a celebrar una gran fiesta, como mi comunidad no vive desde hace mucho —dijo Jacobus—. ¿No quieres venir? Para mí sería un honor. Hermanus también estará invitado, si me garantiza comportarse.

—No puedo volver a dejar Varennes. Lo siento, viejo amigo.

—Muy triste. ¿Me prometes al menos visitarnos pronto?

Adrianus asintió.

—En cuanto el trabajo me lo permita, iré a Regensburg.

—¡Espléndido! ¿Quién sabe? Quizá para entonces Alisa y yo ya tengamos un hijo. En cualquier caso, vamos a intentarlo con gran celo —anunció Jacobus, con ojos brillantes de lujuria, y empezó a pintar las alegrías de la vida conyugal.

Mientras él charlaba alegremente, Adrianus se obligaba a sonreír, aunque hubiera querido salir corriendo. Sin duda se alegraba por su amigo, pero... ¿no eran insoportables los enamorados?

A la mañana siguiente, Adrianus acompañó a su amigo judío y a la familia de Alisa hasta la puerta de la ciudad nueva. La niebla se había disuelto con mucha rapidez. El rocío brillaba en los zarzales al borde del camino como lágrimas coaguladas. Velos de nubes pendían del cielo azul pálido y envolvían el sol en intrincados ornamentos. Era una mañana fresca y clara, como las que amaba Adrianus.

David guiaba un carro de caballos en el que iban Alisa, su madre y sus hermanos menores. Ya no quedaba sitio en el pescante para los dos criados; tendrían que ir a pie. La familia esperó en la carretera mientras los dos amigos se despedían.

—Ojalá esta vez no tardemos dos años en volver a vernos —dijo Jacobus.

—Seguro que no. —Adrianus sonrió—. Y desde ahora escribiré más a menudo... te lo prometo.

—Te tomo la palabra.

—Y saluda de mi parte a ese viejo fanfarrón de Hermanus. ¿Estás seguro de que es una buena idea invitarlo a la boda? Vas a tener que emplearte a fondo para que no te ponga en evidencia delante de tus suegros.

—Oh, cuento con eso. —Jacobus compuso una sonrisa torcida—. ¿Qué es una boda sin un jugoso escándalo del que se hable incluso años después?

—En lo que a eso se refiere, puedes contar sin duda con Hermanus. Se abrazaron.

—Sed cautelosos —dijo Adrianus—. Estos son tiempos peligrosos.

—No te preocupes. Somos novios... El Todopoderoso nos protegerá y nos guiará con seguridad hasta Regensburg.

Con esas palabras Jacobus subió al carro, y David fustigó a los caballos.

Adrianus estuvo saludando a los judíos con la mano hasta que desaparecieron detrás del recodo del camino.

Cuando cruzaba la ciudad, le acometió la fuerte necesidad de volcarse en el trabajo. Echaba de menos el trabajo quirúrgico y la sensación de hacer algo que tuviera sentido. Una vez en casa, cogió la bolsa e hizo la ronda de sus pacientes. Jacobus los había atendido bien. Tan solo Jean se quejaba de ese «médico judío» que lo había atormentado con sangrías innecesarias. El carpintero estaba tan ciego como siempre. Adrianus tuvo que confesarse que se le habían acabado las respuestas.

Por la noche, la niebla regresó y se tendió sobre la ciudad como una mortaja húmeda. Aun así, Adrianus volvió a atreverse a salir a la calle. Le pareció adecuado dejarse ver en el local del gremio, después de todas esas semanas, y hablar del viaje a sus hermanos.

Para su sorpresa, allí no estaban bebiendo y charlando relajadamente. Habían acercado los bancos a las paredes y atravesado la gran mesa al fondo. Laurent y los más ancianos se hablaban al oído unos a otros. Junto a ellos estaba un Philibert de mirada satisfecha.

El estómago de Adrianus se contrajo.

—Menos mal que has venido —le dijo el maestre, en tono de preocupación—. Estábamos a punto de llamarte.

—¿De qué se trata?

Laurent y los demás tomaron asiento detrás de la mesa.

—El doctor Philibert ha presentado graves acusaciones contra ti —dijo el obeso bañero a Adrianus y los hermanos reunidos—. El tribunal del gremio se ha reunido para examinarlas y, en su caso, expulsarte de nuestra comunidad.

—¿Expulsarme? —repitió Adrianus—. ¿Puede alguien explicarme qué está pasando aquí?

—Por favor, doctor —invitó Laurent al médico.

—En París conocí a médicos de Montpellier. Me contaron algo muy interesante: no abandonasteis voluntariamente la facultad de Medicina, como nos habíais hecho creer... os echaron. El motivo fue la conducta vergonzosa. Disecasteis un cadáver, aunque está estrictamente prohibido y vedado a los estudiantes.

—¿Es eso cierto? —preguntó Laurent.

Adrianus no veía sentido a negarlo.

—Sí, me expulsaron de la universidad poco antes del examen final.

—Y lo del cadáver... ¿también eso es cierto? —preguntó uno de los más ancianos.

Adrianus asintió.

—En la universidad no se hace otra cosa que teoría el día entero. Como estudiante de Medicina, casi nunca se aprende nada de utilidad para el trabajo práctico del físico. Me harté. Quise estudiar la anatomía humana con mis propios ojos, en vez de estar siempre leyendo sobre ella.

—Esa no es razón para ignorar una prohibición —apuntó indignado Philibert—. ¡El mismo Papa la ha dictado!

—Y la universidad me castigó por eso. No veo por qué el tribunal del gremio tiene que ocuparse también de ello. —Adrianus se volvió hacia Laurent y los ancianos—. ¿A qué viene todo esto?

—¿Por qué nos ocultaste la verdad en lo que a tu expulsión de la universidad se refiere? —preguntó el maestre.

—No debería haberlo hecho —concedió Adrianus—. Tendría que haber sido sincero. Pero me avergonzaba.

Laurent suspiró perceptiblemente.

—Por desgracia, queda ese otro asunto. ¿Doctor?

La expresión de Philibert era la de un general a punto no solo de vencer a un enemigo, sino de aniquilarlo, de extinguirlo, de pisotearlo en el suelo.

—En París hablamos también de Hervé Laxart, vuestro maestro. Dicen que no hicisteis un auténtico aprendizaje como cirujano. Que el maestro Hervé jamás ha tenido un oficial. Ese escrito de recomendación que presentasteis al gremio... ¿puede que esté falsificado?

—Claro que no. —Adrianus se volvió hacia los más ancianos—. Escribid a Hervé y preguntadle, si no me creéis. Os lo confirmará.

—Por desgracia no es posible —dijo Laurent—. Parece ser que el maestro Hervé ya no está entre los vivos.

Philibert asintió.

—La plaga.

Su maestro muerto. Muerto en sus mejores años. Una pena asfixiante acometió a Adrianus. Se cubrió la boca y la mandíbula con ambas manos.

—¿Nos das tu palabra de que la carta de recomendación es auténtica? —preguntó Laurent.

Adrianus asintió, incapaz de responder.

—¿Cómo es que en su escrito el maestro Hervé afirma haberte formado conforme a los estatutos del gremio de cirujanos de Montpellier, si no corresponde a la verdad? —insistió el maestre.

—Él me formó. —A Adrianus le costaba mucho trabajo hablar, defenderse—. Bien, no estaba inscrito en el gremio. Pero trabajé como ayudante suyo durante años, lo que viene a ser lo mismo. Mi capacidad quirúrgica habla con claridad, ¿no?

—No viene a ser lo mismo —contradijo Philibert—. Sin una formación en regla, el gremio nunca debería haberos admitido como maestro.

—Eso es cierto —coincidió a regañadientes Laurent—. Nuestros estatutos son inequívocos. Lo que es peor: has mentido al gremio... dos veces. Eso es imperdonable. Tus méritos no pueden compensarlo. Me temo que no tenemos otra elección que privarte del título de maestro y expulsarte de nuestra comunidad.

—No podéis estar hablando en serio —protestó Adrianus—. Soy el único cirujano de la ciudad. De hecho, el único médico capaz. —Rozó a Philibert con una mirada—. ¿Y queréis expulsarme... por una formalidad?

—No es una formalidad. La sinceridad es la virtud suprema de este gremio. Quien engaña a sus hermanos no puede formar parte de nuestra comunidad. —Laurent puso dureza y resolución en su voz—. La decisión es firme con carácter inmediato. Ya sabes lo que eso significa: desde este momento no puedes ejercer como cirujano ni tampoco seguir contando con nuestro apoyo.

Con eso Laurent puso fin al encuentro.

Para Adrianus ya no quedaba nada que decir. Mientras sus hermanos… sus antiguos hermanos se levantaban de los bancos, abandonó el local.

En la escalera, se dio cuenta de que alguien le seguía.

—Eso no lo esperabais ni intuíais, ¿verdad? —dijo Philibert—. Eso es lo que pasa cuando se me subestima. Necio por vuestra parte. Declaradamente necio.

El médico salió con paso ágil y desapareció en la niebla.

36

Diciembre de 1348

La respiración de Josselin se congeló en nubecillas blancas cuando se subió al cubo puesto boca abajo. Tiritaba de frío y no sentía los dedos de los pies. ¡Pero eso no podía asustar a un hombre de Dios!

Carraspeó y adoptó la posición para un gran discurso. Era su primer sermón, quería hacerlo bien. Solo que... ¿cuál era la mejor forma de empezar? Hacía muchos años, había estudiado en la escuela del Consejo los fundamentos de la Retórica, entre ellos el *Ars praedicandi*, el arte de extasiar a los oyentes con un discurso religioso. Por desgracia solo podía acordarse vagamente de las clases..., su memoria ya no era tan aguda como antaño.

Bueno, eso no iba a detenerle. Había escuchado innumerables prédicas en su vida. Sencillamente, se atendría a las palabras del santo Francisco de Asís, que siempre había sido un modelo para él.

—Hermanos míos, escuchad la palabra de Dios —dijo a sus oyentes en latín—. Tenéis que amar y alabar mucho a vuestro Creador; él os dio vuestra corteza como vestimenta, vuestras manos para caminar y todo lo que necesitáis.

Normalmente, los cerdos del aprisco habrían tenido que guardar silencio y escuchar conmovidos, como habían hecho los pájaros cuando san Francisco les había hablado en Bevagna. Pero no dieron señal alguna de emoción, y mucho menos temor de Dios. Gruñendo, se revolcaron en el barro, más entusiasmados con las bellotas a su alrededor que con su sermón. ¿Podía ser que no entendieran el latín?

Sin duda Josselin tenía que esforzarse más.

Abrió los brazos.

—¡Cerdos! ¡Verracos, cerdas y cochinos! Sois criaturas de Dios, Él os dio por vivienda la tierra y por alimento los frutos del bosque. Vosotros no cosecháis ni sembráis, y sin embargo Él os protege sin que tengáis que preocuparos de nada.

Josselin esperaba un júbilo rugiente, o mejor dicho gruñón. Lo que obtuvo fue una vergonzosa ignorancia. Una cerda incluso orinó a sus pies en el barro medio congelado.

Un golpe irritante, pero no se dejó desanimar. Aun así, entraría en el aprisco y bendeciría a los animales. Quizá eso insuflara respeto y devoción en ellos.

Lentamente, trepó al cercado y maldijo en silencio la edad, que volvía rígidos sus miembros y hacía que la espalda le doliera a cada movimiento trabajoso. En verdad, ese día el Señor le estaba poniendo a prueba de manera especialmente dura.

Cuando estaba en el travesaño más alto con las piernas abiertas, oyó voces lejanas. Una multitud se acercaba al convento desde el norte, una horda enorme. Tenían que ser centenares. ¿Un ejército enemigo que se aproximaba con malas intenciones? ¿Tal vez los ingleses, de los que se oían tantas cosas terribles?

Josselin entornó los ojos. No, no eran guerreros, sino gente normal. Desarmada, y encima sucia y miserablemente vestida.

Peregrinos que, como él, se habían prescrito el ideal de la pobreza.

Entretanto, también sus hermanos habían visto la multitud y salían curiosos del convento. Cuando la horda pasó delante de Josselin, vio que aquellos hombres llevaban sayos rotos. Debajo distinguió piel martirizada, hombros arañados, verdugones encostrados. Algunos llevaban látigos de siete colas a los que habían atado clavos.

Josselin reconoció al hombre que precedía con gesto arrogante la caravana.

Era Luc.

—He oído hablar de ese movimiento —dijo Solomon, en cuya barba los copos de nieve se quedaban prendidos como diminutas palomas en un zarzal—. Se hacen llamar «flagelantes».

La familia de Léa estaba en el adarve de la ciudad nueva y observaba a los flagelantes, que se congregaban en el prado amarillento más allá del foso de la ciudad. Eran por lo menos cuatrocientos, todos ellos hombres. Medio Varennes se apiñaba en las almenas y contemplaba a Luc. La noticia de que el maestre caído en desgracia encabezaba a los flagelantes había corrido a la velocidad del viento. Ni Léa ni sus parientes lo habían visto hasta ahora con sus propios ojos. Quizá era solo un rumor, uno de tantos que circulaban en aquellos momentos. Por ejemplo, un joven zapatero acababa de contar que el maestro de los flagelantes había recibido una carta de manos de un ángel en la que el propio Cristo se quejaba de la depravación de los humanos.

—¿De verdad se fustigan con esos látigos terribles? —preguntó Léa.

Solomon asintió.

—Así me lo han contado.

—¿Por qué lo hacen?

—Temen el Apocalipsis y quieren hacer penitencia por los pecados de la humanidad imitando el sufrimiento de su salvador —conjeturó Baruch.

Léa movió la cabeza. No era nada nuevo que los incircuncisos estuvieran obsesionados con la culpa y el dolor, las heridas sangrantes y la carne atormentada. Pero esto resultaba sencillamente grotesco.

La puerta de la ciudad se abrió. Los guardias salieron y se plantaron delante del congelado foso, formando una muralla de cuerpos acorazados, una espesura de afiladas alabardas. El Consejo había ordenado no dejar entrar en la ciudad a los flagelantes hasta que estuviera claro lo que querían y si traían la plaga consigo. Dado que no pocos flagelantes se comportaban de manera agresiva, se había tomado la decisión de proteger la puerta de la ciudad nueva, en caso necesario por la fuerza de las armas.

—Ahí está. —Judith cogió la mano de Solomon.

Una figura se separó de la multitud. Luc, sin duda alguna.

Al parecer, el maestre caído en desgracia había estado esperando a que los adarves se llenaran de gente. Cuando se acercó al foso, podía estar seguro de contar con cientos de espectadores. A pesar del frío invernal, no llevaba otra cosa que un calzón. Le colgaba del cuello un cordel tosco con un crucifijo de madera. Parecía haber soportado bien el destierro, estaba musculoso y bien alimentado.

En el antebrazo derecho y en el dorso de la mano se veían las dos quemaduras, que mostraba sin vergüenza alguna.

Luc abrió los brazos y se dirigió con voz tonante a los ciudadanos:

—¡Mirad! Antaño fui indigno, un pecador, un criminal. Hicisteis bien en echarme de vuestro lado, en entregarme al hambre y a la soledad. Pero en el desierto encontré a Dios, que me mostró el camino.

Se habrían burlado y hecho escarnio de cualquier otro. No así de Luc. Ver cómo la multitud le escuchaba conmovida hizo que a Léa le corriera un escalofrío por la espalda.

—Un ángel bajó y me advirtió de que amenazaba el fin —continuó—. «Los hombres sois pecadores, y el Señor está furioso con vosotros», dijo. «La pestilencia es el castigo por vuestra lujuria y vuestra codicia, vuestra envidia y vuestro odio. Por la depravación de vuestros sacerdotes y la arrogancia de vuestros señores. Por vuestras mezquinas disputas y vuestras miserables mentiras. La plaga es un fuego purificador, que barrerá implacable todos los países. ¡Moriréis, para que la tierra se purifique de vuestra vileza!»

El horror se apoderó de la gente que había en las murallas. Más de uno gritó o pronunció una oración con voz temblorosa.

—Pero el mensajero celestial también dijo palabras de esperanza —gritó Luc alzando la vista hacia las almenas—. «Convertíos. Haced penitencia, y el Señor os perdonará», anunció. «Tú, Luc, debes guiar a los humanos hacia una era de bendición. Enséñalos a mejorar, para que se libren de sus pecados y, como tú, encuentren a Dios.» El ángel me habló durante tres días —atronó el maestro de los flagelantes—. Tres días, mientras yo estaba en una cueva, temblando de hambre y frío. Su sagrada luz me purificó, y reconocí mi deber. Sí, podíamos hacer penitencia. Sí, podíamos remontar nuestros pecados y calmar al Señor. Pero es un duro camino. Un camino de dolor. ¡Ved!

Los flagelantes se pusieron en movimiento y se colocaron en semicírculo detrás de Luc. Algunos se habían puesto coronas de espinas que arañaban sus cabezas rapadas. Uno de ellos cargaba una cruz de la altura de un hombre; otro agitaba un incensario. La multitud contenía el aliento en los adarves.

Luc volvió la espalda a los ciudadanos. Uno de sus hermanos le tendió un látigo. Él hizo silbar en el aire las correas de cuero y empezó a azotarse la espalda.

Cada vez que el látigo alcanzaba su cuerpo con un chasquido, arrancando tiras de piel, echaba atrás la cabeza y gemía. Sus hermanos, los cuatrocientos, le imitaron. Plantados en la hierba pisoteada, se fustigaban los cuerpos semidesnudos hasta hacerse sangre y abrían mucho la boca; su lamento estridente se clavó en los oídos de Léa. La manera en que algunos se estremecían y retorcían bajo los golpes no expresaba dolor, sino éxtasis, un éxtasis perverso, incluso excitación y placer. Léa tuvo que apartar la vista. Aquello le hacía sentir náuseas.

—Diez —murmuró Baruch—. Diez latigazos por las diez plagas bíblicas.

—Vámonos —dijo Solomon.

Se deslizaron por entre las personas que miraban con la boca abierta, bajaron por la escalera más cercana. Ninguno de ellos dijo una palabra mientras caminaban por las calles desiertas hacia la judería.

Los guardias de la ciudad acudieron por orden del Consejo. Luc no se resistió cuando le invitaron a acompañarlos. Los hombres lo rodearon y lo llevaron por la ciudad nueva, ante la multitud de mirones.

Se había reunido el Gran Consejo. El maestre de algún gremio que otro sonrió a Luc cuando lo introdujeron en la sala. Sin embargo, la mayoría de los consejeros contenía la alegría por su regreso. Luc miró a los patricios. No habían cambiado ni un poquito: tan satisfechos de sí mismos como siempre.

—¿Lo ha examinado el doctor Philibert? —preguntó el alcalde Marcel.

—No lleva en sí ninguna marca de la enfermedad —dijo el comandante de la guardia—. También los otros parecen sanos.

—Explicaos ante el Consejo —exigió Bénédicte con poca amabilidad a Luc.

—¿Por dónde queréis que empiece? —Luc sonrió a los hombres reunidos.

—El invierno ha sido duro —dijo Amédée Travère—. ¿Cómo habéis sobrevivido?

Estaba claro que habían deseado su muerte. Luc disfrutó de su decepción como si de un vino exquisito se tratara.

—El Señor mantuvo su mano protectora sobre mí.

—¿Así que nunca tuvisteis la tentación de robar y matar para conseguir comida y ropa? —preguntó César Fleury.

¿Acaso había sustituido como tesorero al viejo Everard?

—Nunca —explicó Luc con voz suave—. A quien, como san Francisco, confía su destino a Dios no le falta de nada. Vuestro señor padre os lo confirmará.

—¿Os consideráis un santo? ¿De eso se trata? —preguntó el alcalde.

—No soy ningún santo. Tan solo mi misión lo es. No soy más que un hombre sencillo que ha encontrado a Dios después de muchos extravíos.

—¿Cuál es vuestra misión?

Luc no se dejó alterar.

—No entiendo vuestra desconfianza. Se me ha desterrado durante más de un año. Hace mucho que ha pasado el plazo, he aprendido mi lección. ¿No estoy en mi buen derecho de regresar a mi querida patria?

—Naturalmente que estás en tu derecho, hermano —dijo benevolente el maestre del gremio de canteros, albañiles y tejadores—. Nadie quiere impedírtelo.

Bénédicte asintió, aunque a regañadientes.

—Aun así, responded a nuestras preguntas.

—Ya he explicado mi misión ante los muros de la ciudad. El Señor está furioso con la humanidad y la castiga con una plaga. Quiero ayudar al pueblo a hacer penitencia y regresar al camino recto.

—¿Cómo ha sucedido que… encabecéis ese grupo? —preguntó César.

Luc apenas podía recordar sus primeros momentos con los flagelantes. Se había quedado en su cueva, esperando el fin. De pronto, habían aparecido luces. Manos amables lo habían levantado en vilo y llevado hasta un fuego, le habían dado comida y bebida, de tal modo que pronto había recobrado sus fuerzas. Más tarde, todo había sido natural. Sus nuevos hermanos necesitaban un jefe. Luc había resultado el adecuado.

—Un ángel del Señor nos reunió —explicó.

—¿Fue el mismo que os entregó una carta de Cristo? —preguntó César.

Luc respondió al sarcasmo con una sonrisa.

—El mismo. Solo que no fue una carta. Me susurró los deseos de Jesús.

—Y ahora estáis aquí para agrandar vuestro movimiento —constató el alcalde.

Luc asintió.

—Si los padres de la ciudad me lo permiten, anunciaré la palabra de Dios por las calles y pediré a la gente que me siga.

—Una misión en verdad sublime, que sin duda hará que el Señor mantenga lejos de nosotros la plaga —declaró el maestre del gremio de canteros—. Nadie se te opondrá.

De hecho, nadie puso reparos, aunque la mayoría de los consejeros patricios no parecía feliz.

—Muy bien —dijo finalmente el alcalde—. Haced lo que el cielo os ha encargado. Pero no perturbéis la paz y respetad el derecho. Si volvierais a cometer un crimen y a causar daño a algún habitante de esta ciudad, el Consejo no tendría clemencia de nuevo.

—Soy un hombre de fe. Las pasiones humanas se me han vuelto ajenas. Varennes solo tiene que esperar de mí bondad y guía espiritual.

Luc se inclinó y salió. Cuando la puerta se cerró a sus espaldas, oyó que los consejeros empezaban a debatir animadamente.

—Qué sano parece —observó Laurent—. Aparte de los latigazos, por supuesto.

—En verdad el Señor tiene que haberle protegido —dijo el maestre de otro de los gremios.

—Tonterías —respondió César—. Si me preguntáis a mí, ese tipo ha asaltado a pobres caminantes y se ha llenado la panza con sus provisiones. De lo contrario habría reventado durante el invierno.

—¿Por qué su historia os parece tan extraviada? —preguntó irritado el jefe de los canteros—. Muchos han encontrado a Dios en la selva y reconocido sus errores. En estos malos tiempos, no es improbable que, a pesar de su ira por nuestros pecados, el Señor quiera enviar al mundo un signo de esperanza. ¿Qué se opone a que Luc lo sea?

Casi todos los consejeros artesanos murmuraron frases de asentimiento. Tan solo Laurent parecía escéptico.

—Todo es posible —dijo Bénédicte—. No podemos comprobarlo. La cuestión es: ¿cómo procedemos con ese nuevo movimiento que tenemos a nuestras puertas?

—Son más de cuatrocientos hombres, y parecen fanáticos —dijo Amédée—. ¿De verdad vamos a dejarlos andar por nuestras calles? Podrían instigar a la gente a toda clase de cosas.

César asintió. Por fin alguien que veía las cosas como él.

—Aparte de que a la Iglesia no le gustará que predicadores laicos se dirijan al pueblo.

Eso no sentó bien a los maestres.

—Pero ya hemos dado nuestro asentimiento a Luc —dijo uno—. ¿En qué posición quedamos si lo retiramos ahora?

—Yo tampoco lo considero sensato —dijo Théoger Le Roux—. Me

han contado que muchos ciudadanos muestran gran benevolencia hacia los flagelantes. ¿Quién puede tomárselo a mal? Tienen miedo de la plaga y anhelan dirección, sobre todo porque muchos de ellos han perdido la confianza en el clero. Algunos incluso se han ofrecido a atender en sus casas a los flagelantes. Si nos negamos a los deseos del pueblo, podría haber malestar. Puede que incluso una nueva sublevación.

—Los altos señores deberían esforzarse por hacer algo por la gente humilde, al menos por una vez —añadió el maestre del gremio de canteros.

Bénédicte reflexionó sobre todo aquello.

—Por el momento, vamos a dejarle hacer —decidió—. Luego ya se verá si está realmente purificado y ha encontrado a Dios, como afirma con tanto derroche de palabras.

—Naturalmente —terció, corrosivo, el cabeza de los panaderos y pasteleros—. Ese hombre es un artesano y, como tal, ante todo un embustero. Si fuera un patricio como el padre de César, nadie pondría en duda la santidad de sus intenciones.

—¡Dejad a mi padre al margen de esto! —bufó César.

Acto seguido, la sala del Consejo vivió una nueva disputa, extremadamente fea.

Después de la oración de la tarde, el Consejo Judío se reunió en casa de Solomon para hablar sobre el regreso de Luc.

—Un hombre de Dios… ¡dejad que me ría! —dijo Aarón ben Josué con voz chillona—. Antes se reconstruirá el Templo de Jerusalén que ese hombre será escogido para guiar a los hombres hacia una nueva era. ¡Todo mentiras! Y esos necios del ayuntamiento se las creen. Os digo que Luc está tramando algo, y nosotros pagaremos las consecuencias.

Los otros asintieron agobiados.

—¿Qué hacemos entonces? —preguntó Haïm, el carnicero.

—Sed prudentes y estad alerta —respondió Baruch—. Decid a vuestros vecinos que mantengan siempre los ojos abiertos, para que nadie pueda sorprendernos.

—Además, deberíamos apostar guardias —sugirió Léa—. Voluntarios que vigilen las puertas y recorran el barrio en pequeños grupos. Día y noche.

La propuesta fue saludada por todos. Aarón hizo enseguida una lista de los hombres que entraban en consideración para la tarea. Haïm, el miembro más joven y robusto del Consejo, dirigiría a los guardias.

—Todo esto me resulta demasiado prudente —dijo Solomon. Léa llevaba notando todo el rato que hervía de ira—. No quiero quedarme aquí sentado como un cordero y esperar a que algo suceda. —Se volvió hacia los hombres—: Quiero actuar. ¡Sometamos a Luc a presión!

—¿Cómo? —preguntó Baruch—. Poco podemos hacer contra cuatrocientos fanáticos.

—Iré y le pediré el dinero que aún me debe. ¿No es ahora un hombre de Dios? Bien por él. Eso no le libera de sus obligaciones temporales. Si no puede pagar, lo meteré en la Torre del Hambre.

—La idea tiene su encanto. —Sonriente, Aarón se pasó la mano por la barba.

—Pero no es realizable —dijo Baruch—. ¿No has visto a esa gente? Veneran a Luc como si fuera el Mesías en persona. Si lo haces prender, atraeremos sobre nosotros la ira de los incircuncisos. Aparte de que el Pequeño Consejo no se atreverá a ponerle la mano encima. El alcalde le teme. De lo contrario, no le habría permitido recorrer las calles y predicar a los habitantes de la ciudad.

No ocurría a menudo que el padre de Léa, ensimismado y manso, tomara una postura tan inequívoca en cuestiones políticas. Pero, cuando lo hacía, normalmente daba en la diana. Así también ahora, tuvo que admitir a regañadientes.

—¿Así que nos quedaremos inactivos mirando cómo empeora todo? —preguntó desabrido Solomon.

—No —replicó Baruch con una decisión que raras veces mostraba—. Pero no sirve a nadie que nos lancemos locamente a la perdición. Más bien, seamos tan astutos como Esther y Mordechai, que doblegaron a Hamán esperando el momento oportuno. Un día, Luc mostrará un punto débil. Por el momento, montemos guardia y mantengámonos unidos.

Aarón frunció el ceño.

—¿A qué punto débil te refieres?

—No lo sé. Pero ningún hombre carece de él. Tened confianza. El Señor nos asistirá.

—Bien dicho —elogió Haïm.

Los hombres se separaron. Habían acudido llenos de miedo, pero ahora sentían una nueva esperanza. Baruch había conseguido insuflarles valor.

—Ah, estas reuniones… me agotan cada vez más —se quejó—. Pasaré el resto del día leyendo. Por favor, hija mía, tráeme una copa de vino caliente.

—Claro, padre. —Léa lo abrazó y lo estrechó con fuerza contra su pecho.

—¿A qué viene esto? —Parpadeó confuso.

—A nada en particular.

37

L a historia de la carta celestial solo fue el principio. El día siguiente a la llegada de los flagelantes, Adrianus oyó más y más rumores relacionados con Luc y su misión sagrada. Entretanto, media ciudad creía que los ángeles lo habían salvado de morir de hambre. A Adrianus le parecía que en secreto aquellas personas atemorizadas anhelaban un nuevo movimiento como el de los flagelantes.

Detrás de su casa, unos cuantos tejedores y bataneros estaban hablando de los supuestos milagros de Luc. Adrianus abrió la puerta y se quedó escuchándolos.

—El ángel le dio la gracia celestial —decía con reverencia una mujer entrada en años—. Cuentan que en las montañas curó a un enfermo imponiéndole las manos.

—Yo también lo he oído decir —confirmó un oficial—. Más tarde, además, despertó a la vida a un bebé muerto.

La gente se santiguaba y alzaba conmovida los ojos al cielo. Adrianus movió la cabeza. A sus ojos, esas historias no eran más que insensateces y veneno para el pensamiento racional. Pero el pueblo llano de la ciudad las creía porque quería desesperadamente creer en ellas.

Un mozo adolescente llegó corriendo por la calle.

—¡Venid pronto! —gritó—. ¡Luc predica en la plaza de la catedral!

Enseguida, el grupo se puso en movimiento. Impulsado por una morbosa curiosidad, Adrianus se unió a los artesanos.

En la plaza de la catedral se había reunido una gigantesca multitud; la gente acudía de todas direcciones. Los flagelantes ocupaban el centro, alrededor de la cruz del mercado, sobre cuyo pedestal estaba Luc. Con la mano derecha se agarraba al travesaño, y gesticulaba furiosamente con la izquierda mientras daba su alocución. Adrianus apenas podía entender una palabra. Se abrió paso a codazos hasta las primeras filas.

—¡... Renunciad a la vida mundana! —estaba exclamando Luc, y Adrianus se dio cuenta una vez más de lo grata que sonaba la voz del antiguo maestre. Era un orador nato—. Superad el pecado y someteos al Señor. Solo así podremos calmar su ira y evitar el fin del mundo.

Por sencillas que fueran las palabras, caían en terreno abonado. La gente se quedaba pendiente de ellas y escuchaba conmovida.

Luc interrumpió su prédica cuando un fornido flagelante con cara de matón le susurró algo. Adrianus había oído hablar de ese hombre. Se llamaba Matthias y apenas se apartaba de su lado.

Luc mostró una sonrisa burlona.

—Mirad quién se encuentra aquí. Los señores de la Iglesia. Estoy expectante por ver lo que tienen que decirnos.

Adrianus estiró el cuello. Varios clérigos estaban cruzando la plaza y exigían imperiosos a la gente que se apartara de su camino. Eran los canónigos, los sacerdotes de las parroquias y los abades de los conventos de la ciudad. Se alinearon delante de la catedral.

—¡Ciudadanos de Varennes! —se dirigió el deán de la catedral a la multitud—. La mayoría de vosotros sois buenos cristianos y miembros honrados de vuestras comunidades. No hay motivo para que dejéis que este hombre os meta miedo. Sin duda el Señor nos pone a prueba, pero no se aproxima el fin del mundo. De lo contrario, hace mucho que el Santo Padre os habría hablado. Si os atormentan las preocupaciones, buscad refugio en la Iglesia. Siempre estuvo a vuestro lado… ella os servirá de guía en estos tiempos difíciles.

—¡Escuchad, escuchad! —gritó Luc—. ¿No son palabras consoladoras, para venir de un hombre conocido por preocuparse más por el oro que guarda en sus arcas que por la salvación del alma de sus corderos? Decid: ¿qué tal va vuestro palacio? ¿Habéis comprado ya nuevos tapices, arcas de madera de cedro y candelabros de plata pura? Los trastos viejos tienen que ofender vuestra distinguida mirada.

El deán gritó una furiosa respuesta, que sin embargo quedó ahogada por las carcajadas de la multitud.

—¡O vos, padre Severinus! —atacó Luc al cura de Saint-Pierre—. ¿La gente ha de buscar refugio en vos? Sin duda. Apuesto a que es muy bienvenida. Sobre todo si son hermosas mujeres dispuestas a alzarse las faldas para vos.

Una carcajada burlona, procedente de dos mil gargantas, rompió contra el portal de la catedral. Severinus lo soportó con virilidad, con el rostro enrojecido.

—Mirad a esos hombres que tan generosamente se ofrecen a guiaros —gritó Luc—, ¡miradlos, con sus mantos de piel y sus collares de oro! Están devorados por la codicia, la lujuria y otros mil pecados. ¿Y son ellos los que osan ayudaros? Apenas pueden salvar sus propias sucias almas de la condenación. Me atacan porque temen por su poder. Pero no picaremos ese anzuelo. ¡Buenas gentes de Varennes, mostradles vuestro desprecio!

El deán hizo un último intento de hablar a la multitud. No pudo pasar de las primeras palabras. Una granizada de desechos y verduras podridas cayó sobre los clérigos, que no supieron hacer otra cosa que refugiarse en la catedral.

—¡Cobardes! —se burló Luc—. Ninguno de ellos es lo bastante hombre para cargar con las consecuencias de sus pecados. Prefieren esconderse en sus palacios, se recluyen en sus aposentos llenos de plata y seda. ¡Y han sido ellos los que con su depravación han traído la desgracia sobre el mundo!

El júbilo atronó en los oídos de Adrianus. En verdad él no era ningún amigo de un clero que olvidaba sus obligaciones y se entregaba al lujo. Pero lo que estaba ocurriendo allí le daba miedo.

Y Luc estaba lejos de haber terminado.

—¡Hermanos y hermanas! —tronó—. Fuera la Iglesia... no os ayudará. Solo hay un camino para escapar a la venganza de Dios: seguidme. Abandonad todas vuestras posesiones y vivid a mi lado en la pobreza. Solo así podréis hallar la salvación. Sed más inteligentes que el Papa de Aviñón, cuya ansia de fasto ha irritado al Señor.

En aquel momento, Adrianus distinguió un rostro conocido entre la multitud: Josselin estaba en la primera fila y miraba a Luc con una sonrisa extasiada.

—Disculpad... por favor, disculpad... —murmuró Adrianus, mientras se abría paso por entre la apretada multitud y empujaba sin suavidad a más de uno.

—¡Hijo mío! ¿Tú también aquí? —exclamó alegremente Josselin.

Adrianus no iba a acostumbrarse nunca al hábito de monje y la tonsura. Entre la realidad y la imagen interior que tenía de su padre —un hombre inteligente y orgulloso, ataviado con finas vestiduras— había un abismo tan profundo que casi dolía.

—Tampoco yo sé qué me ha llevado a permitirme este espectáculo de locura.

—¿Espectáculo de locura? —Josselin frunció el ceño—. ¿De qué estás hablando? El sermón ha sido fabuloso. Luc trae a Varennes la salvación de la que tan sedientos estábamos.

—No empieces tú también. ¿Es que no ves lo que está pasando aquí? Ese tipo es un estafador, que difunde mentiras para que el pueblo coma en su mano.

—Yo no he oído ninguna mentira —declaró terco su padre—. Lo que ha dicho acerca de la Iglesia no es más que la verdad.

—Puede ser que haya abusos. Pero sin duda no se erradicarán mediante gritos y respuestas simples.

—Luc no es cualquiera. Un ángel del Señor lo ha enviado.

—Eso no son más que cuentos para niños atemorizados. ¿En serio crees que va a poder salvarnos de la plaga?

—Él solo no —concedió Josselin—. Todos tenemos que colaborar para que el Señor nos perdone.

Entretanto, los flagelantes habían empujado un carro hasta la cruz del mercado. Luc estaba encima del pescante, con las piernas abiertas, y bendecía a la gente que le rodeaba masivamente y arrojaba al carro valiosos vestidos, joyas y otras caras propiedades.

—«¿Tenemos?» —repitió Adrianus—. ¿Es que piensas contribuir a esta locura?

—En el convento no encontré la paz que buscaba. Puede que de puertas afuera la orden de los franciscanos predique la pobreza, pero en su interior está tan depravada como el resto de la Iglesia. Allí solo se trata de la propiedad y el poder. Luc, en cambio, habla en serio —dijo Josselin con ojos brillantes—. ¿No has visto cómo se flageló a las puertas de la ciudad para expiar sus pecados? ¿Cuántos curas y canónigos conoces que tengan la entrega y el sacrificio necesarios para hacer una cosa así? ¡Ni uno! Ese es el verdadero camino.

—Padre —dijo Adrianus, pero Josselin ya no le escuchaba.

El anciano se abrió paso hacia delante, se dejó caer de rodillas ante el carro y alabó a Luc como salvador con los brazos alzados al cielo.

Oscurecía ya cuando Josselin y los muchos otros nuevos seguidores de Luc se encaminaron a los terrenos de la feria. Algunos flagelantes vivían con ciudadanos que los habían acogido en sus casas y los sentaban a su mesa. Pero la mayoría, Luc entre ellos, pasaban la noche fuera de las puertas, al aire libre.

Hacía frío. Habían encendido fuegos, que bañaban en una débil luz los prados que rodeaban el mercado. Luc se había vuelto a encaramar al carro y maldecía con sencillas palabras la decadencia moral de la Iglesia y el daño que la riqueza y la codicia significaban para la salvación del alma. Entretanto, Matthias y otros flagelantes cogían del carro las posesiones y las arrojaban al fuego entre el júbilo de la multitud.

Josselin tenía lágrimas en los ojos. Allí no había mentiras ni podridos compromisos, nadie se arrodillaba ante las supuestas coacciones del mundo terrenal. Tan solo había fe incondicional en la grandeza de Dios. Que Adrien no pudiera verlo le entristecía profundamente.

«Dale tiempo. Un día también él verá la verdad.»

—¡Esos relucientes cachivaches! ¡Esos juguetes para los insaciables! —gritaba Luc, y estiraba el puño, del que pendía un collar de plata—. No necesitáis nada de esto. La posesión es como un grillete de hierro. Un grillete que estrangula vuestra alma y os impide encontrar a Dios. ¡Sacudíos la codicia! ¡Vestíos de harapos como los últimos de entre vosotros y el Señor os amará!

Tiró el collar al fuego, y la multitud le jaleó.

Cuando por fin el último vestido de seda, la última joya, se hubieron convertido en humo, los nuevos adeptos fueron llamados a alinearse ante el carro. Eran, sin excepción, hombres. Las mujeres podían apoyar de muchas maneras a los flagelantes y dejarse inspirar por su entrega, pero no podían unirse a la fraternidad.

Josselin no podía calmar su impaciencia. Se abrió paso y fue de los primeros en arrodillarse ante Luc.

—Josselin Fleury, ¿verdad? —le dijo amablemente el maestro de los flagelantes.

Él asintió con humildad.

—Antaño fuiste un mercader. Pero has renunciado a la vida mundana y entregado tus riquezas. Dime: ¿por qué quieres seguirme? ¿Ya no te basta con haber entrado en el convento?

—Mis hermanos son unos hipócritas. Entre ellos me siento más lejos de Dios que nunca. Pero tú conoces el camino hacia la salvación.

—Bien dicho. ¡Alabad a nuestro amigo Josselin! —gritó Luc, y la multitud jaleó.

Josselin temblaba de emoción.

—¿Así que quieres entrar en nuestra hermandad y vivir con nosotros treinta y tres días, uno por cada año de la vida de Jesús? —preguntó su nuevo maestro.

—Sí.

—¿Te has confesado y perdonado toda injusticia a tus enemigos?

—Lo haré mañana.

—¿Juras no mentir nunca, evitar a las mujeres y confesar tus pecados ante tus hermanos?

—Lo juro.

—¿Y juras no mendigar, no pedir nada a nadie y no entrar en casa alguna sin que se te haya invitado?

—Lo juro.

—Entonces ahora eres mi hermano. Levántate y besa la cruz, como señal de tu amor al Señor.

Junto al carro habían levantado una cruz de la altura de un hombre, con dos sencillas vigas de madera. Detrás ardía el fuego, de modo que la sombra en forma de cruz llegaba muchas varas más allá en el prado, como si fuera el dedo admonitorio de Dios. Josselin abrazó la viga vertical, estampó los labios en la agrietada madera y pudo en toda regla sentir cómo la gracia celestial corría dentro de él.

El primer latigazo dolió tanto que a Josselin se le saltaron las lágrimas. Las nudosas correas del látigo rasgaron la piel de los omóplatos, y sintió que la sangre corría por su espalda. «No lo soportaré otra vez.» Pero todos los hombres que tenía delante, detrás y a su lado se fustigaban encarnizadamente, y no quería quedar como un cobarde, como el único carente de entrega y voluntad de penitencia. Así que apretó los dientes, se armó contra el dolor e hizo chasquear el látigo sobre sus hombros. Una y otra vez.

De hecho, con el tiempo era cada vez más fácil. El dolor no desaparecía, ni siquiera disminuía. Pero Josselin aprendió a saludarlo como a un amigo querido. Con cada latigazo, se decía, expulsaba un pecado, purificaba su alma de sus errores y vilezas. Pronto se sintió uno con Dios, sonrió extasiado y gimió con placer a cada golpe. El crucifijo de madera oscilaba sobre su pecho desnudo, mientras imitaba a sus hermanos e imploraba perdón al cielo con voz chillona.

Los flagelantes remontaban la Grand Rue desde la Puerta de la Sal, pasando por delante de casas, iglesias, muros de conventos. Luc había llegado a Varennes con algo más de cuatrocientos hermanos; entretanto, su número había crecido hasta una vez y media más. Matthias y los otros hombres del círculo más íntimo de Luc encabezaban la comitiva con cruces y cirios. El maestro mismo iba delante de ellos y gritaba:

—Que nos siga quien quiera hacer penitencia. Así escaparemos del infierno. Lucifer es una criatura malvada, que arrastra a la condenación eterna a quien puede atrapar. Solo la penitencia nos trae la salvación. Al sufrir seguimos a Cristo.

Cientos de personas se alineaban en las calles y admiraban a los flagelantes por su celo y su incondicional amor a Dios. Cuando Luc llamó a los habitantes de la ciudad a seguir el ejemplo de los flagelantes, más de uno se sumó espontáneamente a la caravana, pidió un látigo y azotó su torso desnudo.

—¡He violado mi matrimonio! —confesó uno entre lágrimas.

—Yo he cometido perjurio y cobrado intereses de usura —gritó otro, mientras el látigo golpeaba sus hombros—. ¡Perdóname, oh, Señor, perdóname!

Docenas de mujeres seguían la caravana, tocaban la espalda de los flagelantes y apretaban paños contra los verdugones. «Toman por milagrosa nuestra sangre», pensó Josselin, al ver que una mujer se mojaba las mejillas con ella. Esa imagen le dio nuevas fuerzas, y se fustigó con tanta mayor energía. Los flagelantes habían llevado nueva fe y nueva esperanza a Varennes, ¡y él era parte de eso!

La caravana se detuvo delante de la catedral. Luc volvió a trepar al carro, que algunos hermanos habían estado empujando, y pronunció uno de sus inflamados sermones. Pero en esta ocasión le escuchaba ya media ciudad.

—¡Arrepentíos! —gritó a quienes le escuchaban delante de las casas y los puestos del mercado—. Sacudíos las cadenas de la codicia. ¡Entregad vuestras posesiones a las llamas y purificaos del pecado!

Una vez más, la gente acudió en gran número y echaron al carro abrigos de piel, cuberterías de plata y anillos de rubí. Un joven patricio levantó por encima de su cabeza una espada de pomo dorado y vaina ricamente decorada y la arrojó al carro con tanta furia como si nunca hubiera tenido nada más repugnante en las manos. Trepó al carro, donde se dejó caer de rodillas ante Luc en medio de todos aquellos trastos.

—¡Y era vanidoso, arrogante y egoísta! —gritó—. Imitaba a los nobles y veneraba el lujo. ¿Me hacía feliz? ¡No! Me alejaba de Dios y de los hombres. Tomadme, maestro. ¡Mostradme el camino hacia la gracia!

—¡Ved a este joven! —rugió Luc—. Él ha visto la verdad y dado el primer paso hacia la salvación. ¡Hermanos y hermanas, alabadlo!

—¡Alabadlo! —exclamaron mil gargantas.

—¡Alabadlo! —gritó Josselin, al que las lágrimas caían por las mejillas.

38

L os flagelantes recorrían la ciudad todos los días. Y cada vez pasaban por delante de casa de Adrianus, que tenía que soportar sus agudos gritos y llorosas confesiones. Había pensado que la fascinación general por aquel macabro espectáculo cesaría pronto. Sucedió lo contrario: siempre había centenares de personas contemplando la caravana de flagelantes, y cuando Luc pronunciaba su sermón ante la catedral se le unían más hombres. A juzgar por lo que contaban, sus adeptos habían aumentado entretanto hasta las mil almas.

Todo aquello, sin duda, daba miedo. Pero Adrianus tenía en ese momento preocupaciones muy distintas.

Empezando por su bolsa, que colgaba del respaldo de la silla, tan flácida como una media vieja. No se atrevía a contar las monedas que le quedaban. Si no encontraba pronto un nuevo trabajo, tendría que mendigar.

Lo que más le preocupaba era el préstamo. Sin duda Solomon le había ofrecido esperar a pagarle el próximo plazo cuando volviera a tener trabajo. Pero el tío de Léa no debía aguardar su dinero eternamente... ya estaba renunciando a una gran parte de los intereses.

Todo aquello no servía de nada. Si no quería morir de hambre, tenía que hacer por fin lo que estaba evitando desde hacía semanas.

Esperó a que los flagelantes desaparecieran. Luego fue a su casa paterna y expuso su petición.

—¿Es un chiste? —gruñó César, que mordisqueaba en ese momento un muslo de pollo.

—¿Tú que crees? —preguntó Adrianus con acritud.

—En todo caso es un chiste malo. Durante años, no has dejado pasar ninguna oportunidad de criticarme, a mí y a mis métodos. ¿Y ahora quieres trabajar para mí? Perdona que no me ría.

—No sé qué otra cosa puedo hacer.

—Vende tu casa.

—No es posible.

—¿Por qué?

—No renuncio a la esperanza de poder volver a ejercer algún día —respondió Adrianus.

César resopló.

—Te has enemistado con el médico de la ciudad y con el gremio. Yo en tu lugar enterraría esa esperanza.

—El alcalde podría interceder por mí.

—Los gremios poseen su propia jurisdicción. Si Bénédicte empezara a inmiscuirse, al día siguiente tendría a media ciudad en contra.

—En cualquier caso, no venderé la casa —insistió Adrianus—. Al fin y al cabo, tengo que vivir en algún sitio. ¿O prefieres que me mude otra vez con vosotros?

César le ahorró la respuesta.

—Necesito dinero de manera apremiante, hermano. Déjame trabajar para ti. Por favor. —A Adrianus le costó mucho trabajo rogar a César. Pero, sencillamente, ya no podía permitirse su orgullo—. ¿Qué se opone a eso?

—¿Que no sabes una palabra de comercio?

—Sabes que eso no es verdad. Antes de irme a estudiar ayudé mucho tiempo en el negocio.

—De eso hace diez años. Hace mucho que lo olvidaste todo.

—No pido que dejes en mis manos decisiones importantes. Dame trabajos sencillos, como llevar los libros. Aún sé cómo se hace.

—Para eso tengo al escribiente.

Adrianus se dio cuenta de que estaba pinchando en hueso. Habían ocurrido demasiadas cosas entre ellos.

—Me doy cuenta de que ha sido un error venir. —Se levantó—. Aun así, gracias por escucharme.

César suspiró de manera audible.

—Quédate ahí, maldita sea. Sé que me arrepentiré, pero te daré el puesto. No se podrá decir que dejé a mi propio hermano en la estacada.

—Gracias —dijo Adrianus—. Sé apreciarlo.

César le apuntó con el muslo de pollo mordisqueado.

—Pero una cosa te digo: no quiero escuchar sermones morales. Aceptarás mis decisiones comerciales y harás lo que te mande.

—Entendido.

—Bien. Ahora siéntate y come. Pareces muerto de hambre.

Comieron en silencio.

Al cabo de un rato, Adrianus dijo:

—¿Te has enterado? Padre está ahora con los flagelantes.

—¿Por qué no me sorprende? ¿También él se arranca a latigazos la piel de la espalda?

—Supongo que sí.

—Viejo loco.

—No deberías llamarle así. Sigue siendo nuestro padre.

César refunfuñó malhumorado y se metió un trozo de carne en la boca.

Más tarde subieron al escritorio. El *fattore* estaba dictando una carta al escribiente. César puso el libro mayor encima de la mesa y lo abrió.

—Aquí está todo. Ingresos y gastos. Reservas. Notas sobre aduanas y cosas por el estilo.

—Lo recuerdo —dijo Adrianus.

—Apréndetelo, así podrás empezar enseguida. —César se volvió hacia el escribiente—: Cuando hayas pasado a limpio la carta puedes irte.

—¿Por la mañana? —El hombre frunció el ceño—. ¿Cómo debo entender eso?

—Mi hermano va a hacer tu trabajo. Ya no te necesito.

—Pero os he servido con fidelidad durante muchos años. ¡No podéis simplemente ponerte en la calle!

—Mi decisión es firme —dijo César en tono desabrido.

Adrianus no comprendía lo que su hermano estaba haciendo.

—Esto no es necesario. Sin duda hay trabajo suficiente para ambos.

—Tal vez. Pero no puedo permitirme dos escribientes.

—Pensaba que el negocio iba mejor.

—Y así es, pero estoy muy lejos de poder tirar el dinero.

—Hermano —empezó Adrianus, pero César le interrumpió:

—Nada de sermones morales, he dicho. Así que cierra el pico. O puedes ir buscando trabajo en otra parte.

Adrianus apretó los labios y se sentó a la mesa. Evitó mirar al escribiente, que terminó la carta con lágrimas en los ojos, se puso el manto por los hombros y se marchó.

El *fattore* mantuvo la cabeza baja, sin emitir sonido alguno, y trabajó de pronto con extrema concentración.

—¡Menos mal que has venido! —dijo Judith—. Quizá tú puedas disuadirle de esta necedad. A mí no me escucha.

Léa había venido a buscar especias para la botica. No tenía la menor idea de qué estaba hablando su tía.

—¿Qué necedad?

—Vamos, ¡díselo! —reclamó furiosa Judith a Solomon.

El tío de Léa no estaba de humor para explicarse.

—A ella no le importa —se limitó a gruñir.

—¡Quiere ir a ver a los flagelantes y reclamar su dinero! —exclamó indignada Judith.

Léa dejó la cesta que llevaba colgada a la espalda.

—Ya hemos hablado de eso. Es demasiado peligroso.

—Es lo que yo le digo todo el tiempo. —Judith alzó las manos al aire—. ¡Pero no entra en su terca cabeza!

—Necesito ese dinero —insistió Solomon—. No veo por qué para ese Luc tendrían que valer reglas distintas que para todos los demás morosos.

—La mayoría de tus deudores no tiene un ejército de fanáticos que daría su vida por él —dijo Léa.

—Eso tú no lo sabes. Además, llevaré conmigo a mis hombres.

Los dos recios guardianes estaban al pie de la escalera, esperando instrucciones de Solomon.

—¿Dos contra mil? ¡Eso me tranquiliza! —chilló Judith.

—Basta. Está decidido. —Solomon se dirigió hacia la puerta, llevando a rastras a sus guardias.

Léa conocía a su tío: en ese estado, nada ni nadie podía apartarlo de su idea. Suspiró.

—Déjame al menos acompañarte.

—¿Qué puedes hacer tú?

—Impedir que hagas tonterías. Nada de réplicas. Iré contigo, te guste o no.

Solomon la dejó hacer su voluntad. Mientras cruzaban el patio, Judith se quedó en la puerta gritando:

—Ve, asno testarudo. Ya verás lo que sacas en limpio, ¡Pero no creas que voy a compadecerte si regresas lleno de cardenales verdes y morados!

Cerró de un portazo.

Los flagelantes habían tendido su campamento en los terrenos de la feria y se alojaban en rudimentarias cabañas o en carpas. Entre ellas ardían fuegos en los que cocinaban una floja sopa de pan. Léa se sentía como dentro de una grotesca pesadilla. Por doquier, figuras harapientas con el pelo tieso de suciedad y verdugones encostrados en los hombros y brazos. Caminaban sin rumbo o se sentaban en grupos, y mostraban una sonrisa extasiada. Otros se arrodillaban delante de las grandes cruces de madera que rodeaban el campamento e imploraban perdón por sus pecados al Señor. Apestaba de un modo tan espantoso a excrementos, heridas ulceradas y cuerpos sin lavar, que Léa respiraba por la boca.

Pero lo peor eran las miradas. «Chusma judía, qué es lo que hacéis aquí—decían—. Vuestra mera existencia ofende a Dios. Desapareced, o vais a saber quiénes somos.»

—Esto es un error —murmuró Léa—. Vámonos.

—Solo cuando tenga mi dinero. —Solomon avanzó con decisión hacia la carpa redonda en medio de la plaza.

Alguien tenía que haber avisado a Luc, porque justo en ese momento el maestro de los flagelantes salió al aire libre. Con él iba Matthias, su sombra. Aquel hombre era más alto que Solomon y de una corpulencia impresionante, un auténtico Goliath, pensó Léa. Su frente parecía especialmente estrecha, en el cráneo se enroscaban unos rizos cortos, negros y aceitosos. Cuando Matthias cruzó los brazos llenos de cicatrices delante del pecho, los músculos hincharon la tosca tela del hábito de penitente.

La respiración de Luc humeó en medio del frío. Aunque no llevaba nada más que harapos y unos zapatos de fieltro llenos de agujeros, parecía más arrogante que nunca. Un príncipe de la miseria, un soberano de la locura.

—Solomon, mira por dónde. Qué inesperado reencuentro.

—Luc. —El tío de Léa apuntó una escueta inclinación de cabeza—. ¿O debería llamarte «Lutz»?

La sonrisa de Luc se ensanchó.

—¿Qué te trae aquí, judío?

—Entremos.

—Hablaremos aquí. Mis hermanos y yo no tenemos secretos.

Estaba claro que Luc necesitaba un público para lo que venía. Sus adeptos acudían ya desde todas las direcciones. Léa descubrió más de un rostro conocido entre los flagelantes. «¿No es ese el padre de Adrianus?»

Pronto estaban rodeados de hombres sucios y desollados. El ambiente era hostil. Solomon no se dejó impresionar.

—Me debes mucho dinero. Espero que lo devuelvas.

—Dinero, claro —se burló Luc—. ¿Cómo podía ser de otra manera? Usura, intereses y deudas: estos son nuestros judíos, ¿verdad?

Algunos entre la multitud rieron con desprecio. Otros escupieron o sisearon maldiciones.

—Y nosotros os conocemos a los cristianos como honrados y sinceros —repuso con calma Solomon—. ¿Vale también eso para ti? ¿O quieres que tus seguidores vean que eres un canalla que estafa sin reparos a otro hombre y causa graves daños a él y a su familia?

Una hábil finta, pensó Léa, y sin embargo inútil. Su tío podía hacer y decir lo que quisiera, nunca se ganaría a esa gente. Aquel no era un suelo en el que brotara la razón; hacía mucho que estaba envenenado de odio y de locura.

—Escuchad a este judío. —Luc se volvió hacia los flagelantes—. Me acusa de estafa y fanfarronea hablando de honradez. ¡Honradez! ¡En la boca de un hombre que reclama tales intereses de usura que un honrado artesano no tiene ninguna posibilidad de devolverlos, no importa lo duro que trabaje!

—Estaba dispuesto a buscar contigo una salida a tus apuros. Pero tú preferiste entrar en mi casa para robarme.

—¡Embustero! —gritaron algunos flagelantes—. ¡Tápale la boca a ese judío!

—¡Vámonos… enseguida! —susurró Léa, pero su tío estaba furioso.

—Un «honrado artesano» te llama. Cuando no eres más que un ladrón y un falsificador de moneda. Dime, Lutz... ¿sabe tu gente por qué te echaron antaño de Meissen?

—Lo saben. Lo saben todo. Ya lo he dicho: no hay secretos. ¡Sí, fui un delincuente! —rugió Luc, volviéndose hacia sus seguidores—. Sí, falsifiqué moneda. Era un pecador y un canalla, no lo niego. Pero eso ha pasado. Hace mucho que soy otro hombre. ¡Porque Dios me ha perdonado!

La multitud jaleó y alabó al Señor.

—Me ha purificado y me ha liberado de todos los pecados —prosiguió Luc con voz tonante—. Mi alma, mi conciencia están limpias. Y ahora yo te pregunto, judío: ¿puedes decir lo mismo de ti?

Solomon calló. También él se había dado cuenta al fin de que no tenía objeto seguir con aquel juego.

—¡No, no puedes! —rugió Luc—. Porque estás condenado. Todo el pueblo judío lo está. Habéis asesinado a Cristo, así que odiáis a Dios. Él nunca os perdonará. Vuestros pecados se pegan para siempre a vosotros como una mala peste. ¿Y tú tienes la cara dura de presentarte ante mí y pedir dinero? ¿A mí, un enviado del cielo? ¡Qué ciego tienes que estar! ¡Si estuviera en tu lugar, me arrodillaría y pediría perdón por la blasfemia con la que has ofendido a estos buenos cristianos!

—¡Que-se-arrodille! ¡Que-se-arrodille! —recitó la gente como un solo hombre.

Solomon asintió a los guardianes y se dispuso a irse. Los flagelantes cerraron filas. El estómago de Léa se convirtió en una bola de hielo. Algunos flagelantes esgrimían látigos y garrotes y esperaban solo una orden de Luc para atacar. Los guardias apretaron los puños, aguardando la pelea. La mano de Léa se cerró alrededor del cuchillito que llevaba en el bolsillo del manto.

—¡Dejad ir a los judíos! —gritó Luc—. Que se vayan a casa y reflexionen acerca de sus pecados contra Dios y contra la Cristiandad. Pronto llegará el momento en que tendrán que rendir cuentas de todo.

La multitud formó un callejón, por el que Léa, Solomon y los guardias pasaron corriendo mientras los flagelantes los insultaban, escupían y cubrían de desperdicios. Solo al llegar al foso de las letrinas, al borde del campamento, las figuras harapientas se apartaron de ellos. Pero el griterío los persiguió hasta detrás de los muros de la ciudad.

—Ha sido un completo éxito —dijo Léa—. ¿Estás satisfecho de ti mismo?

Su tío miró tercamente al frente y no respondió. Admitir un error nunca había sido su punto fuerte. Léa lo dejó estar.

Judith no fue tan indulgente. Apenas entraron en el patio, salió corriendo. Vio la porquería en sus mantos y el espanto en sus rostros y cubrió de reproches a Solomon.

—¡Necio! Esto es que lo que has sacado de tu terquedad. ¡Quizá la próxima vez escuches a tu esposa antes de ir directo a la perdición!

Léa los dejó con su disputa. Cogió las especias y volvió a la botica. Su padre estaba arriba con sus discípulos y no se había enterado de nada. Tanto mejor.

Dejó las especias en los estantes, pero apenas podía concentrarse en el trabajo. No hacía más que pensar en la amenaza de Luc: «Pronto llegará el momento en que tendrán que rendir cuentas de todo».

Por primera vez en su vida, sentía el deseo de dejar Varennes, de irse. Pero ¿adónde? No solo en Lorena crecía el odio hacia su pueblo. Decían que en otros lugares del Imperio y en los países vecinos las cosas estaban igual de mal.

No había escapatoria.

Rezar, tener esperanza, seguir adelante. No podía hacer nada más. Ese era desde siempre el destino de su pueblo durante la diáspora.

39

César se sentó a la mesa, pidió a Adrianus que se acomodara frente a él y abrió el libro mayor.

—¿Por qué crees que llevamos estas listas?

Adrianus se llevó el puño a la boca y carraspeó.

—Se supone que deben ayudarte a tener presentes las existencias, reservas y salidas.

—Existencias, reservas y salidas... correcto. Para eso está este libro. Y tu misión como escribiente mío es tener siempre los cálculos al día y anotar cada negocio que se hace. ¿Estás de acuerdo?

—Completamente.

César asintió con rabia.

—Entonces, ¿cómo explicas esta entrada? Espera, te la leo: «Théoger Le Roux compra paño de lana por 8 florines, debería hacer algo con toda urgencia contra su gota, o le quedan como máximo 5 años». O esta: «Tasas por el batán: 17 sous en diciembre. Inspector muy pálido, posiblemente disentería o lombrices». Tampoco quiero ahorrarte esta: «Suministrada sal por 6 florines a Notre Dame des Champs, el cillerero apesta terriblemente a diarrea, se recomienda dieta urgente y tratamiento con semillas de lechuga». —Fijó la mirada en Adrianus—. ¿Tienes la intención de enfadarme?

—Me animaste a escribir también observaciones personales y rumores.

—¡Mientras sean relevantes para el negocio! Nuevos tributos, puentes destruidos, mercancías codiciadas en el extranjero. —A cada palabra César subía la voz, hasta que al final acabó gritando—: ¡No la historia de los padecimientos de los inspectores del mercado y los clientes! ¡Por Dios!

—Son las cosas que llaman mi atención —dijo Adrianus—. Y las escribo enseguida para no olvidarlas.

—¡Ya no eres médico! ¡Ahora trabajas para mí! Y, como escribiente mío, las enfermedades de la gente no te importan.

—No entiendo por qué te excitas tanto. No son más que unas cuantas anotaciones.

—¡En mi libro mayor! ¡Si quieres anotar cosas así, coge tus malditas tablillas de cera! —César volvió el libro hacia Adrianus y dio una palmada encima—. Arranca las páginas de las que hablamos y escríbelas de nuevo. Pero esta vez sin referencias a lombrices y diarreas.

Salió dando zancadas. Adrianus torció el gesto. En su atril, el *fattore* tenía el gesto petrificado de un hombre que, a pesar de sufrir un miedo mortal, iba a estallar en estruendosas carcajadas en cualquier momento y luchaba con cada fibra de su cuerpo contra la jovialidad que lo invadía.

Adrianus estaba harto. El angosto escritorio, el obtuso trabajo, los ataques de ira de César… Apenas podía respirar. Tenía que recibir urgentemente aire fresco. Después de convencerse de que su hermano estaba ocupado con asuntos importantes en el patio, se escurrió fuera y paseó por la plaza de la catedral.

Luc estaba como de costumbre junto a la cruz del mercado, pronunciando su sermón. Había encontrado un nuevo tema. Desde hacía dos días, ya no tronaba contra la depravación de la Iglesia y la codicia del clero, sino contra los judíos, a los que hacía responsables de todos los males del mundo. Y el Consejo, sencillamente, le dejaba hacer. Adrianus no podía sino mover la cabeza al pensarlo.

—Se hacen llamar el «pueblo elegido» —gritaba en ese momento, Luc, recalcando cada sílaba—. El pueblo e-le-gi-do. ¡Esa arrogancia! ¡Esa soberbia! Se creen mejores, y nos miran de arriba abajo. «Mirad esos cristianos», dicen. «Son inferiores. Dios no los quiere. Engañémoslos y saqueémoslos. No merecen otra cosa…»

Adrianus no estaba de humor para soportar los discursos de odio de Luc y el griterío de sus seguidores. Se dirigió hacia el noroeste y siguió la Grand Rue, que separaba el barrio de los herreros de los callejones de los carpinteros. La gente trabajaba en los talleres, barría sus casas o miraba los mostradores de las pequeñas tiendas. Un sitio corriente un día corriente, se habría podido pensar. Pero Adrianus notaba que algo hervía bajo la superficie. Ya el año pasado el ambiente en la ciudad había estado tenso, y los flagelantes habían vertido en la caldera veneno fresco. La desconfianza y el miedo al infierno gobernaban Varennes. El odio hacia los extranjeros, la Iglesia y los de «ahí arriba» aumentaba a diario, porque ni el Papa ni el rey ni el Consejo parecían en condiciones de proteger a los habitantes de la ciudad de la desgracia omnipresente.

Adrianus caminó hasta la Puerta del Rey, donde respiró hondo unos instantes antes de dar la vuelta. Su entendimiento seguía como aturdido de las muchas horas en el escritorio, pero si continuaba mucho tiempo fuera volvería a discutir con César.

Cuando estaba pasando ante los muros cubiertos de hiedra de la abadía de Longchamp, vio al mercader judío Aarón ben Josué remontar la Grand Rue con su carro. El buey se abría paso lenta y trabajosamente por entre el barro y la nieve sucia. Adrianus conocía de forma fugaz a Aarón de sus visitas a la judería, y le saludó.

En ese mismo instante tres mozos salieron de una calle lateral, todos ellos recios oficiales de herrería, con mandiles de cuero manchados de hollín y brazos quemados por las pavesas. Se plantaron delante del carro e impidieron a Aarón seguir avanzando.

—¿Adónde vas, judío?

La mano de Aarón se crispó en torno a las riendas.

—Estoy entregando especias y esencias. El doctor Philibert espera aloe y otros ingredientes para sus medicinas.

—Los cristianos de Varennes no necesitamos tus especias. Lárgate.

—Es el doctor Philibert el que tiene que decidir si quiere mis mercancías —repuso Aarón, temeroso pero terco, y fustigó al buey.

Los tres oficiales no se anduvieron con contemplaciones. Bajaron del pescante a Aarón, lo zarandearon y lo cubrieron de toscos insultos.

—¡Dejadlo inmediatamente en paz! —se interpuso Adrianus.

Uno de los mozos lo apartó.

—Mantente al margen.

Otro dio a Aarón un puñetazo que hizo gemir al mercader. En la calle había varias personas mirando, entre ellas dos guardias. Adrianus entendió: si él no intervenía, nadie lo haría.

Empujando con todo el cuerpo, se metió entre Aarón y los oficiales, protegiendo al judío de los golpes y las patadas.

—¡Basta! ¿Qué os ha hecho?

—¿Qué eres, un amigo de los judíos? —El que llevaba la voz cantante de entre los tres rio, despectivo. Los otros apretaron los puños y miraron amenazadores a Adrianus.

—De verdad no sabéis quién soy yo, ¿eh? Adrien Fleury; mi hermano César se sienta en el Pequeño Consejo. Y os juro que tendrá noticias de vuestra vergonzosa conducta si no desaparecéis enseguida.

—No tengo miedo a tu hermano —siseó el oficial más atrevido, aunque ya no parecía tan seguro de sí mismo como antes.

—¡Guardias! Estos hombres me están amenazando —gritó Adrianus.

Por fin los guardias se pusieron en movimiento. Aquello tuvo el efecto deseado. Los hombres se retiraron y desaparecieron a toda prisa en los callejones.

—¿Estáis bien? —preguntó uno de los guardias.

—Perfectamente. Pero bien habríais podido acudir antes.

—No entiendo por qué intercedéis por él —dijo el guardia mirando a Aarón—. Este es el peor usurero de todos. —Escupió, y los dos hombres armados se fueron.

Adrianus se acercó a Aarón, que se apoyaba pálido en el carro.

—¿Os han herido?

—¡Esos cerdos me han retorcido el brazo!

Adrianus lo examinó con rapidez, pero no pudo constatar huesos rotos, articulaciones dislocadas u otras lesiones graves.

—No son más que unos cuantos moratones que os dolerán unos días.

—Gracias —murmuró malhumorado Aarón, y se encaramó al pescante.

—Mejor dejadme ir con vos... solo por si regresan. —Adrianus se sentó junto al mercader, que fustigó a los bueyes y guio el carromato por las calles veladas por el humo del barrio de los herreros.

«Ahora ya atacan en plena calle a los judíos —pensó Adrianus—. La semilla germina.»

Josselin estaba sentado delante de su tienda, en el campamento de los flagelantes, y atizaba cansado un fuego que no acababa de querer prender. Apenas había dormido la noche anterior, y la culpa no la tenía el terrible frío: se sentía inquieto y lleno de dudas.

Pensaba en cómo Luc había insultado y humillado a Aarón delante de sus seguidores. Quizá hubiera podido mirar hacia otro lado. Había sido una fea discusión, y Solomon había irritado al maestro. Pero las prédicas antisemitas que Luc pronunciaba desde entonces en la ciudad iban decididamente demasiado lejos. Josselin se asustaba al pensar en el odio rabioso que Luc desprendía.

Josselin no tenía nada en contra de los judíos. Durante su época de mercader, había hecho negocios regularmente con Solomon, Aarón y otros habitantes de la judería, y había visto que eran hombres honrados. Merecían vivir en paz. ¿Por qué entonces el maestro, al que respetaba por encima de todo, predicaba que eran degenerados y odiosos? ¿Por qué instigaba al pueblo en contra de ellos?

Sin duda, muchos servidores del cielo tenían un lado oscuro. San Martín, por ejemplo, había sido soldado del emperador romano y había matado gente antes de encontrar la fe. San Pablo incluso había perseguido a los cristianos antes de ser llamado al apostolado. No se podía negar que a veces Dios confería grandes tareas a personajes ambiguos. Y aun así...

Josselin se había pasado toda la noche cavilando acerca de eso, pero no había encontrado una explicación que calmara su ánimo. Tiró el palo al fuego. ¡El maestro tenía que explicárselo!

Luc estaba en ese momento delante de su tienda, hablando con Matthias y algunos otros hermanos. Josselin esperó a que los hombres se hubieran ido y se dirigió hacia él.

—Una palabra, maestro.

—¿Qué pasa, hermano? —La mirada de Luc parecía llegar hasta el fondo de su alma—. ¿Te agobia algo?

Josselin expresó directamente sus pensamientos.

—No está bien que prediques contra los judíos. ¿Por qué difundes ese odio?

Luc le puso la mano en la espalda, y se sentaron al fuego.

—Así que mis últimos sermones no te gustan —dijo amablemente el maestro.

—Puedo entender que no hables bien de los judíos, después de todo lo que te ha pasado. Pero ¿no deberías perdonarlos?

—Oh, y lo he hecho. Ya no albergo rencor personal contra Solomon y los otros.

—Aun así, los llamas «codiciosos» y dices que están condenados.

—Porque lo están —explicó Luc—. Es mi deber advertir contra ellos a los cristianos. Dios me lo ha encargado.

—¿Dios te ha dicho que prediques contra los judíos? —preguntó, poco convencido, Josselin. ¿Cómo encajaba eso con el llamamiento de Luc a guiar a los hombres hacia el arrepentimiento y la conversión?

—Lo ha hecho. Mira, hermano: puede que mis palabras sean drásticas. Quizá resulten incluso exageradas. Pero hay que hacerlo así para sacudir a la gente, para que no vuelvan a dejarse engañar por la vileza de los judíos.

—Conozco a muchos judíos, y no son más viles que los cristianos.

Luc sonrió indulgente.

—Porque tú eres una buena persona. A veces, las buenas personas como tú no pueden ver el mal. Pero yo he aprendido, a través de muchas experiencias dolorosas, a reconocer los caminos del diablo.

A Josselin le gustó que el maestro lo considerase un alma buena. Pero sus dudas no habían desaparecido.

—Aun así, no está bien incitar a la gente. ¿Qué pasa si tus sermones animan a algunos a emplear la violencia contra los judíos?

—Eso no va a ocurrir.

—¿Estás seguro?

—Claro. Quien me escuche se mantendrá alerta y alejado de los judíos. Esa y solo esa es mi intención. —Una vez más, Luc le puso la mano entre los omóplatos—. No te preocupes, hermano. Todo lo que tú y yo y los otros penitentes hacemos obedece a la voluntad de Dios. —Dio dos palmadas en la espalda de Josselin antes de levantarse y desaparecer en su tienda.

Josselin, en cambio, se quedó largo tiempo allí sentado, mirando las llamas, sin saber qué creer.

Bénédicte se esforzaba honradamente por tranquilizar a los judíos, pero aquellos hombres indignados no dejaban hablar al alcalde.

—¡Me han bajado del carro a tirones y me han golpeado! —gritaba Aarón ben Josué, tan furioso que sin duda se le oía en todo el ayuntamiento—. ¿Y qué hacen los guardias? Se quedan mirando con la boca abierta. Pensaba que se les había ordenado protegernos.

César, que estaba sentado a la mesa con los otros miembros del Pequeño Consejo, tuvo que contenerse para no interrumpir a los furiosos judíos.

—Por Dios, hombre. Ya lo hemos entendido —murmuró para sus adentros.

No se alegraba en absoluto por el mal ajeno, como sin duda Adrien le habría reprochado si hubiera estado allí. Que molestaran a un mercader en medio de la ciudad era vergonzoso... incluso aunque la víctima fuera su especial amigo Aarón. Pero ¿por qué ese hombre tenía que comportarse de ese modo tan lastimero? Ni siquiera había resultado herido.

—Así que os insultaron y zarandearon —constató impaciente un consejero—. Pero ¿no ocurrió nada peor? ¿Ni rompieron vuestras ropas ni dañaron vuestra mercancía?

—Todo quedó en un susto —concedió Aarón—. ¡Pero, de no haber estado allí el joven Adrianus, quién sabe lo que me hubieran hecho!

—¿Mi hermano intervino? —preguntó César.

El pequeño judío, que hasta entonces le había ignorado de manera ostensible, le miró a regañadientes.

—Se interpuso valientemente y logró ahuyentar a esos zafios.

César levantó una ceja. No había creído a Adrien capaz de tanto valor.

—Vuestro hermano tiene la decencia en el cuerpo —dijo Aarón—. Más de uno aquí podría aprender de él.

—¿Queréis decir con eso que a los consejeros de Varennes nos falta decencia? —Théoger no disimulaba que las últimas quejas del judío le resultaban molestas.

—Nadie pone en duda vuestra rectitud —fue Solomon ben Abraham en ayuda del intimidado Aarón—. Pero la realidad es que los ataques contra nosotros han aumentado desde que el Consejo abandonó la protección a los judíos.

—¿Ataques? —Théoger miró a Solomon como si fuera un insecto especialmente repugnante—. Hasta ahora solo ha habido este. Así que dejad de exagerar.

—Ha sido el primer ataque físico. Hay que sumar innumerables escarnios y ofensas que tenemos que soportar a diario. Algunos de los nuestros están tan atemorizados que ya no se atreven a salir de la judería.

César miró a Solomon, el único judío de los presentes a quien respetaba. Un hombre como él: fuerte, sin miedo, un mercader capaz. Una pena que no fuera cristiano. Habría podido hacer grandes cosas en el Consejo de la ciudad.

—Habéis hecho bien en venir enseguida a vernos —declaró Bénédicte—. Nos tomamos muy en serio este incidente. Intimaré a los hombres de la guardia a intervenir enseguida en el futuro si se repite algo parecido.

Théoger resopló despreciativo y se ganó al hacerlo una severa mirada del alcalde.

—No basta con eso —dijo el rabino Baruch, que no se parecía a su hermano Solomon. Un erudito ajeno al mundo, de espalda encorvada y ojos cansados.

«Sin duda Solomon tiene sus problemas con él... como yo con Adrien.» César nunca entendería qué perseguía Dios al hacer tan distintos a los hermanos. Eso no hacía más que causar disgustos a las familias.

—Tenéis que protegernos, tal como el alcalde Fleury estableció en el año 1220 —prosiguió el rabino—. Pero, sobre todo, debéis prohibir a los flagelantes instigar día sí día no contra nosotros.

—Lo que Luc dice no es más que cháchara hueca —dijo Théoger—. Puede que ahora apunte contra los judíos, pero sin duda pronto se aburrirá. La semana que viene volverán a ser los curas, los nobles, los mercaderes. No deberíais tomarle en serio.

—Por desgracia, el pueblo sí lo hace —objetó Solomon.

—Es fácil impresionar a la gente sencilla —dijo despreciativo Théoger—. Jalea al primero que se sube a la cruz del mercado y suelta un gran discurso. A la mañana siguiente, hace mucho que lo ha olvidado.

César pensaba de forma similar.

—Y, en lo que concierne a la protección de los judíos... está todo dicho. Ya no podemos permitirnos esas medidas.

—Además, ya no parecéis necesitar nuestra protección —dijo otro consejero—. Según dicen, habéis puesto guardias en las puertas.

—¿Qué remedio nos queda, si se nos deja en la estacada? —repuso Haïm el carnicero—. ¿Y qué pueden hacer esos guardias si no se les permite llevar armas?

Solomon asintió.

—Si el Consejo no quiere cuidar de nuestra protección, al menos debería permitir armarse a nuestra gente.

—Judíos con espada... solo faltaba eso —dijo Théoger.

—El Papa en persona ha dictado esa prohibición —explicó Bénédicte en tono de lamento—. El Consejo está atado por ella.

—¿Así que no podéis hacer nada por nosotros? —preguntó Baruch.

—El alcalde os ha dado su palabra de que recordará su deber a los guardias —repuso César, que no quería volver a oír los mismos reproches—. Eso tiene y tendrá que bastaros.

Los judíos salieron de la sala refunfuñando y moviendo la cabeza.

—¡Por los huesos amarilleados de san Jacques! —gimió Théoger—. Ya creía que esta reunión no iba a terminar nunca. En verdad los judíos son peores que plañideras.

—Tienen miedo, y por buenas razones —dijo enfadado el alcalde—. ¿No podéis entenderlo?

—Naturalmente que tienen miedo. —Théoger exhibió una fina sonrisa—. Están condenados y lo saben. Yo en su lugar me bautizaría corriendo. Pero es demasiado pedir a los señoritos. Prefieren hartar de quejas al Consejo y echar a los cristianos la culpa de todo.

La mayoría de los consejeros estaban de acuerdo. También César asintió. Sin duda no soportaba a Théoger, pero esta vez el obeso mercader había dicho la verdad.

Adrianus subió los escalones con el corazón palpitante. Titubeó, se decidió y entró en la botica.

—¡Enseguida voy! —se oyó la voz de Léa en la penumbra, entre los estantes. Cuando salió al mostrador y lo vio, se detuvo durante un parpadeo en mitad del movimiento, antes de dejar el bote de ungüento—. Adrianus. Qué alegría verte —dijo, pero no sonrió.

Él carraspeó.

—Quería saber cómo estás. Todos esos incidentes en los últimos tiempos... Estoy preocupado por vosotros.

Ella se encogió de hombros.

—Aquí en el barrio estamos protegidos. Lo desagradable es salir.

—Seguro que esto pasará pronto. Luc y los flagelantes, me refiero. —Ni él mismo creía lo que decía.

—Sí, seguro. En cualquier caso, gracias por haber ayudado a Aarón.

Él asintió... volvía a estar ahí, el maldito silencio, que se colaba entre ellos como un mal espíritu y les robaba las palabras de los labios.

Las manos de Léa estaban posadas en el bote del ungüento; se mordió el labio inferior y evitó su mirada.

—He oído que ahora trabajas para tu hermano.

—Con algo hay que ganarse el pan. —Adrianus exhibió una sonrisa torcida—. Aunque probablemente sea el peor ayudante de mercader de todos los tiempos.

—Philibert es un asqueroso intrigante, y la gente del gremio debería avergonzarse de haberte tratado así.

—Laurent no tenía elección. En realidad mentí.

—Hay muchas maneras de verlo.

—Las cosas son como son. Me he conformado con eso. —Otra vez una de esas frases huecas, falsas, que salían a trompicones de su boca antes de que pudiera contenerlas.

El silencio no había desaparecido, tan solo se había escondido entre las sombras. Ahora volvía a escurrirse fuera y se agarraba a ellos con tanta mayor terquedad.

—Tengo que irme. Mi hermano espera.

Léa asintió.

—Buena suerte. Seguro que no eres un asistente tan malo.

Él se obligó a sonreír, aunque se sentía como si fuera a ahogarse.

40

Era el Adviento más frío desde hacía años. Una nieve sólida cubría calles y tejados, coronaba almenas y lápidas con cofias blancas. El Mosela y el canal de la ciudad baja se habían congelado. Un hielo reluciente acorazaba veletas y caños de las fuentes, formaba agujas punzantes como lanzas bajo las buhardillas y proliferaba en abigarrados diseños florales en las ventanas emplomadas.

Adrianus pasaba frío desde hacía días. No daba abasto a quemar tanta leña como para que la casa entrara realmente en calor. En el escritorio de César aún hacía más frío, porque en él no había chimenea. Envuelto en un grueso manto de lana y una manta, se encogía en el atril y despachaba con dedos agarrotados distintas tareas de escritura. El *fattore* ya se había ido a casa. Adrianus se sentaba solo en la sala, en la que la llama de una única vela luchaba valerosamente contra el avance de las sombras.

La pluma de ganso arañaba el papel italiano mientras ampliaba con nuevos apuntes las columnas de cifras en el libro mayor. Por la ventana cerrada entraba un ruido sordo. Se avecinaba la Mala Noche, las horas más negras del año: la impía Fiesta de los Locos. Se celebraba todos los años una semana antes de la Natividad de Cristo; nadie sabía desde hacía cuánto tiempo. Oficiales y jornaleros, plebe y servidumbre se arremolinaban en las calles e iban justo en ese momento hacia la catedral, donde celebrarían una misa blasfema y escogerían de entre ellos un rey de los locos entre gritos y estrépito. Al elegido se le rapaba la cabeza y se le ponía un manto hecho de harapos, remiendos y cascabeles. Enseguida subía al altar y predicaba a la comunidad, mascullando confusas palabras y lanzando salvajes frases de escarnio contra la Iglesia y la autoridad. El Consejo y el obispo toleraban ese ritual blasfemo porque habían entendido que hasta la más fuerte de las calderas revienta inevitablemente si no se deja salir el vapor de vez en cuando.

Adrianus sopló sobre la tinta para que se secara, plegó la manta y bajó a reunirse con César, Hélène y los niños, que se sentaban junto a la chimenea. Tendió las manos hacia las llamas y gozó del cosquilleo cuando la vida retornó a sus dedos.

—Voy a salir —dijo al cabo de un rato—. No me esperéis con la comida.

Su hermano frunció el ceño.

—No te lo aconsejo. Ya sabes lo que está pasando ahí fuera ahora mismo.

Cuando los locos festejaban y daban curso a su odio para con los de arriba, ningún ciudadano decente salía de casa. Pero Adrianus llevaba todo el día asediado por malos presagios. Tenía que observar lo que pasaba en la ciudad en cuanto oscurecía.

—Me las arreglaré.

Poco después salió de la casa, envuelto en manto, chal y mitones, con la capucha bien calada sobre la cara. El viento barría la plaza de la catedral y arremolinaba cristales de hielo en torno a la cruz del mercado, que se alzaba negra. Delante del ayuntamiento había varios guardias, sus corazas y alabardas brillaban al resplandor de las antorchas. Debían mantener el orden, al menos en el centro de la ciudad, y evitar los peores excesos. Si Adrianus los conocía bien, harían su trabajo solo a medias, deseando en secreto sumarse a la caravana de los locos.

No tuvo que esperar mucho. Pronto se abrió el portal de la catedral y escupió a la horda a la plaza. Hombres con máscaras que los hacían parecer cerdos, gallos y lobos salieron dando brincos como locos mientras gruñían, cacareaban, rugían. El resto de los locos agitaban jarras de cerveza y bieldos, empujaban carretillas llenas de estiércol y entonaban a voz en cuello canciones depravadas. Los cuatro más fuertes llevaban a hombros al rey de los locos, que se sentaba en una silla como un mal duende con las piernas cruzadas y excitaba a sus súbditos con voz chillona a la blasfemia y las maldades contra los señores mientras agitaba en el aire su cetro, un grueso salchichón del que colgaban cascabeles. Todos estaban borrachos, y no poco. Más de uno ya no podía caminar en línea recta, así que la horda se movía por la plaza como una lombriz enloquecida. Una mujer burguesa que fue lo bastante imprudente como para cruzarse en su camino fue víctima de escarnio y le arrojaron estiércol. Los de las máscaras de animal se levantaron los sayos y le mostraron sus blancas posaderas. Los guardias de la ciudad estaban apoyados en sus alabardas y sonreían de oreja a oreja.

«Todo como siempre», pensó Adrianus, y sin embargo le pareció que esta vez el ambiente era más salvaje, más desenfrenado y más excitado que antes. En los rostros acalorados de los locos no veía alegre diversión, sino auténtica maldad, furia asesina incluso. Cuando la multitud fue en la dirección en que él se encontraba, arrojando desperdicios a las puertas de las casas, se retiró a una calle lateral.

Recorrió la ciudad protegido por la oscuridad. Normalmente casi no se hubiera encontrado a nadie, porque todas las tabernas y los locales de los gremios estaban cerrados mientras los locos ejecutaban su baile de San Vito. En cambio, esa noche había flagelantes en todas las esquinas. ¿A qué esperaban? Sus malos presentimientos estaban demostrando ser acertados: algo estaba pasando en la ciudad.

«¿Sabe padre algo de todo esto? ¿Es posible que esté participando?» La idea le daba náuseas.

Delante de Saint-Pierre vio un grupo más grande de flagelantes, que caminaban decididos por la nieve y doblaron hacia una calle más ancha. Adrianus siguió a los hombres a prudente distancia y, después de un breve trayecto, llegó al mercado del heno, donde estaba concentrándose una multitud: más flagelantes, pero también ciudadanos corrientes. Sobre todo carniceros y peleteros, supuso, porque estaban delante del local del gremio de carniceros. Adrianus calculó su número en más de cien, y no cesaban de sumarse otros.

Muchos llevaban antorchas, además de mazas de guerra, venablos y otras armas. Hacían circular odres de cerveza y vino y bebían en abundancia.

Se escondió en un rincón oscuro, se echó el aliento en las manos y esperó. A lo lejos, los locos festejaban. Cuando la multitud alcanzó alrededor de doscientas cabezas, varios flagelantes empujaron un carro, y una figura se encaramó al pescante.

Luc.

—¡Hermanos y compañeros! —gritó el maestro de los flagelantes—. Miro a mi alrededor y veo hombres buenos. Cristianos temerosos de Dios, que recorren conmigo el camino de la penitencia. Artesanos trabajadores que todos los días se desviven por sus familias. Rectos ciudadanos, honrados padres, leales hijos. Pero también veo cansancio. Puedo notar que estáis como yo. Estáis hartos. Tratáis de ser gratos a Dios, queréis alimentar vuestro amor y vivir de manera virtuosa. Pero ¿cómo vais a lograrlo si el enemigo está entre nosotros y aniquila todos nuestros esfuerzos? Sabéis a quién me refiero. Todos conocéis al enemigo, que se agazapa como una gorda araña en esta ciudad y nos rocía diariamente con su veneno.

—¡Los judíos! —gritó la multitud—. ¡Los judíos!

—Exacto —dijo sonriente Luc—. Los judíos. Esos cobardes se esconden detrás de gruesos muros, se burlan impunes de nuestra fe y nos subyugan con intereses de usura. ¿Vamos a seguir aceptándolo?

—¡No! ¡No!

—¡Tenemos que defendernos de una vez! Porque el tiempo apremia. La pestilencia se acerca. ¿Vamos a esperar hasta que haya atacado esta ciudad? Yo digo: ¡no! Defendámonos. Los curas quieren convencernos de que la plaga es el castigo por nuestros pecados. Todo mentira. Conocemos a los verdaderos culpables. A los judíos no les basta con descomponer a nuestra comunidad. Quieren nuestra muerte. ¡La muerte de todos los cristianos! Envenenan las fuentes, de tal modo que a todo el que bebe de ellas le salen bubones negros por todo el cuerpo y muere entre tormentos espantosos. Yo lo he visto con mis propios ojos. Pero vamos a impedirlo, hermanos míos. ¡No va a pasarnos a nosotros!

La multitud alzó antorchas y armas y gritó su ira. El espanto agarró por la nuca a Adrianus como una mano helada. Luc no tenía que hacer más. Hacía mucho que el odio crecía en Varennes. Los flagelantes lo habían cuidado y alimentado con fervor. Ahora la semilla germinaba. Sin que Luc diera ninguna orden, la multitud se puso en movimiento y remontó la rue des Remparts.

—¡Matad a esos malditos hebreos! ¡Matadlos y enviad sus almas al infierno!

Adrianus se apresuró por los callejones del barrio de los zapateros, resbaló varias veces en la nieve compactada por las pisadas, se recuperó en el último momento y siguió corriendo. Cuando llegó al mercado de la sal, vio que la horda de Luc aún no había avanzado mucho. Los locos habían salido a su encuentro, y ambos grupos acababan de toparse a mitad de camino entre el mercado del heno y el de la sal. «¡Ojalá se rompan la cabeza unos a otros!» Pero, según parecía, ocurría justo lo contrario. Las hordas se fundían y seguían avanzando hacia él, entre un griterío infernal. Al parecer, la matanza de judíos era exactamente el desmán que los locos tenían en mente: el sangriento culmen de su fiesta blasfema.

Adrianus corrió a la puerta de la judería. ¿Dónde estaban los guardias que la comunidad había apostado allí? Tampoco se veía a nadie por el barrio. El callejón delante de la sinagoga estaba a oscuras por completo; solo en algunas viviendas había luz.

Por supuesto, era viernes. El sabbat había empezado. Los judíos mantenían estricto descanso y reforzaban la alianza de Israel con Dios comiendo con sus familias y leyendo las Escrituras. No podía ser casualidad que Luc golpeara precisamente entonces. Quería manchar de sangre ese día sagrado. Además, el hecho de que todos los judíos estuvieran en casa le facilitaría la matanza. ¡Qué perfidia! Luc tenía que haberlo planeado todo hacía mucho.

Adrianus consideró la posibilidad de correr a la Puerta de la Sal y alarmar a los guardias. No, demasiado lejos. Además, no se podía confiar en ellos. Corrió a casa de Solomon, ya que en la botica y en la casa que había encima todo parecía oscuro. Llamó a la puerta con energía. Pasó mucho rato, demasiado, hasta que por fin alguien abrió.

—Adrianus —dijo Solomon con poca alegría—. ¿Qué hacéis aquí? ¿No sabéis que estamos observando el sabbat?

—Una chusma viene directamente hacia la judería. Luc ha instigado a la gente. Tenéis que informar al alcalde enseguida. Coged vuestros guardias e id.

Adrianus dio gracias a Dios porque Solomon no se entretuviera con preguntas. Llamó con voz de trueno a sus hombres.

—Advertiré a los demás. ¿Están todos arriba?

—Sí. —El recio judío se echó el manto por los hombros y corrió con los guardias tras él.

Adrianus subió corriendo las escaleras, saltándose los peldaños, y se precipitó en la sala. Solo ardían dos velas en toda la casa, las luces del sabbat, que estaban en la mesa con la comida. El rabino Baruch tenía una copa de plata en la mano, estaba a punto de pronunciar la acción de gracias y bendecir las viandas.

Miró frunciendo el ceño a Adrianus.

—Hoy es el sabbat, con el que recordamos el séptimo día de la Creación. Mantenemos estricto descanso y no deseamos ser molestados. ¿Por qué a los cristianos os cuesta tanto trabajo respetarlo?

Léa, en cambio, preguntó, seria:

—¿Qué pasa?

Adrianus repitió lo que le había dicho a Solomon. Judith se cubrió la boca con las manos y rompió a llorar.

—Solomon ha ido a buscar al alcalde —dijo—. La ayuda tardará en llegar. Tenemos que actuar. ¡Ahora!

El rabino Baruch parecía desbordado por la situación. Léa cogió el libro y exigió a los criados que fueran de casa en casa avisando a todos y llevaran a la gente a la sinagoga. Poco después, la familia corría hacia el templo.

Entretanto, la chusma había llegado al mercado de la sal. Adrianus se asomó por una rendija y pudo ver a la horda armada de antorchas que se congregaba en la plaza y emanaba el ansia de crimen como un mal olor. Por el momento no seguía avanzando. Pero Luc había vuelto a subir al carro e instigaba a la gente con nuevos discursos, para que la conciencia de hasta el último de ellos enmudeciera.

Eso les concedía unos valiosos minutos.

A Adrianus le daba la impresión de que los judíos se habían ejercitado para ese momento. Parecían muy bien preparados. Algunos lloraban o maldecían, pero la mayoría no mostraba miedo mientras salía de la oscuridad y se deslizaba dentro de la sinagoga.

—¿De verdad es inteligente reunirlos a todos en el mismo sitio? —objetó Adrianus.

—La sinagoga tiene muros firmes y una puerta recia —repuso Léa—. Aquí es donde mejor podemos defendernos.

Lo dejó para sostener a una anciana atemorizada, a la que dijo palabras tranquilizadoras.

Poco después, Adrianus se dio cuenta de a qué se refería Léa: el carnicero Haïm estaba reuniendo a los hombres que había escogido para la guardia. Eran en su mayoría jóvenes y recios; casi ninguno tenía más de veinticinco años. La tropa de Haïm no pasaba de quince personas, pero todos parecían decididos a defender hasta el último aliento a sus familias y amigos. Se plantaron delante de la sinagoga, con hachas o cuchillos afilados en las manos. Aunque los judíos tenían prohibido llevar armas, más de uno se había llevado una ballesta, una honda o una espada mellada. Probablemente objetos heredados, que sus propietarios llevaban muchos años ocultando a las autoridades cristianas.

Adrianus admiró el valor de aquellos hombres, aunque el suyo no era más que un gesto honorable, pero carente de sentido. Luc encabezaba veinte veces más hombres. Aniquilarían a Haïm y sus guerreros de un plumazo.

Se asomó a la puerta. ¿Dónde estaban Solomon y el alcalde?

Léa se le unió.

—Están todos aquí. Ahora padre y yo vamos a entrar.

Él asintió.

—Voy con vosotros.

—De ninguna manera. Vete mientras aún puedes.

—Me quedo con vosotros —dijo él con decisión.

Por un instante dio la impresión de que ella iba a enfadarse. Pero entonces simplemente se volvió y entró en la sinagoga. Antes de que Adrianus la siguiera, vio luz de antorchas en la puerta oriental de la judería, que daba a la ciudad baja. No podía distinguir detalles, pero supuso que eran flagelantes especialmente fieles que Luc había apostado para asegurarse de que ningún judío se le escapaba.

Adrianus entró en el templo y dos hombres cerraron la puerta tras él colocando gruesos travesaños. Habían encendido velas; más de cien personas se apretujaban a la titilante luz. Olía a sudor, tensión, pánico.

Fue hacia Léa y el rabino Baruch, que discutían en voz baja con Aarón ben Josué.

—¡Son demasiados! —siseaba este—. ¿Qué va a hacer Haïm contra ellos? Solamente podemos hacer una cosa.

—No lo digas —imploró Baruch.

Aarón no le escuchó.

—*Kiddusch ha-Schem!* —profirió—. No podemos permitir que nos maten delante de nuestros hijos y obliguen a bautizarse a los supervivientes. Encendamos fuego y respiremos el humo. La sala no es grande…, no durará mucho. *Kiddusch ha-Schem*, como hicieron los celotes en Massadá cuando se dieron cuenta de que estaban a merced de los romanos —dijo una vez más—. ¡Santifiquemos su nombre! Es el único camino.

Nada más advertir a sus criados, Bénédicte corrió a ver al consejero más próximo. César tampoco perdió el tiempo. Bajó a la carrera las escaleras y se echó el manto de piel por los hombros.

Aunque luchaba con ella, una determinada idea volvía una y otra vez a su mente. Y era muy desagradable: «Tú hiciste que el Consejo retirase la protección a los judíos. Si ahora les ocurre alguna desgracia, será culpa tuya».

El corazón le rompía el pecho, martilleaba desde abajo contra la bola que tenía en la garganta. Sin duda, desde el asunto con Aarón se había irritado a menudo contra los judíos, incluso había hablado mal de ellos. Pero esto... no había querido esto.

Una masacre de judíos. No podía vivir con esa culpa.

—Cerrad a mis espaldas y atrancad bien la puerta —ordenó a los nerviosos criados, antes de salir al frío exterior.

En el ayuntamiento se reunió con los otros. Aparte del alcalde habían venido Amédée Travère y Théoger Le Roux. César vio para su alivio que Bénédicte había actuado deprisa: el comandante de la guardia de la ciudad había reunido ya cien hombres, cada uno de ellos armado de coraza, ballesta o alabarda.

—¿Dónde están los demás? —preguntó César a los reunidos.

—En casa, detrás de sus puertas bien atrancadas, supongo —respondió Bénédicte con el ceño fruncido—. Si es que no se fueron de la ciudad al amanecer, por miedo a los locos.

—No tenemos tiempo para esperarlos —apremió Solomon—. Tenemos que irnos. Probablemente la horda ya esté en el mercado de la sal.

—Un momento aún. —Théoger hizo un aparte con los otros consejeros—. ¿Por qué no dejamos que las cosas sigan su curso? —murmuró—. Si esto es lo que el pueblo quiere... ¿por qué oponérsele?

Amédée y Bénédicte le miraron con desánimo. César tuvo una sensación que le acometía en muy raras ocasiones: vergüenza. «Tú has animado a Théoger —pensó—. Tú has ayudado a sembrar la semilla que ahora germina.»

¿Por qué no lo había visto venir?

¿Por qué no había escuchado a Adrien?

El alcalde fue el primero en recuperar el habla.

—Se está preparando una masacre contra los judíos, ¿y vos queréis dejar que las cosas sigan su curso?

Théoger ni siquiera tuvo la decencia de avergonzarse de sus palabras. Se limitó a encoger sus obesos hombros.

—Todo Varennes odia a los judíos. Todo el mundo prefiere librarse de ellos hoy antes que mañana. Así que ¿para qué poner en juego la vida de todos estos hombres?

—A vos no os importan los guardias —dijo César—. Lo que perseguís es la propiedad de los judíos asesinados.

—Ahora no os hagáis el santurrón. Vos fuisteis el que presentó esa ley.

—¡Pero no para obtener beneficio de un baño de sangre!

—¡El tiempo apremia! —gritó Solomon.

—No «todo Varennes» odia a los judíos. Solo vos y algún extraviado más —increpó Bénédicte a Théoger—. Haré como si no hubiera oído vuestra repugnante propuesta. Y ahora ¡vamos!

—Haced lo que queráis —bufó el gordo consejero—. Yo me vuelvo a la cama.

César y los otros lo dejaron irse y se pusieron a la cabeza de los guardias que, con tintineo de corazas, remontaban a toda prisa la Grand Rue.

—Nada de fuego. Nada de sacrificio voluntario por Dios —declaró decidido Baruch—. No quiero oír una palabra más al respecto. Haremos lo mismo que Haïm y defenderemos con todas nuestras fuerzas esta casa de Dios, como antaño Judas Macabeo, que hizo frente a los opresores y les arrebató Jerusalén. Confiad en la alianza que el Señor concluyó con el patriarca Abraham. Él nunca nos dejará en la estacada.

Para dar fuerza a sus palabras, el rabino fue hacia la bima y empuñó con gesto iracundo uno de los candelabros de plata. La idea de aquel erudito estrafalario esgrimiendo el candelabro como un garrote y abatiendo con él a los intrusos le pareció a Adrianus a un tiempo grotesca y conmovedora. Puede que Baruch viviera en su propio mundo, pero sin duda no le faltaba valor. Tuvo el efecto deseado. Aarón dejó de hablar de suicidio. Otros judíos empuñaron candelabros y demás objetos adecuados para golpear y se plantaron delante de la puerta.

El rabino miró a su alrededor y anunció con iracunda satisfacción:

—Diez hombres por los diez mandamientos del Señor. Una poderosa cifra.

Por las altas ventanas entraba un sordo griterío. Al parecer los flagelantes, los miembros de los gremios y los locos acababan de entrar en la judería, unidos en su odio.

Léa estaba junto a Adrianus. No decía nada, pero le miraba. De pronto, él sintió que su mano tocaba la de él y se cerraba en torno a ella.

—Recemos —dijo el mercader de piedras preciosas David Levi.

Subió a la bima y entonó el *Shemá Israel*. Los otros judíos varones le imitaron. Allá donde estaban, mecían el cuerpo adelante y atrás y se sumían en oración, y un coro de mil voces inundó la sinagoga.

—Llegamos demasiado tarde —dijo César.

Los guardias cruzaron la puerta detrás de ellos. Los seguidores de Luc estaban asediando la sinagoga, bramaban, esgrimían armas y lanzaban piedras contra el templo. En ese momento una ventana se rompía con estrépito. Delante de la puerta se combatía... ¿o no? César estiró el cuello, pero no pudo ver los detalles. La multitud en el callejón era demasiado apretada, la noche demasiado oscura.

—¡En nombre del rey y de la ciudad libre de Varennes Saint-Jacques! —atronó Bénédicte, que avanzaba valeroso, flanqueado por el comandante de la guardia y dos corchetes—. ¡Apartaos enseguida de la sinagoga!

La horda rugiente se volvió hacia él. Dos locos con máscaras de cerdo acudieron bailando y brincaron gruñendo a su alrededor. El alcalde no estaba impresionado. A una señal suya, el comandante desenvainó la espada y golpeó en pleno rostro con el puño y con el pomo a uno de los cerdos de dos patas, que se desplomó como un saco mojado. El otro cerdo se apresuró a retroceder hasta sus compañeros.

El griterío enmudeció. La multitud se dividió, y apareció Luc.

—Hacemos la obra de Dios —dijo—. Marchaos o sentiréis su ira.

Algunos de sus seguidores jalearon embriagados.

—No ha sido Dios quien os ha traído hasta aquí..., ha sido el diablo —repuso Bénédicte—. Lo que aquí está ocurriendo es vergonzoso y sin parangón en la historia de nuestra ciudad. Cada uno de vosotros debería avergonzarse. Pero esto va a acabar ahora. Marchaos enseguida a casa. Quien se oponga a mi orden o haga daño a un judío será arrojado a las mazmorras.

Veinte guardias se adelantaron y apuntaron a Luc y su gente con las ballestas cargadas. Por su parte, la gente de los gremios apuntó al alcalde con venablos, hachas y espadas, enseñando los dientes.

—¿Cuántos hombres tenéis? —preguntó Luc—. ¿Cien? Yo mando al triple. Y además mis seguidores están animados por Dios, como lo estuvieron los conquistadores de Jerusalén. Si lucháis contra nosotros, será vuestra ruina.

—Tu orgullosa fuerza de combate está hecha de flagelantes muertos de hambre, cabezas huecas borrachos hasta las cejas y unos cuantos necios disfrazados de animales —dijo el alcalde—. Vuestras armas son teas, cuchillos de carnicero y espadas oxidadas. Ninguno de vosotros lleva una armadura, y la mitad no es capaz de caminar en línea recta. Aunque tuvieras el doble de hombres, sería una fácil victoria para nosotros. Pero adelante, atácanos. Os abatiremos sin compasión y limpiaremos a Lorena de la peor escoria de la Cristiandad.

César no estaba poco impresionado. Bénédicte sabía hablar, eso había que concedérselo.

Y, de hecho, había logrado hacer dudar al arrogante maestro de los flagelantes, que siempre parecía tan superior. El rostro de Luc se desfiguró de ira.

—¡Hermanos! —gritó—. ¡Atacad a estos blasfemos y abatid a sus esbirros con vuestro sagrado poder!

Tres hombres obedecieron la orden, dos flagelantes y un oficial peletero borracho. Se lanzaron rugiendo hacia Bénédicte. Todos ellos fueron atravesados por varios virotes de ballesta y cayeron muertos al suelo antes de haber dado cinco pasos.

—¿Alguien más desea ir a la muerte por este ilusionista? —gritó el alcalde.

La multitud se fundió como una bola de hielo al sol. Donde hacía un instante rugían el odio ciego y una furiosa ansia de matar, ahora imperaba un pánico insuperable. Locos, flagelantes y gentes de los gremios pusieron pies en polvorosa y se precipitaron hacia la puerta oriental de la judería. Tropezaban, caían unos sobre otros, se incorporaban y corrían como si el mismo Lucifer fuera tras ellos.

Y Luc desapareció.

Retrocedió unos pasos, y de pronto estaba rodeado por Matthias y otros fornidos flagelantes que lo protegían con sus cuerpos, de forma que los guardias no tuvieron oportunidad de atraparlo antes de que huyera entre el caos general.

Bénédicte y el comandante de la guardia renunciaron a perseguir a los alborotadores. Hicieron que los guardias se desplegaran para proteger el barrio. César fue a la entrada de la sinagoga, donde estaban Haïm y una docena larga de judíos. Los jóvenes trataron torpemente de ocultar las armas.

—¿Estáis bien?

—Han estado a punto de matarnos. —El carnicero se secó el sudor de la frente—. Habéis llegado en el momento oportuno.

La puerta se abrió, y un radiante rabino Baruch apareció en ella.

—¡Alabad al Señor! —gritó—. ¡Alabadlo con alegres cantos!

Los judíos se entregaron al júbilo al entender que todo había quedado en un susto. Daban gracias a Dios y a sus salvadores con tales energías que sin duda podía oírseles desde la otra punta de Varennes.

Adrianus y Léa se abrazaron, y no les importó que los otros los vieran.

Solo se separaron cuando el rabino Baruch se acercó a ellos, junto con Solomon, César y los consejeros.

—Os doy las gracias en nombre de todo el Consejo —dijo el alcalde a Adrianus—. Si no hubierais advertido el peligro a tiempo, esta noche se habría producido un espantoso crimen.

También los judíos le mostraron su gratitud. Personas por completo desconocidas lo besaron en las mejillas. Judith lo abrazó y solo lo soltó cuando Solomon la exhortó amablemente a no ahogar al pobre muchacho con su afecto.

—Nunca deberíamos haber permitido que los guardias fueran retirados de vuestras puertas —se dirigió Bénédicte a los hombres del Consejo

Judío—. Necesitáis más que nunca nuestra protección. Lo sacaremos adelante en contra de cualquier resistencia.

—¿Y los gastos? —preguntó Solomon.

—Encontraremos una manera de pagar todo lo que sea necesario —declaró César.

Adrianus encontró su mirada y saludó con la cabeza. Las cosas entre ellos no habían sido fáciles en los últimos años, pero Adrianus apreciaba mucho que César tuviera la grandeza de reconocer su error.

Mientras el alcalde discutía con el Consejo Judío qué podía hacerse para proteger la judería, los otros fueron volviendo poco a poco a sus casas, para continuar con el sagrado descanso del sabbat. Adrianus se dio cuenta de que Baruch miraba en su dirección.

—Es mejor que me vaya ahora.

—Eres el héroe del día —repuso Léa—. A nadie le molestará que hablemos.

—Aun así. Nada ha cambiado.

—Adrianus... —Ella movió triste la cabeza.

—No hay ningún futuro para nosotros. Menos que nunca después de esta noche —dijo lleno de amargura—. ¿Por qué hablar, entonces? Es demasiado doloroso. Adiós, Léa.

Se fue y ni siquiera miró atrás.

41

César, Bénédicte, Amédée y cincuenta guardias armados hasta los dientes avanzaron por la gélida mañana hacia el campamento de los flagelantes… que cada día se volvía más grande, le pareció a César. En los terrenos de la feria había unas cien tiendas y cabañas, las letrinas apestaban miserablemente a pesar del frío. Buscó a su viejo padre, pero no pudo descubrirlo por ninguna parte. «¿Cómo iba a hacerlo? Estos penitentes parecen todos iguales, con sus cráneos rapados y sus harapos.»

Una imagen aparecía en su cabeza: Josselin, marchando junto a locos y fanáticos hacia la judería y rugiendo embriagado de ansia asesina. Interiormente, César movió la cabeza. Una idea absurda. Puede que su padre tuviera muchos defectos, pero sin duda el odio religioso no se incluía entre ellos. Al contrario, Josselin siempre había respetado a los judíos y, durante su época de consejero, se había empleado a fondo en su protección.

Y sin embargo, aquella imagen no quería desaparecer.

«Porque en secreto te gusta, ¿verdad? —cuchicheó la odiosa voz de su conciencia—. Si tu padre hubiera participado, no serías el único idiota de la familia al que el odio ha nublado el entendimiento.»

El estómago de César se contrajo dolorosamente. Prefería olvidar ese asunto cuanto antes, pero tenía que confesarse que le daba mucho que hacer. Por eso había pasado media noche despierto y apenas había probado bocado por la mañana.

Luc no se encontraba en su tienda. Estaba arrodillado ante una de las cruces de madera, al borde del campamento, y parecía sumido en la oración. Cerca de él vigilaban Matthias y otros cinco fornidos flagelantes. Otros se acercaron. Bénédicte ordenó a los guardias bloquear el terreno alrededor de la cruz.

—Levántate —dijo.

El maestro de los flagelantes ni siquiera abrió los ojos.

—¿No veis que estoy dialogando con el Señor?

—Ahora vas a dialogar conmigo.

—Mal está el temor de Dios en esta ciudad cuando un hombre ya no puede ni rezar en paz. —Por fin, Luc se incorporó. Se acercó a César, Bénédicte y Amédée y los miró con sus gélidos ojos azules—. Alcalde. ¿Qué puedo hacer por vos?

César sintió a regañadientes admiración por ese hombre. Luc se portaba como si el incidente nocturno y su humillante derrota no hubieran ocurrido. Era la tranquilidad misma. Al parecer, el ataque fracasado a los judíos tampoco había mermado su prestigio entre los flagelantes: cada vez más seguidores suyos acudían a cubrirle las espaldas.

—Has instigado a tu gente a la violencia y el motín y alterado la paz de la ciudad —declaró Bénédicte—. Ya no sois bienvenidos aquí. Os exigimos a ti y a tus seguidores que salgáis hoy mismo del término de la ciudad y no volváis.

Luc sonrió como un lobo.

—Y si no, ¿pasará algo?

Bénédicte señaló hacia el norte, en dirección a la Torre del Hambre, cuya aguja cubierta de nieve se alzaba por encima de los tejados.

—¿Ves aquel confortable alojamiento? Si te resistes al Consejo, ocuparás una celda especialmente preparada para ti y pasarás frío y oscuridad mientras el verdugo afila sus instrumentos. Luego te hará algunas preguntas que arrojarán luz a tu pasado. Después te llevarán allá, donde te espera una rueda. —Bénédicte alzó la otra mano y señaló hacia el sur, en dirección al cadalso.

Luc se echó a reír. La suya era una risa gutural, que venía de las profundidades de la garganta, sin ninguna jovialidad, sin ninguna alegría.

—Eres un loco aún mayor de lo que yo pensaba, Bénédicte. ¿Solo porque ayer triunfaste un poco, crees que podrías espantarme? ¿Dónde está la agudeza por la que te celebran? Mira a tu alrededor. Me siguen mil penitentes que me quieren como a un padre. Os harían pedazos si os atrevierais a acercaros demasiado a mí.

—¿Como anoche, quieres decir? —Ahora era Bénédicte el que sonreía con frialdad.

—Anoche se dejaron arrastrar por los dubitativos y los indecisos. Pero hoy están presentes los creyentes y fuertes, y Dios nos llena a cada uno de nosotros con su implacable poder.

—Tienes tiempo hasta el próximo toque de la campana —dijo el alcalde—. Si para entonces no os habéis marchado, volveremos con toda la guardia y levantaremos este campamento.

Luc abrió los brazos y se volvió con voz tonante hacia sus seguidores, que se apiñaban a centenares en torno al círculo de los armados.

—¿Habéis oído, hermanos míos? ¡Quieren echarnos! El Señor y sus humildes discípulos ya no son bienvenidos en esta ciudad del pecado.

—¡Abajo los impíos! —rugieron los flagelantes— ¡Ejecutemos la venganza de Dios!

Aquellos gritos estaban tan llenos de odio que César se sintió como sacudido por rachas de viento. A los guardias les costaba trabajo mantener a raya a los penitentes que chillaban. Miró de reojo a Amédée, que se había llevado la mano, nervioso, al puñal que guardaba en el cinturón.

—¿Y qué dirán los ciudadanos si me echáis? —espetó Luc al alcalde—. La gente de Varennes me quiere. En las iglesias y en los gremios alaban mi nombre. Todos los días se me suman docenas, para vivir con nosotros en la pobreza y hacer penitencia. Penitencia por los pecados que tú y tus iguales cometéis sin ninguna vergüenza. Codicia y gula. Soberbia y lujuria. Habéis entregado esta ciudad a la venganza de Dios. Pero yo he traído esperanza a la gente. He aliviado su temor y les he mostrado cómo pueden apaciguar al Señor. Si me arrojáis a las mazmorras, podéis estar seguros de su justa ira. Os echarán de la ciudad y quemarán vuestros palacios de desmesura.

—Eso son tonterías, y tú lo sabes —repuso Bénédicte.

—Ya lo verás. —Luc sonrió como un lobo.

—Hasta el próximo toque de campanas. Para entonces habréis desaparecido —repitió el alcalde.

—Nos quedaremos. Y no solo eso..., levantaremos una nueva Jerusalén delante de los muros de vuestra Babel de pecado. ¡Una ciudad de penitencia en honor al Señor!

Sin decir una palabra más, Bénédicte se volvió y ordenó a los hombres armados que lo escoltaran hasta la ciudad.

—¡Dejadlos ir! —gritó Luc.

A regañadientes, los flagelantes retrocedieron y formaron un callejón por el que pasaron los tres consejeros, rodeados de guardias que, con sus cuerpos acorazados, los protegían de los ataques. Ninguno de los flagelantes recurrió a la violencia, pero el ansia asesina hablaba en sus sucias caras. César apretó los dientes y se obligó a mirar al frente. Ni siquiera durante el conflicto con los tejedores se había enfrentado a tanto odio. Respiró aliviado cuando por fin cruzaron la puerta de la ciudad.

—¿Qué significa esa cháchara de una nueva Jerusalén? —preguntó de camino al ayuntamiento.

Habían enviado a sus puestos a la mayoría de los guardias, de modo que solo los seguía una pequeña escolta.

—No llegaremos a eso —declaró iracundo Bénédicte.

—¿Así que continuáis decidido a echarlos del término municipal? Creo que es un error —objetó Amédée.

—El error sería doblegarse ante su amenaza. Entregaríamos el gobierno de la ciudad al ridículo.

César pensó muy bien sus siguientes palabras.

—No me gusta decir esto, Bénédicte, pero me temo que Amédée está en lo cierto. El pueblo llano adora a Luc como a un santo. Sobre todo en los gremios tiene incontables seguidores. Si procedemos contra él, habrá una rebelión.

Al llegar a la puerta del ayuntamiento, Bénédicte se volvió hacia ellos.

—¿Así que queréis dejarle hacer y mirar impasibles cómo arruina Varennes? ¡No podéis estar hablando en serio!

—Por el momento no tenemos elección —dijo Amédée.

—Luc quiere ver arder la ciudad. —César bajó la voz cuando dos mercaderes pasaron ante ellos y los saludaron inclinando la cabeza—. Si hacemos hablar a las armas, le daremos exactamente lo que quiere. Tenemos que esperar y confiar en que esta pesadilla pase por sí sola.

—Luc se aprovecha del miedo de la gente —asintió Amédée—. Pero vendrán tiempos mejores. A más tardar cuando haya pasado la plaga, las masas se apartarán de él.

—Yo no confiaría en eso —repuso Bénédicte—. Tenemos que cortar la cabeza a la serpiente antes de que engorde y se vuelva peor. El Consejo debe reunirse y decidir arrojar a Luc a la Torre del Hambre y levantar el campamento de los flagelantes.

Con estas palabras, el alcalde entró en el ayuntamiento.

Josselin estaba muy atrás entre la multitud y apenas podía entender el discurso de Luc. Algo de una nueva Jerusalén que iba a construir, y que sus piedras serían la fe, la pobreza y el amor al prójimo. Todo el mundo era bienvenido a seguirle y apoyar ese sagrado proyecto, incluso aquellos que ya habían pasado sus treinta y tres días de penitencia.

Como siempre que el maestro hablaba, el éxtasis se apoderó de los flagelantes. Lo festejaron, alabaron al Señor y cayeron de rodillas, alzando los brazos al cielo. Sin embargo, Josselin se sentía excluido de la alegría general. Entrelazaba las manos, pero la oración no acudía desde su corazón. Las dudas lo atormentaban más que nunca.

Aquellas habladurías respecto al ataque a los judíos que Luc había instigado... al principio Josselin no las había creído. No había querido creerlas. ¿Por qué iba el maestro a hacer algo tan repugnante? Pero los rumores no enmudecieron; corrieron por el campamento durante toda la mañana. Josselin escuchó y, de hecho, todo apuntaba a que Luc había salido hacia la ciudad, con algunos hermanos entregados de entre sus primeros seguidores y gentes de los gremios, con el fin de matar a los judíos. Solo una decidida intervención de la guardia de la ciudad los había salvado.

La mayoría de los hermanos con los que Josselin hablaba lo lamentaban y decían que era hora de liberar el país de la plaga de los hebreos. Josselin, en cambio, estaba conmocionado. «Me lo había prometido. Me había prometido que solo quería advertir a la gente, y que a los judíos no les ocurriría nada.»

En lo que a sus hermanos se refería, al parecer eran esbirros sin conciencia, dispuestos a cometer cualquier crimen en cuanto Luc lo ordenase. ¿Quién en sus cabales podía creer seriamente que una masacre contra los judíos iba a traer nada bueno? ¿Cómo podía un hombre que predicaba la esperanza y el amor ser al mismo tiempo tan malvado?

«Tengo que estar equivocado. Sin duda no conozco toda la verdad.»

Entretanto, la multitud se había disuelto. Algunos se habían ido al bosque a cortar leña para nuevas cabañas. Otros se marcharon a la ciudad, a ganar al pueblo para la Nueva Jerusalén. La comunidad parecía más fuerte que nunca. Josselin veía ferviente decisión en los rostros. Según parecía, todos deseaban ser parte del nuevo plan. Ni siquiera los hermanos más antiguos daban signos de querer volver con su familia.

—Que el alcalde envíe tranquilamente a los corchetes —oyó decir a uno—. La ira de Dios los abatirá en cuanto hayan puesto pie en este terreno sagrado.

Josselin se sentía confuso y desdichado. Ayer mismo aún creía haber encontrado al fin una comunidad que compartía sus ideales de pobreza y piedad. Pero ahora se sentía como un extraño entre sus hermanos.

Tenía que hablar con el maestro. Y esta vez no se iba a conformar con palabras untuosas. Si Luc no podía explicarle lo que había ocurrido, abandonaría la comunidad.

Después de la reunión del Pequeño Consejo, César fue uno de los primeros en salir del ayuntamiento y cruzar la plaza de la catedral. El frío viento tiraba de su manto como un animal hambriento; se sentía irritado y falto de sueño. Había sido una reunión acalorada e infructuosa, tal como había esperado. «Si matamos a Luc —había dicho uno de los consejeros cuando el alcalde propuso proceder con las armas contra los flagelantes—, los flagelantes tendrán un mártir, y la serpiente que teméis se convertirá en un monstruo indomable que puede engullir a todo Varennes. Creo que no tenemos otra elección que tolerar ese movimiento.» Con eso, aquel hombre había expresado lo que la mayoría pensaba. Bénédicte no había conseguido la aprobación de su petición, y se habían separado descontentos.

Aunque el frío apretaba, César no estaba de humor para irse a casa. Tenía que enfrentarse a sus propios demonios. Se dirigió a la parroquia de Saint-Pierre, cruzó el atrio nevado y llamó a la puerta del padre Severinus.

El clérigo abrió el ventanuco de cristal emplomado, encostrado de hielo, y miró de frente a su visitante mientras mordisqueaba un muslo de pollo.

—Quiero confesarme —dijo César.

—Estoy comiendo. Vuelve más tarde.

—Es urgente.

Severinus suspiró de manera audible y cerró la ventana. Salió al exterior, y los dos hombres siguieron un sendero entre la nieve que llevaba a una puerta lateral de la iglesia. Poco después César se arrodillaba delante del sacerdote, que había tomado asiento en un rincón. En el templo hacía tanto frío que la respiración de ambos humeaba.

—En el nombre del Padre, del Hijo y del Espíritu Santo. Amén.

»Dios, que ilumina nuestro corazón, te dé el verdadero conocimiento de tus pecados y su misericordia. ¿Qué pesa sobre tu alma, hijo mío?

—He pecado de pensamiento, palabra y obra. —César se detuvo. ¿Por dónde empezar? No le importaba confesar sus pecados. Era un hombre apasionado, que amaba el oro... Naturalmente que pecaba contra el Señor. Pero confesarse a sí mismo un error era más difícil... por no decir imposible. César Fleury no se equivocaba. Se humedeció los labios—. Me he entregado al odio y permitido que la ira y el ansia de venganza enturbiaran mi capacidad de juicio.

—¿A quién va dirigido tu odio? —preguntó, con moderado interés, el padre Severinus.

Al parecer, sus pensamientos estaban puestos en la comida que le esperaba en la mesa de la cocina.

A César no le venía mal la indiferencia de Severinus. Si el sacerdote no estaba escuchando del todo, quizá no se sintiera como un completo idiota.

—A Aarón ben Josué —respondió.

—¿El usurero?

—Sí.

—¿Te ha hecho Aarón algún mal?

«Dilo», pensó César. Solo así podría limpiarse de aquellos sentimientos destructivos.

—No ha hecho nada. Mi odio era irracional. Lo alimenté hasta que creció y se asentó en mi alma. Pronto se volvió contra todos los judíos.

—¿Te uniste a aquellos que durante la noche intentaron matarlos?

—¡No! Mi odio no llegó tan lejos... pongo a Dios por testigo. Más bien ayudé al alcalde a salvar a los judíos.

—Una acción noble y misericordiosa —elogió el padre Severinus—. Con eso ya has dado el primer paso para superar el odio.

Aquello estaba siendo demasiado fácil. César quería esforzarse por la expiación. ¿De qué valía el perdón si el sacerdote se lo tiraba a uno como si fuera un trasto invendible?

—El ataque se produjo por mi culpa. Yo convencí al Consejo para que retirase la protección a los judíos. Eso animó a los agresores. —También habló al padre Severinus de la nueva reglamentación respecto a las herencias que había sacado adelante—. Me convencí de que ambas cosas servían al bien de la ciudad. En realidad, quería perjudicar a los judíos.

—¿Te arrepientes sinceramente de tus pecados? —El sacerdote quería terminar pronto.

—Mi corazón está lleno de arrepentimiento y vergüenza.

—¿Qué harás para reparar la injusticia cometida?

—He prometido a los judíos que se renovará su protección. Quizá también pueda conseguir que se modifique esa desdichada normativa sucesoria.

—Así sea —dijo el padre Severinus—. Además, debes ayunar durante diez días, y de ese modo hacer penitencia por tus odiosos pensamientos y palabras.

—¿Solo diez días? Mi odio fue grande, padre. Tengo que expiarlo con más dureza.

—Bueno, está en tus manos prolongar la penitencia.

César agarró las manos del sacerdote.

—Pero ¿cuánto? ¿Serían cuarenta días lo adecuado?

—Muy bien. Cuarenta días de riguroso ayuno a pan y agua. —El padre Severinus se soltó las manos y trazó una cruz en el aire—. El Señor te ha perdonado tus pecados. Ve en paz.

Estaba claro que la conversación sobre el pan y el agua había puesto al cura aún más hambriento. Rápidamente desapareció por la puerta lateral y regresó a su muslo de pollo.

César se quedó mirándolo con una profunda arruga entre las cejas. Con toda probabilidad Severinus era el peor confesor que la familia había tenido nunca. Daba igual. César estaba aliviado. Se sentía sin duda más que nunca como un idiota, pero al menos un idiota arrepentido.

Léa estaba sacando los ingredientes para la comida de la despensa cuando oyó chirriar la puerta de la botica. Una voz tronó. Bajó las escaleras y vio a su padre y a su tío de pie junto al mostrador. Solomon hacía gestos ampulosos y maldecía al alcalde y a toda la autoridad cristiana. Se oían frases como «cobardes sin nervio» y expresiones mucho más obscenas.

—¿Qué pasa? —preguntó.

—El Pequeño Consejo no se ve en condiciones de expulsar a los flagelantes —respondió agobiado Baruch.

—«Son demasiado fuertes», dicen —rugió Solomon—. Marcel tiene doscientos cincuenta guardias armados hasta los dientes, pero se supone que no puede hacer nada contra una banda de vagabundos medio muertos de hambre. ¡Ese hombre es un cobarde!

Léa se limitó a asentir. No esperaba otra cosa.

—No seas injusto, hermano —defendió Baruch al alcalde—. Ha conseguido que la protección sea renovada e incrementada, aunque tiene a casi todo el Consejo en contra. En verdad no se le puede acusar de cobardía.

Solomon gruñó, lo que podía interpretarse como un asentimiento a regañadientes. Pero no retiró sus ásperas palabras.

—¿Os han dado al menos alguna promesa respecto a cómo va a protegernos el Consejo desde ahora? —preguntó Léa.

—Doble guardia día y noche en ambas puertas —explicó su padre—. Y patrullas nocturnas en las calles adyacentes.

Era mejor que nada. Pero no detendría a una chusma de trescientos hombres instigados por el odio y el vino… En eso estaban de acuerdo.

—Mientras Luc esté en la ciudad, no habrá paz para nosotros —dijo Solomon—. Volverá a intentarlo a la primera oportunidad.

—Que el Señor no lo quiera —dijo Baruch—. Haïm y los otros tienen que seguir montando guardia todas las noches.

—No bastará con eso. Además, en algún momento tienen que dormir —objetó Léa—. Debemos asegurarnos de otro modo.

—¿Cómo? No tenemos gente suficiente y no podemos contar con los incircuncisos.

—No los necesitamos… podemos ayudarnos a nosotros mismos. ¿No has dicho que debíamos ser astutos, como Esther y Mordechai? Bueno, he estado pensando. Quizá se me haya ocurrido algo.

Describió su idea. Solomon era escéptico. Baruch, en cambio, asintió sonriente.

—«Una persona inteligente ve venir la desgracia y se oculta» —citó del Ketuvim—. ¡En verdad, podría servir!

42

Matthias no volvió hasta la caída de la oscuridad. El gigantesco flagelante entró en la tienda y se sentó junto a Luc, que estaba comiendo una sopa.

—He estado preguntando. Advirtieron a los judíos.

—¿Quién fue?

—Nadie sabe nada concreto. Pero hay indicios que apuntan a Adrien Fleury.

—Claro, ¿quién si no? —Luc mostró una fina sonrisa—. Adrianus, el benefactor, el amigo de todos los judíos. Siempre a su lado.

—¿Le conoces?

—En cierto modo, le debo al viejo Adrianus haberme convertido en quien soy.

Matthias frunció el ceño.

—¿Es amigo tuyo?

—¡Y cómo! —La quemadura en el dorso de la mano empezó a hormiguear, como para recordar a Luc el día de su destierro. Durante el invierno que le siguió, mientras estaba en su cueva medio muerto y hambriento, había pensado a menudo en el joven Fleury... Apartó la manta que le cubría y se levantó—. Ven, hay algo que tenemos que hacer.

—Eso estaría bien. El ambiente en el campamento... no es bueno.

Esta vez fue Luc el que frunció el ceño.

—¿De qué hablas? La gente me ha jaleado. Aman la Nueva Jerusalén.

—Has convencido a muchos, sí —confirmó Matthias—. Pero no a todos. Algunos dudan de ti. Dicen que tu derrota en la judería es un mal presagio. Un signo de que Dios se ha apartado de ti.

—Es posible que sientan compasión por los judíos, ¿no?

—También hay voces así, y son cada día más altas. Tienes que hacer algo.

—Lo discutiremos por el camino.

Salieron de la tienda. Fuera estaba sentado Josselin. El viejo loco se puso en pie de un salto y fue hacia Luc. Parecía descontento, incluso furioso.

—Tengo que hablar contigo, maestro.

—Ahora no, hermano.

Luc dejó plantado al anciano y fue dando largos pasos hacia la ciudad, con la mirada fija en la Puerta de la Sal. De hecho, podía sentir que en el campamento latían la duda y la inseguridad. Lo veía en las miradas de sus seguidores, lo oía en sus voces. Su anuncio de construir una nueva Jerusalén no había hecho olvidar a todos las recientes derrotas. Su halo empezaba a palidecer.

«Necesitan algo que les dé esperanza. Una señal del cielo. Un… milagro de Navidad, que disperse las dudas de todos.»

La puerta de la ciudad ya estaba cerrada. Pero el guardia adoraba como a un santo a Luc y le dejó pasar por la portilla abierta en el portón derecho. Todo lo que Luc tuvo que hacer a cambio fue bendecirlo.

Decidió pensar más adelante en su milagro de Navidad.

Ahora tenía que presentar sus respetos a un viejo amigo.

Adrianus estaba cansado del monótono trabajo en el escritorio y quería irse pronto a la cama. En ese momento estaba tomando una comida sencilla, a base de pan y queso añejo, acompañados de cerveza rebajada, cuando alguien aporreó su puerta con gran energía.

Abrió sin dejar de masticar. El viento hizo entrar algunos copos de nieve. En la oscuridad había dos figuras envueltas en raídos mantos: Luc y Matthias. Lo empujaron, entraron en la casa y cerraron la puerta a sus espaldas.

—¿A qué viene esto? Salid de mi casa en el acto o llamaré a la guardia.

—Solo quiero hablar contigo —dijo con amabilidad Luc.

—No tenemos nada de lo que hablar. —Adrianus quiso abrir la puerta, pero Matthias le cortó el paso y se quedó mirándolo fijamente.

—Siéntate. —De la voz de Luc había desaparecido toda calidez, sonaba baja y cortante. Él y Matthias apartaron los mantos, de manera que Adrianus pudo ver los cuchillos en sus cinturones—. No temas. Nuestras intenciones son pacíficas. —Luc volvió a sonreír—. Pero vas a escucharme.

Adrianus había retrocedido hasta la mesa y miraba al maestro de los flagelantes.

—¿Advertiste la otra noche a los judíos?

—Escuché tu soflama delante del local del gremio y les dije que la escoria de la Cristiandad se encaminaba a la judería.

—La escoria de la Cristiandad. —Luc rio en voz baja—. ¿Así llamas a gente que vive voluntariamente en la pobreza y hace penitencia con grandes privaciones, para apaciguar al Señor y salvar al mundo?

—Así es como llamo a todo el que quiere matar a inocentes y débiles porque no encajan en su torcida idea del mundo —dijo Adrianus.

—Oh, los judíos no son débiles. Y menos aún inocentes. Llevan generaciones descomponiendo esta ciudad desde dentro, y el Consejo les deja hacer.

—Guárdate tus mentiras para la chusma crédula que te espera en la feria.

Luc torció el gesto y enseñó unos dientes asombrosamente blancos.

—¿Te refieres a esa chusma a la que también pertenece tu padre?

Adrianus no respondió. Luc se acercó y se detuvo a menos de un brazo de él. Su agresividad llenó a Adrianus de repugnancia física.

—¡Mi mandato viene de Dios! Y no permitiré que un don nadie como tú perturbe mi sagrada misión.

—Dios no tiene lo más mínimo que ver con esto. El pánico a la plaga y la ingenuidad general... solo en eso se basa tu poder. No eres más que un ilusionista y un embustero.

El rostro de matón de Matthias se contrajo de ira y dio dos pasos adelante antes de que su maestro lo detuviera con un movimiento de la mano.

—No quieres darte cuenta, ¿verdad? Bien. Te lo demostraré.

—¿Qué me demostrarás?

—Que tengo más poder en esta ciudad que cualquier otro hombre —declaró Luc—. Que los papanatas del Consejo, que el obispo, incluso más que el rey y el Papa. Poder sobre cada individuo... ¡Sobre la vida y la muerte!

—Estás loco —dijo Adrianus.

—Pronto cambiarás de opinión. Y te enseñará que no es inteligente desafiarme. —Luc asintió a Matthias, y se fueron.

Adrianus corrió el cerrojo. Acto seguido se sentó a la mesa, se llevó el puño a los labios y reflexionó. ¿Qué pensaba hacer Luc, por todos los demonios? Ahora, creía capaz de todo a ese hombre.

Tenía que advertir al alcalde Marcel y a los judíos.

Se puso el manto y salió a la nevada.

El buhonero y su mujer pusieron en la mesa pescado asado, pan recién horneado y humeantes verduras.

—Comed —invitaron a Luc y Matthias—. Comed cuanto queráis. Es un honor para nosotros.

El buhonero los había visto cuando iba a por agua a la fuente del mercado de la sal y había insistido en que pasaran la noche en su casa. Al principio Luc se había resistido, pero solo en apariencia. En realidad, encontraba muy atractiva la posibilidad de dormir en una habitación caliente en aquella noche gélida. Además, en vista del ambiente en el campamento era más inteligente no dejarse ver mucho en él.

—Que el Señor bendiga esta cena.

Luc trazó una cruz en el aire y cogió un poco de pan. Matthias, en cambio, renunció a toda contención y llenó su plato de montañas de comida. Sus anfitriones sonreían extasiados.

Mientras comían, el buhonero hablaba excitado de su intención de unirse a los flagelantes. Este y aquel motivo se lo habían impedido hasta el momento, pero pronto, muy pronto, seguro que sí, ponía a Dios por testigo. Acto seguido empezó a hablar de los judíos:

—Has hecho bien en ocuparte de ellos. Son una úlcera que nos enferma. Hay que cauterizarla de una vez. El alcalde es un loco, que no puede verlo...

La mujer interrumpió la verborrea tocando, titubeante, la mano de Luc. Sus dedos estaban húmedos y calientes.

—He oído decir que puedes curar enfermos y resucitar muertos, como antaño hizo el hijo de Dios. Dime: ¿es cierto?

Algunos de sus seguidores le atribuían tales poderes. No sabía de dónde habían salido esas historias. Pero se guardaba de desmentirlas.

—De vez en cuando, el Señor actúa a través de mí de ese modo —explicó con humildad.

—¿Cuándo volverás a curar a alguien? —Los ojos acuosos de la mujer del buhonero brillaban—. Me gustaría tanto verlo.

—Eso solo Dios lo decide —sonrió Luc.

—Deberías curar a Jean el carpintero —atronó alegremente el buhonero—. En verdad, el pobre diablo lo necesita. Se ha quedado ciego de la noche a la mañana, y nadie sabe por qué. Ningún sanador puede ayudarle. Ni Deniselle ni el doctor Philibert. Ni siquiera el maestro Adrianus lo consiguió.

—¿Le ha atacado Dios con una catarata?

—No, dicen que sus ojos están completamente sanos. Aun así, está ciego como un topo. Ya digo que los médicos no saben qué hacer. Algunos dicen que es obra de su esposa infiel. Quizá una maldición o un mal de ojo. Pero ¿qué sé yo de eso? —El buhonero acarició la mano de su mujer—. Dios me ha dado la mejor mujer de todas, y no puedo dejar de mirarla.

Luc había oído hablar de casos así. Niños que sufrían una impresión y enmudecían de pronto. Hombres que despertaban una mañana y no podían mover los brazos o las piernas, aunque sus miembros estuvieran perfectamente. Mujeres del todo sanas y en su mejor edad, que no podían concebir. ¿Maldición o magia negra? Luc no creía en la brujería. Pero sí confiaba en el poder de la fe, tanto en la buena como en la mala.

«La fe puede mover montañas. Y puede enfermar a un hombre...»

Sin llamar la atención, cambió una mirada con Matthias. Luego cruzó las manos en el regazo y sonrió al buhonero.

—Cuéntame más de Jean el carpintero.

Josselin había constatado que no estaba solo. Había otros que dudaban.

—A mí tampoco me gustan los judíos —estaba diciendo un hermano, un sastre que se había unido hacía poco a los flagelantes. Los verdugones encostrados le empezaban en el cuello y desaparecían bajo su sayal de penitente—. Pero ¿hay que matarlos por eso? ¿No deberíamos más bien perdonarlos y enseñarles con amabilidad la palabra de Dios?

—La violencia contra los judíos no puede ser voluntad de Dios —coincidió otro—. Luc ha ido decididamente demasiado lejos.

Los hombres asintieron. Eran unos quince, sentados al fuego detrás de la nave del mercado, compartiendo un desayuno de leche caliente y gachas saladas. Josselin había oído de qué hablaban y se había unido a ellos. Dejaba atrás otra noche inquieta.

Los otros estaban tan descontentos como él. Refunfuñaban; algunos hablaban de irse a casa. Josselin se alegraba de haber dado con ellos. Sentaba bien no estar solo con las preocupaciones de uno mismo.

—He querido hablar con el maestro —dijo—. Contarle mis dudas y mi incomprensión. Pero me elude con obstinación.

—¿Es cierto que se ha ido a la ciudad? —preguntó el joven sastre.

Josselin asintió.

—Ayer por la tarde.

—¿Ha vuelto? Quiero hablar con él. Tiene que saber que no todos compartimos su odio hacia los judíos.

—No lo sé. Vamos a ver.

Josselin y el sastre lavaron sus cuencos en un tonel de agua y fueron hacia la tienda de Luc, ante la que Matthias montaba guardia como de costumbre.

—¿Está el maestro? —le dijo el sastre, y el gigante asintió—. Tiene que escucharnos.

—En este momento está dialogando con el Señor. Podréis hablar con él más tarde.

Entonces Josselin se puso furioso.

—¡Siempre esas excusas! ¿Por qué nos evita el maestro? ¿Teme nuestras preguntas? ¿Tiene algo que ocultar?

—Más tarde, hermano —dijo Matthias con énfasis.

El joven sastre lanzó una grosera maldición y se fue de allí. Josselin se quedó contemplando a Matthias, que miraba tercamente al frente, con los brazos llenos de cicatrices cruzados delante del pecho, la corta frente dividida por una profunda arruga. Josselin abandonó y se sentó al fuego delante de la tienda.

Su rabia dio paso a una paralizante confusión, incluso a la tristeza. Había decidido apartarse de Luc y de sus hermanos antisemitas si no obtenía respuestas. Pero ¿adónde iba a ir? ¿Cómo iba a llevar en adelante una vida grata a Dios y a limpiarse de sus pecados? Según parecía, no había ningún sitio en el que se sintiera bienvenido, en el que compartieran sus ideales, en el que el aire no estuviera infestado de odio.

Josselin se frotó con ambas manos el arrugado rostro. Se puso un ultimátum, a sí mismo y a Luc: «Tiene tiempo hasta el mediodía. Si la secta no me ha dado buenos motivos para quedarme, me iré. ¡Esperaré hasta la última campanada, y ni un momento más!».

Rezó para que Dios le diera una señal que le facilitara la decisión.

Apenas había dicho el último amén cuando vio que delante de la tienda se estaba reuniendo una multitud, que crecía con rapidez. Su curiosidad iba dirigida a un hombre al que guiaban dos hermanos de su gremio. Era Jean, el carpintero ciego, cuyo trágico destino había suscitado expectación hacía unas semanas. Todos los sanadores de Varennes se habían esforzado en vano por devolver la luz a sus ojos. Incluso en el convento de los franciscanos se había hablado de eso.

—¡Maestro Luc! —gritó Jean, y la puerta de la tienda se abrió en dos y el maestro salió al exterior.

Josselin se levantó. Cada vez más hermanos acudían y formaban un círculo alrededor de la hoguera.

Luc miró con calidez al carpintero. Conocía incluso su nombre.

—Jean. ¿Qué te trae hasta mí? —preguntó Luc como un padre bondadoso.

Josselin frunció el ceño. ¿Era ese el mismo hombre que perseguía la extinción de todos los judíos y había amenazado abiertamente a Bénédicte con la violencia?

Jean cayó de rodillas ante el maestro y se aferró a su ropa con ambas manos.

—Estoy desesperado —sollozó—. Ningún médico es capaz de curar mis ojos. Los santos son sordos a mis súplicas. ¡Tienes que ayudarme!

Luc guardó silencio. La multitud enmudeció. Josselin olvidó por qué había venido y observó a los dos hombres.

Jean malinterpretó el silencio como titubeo.

—Haces milagros, ¿no? ¿No has curado a enfermos simplemente imponiéndoles las manos?

—Lo he hecho —respondió Luc—. El Señor me concede la gracia de actuar a través de mí.

—Haz que pueda volver a ver —dijo entre dientes el carpintero.

Josselin contuvo la respiración. Había oído contar esas historias, pero nunca había sabido qué pensar de ellas. ¿Iba a ser testigo de un verdadero milagro?

—¿Has confesado y te has arrepentido de tus pecados? —le preguntó Luc.

—Sí.

El maestro cogió las manos de Jean.

—¡Oh, Señor! —gritó mirando al cielo gris pálido—. Mira a tu servidor Jean, que se arrodilla humilde ante ti. Es carpintero como tu hijo, que murió por nosotros en la cruz. ¡Mira cómo sufre!

En ese momento, doscientos o más flagelantes se apiñaban ya delante de la tienda. Josselin se vio empujado y víctima de empellones; afirmó encarnizado su lugar en la primera fila. Por nada del mundo iba a perderse aquel acontecimiento.

—Tú le has quitado la luz de los ojos —prosiguió Luc—. Ahora te pido: sé benévolo y devuélvesela. Haz que tu poder fluya por estas manos mías y lo libere de su padecimiento. ¡Oye mi súplica, oh, Señor! —atronó—. ¡Cura a Jean, para que pueda volver a ver! —Al decirlo apretó las manos de Jean con tanta fuerza que el carpintero gimió de dolor. Luc se agachó y le besó en la frente.

Nada ocurrió.

La multitud se inquietó. Josselin se mordía el labio. ¿Por qué no funcionaba? ¿Había mentido Jean, y no le habían dado la absolución antes de presentarse ante el maestro?

Pero Luc sonreía, cálido y seguro de sí.

—Levántate y abre los ojos —exigió al carpintero.

Este parpadeó mirando a la multitud. Las lágrimas goteaban de sus pestañas a sus mejillas. Jean tragó saliva y jadeó, sin dar crédito:

—Puedo ver. —Luego, más alto—: ¡Puedo volver a ver! —Riendo, abrió los brazos y giró en círculo—. ¡Puedo ver, puedo ver! —Se tiró de rodillas ante Luc en la tierra helada y le besó los pies—. Bendito seas, maestro Luc, te doy mil veces gracias. ¡En verdad eres un hombre milagroso y un enviado del cielo! ¡Alabad al Señor! —gritó.

—Alabad al Señor —repitió sonriente Luc.

Uno tras otro, los flagelantes cayeron de rodillas, Josselin fue uno de los primeros. Era como si hubiera perdido el control de su cuerpo, como si los músculos y articulaciones obedecieran a un poder superior. Al instante siguiente, cientos de flagelantes se arrodillaron en la pradera cubierta de rocío, alzaron las manos al cielo y alabaron jubilosos la grandeza de Dios, hasta que Luc entonó el paternóster y todos le imitaron.

«¿Cómo he podido dudar de él? ¿Cómo he podido dudar nunca de él?»

43

Diciembre de 1348 y enero de 1349

César se frotó las manos y se echó el aliento en ellas. Aunque en la sala del Consejo habían puesto dos grandes braseros, la gran estancia estaba tan fría que no se quitó el manto. Las flores de hielo en las ventanas reflejaban el resplandor del fuego y brillaban con fantásticos dibujos, como si un ángel hubiera pintado el cristal con colores celestiales. En ese momento, los criados estaban llenando las copas de plata de humeante vino especiado. A César le habría gustado beber, pero el zumo de uva era tabú para él. «Aún me quedan treinta y seis días», pensó. Ya no podía ver ni el pan ni el agua. ¿Qué le había llevado a la iglesia del padre Severinus? Ayunar en Navidad... un penoso sufrimiento. Cuando su hermano, Hélène y los niños tomaran un sabroso asado en Nochebuena, él podría sentarse y mirar, mientras probablemente la saliva se le escurría por las comisuras de la boca.

Miró nostálgico los bollos y las frutas escarchadas que había encima de la mesa. Prohibido, todo prohibido. Pero lo soportaría. Haría penitencia por sus pecados, como correspondía a un buen cristiano.

Poco a poco llegaron los otros miembros del Pequeño Consejo.

—Una reunión extraordinaria tan poco antes de Navidad... ¿era necesario? —gruñó uno—. Toda mi familia está de visita, y en verdad tengo mucho que hacer.

—Mi petición se discutirá rápido —dijo César—. No debe durar más de una hora.

—¿Se trata del milagro que dicen que Luc ha hecho? —preguntó Amédée.

Aunque César dijo que no, los hombres se lanzaron enseguida sobre aquella historia. El «milagro de Navidad», como ahora llamaban al ominoso acontecimiento, era materia de conversación en la ciudad desde hacía dos días. César y la mayoría de los consejeros lo consideraban un astuto engaño, aunque no podían explicarse cómo lo había hecho Luc. Porque el carpintero estaba demostrablemente ciego y en ese momento

—el doctor Philibert lo había confirmado— volvía a ver. Tampoco Adrien podía explicárselo.

En cambio, el pueblo llano de la ciudad no se paraba en explicaciones. Para la mayoría, estaba definitivamente claro que Luc era un hombre milagroso y un enviado del cielo. Lo seguían en bandadas para construir su Nueva Jerusalén. Ya nadie hablaba de la masacre contra los judíos que se había impedido.

Los hombres continuaban discutiendo acerca de la curación milagrosa cuando entraron Bénédicte y Théoger, los últimos consejeros que faltaban. El alcalde estaba de mal humor.

—Os lo dije —soltó al oír hablar a los hombres—. Deberíamos haber detenido a Luc cuando aún era posible. Ahora es demasiado tarde.

A nadie le apetecía atizar aquella disputa.

—¿Por qué nos habéis convocado, César? —preguntó Théoger mientras los consejeros tomaban asiento—. ¿Qué es tan importante que no puede esperar hasta después de las fiestas?

—Nuestra decisión de repartir la propiedad de los judíos muertos sin herederos entre la ciudad y las principales familias —explicó sin rodeos César—. Tenemos que modificarla.

Bénédicte le miró sorprendido.

—¿Es posible que hayáis entrado en razón?

Sin embargo, la propuesta de César encontró poco eco en la mayor parte de los otros miembros del Consejo.

—Este gremio sigue ocupándose solo de los judíos —se quejó un consejero—. ¿Es que no tenemos otros problemas?

—Hemos discutido cuidadosamente ese acuerdo y lo hemos acordado con el bailío real —tronó Théoger—. ¿Qué hay que cambiar en él?

—Los últimos acontecimientos han demostrado que no podemos hacer nada que aumente el riesgo para los judíos —dijo César—. Y eso es exactamente lo que hace ese acuerdo.

Théoger gimió.

—Ya hemos hablado cien veces de eso.

—Entonces lo haremos una vez más —le increpó César—. A quien no le parezca bien, puede guardar silencio. Bien: solicito que la propiedad de los judíos afectados pase por completo a la ciudad y así desaparezca el estímulo para emplear la violencia contra los judíos.

—Yo apoyo la propuesta —declaró Bénédicte—. Y que nadie me venga con el argumento de que nadie en esta sala quiere asesinar a los judíos. Puede que eso sea así ahora, pero ¿quién puede saber que seguirá siendo así dentro de diez años? —El alcalde rozó a Théoger con una mirada elocuente.

Un consejero movió impaciente la cabeza.

—Me sorprende mucho, César. Vos fuisteis el motor de las negociaciones con el bailío, y ahora, de pronto, ¿queréis cambiarlo todo? No os creía tan veleidoso.

Debido al hambre que sentía, a César le costaba cada vez más reprimir su ira.

—He cometido un error y por eso he cambiado de opinión. Eso es lo que hacen los hombres inteligentes cuando la realidad les enseña que se han equivocado.

La oculta ofensa escapó al consejero.

—¿Os referís al ataque a los judíos? ¿Qué tiene eso que ver con ninguna normativa sucesoria? La única culpa de ese incidente la tienen Luc y sus fanáticos. Hemos reaccionado mejorando la protección a los judíos. Desde mi punto de vista, no es necesario hacer más.

—Sobre todo cuando esa protección mejorada ya es en verdad lo bastante cara —observó con suficiencia Théoger—. Aún no nos habéis explicado cómo pensáis pagarla.

—Por favor, no empecéis otro debate interminable sobre un tema conocido —dijo el consejero que tenía de visita a la familia—. Nos habéis prometido que acabaríamos a más tardar en una hora. Así que votemos: ¿quién apoya la propuesta?

Solo Bénédicte, Amédée y el propio César levantaron la mano. Los demás votaron en contra.

—Con esto queda resuelto el asunto. —Théoger se levantó pesadamente y se sacudió las migas de bollo de su poderosa panza—. Os deseo feliz Navidad, señores.

Josselin despertó con la primera luz del día y arrastró sus rígidos miembros hasta el fuego, junto al que tomó un parco desayuno. Tenía el frío y el cansancio metidos en los huesos, pero no le importaba. Desde el milagro de Navidad le llenaba una gran fuerza interior, que compensaba de sobra todas las malas sensaciones físicas.

Acto seguido, fue con los otros hasta las cruces. Uno de los maestros menores —un experimentado flagelante, que quitaba trabajo a Luc— decía allí la misa para los hermanos. Un proceder desacostumbrado, porque aquel hombre no era ningún sacerdote, sino un laico como Josselin, como todos. Pero en la Nueva Jerusalén regían otras normas… mejores. Aquí todos los hombres eran iguales. No había nobleza, ni clero, tan solo cristianos penitentes que buscaban a Dios en fraternal armonía. Josselin había necesitado un tiempo para acostumbrarse. Entretanto, le parecía evidente que un laico dirigiera la misa. Incluso dejaba que los maestros le confesaran y le impartieran la absolución.

Acto seguido, los hermanos acudieron a la Puerta de la Sal para prepararse para la caravana por la ciudad. Josselin acababa de coger su látigo e iba a ponerse la corona de espinas cuando Luc fue hacia él. Al parecer, el maestro quería hablarle.

Josselin luchó consigo mismo. ¿Debía aprovechar la oportunidad para enfrentarse al fin con Luc por sus preocupaciones respecto a los judíos? Entretanto, sus dudas le parecían ahora mezquinas. Sin duda, Luc había cometido un error. Pero pocos días después del ataque a la judería Dios había actuado a través de él y había curado a un hombre. Difícilmente cabía imaginar un signo más inequívoco. El Señor tenía que haber purificado a Luc... Su personal camino de Damasco. Sin duda desde ahora ya no haría nada en contra de los judíos.

Josselin decidió dejarlo estar.

—Hoy no vienes con nosotros, hermano —dijo el maestro.

—¿Por qué? ¿He pecado contra la comunidad? —preguntó Josselin sobresaltado.

—Muy al contrario. —Luc sonrió—. Durante las pasadas semanas, has hecho penitencia de manera modélica y mostrado arrepentimiento como el que más. Ahora estás maduro para el siguiente escalón en el camino hacia la redención.

Josselin sintió que su corazón se desbordaba.

—Paseemos un poco.

El maestro le pasó un brazo por el hombro y lo apartó del grupo. Caminaron a lo largo del río. El Mosela había vuelto a fundirse, tan solo en algún punto de la orilla quedaba hielo junto al agua plomiza, fino como las alas de una libélula. El rocío se pegaba a los juncos; lo cubría todo una fina niebla y se echó a un lado como un grupo de espíritus en desbandada cuando los dos hombres avanzaron por el camino.

—¿Cómo puedo subir al próximo escalón? —preguntó Josselin.

—El Señor va a ponerte a prueba. Si te muestras digno, te purificará de tus peores pecados.

—¿Qué tengo que hacer?

El maestro contestó con otra pregunta:

—Tú eras mercader, ¿verdad?

—Sí, pero eso ha quedado atrás. Desde hace años...

—¿Cuánto tiempo lo fuiste? —le interrumpió con suavidad el maestro.

—Treinta años. —A Josselin no le gustaba que de pronto le hablaran de su poco glorioso pasado.

—Treinta años —repitió el maestro—. Un largo período. Muchas oportunidades de pecar.

Josselin guardó silencio, agobiado. Nadie lo sabía mejor que él.

—Eras un hombre rico —dijo el maestro—. Comerciabas con celo y siempre buscabas tu beneficio en el negocio. Sin duda incluso practicaste la usura.

—¡No! —respondió Josselin con decisión—. ¡Nunca he prestado dinero con interés!

—Arrendabas tierras y edificios, y hacías de ese modo que el tiempo trabajara para ti, aunque el tiempo solo pertenece a Dios. También eso es usura.

—Pero siempre he sido caritativo y he dado dinero a los necesitados con regularidad. Y al final entregué todas mis riquezas.

—Una decisión agradable a Dios. Y sin embargo, los viejos pecados pesan sobre tu alma. Codicia, avaricia y despilfarro. Vanidad, porque sin duda lucías brillantes joyas y hermosos vestidos. Gula, porque en los banquetes del gremio te habrás puesto las botas. ¿También eras iracundo con tus subordinados?

—No con frecuencia —afirmó Josselin.

—Incluso un único estallido de ira contra alguien más débil es un pecado que disgusta al Señor. Conoces el castigo por tus pecados: los glotones son azotados por malvados diablos en el tercer círculo del infierno. Los avaros tienen que cargar pesos, grandes como ruedas de molino, hasta el día del Juicio Final. Los iracundos se combaten los unos a los otros con armas espantosas, mientras las mareas de la Estigia rugen a su alrededor.

Josselin estaba próximo a las lágrimas. Lo que Luc describía respondía a sus más sombrías pesadillas. Cayó de rodillas ante el maestro.

—¿Qué puedo hacer para escapar al infierno? ¡Por favor, dímelo!

—No tienes que desesperar. —El maestro le sonrió, condescendiente—. El Señor me ha mostrado cómo puedes expiar tus pecados. Pero tengo que advertirte: la prueba de tu disposición a la penitencia a la que te va a someter es dura. Solo la superarás con disciplina y el corazón puro.

—¡Mi corazón es puro! —gritó Josselin—. Haré todo lo que sea necesario para recuperar el amor de Dios. ¡Todo!

El maestro asintió satisfecho.

—Soy feliz de poder contarte entre mis hermanos. En verdad, eres un ejemplo para todos. —Puso la mano en la cabeza de Josselin—. Esto es lo que tienes que hacer...

Desde hacía tres días, Adrianus interrumpía su trabajo a intervalos regulares para abrir la ventana del escritorio y observar la plaza de la catedral. La vida en el mercado seguía su curso habitual. De hecho, la ciudad estaba llamativamente tranquila. Los flagelantes subían cada mañana la Grand Rue y organizaban su macabro espectáculo. Aparte de eso no sucedía gran cosa. Nada de ataques a los judíos, nada de prédicas agresivas u otros incidentes.

Adrianus no confiaba en la paz. Luc no era hombre que se entregara a amenazas vacuas. ¿Se refería al milagro de Navidad cuando había fanfarroneado con su poder sobre la vida y la muerte? Adrianus no acababa de creérselo. Un acto de venganza tenía otro aspecto.

Hacia el mediodía, César entró en el escritorio y le tendió una tablilla de cera.

—Por favor, pasa estas cifras al libro mayor y calcula otra vez si todo cuadra.

—Lo haré.

Adrianus no iba tan lejos como para afirmar que su relación había mejorado a conciencia. Pero no se podía ignorar que César moderaba su tono hacia él. Desde aquella noche en la judería, incluso decía «por favor» cuando quería algo. ¿Era esa su forma de mostrar que quería cambiar?

Sin duda aún tenían un largo camino por delante. Pero el primer paso estaba dado.

César iba a volver a bajar cuando un criado se precipitó en el escritorio.

—¡Señor! Tenéis que venir enseguida. Vuestro señor padre... ¡Es como si hubiera perdido el juicio!

Los hermanos siguieron abajo al criado. Cruzaron corriendo el mercado y entraron en la catedral, donde se había formado una multitud. La gente estaba mirando delante del umbral de la cripta.

—¡A un lado, maldita sea! ¡Haced sitio o vais a saber quién soy yo! —ladró César, y Adrianus y él se abrieron paso escaleras arriba empleando los codos.

En el pasillo que llevaba a las viejas tumbas que había debajo de la catedral ardían cirios gruesos como brazos. Delante, protegida por una verja de hierro, estaba el arca sobredorada con los huesos de Saint-Jacques, la reliquia más poderosa de Varennes. Josselin estaba arrodillado, medio desnudo, en el suelo de piedra, se azotaba la espalda con un látigo y gemía cifras.

—... noventa y ocho... noventa y nueve... ¡cien!

Sus hombros, brazos y nuca estaban cubiertos de verdugones ensangrentados; la piel colgaba en tiras en algunos lugares. La sangre goteaba sobre el calzón y se mezclaba con el sudor que le corría a chorros por el rostro.

—Ciento uno... dos... tres...

Los dos hermanos corrieron escaleras abajo y le arrebataron el látigo.

—¿Te has vuelto loco? —rugió César—. ¿Quieres matarte?

—Dejadme —gimió Josselin—. Tengo que hacerlo. Mis pecados... Debo purificarme...

Trató de levantarse y quitarle el látigo a César. Se tambaleaba como un borracho. Adrianus lo sujetó. Le ardía el cuerpo.

—¿Te ha instigado Luc a esto?

—Por favor, dejadme...

—¡Contéstame! —dijo Adrianus.

—Mil latigazos ante los ojos de Saint-Jacques. Entonces me perdonará...

«Poder sobre la vida y la muerte», resonó en los oídos de Adrianus.

—¡Eso sería tu muerte segura, viejo loco! —ladró César.

Su padre no le oía. Había perdido el conocimiento.

Los hermanos lo llevaron arriba. César espantó a la multitud de mirones para poder sacar a Josselin de la catedral.

Fuera, en la plaza, encontraron a Luc, que estaba con Matthias junto a la cruz. Su mirada se topó con la de Adrianus, y su sonrisa era una fina grieta entre los labios.

—¿Esto es obra tuya? —le increpó César.

—Solo he dado a vuestro señor padre lo que él quería.

—¡Perro sarnoso! Te llevaré al cadalso por esto.

—¿Por haber mostrado el camino de la redención a un anciano? —Luc rio en voz baja—. ¿Harás ahorcar también a tu padre confesor, que ha hecho muchas veces lo mismo por ti?

César iba a darle una respuesta iracunda, pero Adrianus le insistió en que siguieran su camino. El criado abrió la puerta de la casa y metieron a Josselin. Su viejo padre estaba tan enflaquecido que casi no pesaba. Lo llevaron a la habitación de invitados y lo acostaron. Adrianus se irritó por no haber sido lo bastante previsor como para llevar consigo su bolsa de médico. Pidió al *fattore* que corriera a su casa a buscarla. Mientras esperaban, César recorría a zancadas la habitación, lanzando maldiciones tan obscenas que Hélène se llevó a los niños y cerró la puerta.

—¡Este viejo loco! ¿En qué estaba pensando? ¿Es que se ha vuelto definitivamente senil?

—No puedes hacer ningún reproche a padre. —Adrianus lavó la sangre de Josselin con un trapo húmedo—. Luc lo ha manipulado a conciencia.

—¿Cómo puede haber seguido a ese tipo? ¿Cómo se puede ser tan necio?

—Quien teme al infierno o al fin del mundo deja de pensar con claridad. Mira a tu alrededor. En verdad, padre no es el único afectado.

—Aun así... lo sabía desde el principio. Que toda esa cháchara del pecado y la expiación, todo ese celo obsesivo, serían su final en algún momento.

—Déjalo estar, César. Aquí no se trata de padre. Luc quería golpearme a mí.

César guardó silencio, con gesto amargo. Adrianus limpió las heridas de Josselin mientras intentaba repetidamente despertarlo dándole suaves cachetes en las mejillas y gritando su nombre. En algún momento, Josselin reaccionó. Gimió un poco, sus párpados aletearon.

—Despierta, padre. Mírame: soy yo, Adrien.

Josselin recobró en parte el conocimiento y balbuceó algo. No decía palabras, sino sonidos y sílabas sueltas de las que no era posible deducir sentido alguno.

César se acercó a la cama.

—¿Cómo está?

—Ha sufrido un desplome. Otros tantos latigazos, y habría muerto delante del altar de las reliquias.

César se dejó caer en una silla y apretó los puños con ira impotente.

Cada vez más gente acudía a la cruz del mercado. Esperaban la prédica. Luc subió al pedestal de la cruz de piedra y miró hacia la casa en la que los hermanos Fleury acababan de desaparecer con su viejo padre. Era como si estuviera oyendo sus reproches a Josselin, sin saber cómo encauzar su ira. Estaba satisfecho consigo mismo. Si el joven Fleury era inteligente, habría aprendido la lección y no volvería a cruzarse en su camino.

—¡Cuéntanos cómo te habló el ángel! —gritó alguien.

Luc volvió su atención hacia la multitud. Alrededor de cien personas le rodeaban y le miraban con ojos brillantes. Simples artesanos y buhoneros, pero también mujeres burguesas y maestros acomodados. Se regocijó en su sometimiento. El amor de las masas: aquella sensación no se podía comparar con nada. Lo elevaba por encima de la miseria y de las apestosas bajezas de la vida. Cuando la gente estaba pendiente de lo que decía, se sentía poderoso e indomeñable, incluso inmortal.

Su victoria sobre la familia Fleury lo había puesto de un humor generoso.

—¡No, mi encuentro con el ángel del Señor lo contaré otro día! —gritó—. Hoy, hermanos y hermanas, quiero hablar de la fiesta de la Navidad...

Contó la historia del nacimiento de Cristo y recordó a sus oyentes que tenían que ser siempre misericordiosos con los que sufrían.

—Imaginad que María y José hubieran llamado a vuestra puerta. ¿Los habríais dejado entrar?

La multitud se inquietó. Al parecer, la gente esperaba un sermón incendiario, lleno de dramatismo, en el que tronara contra judíos, clérigos y todos aquellos que los despreciaban. Mientras Luc se preguntaba cómo satisfacer a la multitud, observó a una joven que se abría paso hasta la primera fila. ¿No era Louise Marcel, la hija del alcalde? Se echó atrás la capucha. Sí, era ella. Casi no la había reconocido, porque entretanto había florecido para convertirse en una mujer adulta. Y en una belleza sin igual. El rubio cabello le caía como miel sobre los hombros. Tenía los labios rojos y carnosos.

Le sonrió. Luc pensó en aquella tarde de hacía dos años en que la había visto con sus padres delante del local del gremio. Por aquel entonces era demasiado delicada para saludarle. Él no era más que un simple matarife y, como tal, muy por debajo de su dignidad. Pero los tiempos habían cambiado. Hoy tenía poder, prestigio y una enorme cantidad de seguidores.

Eso parecía gustar a la hermosa Louise.

Sus miradas de admiración lo espolearon. Logró pasar, en pocas y elegantes frases, de la historia de la Navidad a los pecados de los ricos, que explotaban al pueblo sencillo y sincero y no eran menos depravados que los sumos sacerdotes judíos que antaño habían entregado a los romanos al hijo de Dios. Eso era exactamente lo que la gente quería oír. Sus rostros ardían en justa ira. Sacudían los puños e insultaban a los sacos de especias y a los usureros judíos. Había sido el mejor sermón de Luc desde hacía mucho.

Miró de reojo a Louise. Por Dios que era hermosa. Y podía ver en sus ojos que le veneraba.

Cuando por fin regresó el *fattore*, Adrianus pudo restañar las últimas hemorragias y atender quirúrgicamente las heridas. Vendó o cubrió con emplastos la mayoría de ellas; hubo que coser las peores. Las heridas iban mucho más allá de las que los flagelantes se causaban durante sus procesiones. Lo dejaba perplejo que una persona pudiera hacerse voluntariamente una cosa así.

Acto seguido, hizo que su padre bebiera un poco de vino y hierbas y un gran cuenco de leche y miel... Ambas cosas ayudaban al cuerpo a formar sangre nueva. Metió varios cojines bajo la espalda de Josselin, le masajeó las flacas piernas y lo tapó. César ordenó a un criado calentar al fuego de la chimenea piedras que metieron bajo las mantas.

Josselin había dejado de hablar de manera confusa. Sus ojos estaban entreabiertos y turbios. No parecía ver a sus hijos.

—¿Sobrevivirá? —preguntó César.

—Los próximos días lo dirán.

Adrianus no podía decir más. La vida de Josselin pendía de un hilo. Él había hecho todo lo que estaba en su poder. Solo podía esperar que Dios aún no quisiera llamar a su viejo padre.

—Iré a buscar al cura —dijo César.

Cuando cayó la tarde, los hermanos estaban sentados en la sala, mientras Hélène velaba junto al lecho de Josselin.

—¿Qué hacemos? —preguntó Adrianus.

César guardó silencio un rato.

—Luc no ha cometido ningún crimen. Al menos, ninguno que se pueda probar. E incluso si así fuera, poco podríamos hacer contra él.

—Esta mañana querías llevarlo al patíbulo.

—Olvídalo. Estaba furioso —repuso irritado César.

—No podemos permitir esto. ¡Nuestro propio padre, César! ¡Y solo porque Luc quería demostrarme su poder!

—¡Ya lo sé, maldita sea! —Una ira impotente trabajaba en el rostro de César, marcaba profundas arrugas en su frente. No podía mirar a los ojos a Adrianus—. Luc es demasiado fuerte, incluso para el Consejo. Si procedemos contra él, lo que hagamos nos caerá dolorosamente encima.

—Tiene que haber algo que podamos hacer.

—¿El qué? El pueblo llano de la ciudad lo adora como si fuera el Mesías en persona. Si lo echamos de aquí o lo arrojamos a las mazmorras, habrá una rebelión. A mí me gusta tan poco como a ti. Pero así son las cosas.

Se quedaron sentados en silencio.

En algún momento, Adrianus echó atrás la silla.

—Voy a ver a padre.

Adrianus no era capaz de decir cómo evolucionaba Josselin. Desde hacía días, su padre dormitaba o se hundía una y otra vez en un sueño similar a la inconsciencia. Adrianus intentaba que se levantara y diera unos pasos por la estancia, pero no había nada que hacer. Tan solo conseguía alimentarlo con papillas y darle líquidos.

Se preparó para lo peor. Conocía algunas personas, tanto viejas como jóvenes, que a causa de una enfermedad o una lesión grave habían caído en una profunda inconsciencia y pasaban años vegetando porque su cuerpo se negaba a dar libertad a su alma: un destino que le parecía peor que la muerte. Rezaba porque su padre se lo ahorrara.

César, Hélène y él se turnaban para velar junto al lecho de Josselin. Eran largas noches llenas de miedo y pensamientos agobiantes. Al menos las heridas iban curando. Dos días después de Navidad, Adrianus pudo retirar las vendas.

La noche de Reyes, le tocaba a él velar a Josselin. Los otros se habían ido pronto a la cama. En la ciudad reinaba la misma calma que en un cementerio. Era la última y la peor de las doce noches santas. Por miedo a los malos espíritus y a la Cacería Salvaje, que rugía en el negro cielo, la gente se recluía en sus casas y cuchicheaba oraciones. Adrianus había encendido una vela y leía el *De materia medica* de Dioscórides. Sin duda ya había leído ese libro diez veces y había pasajes que conocía de memoria. Pero le ayudaba a mantenerse despierto.

Aun así se le acabaron cerrando los ojos, y oscuros sueños lo asediaron. Vagaba sin rumbo por un laberinto de callejones, y tiraba de su manto un viento frío en el que voces terribles susurraban: «¡Estáis condenados! ¡Condenados!». De los sumideros y las letrinas se elevaba una peste bestial, que mataba a todo el que la respiraba. Intentaba correr y abandonar aquel lugar funesto, pero no se movía del sitio. Alguien le perseguía, una sombra que nunca podía ver bien, ni aunque se volviera de pronto. La silueta se acercaba cada vez más y de pronto agarraba a Adrianus por el brazo. Tenía la mano fría y húmeda, como los dedos agarrotados de un cadáver...

Adrianus se despertó jadeando.

La vela se había consumido. La llama temblaba como un gorrión muerto de frío y lanzaba sombras danzantes a las paredes. De hecho, sí le habían tocado el brazo: Josselin había tendido la mano hacia él.

—Adrien —dijo con voz ronca el anciano.

—¡Padre!

—Tengo sed.

Adrianus acercó la jarra de agua y ayudó a Josselin a llevársela a los labios. Su padre no dejó de beber hasta que estuvo vacía.

Adrianus sonrió.

—Al fin has despertado.

—¿Dónde estoy?

—En casa de César. En la habitación de invitados.

Josselin frunció el ceño, confundido.

—¿Por qué no estoy con mis hermanos?

—¿Qué es lo último que recuerdas?

—Había ido a la cripta a hacer penitencia. —Pareció acordarse de todo. Su rostro se ensombreció—. ¿Por qué me habéis molestado?

—Hablaremos más tarde de eso. Primero tengo que examinarte. ¿Puedes levantarte? —preguntó Adrianus.

Josselin se quejó un poco y finalmente se sometió. Estaba demasiado débil para tenerse en pie y se quedó sentado al borde de la cama con la espalda encorvada. Adrianus había encendido otra vela y la sostenía con la mano izquierda, mientras con la derecha separaba los párpados de Josselin.

Ambos ojos estaban despejados. Su padre daba la impresión de estar bien despierto.

—¿Cuánto tiempo llevo desvanecido?

—Dos semanas. Pero no has estado inconsciente todo el tiempo.

—¡Dos semanas! Quiero regresar enseguida junto a mis hermanos —anunció testarudo Josselin.

—Nada de eso. Te vuelves a la cama —ordenó Adrianus—. Sin discusión.

Su padre obedeció refunfuñando.

—Quiero hablar enseguida con él —dijo César a la mañana siguiente.

—¿Para qué? ¿Para hacerle reproches? —repuso Adrianus—. No. Aún está demasiado débil. Si acaso, yo hablaré con él.

César no estaba de acuerdo, pero Adrianus se mantuvo inflexible. Después del desayuno fue al cuarto de invitados, donde su padre estaba devorando, hambriento, una papilla de leche con miel. Le alegró verlo comer con tanto ánimo. Entretanto, Adrianus ya estaba seguro de que el largo delirio no había dañado el entendimiento de Josselin.

Tomó la última cucharada y tendió el cuenco a Adrianus.

—¿Cuándo podré volver con mis hermanos?

—Primero tienes que recuperar las fuerzas. Ni siquiera puedes levantarte sin ayuda. Vamos a dar unos cuantos pasos. Yo te ayudo.

Esta vez Josselin consiguió salir de la cama. Le temblaban las piernas. Adrianus lo sostuvo mientras recorrían la estancia.

—Haremos esto todos los días hasta que te hayas recuperado por completo.

—También puedo recuperarme en la Nueva Jerusalén.

Adrianus suspiró.

—¿Por qué estás tan empeñado en volver allí? ¿No te ha hecho ya Luc bastante daño?

—Él no me ha hecho nada. Me ha mostrado el camino hacia la salvación. Pero por vosotros no pude terminar mi penitencia. ¡Es culpa vuestra que los pecados sigan pesando sobre mi alma!

—Vuelve a acostarte, por favor.

—No quiero. Ya he estado acostado bastante tiempo —dijo terco Josselin, aunque estaba visiblemente agotado después del corto ejercicio. Se sentó en la silla.

—Ponte una manta por lo menos. Hace frío aquí.

Josselin se envolvió despacio en la manta de lana.

—Esa «penitencia» no iba encaminada a tu salvación —dijo Adrianus—. Luc quería que te azotaras hasta morir. Su objetivo era demostrarme su poder. Quería vengarse de mí porque impedí que asesinara a los judíos.

—¡Eso es absurdo! —Josselin se acaloró—. El maestro ha reconocido su error. El Señor lo ha purificado como hizo antaño con san Pablo. Está libre de odio y deseos de venganza.

Adrianus apretó los dientes. Así que para su padre Luc era «el maestro» y un segundo san Pablo. Aquello iba a ser un trabajo duro.

—Mientras estabas inconsciente ha vuelto a instigar a la gente contra los judíos. Varias veces, incluso en días festivos.

—No te creo una palabra.

—César y Hélène pueden atestiguarlo. Luc odia a los judíos y no descansará hasta haberlos aniquilado.

Su padre no parecía convencido en lo más mínimo.

—A quién vas a creer: ¿a un criminal condenado al que apenas conoces o a tus propios hijos?

—Puede ser que odie a los judíos. Aun así, es un santo. ¡Un hacedor de milagros! —estalló Josselin—. No puedes objetar nada a esto. Yo mismo he visto cómo la gracia de Dios fluía por él y le daba el poder para sanar al ciego Jean.

—Sí, la curación milagrosa —dijo Adrianus—. Tengo que confesar que eso no puedo explicármelo. Pero he ido a visitar a Jean, ¿y sabes de qué me he enterado? El pobre vuelve a estar tan ciego como antes. La curación ha durado exactamente una semana. Apenas regresó junto a su esposa infiel, volvió la ceguera. Pero, naturalmente, nadie habla de eso... porque nadie quiere oírlo.

Josselin calló, malhumorado.

—Una cosa está clara: si Dios hubiera curado a Jean, no habría vuelto a quedarse ciego —insistió Adrianus—. Sin duda Luc tiene una gran fuerza de convicción y está en condiciones de hacer que la gente pase por encima de sí misma. Pero, con toda seguridad, no es ningún santo.

—Estoy cansado —gruñó Josselin—. Me gustaría acostarme.

Adrianus lo llevó a la cama y lo arropó.

—Sea como fuere, te insisto en que te apartes de Luc. El movimiento de los flagelantes está corrupto de los pies a la cabeza y solo puede ser dañino para la salvación de tu alma.

Josselin hizo como si ya se hubiera dormido.

César estaba sentado junto a la chimenea, con una copa de agua en la mano. Desde hacía un tiempo, se alimentaba con toda consecuencia de pan y agua y evitaba todo lo demás; ni siquiera había tocado el asado de Navidad. Entretanto, ya había perdido peso de manera visible. Adrianus no podía recordar que su hermano hubiera ayunado voluntariamente jamás. Pero, como César se negaba a hablar de sus motivos, Adrianus solo podía sospechar qué había detrás. Era probable que hiciera penitencia por su comportamiento respecto a los judíos.

—¿Qué dice? —preguntó César.

—Está completamente obstinado.

—¿Le has hablado de tu visita a Jean?

Adrianus asintió.

—Cree que le miento.

—¿Cómo puede alguien estar tan cegado? —César movió la cabeza.

—Seguiré intentándolo. Una gota termina horadando la piedra. Mientras esté atado a la cama, no puede escapar de mí.

Adrianus se sentó también junto al fuego. Miró a su hermano y levantó una ceja.

—Si sigues así, pronto no serás más que una sombra de ti mismo. ¿Cómo van a respetarte en el Consejo si pareces un esqueleto ambulante? Te van a dar medio voto en las reuniones.

—Cierra el pico —gruñó César.

44

Enero y febrero de 1349

La loca fe de Josselin en Luc era como un castillo inexpugnable. Noche tras noche, Adrianus intentaba asaltar los muros de su ceguera y romper las puertas de la irracionalidad. Era una lucha dura, desmoralizadora, para ambas partes. Josselin defendía su fortaleza encarnizadamente. Ningún argumento podía convencerle de que Luc era un charlatán, que lo había utilizado y casi matado. Si Adrianus le apremiaba demasiado, se retiraba detrás de un muro protector y rechazaba el asedio con un terco silencio.

Pero Adrianus no cedía. Su padre era un hombre inteligente e instruido. En alguna parte en las profundidades de aquel bastión de locura y autoengaño tenía que haber un resto de razón que pudiera sacar a flote, costara lo que costase. Así que volvía a lanzarse a la batalla, decidido a alcanzar la victoria.

Dos días después de la Candelaria, compró leña nueva para su viejo maestro y la llevó a casa de Jacques, donde la amontonó en el patio. Metió unos cuantos leños y los echó a la chimenea. El fuego se elevó chisporroteando y llenó el espacio de aroma a resina.

—Gracias, muchacho —masculló Jacques—. Sin ti, hace ya mucho que la hab'ía ca'cado.

Adrianus se sentó junto a él y se calentó las manos húmedas en las llamas, mientras charlaban de lo divino y de lo humano. César lo había liberado del trabajo en el escritorio para que pudiera ocuparse de Josselin; de todos modos, en invierno no había mucho que hacer en el negocio. Por eso todos los días podía ir a ver a Jacques, que también necesitaba su ayuda.

La inacción estaba siendo dura para el viejo cirujano. A Adrianus le dolía en el alma ver cómo su amigo se desmoronaba. Jacques ya no podía levantar pesos, y su vista era cada vez peor. Pero la edad era una enfermedad contra la que no había ningún remedio. Jacques era consciente de ello y él mismo sabía por qué evitaban el tema.

—¿Sabes a quién me e'co't'é ayer en el me'cado? —dijo el anciano—. A tu especial amigo Philibe't.

Adrianus resopló. Si era por él, Philibert podía irse directamente al infierno.

—Me ha co'tado a'go i'teresa'te. Dicen que en F'a'cia la plaga está en ret'oceso. ¿Lo has oído tú ta'bié'?

Adrianus asintió. En Varennes no se hablaba de otra cosa desde hacía días. Dos parroquias incluso habían celebrado misas de acción de gracias.

—No está en retirada. Pero sin duda ya no se extiende hacia el Este.

—¡Eso so' buenas nuevas! Quizá aquí todo quede en un su'to.

—No lo sé, Jacques. No deberíamos alegrarnos demasiado pronto. Casi no sabemos nada de la plaga. Quizá sea el frío el que tiene a raya las miasmas venenosas, y regresen en cuanto haga más calor.

—Tú lo ves todo negro, muchacho —dijo Jacques.

—Tú no estuviste en París. No has visto lo que hace la pestilencia. Una plaga así de devastadora no desaparece de un día para otro.

Callaron, agobiados. Jacques dio un ruidoso sorbo a su cerveza rebajada.

—Al fin leí el di'tamen de París.

—¿Qué te parece?

—To'tería erudita de'de el p'i'cipio ha'ta el final.

—Eso digo yo.

—Parece que lo hubiera e'crito Philibe't.

Adrianus soltó una risa breve y seca.

Cuando, poco después, atravesaba la plaza de la catedral, pudo notar que el ambiente en la ciudad había mejorado. A pesar del frío, la gente salía de casa; regateaba en los puestos del mercado, disfrutaba de la colorida oferta de los mostradores y reía con las bromas de los vinateros. Una nueva esperanza en el fin de la plaga celestial brillaba en los rostros de rojas mejillas. Aquello valía mucho, aunque el peligro estuviera lejos de haber sido conjurado. La esperanza era la mejor medicina contra el temor que tenía a Varennes atenazado desde hacía tanto tiempo. Luc se alimentaba del miedo de las masas como Satán de la maldad de los pecadores. Cuando el temor desapareciera, esperaba Adrianus, el maestro de los flagelantes no tardaría en perder su poder sobre el pueblo llano de la ciudad... y sobre su padre.

Por desgracia, esa medicina necesitaba tiempo para actuar. Por el momento, Luc avivaba con celo la incertidumbre a base de prédicas apocalípticas y reunía nuevos seguidores a su alrededor. El campamento de los flagelantes crecía como una úlcera.

Adrianus entró en casa de César y subió a ver a su padre, pero no encontró a Josselin ni en la sala ni en la habitación de invitados. Había ido arriba, dijo Hélène, que estaba sentada con los niños junto a la chimenea y les enseñaba cómo se remendaba un zapato.

Adrianus fue al antiguo dormitorio de Josselin, que estaba junto al escritorio. La estancia apenas se utilizaba desde hacía años. Su padre se encontraba allí con los hombros caídos, y contemplaba la polvorienta cama y los arcones que antaño habían contenido sus espléndidas joyas y vestiduras.

—¿Qué haces aquí arriba?

Por un momento Josselin pareció asustado, como si lo hubieran sorprendido haciendo algo prohibido. Se había recuperado bien durante las pasadas semanas. Desde hacía unos días podía moverse sin ayuda por la casa. Adrianus le había dicho que debía ponerse ropa abrigada cuando saliera de la sala. Pero Josselin insistía en llevar un simple sayo y unos gastados zapatos de fieltro, y en vestirse como el último de los criados... para gran disgusto de César.

—Nada —respondió en voz baja.

—¿Quieres volver a tu vieja habitación? Pediré a la criada que te la prepare.

—Prefiero quedarme en el cuarto de invitados.

—Pero esta habitación es mucho más luminosa y espaciosa.

—Prefiero un alojamiento modesto.

Adrianus asintió.

—Como quieras.

Josselin acarició los pies de la cama y contempló frunciendo el ceño el polvo en las yemas de sus dedos.

—Esta cama —dijo— costó mucho dinero. Tu madre quería una más sencilla. Pero yo solo me conformaba con la mejor y más cara. Pernette siempre fue más modesta y más inteligente que yo.

Tenía que hacer muchos años de la última vez que habían hablado de su madre. Adrianus no estaba seguro de que le gustase que de pronto Josselin la mencionara.

—¿Piensas mucho en ella?

—No tanto como debiera.

—Podemos ir a visitar su tumba, si quieres.

Josselin no dejó ver lo que opinaba de la propuesta. Adrianus empezaba a sentirse incómodo. Pensaba en una cosa que su padre le había dicho en una ocasión, cuando aún era un niño: «Tu madre murió al darte la vida». Josselin nunca había vuelto a mencionarlo. Pero los sentimientos de culpa continuaban persiguiendo a Adrianus.

—Eras un mercader y un consejero. Esa condición lleva consigo mostrar bienestar. Se esperaba de ti que lucieras vestiduras caras, comieras en vajilla de plata y durmieras en una cama cara.

Las cejas de Josselin se juntaron, y la piel entre ellas formó un profundo surco.

—Yo era un necio, que se imaginaba que necesitaba todas aquellas cosas. Que no quería ver que en realidad no hacía más que ensuciar su alma constantemente con pecados nuevos.

«El famoso tema.» Cada una de sus conversaciones terminaba, antes o después, en la obsesión de Josselin con el temor al infierno y el pecado.

—Has hecho abundante penitencia y te has librado de tus pecados —dijo Adrianus—. Dios reconocerá tus esfuerzos.

—Aún tengo que hacer más.

—Haz una peregrinación.

—Una peregrinación sirve sobre todo para halagar la vanidad del peregrino. Cuando vuelve a casa, puede jactarse por doquier de su viaje: «¡Mirad lo que he cargado sobre mis espaldas para agradar al Señor!». No. Eso es para nobles y ricos. Para mí solo hay un lugar en el que poder hallar la redención.

«Otra vez», pensó Adrianus.

—Ese lugar ha sido construido con mentiras, miedo y odio. Sin duda en él no encontrarás la redención.

—¿Qué sabes tú del perdón?

—Sé que entre los flagelantes no te esperan más que nuevos pecados. Si te niegas a ver el verdadero rostro de Luc, serás cómplice de sus crímenes.

—Por última vez: ¡ha sido purificado! —gritó Josselin—. No va a hacer nada más contra los judíos.

—¿Cómo lo sabes?

—Mi corazón me lo dice.

—¿También te dice por qué Jean ha vuelto a quedarse ciego?

Josselin apretó los labios. Adrianus conocía esa expresión: su padre estaba a punto de retirarse a su castillo y bloquear el único acceso con pesadas vigas. Así que lanzó un último y decidido ataque antes de que la puerta quedara atrancada para el resto del día.

—Si el Señor hubiera obrado a través de Luc, Jean se habría curado de una vez por todas. Que no haya sido así solo permite dos explicaciones: o Luc os ha engañado a todos… o Dios no es omnipotente. ¿Dudas de la omnipotencia de Dios?

—¡Claro que no! —dijo indignado Josselin—. Eso sería blasfemia.

—Entonces Luc debe ser un embaucador. ¿Estás de acuerdo?

—Quizá Dios tenga un plan para Jean que no podemos entender —sonó flojo y carente de pasión.

—¿Primero le cura y una semana después vuelve a dejarle ciego? No sé qué plan puede ser ese, pero si Dios es tan cruel y sarcástico, mejor que abandonemos toda esperanza.

Josselin miraba fijamente al suelo. Sus flacos hombros temblaban imperceptiblemente.

—¿Y cómo es que sigue habiendo enfermos en la ciudad? —prosiguió implacable Adrianus—. Si tu maestro es tan santo y poderoso como afirma, ¿no tendría que ser capaz de liberar de sus padecimientos a todos los lisiados, los mutilados, los atormentados por el dolor? ¿Cómo es que prefiere ir a la plaza del mercado a dar grandes discursos? Yo te lo diré: porque no puede. Porque Luc no es más que un charlatán y un estafador, al que gusta excitar a las masas. En la Candelaria volvió a instigar a la gente contra los judíos. Si hubieras estado allí lo habrías oído.

—¡Basta! —Josselin alzó la cabeza. Tenía el rostro empapado de lágrimas—. No puedo seguir oyendo esto. Para, por favor.

—¿Te das cuenta de que tengo razón?

La respuesta llegó en voz baja, casi incomprensible:

—Sí.

—¿Admites que Luc es un charlatán que odia a los judíos y solo te ha utilizado?

Josselin asintió.

—Me gustaría que lo dijeras —exigió Adrianus.

—Solo es un charlatán.

—¿Y qué más?

—Odia a los judíos y me ha utilizado.

—Por su culpa has estado a punto de morir —explicó con más suavidad Adrianus—. Él hubiera causado tu muerte solo para golpearme. No debes olvidarlo nunca.

Todo aquello era demasiado para su padre. El anciano sufrió un ataque de debilidad y se tambaleó como un borracho. Adrianus lo sujetó en el último momento.

—Me gustaría acostarme —cuchicheó.

—Claro. Te prepararé un poco de leche caliente con jugo de amapola, para que puedas dormir.

Pasó el brazo por la cintura de Josselin y lo llevó cuidadosamente abajo.

Más tarde, Adrianus se sentó con César y le informó de sus progresos.

—Ha sido una dura lucha. Pero por fin hemos dado un paso. Ahora, tenemos que demostrarle que puede contar con nuestro cariño y apoyo para que pueda librarse de Luc definitivamente.

César le escuchaba en silencio. Él mismo había hablado raras veces con Josselin a lo largo de las últimas semanas. Su relación seguía siendo tensa. Ninguno de los dos había buscado la conversación.

—He estado pensando en eso —dijo César—. Cuando nos aseguremos de que padre está curado de su locura, debería volver con los flagelantes.

Adrianus frunció el ceño.

—¿Qué estás diciendo? ¡De ninguna manera!

—Hasta ahora, Luc siempre ha ido un paso por delante de nosotros. Necesitamos a alguien que le observe y nos advierta si está incubando algo. Que nos informe de sus puntos débiles. Debe tenerlos, a pesar de todo su poder. Es un mortal, de carne y hueso, al que sus pasiones ya le han resultado funestas en una ocasión.

—Uf... —Adrianus movió la cabeza—. No sé, hermano.

—Padre puede contarle a Luc que quiere continuar su penitencia. Si lo hace con destreza, nadie sospechará.

—Pero, si alguien recela, su vida estará en peligro. Además, quedaría fuera de nuestra influencia. Podría volver a sucumbir a Luc.

—Es un riesgo —aceptó César.

—Hoy ha confesado por primera vez que Luc le engañó. No podemos poner en peligro ese progreso.

César reflexionó.

—Tienes razón. Es mejor no precipitarse.

A la mañana siguiente, Adrianus volvió a hacer una breve visita a Jacques antes de ir a casa de su hermano. César estaba en ese momento en el patio, supervisando al mozo de cuadras que ensillaba a su caballo.

—¿Cómo está padre?

—Aún no lo he visto hoy. Pregunta a Hélène; creo que ha hablado con él.

Esta iba en ese momento a salir hacia el mercado y llevaba a Sybil consigo. Michel no las acompañaba. El chico acudía desde hacía un año largo a la escuela del Consejo y tenía clase durante todo el día.

—Tu padre no ha comido con nosotros —dijo ella—. Ha ido a buscar algo a la cocina y se ha retirado a su aposento.

—¿Qué impresión has tenido?

—Es difícil decirlo. Aún era muy temprano. Parecía cansado y parco en palabras.

Adrianus abrió silenciosamente la puerta del cuarto de invitados. Esperaba encontrar dormido a Josselin, pero su padre no se hallaba en la habitación. La cama estaba hecha, la ropa pendía del respaldo de la silla. Con una mala sensación, registró la casa entera. Ni el *fattore* ni los otros criados habían visto a Josselin.

—¿Dónde dejaste su hábito de penitente y el crucifijo? —preguntó a Hélène, que salía de casa en ese momento.

—Las dos cosas están en el arcón de la sala. ¿Por qué lo preguntas?

Adrianus no respondió y subió corriendo las escaleras. En el arcón no estaban ni el hábito ni el crucifijo. Lanzó una maldición y bajó corriendo. Hélène se había quedado esperándolo en la puerta y lo miraba preocupada.

—¿Qué pasa?

—Padre ha vuelto con Luc.

—¿Cómo lo sabes? Quizá solo esté dando un paseo.

—¿Y se habría puesto el hábito para eso? —Toda la pelea, las noches enteras discutiendo... todo al cuerno. Adrianus abrió la puerta del patio, llamó a César e informó a su hermano de lo que había ocurrido.

El rostro de César enrojeció de ira.

—¡Dijiste que había entrado en razón!

—Según parece, mintió para que lo dejara en paz de una vez.

César pasó ante Adrianus rumbo al zaguán.

—Tenemos que ir a buscarle enseguida.

—Eso no tiene objeto.

—¿Quieres dejarle ir, después de todo lo que ha pasado?

—¿Acaso tenemos elección? Los argumentos racionales no sirven de nada. ¿Vas a encadenarlo y encerrarlo?

—Si es preciso, sí.

—Eso es absurdo. Tendríamos que encerrarlo en su cuarto como a un animal y vigilarle día y noche. —De pronto, Adrianus se sentía indeciblemente cansado. Se frotó los ojos ardientes—. Ha tomado una decisión. Tenemos que dejarle ir.

—¿Para que pueda flagelarse hasta la muerte? Pero si crees que ese es el camino... adelante. Cuando yazca muerto en la catedral, puedes ir tú solo a por el cadáver. —César salió de estampida de allí.

Hélène tenía una expresión compungida. Cogió la mano de Sybil, que miraba asustada a los adultos.

—No lo dice en serio. Todo esto le está costando mucho.

—No solo a él —murmuró Adrianus.

Tres días después de la Candelaria, Josselin cruzó las puertas de la ciudad, con sus viejos vestidos de penitente, y regresó a la Nueva Jerusalén.

El campamento de los flagelantes había crecido de forma considerable. Había por todas partes nuevas cabañas y tiendas de campaña entre las que ardían hogueras. Delante de las cruces de madera se arrodillaban gentes que imploraban juntas el perdón del Señor o escuchaban los sermones de los maestros menores. No solo eran hombres. Josselin había oído decir que ahora Luc también permitía a las mujeres seguirle y vivir allí fuera en una pobreza grata a Dios. Vio al menos a tres docenas, que como él llevaban un simple sayo de lana y se habían rapado la cabeza. En cualquier caso, las procesiones de flagelantes por la ciudad seguían reservadas a los hombres.

Tanta gente que se había impuesto penitencia... Una sensación cálida recorrió a Josselin mientras caminaba por el campamento. ¿Por qué sus hijos no se daban cuenta de que allí fuera estaba ocurriendo algo maravilloso y único?

Sin duda, Luc no carecía de defectos. Pero sus seguidores hacían lo correcto, dejaban atrás su antigua vida de pecado y se ejercitaban en la penitencia y la humildad. Eso era lo único que contaba: el sincero amor a Dios.

A lo largo de las pasadas semanas, Josselin se había sentido perdido. Solo, apátrida. La duda y el miedo al infierno habían roído su alma sin interrupción. Deseaba la paz y la tranquilidad interiores.

Vio a Luc en el centro del campamento. El maestro estaba subido a su carro y hablaba a unos neófitos. Aquellos hombres y mujeres le escuchaban con rostro iluminado, y dejaban joyas, caros mantos de piel y otras vanidades en el carro. Luc sostenía en alto esas propiedades y maldecía con abundancia de palabras el lujo, la codicia y el derroche antes de tirarlas al fuego.

—¡No creáis a los que os dicen que el peligro ha pasado! —gritaba—. Dios nos concede solo un respiro para que podamos mirar dentro de nuestras almas y encontrar el camino correcto. Pronto la plaga volverá a inflamarse y llegará también hasta nosotros, y aniquilará a los pecadores. ¡Solo los penitentes superarán esa prueba!

Un maravilloso sermón, lleno de verdad. Quien pronunciaba tales palabras no podía ser un estafador. Luc anunciaba la voluntad del cielo. Josselin no lo había dudado ni por un momento.

Cayó de rodillas y rezó conmovido con sus nuevos hermanos y hermanas.

Luc ordenó a Matthias asignar un lugar para dormir a los recién llegados. Cuando bajó del carro e iba hacia su tienda distinguió a Josselin, que se le acercaba titubeando.

—Hermano. —Sonrió—. Has vuelto. Ya no contaba con ello.

—No pude terminar la penitencia que el Señor me impuso. Fui débil.

—Eso he oído. Luego estuviste en casa de tus hijos, ¿verdad?

El anciano era la viva imagen del dolor.

—¿Volverás a aceptarme?

—¿Te haría bien con eso? Mi camino hacia la salvación está pavimentado de dolor, sufrimiento y renuncia. Si no eres lo bastante fuerte, es mejor que elijas otro.

Josselin cayó de rodillas ante él y le agarró las manos.

—Por favor, maestro. Mi fe puede crecer. Puedo llegar a ser fuerte. No me abandones. No empujes mi alma a la condenación.

Luc miró aquel rostro que ardía en sumisión. En verdad, la curación del carpintero ciego era lo mejor que había hecho nunca. Cada día, su poder sobre aquellas almas se elevaba a lo inconmensurable. Acarició el ralo cabello de Josselin.

—Levántate, hermano —dijo con suavidad—. Yo no rechazo a nadie que busque redención. Pero desde ahora tienes que intentar concienzudamente purificarte de todos los pecados. Debes pagar por cualquier error, por pequeño que sea. Sin más titubeos. De lo contrario, ni yo mismo podré salvarte de las llamas del infierno. ¿Quieres hacerlo?

—Quiero —susurró el anciano, y le besó las manos.

Baruch había vuelto a ensimismarse de tal modo en sus escritos eruditos que se había olvidado de comer.

—Ni siquiera has tocado la sopa —dijo Léa—. Ahora está fría.

Él parpadeó, consciente de su culpa.

—Por favor, perdona. La volveremos a meter en el cazo y la calentaremos.

—Cuando dices «volveremos» te refieres a mí, ¿no?

—Puedo hacerlo yo mismo.

Se levantó trabajosamente. En ese momento, el montón de libros que había sobre la mesa vaciló. Sus manos salieron disparadas para sujetar nerviosas los infolios que se escurrían.

Léa suspiró y cogió el cuenco de sopa.

—Quédate ahí sentado.

—¡Por poco! —Baruch puso en orden los volúmenes uno encima de otro, acarició con ternura la tapa de madera cubierta de cuero del de más arriba y murmuró—: Cuatro libros por los cuatro elementos de la Creación. Cenaré esta noche —dijo a Léa—. Antes quiero terminar mi carta al rabino Mordechai, sin duda lleva días esperándola...

—Come ahora —le interrumpió ella—. Si sigues así, pronto te habrás quedado en los huesos. La tinta y las teorías intelectuales no sustituyen el alimento. Además, no deberías pasarte todo el día sentado en tu estudio. Ven, comeremos en la sala.

Él refunfuñó sin entusiasmo antes de someterse. Fuera, en el pasillo, Solomon salió a su encuentro.

—Tío —dijo Léa—. No te he oído entrar.

—¿No ibas a estar en Estrasburgo hasta Pésaj? —preguntó su padre.

Sin decir palabra, pasó de largo ante ellos, entró en la sala y se dejó caer en una silla. Aún llevaba puesta su ropa de viaje y los zapatos encostrados de barro.

—¿Qué ha pasado? ¿Te han asaltado? —preguntó Léa.

La voz normalmente tan fuerte de Solomon sonó débil, áspera, quebradiza, tomada.

—Nuestros hermanos de Estrasburgo... Los han asesinado.

—¿Qué? —susurró Léa.

Ella y Baruch se sentaron junto a él.

Solomon se aclaró la garganta.

—Me enteré al llegar a las montañas y volví grupas enseguida. No sé nada preciso. Hubo disturbios en Estrasburgo, y el Consejo fue depuesto. Los nuevos señores de la ciudad hicieron responsables de la plaga a nuestros hermanos y los llevaron al cementerio. Dicen que han quemado a la mitad de la comunidad. Novecientas personas.

Escondió el rostro entre las manos. Léa sintió a su vez que las lágrimas le corrían por las mejillas. Baruch estaba sentado, rígido, con la cara blanca como la cera.

Léa pensó en los muchos discípulos del Talmud de Estrasburgo a los que su padre había instruido, en Moser Fryvelmann y todos los otros jóvenes que habían vuelto con sus familias una vez terminados sus estudios. ¿También a ellos los habían quemado?

Un gimoteo les hizo alzar la vista, un profundo lamento. Era su padre, que entonaba con mirada rígida un pasaje de las Lamentaciones de Jeremías e imploraba al Todopoderoso que le explicara todo aquel sufrimiento. A los pocos versículos, las lágrimas ahogaron su voz.

—Sin duda Estrasburgo es solo el comienzo —estalló Solomon después de un rato de silencio—. Pronto brotará por doquier. Tengo que enviar enseguida un jinete a Worms a buscar a mis hijos.

—¿Crees que Esra y Zacharie estarán más seguros aquí que en Worms? —preguntó Baruch.

—Ya no hay seguridad para nosotros en ninguna parte. Pero al menos quiero tenerlos cerca.

—¿Vamos a contar a la comunidad lo que ha sucedido? —preguntó Léa.

—Es mejor guardarlo para nosotros —respondió incorporándose Solomon—. No serviría más que para atemorizarlos.

—Tienen derecho a saberlo —le contradijo Baruch—. De todos modos, no podrá mantenerse en secreto durante mucho tiempo. Además, tenemos que rezar el *Kadish* por los asesinados.

Solomon estaba demasiado agotado como para discutir por eso.

—Haz lo que consideres oportuno. Pero ten cuidado. La comunidad ha pasado ya por bastantes cosas.

Bajaron en silencio. Solomon se fue a casa. Baruch se quedó mirándolo mientras murmuraba:

—Ah, toda esta violencia y crueldad, ¿es que nunca va a cesar? Cuándo llegará por fin el Mesías. Las espadas se convertirán en arados, y la cabritilla podrá tenderse sin temor junto al lobo.

Se alejó en dirección contraria, con la cabeza gacha, para hablar con Haïm, Aarón y los otros hombres del Consejo Judío.

Léa se quedó en la puerta; se estremeció con el aire frío y se frotó los brazos. Contempló las casas y los rostros familiares en la calle, y deseó poder hacer algo para no sentirse tan desvalida, desvalida y expuesta.

Le habría gustado ir a casa de Adrianus y buscar consuelo en sus brazos.

César fue el último consejero en entrar en el Gran Salón. Cuando hubo tomado asiento a la mesa, Bénédicte se incorporó. El collar de oro símbolo de su cargo brillaba a la luz de las velas. Sostenía en la mano un pliego de pergamino que aún tenía pegados los restos de un sello de cera.

—Acabo de recibir esta carta —explicó a los consejeros reunidos—. En ella, el Consejo de la ciudad de Wurzburgo nos pide ayuda. —Carraspeó y empezó a leer—: «A los honorables y sabios señores alcalde y consejeros de Varennes Saint-Jacques, nosotros, el Consejo de Wurzburgo, ofrecemos nuestro respeto y amistad y nuestros mejores servicios, etcétera... —Impaciente, Bénédicte hizo girar en círculos la mano, indicando así que las cláusulas de saludo seguían aún un rato—. Sin duda habéis tenido noticias de la inquietud que actualmente reina en todo el país a causa de los judíos. —Pasó al fondo del asunto—. Ya el año pasado supimos que los hebreos han recibido de los países del otro lado del Mediterráneo toneles llenos de veneno que distribuyen a toda prisa entre sus comunidades. El veneno es para verterlo en las fuentes y causar así la ruina de la Cristiandad, como ya ha sucedido en Francia e Italia.

»"En Wurzburgo se alza el grito de castigar a los judíos de tal modo que dejen de representar un peligro. Estamos examinando los rumores que atemorizan a los cristianos, pero aún no hemos podido obtener ninguna certeza al respecto.

»"Por eso os preguntamos, queridos amigos: ¿podéis confirmar que los judíos envenenan las fuentes para traer la pestilencia a nuestras ciudades? ¿O se trata tan solo de mera charlatanería que circula por toda la Cristiandad? Por favor, comunicadnos a la mayor brevedad lo que sepáis.

»"Dado, con nuestro sello, el viernes siguiente al día de los tres reyes magos."

El alcalde miró a su alrededor.

—Voy a escribirles que consideramos pura insensatez el rumor del envenenamiento de las fuentes y que deben proteger a los judíos de tales hostigamientos. ¿Estáis de acuerdo?

César, Amédée Travère y el resto de los miembros del Pequeño Consejo asintieron. Tan solo Théoger Le Roux sostuvo otra opinión.

—¿No deberíamos comprobar el rumor antes de tranquilizar a los de Wurzburgo y llevarlos quizá a cerrar los ojos ante el peligro?

—Por favor. —Bénédicte ya no ocultaba su desprecio por aquel hombre—. No podéis tomar en serio esa necia cháchara.

—Yo solo digo: Estrasburgo —repuso con agresividad el obeso consejero—. Allí han considerado tan enorme la amenaza judía que han matado sin más a todos los hebreos que no han querido convertirse. Eso demuestra que el rumor debe tener al menos un fondo de verdad. ¿O acaso los consejeros de Estrasburgo son todos unos locos, incapaces de pensar más allá de la próxima campanada?

—Hasta ahora, nadie sabe qué ha sucedido exactamente en Estrasburgo... vos tampoco —dijo César—. Si queréis conocer mi opinión, esa masacre no tiene nada que ver con la plaga. La mitad del patriciado de Estrasburgo está, como se sabe, endeudado con los judíos, sin contar a la nobleza alsaciana. Es muy probable que esos altos señores hayan aprovechado la histeria general para librarse de sus acreedores.

—Aparte de eso, sabemos por Italia que los judíos sufren la plaga igual que los cristianos —completó Amédée—. ¿Por qué iban a envenenar las fuentes de las que ellos mismos beben?

—Yo solo digo que tenemos que tomar en consideración todas las posibilidades —respondió irritado Théoger—. La plaga amenaza los fundamentos de nuestra existencia, y es nuestro deber proteger a los habitantes de la ciudad. ¿Por qué no nos limitamos a agarrar a un judío y lo interrogamos? Así averiguaremos si esconden veneno en algún sitio.

—Con «interrogar» queréis naturalmente decir «torturar» —dijo el alcalde.

La mandíbula de Théoger desapareció entre las capas de grasa de su cuello cuando asintió.

—De otro modo, sería difícil escapar a sus mentiras.

Bénédicte movió la cabeza, perplejo.

—Una pregunta, Théoger: ¿pensáis alguna vez antes de abrir la boca?

A pesar de la masa de su cuerpo, Théoger logró ponerse en pie de un salto, indignado.

—¡Os lo advierto! Empiezo a estar harto de vuestras pullas. ¡Pensad bien a quién desafiáis!

Bénédicte le aguantó la mirada.

—¿Buscáis enfrentaros conmigo? Adelante. Pero antes, mirad a vuestro alrededor: estáis completamente solo. Nadie en esta sala apoya vuestra indecible propuesta.

—¡En el Gran Consejo tendría abundantes apoyos!

—Qué suerte para Varennes que el Gran Consejo no tenga nada que decidir en este asunto.

«No vayas demasiado lejos», pensó César. Raras veces era inteligente humillar a un hombre rico y poderoso como Théoger.

El obeso consejero dejó vagar la vista por los presentes; en sus ojillos ardía la ira.

—Vosotros, devotos cristianos, que os imagináis que sentís tanto amor hacia los judíos, no sois más que corderos ciegos ante los lobos que hay entre vosotros. Llegará el momento en que desearéis haberme escuchado.

Con estas palabras salió de la sala dando un portazo. Un silencio compungido cayó sobre todos.

—Esto se lo debemos a Luc y sus flagelantes —dijo Bénédicte, con amargura en la voz—. Son ellos los que esparcen el veneno, no los judíos. Y aquí podemos ver cómo funciona. Solo que hasta ahora yo había pensado que hombres instruidos como Théoger eran inmunes a él.

—Eso solo tiene que ver en parte con los flagelantes —dijo Amédée—. Théoger siempre ha estado atizando contra los judíos.

—En las sesiones del Consejo siempre se contenía. Antes, no se hubiera atrevido a reflexionar en voz alta en esta sala sobre un genocidio masivo. Pero, desde que Luc hace de las suyas, ha dejado a un lado las inhibiciones. Ahora basta —dijo el alcalde—. Responderé la carta de la forma que hemos acordado, le guste a Théoger o no. ¿Qué más tenemos que tratar esta tarde?

A César le había correspondido redactar el orden del día. Miró su tablilla de cera y se aclaró la garganta.

—Está por ejemplo la reclamación de las meretrices. Se quejan, una vez más, de que hemos cerrado el burdel y amenazan con irse a Metz si no les compensamos por su pérdida de ganancias...

45

Marzo de 1349

E l tercer domingo de Cuaresma, el invierno se retiró del valle del Mosela. Las últimas nieves se fundieron, más de un callejón se convirtió en un barrizal pestilente hecho de agua lodosa y excrementos en descomposición. En los mejores barrios, el Consejo hacía tender anchos tablones para que los acomodados señores pudieran ir de puerta en puerta sin mojarse los pies. El agua resultante del deshielo convertía finos arroyuelos en susurrantes torrenteras, que alimentaban el Mosela hasta que el río casi se desbordaba. Las ramas rotas se acumulaban en torno a los pilares del puente y las pasarelas de atraque, convirtiéndose en mortales obstáculos para botes y gabarras. Un balsero se enredó en la maleza, cayó al río y se ahogó. Su cadáver jamás fue encontrado.

Con la primavera, la muerte llegó a Varennes.

Había habido señales, advertencias y oscuras profecías. Pero ni siquiera las cabezas más inteligentes de la ciudad habían sabido interpretarlas.

El sol brillaba a menudo en las semanas previas a Pascua. Incluso las tardes eran tan suaves que era posible sentarse delante de casa con un atuendo ligero. Con la misma frecuencia, llovía. La calurosa humedad hacía prosperar la podredumbre, que devoraba las vigas de los tejados y echaba a perder los víveres. Letrinas y montones de estiércol fermentaban y liberaban malos humores, que se agarraban a los callejones y formaban testaruda resistencia al viento. El estiércol caliente de los cercados del ganado, el polvo húmedo en las casas y la suciedad maloliente en los cuerpos de las personas engendraban insectos y gusanos. Las ratas se multiplicaban a toda velocidad. Enjambres enteros de roedores corrían por los sótanos y patios y penetraban en los graneros, aunque el inspector de las basuras y sus ayudantes mataban cada día innumerable cantidad de ellos.

Y de pronto las ratas murieron. Ocurrió en pocos días. Nadie pensó nada. Todo el mundo se alegró de que terminase aquella plaga.

A cambio vinieron las pulgas, que cayeron sedientas de sangre como un ejército enemigo sobre el pueblo llano de la ciudad. Más de un ciudadano se acostaba por la noche y a la mañana siguiente despertaba con veinte picaduras irritadas. Desesperados, pronunciaban fórmulas mágicas y se frotaban con jugo de ajenjo, pero habían perdido la batalla contra los diminutos espíritus de la plaga y, en adelante, soportaron estoicamente los ataques.

En una cabaña de campesinos, muy al borde del término municipal, nació un niño monstruoso. Tenía el cráneo deforme, y un rostro como de cera fundida; tenía seis dedos en cada mano y los pulgares sobrantes parecían diminutas garras. Cuando gritaba, de la pequeña abertura que ocupaba el lugar de su boca salían sonidos húmedos y guturales. Los conmocionados padres llamaron a Philibert, que miró apenas un instante la cuna y se apartó, pálido como la cera.

—Ha llegado el Anticristo —susurró el doctor, antes de huir de la cabaña.

En cuanto oscureció, el padre llevó al niño al borde del bosque, lo dejó en la fría tierra entre los zarzales y lo entregó a los lobos.

Aquella noche, la muerte se coló por las puertas de la ciudad. Arrastrando tras ella la mellada guadaña, cojeó por los callejones y se asomó a las casas, mirando ansiosa a los seres que dormían ignorantes en sus camas. Una ciudad entera llena de almas que yacían como exquisitos huevos de codorniz en un nido, cientos, miles, solo tenía que tender hacia ellas la seca mano: en ese lugar conseguiría una buena cosecha. ¿Por dónde debía empezar? No allí, en el centro, donde la gente estaba demasiado sana, demasiado fuerte, demasiado bien alimentada. Siguió deslizándose hasta la ciudad baja y olió la miseria, el hambre en las míseras cabañas. Sus habitantes aún padecían las malas cosechas de los años anteriores. Vivían entre la suciedad y compartían la cama con bulliciosa gusanería. Sus cuerpos estaban enfermos y débiles; sería fácil arrancarles las almas.

Sonriente, la muerte blandió su guadaña.

La primera espiga cayó.

46

octor Philibert —dijo Bénédicte—. ¿Qué os trae hasta mí?

El médico de la ciudad cerró la puerta del despacho a sus espaldas. Su alargado rostro estaba mortalmente pálido, caminaba extrañamente encorvado y arrastrando los pies, como si cargara un peso enorme sobre sus hombros. Se detuvo delante de la mesa y buscó las palabras:

—Me han llamado para que visitara a un enfermo en la ciudad baja. Un viejo criado que forma parte del gremio de pescadores y carreteros. Seguro que os acordáis de él. En la procesión de la Ascensión del año pasado, llevaba el incensario del gremio...

—¿Ese viejo achacoso que se cayó delante de la catedral y se hirió el codo, lo que todos tomaron por un mal presagio?

El médico asintió distraído.

—¿Cuál es su nombre? ¿Guibert? No... ¿Es Garin? —Miraba caviloso hacia la nada.

Bénédicte estaba acostumbrado a los circunloquios de Philibert, pero nunca lo había visto tan distraído como ahora.

—¿Qué pasa con él? —le ayudó a seguir.

La nuez de Philibert subió y bajó.

—Tiene fiebre alta y está tan débil que no puede salir de la cama. —No miraba a los ojos a Bénédicte—. Tiene bubones negros en el cuello y debajo de las axilas.

El alcalde se hundió contra el respaldo de la silla.

—¿No hay duda?

El físico volvió a asentir.

—Yo mismo lo he examinado. No hay posibilidad de error.

Bénédicte cerró los ojos por un momento. Todas las medidas de precaución, los controles en las puertas, las procesiones rogatorias... no habían servido de nada. Carraspeó, pero el horror se le había quedado en la garganta y mantenía presa su voz.

—¿Quién sabe todo esto? —preguntó en voz baja.

—Ese hombre vive solo. No tiene esposa ni hijos. Los vecinos saben que está enfermo, pero el diagnóstico exacto solo lo conozco yo.

—Nadie debe enterarse de que la plaga está aquí. La situación en la ciudad ya es lo bastante peligrosa, no podemos inquietar al pueblo llano en ningún caso. Tratad a ese hombre con discreción. Haced todo lo que esté en vuestro poder.

Philibert se había acercado a la ventana abierta y miraba la plaza de la catedral. No reaccionó.

—¿Doctor Philibert?

—Sí, sí —murmuró el médico—. Os oigo.

—Acordaos de las medidas que hemos discutido para este caso. Ateneos exactamente a ellas. El bien y el mal de Varennes están ahora en vuestras manos.

—En mis manos —repitió en voz baja Philibert, sin volverse para mirar a Bénédicte—. En mis manos...

—¡Adrien! —rugió César.

Adrianus estaba en ese momento en la sala, había ido a buscar velas para el escritorio. Dejó caer la tapa del arcón y abrió la ventana que daba al patio. Su hermano estaba junto a un carro de bueyes cargado de sacos.

—¡Baja! Tienes que ver esto.

Adrianus descendió corriendo las escaleras y salió al exterior. César acababa de abrir un saco y estaba sacando un puñado de su contenido.

—Mi primera lana de esquilado propio. —César sonrió—. Nunca más volveré a utilizar la de esos bandidos ingleses.

Adrianus contempló los sacos en el carro. Comparados con el número de ovejas que César tenía, no eran muchos.

—¿Es esta toda la lana?

—¿Qué dices? Los pastores acaban de empezar el esquilado. En los próximos días vendrá más, mucha más. —Riendo, César dio una palmada en la espalda a Adrianus y le pasó el brazo por los hombros. Habían pasado muchos años de la última vez que hizo tal cosa—. Con esta lana podemos ganar mucho dinero. Vamos hacia arriba, hermano. Por fin.

—Eso es espléndido, César...

—Gracias a Dios.

Se volvieron y vieron a Amédée Travère entrar en el patio. El patricio, con su plateada barba de tres días, llevaba un manto con remates de piel, sostenido en la clavícula por un broche, encima del jubón verde de paño italiano. Como de costumbre, parecía extremadamente elegante, incluso sin joyas jactanciosas como las que prefería, por ejemplo, un Théoger Le Roux.

—¿Qué tal, viejo amigo? —preguntó César.

El rostro de Amédée expresaba preocupación.

—¿Puedo hablar a solas con vos?

César indicó al criado que llevara la lana a las hilanderas antes de entrar en la casa. En el zaguán, una criada estaba ocupada limpiando toneles. César la echó y cerró la puerta.

—Me temo que traigo malas nuevas —dijo Amédée en voz baja—. Todas nuestras oraciones no han servido de nada. La plaga está aquí.

Adrianus sintió que el espanto le subía por la nuca.

—¿Quién lo dice?

—El doctor Philibert ha constatado un caso esta mañana en la ciudad baja. Dice que los síntomas son inequívocos.

—Ese hombre es un charlatán y un curandero. —La voz de César sonaba áspera y agresiva, pero Adrianus notó el miedo en ella—. No sería capaz de distinguir la pestilencia de un catarro.

—Sí, incluso él lo conseguiría —le contradijo Adrianus—. La pestilencia no se parece a ninguna enfermedad que conozcamos. Si ha visto los bubones negros, es inequívoco. ¿Qué hará ahora el Consejo?

—La mayoría de nosotros piensa abandonar la ciudad. —Amédée parecía hablar completamente en serio—. Por eso he venido: para advertiros. Huid al campo mientras os sea posible.

—Pero no podéis hacer eso. El Consejo tiene que actuar para proteger al pueblo.

—No podemos proteger al pueblo —replicó lleno de amargura el patricio—. No hay remedio contra la plaga... vos sois quienes mejor lo sabéis. Quien quiera salvar la vida tiene que escapar antes de que la plaga se extienda.

—¿Y qué pasa con las gentes sencillas, los artesanos, jornaleros y pobres tejedores, que no tienen la posibilidad de abandonar Varennes? —Adrianus tuvo que esforzarse para no gritar—. ¿Que no tienen una casa en el campo a la que retirarse durante unos meses? ¿Queréis simplemente dejarlos en la estacada?

—Sin duda no —dijo cortante Amédée—. Pero ¿qué puedo hacer por ellos? Nada. Así que no me reprochéis que al menos intente salvar a mi familia.

Adrianus caminó de un lado a otro, pasándose la mano por el pelo. Apenas podía respirar. Se le ocurrió una idea nada agradable.

—¿Sabe el pueblo lo que le amenaza? —Cuando Amédée no respondió, dijo—: Queréis mantenerlo en secreto, ¿no? Para que vos y los otros patricios podáis marcharos en paz antes de que la gente sospeche nada.

—¡Para que no cunda el pánico! —Las mejillas de Amédée se cubrieron de manchas rojas—. ¿Preferiríais que la ciudad se hundiera en el caos?

—¡Se hundirá en el caos si no hay un Consejo que mantenga el orden! ¿No lo entendéis?

A Amédée le estallaba el cuello.

—¡Basta! Estoy sacrificando un tiempo precioso en advertiros y ¿cuál es mi recompensa? Reproches e insultos. —Se volvió hacia César—: Espero que seáis más razonable que vuestro hermano, y hagáis lo único adecuado.

El aire hinchó su manto cuando abrió la puerta y salió.

César subió corriendo las escaleras.

—¿Adónde vas? —gritó Adrianus.

—Amédée tiene razón. Tenemos que abandonar Varennes... hoy mismo. —Su hermano abrió la puerta del primer piso y llamó a gritos a Hélène y a los niños.

—César... —empezó Adrianus.

—No quiero oírte. No seas loco y recoge tus cosas.

—Yo no voy.

—No seas tonto, Adrien. ¡Adrien! —lo llamó César cuando se disponía a irse—. ¡Maldito testarudo! ¿Es que quieres morir a toda costa?

Adrianus cruzó corriendo la plaza de la catedral en dirección al ayuntamiento. Tenía que hablar con el alcalde. Sin duda Bénédicte no había huido... Amaba demasiado Varennes como para abandonar la ciudad a sí misma en aquella hora de oscuridad. Por otra parte... Adrianus pensaba lo mismo de Amédée. A la vista de la plaga, hasta los mejores cristianos olvidaban todo sentido del deber.

Muchas familias que vivían en la plaza de la catedral preparaban su fuga. Delante de casi todas las casas había carros con bueyes uncidos, que los criados cargaban a toda prisa con arcones y toda clase de pertenencias. Dado que casi ningún patricio se tomaba la molestia de proceder con discreción, el trajín no quedaba oculto a los campesinos, buhoneros y visitantes del mercado. La gente se reunía en grupos y miraba los carros de hito en hito; Adrianus leyó profunda preocupación en más de un rostro. Quien se acercaba a preguntar era rechazado con violencia. Se podía sentir en toda regla cómo se iba expandiendo el temor.

Adrianus movió la cabeza. Probablemente, habría sido menos dañino para la paz de la ciudad enviar pregoneros a todos los rincones y advertir a la gente del peligro.

—¿Dónde está el alcalde? —preguntó al guardia que había a la puerta del ayuntamiento.

—Está en el Gran Salón. Pero no podéis... ¡Esperad! —gritó el guardia cuando Adrianus pasó de largo ante él y subió corriendo las escaleras.

Adrianus abrió la puerta que daba a la sala del Consejo. Bénédicte interrumpió su alocución en mitad de una frase y le miró con el ceño fruncido. Alrededor de una docena de sanadores se sentaban en semicírculo en torno al alcalde; Adrianus vio a Laurent y distintas personas del gremio.

—¿Qué significa esto? —preguntó desabrido el alcalde.

—He oído lo que sucede. Quiero ayudar.

—Ya no podéis ejercer como médico. Tengo que pediros que os marchéis.

Adrianus entró en la sala. Laurent rechinó los dientes y hurgó en su cinturón. Los otros estaban pálidos o apretaban los labios. Al parecer, Bénédicte acababa de contarles lo que esperaba a Varennes. Decidió no tener pelos en la lengua:

—Echarme sería una necedad. Ahora necesitáis a todo el que entienda algo del arte curativo. —Miró a su alrededor—. ¿Dónde está Philibert?

—Nadie lo sabe —gruñó Laurent—. Al parecer, el muy cobarde se ha largado nada más descubrir al enfermo.

—¿Cómo se encuentra ese hombre?

—Deniselle está ahora con él —respondió Bénédicte.

—Os lo ruego, permitidme volver a ejercer. Al menos hasta que la plaga haya sido vencida.

El alcalde se volvió hacia Laurent.

—Bueno, decidirlo es cosa del gremio.

El obeso bañero no tuvo que pensarlo mucho.

—Creo que dadas las circunstancias es razonable que hagamos una excepción y volvamos a aceptar a Adrianus en nuestra fraternidad… al menos durante cierto tiempo. ¿Alguien tiene alguna objeción?

El resto de los miembros del gremio negaron con la cabeza. Un tallador de piedras entrado en años dijo lo que al parecer muchos pensaban:

—Le necesitamos.

—Entonces está decidido. —Laurent tendió la mano a Adrianus—. Bienvenido de vuelta.

Adrianus asintió y miró al alcalde.

—¿Se ha discutido ya qué vamos a hacer ahora?

—Hasta el momento solo se ha decidido que los gremios harán una nueva procesión rogatoria el último domingo de Cuaresma. Además, tenemos que aclarar quién asume la dirección de las medidas médicas ahora que no podemos contar con el doctor Philibert.

—En mi opinión no hay nada que aclarar —dijo Laurent—. Adrianus debe hacerlo. Es el mejor médico de la ciudad. Además, es el único de nosotros que ha visto con sus propios ojos lo que la plaga es capaz de hacer.

Los otros asintieron.

—¿Estáis de acuerdo? —preguntó Bénédicte.

—Sin duda.

Adrianus miró a su alrededor. Su expulsión del gremio había quedado olvidada. Aquellos hombres estaban implorándole que los dirigiera.

Volvieron la cabeza al oír chirriar la puerta. Deniselle entró. La vieja herbolaria y comadrona, que vestía un sayo no demasiado limpio hecho a base de trozos de paño, piel y cuero, se apoyaba en un bastón de cuatro varas de largo que llevaba sujetas hierbas secas, una pata de conejo y diversos amuletos y huesos. Uno era una falange de san Germain, afirmaba ella, por lo que su medicina contra los dolores de vientre y la diarrea era insuperable. Adrianus sospechaba que había encontrado el hueso en algún sitio del bosque; ni siquiera estaba seguro de que el amarillento trocito de hueso procediera de un ser humano. En cualquier caso, tenía que admitir que Deniselle había hecho milagros alguna vez en casos de disentería y dolencias similares. Sea como fuere, los campesinos de los alrededores preferían ir a verla antes que a Philibert o a él.

—El viejo Garin yace muerto en su cama —contó con voz cascada—. Tiene que haber muerto poco antes de que yo llegara. El cuerpo aún estaba caliente.

—¿Lo examinaste? —preguntó Adrianus.

Deniselle siempre había sido amable con él y aceptó su presencia sin comentarios.

—Bubones negro-azulados bajo las axilas, en el cuello y en las ingles; sangre en los labios y sudor en la piel. La cosa está clara.

Varios de los hombres se santiguaron.

—Hay otros enfermos —dijo la curandera—. En la calle me crucé con varios que tosían, tenían dolores y fiebre alta. Necesitan nuestra ayuda con urgencia.

—Debemos actuar a toda prisa. ¿Tengo carta blanca? —preguntó Adrianus.

El alcalde asintió.

—No podéis de ningún modo dejar la ciudad. Tenéis que quedaros y mantener el orden. De lo contrario, nos amenazan el pánico y el caos.

—Podéis contar conmigo —dijo Bénédicte.

Adrianus se volvió hacia Laurent y los otros bañeros, barberos y tallistas de piedras.

—Id al local del gremio. Está muy cerca de la zona afectada... Instalaremos nuestro cuartel general en él. Yo iré enseguida.

—¿Adónde vas? —preguntó Laurent.

—Tengo que traer a alguien que puede ayudarnos.

Cuando salieron de la sala y bajaban la escalera, el maestre del gremio susurró:

—No deberíamos haberte excluido del gremio. Fue un error, ahora me doy cuenta.

—Entonces no podías hacer otra cosa —dijo Adrianus.

—¿Aceptarás nuestra disculpa?

—No tienes nada de lo que disculparte.

Fuera, los dos hombres se sonrieron antes de separarse.

Léa estaba a las puertas de la judería y observaba los carros cargados hasta los topes de las familias ricas, que traqueteaban por el mercado de la sal. Adrianus no tuvo que explicarle nada... ya había sacado sus propias conclusiones.

—Ha llegado el momento —dijo en voz baja—. La plaga está aquí, ¿verdad?

—Se han presentado los primeros casos en la ciudad baja. Tenemos que ocuparnos de la gente lo antes posible.

—¿«Tenemos»?

—Me permiten volver a ejercer —explicó Adrianus—. El alcalde me ha encargado la dirección de todos los sanadores. ¿Nos ayudarás?

No hubo titubeo ni temor en los ojos de ella. Que los enfermos fueran cristianos que, durante los últimos meses, probablemente habían maltratado a los judíos no pareció importarle.

—Voy a hablar un momento con mi padre, para que pueda advertir a los otros. Luego iré a por mi bolsa. Espérame aquí.

Salió corriendo.

Todos los sanadores que el alcalde había llamado trabajaron juntos. Nadie más que Philibert huyó del peligro. A Adrianus le llenaba de orgullo pertenecer a una comunidad tan valerosa.

Se aferró encarnizadamente a ese sentimiento de pertenencia.

Era el último bastión contra el espanto que formaba una bola en su estómago.

—¿Jacques? ¿Qué haces tú aquí? —preguntó Adrianus al entrar en el local del gremio.

—He oído lo que pasa. Voy a ayuda'. Si e'to tiene que te'minar bien, necesitáis alguien con e'te'dimie'to.

—Pero...

—¡Ni una palab'a más! No voy a i'me de aquí au'que me po'gáis cabeza abajo.

Adrianus cambió una mirada con Laurent, que se encogió de hombros sin saber qué decir. El valor y la disponibilidad de Jacques eran conmovedores, aunque en gran medida inútiles. El viejo cirujano estaba demasiado limitado como para poder atender enfermos.

—Ya encontraremos algo que pueda hacer. —Deniselle dio una palmada en la espalda de Jacques— ¿No es verdad, veterano?

—Haré todo lo que me ma'déis. Au'que sea vaciar los orinales de los e'fermos.

—¿Qué se le ha perdido aquí a esa judía? —preguntó un barbero.

Todos los ojos se volvieron hacia Léa, que estaba en la puerta y no se atrevía a entrar.

—Yo la he traído —explicó Adrianus—. Léa es una de las mejores sanadoras de la ciudad, y necesitamos su ayuda. ¿Alguien tiene algún problema?

Nadie dijo nada, pero más de uno de sus hermanos puso cara de disgusto. Adrianus invitó a entrar a Léa con un movimiento de cabeza. Ella dejó la bolsa y cruzó los brazos delante del pecho.

—Bien —dijo Adrianus—. Estamos todos. Discutamos cómo vamos a proceder. Primero tenemos que establecer quién está enfermo y dónde vive, para…

—¿Podemos hacer algo contra la pestilencia? —le interrumpió Deniselle. Jugueteaba con su amuleto y hacía correr entre los dedos el cordel de cuero que sostenía los huesos, como si se tratara de un rosario—. Dicen que no hay remedio porque la plaga es un castigo de Dios.

—Nadie sabe de dónde procede. Quizá la haya enviado Dios, quizá tenga otras causas. Sea como fuere, no vamos a rendirnos antes de empezar —dijo Adrianus—. Como sabéis, he estudiado el dictamen de los eruditos de París. Empezaremos por probar las terapias que recomiendan.

Sin duda no tenía mucho respeto por el dictamen, pero quería probar al menos los procedimientos reseñados en él. Al fin y al cabo, no había otros. Tendrían que averiguar por sí mismos qué ayudaba a los enfermos y qué no.

—¿Qué terapias son esas? —preguntó Laurent.

—Quien aún no esté enfermo y quiera protegerse debe abrir regularmente las ventanas que den al norte y dejar entrar el aire fresco. Además, hay que ahumar las habitaciones con incienso, aloe, ámbar gris o nuez moscada. Hay que evitar el comercio carnal, igual que los baños calientes. Mala suerte para ti, Laurent.

El bañero torció el gesto.

—Pero ¿qué ayuda a los enfermos? —preguntó un tallista.

—Hay que sangrarlos una o dos veces para rebajar la humedad del cuerpo. Dadles ajo, vinagre y alcanfor, que devolverán el equilibrio a sus humores. Dicen que las píldoras de azafrán también ayudan. El que tenga triaca puede probar suerte con ella. Enriquecedla con carne de víbora. Lo mejor es que cada uno vea qué tiene en casa y lo traigamos todo aquí. Jacques, eso sería una tarea para ti.

—¡Así s'ará!

—¿Alguno de vosotros tiene triaca? —preguntó Laurent.

—Nosotros tenemos en abundancia —respondió Léa—. Iré luego a buscarla.

—Iremos a ver a los enfermos en parejas o solos, según qué haya que hacer —prosiguió Adrianus—. Por las mañanas a prima y por la tarde a vísperas nos encontraremos en el local del gremio y discutiremos la situación. Jacques, cuando hayas traído las medicinas, te quedarás aquí de guardia. Pediré al alcalde que te comunique a toda prisa todos los nuevos casos. ¿Tiene alguien preguntas o reparos?

No fue el caso.

—Entonces, al combate. —Adrianus echó mano a su bolsa.

47

Debido al éxodo masivo de los ricos, pronto todo Varennes intuyó lo que había ocurrido. Circulaban cada vez más rumores, a cuál más alarmante. Más de uno hablaba ya de docenas de muertos. Otros juraban por lo más sagrado que todos los enfermos habían bebido de la fuente del mercado del pescado, que un judío había envenenado la noche anterior.

Quien no podía escapar de Varennes se encerraba en su casa o iba a la iglesia, donde oía misa con otros desesperados e imploraba clemencia al Señor. Algunos templos estaban a tal punto repletos que los curas tenían que echar a la gente.

También en la Nueva Jerusalén se tuvo pronta noticia del estallido de la plaga, porque los penitentes veían a los patricios y aristócratas que salían sin cesar por la Puerta de la Sal y huían al campo con todas sus pertenencias. El miedo se extendió. Josselin se unió a un grupo que, al atardecer, fue a la tienda de Luc a exigir respuestas.

—¿Por qué nos castiga el Señor? —gritó una mujer—. ¡Tú nos has prometido que nos mantendría a salvo si expiábamos nuestros pecados!

El maestro había subido al carro. Pasó un rato hasta que logró calmar lo bastante a la atemorizada multitud como para que le escucharan.

—¡No temáis! —gritó—. Dios nos ama. Nada ha cambiado en eso. La plaga no ha llegado por nosotros. Nuestras almas son puras. ¡Es a los pecadores de la ciudad a los que castiga! A los mercaderes, que no han visto los signos del tiempo y siguen persiguiendo el oro. A los patricios, con su vanidad y su gula. A los curas lujuriosos. A los canónigos que han olvidado sus obligaciones. A los sodomitas de los conventos. ¡Es a ellos a los que alcanzará la pestilencia! Nosotros, en la Nueva Jerusalén, estamos a salvo de la ira de Dios.

—¿Qué pasa con los judíos? —gritó alguien—. ¿Es cierto que echan veneno al agua?

—Sí, los judíos —dijo Luc—. A ellos hay que temerlos. Recorren el país y envenenan las fuentes, porque tratan de arruinarnos. ¡Mis hermanos y hermanas, esta no es ni más ni menos que la batalla final por la supervivencia de la Cristiandad!

Josselin frunció el ceño. Ahora, ¿eran los judíos o los pecadores los que tenían la culpa de la plaga? Pero no dedicó mucho tiempo a pensar en eso. Lo que Luc había dicho de los mercaderes le preocupaba. La codicia, la avaricia y la ostentación eran los mayores males de su tiempo, de eso estaba convencido... eran pecados que también él había cometido, durante décadas. Estaba haciendo el mayor esfuerzo para expiar sus faltas. ¿Había hecho lo bastante? ¿O habían sido tan graves sus pecados que habían contribuido a que la pestilencia asediara Varennes?

¿Qué pasaba si por su culpa Adrien, César y otros seres queridos morían? No podría perdonárselo.

Aquellas cuestiones lo atormentaron toda la noche, de modo que no pudo conciliar el sueño.

Los criados cargaban con esfuerzo con los arcones. César y Hélène no solo habían subido al carro ropas y víveres, sino también objetos de valor como libros y cubiertos de plata. Sin duda antes de huir de Varennes habían atrancado las puertas a conciencia, pero aun así temían a los saqueadores. César no confiaba en la guardia de la ciudad. Aún recordaba bien lo rápido que en Florencia se había venido abajo el orden público.

Dejó a los criados entregados a sus obligaciones e hizo una ronda por el huerto que rodeaba la casa. Los manzanos empezaban apenas a florecer; las ramas le parecían a César huesudos dedos alzados al cielo cubierto de nubes. Los muros circundantes de mampostería y mortero eran demasiado bajos para mantener alejados a visitantes indeseados. Por suerte la casa de campo estaba en el límite exterior del término municipal, a una hora de distancia de Varennes, y en su entorno inmediato no había ni pueblos ni caminos importantes. Normalmente, poca gente se perdía por aquella región. Allá afuera, César se sentía en alguna medida seguro.

¿Por qué Adrien no había ido con ellos? ¿Qué creía poder hacer contra la plaga? César rechinó los dientes mientras clavaba la mirada en los huertos y los campos en barbecho más allá del muro. Así era su hermano: siempre tenía que hacerse el héroe. Su padre, en cambio, posiblemente aún no sabía nada del peligro y estaba desvalido ante él. César tendría que haberle advertido, pero no había tenido valor para ir a buscarle. ¿Acaso el campamento de los flagelantes, con sus apestosas letrinas y su bullicio de cuerpos, no era el caldo de cultivo ideal para la pestilencia? Quizá ya había estallado también allí.

«Se las arreglará. No es fácil acabar con el viejo.»

César volvió a la casa con una sensación de vacío en el estómago. Entretanto los criados ya lo habían metido todo y llenaban la despensa bajo la mirada vigilante de Hélène.

—Tendremos que aguantar aquí algunas semanas —advirtió a los criados y doncellas—. Así que repartid bien la comida.

—Escuchad —se dirigió César a los presentes—. Ninguno de nosotros saldrá de los terrenos. Evitaremos cualquier contacto con forasteros. —Abrió un baúl que contenía dos ballestas y otras armas—. Quiero una guardia fuera, en el huerto, día y noche. Si alguien se acerca a la puerta, intimadle a irse. Si se niega, echadlo, por la fuerza si es preciso. Empezarás tú —dijo César a uno de los criados, y le tendió una de las ballestas y unos cuantos virotes.

El hombre se echó el pesado artefacto al hombro y salió.

—¿Es realmente necesario? —dijo Hélène en voz baja.

—Si hubieras visto lo mismo que yo, no lo preguntarías. —César miró a Michel y Sybil, que estaban a su lado con caritas pálidas—. Esto también vale para vosotros. Si os pillo fuera de las puertas os daré un tirón de orejas, ¿entendido?

Los niños asintieron en silencio.

El cuerpo de la mujer ardía, y sudaba con tal fuerza que toda la ropa de la cama estaba húmeda. Bajo las axilas y en las ingles, Adrianus descubrió los bubones de tejido necrosado característicos de la pestilencia. No era posible hablar con la mujer, que balbuceaba palabras confusas en voz baja.

—¿Puedes entender lo que dice? —preguntó Adrianus al marido, que estaba con seis niños junto a la cama y sostenía a un bebé en brazos.

—Creo que está hablando con su madre. Murió el año pasado —dijo el hombre con voz temblorosa.

Adrianus asintió. Había oído que muchos enfermos tenían alucinaciones y delirios. Enjuagó el rostro de la mujer con un paño fresco, le metió una pastilla de azafrán en la boca y le dio un poco de agua. Ella tragó la medicina. Decidió sangrarla. Quizá aquello redujera la humedad en su cuerpo, bajara la fiebre y disminuyera la hinchazón de los bubones.

Mientras la sangre goteaba en el cuenco, el hombre sacó una bolsita de una arqueta y tendió unas monedas a Adrianus.

—Tomad esto por vuestros servicios. Sé que no es mucho, pero no tenemos más.

Adrianus contempló las monedas de plata en la callosa palma de la mano. En el callejón de los pescadores, carreteros y barqueros había visto al menos una docena de enfermos, y probablemente serían más cada hora. De haber sido alguien codicioso, habría visto en la plaga una oportunidad de conseguir dinero con rapidez. Pero no era capaz de pedir honorarios a ese hombre. Aquellas gentes eran siervos huidos que habían llegado a Varennes hacía pocos años. El marido trabajaba de criado, la mujer cardaba lana por un salario ínfimo. Lo que ganaban con su trabajo apenas les alcanzaba para vivir. Todos los niños parecían desnutridos.

—Dejadlo estar. Cuidemos ahora de que mejore.

—Os lo agradezco, maestro.

«Dadme las gracias cuando se cure.» La mujer estaba grave. En secreto, Adrianus dudaba de poder ayudarla. Puso emplasto en el corte, tiró la sangre y cogió su bolsa.

—¿No podéis quedaros con ella? —preguntó el hombre.

—Hay muchos enfermos. También me necesitan. Volveré a pasar a verla mañana temprano.

Adrianus salió al apestoso callejón.

—Ayudadnos. ¡Ayudadnos! —imploraba alguien.

Siguió la voz.

Léa fue hasta el final de la calle que discurría entre el puerto fluvial y el canal de la ciudad baja. Cuando ella y los otros sanadores se habían dado cuenta de cuántos enfermos había allí, se habían dividido.

Era la primera vez que iba a esa parte de la ciudad. Estaba conmocionada ante la cantidad de miseria y suciedad que allí había. La mayoría de las cabañas no eran más que cobertizos que apenas ofrecían protección contra la lluvia y el frío. En la ladera ribereña del canal yacían innumerables ratas en descomposición. ¿Acaso el inspector de las basuras no pasaba por esa calle?

Llamó a la puerta de un pobre chamizo. Una anciana de pelo enmarañado abrió la puerta y la miró recelosa.

—He sabido que alguien está enfermo. He venido a ayudar.

La anciana miró la mancha amarilla en el manto.

—¿Eres sanadora?

Léa asintió.

—Mi padre es el dueño de la botica de la judería. ¿Me dejas entrar?

Titubeando, la anciana le abrió paso. Léa fue hasta una cama en la que yacía un enfermo: un viejo barquero, que pilotaba gabarras de sal para el gremio de mercaderes. Tenía los ojos cerrados y respiraba pesadamente. La fina camisa estaba empapada de sudor.

—Tengo que examinarte. ¿Puedes oírme?

El hombre asintió imperceptiblemente. Léa alzó la camisa. Él gimió. Incluso los contactos cuidadosos parecían causarle dolores insufribles.

—No quiero que una judía toque a mi marido —dijo la mujer.

—Pero tengo que tocarle. De lo contrario no puedo atenderle.

—¿No puede hacerlo un sanador cristiano?

«Quieres ayudar a la gente y ¿cuál es tu recompensa?» Léa tuvo que dominarse para no gritar a la anciana.

—Los cristianos están ocupados en otros lugares. Si yo no ayudo a tu marido, nadie lo hará.

La anciana apretó los labios, y Léa pudo empezar al fin su examen. Fiebre alta, gruesos bubones bajo las axilas, derrames en el pecho y en los brazos. Aunque emanaba malos humores, no le importó sentarse al borde de la cama y tocarle. Nunca se ponía enferma, porque el Todopoderoso la había bendecido con una resistencia enorme. Tampoco temía a la plaga. Con Laurent y los otros no ocurría lo mismo. Léa había visto el miedo en sus ojos cuando habían visitado a los primeros enfermos.

—Bebe esto. —Acercó un frasquito a los labios del viejo barquero.

—¿Qué es? —quiso saber la mujer.

«El mismo veneno que hemos vertido en vuestras fuentes», le habría gustado responderle.

—Triaca —dijo.

—No puedo pagarla.

—Corre de mi cuenta.

La anciana se sentó en un taburete y miró desconfiada cómo su esposo tomaba la medicina.

—Nada que agradecer —murmuró Léa.

—Va a morir, ¿verdad? —preguntó el carretero, después de haber echado a los niños fuera y dejado en la cuna el bebé.

Adrianus estaba sentado en la cama y enjuagaba el rostro de la mujer. Había dormido muy pocas horas y estaba visitando desde la salida del sol a los enfermos que había tratado el día anterior. El estado de casi todos ellos había empeorado durante la noche, pero ninguno estaba tan mal como aquella mujer. Había caído en una profunda inconsciencia, algunos bubones se habían hinchado hasta convertirse en bultos grandes como huevos de gallina. El tratamiento no había hecho el menor efecto. Decidió ser sincero.

—Voy a volver a sangrarla, pero me temo que hay pocas esperanzas.

El hombre se derrumbó en un escabel y empezó a sollozar en voz baja.

—¿Qué va a ser de los niños?

—Debes ir a buscar al cura mientras aún haya tiempo.

El carretero miró hacia la nada durante unos segundos. Por fin, se levantó pesadamente y salió de la cabaña. Cuando regresó, Adrianus acababa de terminar la sangría y estaba limpiando el cuenco.

—La iglesia está llena de gente, pero nadie sabe dónde está el cura —dijo el hombre.

—Quédate con tu mujer. Yo traeré al padre Severinus.

Adrianus quería ir de todos modos al ayuntamiento a informar al alcalde. Pasar por Saint-Pierre no iba a suponerle un gran rodeo.

—Gracias.

Poco después, Adrianus doblaba desde la Grand Rue a una calle lateral, cruzaba el cementerio de Saint-Pierre y se dirigía a la casita anexa a la parroquia. Llamó y gritó el nombre de Severinus.

—¿Quién está ahí? —sonó la voz del cura.

—Adrianus Fleury. Necesito vuestra ayuda, padre.

—Estoy ocupado.

—Es urgente.

Severinus no respondió. Adrianus torció el gesto. ¿Estaría el clérigo complaciéndose con su concubina? Era muy capaz de estar entregándose a la lujuria mientras Varennes sufría la peor plaga desde hacía décadas. Adrianus comprobó que la puerta no estaba cerrada. Decidió decir a Severinus lo que pensaba y se preparó para una escena embarazosa.

Encontró al sacerdote en la cocina. Estaba solo. Aun así, puso la misma cara que si Adrianus lo hubiera sorprendido con las manos en la masa.

—Una de mis pacientes está moribunda, pero su sacerdote ha desaparecido. Tenéis que venir enseguida.

—¿Tiene la plaga?

—Sí.

—No puedo ayudaros. —Severinus se dio la vuelta para dirigirse a la habitación de al lado.

Adrianus lo agarró por el brazo.

—¿Queréis dejarla morir sin oírla en confesión?

Entonces observó las dos arcas que había en la otra sala. Contenían ropa metida a toda prisa, cubertería de plata y un valioso incensario.

El sacerdote se soltó y siguió reuniendo pertenencias a toda prisa.

—Ahora no podéis abandonar la ciudad —dijo Adrianus—. La gente os necesita.

—La plaga es un castigo de Dios. No puedo hacer nada por ellos.

Severinus metió las cosas en el arcón y trató de cerrarlo. Cuando no lo logró, se sentó encima de la tapa.

—Podéis darle la absolución y salvarla de la condenación eterna. ¡Es vuestro deber como sacerdote de la Santa Iglesia Romana!

El clérigo cerró el otro baúl. Evitaba la mirada de Adrianus.

—¿Cómo podéis ser tan cobarde?

—Lo siento —murmuró Severinus.

Dos hombres armados entraron, al parecer mercenarios pagados.

—Vuestro carro está listo, padre.

Severinus cogió los baúles por las asas y los arrastró por la cocina.

—Os lo ruego, no nos dejéis en la estacada —imploró Adrianus, pero el sacerdote ya había salido por la puerta. Tuvo que contemplar impotente cómo Severinus cargaba los baúles en el carro, agarraba la mano de un mercenario y se encaramaba al carromato. Adrianus fue tras él—. ¡Sois una vergüenza para vuestro estamento! ¡Por vuestra culpa la gente pierde la confianza en la Iglesia y sigue a ese charlatán de Luc!

El clérigo se sentó entre los mercenarios, que fustigaron a los caballos. El padre Severinus no se volvió a mirar a Adrianus cuando el carro se fue traqueteando y dobló la esquina poco después.

—Esto va cada ve' peo' —dijo Jacques cuando, a la mañana siguiente, los sanadores se reunieron en el gremio para fortalecerse con pan y gachas antes de salir—. La plaga se e'tie'de rápido. Ayer por la noche, cua'do ya os habíai' ido, comunicaro' el p'imer caso en el bar'io de los curtidores y en el me'cado del pe'cado.

—¿Cómo vamos a abarcarlo todo? —gritó un tallador—. Hay que atender ya a casi cincuenta personas y por cada muerto aparecen tres nuevos enfermos.

—No podemos estar en todas partes —dijo Adrianus—. Visitad a la gente por orden, trabajad deprisa y aun así a conciencia. No podemos hacer más.

Léa lo admiró por su tranquilidad ante el sufrimiento masivo. Era el que más trabajaba de todos y apenas dormía unas horas.

—Si al menos la gente pudiera pagar —dijo Laurent—. Pero la mayoría son tan pobres que ni siquiera pueden permitirse una sangría.

—Trabajo hasta caer rendido y no me llevo más que unos miserables céntimos —dijo un barbero—. No voy a seguir así mucho tiempo.

—Aun así, tenemos que atenderlos —dijo decidido Adrianus—, aunque no puedan pagar honorarios. No podemos dejarlos en la estacada. Sus curas se han ido, sus amos también…, solamente nos tienen a nosotros.

—Además, tenemos que contener la plaga lo más pronto posible —fue Deniselle en su ayuda—. Si perdemos la batalla en la ciudad baja, pronto todo Varennes estará afectado.

«Si al menos lo que hacemos sirviera para algo.» Léa veía en los ojos de Laurent y algunos otros que pensaban lo mismo. Ni sangrías ni medicamentos parecían aliviar los síntomas de la pérfida enfermedad. Pero quizá aún era demasiado pronto para valorarlo. Posiblemente el tratamiento solo haría efecto al cabo de algún tiempo.

Después del desayuno, los cristianos rogaron juntos ayuda a los santos Cosme y Damián. Por su parte, Léa pidió fuerza y guía al Todopoderoso, antes de que el grupo saliera del local y se dispersara por la ciudad baja. Se habían repartido los nuevos casos; a Léa le había tocado un curtidor que vivía a este lado del canal. El barrio ofrecía una imagen fantasmagórica. Casi no se veía un alma; la mayoría de la gente estaba encerrada en su casa. Nadie se llevaba la basura, nadie daba de comer a los pollos y a los flacos cerdos que iban por las calles. Le llamó la atención que hacía mucho que no había visto ningún guardia. Todos los corchetes y guardianes del orden parecían evitar la ciudad baja. Aquello no carecía de consecuencias: Léa pasó delante de la casa de un muerto, que estaba en ese momento siendo saqueada por los vecinos. La gente sacaba con descaro sillas y prendas de vestir, y nadie se lo impedía. Una calle más allá, oyó gritar a una mujer. Un adolescente le había arrancado la bolsa del dinero y estaba desapareciendo en ese momento detrás de una esquina.

Léa se sentía cada vez más incómoda.

Cuando entró en la casa del curtidor, se dio cuenta de que durante la noche también habían enfermado su esposa y sus dos hijos. Los cuatro yacían en sus camas sudando, desvalidos y gimiendo de dolor. Dado que no parecía haber nadie que se ocupara de la familia, Léa empezó por ofrecerles agua y sopa caliente, antes de sangrarlos uno tras otro y darles medicinas. Les hizo tomar una infusión de ajo y alcanfor. La triaca empezaba a acabarse ya al cabo de dos días, porque había compartido sus reservas con los otros sanadores. Su padre iba a fabricar más, pero no tenía todos los ingredientes en la botica.

«También nos vamos a quedar sin píldoras de azafrán pronto», pensó agobiada. El azafrán era igual de caro y difícil de conseguir que la triaca.

Entrada la mañana, salió de la casa y se encaminó a las viviendas de otros pacientes. Primero quería ver al viejo barquero, que se agarraba encarnizadamente a la vida, aunque sufría dolores casi insoportables. Al llegar al canal, se dio cuenta de pronto de que alguien le seguía.

Sin detenerse, echó una mirada por encima del hombro. Pocos pasos detrás de ella caminaba un tipo enjuto, con el rostro lleno de cicatrices, que llevaba un viejo gambesón de guerrero. Le sonrió y dio un trago a la bota que llevaba consigo.

Léa aceleró el paso.

—¿Adónde vas tan deprisa? —La voz sonaba espesa por el vino—. ¿No quieres charlar conmigo?

Oyó que él también aceleraba el paso. De pronto, la agarró por el vestido. Léa se soltó, pero él la cogió por la muñeca, la atrajo hacia sí y la empujó contra la pared de una casa.

—Una judía, mira por dónde. Nunca he tenido una judía. —Su aliento apestaba.

Con el rabillo del ojo, Léa vio a dos personas al final de la calle. Estaban simplemente mirando y no daban señales de ir a acudir en su ayuda.

—Si alguien me hubiera dicho que hay judías tan bonitas... Yo siempre había pensado que las hebreas erais todas feas como Belcebú.

Le apretó los brazos contra la pared y la besó en la boca. Léa trató de darle con la rodilla en la ingle. Él se apartó a tiempo. Al hacerlo le soltó los brazos, y ella le dio una fuerte patada en la espinilla.

—¡Ramera! —El tipo trastabilló y cayó al suelo. Tenía el rostro desfigurado por el odio—. ¡Espera, que te voy a sacudir las pulgas!

Mientras se incorporaba, Léa abrió la bolsa con dedos temblorosos, sacó el escalpelo y lo esgrimió con el brazo extendido.

—¡Déjame en paz!

Él sacó a su vez un puñal y se acercó lentamente, con los labios apretados. La mano de Léa se lanzó hacia delante. Él quiso apartar el brazo, pero fue demasiado lento. El afilado escalpelo atravesó la manga guarnecida de remaches y se clavó en el músculo de su antebrazo. Brotó la sangre, el tipo dejó caer el puñal y rugió. Léa agarró su bolsa y salió corriendo, tan rápido como pudo, y no se volvió hasta llegar al extremo del callejón.

El individuo no la seguía. Con la mano apretada sobre la herida sangrante, arrastraba los pies en dirección contraria. Léa respiró. El corazón se le subía a la garganta.

Los dos mirones seguían allí; no se habían movido un paso del sitio. Uno de ellos le sonrió estúpidamente.

Ya oscurecía cuando Léa salió del local del gremio para dirigirse a casa. Aunque estaba cansada tras el duro trabajo, no tomó el camino más corto, sino que cruzó por la rue de l'Épicier hacia la plaza de la catedral y luego subió por la Grand Rue. No quería volver a pasar por algo como lo de aquella mañana.

El encuentro con los otros sanadores había sido desmoralizador. Jacques solo tenía negros presagios para ellos. A pesar de sus esfuerzos enfermaba cada vez más gente, treinta solo esa tarde. Durante la noche se añadirían más. Era una tarea digna de Sísifo tratar a esos enfermos. La mayoría se les moría entre las manos sin que pudieran hacer nada por evitarlo.

Léa apretó los dientes. Aun así, Adrianus tenía razón: no podían abandonar. Al día siguiente volvería a salir a hacer todo lo que pudiera. Se lo debía a esa pobre gente.

Cruzó la puerta de la judería y vio que todo estaba oscuro en su casa. Probablemente su padre cenaba con Solomon y Judith. Entró en su casa y subió a la sala.

Su familia estaba sentada a la mesa; solo había un poco de pan y carne fiambre, que nadie tocaba. El criado que Solomon había enviado a Worms estaba con ellos. Aún llevaba las ropas sucias del viaje.

Judith lloraba.

—¿Qué ha pasado? —La voz de Léa temblaba.

—Los judíos de Worms —respondió Solomon—. Están muertos.

Léa se dejó caer en una silla.

—¿Qué? —La palabra no fue más que un soplo que salió en un susurro de su boca.

—Tenían miedo de que usaran la violencia contra ellos y los obligaran a bautizarse —explicó en voz baja Baruch—. Cometieron *Kiddusch ha-Schem* y se quemaron dentro de sus casas.

Léa no lograba pensar con claridad; sencillamente, su entendimiento se negaba a aceptar la noticia.

—¿También Esra y Zacharie? —logró decir.

—Eso no lo sabemos —dijo Baruch.

—Nuestros hijos no están muertos —replicó decidido Solomon—. Ya no estaban en la ciudad.

Léa no entendía una palabra y miró inquisitiva al criado.

—Llegué a Worms dos días después del incendio —explicó el joven—. No quería creer que Esra y Zacharie estaban muertos, así que me quité la marca amarilla y pregunté por ahí. Fuera, en el campo, encontré a dos familias que habían huido de la ciudad porque no habían querido ir a la muerte con los otros. Por ellos supe que Esra y Zacharie también habían dejado Worms cuando las hostilidades empeoraron.

—¿Adónde han ido? —preguntó Léa.

—Eso nadie ha sabido decírmelo.

—Probablemente hayan huido a Maguncia o Speyer —dijo Solomon—. O a Erfurt, al este.

—¿No cabría esperar que volvieran a casa? —objetó Baruch—. Esto no tiene sentido para mí.

—¿Por qué iban a mentirle? —replicó Solomon—. Eso aún tendría menos sentido.

Baruch movió abatido la cabeza.

—Me temo que solo el Todopoderoso sabe si aún viven.

Judith se cubrió la boca con la mano y salió corriendo de la estancia.

—¡No sirves de ayuda! —increpó Solomon a su hermano, y fue tras ella.

Léa estaba tan agotada por el duro trabajo y el exceso de malas noticias que se quedó dormida nada más acostarse. Pero a las pocas horas se despertó, nada descansada y presa de una hormigueante inquietud. En medio de la noche aullaba un perro que emitía sonidos de extraño lamento, como si llorase por el dolor del mundo. Léa pensó en Esra y Zacharie y rogó al Todopoderoso que los protegiera dondequiera que estuvieran.

Después de la oración de la mañana, fue al local del gremio. Jacques y Adrianus ya estaban allí; poco después llegaron los otros. Faltaban dos. Eran el tallador descontento y el barbero que se había quejado del escaso salario. Laurent les contó que habían huido de Varennes.

Mientras desayunaban llegó un mensajero del alcalde. Anunció que durante la noche habían enfermado dos carpinteros y varios tejedores.

La plaga había pasado de la ciudad baja a los barrios vecinos.

Por la mañana, los flagelantes habían desfilado como de costumbre remontando la Grand Rue desde la Puerta de la Sal y habían ejecutado ante la catedral la ceremonia del dolor con la que concluían su desfile. Acababan de dispersarse o los estaban invitando a comer ciudadanos agradecidos. Aunque los flagelantes habían recorrido ya la ciudad docenas de veces, seguían teniendo muchos admiradores que asistían al espectáculo desde las aceras y recogían en paños la sangre de los verdugones. Acto seguido, no pocos de los mirones se unían a la comunidad de penitentes y se iban a la Nueva Jerusalén a renunciar a sus posesiones y vivir en adelante en una pobreza agradable a Dios. El poblado de tiendas y chozas delante de los muros crecía constantemente y ya ocupaba entretanto todos los terrenos de la feria.

Luc raras veces encabezaba la procesión. La mayoría de las ocasiones cedía ese doloroso asunto a un maestro menor y se limitaba a hablar a la multitud. Hacía mucho que sus prédicas se habían convertido en una de las tradiciones de Varennes. Entretanto ya no acudía tanta gente como al principio, cuando a veces escuchaban sus palabras más de mil personas. Pero siempre podía contar con cien o doscientos oyentes ansiosos.

Ese día eran muchos más cuando se subió al carro en el mercado del heno. Había oído decir que la plaga también corría ya entre los carpinteros y tejedores. El pueblo llano de la ciudad necesitaba consuelo y guía. La gente se apretujaba delante del matadero.

Luc les dio lo que pedían. Con encendidas palabras, fustigó la depravación de la Iglesia y la maldad de los judíos. Fortaleció a la gente en la idea de seguirle, hacer penitencia y apaciguar así a los indignados cielos.

Como en tantas otras ocasiones, Louise estaba en primera fila y le miraba entregada. Acudía a sus prédicas varias veces a la semana. Luc siempre le dedicaba una sonrisa, una mirada fugitiva, y le daba la sensación de que solo le hablaba a ella. Él se había tomado tiempo, se había exhortado a no precipitar nada. Pero entretanto ella ya estaba madura para la cosecha.

Cuando la multitud se dispersó, bajó del carromato y fue hacia ella.

—Louise Marcel, ¿verdad?

Era la primera vez que le dirigía la palabra. Ella asintió y bajó la mirada con timidez.

—Te veo a menudo en mis sermones.

—Vuestras palabras me dan la fuerza necesaria para superar este tiempo difícil. —Su voz era tan dulce como el trino de los pájaros cantores.

—Son en verdad malos tiempos. Pero, si amamos a Dios y hacemos penitencia, pasarán. ¿Haces tú penitencia con celo, Louise?

—Ayuno y doy dinero regularmente a los pobres.

—Mírame —dijo él en tono amable.

Ella alzó la cabeza y le miró a los ojos. Su belleza fue como un aguijón para él.

—Ayuno y limosnas... ¿Es suficiente para apaciguar al Señor?

Una arruga se formó entre las cejas de ella. Él creyó ver temblar el temor en sus ojos.

—Tu familia es rica y poderosa. Tu padre ha acumulado muchos pecados.

—Mi padre es un buen hombre —replicó ella.

—Puede ser. Aun así, ha acumulado oro, ha explotado a personas y se ha entregado al lujo. Con eso ha enfadado a Dios.

Ella no pudo ocultar su miedo por más tiempo. Se apretó el manto en torno a los hombros, como si tuviera frío.

—Yo no soy él. No puedo hacer nada por sus pecados.

—¿Estás segura? Llevas hermosos vestidos y valiosas joyas. Puede que no hayas contribuido a su riqueza, pero la utilizas para tus fines. El boato es tan pecaminoso como la codicia. Pero no tengas miedo. —Exhibió la más cálida de sus sonrisas—. Tu alma aún no está perdida. Eres joven... tienes tiempo de sobra para convertirte.

—¿Qué puedo hacer? —preguntó ella.

—Ven a la Nueva Jerusalén. Renuncia a la desmesura y vive en la humildad ante Dios.

—Yo... no puedo.

—¿Qué te lo impide?

—Mi padre no lo permitiría.

—Eres una mujer adulta, y responsable de la salvación de tu propia alma. ¿Vas a permitir que tu padre impida que te salves?

Ella volvió a bajar la vista.

—Vos no lo entendéis.

—Piensa bien acerca de mis palabras —dijo Luc—. Tienes un buen corazón y un carácter sincero... puedo sentirlo. Puedes alcanzar la salvación más fácilmente que otros. Todo lo que tienes que hacer es seguirme.

—Ahora debo irme. —Se fue corriendo.

Luc no la detuvo. La semilla estaba esparcida... germinaría en su momento. Sin que él hiciera nada.

Su duro miembro latía mientras la miraba alejarse. Se la imaginó yaciendo debajo de él y gimiendo de placer a cada una de sus embestidas. «La niña de tus ojos en mi lecho... Este golpe no lo vas a superar, Bénédicte.»

Aquella idea le hizo sonreír.

48

E l alcalde Marcel estaba junto a la ventana abierta de su despacho y respiraba el suave aire primaveral. Ante él se extendía la plaza de la catedral, que a esa hora solía estar llena de gente. Ese día apenas había en los puestos unas veinte personas. Se abastecían con rapidez de lo más necesario y se iban corriendo. Las casas patricias abandonadas en torno a la plaza ofrecían un aspecto de desolación.

Bénédicte acababa de hablar con el joven Fleury y había escuchado su informe sobre la situación en la ciudad. Solo podía calificarse de catastrófica. Una semana después del estallido de la plaga habían muerto ya más de cien personas. Cada día enfermaban más, de manera incesante. Entretanto la pestilencia fustigaba ya todo Varennes, también la ciudad nueva a la otra orilla del río, incluso muchos pueblos del término municipal. Todos los miembros del Pequeño Consejo y la mayoría de los altos funcionarios habían huido. Tan solo Bénédicte seguía allí y se esforzaba desesperadamente por mantener el orden.

Valoraba mucho que el maestro Adrien no renunciara a combatir la plaga. Estaba tan impotente ante la pérfida enfermedad como todos los demás médicos de la Cristiandad. «El Señor no quiere que curemos a los enfermos. Nadie debe escapar a su castigo.» Quedaba esperar que la procesión rogatoria que los gremios iban a celebrar el domingo próximo lograra apaciguar la ira del cielo.

Bénédicte se tocó el hombro izquierdo y torció el gesto. Le dolía la espalda como si le hubieran cargado con un yugo. Estaba agotado, le habría gustado dormir tres días seguidos.

—Una palabra, señor.

Se volvió. En la puerta estaba el comandante de la guardia. Aquel hombre parecía tan agotado como él. Su coraza, que brillaba siempre de manera modélica, tenía un color mate.

Bénédicte sonrió, cansado.

—Las malas noticias no cesan, ¿eh?

—Me temo que así es. Me han dicho que ahora ha huido el último sacerdote. Igual que el abad de Longchamp y muchos monjes.

—Así que no queda nadie para confesar a los moribundos.

—Bueno, los franciscanos hacen lo que pueden. Pero, sencillamente, son demasiado pocos, sobre todo porque también ellos tienen que lamentar muertos. Y los maestros de los flagelantes. Pero no sé qué pensar de eso...

—Enviad enseguida un jinete al obispo. Que él se ocupe de eso. —«Si es que no ha huido también y se esconde sabe Dios dónde», pensó Bénédicte.

Después de la conversación con el comandante se fue a casa, porque quería comer con su mujer y su hija. Cuando abrió la puerta, las oyó gritar a ambas. Era algo que ocurría muy raras veces... en su casa reinaba la armonía. Corrió arriba.

—¿Qué está pasando aquí?

—¡Louise se ha vuelto loca! —gritó su mujer—. Por favor, hazle entrar en razón. A mí no me escucha.

—¡Tú eres la que no entra en razón! —replicó su hija—. Dios nos está mostrando claramente su voluntad, pero te niegas a verlo. Si no nos convertimos y expiamos nuestros pecados, morirá aún más gente.

—Pero estamos haciendo cosas —trató de calmarla Bénédicte—. El domingo hay una procesión, en la que vamos a implorar el perdón de Dios.

—¡Eso no basta! —Él nunca había visto tan indignada a Louise. Hizo un gesto que abarcaba todo cuanto veían—. Esta casa, las ropas caras, los cubiertos de plata... todo esto es una monstruosidad a los ojos de Dios. Tenemos que desprendernos de ello y abjurar de la codicia y el lujo.

—Tú sabes que doy mucho dinero a los pobres. Solo la leprosería recibe todos los años dos florines para alimentos y ropa nueva. En verdad, no se nos puede reprochar que no compartimos nuestra riqueza con los necesitados.

—¡No me entiendes! —Louise estaba próxima a las lágrimas.

—Quiere desprenderse de todas sus propiedades y marcharse a vivir con los flagelantes —explicó la mujer de Bénédicte.

Él recibió el golpe como un puñetazo en el estómago.

—Esa gente no son más que ciegos fanáticos cargados de malas intenciones. Habrían asesinado a los judíos si no hubiéramos intervenido. Sin duda con ellos no encontrarás redención alguna.

—Al menos hacen algo, en vez de lamentarse de que todo va cada vez peor. Expían sus pecados e intentan apaciguar a Dios.

—Puede que así sea en el caso de algunos. Pero su cabecilla no es más que un agitador y un estafador de la peor especie. Tan solo se aprovecha de esa pobre gente.

—¡Eso no es cierto!

—Ya has oído cómo predica contra los judíos. Y la marcha contra la judería... ¿me vas a decir que no ocurrió?

En silencio, Louise miró al suelo. Luego dijo en voz baja:

—Quizá tenga razón.

—¿Razón en qué? ¿En qué complace a Dios asesinar a personas inocentes?

—¡En que los judíos tienen la culpa de todo! —Los ojos de Louise echaban chispas—. De la plaga, de la ira de Dios. Ellos clavaron a su hijo en la cruz. Quizá sea voluntad suya que los matemos.

Bénédicte no podía creer lo que estaba oyendo. Su hija era un ser dulce y amable, que jamás había dicho una mala palabra contra nadie. Y de pronto brotaba de su boca todo ese odio irracional. Dijo, cortante:

—No te hemos educado así. Respetarás a los judíos, como siempre se ha hecho en esta casa, y jamás volverás a hablar así de ellos. Y respecto a tus planes de irte con los flagelantes: te lo prohíbo decididamente. Mi hija no va a participar de esa locura.

—Iré. Hoy mismo —repuso Louise—. No me lo impediréis.

Bénédicte miró a su mujer, que mantenía la cabeza baja y lloraba. Louise estaba fuera del alcance de la razón. Allí había que emplear la fuerza, por mucho que le costara.

—¿Es tu última palabra?

En vez de responder, su hija fue a abandonar la sala. La sujetó por la mano.

—¡Suéltame!

—No. No vas a ir a ningún sitio.

Ella gritó y lloró y le golpeó cuando él la arrastró sin suavidad escaleras arriba. Nunca había empleado la fuerza con ella. Hacerlo ahora le rompía el corazón.

—¡Ser inhumano! ¡Monstruo! ¡Por tu culpa moriré e iré al infierno!

Las palabras abrían profundas heridas en el alma de él, pero no podía ceder a sus gritos. Al llegar arriba la metió en su cuarto y cerró la puerta por fuera.

—Volveré a dejarte salir cuando hayas entrado en razón. ¿Has entendido?

—¡Nunca te perdonaré! —gritó ella—. ¡Nunca!

De pronto se sintió tan agotado que apenas podía mantenerse en pie. Apoyó el hombro en el marco de la puerta y cerró los ojos ardientes.

El rico buhonero de la Puerta del Rey había enfermado hacía tres días y entretanto estaba tan débil que apenas podía levantarse de la cama. Aun así, se le había metido en la cabeza participar en la procesión.

—Os lo desaconsejo enérgicamente —dijo Adrianus—. Ahora necesitáis descanso. Cualquier esfuerzo recalentará vuestro cuerpo y hará subir la fiebre. Sería vuestra muerte.

—Voy a morir de todos modos —cuchicheó el buhonero, en voz tan baja que apenas se le podía entender—. Así podré al menos expiar mis pecados y mostrar mi amor al Señor.

—No va a ir a pie —explicó su hijo—. Lo pondremos en el carro. Así podrá participar en la procesión y aun así reposar.

Seguía siendo demasiado para un enfermo grave, pero Adrianus dejó hacer su voluntad al buhonero. Porque su apreciación de la situación era correcta: con elevada probabilidad, iba a morir. Apenas uno de cada cinco enfermos sobrevivía a la pestilencia, en las zonas más pobres ni siquiera uno de cada diez. Por qué algunos se recuperaban escapaba a la comprensión de Adrianus. Sencillamente, no podía explicar si se debía a un tratamiento logrado o a la fuerte constitución del enfermo… o si era tan solo la voluntad de Dios.

De un modo o de otro, el buhonero no iba a estar entre los afortunados. Y, si participar en la procesión le facilitaba la despedida, Adrianus no iba a oponerse.

Durante la semana anterior había visto en verdad muy a menudo que la gente hacía las cosas más irracionales cuando la sombra de la muerte caía sobre ellos. Regalaban todos sus bienes a desconocidos, se tendían en el altar de una iglesia para morir o intentaban robar reliquias. La culpa la tenían los curas, que los habían dejado en la estacada. Quien no podía contar con la absolución ante un próximo fin trataba de salvar su alma de otro modo.

Ayudó a la familia a acostar al buhonero en el carro de bueyes, se subió junto a él y le enjuagó el rostro ardiente. El hijo guio el carro hacia la plaza de la catedral, donde se habían congregado los miembros de los catorce gremios. Los artesanos llevaban velas, grandes cruces de madera y estandartes de vivos colores con representaciones de sus distintos patronos y santos guardianes. Pronto la multitud creció hasta alcanzar el millar de personas. Dado que todos los canónigos habían huido de la ciudad, le tocó al alcalde Marcel abrir la cripta y sacar el relicario con los huesos de san Jacques. También fue este el que desfiló a la cabeza y leyó pasajes de la Biblia cuando la procesión se puso finalmente en movimiento. Seis maestres de los gremios le seguían pegados a su espalda portando el relicario; otros dos agitaban incensarios.

La multitud remontó la Grand Rue hasta la Puerta del Rey, y de allí fue a través de prados y campos hasta una capillita al borde del bosque, donde dejó la reliquia e imploró asistencia a los santos.

—¡Santos Jacques, Nicolás y Rupert, bajad la vista hacia nosotros! —gritó el alcalde por encima de las cabezas de la multitud arrodillada—. Ved nuestro arrepentimiento y nuestra voluntad de hacer penitencia. Ved nuestra angustia. Escuchad los gritos de los moribundos. Os lo rogamos, apaciguad al Señor, nuestro severo padre, para que tenga piedad de nosotros y deje de castigarnos tan terriblemente.

Después de la invocación a los santos, los maestres de los gremios volvieron a echarse al hombro el relicario, y la multitud regresó cantando a la ciudad. Más de un participante en la procesión estaba tan desesperado que se tiraba al suelo al borde del camino y prometía grandes sacrificios al Todopoderoso si curaba a su padre o a su madre, su hermano o su hijo.

El buhonero insistió en sentarse en el carro para no perderse ningún detalle del conmovedor espectáculo. Cada socavón hacía estremecerse el cuerpo consumido, a veces tan fuerte que luego se veía sacudido por espasmos de tos. Adrianus podía sentir que su fiebre subía constantemente, y hacía todo lo posible por refrescar a su paciente. Fue inútil. Cuando la procesión cruzaba el mercado del heno, el buhonero perdió el conocimiento. Poco después su corazón dejó de latir. Tenía una sonrisa en torno a los labios. Adrianus ayudó a los llorosos parientes a llevarlo a la iglesia parroquial, donde lo metieron en un ataúd junto a los otros muchos muertos.

Acto seguido, regresó a la plaza de la catedral. La multitud aún no se había disuelto; la gente escuchaba al pregonero que anunciaba las últimas medidas contra la plaga. Puesto que de facto no había ya Pequeño Consejo, el alcalde Marcel se había autorizado forzosamente a sí mismo a dictar nuevas órdenes.

—… La autoridad ha visto inactiva durante demasiado tiempo que el vicio y la baja moral descomponían nuestra comunidad. ¡A causa de todos estos pecados el Señor está ahora furioso, y nos envía plagas espantosas! Por eso, en virtud de su cargo el alcalde ha dispuesto que, en adelante, se prohíba maldecir en todo el término municipal. Lo mismo vale para el juego de azar y los burdeles. Quien infrinja esta prohibición será multado con medio florín. La conducta especialmente vergonzosa será castigada con la picota. Se ordena a todas las rameras y mujeres carentes de moral abandonar el término municipal y continuar en otra parte su impúdica actividad…

En circunstancias normales, aquellas medidas habrían provocado considerable disgusto. Pero en vista de la plaga la gente asumió las prohibiciones sin queja alguna, incluso saludaban que el alcalde procediera con tanta decisión contra el vicio y la depravación.

«Quiera Dios que sirva de algo.» Adrianus se puso en camino hacia el local del gremio.

Entretanto, la mortandad seguía. Adrianus y sus compañeros luchaban cada día contra la plaga hasta el total agotamiento. Por cada enfermo que arrancaban a las garras de la muerte había cinco, siete, diez que perecían miserablemente. Solo había esperanza cuando los bubones se rompían y el pus venenoso salía fuera. Acto seguido, más de un enfermo se recuperaba. Pero si los bubones se rompían hacia dentro, el fin llegaba pronto.

Un bañero de su grupo enfermó y sucumbió pocos días después. Acto seguido, otros dos miembros de su gremio lo dejaron todo y huyeron de la ciudad. Hacía mucho que los sanadores que quedaban ya no podían atender a todos los enfermos. Más de una víctima de la pestilencia yacía sola durante días, sin que nadie oyera sus gritos de socorro.

También en la judería estalló la plaga, y pronto catorce personas estuvieron enfermas. Cada mañana, después de la oración, Léa hacía la ronda, los sangraba, les daba ánimos, les administraba medicinas paliativas. Solo eso habría sido trabajo para un día entero. Aun así, noche tras noche se reunía con Adrianus y los otros en el gremio, dejaba que Jacques los informara de algunos casos y se ocupaba hasta medianoche de los cristianos enfermos.

No pasó mucho tiempo hasta que la muerte oyó la llamada de la plaga también en el asentamiento de los judíos y blandió allí su guadaña. Su primera víctima fue el viejo Gershom, al que Léa había tratado de distintas dolencias en los años anteriores. La fiebre cayó sobre su cuerpo debilitado como una horda de saqueadores sobre un pueblo indefenso. Aunque Léa lo intentó todo, tuvo que contemplar desvalida cómo Gershom se le moría entre las manos, desfigurado por grotescas hinchazones. Muchos judíos acudieron a su casa y guardaron luto por el anciano, que había sido un hombre muy querido. Varios miembros de la comunidad, bajo la dirección de su padre, lavaron el cadáver y le pusieron la mortaja. Baruch le puso además el manto de oración y cortó los flecos, como era costumbre desde siempre cuando un judío dejaba este mundo. Depositaron en su ataúd a Gershom y lo llevaron al cementerio, seguido de toda la comunidad. Solo David Levi y los suyos se quedaron a las puertas del camposanto. Eran Kohanim, descendientes de la vieja fraternidad del templo, y no les estaba permitido entrar a los cementerios.

—Vayamos a la mikvá y purifiquémonos —dijo Baruch después del entierro.

Algunos hombres que habían lavado a Gershom parecían indecisos.

—¿Tenemos que hacerlo? —dijo malhumorado Eli, el pinche de panadería—. Morirán más, y pronto. Quizá mañana tengamos que lavar otro muerto.

Hacía mucho tiempo que Léa no veía a su padre tan enfadado.

—¿Estás diciendo que debemos esperar un poco, hasta juntar tres o cuatro muertos, para que el esfuerzo merezca la pena? ¿Es que desde hace poco hacen descuentos por contingentes en los baños rituales? Precisamente en estos malos tiempos es cuando tenemos que observar estrictamente la Ley. Solo entonces el Señor nos protegerá. ¡A la mikvá, he dicho! —Y echó a los hombres al callejón.

A la mañana siguiente, cuando Léa entró en la sala, cansada y abatida, encontró allí a su padre. Parecía despierto desde hacía ya un rato, e inusualmente despejado. Incluso le había preparado algo de comer.

—Siéntate y come bien —la invitó—. Hoy tenemos mucho que hacer.

—¿«Tenemos»? ¿De qué hablas?

—Bueno, de los enfermos del barrio. Nos necesitan, ¿verdad?

—¿Quieres ayudar?

—Dios quiere que asistamos a los dolientes... El amor activo al prójimo es uno de los tres pilares sobre los que se sustenta el mundo. Además, no puedo seguir viendo cómo trabajas hasta el completo agotamiento. Me gustaría descargarte de trabajo.

—Pero tú no eres médico.

—Un *apotecarius* sabe algo del arte curativo. Y tu madre me enseñó unas cuantas cosas. Cuando tú eras pequeña, la ayudé a menudo. No he olvidado nada.

Léa lo ponía en duda. Era un erudito de los pies a la cabeza, en los últimos años apenas había trabajado con las manos. Pero difícilmente podía negarle ese deseo. Se había quejado demasiado a menudo de que no hacía otra cosa que sentarse en su estudio sin hacer nada útil. Y por Dios que ella necesitaba cualquier ayuda que pudiera obtener.

—Mira, incluso he encontrado mi vieja bolsa. —Echó mano a su lado, levantó hasta su regazo un bolso de cuero grasiento y abollado y sonrió taimado.

—Muy bien —dijo Léa—. Lo intentaremos. Pero harás exactamente lo que yo diga, ¿entendido? Y nada de sermones sobre las Escrituras. Hay que ir al grano.

—«Habla poco y haz mucho» —citó él los proverbios de los patriarcas, y declaró solemnemente—: Tú eres la maestra y yo, tu obediente aprendiz.

Después de un desayuno apresurado, partieron. Fue una dura prueba para su padre encontrarse a los dolientes, los sacudidos por la fiebre, los consagrados a la muerte, que estaban marcados por bubones supurantes y gemían de dolor. Su vista le llenaba de horror, los malos olores le hacían palidecer, y al principio se quedaba como petrificado, agarrado a su bolsa. Pero se batió con valentía e hizo todo lo que ella le pidió. Titubeante y torpe al principio, pero visiblemente lleno del deseo de dar lo mejor de sí mismo y aprender.

Y, de hecho, hacía progresos con rapidez. Ya al segundo día perdió el miedo a los enfermos, incluso podía atenderlos con total cordialidad. Una vez junto al lecho, pronto se daba cuenta por sí mismo de lo que había que hacer. Léa tuvo que admitir que, en verdad, casi no había olvidado nada. De todos modos, nadie sabía más que él en lo que a hierbas, ungüentos y bebidas curativas se refería.

Al tercer día, ella le pidió que hiciera una sangría. Encontró a la primera el lugar adecuado para el corte, no quitó al enfermo ni demasiada sangre ni demasiado poca y luego emplastó cuidadosamente la pequeña herida. Si anciano padre nunca dejaba de sorprenderla. Léa estaba orgullosa de él.

Cuando llegaron a casa ese día, él dijo:

—Desde ahora iré solo.

—¿Estás seguro?

Él asintió.

—Ve tú a echar una mano al joven Fleury. Te necesita.

—La comunidad tiene preferencia.

—Ahora estoy yo. Los cristianos están peor que nosotros. Tienen veinte veces más enfermos, de los que con frecuencia no se ocupa nadie.

A pesar de los desagradables incidentes de los últimos años, a pesar de las prédicas incendiarias de Luc y del ataque a la judería, mantenía esa generosidad para con los cristianos... ¿De dónde la sacaba?

—Esto no va a quedarse en estos pocos enfermos —dijo ella—. Habrá más. Y la mayoría morirán.

—Si no sé por dónde seguir, te llamaré.

—Pronto desearás volver a tu estudio.

—Así será, sí. Pero ¿de verdad tu padre va a sentarse delante de los libros mientras el mundo se derrumba?

—Aquel para quien las obras buenas valgan más que la sabiduría conservará la sabiduría. Y aquel para quien la sabiduría valga más que las buenas obras la perderá —citó Léa por su parte el Talmud.

Los ojos de Baruch chispearon juguetones mientras se pasaba la mano por la barba.

—Yo no habría podido decirlo mejor.

Dos días después, Léa fue a una casa en el barrio de los zapateros, guarnicioneros y cordeleros, en la que vivía una familia de cuatro miembros. Los dos niños habían enfermado, y Adrianus le había pedido que fuera a verlos.

El padre, un maestro zapatero, la guio sin decir palabra hasta la cama en la que yacían los dos niños. Tenían unos cinco y seis años de edad, y se aferraban convulsivamente a la vida, aunque sufrían fiebre alta y tenían varios gruesos bubones en el cuello y debajo de las axilas. Léa apartó la sudada sábana, ventiló la viciada habitación y les dio agua en abundancia antes de administrarles sus últimas pastillas de azafrán. Revolvió en su bolso y comprobó que también se le habían acabado la mayoría de las demás hierbas y medicamentos.

—¡Necesito ajo, vinagre y acedera! —gritó—. ¿Tenéis en casa?

Al no obtener respuesta, fue al comedor. Los dos adultos estaban metiendo ropas y otras pertenencias en un saco.

—Mira abajo, en la despensa —dijo escuetamente el zapatero.

—¿Vais a dejar la ciudad?

—Si nos quedamos, moriremos.

—Pero vuestros hijos están demasiado débiles para viajar. Necesitan descanso.

—Ellos no vienen. —El hombre no la miró mientras cerraba con un nudo el saco.

Perpleja, Léa miró a la mujer, que tenía la mirada fija en el suelo y lloraba sin ruido. El zapatero hablaba en serio.

—No podéis dejarlos aquí. ¿Qué va a ser de ellos?

—Ya están prácticamente muertos. ¿Qué sacan ellos de que nosotros también enfermemos?

—Eso no lo sabes. Quizá se recuperen.

—Eso son meras ilusiones. —La voz del zapatero sonó agresiva, pero ella notó que detrás de su ira se ocultaba la desesperación.

—Necesitan a sus padres. Más que nunca si tienen que morir. Dejarlos solos ahora es espantoso.

No pudo hacerles cambiar de opinión. El zapatero se echó el saco al hombro y la miró amenazador.

—Apártate de mi camino, mujer.

Ambos bajaron corriendo la escalera y salieron de la casa. Ni siquiera se despidieron de sus hijos.

Léa tuvo que sentarse y respirar hondo varias veces. Los otros sanadores habían contado que habían visto ya en muchas ocasiones que por miedo a la plaga los parientes abandonaban a los enfermos. Pero unos padres que dejaban en la estacada a sus propios hijos y los condenaban a un final miserable, en soledad y miedo… aquello era nuevo. Léa quería despreciar al zapatero y a su mujer, odiarlos, pero no lo lograba. El miedo tenía en sus garras a toda la ciudad, de modo que incluso personas inteligentes y moralmente sólidas dejaban de estar en condiciones de pensar con claridad y distinguir lo bueno de lo malo. Sobre todo cuando los patriarcas de la ciudad y los clérigos los habían precedido dándoles el peor ejemplo posible.

Se secó las lágrimas y volvió a atender a los niños. Estaban medio despiertos medio inconscientes, y al parecer no se habían enterado de nada. Léa fue abajo, registró deprisa el taller del zapatero y echó una mirada al patio, en el que unas cuantas gallinas picoteaban grano. Junto a la leña había una carretilla. No era ideal, pero sí suficiente. La empujó hasta el taller, fue al dormitorio y bajó uno tras otro a los niños. El más pequeño gimió con suavidad cuando lo puso en la carretilla junto a su hermano. Los niños encajaban justos, los pies desnudos les colgaban por fuera. Tapó los cuerpecitos y empujó la carretilla por las calles. Varias personas la miraron sin interés. Probablemente pensaban que Léa acarreaba cadáveres.

Había un largo camino hasta el local del gremio. En la plaza de la catedral, el mayor de los niños abrió los ojos y la miró con ojos vidriosos, entreabiertos.

—¿Madre? —preguntó, y empezó a sollozar.

Léa no sabía qué hacer para calmarlo. Rápidamente, empujó la carretilla rue de l'Épicier arriba y cruzó la puerta del local.

Jacques, que estaba sentado a la mesa, dejó su jarra de cerveza.

—¿Qué nos t'aes ahí?

Léa se cercioró de que el mayor de los niños había vuelto a quedarse dormido.

—Sus padres los han abandonado.

El viejo cirujano movió preocupado la cabeza.

—¿Qué c'ase de pe'sonas son esas? —Agarró el bastón y se levantó trabajosamente.

—Deja. Puedo sola.

Él insistió en ayudarla.

—Bu'quemos un bue' sitio para ellos. Lo mejor es ahí det'ás.

En un rincón del local, hicieron un lecho de mantas para los niños y los acostaron con cuidado. Ambos ardían de fiebre y tosían en sueños. La mucosidad en sus labios estaba ensangrentada.

—Alguien tiene que queda'se co' ellos dura'te la noche —dijo Jacques.

—Yo lo haré.

—Eres una buena chica. Más de un cri'tiano debería tomar eje'plo de ti.

Ella se sentó en el frío suelo, mojó un trapo en un cubo y enjuagó los rostros acalorados de los niños. El más pequeño se despertó y la miró confundido.

—¿Dónde está madre?

—Vendrá enseguida —cuchicheó Léa, mientras le fallaba la voz.

49

Abril de 1349

El alcalde Marcel llenó su copa de plata de vino de Franconia y ofreció otra a Adrianus, que la aceptó con gratitud. Tenía una sed ardiente, porque había tanto que hacer que a veces olvidaba cuidar de sí mismo.

Bénédicte esparció menta y otras hierbas refrescantes en los dos recipientes.

—Espero que tengáis buenas noticias para mí.

—Desearía que así fuera, pero es al contrario.

El alcalde se desplomó en su silla con un suspiro.

—Hablad.

—Hemos perdido la cuenta de cuántas personas han enfermado hasta ahora —informó Adrianus—. Trescientas, cuatrocientas, quizá más. De todos modos solo podemos atender a una pequeña parte, sobre todo porque nuestro grupo se ha reducido mucho. La gente muere cada día a docenas. Probamos los medicamentos y terapias más variadas, nada parece ser de utilidad. Sencillamente, sabemos demasiado poco de las causas de la plaga y los procesos que desencadena en el cuerpo. Además, las circunstancias en la ciudad dificultan nuestro trabajo. Hay ladrones y saqueadores por todas partes, ya no solo en la ciudad baja...

—Lo sé. —Bénédicte alzó la mano en ademán defensivo—. Ya he empleado la guardia en eso. Sé también que los sepultureros no dan abasto a eliminar todos los cadáveres. Hago lo que está en mi poder, pero no puedo estar en todas partes a la vez.

Adrianus asintió. Era imposible no ver que el alcalde estaba mortalmente agotado. En su rostro se habían grabado profundos surcos. En las dos semanas transcurridas había envejecido años.

—Bueno, al menos hay una buena noticia —dijo el patricio de pelo cano—. Acaba de llegar un mensaje del obispo. Se indignó mucho al saber que todos los sacerdotes han huido. Se ocupará de eso. Por el momento, nos permite que los laicos puedan administrar los sacramentos.

A partir de ahora, incluso las mujeres podrán oír en confesión a los moribundos. Los pregoneros van a anunciarlo mañana.

Adrianus no podía recordar haber oído nunca nada comparable a un príncipe de la Iglesia. Laicas que administraban los sacramentos con la bendición de la Iglesia: eso demostraba suficientemente en qué tiempos desesperados vivían. Las viejas certezas ya no valían.

—Eso ayudará mucho. Le devolverá un poco de esperanza a la gente.

Dio un sorbo a su vino. No era demasiado bueno, pero le supo exquisito. Así le ocurría últimamente siempre que comía o bebía algo. Todas las pequeñas alegrías del cuerpo se habían vuelto más intensas, lo mismo orinar que sentir el sol en el rostro: la muerte omnipresente le había enseñado que cada movimiento de la vida era en extremo valioso.

—Hay algo más —dijo—. Sois el último bastión que nos guarda del desplome de todo orden. Debéis manteneros sano y capaz de actuar a cualquier precio, aunque eso… exija medidas drásticas.

—¿En qué estáis pensando? —preguntó el alcalde.

—He recordado algo que oí en París. Para proteger al Santo Padre de la plaga, su médico dispuso que no podía salir de sus aposentos mientras la pestilencia hiciera estragos en Aviñón. Además, el Papa siempre estaba sentado entre dos pebeteros en los que se quemaban hierbas aromáticas. El calor y el humo mantienen las miasmas que causan la enfermedad alejadas de él. ¿Estáis dispuesto a intentarlo?

—Si sirve para protegerme… sin duda.

—Amueblaremos el despacho para que podáis dormir aquí.

Bénédicte frunció el ceño.

—¿Es realmente necesario?

—No podemos permitir que fuera o en casa estéis expuestos a los vapores de la pestilencia. Ni siquiera unas pocas horas al día.

—Bien. Si ese es vuestro consejo, lo seguiré. —El alcalde llamó a un criado—. Dile a mi esposa que desde ahora pernoctaré en el ayuntamiento. Luego, busca dos pebeteros de carbón y tráelos aquí. Y carbón suficiente para varias semanas.

El criado hizo una reverencia y se fue corriendo.

Después de la entrevista en el ayuntamiento, Adrianus remontó la rue de l'Épicier. Atardecía ya; la oscuridad caía y expulsaba de las calles los últimos restos de la luz del día. De camino al local del gremio, pasó por delante del cementerio de una iglesia; entre las lápidas castigadas por el clima se habían reunido espontáneamente numerosas personas. Aquella gente se había cogido de las manos. Algunos estaban enfermos y solo podían tenerse en pie con la ayuda de los otros. Creían que se acercaba el Apocalipsis, e imploraban a Dios que perdonase a Varennes.

«Quizá tengan razón. Quizá estemos librando una guerra insensata contra lo inevitable.» Adrianus alejó la idea de su cabeza. Ese camino no llevaba a ninguna parte. En todo caso a la desesperación.

Seguir adelante. Seguir siempre. No le quedaba más remedio.

Fue uno de los últimos en llegar al local. Los otros ya se habían lanzado, hambrientos, sobre la comida y la cerveza rebajada que Jacques les preparaba todos los días. Léa estaba con ellos y charlaba con el viejo cirujano. Entretanto, todos la aceptaban; ya no había observaciones despectivas. Con sus destacadas capacidades, su resistencia y su tranquilidad ante la mortandad masiva, se había ganado con rapidez el respeto de los otros.

—¿De quién son esos niños? —preguntó Adrianus, mirando a los dos niños que dormían en la parte trasera del sótano.

—Sus padres los han abandonado —respondió Léa—. Jacques dice que se llaman Damien y André.

—So' los hijos de Duran el zapatero —completó el viejo cirujano.

Adrianus conocía fugazmente a Duran. El zapatero y su mujer eran en el fondo personas decentes. Costaba creer que hubieran dejado en la estacada a sus hijos enfermos. Pero el miedo a la plaga sacaba a la luz lo peor de mucha gente.

—¿Los has traído tú?

Léa asintió.

—Los cuidaré lo mejor que pueda.

Su disponibilidad incondicional casi le partía el corazón. ¿Cuántos cristianos habrían hecho lo mismo por unos niños judíos?

—¿Muchos casos nuevos? —preguntó volviéndose hacia Jacques.

—No paran. —El viejo señaló sus tablillas de cera, en las que había docenas de nombres.

—Empezaremos en cuanto lleguen Deniselle y Laurent.

La herbolaria llegó poco después. Entró apoyándose en su cayado, con pasos extrañamente bamboleantes.

—¿Has sabido algo de Laurent? —preguntó un bañero.

—Ha… —Deniselle se detuvo, carraspeó—. Enfermó esta mañana. Empezó poco después de nuestra reunión. Lo he llevado a casa y he estado con él hasta ahora. Ha… muerto.

Se extendió un consternado silencio. Más de uno se persignó. Un bañero que lo conocía desde hacía mucho lloró por su amigo.

—¿Cómo puede ser, en tan pocas horas? —preguntó indignado Adrianus. Ni él mismo sabía decir contra quién o contra qué iba dirigida su ira—. Normalmente pasan por lo menos dos días hasta que se produce la muerte.

—Su mujer dijo que había tosido sangre —contó Deniselle—. La pestilencia tiene que haberle atacado los pulmones.

El bañero que lloraba se levantó.

—Tenemos que ir a su casa. El gremio debe rendirle los últimos honores y consolar a su esposa.

Adrianus y los otros hombres se levantaron. Deniselle se les unió.

—Yo tengo que quedarme aquí —dijo Léa.

—Claro. —Adrianus le apretó la mano antes de seguir a sus compañeros.

Léa pasó la noche junto a los niños. Adrianus volvió a acercarse a verla antes de irse a casa al anochecer y caer agotado en el lecho.

Cuando, a la mañana siguiente, acudió a primera hora al local, ella estaba sentada a la mesa, con el rostro enterrado entre las manos. Alzó la cabeza y le miró. Tenía las mejillas mojadas de lágrimas, los ojos expresaban un cansancio indecible. Adrianus fue a ver a los dos niños. No habían superado la noche. En sus labios brillaba la sangre fresca.

Les cerró los ojos, se sentó junto a Léa y le apretó la mano.

—Llamaron a su madre hasta el último aliento —susurró—. Tenían tanto miedo...

—Por lo menos te tenían a ti.

—No pude hacer nada por ellos. Nada. Solo sentarme y ver cómo morían. —Volvió a llorar y se secó las lágrimas con un gesto furioso—. Es todo tan absurdo.

—Tenemos que llamar a los sepultureros —dijo Adrianus.

Ella apretó los labios y asintió.

Los sepultureros municipales estaban completamente desbordados, así que hubo que esperar largo tiempo hasta que apareció uno de ellos. El hombre dejó su carretilla, en la que ya había tres cadáveres, y siguió a Adrianus con sus ayudantes hasta el local del gremio. Léa se despidió de los niños, arrodillándose junto a ellos y susurrando una oración en lengua hebrea. Cuando hubo terminado, se agarró la túnica y tiró con ambas manos, tan fuerte que el paño se rompió. A la vez, murmuró las palabras *«Baruch dajan haemet»*. Adrianus había oído hablar de ese rito funerario judío. Normalmente se hacía solo con parientes cercanos.

Entretanto el enterrador esperaba impaciente. Indiferentes, los ayudantes cogieron los cuerpecillos, se los echaron al hombro como si fueran sacos de harina y los llevaron arriba.

Poco después llegaron los otros sanadores. Jacques había traído un cesto lleno de pan, embutido y queso, pero casi nadie tocó las viandas. La muerte de Laurent les pesaba a todos. El ambiente en la mesa era de tristeza.

Mientras estaban sentados repartiendo el trabajo de la jornada, aparecían miembros de los distintos gremios que daban cuenta de los nuevos enfermos en sus distintos barrios. Jacques lo anotaba todo minuciosamente. Había cuatro casos nuevos entre los carpinteros, tres entre los herreros, seis entre los matarifes, nueve entre los tejedores. En vista de las cifras, más de uno movía la cabeza o maldecía con aspereza. En algún momento, uno de los bañeros estalló:

—¡Basta! Ya no puedo más. Da igual lo que hagamos, son cada vez más. No podemos vencer a la plaga.

—La pestilencia va a borrar Varennes del mapa... así lo quiere Dios —coincidió con él uno de los talladores—. Deberíamos irnos antes de reventar como el maestro Laurent, que el Señor lo tenga en su gloria.

—No debéis hablar así —replicó Deniselle—. Aún no está todo perdido.

—¡Sí lo está! —El bañero dio un puñetazo en la mesa—. ¿Cuándo vais a aceptarlo, tú y Jacques y el maestro Adrianus? Estamos impotentes. Lo que hacemos no tiene el menor efecto.

—En verdad, puedo entender vuestra preocupación —intervino Adrianus—. También a mí me abandona el valor cuando veo tantos muertos, innumerables enfermos cuyo sufrimiento apenas podemos aliviar. Pero no podemos permitir que la desesperación nuble nuestra mirada para los signos de esperanza. Puede que sean pequeños, pero los hay. No todos los enfermos mueren de la plaga. Uno o dos de cada diez se curan.

—Porque Dios así lo quiere. Tiene bien poco que ver con nosotros —dijo un barbero.

—Eso no lo sabes. Quizá nuestras medidas hacen algo en casos concretos. No puedo demostrarlo, pero tengo la impresión de que especialmente a los pacientes fuertes les ayuda que ventilemos de forma regular sus habitaciones y les administremos bebidas diuréticas.

—O lo del humo aromático —dijo Deniselle—. He quemado hierbas especiadas en casa de varios enfermos. Sin duda no los ha curado, pero parece hacer el efecto de que la pestilencia pasa de largo ante los otros habitantes de la casa.

Léa asintió.

—Los olores fuertes parecen tener un efecto benéfico, quizá porque se sobreponen a las miasmas que causan la enfermedad. En favor de eso habla que entre los curtidores enferme menos gente que en las calles vecinas.

Adrianus le lanzó una mirada de gratitud. Ella no se dejaba abrumar por el dolor, sino que ayudaba a alimentar la esperanza. Pasara lo que pasase, su fortaleza interior nunca se agotaba.

—A partir de ahora, aplicaremos más todas estas medidas —dijo—. Jacques, para nuestra protección, ahumarás el local varias veces al día. También podemos ayudar a los enfermos que han perdido ya toda esperanza. Aliviaremos su fin dándoles consuelo y medicamentos contra el dolor. Oiremos en confesión a los moribundos, ahora podemos hacerlo.

—Para mí es demasiado poco —dijo el bañero—. Prefiero salvar mi propia vida. Que los santos os protejan. —Con aquellas palabras, se fue.

Adrianus no lo detuvo. Miró a los otros.

—Pase lo que pase, yo me quedo. Pero no obligo a nadie a hacer lo mismo. Quien quiera irse, puede hacerlo sin miedo al insulto ni a la vergüenza.

El barbero y el tallador abandonaron el local sin decir una sola palabra.

De la comunidad convocada, de repente, ya solo quedaban Jacques, Deniselle, Léa y Adrianus.

Y la gran mortandad no cesaba...

Algunos días, la plaga se llevaba docenas de personas. Hombres y mujeres, ancianos y niños, fuertes y débiles... La parca blandía su guadaña y las cosechaba sin elegir. Los cementerios se desbordaban, de modo que el alcalde Marcel se vio obligado a disponer que enterraran a los muertos en fosas comunes delante de los muros de la ciudad. Hacía mucho que no todos recibían un entierro cristiano. Muchos cadáveres pasaban días en las casas, porque los sepultureros no daban abasto y los vecinos se negaban a sacarlos.

Entre las víctimas de la plaga también había muchos conocidos de Adrianus, vecinos, amigos de la infancia. Les oyó en confesión e hizo todo lo que pudo por aliviar sus padecimientos. No podía llorar por ellos, ya no. ¿Cómo iba a hacerlo cuando el dolor no tenía fin? ¿Cuando el corazón casi rebosaba de pena?

¿Cuando un solo muerto llegaba, en algún momento, a parecer insignificante comparado con la mortandad masiva?

Hacía mecánicamente su trabajo, iba de casa en casa, tachaba los nombres de su lista. Sonreía, daba esperanza, difundía ánimo, aunque él no sentía otra cosa que un plúmbeo agotamiento.

Pensaba sin parar en las causas de la plaga. ¿Qué la provocaba? ¿Por qué uno enfermaba y su vecino no? ¿Por qué uno podía vivir, mientras el de al lado moría? ¡Si tuviera las respuestas a esas preguntas!

Ensayó una nueva terapia. Sajó los bubones de una criada que sufría dolores insoportables y raspó el pus, para que el veneno no llegara a la sangre. El efecto fue asombroso. No era solo que cesaran los dolores... la criada se recuperó y escapó de la muerte. ¿Era posible que hubiera encontrado un remedio? Excitado, informó a los otros de su descubrimiento. Desde entonces, aplicaron el nuevo método a todos los enfermos. Aun así, la mayoría murió. Adrianus estaba destrozado. ¿Simplemente había tenido suerte con la criada?

—Seguiremos intentándolo —le animó Léa—. Puede que sajar los bubones no salve a todos los enfermos, pero al menos reduce su sufrimiento.

Refinaron el método untando los bubones con una masa hecha de cebolla, mantequilla, levadura e higos picados, que hacía que se inflamaran con más rapidez y fueran más fáciles de sajar. Más de un enfermo lloró de alivio cuando los dolores cesaron de pronto.

El sol sangraba cuando Adrianus fue hacia el local del gremio una semana después de la muerte de Laurent. Una luz roja bañaba las almenas de la muralla; los aleros, las veletas y las cruces de las iglesias se recortaban negras y claras contra el cielo ardiente. Las sombras se acumulaban detrás de las fachadas, una suave penumbra se pegaba como terciopelo a los callejones. Era una tarde suave, amable, que invitaba a sentarse en el patio con la familia y los amigos y abrir un barril de cerveza. Pero a Adrianus le parecía como si Dios quisiera burlarse de ellos al enseñarles, una vez más, toda la belleza del mundo antes de arrebatarles la vida. Los lilos de los patios de los cementerios ya habían florecido, pero su aroma no lograba sobreponerse al apestoso olor de la muerte y la putrefacción.

Entró en el local del gremio, en el que olía a las hierbas aromáticas que Jacques esparcía en el fuego. Léa estaba en ese momento reponiendo existencias de medicamentos. Su padre era extremadamente generoso con los remedios, aunque solo recibía del alcalde una parca indemnización que estaba muy por debajo del precio habitual en el mercado. Baruch y Léa tenían que haber perdido ya cantidades ingentes de dinero, pero jamás se quejaban por eso.

—¿Dónde están los otros?

—Deniselle ha vuelto a irse —respondió Léa—. Tiene amigos en la ciudad nueva a los que quiere visitar. Jacques se ha ido a casa. No se siente bien.

El corazón de Adrianus pareció dar un vuelco.

—¿Está...?

—¡No! No es eso. —Léa abrió mucho los ojos al darse cuenta de que se había expresado mal—. Es solo su espalda. Le duele y quería tumbarse.

Adrianus respiró de manera audible.

—Bueno, no me sorprende. El viejo se pasa todo el día en pie, trae comida y le dan una mala noticia tras otra. La semana pasada ya le dije que tenía que aflojar un poco.

—Ya sabes cómo es. Quiere ayudar. Descansar mientras nosotros trabajamos le parecería como una traición. —Léa siempre hablaba con respeto de Jacques. Entre ella y el anciano cirujano había surgido una amistad especial—. Y lo necesitamos de verdad. Sin su presencia en el local, sin su conocimiento y tranquilidad, todo sería mucho más difícil. —Luego dijo lo que pensaba—: Ojalá se recupere pronto. Después pasaré a verle.

Adrianus le ayudó a meter las hierbas, píldoras y bebedizos en las estanterías rotuladas al efecto.

Al hacerlo, su mano rozó la de ella. No fue más que un contacto fugaz, y sin embargo le estremeció un dulce relámpago. Su corazón latió más deprisa, ambos se quedaron inmóviles y se miraron. Los ojos de ella eran profundos y oscuros, y él pudo en ver en ellos su anhelo, espejo del suyo.

—Adrien —susurró.

¿Le había llamado así alguna vez? No podía recordarlo.

Alzó la mano y le tocó la mejilla, la piel aterciopelada, un rizo negro que escapaba de la cofia. Le inundaron los recuerdos de sus noches en común, del placer, de la dicha que entonces le había llenado. ¿Por qué la había echado de su lado? Había motivos, buenos motivos, y sin embargo de repente le parecían carentes de importancia. Era posible que les quedara poco tiempo de vida. La muerte demostraba día tras día su omnipotencia, se aproximaba el fin de la humanidad… ¿Qué sentido tenía negar sus sentimientos? ¿Acaso no era su amor un regalo que tenían que apurar mientras pudieran?

Ella iba a decir algo, pero las palabras se congelaron en sus labios. Se acercó, entreabrió la boca. Él le puso las manos en las caderas y la besó, sintió su calor, su deseo.

Ella se apartó a regañadientes.

—Si entra alguien…

—Y qué.

Todas las prohibiciones y reglas que había entre ellos habían dejado de preocupar a Adrianus. El mundo tenía en ese momento otras preocupaciones que el amor de un cristiano por una judía.

La tomó de la mano y la llevó hasta un aposento en la parte trasera del local del gremio, en el que estaban el arca con los estatutos y una cama. Había dormido allí alguna vez, cuando después del trabajo estaba demasiado cansado para ir a casa.

Léa se quitó la cofia y dejó caer al suelo el vestido y la ropa interior. Se tumbó desnuda en la cama, los rizos negros le caían por los hombros y los pechos. También Adrianus se desvistió. Lo hizo a toda prisa; sus cuerpos estaban hambrientos e impacientes, habían esperado ese momento demasiado tiempo. Ella abrió mucho los muslos, él se tendió sobre ella, y allá donde sus pieles se tocaron lo estremeció un calor exquisito. Ella suspiró cuando se deslizó en su interior, y se entregaron al placer. Sus cuerpos se movieron al unísono, como si nunca hubieran hecho otra cosa. Era algo nuevo y familiar a un tiempo. Léa respiró más deprisa, clavó los dedos en su espalda, su gemido espoleó la excitación de él, y ambos gritaron de placer al alcanzar el clímax.

Luego yacieron sobre la sábana arrugada, abrazados. El sudor brillaba en la piel de Léa. Acarició el pecho de él con las yemas de los dedos, él ocultó el rostro en su cabello y respiró su aroma. No hablaron, no necesitaban palabras. Se tenían el uno al otro, era suficiente. La ciudad, los enfermos, la miseria, todo aquello le parecía a Adrianus indeciblemente lejos. De pronto se sentía fuerte, invencible. La muerte aún no los había doblegado, la combatirían hasta el último aliento, y mientras floreciese su amor había esperanza.

Sus cuerpos no querían enfriarse, su hambre estaba lejos de haber sido saciada. Léa le besó en la boca, en el cuello, mordisqueó su oreja y se revolvió sobre él. Él acarició sus pechos y rozó con los pulgares los pezones, que enseguida se irguieron. Ella cerró los ojos y se entregó al contacto. Luego, metió la mano entre sus muslos y lo introdujo dentro de ella. Lo cabalgó con movimientos regulares, al principio despacio, luego cada vez más impetuosa, hasta que volvieron a gemir su placer, unidos en un éxtasis que se olvidaba de sí mismo.

Se desplomó junto a él en el lecho, respirando pesadamente, agotada. Por fin era bastante. Él pasó el brazo a su alrededor, sus manos se entrelazaron. Mientras escuchaba el sonido de su corazón, se quedó dormido, y por primera vez desde hacía muchas semanas no lo asediaron malos sueños.

Luc observó a los dos hombres que había en la tienda. Habían venido a verlo hacía algunas semanas. Pobres tejedores. Yacían allí sudando y temblando de fiebre. En uno de ellos, Luc pudo distinguir los bubones azulados en el cuello.

—¿Son los únicos?

Matthias asintió.

—¿Quién más lo sabe?

—Solo nosotros dos y Pierre, que los ha encontrado.

Luc se volvió hacia el joven enclenque que estaba junto a Matthias.

—Ni una palabra de esto a nadie, ¿has entendido?

—¿No debemos advertir a nuestros hermanos y hermanas?

—Eso no haría más que atemorizarlos.

Pierre asintió dubitativo.

—Claro, maestro.

—¿Qué hacemos con ellos? —preguntó Matthias.

Los pensamientos de Luc se atropellaban.

—Coge a dos hombres discretos y levanta una tienda al borde del bosque, que no pueda verse desde aquí. Llévalos allí. Si alguien pregunta por ellos, les diréis que han vuelto a la ciudad.

Pierre abrió mucho los ojos. Que su querido maestro instigara a mentir sin vergüenza alguna sobrepasaba su entendimiento. Ojalá que ese tipo no se convirtiera en un problema.

—¿Vais a dejarlos simplemente morir allí? —preguntó el joven.

—Claro que no —respondió Luc—. Nos ocuparemos de ellos. Tú los cuidarás.

Pierre tragó saliva.

—¿No sería mejor que enviásemos a buscar al maestro Adrianus?

—Ese hombre es un charlatán, que no puede hacer nada contra la plaga y además ofende al Señor dando falsas esperanzas a los enfermos. No. Lo haremos a nuestra manera: con humildad y entrega a Dios. ¿Estás dispuesto a asumir esa tarea?

—Claro. —Pierre se sentía visiblemente incómodo en su pellejo.

—Cuidar a los enfermos es una noble obligación, con la que puedes demostrar tu amor a Dios. Ahora, poned manos a la obra.

Aún era casi de noche cuando Luc regresó a su tienda. Pocos de sus seguidores estaban ya en pie, avivaban el fuego y se reunían para la oración de la mañana. Luc los saludó trazando en el aire la señal de la cruz y murmurando unas palabras de bendición. Se escurrió en su tienda con rapidez y ordenó a sus guardianes que no dejaran pasar a nadie más que a Matthias.

Allí esperó.

Cuando el fornido flagelante apareció por fin, hacía mucho que había amanecido.

—Nos lo hemos llevado, pero no se va a poder mantener en secreto —dijo Matthias—. Otros han enfermado, y se corre la voz.

Luc siseó una maldición. Empezó a dar vueltas por la tienda, frotándose la nariz.

—Llevaos también a los nuevos —decidió—. Decid a la gente que hemos instalado un *infirmarium* al borde del bosque.

Matthias volvió a irse. Esta vez tardó en regresar hasta pasado el mediodía.

—¿Cómo está el ambiente ahí fuera? —preguntó Luc.

—Todos lo saben… la gente no habla de otra cosa. Tienen miedo. Algunos se sienten engañados. Tienes que hablarles.

Luc se sentó.

—Esta tarde.

Pero, cuando oscureció, seguía sin saber qué podía decir a sus seguidores. Necesitaba más tiempo.

—Vamos a dejar el campamento para ir a la ciudad —comunicó a Matthias.

La frente singularmente corta del gigante se llenó de arrugas.

—No comprendo.

—¡Limítate a hacer lo que te digo! —bufó Luc.

No sabía exactamente a qué se dedicaba Matthias antes de unirse a los flagelantes. Con toda probabilidad había sido mercenario o soldado. Sea como fuere, estaba acostumbrado a obedecer órdenes. Había sido uno de los primeros en reconocer a Luc como su futuro jefe. Había sido leal desde el principio y siempre había apoyado todos sus planes sin hacer preguntas. Como ahora. A toda prisa, reunió unas cuantas pertenencias. Esperaron a que fuera de noche y salieron del campamento al amparo de la oscuridad y envueltos en anchos mantos.

Tuvieron suerte: la Puerta del Heno estaba abierta. Según les habían dicho, muchos guardias estaban enfermos o ya habían muerto, de forma que el comandante de la guardia ya no podía guarnecer todas las fortificaciones. El hecho de que incluso se dejara de cerrar las puertas al caer la noche indicaba el estado al que había llegado entretanto el orden público.

Corrieron por las calles sin encontrar un alma. En una ocasión, Matthias estuvo a punto de tropezar con el cadáver de una joven tirada en mitad del camino, que apestaba de manera bestial a putrefacción. Luc había pensado en esconderse en cualquier casa cuyos habitantes hubieran muerto o huido. Al llegar al mercado del heno, se le ocurrió otra idea.

Señaló el edificio que había enfrente del matadero.

—Allí viví una vez —susurró a Matthias.

—Hermosa casita. No sabía que hubieras sido un rico pavo real.

Luc sonrió desde la capucha de su manto.

—Mira a ver si está habitada.

Matthias se fue. Para ser un hombre tan fornido, se movía con asombrosa flexibilidad. Una puerta chirrió ligeramente en las tinieblas. Volvió poco después.

—Todo abandonado. En el patio hay un muerto.

—¿No será por casualidad Amédée Travère?

—¿Quién es?

—Un pez gordo del Consejo.

—No me parece un consejero —dijo Matthias—. Más bien un criado o algo así.

—Mala suerte de todos modos. —Luc se puso en movimiento.

Matthias sacó el cadáver por la puerta del patio tirando de las piernas y lo dejó en la plaza, antes de colarse dentro de la casa por la puerta trasera que el propio gigante había abierto. La entrada delantera estaba atrancada. Luc encendió una tea y recorrieron los pasillos y estancias. Todo estaba en orden. No había más cadáveres; solo bastante polvo. Los habitantes, obviamente gente acomodada, tenían que haber dejado la ciudad a tiempo. Naturalmente, se habían llevado todos los objetos de valor, como Luc pudo comprobar después de echar un vistazo a distintos baúles y arcones.

Se dejó caer en la cama de matrimonio y suspiró complacido. No se acordaba de cuándo había estado tan cómodo por última vez.

—Me quedaré aquí por el momento. Tú volverás mañana a la Nueva Jerusalén y verás cómo evolucionan las cosas.

—Me preguntarán por ti. ¿Qué debo decir a la gente?

—Que el Señor me ha ordenado que me retire a orar —respondió Luc—. Y que estoy esperando una nueva revelación del arcángel.

Matthias rio brevemente, resoplando, antes de buscarse un sitio donde dormir.

50

Jacques se quedó en casa justo día y medio. Cuando apareció en el local, afirmó que los dolores de espalda habían desaparecido. Adrianus no le creyó ni una palabra. El viejo cirujano olía a filipéndula, una planta medicinal que se empleaba para hacer ungüentos analgésicos.

—Deberías estar en la cama —dijo Adrianus, pero Jacques no quiso oír una sola palabra.

—Y qué. A ot'os les va mucho peor. Mie't'as no te'ga bubones negros en el cuello, cu'p'iré co' mi deber, si puedo. —Dejó, testarudo, la cesta encima de la mesa y ocupó su puesto en la puerta.

Adrianus, que solo se había pasado a renovar sus reservas de medicamentos, decidió que podía hacer un descanso, dado que estaba allí. Ya era por la tarde, y no había comido nada desde por la mañana temprano. Cogió pan y un embutido ahumado de la cesta y empezó a comer.

Cuando hubo terminado y estaba llenando su bolsa, Léa asomó la cabeza en la habitación.

—Estás aquí. —Se acercó a él—. Acabo de pasar por tu casa. Me he encontrado a tu padre allí. Dice que tiene que hablar urgentemente contigo.

Adrianus frunció el ceño. No había vuelto a ver a Josselin desde que había regresado junto a Luc sin una palabra de despedida. De eso hacía casi dos meses.

—¿Qué quiere?

—Tendrás que preguntárselo tú mismo. No fue muy locuaz.

—¿Cómo es que no ha venido contigo?

—No sabía dónde estabas. Le dije que te enviaría junto a él si te veía.

Adrianus cerró la bolsa y le miró brevemente a los ojos antes de abandonar el local del gremio: un mudo ruego de que más tarde fuera a verle. Léa sonrió imperceptiblemente y asintió. La razón les mandaba ocultar sus sentimientos el uno por el otro, incluso aunque solo Jacques estuviera presente. Entretanto, se había vuelto difícil. Pero las noches les pertenecían, y eso les compensaba cien veces del secretismo de la jornada.

Josselin estaba sentado en el suelo delante de la puerta y se levantó al distinguir a Adrianus.

—Que el Señor esté contigo, hijo mío.

—Padre. —Adrianus estaba aliviado de ver bien a Josselin. Pero había otros sentimientos, en extremo contradictorios—. ¿Vas a disculparte por haberte marchado sin más? Llegas un poco tarde.

—Si hubiera dicho algo habríamos vuelto a disputar. Lo sentí mucho.

—Me mentiste en plena cara.

Josselin parecía consciente de su culpa.

—Lo he confesado y he hecho penitencia.

—Bueno, entonces todo perfecto.

Josselin señaló la puerta con ademán inquieto.

—¿Podemos hablar dentro?

Adrianus abrió y entraron en la cocina.

—¿Qué quieres, padre?

—Se trata de la plaga. Ha estallado también en la Nueva Jerusalén.

—Era de esperar. —De hecho, a Adrianus le sorprendía que el sucio y atiborrado campamento de flagelantes hubiera salido indemne tanto tiempo.

—No lo entiendo —dijo Josselin—. Luc nos prometió que eso nunca ocurriría.

—Bueno, eso puede tener que ver con que miente cada vez que abre la boca.

—¡No digas eso! Da esperanza a mucha gente en estos tiempos difíciles.

Adrianus suspiró.

—¿Cuántos están enfermos?

—Una docena, al menos. ¿Puedes venir a verlos?

—¿Te ha enviado Luc?

Josselin negó con la cabeza.

—El maestro ha desaparecido.

—¿Desaparecido?

—Se ha retirado a orar. Solo Matthias sabe dónde está.

—Le pega —dijo Adrianus.

Apenas sus promesas de redención quedaban al descubierto como descaradas mentiras, ponía pies en polvorosa. ¿De verdad iba a ser el final del espantajo de los flagelantes? No se atrevía a esperarlo.

—¿Los ayudarás? —insistió Josselin.

—Veré lo que puedo hacer.

Bajaron la Grand Rue. En el mercado de la sal, normalmente tan animado, solo había unos cuantos campesinos, que arrastraban sus carretillas cargadas de nabos. A la entrada de una taberna había un cadáver del que solo se veían las piernas. Un grajo estaba posado en uno de sus pies y miraba a Adrianus con sus ojos negros como botones. Otro muerto estaba apoyado en el horno público, como si fuera a echar un sueñecito. Tenía la cabeza caída sobre el pecho, y las moscas deambulaban por sus manos cerúleas. Los campesinos pasaron de largo ante él sin prestarle atención.

Cuando salían por la Puerta de la Sal, oyeron unas risas estridentes. Una joven salió de la espesura y corrió por el prado bajo el tilo de la justicia, perseguida por un hombre de mirada lujuriosa. Ambos estaban completamente desnudos, el miembro erecto del hombre se bamboleaba. Por fin alcanzó a la mujer, se desplomaron en el césped y copularon sin pudor al borde de la carretera.

—¡Por todos los santos! —Josselin se santiguó, estremecido—. ¿Has visto eso, hijo?

—Estoy intentando no verlo. No mires de esa manera.

Adrianus cogió del brazo a Josselin y lo apartó de allí. No era la primera vez que era testigo de cómo la gente se dejaba ir. Mientras el fin del mundo se acercaba, no pocos se entregaban a excesos inmorales. Se había oído hablar de salvajes orgías en las granjas que había fuera de los muros de la ciudad. Entretanto, los campos se asilvestraban y el ganado se moría porque ya nadie quería hacer su trabajo. El alcalde estaba impotente ante aquello. Ni siquiera lograba encargarse de enterrar a los muertos.

Josselin lo guio por el campamento de los flagelantes hasta una gran tienda al borde del bosque. En simples lechos de trapos y mantas sucias yacían los quince enfermos; gemían de dolor e imploraban ayuda. Un flagelante se ocupaba de ellos dándoles agua y lavándoles los rostros cubiertos de sudor.

—¡Maestro Adrianus, el cielo os envía! —dijo el que los atendía, un joven al que Adrianus conocía de pasada.

—Pierre, ¿verdad? —Se acordó de su nombre: un tejedor que había vivido cerca de su casa antes de unirse a Luc, como tantos miembros de su gremio.

Este asintió. Debía de haber participado en una procesión hacía poco: bajo su fina camisa se veían verdugones húmedos.

—Voy a sajar los bubones y a sangrarlos. ¿Me echarás una mano?

—Claro.

Adrianus puso enseguida manos a la obra. Josselin y Pierre le ayudaron con todas sus fuerzas. Entretanto, gente del campamento había traído otros dos enfermos.

—La plaga se extiende con rapidez —dijo un flagelante a Pierre—. Recemos porque el maestro vuelva pronto y nos libre de ella.

—Eso no os lo creéis ni vosotros —gruñó Adrianus, mientras sajaba uno de los bubones de un enfermo.

—Claro que lo creemos —respondió indignado el flagelante—. ¡El maestro curará a nuestros hermanos y hermanas, como hizo con el carpintero ciego!

—Está impotente contra la plaga y lo sabe. Por eso ha desaparecido. Os ha dejado en la estacada.

—Se ha retirado y espera un mensaje del Señor.

Adrianus movió la cabeza. ¿Por qué se tomaba la molestia de discutir con esa gente? No había remedio a su locura.

—¿Por qué no os vais a rezar y nos dejáis trabajar en paz?

Los flagelantes se fueron refunfuñando… solo para volver poco después y depositar a un nuevo enfermo.

—Habrá más. —Adrianus señaló a los hombres—. Levantad más tiendas y traed agua, mantas y trapos limpios.

Tenía la impresión de que la plaga se extendía más rápido entre los flagelantes que en la ciudad. Posiblemente se debía a las míseras condiciones en las que vivían sus habitantes. Las letrinas apestaban el aire y casi todos los flagelantes estaban debilitados por las heridas que se infligían en sus espantosas procesiones.

Mientras sangraba a los enfermos, hizo otra observación: no todos tenían los típicos bubones negro azulados. Sufrían taquicardia y falta de aire, y tosían sangre, lo que hacía pensar que la plaga había atacado los pulmones. Adrianus pensó en el pobre Laurent, que había pasado por lo mismo. Aquella forma de pestilencia parecía aún más mortal que la conocida hasta entonces.

Le irritó no haberse dado cuenta antes. Tenía que investigar lo antes posible, saber por fin más acerca de la esencia de la plaga.

Cuando terminaron, vació junto a la tienda el cubo con la sangre extraída y dio a Pierre algunas instrucciones para el cuidado de los enfermos.

—Pronto no podrás encargarte solo. Busca gente adecuada para que te ayude. Yo intentaré venir cada dos días a ver a los enfermos.

—¿De verdad creéis que el maestro nos ha dejado en la estacada? —preguntó el tejedor.

—Yo no le esperaría. Probablemente ya esté muy lejos.

Josselin acompañó a Adrianus hasta la Puerta de la Sal, donde el anciano miró a su alrededor. La parejita desnuda había desaparecido. ¿Era decepción lo que había en sus ojos?

—Gracias por ayudarnos.

—Si, en contra de lo que espero, Luc regresa, me lo dirás inmediatamente. Y quizá puedas pararte a pensar en lo que la irrupción de la plaga en el campamento dice de sus supuestas capacidades.

—No sé a qué te refieres —declaró testarudo Josselin.

—Luc no puede protegeros de la plaga. —Adrianus tuvo que contenerse para no gritar—. No tiene poderes otorgados por Dios. Ese hombre es tan santo como la suela de mis zapatos.

—Quizá solo quiere poner a prueba nuestra fe.

—¡Maldita sea, padre! ¿Cuántas veces hemos de tener esta disputa? Luc es una rata de la peor especie, ¿cuándo vas a entenderlo de una vez?

—Habría sido mejor que no hicieras eso. —Josselin miró hacia la puerta de la ciudad, desde la que se les acercaba un guardia.

—Tengo que pediros que me acompañéis al ayuntamiento —dijo el guardia con severidad a Adrianus.

—¿Por qué, por todos los demonios?

—Habéis maldecido en voz alta y audible, lo que está prohibido en todo el término municipal. La multa es de medio florín... Así lo quiere el alcalde.

—¡Eso es ridículo!

—La ley es la ley. Ahora, venid conmigo. No voy a repetíroslo.

—A mí no me mires. —Josselin levantó las manos en gesto defensivo—. No soy yo el que ha blasfemado.

«Esto es lo que tiene que sentirse cuando se arde en el infierno.»

El alcalde Marcel se humedeció la seca garganta con zumo de pera. El despacho era un horno. Ante la chimenea ardían dos pebeteros. Un criado echaba regularmente al fuego romero y otras hierbas aromáticas, y cuidaba de que no se apagaran. Incluso por las noches, cuando Bénédicte se acostaba en el lecho que habían dispuesto para él, los mantenían ardiendo. Hacía días que sudaba como si fuera pleno verano, sufría punzantes dolores de cabeza y la sed le atormentaba sin cesar, aunque siempre tenía a mano un jarro de zumo, agua del pozo o vino rebajado. El maestro Adrien no le permitía salir de la estancia. «Solo aquí dentro estáis seguro», repetía tercamente el joven cirujano cuando Bénédicte se quejaba.

Se acercó a la ventana abierta y disfrutó del aire fresco de la mañana en el rostro ardiente. Agradable aunque el viento olía dulzón a putrefacción. Miró hacia su casa, cuyas entradas estaban atrancadas. El día anterior, había ordenado a su familia y a la servidumbre abandonar la ciudad y buscar protección en el campo. No podía trabajar si no dejaba de preocuparse por su mujer y su hija. Y tenía que hacerlo... la situación de la ciudad empeoraba de día en día.

Se sentó a la mesa y cogió las tablillas de cera. Adrien le había recomendado distintas medidas. Por ejemplo, era urgente que los muertos fueran enterrados de forma decente. En muchos cementerios y en las fosas delante de los muros de la ciudad se cubría a los cadáveres con tan solo una fina capa de tierra, lo que aumentaba la peste en el aire y con ella también las nocivas miasmas. Bénédicte dictó una orden según la cual había que enterrar a los fallecidos en fosas adecuadas, de al menos tres varas de profundidad.

Además, prohibió tocar las campanas cuando un cortejo fúnebre se encaminaba al cementerio. El toque de muertos que resonaba sin cesar en la ciudad desde hacía semanas asustaba a los enfermos y deprimía a los sanos. ¡Ya estaba bien! Por la misma razón, limitó la vestimenta de luto.

En adelante, solo a las viudas les estaría permitido ponerse tales ropajes. Todos los demás tendrían que volver a vestirse con normalidad a más tardar al día siguiente del entierro de su allegado. Quien infringiera la prohibición tendría que pagar una multa.

Bénédicte llamó a un criado.

—Dale esto al pregonero. Que lo dé a conocer en la plaza del mercado.

Por Dios, graznaba como un viejo decrépito. El calor y el humo le habían resecado la garganta por completo. Vació la jarra y pidió al criado que le llevara otra de agua fría.

Poco después entró uno de los guardianes.

—¿Qué pasa? —preguntó cansado Bénédicte.

Aquel hombre fornido se plantó delante de la mesa y enganchó los pulgares en el cinturón. A los pocos segundos, las gotas de sudor brillaban en su frente.

—Me habíais ordenado ir a ver qué pasaba con los sepultureros.

—Cierto, cierto. Bien, ¿qué me puedes decir?

—Solo hay un sepulturero que hace su trabajo. Los otros han muerto o han huido… nadie lo sabe. El hombre está completamente sobrecargado. Ni siquiera puede enterrar a uno de cada cinco muertos. Los demás se quedan tirados donde cayeron muertos. Dicen que hay casas enteras llenas de cadáveres que nadie entierra.

Bénédicte se enjuagó el rostro con un paño húmedo. Hasta ahí había llegado su orden de enterrar decorosamente a los muertos. ¿Cómo iba a mantenerla, si ya no había nadie que ejecutara las tareas fundamentales de la comunidad cristiana? Todo se desplomaba.

—Ve a ver a los maestres de los gremios y a los más ancianos de las parroquias. A partir de ahora, deberán ocuparse de sus muertos.

El guardia se puso enseguida en camino. Bénédicte cerró los ojos y se imaginó que bajaba al Mosela, se desvestía y se metía desnudo en el agua fría. Placer paradisíaco. Una sonrisa jugueteó en torno a sus labios.

—La plaga se extiende con rapidez —informó Matthias—. Cada vez hay más gente enferma.

—¿Cuántos son entretanto? —Luc se sentó en la sala y se comió el pan que Matthias le había llevado.

—Más de cuarenta. Una docena han muerto ya. El miedo corre por el campamento. Algunos creen que los has dejado tirados.

—Diles que no es verdad. Hazles saber que rezo día y noche por ellos.

—Eso no bastará. Dudan de ti. Tienes que hacer algo.

—Las procesiones ya no son suficientes —dijo Luc sin dejar de masticar—. La gente necesita una nueva tarea. Algo que los mantenga ocupados… que les dé la sensación de ser esforzados trabajadores en la viña del Señor. ¿Propuestas?

Matthias no ocultó su insatisfacción. Frunció el ceño y cruzó los velludos brazos delante del pecho.

—Bueno, hay algo que podrían hacer.

—Escucho.

—En la ciudad se cuenta que Marcel no tiene a nadie que retire a los muertos. Nuestra gente podría intervenir.

Cuanto más pensaba Luc en eso, tanto más le gustaba la idea.

—Magnífico. Un trabajo grato a Dios, que el Señor remunerará generosamente. Así lo dice el ángel que se me apareció la noche pasada.

—Marcel ha enviado a un guardia a buscar voluntarios. Deberíamos hablar con ese hombre antes de que encuentre a otros.

—Ve a verlo. Cuando hayas hablado con él, ven a buscarme.

Matthias asintió.

—Aun así, tienes que venir al campamento. A ser posible hoy. O perderás a la gente.

—Cada cosa a su tiempo. —Luc sonrió débilmente—. Primero, vamos a ofrecer nuestros servicios al alcalde.

El guardia regresó a primera hora de la tarde. Bénédicte estaba tomando en ese momento un caldo ligero, especiado con canela y pimienta molida y enriquecido con carne magra de cordero. El plato correspondía a la estricta dieta que el maestro Adrien había confeccionado para él. Se suponía que comidas sanas como esa debían proteger su cuerpo de la pestilencia. Por desgracia, la sopa caliente hacía que sudara más aún. Apartó de sí el cuenco.

—Los gremios y las parroquias se niegan —informó el guardia—. Nadie quiere tocar a los muertos. La gente tiene miedo de contagiarse de la plaga si respira el olor de la putrefacción.

—¡Dios! —Bénédicte dio tal puñetazo sobre la mesa que la cadena de su cargo tintineó—. ¿Es que ya nadie quiere ocuparse de sus congéneres? ¡Allá donde se mire, no se ve otra cosa que mezquindad y egoísmo! No me sorprende que Dios nos castigue.

—Los flagelantes han ofrecido su ayuda —dijo el guardia.

—¿Cómo?

—El maestro Luc ha tenido noticia de nuestra situación de angustia. ¿Queréis hablar con él? Espera fuera.

Luc era la última persona a quien Bénédicte quería ver. Pero, según parecía, no tenía elección. Reprimió un suspiro.

—Traedle.

El guardia hizo pasar al maestro de los flagelantes. Como de costumbre lo acompañaba Matthias, su gigantesco guardián. Luc no se inclinó y Bénédicte no le tendió la mano. Se quedó sentado detrás de la mesa y miró despectivo al autodenominado redentor.

—Así que quieres ayudar.

Luc asintió de una manera untuosa que a Bénédicte le pareció hipócrita.

—La Nueva Jerusalén se ha propuesto la salvación del alma de todos los cristianos. Eso incluye hacer que descansen en paz los muertos de los que nadie se ocupa.

—¿Qué hay detrás?

—¿Qué queréis decir? —preguntó amablemente Luc.

—En nuestro último encuentro, nos amenazaste a mí y al Consejo —dijo Bénédicte—. Antes, intentaste asesinar a los judíos. Quizá puedas engañar a tus seguidores, pero a mí no. Así que ahórrate la cháchara de la Cristiandad y el amor de Dios. —Al oír esas palabras, el rostro de Matthias se ensombreció—. ¿Qué esperas de esto? —prosiguió impertérrito Bénédicte—. ¿Aún más influencia en el pueblo llano de la ciudad?

—Hemos tenido nuestras diferencias. Ha habido entre nosotros malas palabras... palabras que lamento —declaró Luc—. ¿No podemos dejar atrás el pasado y mirar hacia delante? La situación en Varennes ha cambiado. La plaga está aquí y nos golpea con dureza. Es hora de que todos los cristianos estemos unidos.

—He oído que entretanto la pestilencia también hace estragos en vuestra aldea. ¿No habías prometido a tu gente que Dios los preservaría si hacían penitencia?

—Es su voluntad probarnos. Sus caminos son inescrutables.

—Claro —dijo con acritud Bénédicte—. Muy bien. Hablemos del negocio. ¿Qué queréis a cambio de vuestros servicios?

—Nada.

El alcalde levantó una ceja.

—Retirar cadáveres que se pudren masivamente, desfigurados por bubones negros, no es el trabajo más agradable que hay bajo el sol... ¿Y no queréis ninguna remuneración a cambio?

—Ayudar a llevar a su último reposo a esas pobres almas y complacer a Dios es suficiente recompensa para nosotros —repuso sonriente Luc.

Bénédicte no se creía una palabra.

—Como queráis. Espero que los muertos sean enterrados con decoro y conforme a nuestros usos. No quiero ver blasfemos espectáculos de flagelación junto a las tumbas. Y, en cuanto lleguen maquinaciones a mis oídos, intervendré con dureza.

—No temáis, alcalde. Nuestras intenciones son honestas.

Esta vez, Luc apuntó al menos una inclinación. Acto seguido, los dos flagelantes se fueron. Bénédicte tenía la sensación de que acababa aceptar un pacto con el diablo. Pero las épocas de desesperación exigían medidas desesperadas.

El fuego izquierdo se agitaba débilmente. Enseguida, el criado acudió y echó más carbón, de modo que las llamas se reavivaron con nuevas energías.

—¡Por Dios! —gimió Bénédicte—. Empiezo a preguntarme qué es peor, este calor o la pestilencia. —Se abanicó con una tablilla de cera—. ¡Tráeme más agua, hombre!

Dos flagelantes cogieron al muerto por los brazos y las piernas y lo sacaron de la tienda para enterrarlo en la fosa común al borde del bosque. Los enfermos que estaban conscientes abrieron los ojos, temerosos. Un hombre con bubones grandes como puños en el cuello tendió a Luc una mano temblorosa.

—Cúrame, maestro —graznó—. Te lo ruego, aparta el dolor de mí...

Luc contemplaba con los dientes apretados a la gente que yacía en las tiendas. Gemían de dolor, tosían sangre o decían cosas confusas. Esperaban de él que fuera junto a ellos, les impusiera las manos y les diera consuelo. Luc no podía. Mirarlos le llenaba de asco y temor.

—¿Dónde está Pierre? —preguntó entre dientes.

—Enfermó ayer —dijo Matthias—. Está en otra tienda. —El gigante bajó la voz—. La gente espera. Quieren respuestas.

Luc asintió. Había evitado pisar el campamento, pero delante de las tiendas se había encontrado a varios de sus seguidores y había sentido su ira. Podía imaginarse el ambiente que reinaba en la Nueva Jerusalén. Si no hacía nada se apartarían de él y todo lo que había conseguido desaparecería.

—Que se reúnan. Voy a hablarles.

Una vez que Matthias se hubo ido, esperó un rato a la sombra de los árboles, antes de atravesar el abandonado campamento. Iba descalzo y no llevaba nada más que su sayo de penitente. Sus seguidores esperaban delante de una de las cruces de madera. En silencio, le abrieron un pasillo, y él sintió sus miradas acusadoras. La calma no duró mucho. Apenas había cubierto la mitad del camino cuando algunos airearon su disgusto.

—¿Por qué el castigo de Dios ha caído sobre nosotros?

—¡Habías dicho que aquí estaríamos seguros!

—¿Por qué mentiste?

Con humildad, él mantuvo la cabeza baja y subió al carro. Alzó ambas manos, y los gritos enmudecieron. Así que aún tenía poder sobre ellos. La idea reforzó su confianza en sí mismo.

—¡Sí, hermanos y hermanas, me he equivocado! —gritó—. Pensaba que el Señor nos preservaría si hacíamos penitencia con la suficiente decisión. Cuando advertí mi error, me retiré para ayunar y rezar en soledad. «¡Oh, Señor, envíame respuestas, te lo ruego!», imploraba. «¿Por qué nos castigas a nosotros, tus más humildes servidores, tus hijos predilectos, que no tienen otro deseo que complacerte? ¿Qué hemos hecho mal? ¿Qué podemos hacer para recuperar tu amor?» Pero el Todopoderoso callaba. Durante tres días con sus noches, renuncié a la comida y al sueño y repetí mis súplicas. En vano. Entretanto sentía vuestro sufrimiento y vuestro temor, y mi desesperación crecía. ¿Se había apartado el Señor de nosotros? ¿Me había apartado de su lado?

Luc hizo una pausa. La multitud estaba tan silenciosa que se podía oír el susurro del viento.

—Cuando mi pena no podía ser mayor, un resplandor iluminó el claro del bosque en el que me encontraba. Una luz espléndida, que calentó mis miembros entumecidos y llenó mi corazón de renovada esperanza. Entonces lo supe: ¡Dios no nos ha olvidado!

—¡Ah! —suspiraron algunos de sus seguidores, y se santiguaron.

—¡Una figura salió de la luz, un hombre con alas relucientes, tan grandes como una de las puertas de la ciudad! —gritó Luc—. Era Tamiel, el ángel que se me había revelado aquella vez, cuando estaba al borde de la muerte. Apenas me atreví a mirarlo, tan abrumadora es su belleza. El temor me inundó; al mismo tiempo, lágrimas de felicidad corrían por mis mejillas. «Tamiel, eres tú», susurré. «No me atrevía a esperar volver a verte.»

»"El Padre me envía", dijo Tamiel, y su voz atronó espléndida como mil campanas. "Ve cómo os esforzáis tú y tus hermanos y hermanas, cómo hacéis penitencia y practicáis el arrepentimiento. Has de saber que os ama más que nunca."

»"¡Alabado sea!", grité yo. "Pero, si nos ama, ¿por qué nos castiga de manera tan cruel?"

»"Castiga a todos los cristianos", explicó Tamiel, "también a vosotros, sus hijos predilectos. Tiene que ser así… los pecados de la humanidad son demasiados, y demasiado graves. Quiere poneros a prueba. Solo si sois fuertes en la fe superaréis la plaga."

»"¿Qué debemos hacer entonces?"

»"Esforzaos aún más", respondió el ángel. "Haced penitencia con más decisión aún. Purificaos más aún de vuestros pecados. Solo entonces os perdonará."

»"Te doy mil veces gracias, oh, Tamiel. ¡Alabado sea Su nombre!"

»La luz celestial brilló aún más, y caí de bruces.

»"Id y ayudad a esa pobre gente a enterrar a los muertos", dijo Tamiel. "Superad el miedo a la carne que se descompone y a las marcas negras de la enfermedad y demostrad a vuestro Creador que os habéis librado de los vicios mundanales y estáis maduros para que os perdone. Tú, Luc, debes guiarlos en su camino", gritó el ángel, antes de que la luz palideciera y él regresara junto a su Padre. "Es una tarea inmensa, pero no temas. El Señor te ha bendecido, y en adelante se te conocerá por el nombre de Benedictus."»

Luc había cerrado los ojos. Ahora los abrió y miró a mil quinientos pares de ojos alzados hacia él. El corazón le retumbaba en el pecho.

—¡Alabad a Benedictus, nuestro salvador! —rugió Matthias.

La multitud cayó de rodillas, como si sus cuerpos se hubieran fundido en un solo y gigantesco ser.

—¡Alabad a Benedictus! —atronó el Leviatán, y su voz se elevó al cielo como el grito de batalla de un ejército.

51

Los niños volvían a alborotar en torno a la casa. El griterío le hacía daño a César en los oídos. Dejó la tablilla de cera en la mesa con un golpe seco y salió.

Michel y Sybil estaban al pie de los florecientes manzanos y sostenían palos en las manos.

—Tú no puedes llevar espada —estaba instruyendo Michel a su hermana en ese momento—. Tú eres la doncella a la que hay que salvar.

—Pero yo no quiero ser una doncella —refunfuñaba la niña—. Yo también quiero luchar contra los paganos. —Alzó el palo y golpeó a su hermano, que gritó furioso y se defendió.

—Basta, niños. Vais a haceros daño. —Hélène salió al jardín con una jarra.

—Cuida de que hagan menos ruido —dijo César—. Esto no hay quien lo aguante.

—Se aburren. ¿Por qué no juegas con ellos?

—Tengo cosas que hacer.

—¿Qué cosas? ¿Revisar por décima vez el libro mayor?

Pullas de la mañana a la noche, desde hacía semanas. César iba a reprender a su mujer cuando Michel acudió chillando.

—¡Ella no puede ser un caballero, madre! ¡Dile que no puede serlo!

—Bebéis demasiado poco. —Hélène había llenado dos copas—. Tomad, leche. Le he puesto un poco de miel, como os gusta.

Michel alborotó jubiloso y olvidó su enfado al momento. Sybil y él apuraron en un instante la bebida. Apenas la terminó, Michel corrió hacia César; un bigote de leche le adornaba el labio superior.

—Quiero ir al bosque, padre.

—¡Yo también! —gritó Sybil, antes de volver a llevarse la jarra a los labios.

—No puede ser —dijo César.

—¿Por qué no?

—Ya os lo he explicado cien veces.

—¡Pero aquí estamos tan aburridos!

—Mejor aburrirte que ponerte enfermo, ¿no?

Michel torció el gesto.

—¿Cuándo vamos a volver a la ciudad?

—Hijo —dijo César en tono admonitorio.

El chico bajó la vista, consciente de su culpa.

—Cuando haya pasado la plaga. —Se fue refunfuñando y dio un golpe con el palo a un tronco de árbol—. Odio la plaga. Y odio también este jardín.

—No hagáis ruido —ordenó César—. No quiero volver a saber nada de vosotros hasta la cena.

Hélène animó a los niños a jugar, y apenas él se sentó de nuevo a la mesa ya estaban gritando otra vez. ¡Era para volverse loco! No estaba hecho para permanecer encerrado con la familia durante semanas. Se sentía como un animal enjaulado, estaba cada vez más quisquilloso y no sabía qué hacer con su energía. ¡Qué espléndido sería poder ir al burdel! En vez de quedarse allí con una mujer que solo se interesaba por los niños y no hacía otra cosa que protestar de la mañana a la noche. Había estado ya varias veces a punto de correr a palos por el jardín a Hélène y a los niños.

Miró las tablillas de cera y el libro mayor, que estaba más ordenado que nunca en los últimos diez años. Lo peor para él era la falta de noticias. Todos sus negocios estaban en barbecho, y no tenía la menor idea de lo que pasaba en la ciudad, en el ducado, en el Imperio. ¿Vivían aún sus tejedores y bataneros? ¿Sufrían sus competidores bajo la plaga tanto como él?

Pensaba sin cesar en sus ovejas.

Entonces, en Italia, había visto que la plaga también atacaba a perros, gatos y vacas. ¿Mataría también a las ovejas? No lo sabía, pero no tenía valor para montar a caballo e ir a verlo. Sus rebaños pastaban en una zona del término municipal totalmente distinta y solo Dios sabía qué horrores acechaban allí.

Si perdía los animales, solo una cosa podría salvarlo de la ruina: la muerte de Accorsi. Si entretanto el banquero había muerto —y había indicios en ese sentido; desde su huida de Florencia, César no había vuelto a saber nada de él—, no tendría que devolver el crédito. Tendría dos mil florines de regalo. Un feo pensamiento, sin duda. Apreciaba a Tommaso. Pero en estos tiempos sombríos no había espacio para la amistad y el sentimentalismo.

Entró un criado.

—Señor.

—¿Qué pasa?

—Hay gente en el camino. Creo que vienen hacia nosotros.

—¿Están enfermos?

—Eso parece.

César le siguió fuera.

—Entrad en la casa —ordenó a Hélène y a los niños.

Los criados estaban a la entrada de la finca; la mayoría llevaban armas. César miró al pie de la colina, donde esperaba una familia campesina de cinco miembros. La mujer llevaba un niño pequeño al brazo. El hombre aferraba la pértiga de un carro en el que yacía una figura encorvada. Estaban demasiado lejos como para que César pudiera distinguir los detalles, pero aquella gente parecía pálida, débil y atormentada por los dolores.

—¡Ayudadnos! —gritó el padre de familia en dirección a la puerta.

—¡Esfumaos! —rugió César.

—Solo queremos un poco de comida y agua. —El hombre alzó ambas manos, en señal de que no representaba ningún peligro, y empezó a remontar la colina.

—¡No deis un paso más!

—Solo un poco de comida y agua. Luego nos iremos. —El hombre se detuvo para tomar aliento. Cuando siguió avanzando, César vio las manchas de sudor en su túnica.

—¡Estás enfermo!

—No es lo que parece…

César puso una mano en el brazo de uno de los criados.

—Dispárale delante de los pies.

El criado apuntó con la ballesta y apretó la llave. El virote emplumado silbó en el aire. En vez de clavarse en el suelo, lo hizo en la pantorrilla del campesino, que se desplomó gritando.

—Yo… yo no quería —balbuceó el criado—. Ha sido por error…

—Él se lo ha buscado —dijo César—. Se lo he advertido varias veces.

El campesino se agarraba la pierna y torcía el gesto en una mueca de dolor. La mujer dejó al niño en el suelo y corrió a su lado.

—¿No deberíamos bajar y ayudarle? —preguntó el *fattore*.

—¡Nadie saldrá de la finca! —le increpó César—. El que cruce esa puerta no podrá volver a entrar.

Los criados callaron compungidos, mientras la mujer del campesino trataba de sacar el virote. Su marido gritaba tanto que renunció. Le ayudó a levantarse y él volvió cojeando al carro.

—¡Que Dios os castigue! —La mujer agitó el puño y gritó otras maldiciones, antes de que la familia diera la vuelta y se marchara lentamente de allí.

—Si vuelven, disparad enseguida sobre ellos —ordenó César, y entró en la casa.

—Casi se pelean por poder enterrar a los muertos —contó Matthias, cuando entró más tarde en la tienda—. Ha sido el sermón de tu vida.

Luc estaba holgazaneando en una silla, con una copa de vino en la mano.

—Lo del nombre... ¿no ha sido excesivo?

—A la gente parece gustarle.

Luc sonrió satisfecho. Había sido casi demasiado fácil recuperar a sus seguidores y despejar sus dudas. Aquella gente quería creer desesperadamente. Eran en verdad grandes tiempos para hombres que podían mirar en los corazones de otros y sabían hablar.

Justo después del sermón, se había retirado a su tienda y no había salido desde entonces. Su olfato le decía que no era inteligente mostrarse demasiado a menudo a la gente. Ya no era Luc, el antiguo matarife, sino Benedictus, el bendecido. Le sentaba bien parecer apartado.

—Fuera hay gente nueva —dijo Matthias—. Quieren verte.

Entretanto, en la ciudad tenía que haberse corrido la voz de que la plaga no había perdonado en absoluto a la Nueva Jerusalén. Aun así, la gente seguía buscando la salvación allá afuera. Hacía pocas horas aún parecía que todo estaba perdido... y ahora era más fuerte que nunca. Quizá el tiempo empezase a estar maduro para los próximos pasos...

—Que los inicie un maestro menor —dijo Luc.

—Louise Marcel está con ellos —dijo Matthias.

—¡Cómo no me lo has dicho antes! Vamos a ocuparnos de esa pobre niña. Sin duda necesita guía.

Alrededor de veinte personas querían unírsele. Luc subió al carro y contempló al grupo, descansó la mirada brevemente en Louise. Sonreía, tímida, y parecía más hermosa que nunca.

—Habéis venido porque queréis dejar atrás vuestra antigua vida llena de pecado —dijo, mientras Matthias avivaba el fuego—. Porque queréis hacer penitencia y mostrar con humildad vuestro amor a Dios. Si miro vuestros rostros, veo mucha sabiduría y fe, pero también duda y temor. «¿De verdad ha sido bueno tomar este camino?», puede que se pregunte más de uno. ¡No temáis! Ha sido la decisión más sabia de vuestra vida. Solo quien me siga puede encontrar el perdón. Todo lo que tenéis que hacer es liberaros de las cadenas de la propiedad y la avaricia.

Un fundidor de campanas fue el primero en tomar la palabra:

—Toma esta ropa de fiesta, Benedictus. La compré para impresionar a mis vecinos. ¡Te lo ruego, acepta este pecado mío!

Los otros dejaron en el carro collares, brazaletes y zapatos caros. Luc maldijo el lujo y el derroche, arrojó las propiedades al fuego y alabó a los nuevos miembros por su decisión de vivir en adelante en la pobreza. Louise fue la última en adelantarse y le entregó un manto de piel.

—¡Mirad a esta joven! —gritó Luc—. Nació en una familia rica y jamás hubo de sufrir la escasez. Cuánto valor debe de haber tenido para renunciar a todo eso. Cuántos obstáculos tiene que haber superado en su camino. ¡Dadle las gracias, mis hermanos y hermanas, por su fe, que ha de ser un ejemplo para todos nosotros!

Los otros abrazaban a Louise y la besaban en las mejillas. Ella estaba radiante de alegría.

Matthias se aplicó a la tarea de buscar sitio para dormir a los neófitos y asignarles tareas.

—Tú no —dijo Luc a Louise cuando el grupo se alejó. Bajó del carro y la condujo al interior de su tienda—. ¿Sabe tu padre dónde estás?

Ella negó con la cabeza.

—Sin duda lo sabrá pronto. ¿Qué harás cuando venga a buscarte?

Ella le miró a los ojos.

—No me hará cambiar de opinión. Mi fe es inconmovible.

—No te preguntará tu opinión. Es un hombre poderoso, acostumbrado a que se le obedezca. Y tiene los medios para imponer su voluntad.

Ella no supo qué responder a eso.

—Tendrás que demostrarle que vas a mantener tus convicciones cueste lo que cueste.

—Así lo haré.

—¿Aunque sea doloroso y te reclame toda tu fortaleza?

Ella asintió.

Él le tomó las manos, y ella se estremeció ligeramente. Pero él leyó en sus ojos la entrega incondicional.

—Tienes que hacerte una pregunta, Louise —dijo con amabilidad—. Si Dios te pone a prueba… ¿qué estarás dispuesta a hacer por tu fe?

Ella cayó de rodillas, sin soltarle las manos. Que su rostro estuviera tan cerca de su ingle le excitó.

—Haré todo lo que sea necesario —suspiró ella—. Todo.

Luc le acarició el pelo y sonrió.

El joven criado había venido corriendo. Se acercó a la mesa, sudoroso y sin aliento.

—Me envía vuestra esposa. Está fuera de sí. Vuestra hija… se ha ido.

Bénédicte se incorporó.

—¿Cómo que se ha «ido»? Debíais vigilarla.

—Tiene que habérsenos escapado cuando se llevaron todos los enseres al campo. —El mozo se encogió de hombros—. Sea como fuere, ha desaparecido. Hemos buscado por todas partes, pero no hemos podido encontrarla.

—¡Al diablo! —gritó Bénédicte, y el criado se estremeció.

—Vuestra esposa sospecha que se ha unido a los flagelantes.

—Y hace bien en pensarlo. —Bénédicte salió de detrás de la mesa—. ¿Has estado ya en su campamento?

—Antes quería informaros.

«¿Cómo puedes hacernos esto, Louise?» Como si no tuviera ya suficientes preocupaciones. Cogió el manto.

Fuera, en el pasillo, un criado le salió al encuentro.

—Señor, no podéis salir del despacho. El maestro Adrianus insiste…

—Aparta de mi camino. —En la escalera, Bénédicte dijo a uno de los guardias—: Reúne a todos los hombres que puedas encontrar.

Poco después salía del ayuntamiento con ocho hombres armados y caminaba por la Grand Rue.

«¡Precisamente Luc! ¿Qué hemos hecho mal? Siempre fuiste una muchacha tan razonable…»

Los flagelantes se quedaron mirándolos cuando la tropa atravesó el campamento de tiendas y chozas instalado en los terrenos de la feria.

—¡Desaparece de aquí, Marcel! —gritó un hombre enjuto, en cuyo cuello y nuca se veía el arranque de los verdugones—. Aquí no pintas nada, saco de especias. ¡Solo Dios gobierna la Nueva Jerusalén!

El ambiente que le recibió era hostil, pero nadie se interpuso en su camino. Bénédicte guio a los hombres hasta la tienda de Luc, ante la que Matthias montaba guardia.

—¿Dónde está mi hija?

—Al cuidado de sus nuevos hermanos y hermanas —declaró el flagelante—. No quiere veros.

—¿Está con Luc?

—Ya no se llama así. Un ángel del Señor le ha conferido el nombre de Benedictus… No podéis pasar —ladró Matthias cuando Bénédicte quiso abrirse camino.

—¡Aparta o hago que te maten!

—Está bien, Matthias —resonó dentro la voz de Luc.

El gigante se apartó, y Bénédicte separó la entrada de la tienda. Su hija estaba de rodillas. Tenía las manos entrelazadas y susurraba una oración con los ojos cerrados.

—¡Louise! —Bénédicte iba a abalanzarse hacia ella, pero Luc le cortó el paso.

—No.

—¡Mírame, Louise, háblame!

—Está dialogando con el Señor —dijo amablemente Luc—. Debes respetarla.

—¿Esto es lo que entiendes por «intenciones honestas»? —le increpó Bénédicte—. ¿Llenar la cabeza de mi hija de ideas confusas y atraerla a esta locura?

—Lo que tú llamas «locura» es la voluntad de Dios. Y yo no la he atraído. Ha venido libremente. ¿No es verdad, Louise?

Ella puso fin a su oración santiguándose. Luego, se levantó y miró de frente a su padre. Tal como estaba, descalza, ataviada con un sencillo vestido blanco, le pareció extraña y lejana.

—Quiero hacer penitencia y llevar a cabo la obra de Dios, como Benedictus nos enseña. Te ruego que aceptes mi deseo.

—Se llama Luc, maldita sea. Ha robado mi nombre porque quiere demostrar a todos quién es el que manda en Varennes. ¿Es que no te das cuenta?

—Eso es absurdo —repuso Luc—. Las ambiciones mundanas me son ajenas.

—Aquí no se trata de ti, padre —dijo Louise—. Sino de la salvación de mi alma. De la perduración de la Cristiandad.

—Si él tiene el poder de salvar a la Cristiandad... ¿cómo es que su gente también enferma?

—Porque el Señor ha decidido poner a prueba nuestra fe —explicó Luc.

Bénédicte tuvo que contenerse para no borrar de su rostro aquella untuosa sonrisa.

—Ya he oído bastante. Ahora vas a venir conmigo.

Louise retrocedió un paso.

—No puedes obligarme.

—No me dejas elección. —Bénédicte ordenó entrar a dos guardianes. Matthias no detuvo a los dos hombres—. Quería ahorrarte el tener que llevarte como una presa por la ciudad. Así que te lo ruego por última vez: sé razonable.

Ella cogió un puñal que había en una mesita.

—¿A qué viene esto? —El corazón de Bénédicte dio un vuelco—. Deja eso enseguida.

—Ya no soy tu niña pequeña —dijo ella—. No puedes darme órdenes.

—Quitadle esa arma.

Antes de que los guardias pudieran dar un solo paso, ella se puso la punta del puñal en el cuello.

—¡Louise! —gimió Bénédicte con voz ahogada.

Los dos hombres armados se quedaron inmóviles.

—Quiero quedarme con Benedictus y aspirar al perdón. —La afilada hoja tocó la garganta. Sus manos no temblaban, estaban completamente tranquilas—. Si me impides vivir mi fe, mi vida habrá perdido todo su sentido, y le pondré fin.

—¡Pero entonces tu alma irá directa al infierno!

Luc estaba a su lado y sonreía como si toda aquella monstruosidad fuera entretenida.

—Dios reconocerá su sacrificio y la perdonará.

—¡Cerdo! —Bénédicte cerró el puño derecho con tal fuerza que las uñas se le clavaron dolorosamente en la carne—. Te mataré con mis propias manos...

—No te atrevas a tocarle —advirtió Louise.

—¿Qué debemos hacer, señor? —preguntó uno de los guardias.

Bénédicte dejó caer el brazo. De pronto, era como si toda su energía hubiera resbalado al suelo por las piernas. Su cuerpo perdió toda tensión, y se derrumbó de rodillas.

—Louise, oh, Louise... —No pudo contener las lágrimas—. ¿Cómo ha podido esto llegar tan lejos? ¿No te hemos querido lo suficiente?

—Vete, padre. No eres bienvenido aquí.

Los guardias le ayudaron a levantarse, y fue tambaleándose hacia la salida. Cuando se volvió hacia Louise por última vez, vio que Luc había pasado el brazo en torno a ella y le acariciaba las caderas, mientras miraba directamente a los ojos a Bénédicte.

César enganchó la cuerda en la nuez de la ballesta, metió el pie en el estribo y lo pisó con fuerza hasta que el cordel encajó en su sitio. Sin poner ningún virote, apuntó a la ventana y apretó la llave. Una fuerte sacudida recorrió el arma.

De adolescentes, Adrien y él se habían ejercitado con la ballesta y soñado con ser grandes tiradores, como su legendario antepasado Rémy, del que decían que podía alcanzar a una liebre en fuga a cien pasos de distancia. Aquello se había quedado en nada, pero durante un tiempo César había tenido bastante puntería. Hacía mucho, sin duda, pero quizá pudiera refrescar sus capacidades. No podía venirle mal en estos tiempos. Y no era que tuviera nada mejor que hacer.

Cogió el carcaj e iba a salir cuando entró Hélène.

—¿Has visto a Michel?

—¿No está contigo?

—Hace un rato largo que no. Creía que estaba contigo.

César dejó en la mesa la ballesta y los virotes y salió con ella. Brillaba el sol; los criados atendían el huerto y cortaban leña.

—¿Ha visto alguien a Michel? —gritó.

Negativa general de las cabezas.

Hélène palideció. Rodearon la casa y buscaron también dentro. Michel no aparecía por ninguna parte, tampoco en los rincones en los que se escondía cuando quería enfadar a sus padres.

Fueron a buscar a Sybil, que jugaba con una peonza detrás de la casa.

—¿Sabes dónde está tu hermano? —preguntó César.

Ella negó con la cabeza y de repente se concentró de forma llamativa en su juguete.

—No me mientas, niña —le advirtió César—. ¿Dónde está?

La niña le miró abriendo mucho los ojos.

—Sybil, por última vez...

—Ha dicho que no debo contarlo. —Hablaba en voz tan baja que apenas la oía.

Hélène se puso en cuclillas delante de ella.

—¿Se ha ido Michel? Por favor, Sybil. Tenemos que saberlo. Quizá esté en peligro y necesite nuestra ayuda.

—Trepó por encima del muro y salió al bosque.

—¡Le hemos dicho mil veces que no podía hacer eso! —rugió César. Sybil se echó a llorar. Hélène la tomó en brazos.

—Tienes que ir a buscarle, César.

Él asintió, aunque la perspectiva de abandonar la protectora finca le llenaba de inquietud.

—Probablemente sepa dónde está.

Ordenó a los criados que le ensillaran un caballo y fue a buscar la ballesta. Poco después estaba montado.

—Sé cuidadoso ahí fuera —dijo Hélène, que llevaba de la mano a Sybil.

Salió al trote por la puerta y bajó a galope la colina. No había mucha distancia hasta el bosquecillo. Estaba al oeste de la finca, era una estribación del gran Bois de Varennes. Al borde había un sitio en el que, el verano anterior, Michel y Sybil habían ido a jugar a menudo: un pequeño prado con un arroyo que serpenteaba chapoteando por entre los hierbajos.

«Por favor, que esté allí —pensó César, mientras cabalgaba por el prado—. Por favor, que esté solo.»

Pasó por delante de una granja, no se veía a ninguno de sus habitantes. Al borde del prado frenó a su caballo. Su oración había sido escuchada... en parte.

Su hijo corría por la espesura, entre las hayas que se alzaban del prado. Con él había un niño desconocido, un poco más pequeño que Michel, ataviado con una sucia túnica. Quizá pertenecía a la familia de campesinos, César no conocía a aquella gente. Cuando Michel vio a su padre, se agachó detrás de los matorrales.

—¡Sal inmediatamente de ahí!

Michel no le hizo caso. César desmontó, se descolgó la ballesta de la espalda y apartó los zarzales. Pocos pasos delante de él, el niño desconocido estaba en cuclillas y le miraba. Su rostro estaba sudoroso. Eso no tenía que significar nada, pues ambos habían llegado corriendo.

El chico cogió un palo y se levantó.

—¡Apártate de mí! —ladró César, y el niño se fue corriendo.

—Ahora lo has ahuyentado. —Michel salió de los matorrales con expresión furiosa—. Quería ser mi amigo.

César lo agarró por el brazo.

—¡Debería desollarte el culo aquí mismo! Salir corriendo... ¿En qué estabas pensando?

—Me aburría.

—¿Y por eso arriesgas la vida? Te creía más sensato. No vuelvas a hacerlo, ¿me oyes?

César arrastró a su malhumorado hijo hasta el caballo, y regresaron a casa. Hélène estaba tan aliviada de ver a su hijo que se olvidó de reñirle. Lo apretó contra sí y lo cubrió de besos.

—A partir de ahora te quedarás dentro de casa —decidió César—. Nada de jardín.

—¡Pero, padre...! —exclamó Michel.

—Date por satisfecho con que no te ponga de rodillas delante de toda la servidumbre.

César se durmió de manera inusualmente profunda aquella noche. Así que tardó un tiempo en volver en sí cuando alguien le sacudió por los hombros.

—Despierta.

Parpadeó mirando a Hélène, que estaba junto a la cama con una vela en la mano.

—¿Qué pasa?

—Michel. No está bien.

Se despejó de golpe. Se puso la ropa interior y siguió a su esposa a la habitación de al lado. Estaban en lo más profundo de la noche.

—Le he oído toser. Está muy caliente. —Hélène luchaba con las lágrimas.

Michel parecía despierto; al menos tenía los ojos entreabiertos. César le puso la mano en la frente. El niño casi ardía y tenía el rostro ceniciento.

—Tiene la plaga, ¿verdad? —cuchicheó Hélène.

Con cuidado, para no despertar a Sybil, César apartó la sábana y palpó el cuello y las axilas de su hijo.

—No hay bubones. Probablemente no sea más que una fiebre fuerte.

—Es peor que eso. Antes ha tosido sangre.

César miró fijamente a Hélène.

—Es la plaga —insistió ella—. Tienes que traer enseguida a Adrien.

Él abrió la boca y volvió a cerrarla. Era como si las palabras se le hubieran secado mientras subían por la garganta. No podía concebir ninguna idea clara, pero había una cosa segura: no iría a Varennes, no pondría un pie en la ciudad, mientras la plaga circulara por ella.

—Adrien no puede hacer nada contra la pestilencia —logró decir—. Ningún médico puede.

—¿Vas a dejar morir sin más a nuestro hijo?

César miró a su hijo, que de pronto empezó a toser convulsivamente. Gotas de sangre brillaban en sus labios como diminutas esquirlas de rubí.

—¡César! —Los dedos de Hélène se le clavaron en el brazo.

Como en trance, fue a la cocina, en la que dormía una parte de los servidores. Despertó a uno de ellos.

—Mi hijo está enfermo. Con la primera luz del día, irás a Varennes a buscar a mi hermano.

El miedo brilló en los ojos del joven.

—Te daré un florín entero. ¿Lo harás por mí?

—Claro, señor.

César dio una palmada en los hombros del criado y volvió al cuarto de los niños.

Hélène estaba arrodillada junto a la cama y rezaba con los ojos cerrados. César se dejó caer a su lado y entrelazó también las manos.

La gris luz de la mañana se arrastraba por el campo cuando el criado bajó la colina. En el cielo aún se veían algunas estrellas, al Este desaparecían ya detrás de velos de color violeta, azul y naranja, que se fundían en el firmamento. Una visión de belleza sobrenatural, pensó el criado, y de pronto se llenó de una enorme ansia de vivir.

Cabalgó hacia el camino que llevaba a Varennes y, al llegar al cruce, frenó el caballo. La muerte los había encontrado... lo había comprendido al mirar a los ojos a su señor. Nadie podía ayudar al niño enfermo. También los otros habitantes de la casa de campo estaban consagrados a la muerte. Todo el mundo sabía que, si uno cogía la plaga, los otros no tardaban en enfermar.

El criado decidió no regresar allí. Tampoco iba a ir a Varennes. No iba a salvar a nadie perdiendo su propia vida. Al diablo con el florín.

Clavó los talones en los flancos del caballo y cabalgó hacia el norte, lejos de la finca, lejos de Varennes. No desmontaría hasta que encontrase una región en la que no hubiera plaga, en la que estuviera a salvo.

De los cascos se desprendieron costras de barro cuando picó espuelas al caballo. Los músculos del animal se alzaban y descendían debajo de él, el corazón se le subía a la garganta. No miró atrás.

52

Adrianus se arremangó hasta el codo y contempló las seis nuevas picaduras de pulga con las que se había despertado por la mañana. Estaban rojas como el fuego y picaban de tal modo que le parecía que iba a volverse loco. Apretó los dientes y se frotó con la mano, obligándose a no rascarse. ¿Eran imaginaciones suyas, o aquella primavera lo de las pulgas estaba siendo especialmente malo? Sea como fuere, aquellos diminutos pelmazos eran en ese momento la menor de las preocupaciones. Se frotó las picaduras con jugo de acedera; aliviaba un poco. Acto seguido, despejó la mesa del cuarto de tratamientos.

Para lo que tenía que hacer ahora, necesitaba espacio.

Acababa de salir de la casa cuando un hombre ataviado con sencillez fue hacia él. La marca amarilla en el pecho lo identificaba como judío.

—¡Maestro Adrianus!

—Trabajas para Solomon, ¿verdad?

El hombre asintió.

—Soy su criado. Tengo una carta para vos. Le llegó a mi señor esta mañana temprano.

Solo podía ser de Jacobus. El judío de Regensburg había escrito dos veces desde su encuentro del otoño anterior y en ambas ocasiones había entregado las cartas a mercaderes judíos que suministraban a Solomon. Adrianus dio al criado medio denier en agradecimiento, rompió el sello de cera y desplegó el pergamino, muy maltratado por el largo viaje.

En las últimas cartas, Jacobus le había hablado de la embriagadora fiesta de su boda y de su felicidad conyugal con Alisa. Esperaba a diario que su joven esposa quedara embarazada —si es que no lo estaba ya—, porque deseaba ardientemente tener un hijo que un día fuera médico como él, o mejor aún rabino.

En cambio, esta carta era distinta. Jacobus no perdía una sola palabra en contarle su agradable vida conyugal. El miedo a la plaga corría por Regensburg. El odio prosperaba como el moho en el pan viejo.

Al principio no eran más que miradas hostiles y maldiciones susurradas. Pero semana tras semana empeoró. Nos tiran piedras. Ensucian nuestras casas con sangre de cerdo. Esperaron al ayudante del mercader de especias Abraham delante del cementerio y le dieron una paliza. Lo habrás oído, viejo amigo: creen que hemos traído la pestilencia a la Cristiandad. Que hemos envenenado fuentes y manantiales. Incluso los notarios y otros hombres instruidos creen esas absurdas mentiras. ¿No es terrible lo que el miedo es capaz de hacer?

Adrianus leyó con los labios apretados. Era lo mismo en todas partes, en todo el Imperio. La razón y la humanidad se marchitaban y morían mucho antes de que la plaga llegara a una región.

La semana pasada se congregaron delante de la catedral y fueron al barrio judío. ¡El día del sabbat! Querían matar o forzar a bautizarse a cada uno de los judíos de Regensburg. Su rugido asesino todavía resuena en mis oídos. Alisa, mis padres, mis hermanos y yo nos encerramos en casa y preparamos cuchillos, decididos a quitarnos la vida antes de que la banda de asesinos pudiera encontrarnos.

Sabes que soy amigo de las palabras mesuradas. No aprecio la exageración, Pero lo que ocurrió aquella noche fue un milagro. No puedo calificarlo de otro modo.

Durante mi visita del otoño pasado te conté que mi comunidad tiene amigos poderosos entre los cristianos de Regensburg. Nada ha cambiado en eso… no todos los cristianos sucumben a las mentiras y al odio. Cuando crecieron las hostilidades contra nosotros, ciudadanos influyentes nos protegieron una y otra vez. Pero yo nunca hubiera esperado que arriesgarían su propia vida por nosotros. Y eso fue exactamente lo que sucedió.

Cuando la multitud rugiente se dirigió a la judería, doscientos cristianos se reunieron y se apostaron en las puertas para cortar el paso a los asesinos. ¡Qué valor! Tenían motivos para temer que los mataran a ellos. El SEÑOR tiene que haberles inspirado. Formaron un muro con sus cuerpos y no se apartaron hasta que la horda renunció a sus planes asesinos y se retiró. Y lo más asombroso: ninguno de ellos resultó herido.

En verdad, un milagro.

Así fue como nos salvamos. Desde aquel bendito día, ningún judío ha vuelto a ser atacado. También ha habido pocos insultos y hostilidades. Nuestros enemigos bajan la vista cuando se cruzan con un judío. ¡Alabado sea el SEÑOR, que redime y salva!

Esto, querido amigo, me da esperanza de que algún día nuestras religiones puedan convivir en paz.

Te escribo todo esto para que no te preocupes. Has de saber que a mí y a mis seres queridos nos va bien. ¿Y tú? ¿Estás bien? ¡Por favor, déjame saber de ti cuando antes!

Escrito el décimo día después de Pésaj, en Regensburg,

JACOB BEN AMOS

Adrianus soltó el aliento que había estado conteniendo y se apoyó en el marco de la puerta, con una sonrisa en los labios. Por fin una buena noticia, después de todos los horrores de los últimos meses. Quizá aún hubiera esperanza para este mundo maltratado. Decidió responder enseguida a Jacobus, se sentó a la mesa de la cocina con tinta, pergamino y pluma y escribió unas líneas apresuradas en las que hacía saber a su amigo que estaba vivo y luchaba incansable contra la plaga. Luego iría a ver a Solomon y le pediría que entregase la carta a la primera caravana que saliera hacia el este.

Pero antes tenía otras cosas que hacer: trabajo importante, que no toleraba retraso. Salió de la casa lleno de energías renovadas y caminó por los callejones. Su búsqueda lo llevó hasta el barrio de los fundidores de campanas y cañones, donde apenas había trabajo. Los hornos estaban fríos, los talleres abandonados. Los maestros que no habían muerto o huido se atrincheraban en casa con sus familias y no ponían un pie fuera de la puerta. Adrianus echó una mirada por patios y callejones, buscando a los flagelantes. Poco después encontró lo que buscaba: delante de un pozo público, dos flagelantes subían a su carro el cadáver de una joven.

—Maestro Adrianus. —Uno de los flagelantes le sonrió.

Era el oficial panadero Gosselin, que antaño había ido a verle porque sufría una escrofulosis. Desde entonces, la enfermedad había empeorado considerablemente y le deformaba todo el cuello hasta la mandíbula. Como ya no llevaba gugel, las marcas parduscas eran claramente visibles.

Adrianus le saludó con una inclinación de cabeza.

—Reclamo ese cadáver. Por favor, llevadlo a mi casa.

—Eso no puede ser —dijo el otro flagelante—. Benedictus ha ordenado que enterremos a todos los muertos delante de los muros de la ciudad.

—¿Benedictus? ¿Y ese quién es?

—Nuestro maestro, y el obispo de la Nueva Jerusalén —explicó Gosselin.

—¿Luc? —Adrianus estuvo a punto de echarse a reír.

—Ya no se llama así —dijo con poca amabilidad el otro flagelante—. El ángel Tamiel le ha dado ese otro nombre.

—¿Por qué Tamiel ha sido tan modesto? ¿Por qué no lo ha bautizado directamente como Petrus? ¿O Jesús II?

—¡Blasfemia!

—Que se llame como quiera —dijo Adrianus—. A mí solo me interesa el cadáver. A mi casa con él, si me hacéis el favor.

—¿Para qué lo necesitáis? —preguntó Gosselin.

—Para fines científicos.

—Será enterrado. —El otro flagelante agarró el mango de la carretilla—. Vamos, hermano. Aún hay mucho que hacer.

—El alcalde Marcel me ha dado facultades para hacer todo lo necesario para combatir la plaga —dijo Adrianus—. Si me impedís tomar medidas médicas urgentes, os denunciaré. ¿Queréis pasar la noche en la Torre del Hambre por un solo cadáver?

—Será mejor que hagamos lo que dice —dijo Gosselin.

Su hermano se sometió refunfuñando, y llevaron el cadáver hasta la casa de Adrianus. Al llegar a la consulta, ordenó a los hombres que dejaran el cadáver encima de la mesa.

Gosselin contempló confundido a la mujer muerta.

—¿Qué clase de medida médica es esta?

—Adiós, Gosselin. —Adrianus echó a los dos flagelantes y cerró la puerta. Acto seguido, cogió una tijera y cortó la ropa del cadáver. La joven no era mayor de dieciocho años. Tenía bubones en el cuello, en las axilas y en las ingles; muchos habían reventado, liberando un pus sanguinolento que ahora ya se había secado.

¿Por dónde empezaba? Si quería entender qué procesos provocaba la plaga en el cuerpo de los enfermos, tenía que abrir el cadáver y examinar primero los órganos internos. Cuando iba a aplicar el escalpelo, oyó a alguien llamar a la puerta delantera.

Se asomó por la ventana. Era Léa. Le abrió.

—Es de noche, ¿por qué no has ido al local? Estábamos preocupados.

—No temas, estoy bien. —Cerró la puerta y la besó—. Tengo que enseñarte una cosa.

Ella le siguió hasta la consulta y contempló el cadáver.

—¿Qué es esto, Adrianus?

—Voy a disecarla. Tenemos que saber más sobre la plaga para poder tratar mejor a los enfermos.

Léa se quedó mirándole.

—Eso está prohibido… también para los cristianos, ¿no?

—El papa Clemente ha levantado la prohibición. En Aviñón, incluso anima a los médicos a abrir los cadáveres para averiguar las causas de la pestilencia.

—Aun así… es repugnante. No debes hacerlo.

Su virulenta reacción sorprendió a Adrianus.

—La gente se nos muere entre las manos. Nuestros medicamentos y terapias casi no ayudan, porque no tenemos ni idea. Debemos transitar nuevos caminos, o la plaga borrará Varennes del mapa.

Ella le miró en silencio y se volvió de pronto.

—Léa, espera…

—Haz lo que debas hacer. Pero no me quedaré a ver cómo te ensucias.

Cerró la puerta de la casa. Adrianus maldijo audiblemente. Una disputa con Léa era lo último que necesitaba en esos momentos. Bien, no se podía hacer nada. Sea como fuere, no se iba a apartar de su plan. Era demasiado importante para su trabajo, para el futuro de la ciudad.

Abrió en sentido longitudinal el tronco del cadáver, cortó el esternón con el cuchillo más afilado que tenía y separó con tremenda violencia las costillas. La mujer parecía llevar muerta muchas horas; salió poca sangre, que retiró con una esponja. Contempló la caja torácica y maldijo una vez más los estudios de Medicina, que no lo habían preparado para aquella tarea. ¿Cómo iba a reconocer un órgano enfermo si ni siquiera sabía cómo era uno sano? Tenía que abandonarse por completo a su conocimiento teórico. Decidió examinar los órganos uno por uno. Empezaría por el corazón. Cuando fue a sacarlo, descubrió cerca del músculo cardíaco una especie de esponjita cuya existencia no pudo explicarse. ¿Contenía el veneno que causaba la plaga? La pinchó con el escalpelo. Solo salió un poco de sangre.

El corazón mismo parecía atacado, como si la enfermedad hubiera devorado el tejido muscular. Observó algo parecido en el estómago y en los otros órganos de la cavidad abdominal. Era probable que la mujer hubiera muerto a consecuencia de fuertes hemorragias internas.

Siguió con los pulmones. Era algo generalmente aceptado que la plaga se difundía mediante malos vapores y olores. Si la mujer había enfermado porque había respirado miasmas venenosas, tenía que encontrar en ese órgano las primeras pruebas de la forma de actuar de la plaga. El tejido parecía en gran medida sano, pero los bronquios y bronquiolos estaban llenos de mucosidad. Las vías respiratorias no contenían sangre. Eso lo reforzó en su conjetura de que había dos formas distintas de evolución: aquella variante que afectaba sobre todo a los pulmones y llevaba a la muerte con tremenda rapidez, y la pestilencia bubónica con la que tenía que vérselas ahora. Posiblemente incluso fueran dos enfermedades del todo distintas.

Se lavó las manos e hizo una pausa. Se le había ocurrido una idea sobre la que merecía la pena reflexionar. ¿Qué pasaba si la pestilencia no se extendía a través del aire, sino en cierto modo de persona a persona? Cuando la plaga atacaba los pulmones, el enfermo expulsaba sin cesar sangre y moco. Era muy posible que esas secreciones fueran contagiosas para otros. Eso explicaría por qué la pestilencia pulmonar se extendía a velocidad de vértigo en zonas densamente pobladas, como había visto en el campamento de los flagelantes.

Aquella idea tenía puntos débiles, sin duda. Por ejemplo, no explicaba por qué la pestilencia bubónica se extendía entre los habitantes de una casa, de una calle, de un barrio, aunque los enfermos no tosieran sangre. Aun así, le parecía una teoría mejor que todas las demás.

Lo siguiente que abordó fueron los bubones. La mujer tenía en la axila izquierda uno grande que había reventado. Adrianus lo examinó con el escalpelo. Llegaba hasta muy dentro del tejido muscular, hasta los huesos, pero no tocaba el pulmón. En ninguna otra enfermedad había esos bubones. ¿Qué los producía?

Volvió a lavarse las manos y bebió un poco de agua, sin que la sed desapareciera. Le dolía la cabeza; en general, no se sentía demasiado bien. Había trabajado demasiado y dormido demasiado poco últimamente. Estaba agotando sus últimas reservas de energía.

«Voy a sentarme un momento», pensó, cansado, y se dejó caer en la silla.

—Ruth ha muerto esta mañana —contó Baruch durante la cena—. Malka está luchando con valentía; quizá sobreviva. Los otros no tienen buen aspecto.

Léa cerró los ojos por un momento. Llevaban días temiéndose la muerte de Ruth. Las personas ancianas y débiles como ella no tenían nada que oponer a la plaga y eran a menudo las primeras en enfermar cuando la epidemia conquistaba un nuevo barrio. Y sin embargo, Léa sintió un gran dolor. Ruth siempre había estado allí, desde que tenía memoria. Una judía modélica y una mujer bondadosa, que siempre había estado atenta las necesidades de los demás.

—¿Cómo te encuentras? —preguntó a su padre, y puso la mano sobre la suya.

—El Señor ya me ha puesto a prueba a menudo. Lo superaré también esta vez. —Sonrió, pero ella vio el agotamiento en sus ojos.

—¿Estás seguro de que no quieres que te ayude?

—Me las arreglo. Ya tienes bastantes obligaciones.

—Toma un poco más de nabo. Quien trabaja duro tiene que comer bien. —Léa le tendió la fuente.

—Mira cuántos quedan. Siete nabos por los siete días de la Creación —explicó satisfecho Baruch—. ¿Ves?, el Señor se nos muestra incluso en las cosas más profanas. Distinguirlo nos da fuerza y confianza.

Cuando terminó de comer, se levantó con un leve gemido y apoyando las manos en la mesa.

—Vamos a recoger. Me gustaría irme pronto a la cama.

Lo decía todas las noches. El trabajo con los enfermos le suponía un esfuerzo inmenso, no estaba acostumbrado a esos esfuerzos del cuerpo y del espíritu. Pero se batía con valentía. Solomon le había confirmado su confianza en que haría por los enfermos todo lo que fuera posible.

—Yo me encargo. Descansa.

Cuando él se hubo ido, Léa volvió a sentarse a la mesa y tomó un poco de vino. La disputa con Adrianus la tenía preocupada. Había sentido asco y repugnancia cuando él le había contado sus intenciones. Pero

¿había estado bien atacarle así? Sin duda, su pueblo respetaba mucho la dignidad de los muertos; las disecciones de cadáveres estaban prohibidas. Pero había excepciones. Para salvar vidas, un judío podía violar cualquier *mitzvá*.

Léa no lo demostraba, pero el horror había congelado su interior hacía ya semanas. No podía recordar lo que era no tener miedo. A cada momento del día temía por las personas a las que amaba. ¿Quién sería el próximo en enfermar? ¿Su padre? ¿Solomon? ¿Judith? Al cabo de unas semanas, quizá todas las personas que había conocido estuvieran muertas.

Adrianus tenía razón: debían actuar, encontrar un camino para salvar la ciudad. Aunque para eso tuvieran que abandonar tradiciones antiquísimas y contaminarse.

Se puso el manto y poco después corría por el mercado de la sal. En la ventana de la consulta aún había luz. Si conocía a Adrianus, se había olvidado por completo del tiempo y seguía trabajando.

No había un alma en las cercanías. Optó por la puerta delantera y llamó. Cuando nadie le dijo que pasara, giró el picaporte y entró.

—¿Adrianus?

No hubo respuesta.

Fue a la consulta. Él estaba sentado junto al cadáver abierto, con la cabeza caída sobre el tablero de la mesa. Corrió a su lado, le tocó la mejilla. Estaba caliente y sudorosa. Léa lo agarró por los hombros y lo incorporó. Estaba consciente, volvió la cabeza y la miró con ojos turbios. Murmuró algo que podía ser su nombre.

—Tienes que irte enseguida a la cama. —La voz de ella temblaba.

—… solo un poco cansado… —farfulló.

La mirada de Léa se posó en la garganta de él; le apartó el cuello de la camisa.

En él campaba un bubón, azul como el cielo vespertino, púrpura como sangre vieja.

Negro como la muerte.

Michel había estado tosiendo sangre toda la tarde. Su corazón latía desbocado, le llegaba el aire a duras penas. Hélène intentaba bajarle la fiebre preparándole compresas frías.

—¿Dónde está tu hermano? —preguntó desesperada.

César apretó los dientes. Hacía mucho que Adrien tendría que estar allí. Partía de la base de que el criado había huido.

—Iré mañana a Varennes en persona.

—Mañana será demasiado tarde. —Hélène se echó a llorar—. ¡Nuestro hijo se muere, César!

Ella tenía razón. Había que actuar, enseguida. Fue a la cocina y despertó a un criado.

—Vístete. Nos vamos a Varennes.

—Estamos en mitad de la noche —murmuró adormilado el hombre.

—Es urgente. Mi hijo está mal.

El criado eludió su mirada.

—No —dijo.

—¿No? ¿Qué significa eso?

—No voy a ir a Varennes.

—¡La vida de Michel depende de eso! —ladró César.

—De todos modos los médicos no pueden hacer nada.

—¡Si no obedeces enseguida, vas a saber quién soy yo!

El criado miró al suelo y no se movió del sitio. César supo que no le convencería. Aquel hombre tenía cien veces más miedo a la plaga que a su ira.

Entretanto, también los otros criados se habían despertado. El *fattore* estaba en la puerta, con rostro compungido.

—¿Alguien tiene el coraje suficiente para acompañarme a la ciudad?

Nadie respondió. El *fattore* no podía mirarle a los ojos.

—No lo olvidaré.

César apartó con brusquedad a sus ayudantes y cogió su manto y la ballesta. Antes de irse, volvió para ver cómo estaban Hélène y los niños.

—Michel tendrá ayuda más deprisa si lo llevas contigo —dijo su mujer.

César también lo había pensado. Pero el niño estaba demasiado enfermo para llevarlo a la ciudad. No sobreviviría ni siquiera a un viaje tan corto. Besó a Hélène y abandonó la casa. Decidió ir a pie. De noche, a caballo se avanzaba muy poco más rápido, y además corría el peligro de herirse de gravedad si el animal no veía un foso o un árbol derribado.

Bajó la colina, se apoyó en el cayado y marchó a través de las tinieblas. Cada sonido, cada susurro de los árboles le hacía estremecerse por dentro. La noche pertenecía a los impíos, a los demonios, a las bestias de los bosques. Un buen cristiano tenía motivos para temer por su vida si era tan necio como para abandonar la protección de su casa.

—Por favor, protégeme, Señor —rezó en voz baja—. Por mis hijos.

El camino le pareció infinitamente largo.

Cuando por fin vio los muros de la ciudad, alzándose ante él como negros bloques, le subió a la nariz un olor espantoso. Olor a putrefacción, tan penetrante que casi le revolvió el estómago. Vio un foso al lado de la carretera, un agujero oscuro del que salían aquellos vapores infernales. César no pudo distinguir los detalles; sospechó que se trataba de una fosa común. Le llenó el espanto. ¡Ojalá que aquella miasma apestosa no le hubiera contagiado la plaga!

Siguió caminando a toda prisa y contuvo el aliento hasta que se creyó a salvo.

Se detuvo delante de la Puerta del Heno.

—¡César Fleury! —gritó mirando a las almenas—. Dejadme entrar.

—Cuando nadie respondió, golpeó con el puño la recia madera—. ¡Tengo que ver a mi hermano enseguida!

Nadie respondió ni abrió la puerta. Tuvo un pensamiento espantoso: todos los guardias de la ciudad estaban muertos, ahí dentro no quedaba nadie con vida. Ante él yacía una ciudad fantasma, poblada por miles de muertos.

No debía pensar así. Antes de que la desesperanza pudiera paralizarlo, se puso en movimiento y fue hacia el norte, en dirección a la Puerta del Rey. En el adarve no se veía a nadie, pero la puerta misma estaba abierta. César entró y avanzó por la Grand Rue. También allí apestaba a putrefacción. Muchas casas parecían abandonadas, pero no todas: había luz en algunas ventanas. Una sonrisa pasó por su rostro. Varennes aún resistía a la plaga, la vida aún no había desaparecido por completo de aquellos callejones.

Poco después estaba ante la puerta de Adrien y llamaba. Una mujer de cabellos negros abrió la puerta. Era la hija del rabino Baruch. César frunció el ceño, sorprendido, pero no podía perder el tiempo con preguntas superfluas.

—Tengo que hablar con mi hermano.

La mujer —se acordó de que se llamaba Léa— le dejó entrar.

—Adrianus está muy mal. —Su voz sonó ronca, cansada, agotada.

—¿La plaga?

Ella asintió.

La desesperación volvió con tal fuerza que borró toda idea clara, y tuvo que hacer acopio de todas sus energías para no desplomarse.

—¿Dónde... está?

Léa lo llevó hasta el dormitorio. Poco a poco, César se acercó a la cama. Adrien pareció reconocerle. Le miró con los ojos entreabiertos y movió los labios, pero solo pudo susurrar cosas incomprensibles. Estaba mortalmente pálido, el cabello mojado se le pegaba a la frente. En su rostro laboraba el dolor. César vio los bubones en el cuello.

Tragó saliva varias veces antes de volverse hacia Léa.

—Mi hijo está enfermo. Necesito que un médico venga conmigo.

—Solo quedan cuatro sanadores en Varennes. Yo tengo que quedarme junto a Adrianus. A mi padre se le necesita en la judería. Y Jacques es demasiado frágil, no podrá ayudaros.

—¿Cuál es el cuarto?

—Deniselle, la herbolaria. Pero no sé dónde está.

César se quedó un rato contemplando a su hermano.

—Gracias —murmuró al fin, y se levantó trabajosamente, como si le hubieran atado pesos a la cintura. Bajó y salió a la noche.

La negrura pareció engullirlo.

Rompía el nuevo día cuando regresó a la finca. En la casa lo recibió el silencio. Los criados, las doncellas, el *fattore*... se habían ido, todos. Huyendo de la plaga, que finalmente los había encontrado. César se sintió abandonado y maldijo su cobardía.

Fue arrastrando los pies hasta la habitación donde dormían los niños. Michel yacía inmóvil, mirando hacia la nada con los ojos entreabiertos y la mandíbula encostrada de sangre.

Hélène yacía entre él y Sybil. La niña y ella estaban bañadas en sudor y solo parcialmente conscientes; tosían y respiraban con dificultad.

Un seco y ronco sollozo salió de la garganta de César. Cayó de rodillas junto a la cama.

—No me abandonéis —cuchicheó—. Por favor, no me abandonéis...

53

Un dolor abrasador, inacabable. Un dolor como de cuchillos al rojo clavándose en su vientre. Un dolor como de mil esquirlas de cristal en su carne. En una ocasión, Adrianus despertó porque oyó gritar a alguien. Tardó un momento en comprender que era él mismo. Poco después perdió el conocimiento.

Una inconsciencia consoladora, que aliviaba. Un sueño sin sueños que lo liberaba del dolor durante unas pocas horas, antes de que la tortura empezase de nuevo.

Sus pensamientos se deformaron, haciéndole ver extrañas imágenes, como si le hubieran permitido asomarse al infierno. La enfermedad en su cuerpo se convirtió en un ejército, una marea negra de diminutos guerreros que marchaban por sus venas y conquistaban un miembro tras otro, un órgano tras otro. Allá donde alzaban sus bastiones brotaban hinchazones en la piel. En los momentos de vigilia, se palpaba los bultos purulentos en el cuello, en las axilas, en la ingle.

Rogaba a Dios que lo liberase. El Señor no le escuchaba. Le dejaba seguir sufriendo. Castigo por sus pecados, venganza por todas las manchas, pequeñas y grandes, de su alma.

Suerte que Dios había enviado un ángel. Incansable, Léa se sentaba junto a su lecho, rezaba por él, le hacía sangrías, lo que aliviaba al menos por un tiempo el insoportable calor. Le preparaba compresas frescas, le daba infusiones curativas y luchaba obstinadamente contra los ejércitos de la plaga. Él quería darle las gracias, comunicarle su amor, pero estaba demasiado débil hasta para susurrar su nombre.

Así que yacía buscando consuelo en su cercanía y esperando el sueño redentor.

Léa guio a los dos flagelantes hasta la consulta. Se santiguaron al ver el cuerpo abierto.

—¿Qué ha pasado aquí? —gimió uno, y la miró lleno de asco—. ¿Te has ensañado con el cadáver, judía?

Léa estaba mortalmente agotada y le habría gustado responder a la necia observación con un comentario afilado, pero si humillaba al flagelante pronto habría una horda sedienta de sangre dispuesta a arrojarse sobre ella, de eso estaba segura.

—El maestro Adrianus la disecó para investigar la plaga —explicó—. Por favor, lleváosla.

—A mis ojos, esto es blasfemia —dijo el flagelante, mientras su compañero y él envolvían el cadáver en un tosco paño—. Habría que hundir a ese charlatán en el río con un peso en los pies.

—Estás hablando del maestro Adrianus —le regañó el otro—. Ha salvado la vida a mucha gente.

—Eso no le da derecho a hacer una cochinada como esta...

Los flagelantes sacaron el cadáver y lo arrojaron en su carro, en el que había ya tres muertos. Léa cerró la puerta y la atrancó.

Había estado toda la noche despierta y necesitaba con urgencia un poco de sueño. Antes de tumbarse, volvió a echar un vistazo a Adrianus. No estaba consciente y sudaba con fuerza. Apartó la sábana que cubría su cuerpo desnudo. Los bubones habían seguido creciendo; en el pubis había salido uno nuevo.

La enfermedad avanzaba con espantosa rapidez. Su estado empeoraba hora tras hora.

Léa se desplomó en la silla y enterró el rostro entre las manos.

Luc y Matthias fueron a las casas de madera que había al extremo occidental del campamento. Durante la feria, los cuatro espaciosos edificios servían de albergue a los mercaderes extranjeros. La gente de Luc utilizaba tres como alojamiento y el cuarto de almacén de víveres. Ese fue el bloque en el que entró Luc, y pidió a Matthias que montara guardia en el exterior.

Dentro se apilaban sacos y toneles de nabos, cereales y otros alimentos, que agradecidos habitantes de la ciudad habían donado a los flagelantes. Louise y otras cuatro mujeres estaban en pie junto a la gran mesa y cortaban verduras.

—Por favor, dejadme a solas con Louise, hermanas. —Cuando las mujeres hubieron salido, cerró la puerta y sonrió a la hija de Marcel—. Quería saber cómo estás.

—Estoy agradecida por poder aportar mi contribución —dijo ella, pero no parecía feliz.

—¿Te gusta tu nueva tarea?

—Me temo que soy demasiado torpe para ella. En casa siempre lo hace la criada...

—Te has cortado —constató él. Le cogió suavemente la mano y besó los dedos heridos—. Seguro que pronto curará.

—¿No puedo ayudar a enterrar a los muertos? O déjame cuidar a los enfermos. Seguro que soy mucho más útil.

—De hecho, estoy pensando en darte otra tarea. Una que haga justicia a tus especiales talentos.

—¿A qué talentos te refieres, Benedictus?

—A tu juventud. A tu belleza. A tu encanto.

Ella frunció el ceño, confundida.

—Sabes que Dios me ha enviado para guiar hasta él a los hombres —explicó—. El ángel Tamiel ha descendido y me ha llenado de poder celestial, para que pueda hacer su obra. Ese poder habita dentro de un cuerpo... este cuerpo. Está sometido a limitaciones. Desearía que no fuera así, desearía ser un ser luminoso como Tamiel. Pero no está en mis manos decidirlo. Entre las limitaciones de este envoltorio mortal se encuentran las necesidades físicas. Tengo que comer, beber y dormir como cualquier hombre. Algunas de esas necesidades son bajas y me distraen de mi sagrado trabajo. ¿Entiendes a lo que me refiero?

—No sé —dijo atemorizada Louise.

—Hablo de la lujuria que asedia este cuerpo. Llevo meses luchando contra ella, rezando y ayunando. La mayoría de las veces salgo victorioso, pero no siempre. Las bajas necesidades son fuertes. Si no puedo dominarlas, mi misión estará en peligro. —Le puso la mano en la mejilla—. Tienes que ayudarme a aliviarlas.

Vio el temor en sus ojos. Probablemente aún era virgen... una idea que le excitó. Pero también había deseo en ellos. Su cuerpo lo quería.

—Entrégate a mí —dijo con suavidad—, para que venza a la lujuria.

—¡Pero eso es pecado!

—Dios te ha elegido para esa tarea. ¿Cómo puede ser pecado? Tenemos que obedecer su voluntad, Louise. Si te resistes, la lujuria me desbordará. Me volveré débil y no podré seguir guiando a estos pobres hombres. El movimiento quedará destruido, y los pecados regresarán.

—Eso no debe ocurrir —susurró ella.

—Sería una catástrofe. El diablo lo celebraría.

En sus hermosos rasgos libraban una lucha la excitación y la moral.

—¿Qué tengo que hacer? —Su voz sonó quebradiza.

—Túmbate y sé recipiente de mi lujuria.

Ella se tendió de espaldas encima de la mesa.

—Ahora abre las piernas. Así está bien.

Louise empezó a respirar más deprisa cuando él le subió el vestido por encima de los muslos y le dejó el pubis al descubierto. Se levantó la túnica, se agarró el duro miembro y penetró de un golpe en ella. Louise gritó levemente.

«Si tu padre pudiera vernos ahora», pensó Luc.

Para alivio de Josselin, el sermón de aquella noche no trató acerca de la codicia y la soberbia de los mercaderes. Benedictus había escogido otro pecado.

—La lujuria es uno de los pecados más pérfidos con los que el Señor nos prueba —dijo a sus seguidores, arrodillados a centenares en la pradera, delante de la gran cruz—. Puede que sea menos grave que la avaricia, el derroche y la hipocresía, pero a cambio está más extendida, es más cotidiana. Todos tenemos un cuerpo carnal, un cuerpo con bajas necesidades. A cada uno de nosotros nos atormenta a veces la lujuria. Nos asalta en medio de la noche, cuando esperamos el sueño y estamos solos con nuestros pensamientos. Durante el día nos asalta, como un taimado atracador, cuando vemos el hermoso cuerpo de una mujer. ¡Pero no podemos ceder a ella! No somos animales, expuestos a sus deseos sin voluntad alguna. Dios nos ha regalado el libre albedrío; somos capaces de resistir a nuestros deseos. Así lo quiere el Señor. Nos quiere puros y contenidos. Por eso, mis hermanos y hermanas, hemos alabado la castidad. Queremos demostrar a Dios que somos mejores que ese ejército de pecadores que hay ahí fuera, en el mundo. Que somos lo bastante fuertes como para rechazar las tentaciones de la lujuria. Vuestra fe debe ser vuestro escudo. Armaos de oraciones, y el deseo desaparecerá. Y pensad siempre en cómo castiga el Señor a los lujuriosos: van al infierno, donde Satán los tortura con tormentas de fuego que queman su carne pecadora. Ahora, id y haced penitencia. Que Dios os bendiga. —Benedictus trazó una cruz en el aire.

—¡Amén! —gritó la multitud como un solo hombre, y se dispersó.

«Un buen sermón», pensó Josselin, mientras caminaba hacia los fogones. A él la lujuria no le parecía en absoluto más inofensiva que la codicia y el derroche. A sus ojos, era uno de los peores pecados. Sin duda él mismo se había hecho culpable de muchos, pero nunca había caído tan bajo. Desde la muerte de Pernette no había vuelto a yacer con una mujer y siempre había resistido la tentación de ir al burdel. Incluso el pecado de Onán se lo había permitido muy raras veces. Cuando la lujuria lo acometía solía orar hasta que Dios apartaba de él los deseos carnales. De ese modo la había mantenido a raya desde hacía muchos años.

Muchos de sus hermanos no eran tan fuertes. A veces los oía masturbándose en las tiendas durante la noche. Incluso sospechaba que algunas hermanas abrían de buen grado los muslos cuando un apuesto flagelante se cruzaba en su camino. Por eso, era bueno que Benedictus hubiera señalado los peligros de la lujuria. Entretanto, aunque solo uno de los penitentes sucumbiera a los deseos sexuales, la Nueva Jerusalén jamás ascendería a las esferas celestiales.

Josselin se puso en la cola, y poco después le dieron un cuenco de gachas. Mientras las comía, comprobó que muchos hermanos y hermanas

503

callaban pensativos. Estaba claro que el sermón les había hecho un gran efecto. Josselin decidió que no debía ser demasiado severo con ellos. Lo importante era que reconocieran sus errores y lucharan contra la lujuria. Él mismo tampoco había conseguido doblegarla de un día para otro.

Miró de reojo a Benedictus, que comía con Matthias y los otros maestros menores. «Para él es fácil hablar. A él lo ha tocado un ángel, y lo ha purificado de todos esos deseos degenerados. Qué maravilloso tiene que ser.»

Josselin apartó la mirada. Había estado a punto de dar entrada a la envidia en su corazón y a cargar de ese modo un nuevo pecado sobre sus espaldas. Se forzó a estar agradecido. Agradecido de que el Señor hubiera hecho partícipe de la gracia celestial al maestro.

César lavó a su hijo, lo envolvió en una sábana y lo depositó en la tumba que había cavado en el jardín. Se quedó allí largo tiempo contemplando el pequeño cuerpo, quiso rogar al cielo que acogiera a Michel, pero no encontró las palabras adecuadas.

¿Qué sentido tenían las oraciones? De todos modos, Dios no escuchaba. Probablemente estuviera en ese momento en una nube, contemplando a los pobres humanos y riéndose de su sufrimiento.

César cubrió la fosa y clavó una simple cruz de madera en la tierra fresca.

Cuando volvió a la casa, Sybil había muerto.

César se sentó junto a la cama y lloró hasta quedarse sin lágrimas. Sabía que nunca más podría volver a hacerlo. Vinieran de donde viniesen las lágrimas, su fuente se había secado.

Cuando, por la noche, también Hélène murió, solo pudo sostener su mano y contemplar su rostro en silencio hasta que la última luz del día abandonó la estancia. ¡Cuántas veces la había engañado con rameras, maltratado, volcado sobre ella su malhumor! La había llamado «aburrida», cuando había sido una esposa y madre fuerte, fiel y cariñosa. Nunca se lo había dicho.

En algún momento se levantó y cogió la pala, ya estaba oscuro como boca de lobo. Junto a la tumba de Michel, clavó la herramienta en el suelo, arrojó en un montón hierba y terrones, trabajó hasta que el sudor le cayó por los ojos, hasta que los músculos le dolieron, y siguió cavando sin cesar. Terca, mecánicamente.

Para no pensar.

Todo menos pensar.

Léa se sentía tan agotada que había estado durmiendo todo el día. Nada más despertar, fue a ver a Adrianus. Estaba consciente, gemía de dolor y sudaba copiosamente.

Apartó la sábana y examinó los bubones, que había untado por la mañana con ungüento de cebolla. Estaban hinchados y maduros. Cuando tocó uno de ellos, Adrianus aulló de dolor.

—Enseguida mejorarás.

Sajó en forma de cruz cada bubón con el escalpelo, lavó el pus que brotó y emplastó las heridas.

Adrianus suspiró cuando el dolor cedió. Poco después se quedó dormido.

Léa apretó los labios. Ahora solo podía rezar por él.

—No —dijo Bénédicte cuando el criado iba a echar nuevos carbones.

—Pero el fuego pronto se apagará.

—Que se apague.

El criado estaba indeciso, con el cubo de carbón en la mano.

—Lárgate —ordenó Bénédicte.

Se reclinó y contempló el fuego hasta que se consumió y extinguió. Si eso hacía que contrajera la pestilencia, que así fuera. No había protegido a Varennes de la catástrofe. Había perdido a la persona que más quería a manos de un loco y un criminal. La vida ya no le importaba.

Cerraba los ojos y volvía a ver a Luc poner la mano en torno a la cadera de su hija. Un gesto posesivo, repugnante en su claridad.

Bénédicte solo tenía un deseo: rescatar a Louise, aniquilar a Luc y aplastar a sus hordas vociferantes.

Envió a buscar al comandante de la guardia.

—¿Cuántos hombres podéis reunir aún? —preguntó cuando el hombre entró en el despacho y contempló con el ceño fruncido los braseros fríos.

—Alrededor de ochenta.

No era mucho. Bueno, tendría que bastar.

—Reunidlos a todos en el ayuntamiento. Esta noche, atacaremos el campamento de los flagelantes.

Théoger Le Roux estaba sentado junto a la ventana, arrancando carne a los huesos de un pollo asado y metiéndosela a la boca mientras contemplaba la plaza de la catedral.

Casi nadie sabía que aún estaba en la ciudad. Bénédicte y los otros consejeros suponían que había huido a tiempo, como el resto de los patricios. Pero la gota se lo había impedido. Desde hacía semanas, le dolían tanto los miembros que no podía pensar en una larga cabalgada o un recorrido en carro.

Además había cosas que hacer, cuentas que quería ajustar.

Así que se había encerrado en su casa, acumulado víveres y fortificado la vivienda, de tal modo que nadie entraba ni salía sin su permiso. Unos pocos de sus criados habían enfermado. Los había separado de los otros y los había hecho encerrar en el sótano, para que no enfermasen a toda la servidumbre con sus malas emanaciones.

Cada mañana, al romper el día, el más fiel de sus hombres salía por la portilla trasera del patio, preguntaba por la ciudad, hablaba en secreto con personas de su confianza y volvía por la noche a informar a su señor.

¿Cómo estaba la situación en la ciudad?

¿Cómo discurría la lucha contra la plaga?

¿Qué hacían el alcalde, los judíos, los flagelantes?

De ese modo, Théoger creía saber lo que iba a ocurrir pronto. Se ejercitaba en la paciencia y esperaba.

Tiró en la bandeja los huesos roídos y se chupó la grasa de los dedos cargados de anillos. Durante toda la tarde, los guardias habían estado cruzando la plaza y desaparecían en el ayuntamiento y en el vecino arsenal. Bénédicte hacía acopio de fuerzas... Théoger podía imaginarse la finalidad.

Entre dolores, se levantó, movió su macizo cuerpo hacia la puerta y rugió llamando a los criados. Por primera vez desde hacía semanas, iba a salir de la casa. Algo peligroso, sin duda, y unido además a notables dolores.

Pero imprescindible para sus planes.

Josselin caminó por el bosque, agachándose a recoger ramas secas y metiéndolas en la cesta que llevaba a la espalda. Los maestros menores lo asignaban casi todos los días a recoger leña. Él hubiera preferido ayudar a enterrar a los muertos... Aquel trabajo le parecía más grato a Dios. Pero en la mayoría de los casos lo llevaban a cabo los varones más jóvenes, que podían sacar fácilmente los cadáveres de las casas y ponerlos en el carro.

Bueno, había alabado la humildad y obedecería. Y no era que no le gustara su trabajo. Desde siempre le había complacido pasear en primavera por el bosque y escuchar el canto de los pájaros, a solas consigo mismo y con sus pensamientos. Una alegría pura y sencilla, como raras veces había vivido durante su época de mercader.

Cuando la cesta estuvo llena, regresó al campamento y vertió la leña en el gran montón. Una hermana le dio un cuenco de sopa. Mientras comía, vio que Théoger Le Roux cruzaba el campamento. Dos guardias armados acompañaban al consejero.

Josselin frunció el ceño. ¿No hacía mucho que Théoger había abandonado la ciudad? Varios flagelantes insultaron al consejero, lo llamaron «saco de especias» y «explotador», le gritaron que se fuera. Josselin podía entender su ira. Théoger era el boato en persona, encarnaba todo lo que él mismo despreciaba en la aristocracia de la ciudad. Por Dios, incluso en esos tiempos conseguía el prodigio de estar cada vez más gordo. Los anillos cubiertos de rubíes le ceñían los dedos, las gotosas articulaciones apenas podían soportar aún las masas de su cuerpo; resoplaba al andar como un mulo viejo. Théoger no pareció advertir siquiera los insultos. Caminó con gesto arrogante hasta la tienda de Benedictus, intercambió unas palabras con Matthias y entró. Los guardias esperaron fuera con hachas en las manos, mirando furibundos a los flagelantes.

¿Qué hacía Théoger allí? ¿Quería unirse a los flagelantes? La mera idea le parecía absurda a Josselin. Théoger nunca se había interesado por la penitencia y la salvación, y no daba la impresión de ir a empezar ahora.

«Quizá Bénédicte le ha enviado para llevarse a Louise a casa.» Sí, esa era una explicación plausible. En todo caso, Josselin dudaba de que Théoger fuera a tener éxito. Louise Marcel era más fiel al maestro que cualquier otra mujer de la Nueva Jerusalén y estaba firmemente decidida a confiar su vida al cuidado de Dios.

Bueno, a él todo aquello no le importaba. Josselin se tomó la sopa y bajó luego al río con algunos hermanos y hermanas, a fregar los cacharros. Las mujeres entonaban salmos, su claro y amable canto seguía el ritmo de la naturaleza y el compás de la vida, marcado por el chapoteo del agua y el entrechocar de los platos: una canción tan espléndida como el jubileo de los ángeles. El corazón de Josselin desbordaba de alegría, y por un tiempo olvidó la plaga, sus pecados y todos los malos pensamientos.

Después de la conversación con Luc, Théoger regresó a la ciudad y envió a buscar a los maestres de los gremios. De los catorce hombres, acudieron ocho. Los demás, le dijeron, habían huido o habían sido víctimas de la plaga.

Todos ellos habían seguido su petición y llevaban tanto una coraza como un arma al cinto.

Quince criados y miembros de los gremios acudieron a modo de refuerzo cuando, al atardecer, se dirigieron al ayuntamiento. El edificio hervía de guardias. Los hombres estaban en el zaguán y esperaban órdenes.

—¡Haced sitio! —gritó Théoger—. El alcalde nos espera.

—Propongo que esperemos hasta medianoche —dijo el comandante de la guardia—. Entonces, mis mejores hombres se deslizarán en el campamento y sacarán a vuestra hija. En cuanto esté a salvo, atacaremos.

Bénédicte asintió.

—Tenéis que proceder con gran cautela. Louise no debe gozar de la oportunidad de alzar la mano contra sí...

En ese momento la puerta se abrió de golpe. Théoger entró con paso arrogante en el despacho.

—¿Estáis en la ciudad? —Bénédicte frunció el ceño al ver entrar a varios maestres. Había otros hombres armados en el pasillo—. ¿Qué significa esto?

—Habéis causado grave daño a Varennes Saint-Jacques y violado vuestro juramento —anunció Théoger—. Os declaramos depuesto y disolvemos el gobierno de la ciudad. En adelante, los gremios gobernarán Varennes.

El silencio se unió a sus palabras.

—¿Cuándo he violado mi juramento? —preguntó cortante Bénédicte—. Explicad esa ridícula afirmación.

El maestre de los canteros, albañiles y tejadores se adelantó, con la mano en el pomo de la espada.

—¡Los patricios nos habéis oprimido durante décadas! Vuestra misión como alcalde debería haber sido representar también a los artesanos. En vez de eso, solo habéis trabajado para los sacos de especias y los habéis ayudado a llenarse los bolsillos.

—¡Eso es absurdo!

—¿Absurdo lo llamáis? —gritó el maestre de los tejedores, bataneros y tintoreros—. ¿Quién ordenó matar a nuestra gente cuando salió a la calle contra César Fleury?... ¿De qué os reís? —bufó el hombre.

—Me divierte —dijo Bénédicte—. Os sentís injustamente tratados y, en vez de intentar hablar conmigo, os juntáis con un hombre que explota a los artesanos de Varennes más que ningún otro mercader. ¿Quién creéis que ha pagado con su sudor los anillos de oro que Théoger lleva en las manos?

—¡Théoger es un hombre de honor! —gritó el maestre de los panaderos y confiteros—. Nos ha dado su palabra de apoyar al nuevo gobierno de los gremios.

—Lo hará tan solo mientras sirva a sus fines. —Bénédicte miró al obeso consejero—. Luc está detrás de todo esto, ¿verdad? No sé cómo ha ocurrido, pero le habéis advertido, y en agradecimiento él os ha prometido compartir el poder con vos...

—Prendedlo —dijo Théoger.

—¡Nadie va a tocar al alcalde!

El comandante de la guardia se interpuso en el camino de los maestres y los oficiales armados, su espada salió rauda de la vaina. Los atacantes abreviaron. Fue atravesado por una lanza antes de poder dar el primer mandoble. Cuando cayó al suelo, los otros acometieron contra él con hachas y mazas de guerra hasta que dejó de emitir sonido alguno.

Bénédicte estaba como petrificado y apretaba las yemas de los dedos contra el tablero de la mesa.

—Os llevaremos a la Torre del Hambre, donde esperaréis vuestro proceso —dijo Théoger—. No opongáis resistencia.

—Sois una banda de cobardes y asesinos. —La voz de Bénédicte rebosaba de asco y desprecio—. Fue adecuado manteneros apartados del poder. Nunca os cederé voluntariamente Varennes.

Sacó su puñal.

Vinieron de todas partes, rugiendo, babeando. Bénédicte cruzó con la hoja el brazo de uno de ellos. Cuando aquel hombre retrocedió gritando, otros dos llenaron el hueco. Una docena de manos lo agarraron, le quitaron el arma, lo arrastraron encima de la mesa.

—¡Por Varennes! ¡Por Saint-Jacques! —rugió Bénédicte, revolviéndose con la fuerza de tres hombres.

Otros acudieron corriendo a someterlos. A uno le mordió en la mano y le escupió la sangre a la cara.

—¡Por Varennes!

Los maldijo, se rio de ellos cuando abrieron la ventana. Lo empujaron por ella, pero no dejó de insultarlos, de llamarlos «locos» y «necios cegados».

Luego cayó.

Su último pensamiento fue para Louise, para su querida y hermosa Louise, antes de estrellarse contra el suelo, muchas varas más abajo.

54

Mayo de 1349

La noticia de la muerte de Marcel fue más embriagadora para Luc que un vino dulce. Al honorable, responsable, ah, superior Bénédicte le habían tapado de una vez por todas la arrogante boca sin que Luc hubiera tenido que mover un dedo. Nunca una victoria había sido más exquisita.

Tenía que celebrarlo... de la mejor manera imaginable.

—Lleva a Louise al sitio acostumbrado —ordenó a Matthias.

Luc esperó un rato para dejar la tienda y cruzar el campamento. Estaba oscuro, hacía mucho que la mayoría de sus habitantes dormían, como correspondía a los buenos penitentes. El suave aire de primavera le hacía burbujear la sangre. Matthias estaba con los brazos cruzados delante del albergue de la feria que servía de almacén. Luc entró y corrió el cerrojo por dentro.

Louise estaba sentada en un taburete, con las manos castamente apoyadas en el regazo. Cuando alzó la cabeza, él vio que tenía la cara pálida y los ojos hinchados. Esa visión asestó un golpe a su moral de victoria. Lo último que necesitaba ahora eran lágrimas y lamentos.

—Pequeña Louise —dijo con suavidad—. ¿Qué te oprime?

—Mi padre...

—Lo he oído. —Se sentó junto a ella y quiso cogerle la mano, pero ella la apartó.

—¿Has tenido algo que ver? —Su voz era muy baja, y no le miraba.

—¿Cómo se te ocurre tal cosa?

—Tú le odiabas.

—Tu padre y yo teníamos nuestras diferencias, es cierto. Pero no iba a matarlo por eso. Fueron los maestres de los gremios y Théoger Le Roux. Yo estuve todo el día aquí, en la Nueva Jerusalén. Soy un hombre de Dios —añadió—. Nunca le haría daño a otro cristiano.

—¿Puedes jurarlo? —susurró ella.

—Por mi alma.

Aquello no la tranquilizó en absoluto. Enterró el rostro entre las manos y se echó a llorar. «Dios del cielo», suspiró él en silencio.

—Fui fría y cruel con él. —Sollozó—. Él me quería, habría hecho cualquier cosa por mí. Pero yo solo pensaba en mí. Y ahora está muerto. Soy un monstruo egoísta.

—Tú te limitabas a defender tu fe. No tienes ninguna culpa de su muerte.

—¡Lo amenacé con cortarme el cuello!

—Aquella dureza era necesaria. De otro modo te habría encerrado en casa y alejado de Dios. No me gusta decirlo, pero el único egoísta era tu padre.

—Tengo que volver enseguida con mi familia.

Louise se puso en pie de un salto. Él le agarró la mano y la sujetó con fuerza.

—Tu dolor es grande, y lo siento contigo. —Luc se levantó y rodeó sus manitas con las de él—. Pero irte ahora sería un error. No encontrarás consuelo junto a tu madre. Tu camino de penitencia le resulta ajeno. Allí no tendrás otra cosa que frialdad y rechazo. Dios quiere que te quedes con nosotros. Ahora somos tu familia.

Ella le miró, atemorizada, insegura, mortalmente triste. Él la abrazó y le acarició el pelo.

—Nosotros, tus hermanos y hermanas en el amor de Dios, lloraremos contigo. Te prometo que eso aliviará tu dolor y te ayudará a despedirte de tu padre.

Louise se aferró a él y lloró sobre su pecho. Ahí se iba su noche de alegrías carnales. Pero de todos modos se le habían quitado las ganas. Cuando oía sus lamentos cargados de lágrimas, podía sentir en toda regla cómo se le encogía el miembro.

—¿Rezarías conmigo, Benedictus? —preguntó ella—. Sin duda el Señor escuchará tu intercesión, y no hay nada que yo desee más que el que mi padre entre en el cielo.

—Sin duda.

Se arrodillaron y entrelazaron las manos.

—Oh, Señor, nuestro padre amado —dijo Luc—. Mira a tu servidor Bénédicte Marcel, que fue asesinado pérfidamente por sus enemigos, aunque siempre había servido con humildad y esfuerzo a los cristianos de Varennes Saint-Jacques. Guíalo hasta tu reino y concédele la felicidad eterna en tu presencia.

Sonriendo de forma beatífica, Louise repitió sus palabras. Había venido para que abriera los muslos para él, y ahora estaba arrodillado en el suelo y rezaba por su peor enemigo.

«Lo que hay que hacer», pensó Luc.

Los miembros del nuevo gobierno de los gremios irrumpieron en la sala del Consejo. Luc fue el último en tomar asiento a la mesa en forma de U. Théoger lo saludó con una inclinación de cabeza.

Se produjo un silencio. El maestre del gremio de los sastres y sombrereros carraspeó. El hombre era un orador lamentable y estaba visiblemente nervioso.

—Bueno —empezó—. Gracias por haber venido, hermanos. Nos hemos reunido a los ojos de Dios para formar un nuevo Consejo que rija en adelante los destinos de Varennes Saint-Jacques. Yo, como el más viejo de nosotros, dirigiré la reunión hasta que hayamos encontrado un nuevo alcalde. ¿Empezamos?

Los hombres asintieron. Solo el maestre del gremio de los matarifes y peleteros —el sucesor de Luc en ese puesto— parecía insatisfecho.

—No entiendo por qué Luc... quiero decir, Benedictus, está aquí. Habíamos acordado que al nuevo Consejo solo pertenecería gente de los gremios.

—El nuevo gobierno municipal tendrá la siguiente composición —explicó Théoger—. Cada gremio enviará al Consejo a su gran maestre. Yo hablaré en nombre de los mercaderes, cuyo gremio tendrá en el futuro tanto peso como cualquiera de los otros. Nunca más habrá una tiranía del dinero, que ha traído tanto sufrimiento a nuestra ciudad.

Aquellas humildes y comprensivas palabras sentaron bien a los artesanos. Luc sonrió para sus adentros. Le Roux era un hipócrita nato, que sacrificaba sin titubear su dignidad con tal de salvar unas migajas de su antiguo poder en la nueva etapa. Los hombres como él siempre habían oído crecer la hierba y se sometían rápidos como el viento a cualquier cambio de circunstancias.

—Benedictus representará a la Nueva Jerusalén —prosiguió el patricio—. Sin duda no pertenece a ningún gremio. Pero habla en nombre de muchos cientos de personas, que también deben tener voz en el Consejo.

Luc sabía cuál era la preocupación del maestre de los matarifes. Sonrió con suavidad a aquel hombre.

—No temas, hermano. No he vuelto a Varennes para reclamar mi puesto. Contigo el gremio está en buenas manos. A mí solo me preocupa la salvación de las almas de los hombres.

El primer matarife pareció apaciguarse.

Una vez más, el maestre de los sastres carraspeó.

—Ahora que esto ha sido aclarado, debemos poner manos a la obra. Lo primero es ocupar los distintos puestos. Aquí se plantea la dificultad de que no estamos todos. Hemos invitado a los gremios descabezados a elegir un nuevo maestre para que puedan estar representados en el nuevo Consejo. Naturalmente, solo a aquellos cuyos maestres han muerto. Los otros deben volver a traer a la ciudad a sus cabezas... si es que no quieren destituirlos por haberlos dejado en la estacada, se entiende...

El hombre se expresaba con tal prolijidad que Luc sentía deseos de abofetearlo. Cuando el primer sastre se dio cuenta de que más de uno alzaba los ojos al cielo, se concentró.

—Sea como fuere, eso puede durar unos días. Propongo que hasta entonces cubramos de manera provisional los cargos, por lo menos los más importantes.

—Eso me parece sensato —dijo Théoger—. Excepto el de alcalde, que debemos elegir aquí y ahora. No podemos dar la impresión de no tener cabeza. Los ciudadanos necesitan un dirigente fuerte al que poder mirar en estos tiempos de angustia.

Los hombres estuvieron de acuerdo.

—Que Benedictus nos haga ese honor —propuso el maestre del gremio de los canteros, albañiles y tejadores—. En los últimos meses ha demostrado que sabe llegar a los corazones de los hombres e insuflarles nuevo valor.

—¿Te presentas a la elección? —preguntó Théoger.

Luc asintió.

—Si me consideráis digno, asumiré con toda humildad esa responsabilidad.

Una vez más, el maestre del gremio de los matarifes fue el único que tuvo objeciones.

—Pensaba que tu aspiración era únicamente nuestro bienestar espiritual. ¿No deberías por tanto dejar el poder temporal en manos de uno de nosotros?

—No lo hago por el poder —declaró con amabilidad Luc—. Si me elegís, dirigiré la ciudad más bien como un obispo y llevaré a la gente a servir a Dios. Sería un bondadoso pastor, cuyo supremo objetivo es limpiar del mal a su rebaño para que el cielo deje de castigar a Varennes con plagas y catástrofes.

El primer matarife no se dio por satisfecho.

—Pero el alcalde tiene toda una serie de obligaciones completamente mundanas. Debe representar a la ciudad ante otros poderes y, si es necesario, llevarla a la guerra. ¿Cómo se compadece eso con tus elevados deseos? Además, me parece extraño que quieras ser nuestro obispo. Fuimos gobernados por obispos durante siglos y nos sacudimos el dominio de la Iglesia por buenas razones.

Aquel hombre empezaba a convertirse en una molestia. Si no aprendía a someterse, Luc iba a tener que hacer algo.

Théoger acudió en su ayuda.

—Gracias, todos hemos oído tu objeción —dijo, irritado—. Ahora, votemos. —Miró desafiante al primer sastre.

—Sin duda. Pasemos a la votación —dijo este—. ¿Alguien más desea presentarse?... Parece que no es el caso... Entonces, quien otorgue su voto a Benedictus, que levante la mano derecha.

Ocho manos se alzaron. Tan solo el maestre de los matarifes y Luc se abstuvieron. Había sido más fácil de lo previsto.

—¡Un resultado claro! —gritó el primer tejedor—. ¡Hermanos, alabad a Benedictus, nuevo alcalde de Varennes Saint-Jacques!

Cubrieron a Luc de felicitaciones y buenos deseos. Él sonrió, Théoger sonrió, los maestres de los gremios sonrieron, todos sonrieron. Tan solo los judíos, que tuvieron noticia de la elección una hora después, no sonrieron.

—¿Qué finalidad tenían estos pebeteros? —preguntó Luc cuando entró en el despacho del alcalde.

—El maestro Adrianus los hizo poner —respondió el criado—. El humo y el calor protegían de la plaga al alcalde Mar... a vuestro predecesor.

—Llévatelos.

Dio la impresión de que al criado le parecía una mala idea.

—Sin duda —dijo—. ¿Queréis que os traiga las actas del Consejo y los expedientes judiciales de los últimos meses?

—¿Para qué? —preguntó sonriente Luc.

—Bueno, para que podáis ejercitaros en las obligaciones de vuestro nuevo cargo. ¿Sabéis leer?

—No necesito actas. Me basta con que me guíe la mano de Dios. Ahora déjame solo. Tengo que pedir al Señor sabiduría y guía.

Luc trazó una cruz en el aire. El criado se retiró y cerró la puerta.

Luc se acercó a la ventana y contempló la plaza de la catedral. No lo habían tomado en serio, esos patricios, mercaderes y riquísimos aristócratas. Lo habían mirado con condescendencia y se habían reído de él, el simple carnicero que luchaba por su parco sustento, hundido hasta los tobillos en sangre y vísceras. Lo habían despachado con un asiento insignificante en el Gran Consejo y lo habían mandado al diablo en cuanto se les había ofrecido la oportunidad.

Luc sonrió. Él les había enseñado a todos. Y aún le faltaba mucho para llegar al final de su camino.

Ni siquiera había empezado aún.

Léa quitó la sábana empapada de sudor y cubrió a Adrianus con una limpia. Él no se enteró. Dormía la mayor parte del día. A Léa le parecía buena señal. Si su cuerpo descansaba, podía luchar mejor contra la fiebre. Cuando despertaba, casi no se podía hablar con él. Gemía de dolor o murmuraba frases confusas.

¿Había servido de algo sajar los bubones? Léa no era capaz de afirmarlo. Los dolores habían disminuido; aparte de eso, no parecía haberse hecho gran cosa. Al menos no habían brotado nuevos bubones.

Adrianus había resultado ser increíblemente fuerte. Pocos enfermos resistían tanto tiempo a la muerte. Pero Léa no se atrevía a tener esperanzas. Cada vez que entraba en el dormitorio, contaba con que él habría perdido su lucha y se lo encontraría moribundo.

Rezaba porque la enfermedad no atacara los pulmones. Si eso ocurría, su fin estaría sellado.

«Si aquella tarde no nos hubiéramos despedido discutiendo...» Apretó su mano con suavidad. Él no reaccionó al contacto. Aunque su cuerpo ardía, los dedos estaban extrañamente húmedos.

Fue a prepararle una infusión analgésica y comprobó que ya no quedaban hierbas en su bolsa. Tampoco en la consulta encontró ninguna. Abrió la puerta de la casa y salió al suave aire de la primavera. Aparte de unos cuantos flagelantes que recogían a los muertos, la Grand Rue estaba casi desierta. Esperó a que estos desaparecieran en una calle lateral antes de seguir en dirección al mercado de la sal. Observó con atención lo que la rodeaba. Desde el asesinato del alcalde Marcel y la elección de Luc como alcalde del nuevo gobierno gremial, hacía unos días, los judíos de Varennes vivían en el temor. Léa ya no salía de casa sin un cuchillo.

Los hombres que a mediodía aún montaban guardia delante de la puerta occidental de la judería habían desaparecido. Y eso que les habían ordenado no abandonar su puesto en ninguna circunstancia. Llena de un mal presagio, corrió a su casa.

—¡Léa! —Era la voz de su padre.

Se volvió. Estaba en casa de Solomon y había abierto una ventana.

—¡Hay malas noticias! —gritó.

Todos los miembros del Consejo Judío que no yacían enfermos estaban en la sala y hablaban en confusión, furiosos, temerosos o ambas cosas a un tiempo. Solomon intentaba sin éxito conseguir calma.

—Ese Luc es peor que el tirano Herodes —se indignó Aarón, agitando en el aire el índice extendido—. ¡Es un asesino de niños! ¡Un diablo hecho carne!

—¿Qué ha pasado? —preguntó Léa a su padre.

—Acaba de venir un mensajero del Consejo. Es grave, muy grave...

—Han vuelto a suprimir la protección a los judíos.

Baruch asintió.

—Ya no hay guardias en las puertas. Nadie que pueda venir en nuestra ayuda en caso de ataque. Estamos abandonados a nuestras propias fuerzas. Solo el Todopoderoso puede ayudarnos. —Bajó la vista. Sus flacos hombros temblaban. Habló tan bajo que, en el tumulto, nadie le entendió—. Mi niña, mi querida niña. ¿Qué mundo es este...?

Se abrazaron con fuerza, buscando en ellos mismos un último resto de energía con el que poder dar consuelo a los otros.

—¿Cómo e'tá el muchacho? —preguntó Jacques a la mañana siguiente.

—Lucha con valentía —contó Léa—. Pero la fiebre no quiere bajar. Por lo menos no sangra por dentro, esa es una buena señal. Mi padre y yo nos turnamos para ir a verle.

Ni Jacques ni Deniselle hicieron ninguna observación de ánimo. Las semanas pasadas les habían enseñado a ser ahorrativos con la esperanza. Hasta los hombres más fuertes, y enfermos que ya estaban en vías de curación, morían de repente.

—Seguiré reza'do po' él, ya que no puedo hacer ot'a cosa po' el chico. Ah, Dios del cielo —dijo malhumorado el viejo cirujano—, no puedes querer llamar al mejor médico que hay a la redo'da, p'ecisame'te ahora no...

Léa luchaba con las lágrimas. No servía de nada, tenía que alejar su preocupación por Adrianus y su miedo a Luc; los enfermos necesitaban toda su atención. Preguntó por la situación en la ciudad, y Jacques echó mano a sus tablillas de cera. Se anunciaban nuevos casos a diario, contó, a veces dos docenas de golpe. Aunque nadie tenía cifras exactas, calculaba que entretanto setecientos u ochocientos habitantes de Varennes habían fallecido a causa de la plaga; sin contar los muertos en el campamento de los flagelantes.

Nada daba motivo a la esperanza de que la epidemia estuviera debilitándose.

—Se me ha ocurrido una cosa —dijo Deniselle. Entretanto, la herbolaria le parecía a Léa una fuerza de la naturaleza. Casi no se veía cansada o desanimada, aunque trabajaba con inmensa dureza y descansaba muy pocas horas cada noche—. Ayer por la tarde volví a visitar a los flagelantes para ver a los enfermos. Allí ha brotado casi una nueva forma de la plaga.

—La que ataca los pulmones y no forma bubones —dijo Léa.

Deniselle asintió.

—Se extiende con mucha más rapidez, y enferma sobre todo la gente que ayuda en el *infirmarium* o tiene contacto estrecho con los enfermos de otra forma. Aquel al que la sangre o la saliva de los afectados le entra en la boca o en los ojos queda consagrado a la muerte.

Léa fue presa de la excitación.

—¿Quieres decir que la pestilencia pulmonar se traslada directamente de persona a persona, y no por el mal olor o el aire estropeado, como pensábamos hasta ahora?

—Estoy bastante segura de que es así. En cualquier caso, deberíamos tener mucho cuidado cuando sangremos a los enfermos o les tomemos una muestra de orina. Lo mejor es que lo hagamos apartando el rostro, para que no nos llegue sangre ni mucosidad envenenada si tosen.

—¿Qué pasa si nos cubrimos la boca y la nariz con un paño? —propuso Léa—. Un trozo de tela empapado en vinagre o en incienso.

La herbolaria estuvo de acuerdo.

—Jacques, ¿te ocuparás de eso?

—¡Co' el mayor p'acer!

—De tu observación se desprende otra medida —dijo titubeante Léa—. Pero es espantosa.

—Sé lo que quieres decir. —Deniselle la miró a los ojos—. Separaremos estrictamente a los enfermos de los sanos. Quien muestre síntomas de la pestilencia pulmonar será llevado de inmediato a un sitio apartado. Nadie podrá acercarse a él salvo los sanadores.

—Con eso condenamos a los afectados a un final en el miedo y la soledad —objetó Léa.

—Sí, lo hacemos. Pero si así podemos amortiguar la plaga, es un precio que tenemos que pagar.

Las dos mujeres miraron a Jacques.

—Tenemos que i'te'tarlo —dijo el viejo cirujano tras un largo silencio.

—Pero ¿cómo lo haremos? —preguntó Léa—. Esa medida solo tendrá sentido si tanto todo Varennes como los flagelantes participan.

Deniselle se levantó y se apoyó en su cayado.

—Esta es la ocasión para que el nuevo Consejo demuestre de lo que es capaz. Voy al ayuntamiento. Ojalá nuestro querido nuevo alcalde se dé cuenta de que su Dios no puede ocuparse de todo, sino que ahora hace falta recurrir a la razón humana...

A primera hora de la tarde, tres pregoneros salieron del ayuntamiento. Uno fue al mercado de la sal, el segundo al mercado del heno. El tercero se encaramó a la cruz del mercado, delante de la catedral, y se dirigió con voz tonante a las pocas personas que había en la plaza:

—¡Escuchad, ciudadanos y comunes! Esto han decidido en el día de hoy los devotos y honorables consejeros de nuestra querida ciudad: mientras la plaga asedie Varennes, cada nuevo caso de enfermedad deberá ser comunicado enseguida al maestro Jacques, del gremio de bañeros, barberos y cirujanos. Quien oculte al Consejo a un pariente enfermo perderá el derecho de ciudadanía y tendrá que abandonar el término municipal durante un año y un día.

»Los enfermos cuyos pulmones estén atacados y en consecuencia tosan sangre y moco venenoso serán llevados enseguida por su familia, su parroquia o su gremio al gremio de mercaderes, donde desde ahora se instalará el *infirmarium* municipal. En cuanto el enfermo sea depositado allí, las personas sanas tendrán que alejarse del lugar sin titubeos. Ninguna persona sana podrá entrar en el *infirmarium*, salvo los sepultureros y los sanadores nombrados por el Consejo, que cuidarán a los enfermos y les administrarán el viático. Con esta medida, si Dios quiere, se evitará la expansión de la plaga. Quien impida que se traslade a un enfermo perderá para siempre la libertad y será llevado a trabajos forzados a la cantera municipal.

»Esta instrucción del Consejo es válida desde el día de hoy, miércoles antes de San Gordiano —proclamó el pregonero—. Id con Dios y rezad por la salvación de todos, para que el Señor aparte pronto de nosotros esta plaga.

Amédée Travère frenó su capón delante de la casa de campo. No se veía un alma al otro lado del muro bajo. Esperaba que los criados de César ahuyentarían a cualquier visitante, en caso necesario por la fuerza. Así lo hacían al menos sus propios criados. ¿Era posible que todos los habitantes de la casa hubieran muerto?

Amédée apretó los dientes y observó la finca: el viento jugueteó con su cabello plateado, el aire suave olía a lilas y a rosas florecientes. Si contemplaba el amable paisaje al pie de la *maisonne*, le costaba trabajo creer que a solo una hora de distancia de allí la parca blandía su guadaña y segaba docenas de vidas cada día.

Al ver que nada se movía en el jardín, el patricio descabalgó, ató el caballo a un manzano y cruzó la puerta con la espada desenvainada. Además de la plaga, había otros peligros para el cuerpo y la vida. Se oían historias espantosas de bandas de ladrones que asaltaban las fincas aisladas, mataban a sus habitantes y se instalaban en las casas. Eran tiempos oscuros, sin orden ni seguridad.

Fue a la casa y se asomó por una de las aspilleras, apartando la caja que las tapaba. Dentro no se veía a nadie.

—¿César? ¿Estáis ahí?

Amédée creyó oír un ruido detrás de la casa. Pasó por entre los manzanos y vio a una figura de pie junto a unas tumbas recién cavadas, con la cabeza baja. Era César, aunque al principio no le reconoció. Aquel hombre antaño tan imponente y cuidado tenía un aspecto espantoso: enflaquecido y sucio, con el pelo enmarañado y sin cuidar, la ropa desastrada y desflecada por los bordes.

Amédée envainó la espada y fue hacia él.

César alzó la cabeza. Venas rojas surcaban sus ojos, parecía febril y obtuso. ¿Había sucumbido a la locura?

—Soy yo, Amédée. ¿Me reconocéis?

César tragó dos veces y abrió la boca. Su voz sonó tomada y áspera, como la de un preso que lleva meses en una sombría mazmorra y no ha tenido a nadie con quien hablar.

—Amédée, claro. —Su mirada volvió a las tres cruces.

—¿Hélène y los niños? —preguntó cauteloso Amédée.

—No pude protegerlos —bisbiseó César—. Dios, sencillamente, me los ha quitado.

—Es espantoso. Me conduelo con vos.

—Yo tengo la culpa, Amédée. Yo... la traté mal, fui un mal esposo para Hélène. Y un mal padre para los niños. Dios me los ha quitado para castigarme.

—No fuisteis un mal esposo, y mucho menos un mal padre. Ningún esfuerzo os parecía demasiado grande para darles una buena vida.

—Eso nunca lo hice por ellos. Toda esa aspiración a la riqueza y el poder... siempre lo hacía por mí. Por mí solo.

Amédée no supo qué decir. No era ningún cura, no era su punto fuerte consolar a los demás. Cuando veía dolor y luto se sentía incómodo. Estuvo un rato callado junto a César. Finalmente dijo:

—Uno de mis hombres estuvo ayer en Varennes. Hay malas noticias...

—¿Cómo están mi hermano y mi padre? —le interrumpió César, mirándolo con los ojos muy abiertos—. ¿Viven aún?

—No lo sé. Lo siento, viejo amigo, pero Bénédicte ha muerto. Los maestres de los gremios lo asesinaron y se han quedado con el poder en el Consejo. Théoger los ayudó.

César tomó nota de aquella novedad en silencio. Amédée le miró, pero no había nada: ni rabia contra Théoger y los maestres de los gremios, ni consternación por la muerte de Bénédicte. El futuro de Varennes y la pérdida del propio poder parecían resultarle indiferentes.

—A cambio le han recompensado con un asiento en el nuevo Consejo —prosiguió Amédée—. Le permiten representar a los mercaderes. Los otros asientos van a parar a los gremios, con una excepción. Los miembros del Pequeño Consejo solo podrán regresar a Varennes si juran renunciar a todos sus cargos públicos y no volver a influir jamás en la política de la ciudad.

De pronto, César preguntó:

—¿Quién es el nuevo alcalde?

Aquella pregunta hizo esperar a Amédée que la pena y los reproches no hubieran extinguido por completo el amor de César por Varennes.

—El decimosexto consejero del gobierno de los gremios, aunque él mismo no pertenece a ninguno de ellos. El autoproclamado rey de la Nueva Jerusalén.

—Luc. —César escupió el nombre como una maldición.

—O Benedictus, como se hace llamar ahora. Dicen que fue elegido por gran mayoría. Su primera decisión oficial fue abolir la protección a los judíos. Tenemos que actuar, César. Si le dejamos hacer, hundirá Varennes.

—No podemos hacer nada. Tenemos las manos más atadas que nunca.

Antes de ir a ver a César, Amédée había visitado a otros dos miembros del Pequeño Consejo. Habían dicho más o menos lo mismo.

—¿Os dais por vencido antes de haber luchado tan siquiera?

—Luc manda a miles de flagelantes fanáticos, que irían sonrientes a la muerte por él. Y ahora controla el gobierno de la ciudad. ¿Qué queréis hacer contra eso?

—No lo sé. Pero el César que yo conocía al menos habría intentado ayudarme.

—Ese hombre ya no existe. —Se santiguó ante las tumbas y fue hacia su casa.

—¡César! —gritó Amédée.

Su viejo compañero de fatigas no se volvió. Entró y cerró la puerta.

55

Adrianus vagaba por un laberinto de túneles oscuros. Estaba herido y agotado, y le habría gustado tenderse en aquella roca fría. Pero no podía descansar, no podía detenerse. En los pasillos acechaban enemigos, bestias negras y sombras sin rostro que le golpeaban con sus garras, que saltaban de pronto de la oscuridad y trataban de devorarlo. Adrianus siempre escapaba en el último momento y corría por su vida, hasta que se libraba de sus perseguidores.

No cedían. Antes o después lo encontraban, y la cacería empezaba de nuevo.

No sabía cuánto tiempo llevaba vagando por el túnel. Días, semanas. No creía ya que fuera a encontrar la salida. ¿Dónde estaba? ¿En el purgatorio? ¿En el infierno? No sabía decirlo. En algún momento, la pregunta perdió toda importancia. La lucha por sobrevivir era todo lo que contaba.

Tenía que sobrevivir.

Por Léa.

Por Jacques.

Por César.

Por todas las personas a las que amaba.

Volvió a tambalearse por los pasillos, escapó a las bestias, dio un quiebro a las sombras… y de pronto vio luz.

Estaba muy lejos y era tan pálida que apenas podía distinguirla. Pero estaba ahí, sin duda. Encontró en sí un último resto de fuerzas y se arrastró paso a paso. La luz se hizo más clara. Ahora el camino iba montaña arriba. Adrianus tuvo que trepar, se agarraba a las rocas y se izaba. Los dolores en su cuerpo martirizado eran casi insoportables. Apretó los dientes. Seguir, siempre seguir, codo a codo…

La luz lo inundó, lo envolvió como una sábana suave. Había encontrado la salida. Le habría gustado reír de alegría, pero no consiguió proferir más que un leve quejido.

Adrianus abrió los ojos. Parpadeó. La luz era tan clara que dolía.

Pasó un rato hasta que pudo reconocer su entorno. Un techo de madera. Una pequeña estancia con una ventana abierta.

El dormitorio de su casa.

Estaba en la cama, que se encontraba tan empapada de sudor que se sentía como si su cuerpo se hubiera imbricado con ella. Quiso apartar la colcha, pero estaba demasiado débil hasta para eso.

Pero los dolores casi habían desaparecido. Ya no sentía el cuerpo como si tuviera carbones al rojo en las venas.

Su cuerpo volvió a desplomarse sobre la almohada. Tenía una sed espantosa.

¿Cómo podía alcanzar la jarra de agua que había junto a la cama?

—No os vayáis —imploró el enfermo, entre dos espasmos de tos.

—No estarás solo mucho tiempo —prometió Léa. La protección que llevaba en la boca atenuaba su voz—. Deniselle vendrá luego a verte. Que Dios te bendiga. —Apretó la mano del hombre a modo de despedida.

Mientras caminaba hacia la salida, tuvo que pasar varias veces por encima de cuerpos. El gremio albergaba ahora más de cincuenta personas que sufrían pestilencia pulmonar. En cada estancia había enfermos que dormitaban febriles rumbo a la muerte, cuando no estaban tosiendo sangre o gimiendo de dolor. La mayoría de las veces era Deniselle la que se ocupaba de aquellas pobres almas, porque no se podía hacer por ellas mucho más que escucharlas en confesión, y como judía eso le estaba vedado a Léa.

Fuera, se quitó la protección y respiró hondo varias veces para librarse del espantoso olor que tenía metido en la nariz, antes de atravesar la plaza de la catedral. En la Grand Rue, pasó ante un pequeño cementerio; era uno de los pocos que aún tenían espacio para nuevas tumbas. En ese momento, dos flagelantes estaban metiendo un cadáver en una fosa recién abierta. Los supervivientes estaban junto a ella, o sentados encima de las lápidas. A falta de un sacerdote, uno de los maestros dijo con desgana unas palabras; los otros acercaron una jarra de cerveza y bromearon como si no fuera un entierro, sino una fiesta popular. Léa tragó saliva con dificultad. Ni siquiera podía echárselo en cara. Entretanto, los habitantes de la ciudad estaban completamente endurecidos y se refugiaban en una jovialidad desproporcionada para no tener que sentir el constante miedo. Las semanas pasadas habían enseñado a Léa que la mayoría de la gente solo podía soportar una cantidad limitada de sufrimiento antes de perder la razón o convertirse en animales.

Entró en casa de Adrianus y subió al dormitorio. Estaba tumbado boca abajo, jadeaba y extendía la mano en un intento desesperado de alcanzar la jarra de agua que había junto a la cama. El cabello greñudo cubría la mitad de su pálido rostro.

La visión fue a tal punto inesperada que Léa aspiró aire con fuerza.

—¡Espera, te ayudo!

Corrió a la cama, lo puso boca arriba y le arrimó la jarra a los labios. Él bebió con ansiedad; el agua se derramó por su barbilla sobre la sábana.

—Estás despierto.

Ella se sentó en el taburete y dejó la jarra. Él la miró y, por primera vez desde hacía semanas, pareció reconocerla.

Las comisuras de los labios de él temblaron, y ella comprendió que sonreía. Intentaba hablar. Al principio solo logró un carraspeo, luego ella pudo oír, con claridad, su nombre.

—Léa...

Ella rio y sollozó, ambas cosas a un tiempo, y se cubrió la boca con la mano cuando mil sentimientos la abrumaron.

—Aún... no estoy... muerto —cuchicheó él, y sonrió con picardía.

—¿Tienes hambre?

Asintió.

Ella corrió abajo y le preparó una potente sopa de verduras, que le dio cucharada a cucharada. Estaba tan hambriento que vació el cuenco entero.

Luego, ella apartó la colcha y lo lavó con agua caliente. El procedimiento agotó de tal modo a Adrianus que se quedó dormido en mitad de él. Ella le tapó y quemó en un brasero hierbas beneficiosas, mientras se preguntaba qué hacer ahora.

Él aún no lo había superado. Estaba muy débil; una recaída o un error en el tratamiento podía matarlo. Aunque la idea de sacar con una sangría el veneno restante de la enfermedad resultaba atrayente, renunció a ella por el momento. Quería dar a su cuerpo oportunidad de formar sangre fresca. Lo conseguiría si se cuidaba de que bebiera mucho y tomara las comidas adecuadas.

Cerró la ventana para que no hubiera corriente de aire y él pudiera dormir sin ser molestado. Se sentó con cuidado al borde de la cama y contempló su rostro. La larga enfermedad lo había cambiado, los rasgos estaban más marcados. Léa se exhortó a sí misma a no esperar demasiado, a contener la alegría desbordante que sentía.

Cerró los ojos, dio las gracias a Dios e imploró al Creador que siguiera asistiendo a Adrianus.

Josselin se echó al hombro la cesta y se puso en camino. Al borde del bosque apenas quedaba ya ramaje; tuvo que adentrarse más. Pronto dejó atrás la peste y el ruido del campamento de los flagelantes y caminó entre los robles y hayas rojas, altas como torres, rodeado de silencio y del olor de la primavera. La luz del sol brillaba verde y dorada entre las copas.

Hacía un día espléndido. El suave aire del bosque olía a tierra húmeda, flores cargadas de miel y a la multitud de savias vitales que subían a las plantas con energía y alimentaban hojas y capullos. Pero Josselin se sentía descontento. Empezaba a estar harto de aquel eterno recoger ramas. Quería trabajar más por la salvación de su alma, hacer penitencia con más decisión. ¿Por qué no le dejaban ayudar en el *infirmarium*?

Desde que Benedictus había dispuesto que los enfermos de la Nueva Jerusalén —especialmente aquellos cuyos pulmones estaban atacados— tenían que ser separados de los sanos de manera estricta, solo los elegidos como cuidadores podían pisar el *infirmarium* provisional que había al borde del bosque. Era un trabajo peligroso, que solo podían hacer los más valientes y los más piadosos, porque muchos se contagiaban de los enfermos y morían poco después. Además, no podían pisar el campamento y tenían que vivir entre sus iguales en una tienda separada. A cambio, Benedictus les había prometido el mayor premio celestial: perdón de todos los pecados, redención inmediata y un lugar al lado del trono de Dios.

En pocas palabras: todo lo que Josselin siempre había deseado.

Sería un buen cuidador. Sentía una profunda compasión por los enfermos y no tenía miedo a la plaga. ¡Por Dios, era un viejo! De todos modos, le quedaban pocos años. ¿Por qué exponían al peligro a jóvenes, si él podía velar igual de bien a la cabecera de los enfermos?

Encontró un sitio en el que había abundante madera muerta y rompió en la rodilla ramas secas antes de meterlas en la cesta. «Ojalá Benedictus se acerque al campamento para que pueda hablar con él.» Antes, predicaba todas las noches a los hermanos y hermanas. Desde que lo habían elegido alcalde, solía dejar esa tarea a los maestros menores, porque estaba en el ayuntamiento atendiendo sus importantes obligaciones. Josselin no sabía muy bien qué pensar de todo aquello. Al principio se había sentido horrorizado. ¡Marcel asesinado! ¡El viejo Consejo, privado de su poder! Entretanto, ya lo veía con más calma. No había sido Benedictus el que había matado al antiguo alcalde, sino los maestres de los gremios y sus cómplices. Y él parecía hacer bien su trabajo. Al fin y al cabo, había impuesto que los enfermos de los que partía el mayor peligro fueran aislados. Más importante aún: dejaba en paz a los judíos. En verdad el ángel Tamiel tenía que haberle purificado.

Y sin embargo: ¿era un cargo temporal como ese el adecuado para un enviado del cielo?

Josselin daba vueltas a esa pregunta cuando de repente oyó ruidos. Voces bajas. Frunció el ceño. ¿No era Benedictus?

Dejó la cesta y siguió las voces. Ante él, el bosque se aclaró. Unas hayas jóvenes rodeaban una pequeña pradera, bordeada de helechos altos hasta las caderas y rocas cubiertas de musgo. En ese momento, Benedictus y Louise estaban saliendo al claro.

Josselin se agachó tras el tronco de un árbol. Su conciencia le dio un pellizco. No estaba bien espiar al maestro. Pero Benedictus y esa joven, solos allí fuera… Aquello no le parecía bien. Guardó tanto silencio como pudo y esperó.

Lo que ocurrió entonces lo sacudió hasta la médula.

El maestro puso las manos en las caderas de Louise y la besó. ¡En la boca! Aquello no había sido un casto beso entre hermano y hermana, su proceder era lujurioso de parte a parte. Josselin incluso creyó ver que él acariciaba la lengua de ella con la suya.

Ambos dejaron caer sus ropas en el suelo del bosque. Se quedaron desnudos como habían venido al mundo. Benedictus miró los pechos turgentes de Louise, su virilidad estaba erguida como la lanza de un caballero dispuesto al combate.

Louise cayó de rodillas, se metió el miembro en la boca y lo chupó. El asco y el horror crecieron de tal modo en Josselin que tuvo que reprimir una arcada. «¡Él ha ensalzado la castidad como todos nosotros! ¡Por Dios y por todos los arcángeles, hace poco advirtió en un sermón flamígero de los peligros de la lujuria!»

Quería darse la vuelta, pero no podía, tenía que seguir mirando, tenía que observar aquel espantoso acontecimiento. Louise se tumbó en la hierba y abrió las piernas. Benedictus metió su miembro en ella y empezó a embestirla con fuerza. Ambos jadeaban y gemían como los animales.

Josselin no pudo soportarlo más. Se levantó a toda prisa y salió corriendo, olvidó la cesta, corrió fuera del bosque. Lejos de aquella espantosa visión, lejos, lejos, tan rápido como fuera posible.

¡Mentira! La historia de Tamiel, la misión divina, los sermones edificantes… ¡todo inventado! Cháchara vacía para engañar a las masas. Adrien y César habían tenido razón desde el principio. Luc no era ningún redentor, ningún santo, solo era un embustero miserable, impulsado por el ansia de poder y los más bajos deseos.

Y Josselin había sucumbido a él.

«¡Loco! ¡Necio! ¡Simple!» Cuando llegó al borde del bosque, lloraba de ira y de vergüenza. Se detuvo abruptamente. No podía volver al campamento, no quería ver a nadie.

Dio la vuelta y regresó corriendo al bosque, sin darse apenas cuenta de que las ramas y los espinos le rasgaban la ropa. Corrió hasta que le ardieron los pulmones y su corazón estuvo a punto de estallar.

Cayó de rodillas en el musgo, el sudor le corría por el rostro y se mezclaba con las lágrimas. ¿Por qué? ¿Por qué había sido tan tonto? Cayó de costado, se volvió de espaldas, parpadeó mirando los ardientes rayos del sol en las copas de los árboles. Apenas podía respirar, sollozaba entre arcadas una y otra vez mientras la desesperación lo dominaba.

Abrió los brazos, clavó los dedos en el colchón de musgo, cerró los ojos.

¿Por qué?

Era noche cerrada, pero Solomon no podía conciliar el sueño. Daba vueltas inquieto de un lado al otro. A cada hora que pasaba, sus pensamientos se volvían más sombríos. A veces, Judith suspiraba ligeramente en sueños. Podía sentir cómo la asediaban las pesadillas. Léa le había preparado un brebaje a base de mandrágora y beleño, del que tomaba un sorbo todas las noches. Sin aquella medicina estupefaciente no hubiera podido tener calma.

«¿Adónde fueron Esra y Zacharie después de abandonar Worms? Si aún viven, ¿por qué no sabemos nada de ellos?»

Eran esas preguntas las que lo atormentaban día tras día, noche tras noche. Las masticaba como un trozo de cartílago, no encontraba respuestas, no hallaba paz. Si hubiera tenido el menor indicio de adónde habían ido a parar sus hijos habría salido enseguida a buscarlos.

Cuando no pudo soportar más aquel incesante dar vueltas, se levantó sigilosamente, se puso una fina túnica y salió del dormitorio. Subió al desván, con una vela en la mano. Las piernas le pesaban y le dolían a cada paso. Debajo de las ripias hacía calor; el aire olía a brea y a toneles de vino estropeados.

¿Dónde había puesto la caja? Tardó un rato en encontrarla. Estaba al fondo, donde el techo descendía, envuelta en polvo y telarañas. La sacó a la luz de la vela. Una gruesa araña doméstica brincó al suelo cuando abrió la tapa.

La caja contenía los juguetes de Esra y Zacharie: canicas, peonzas, dados y cosas parecidas. Judith y él no habían sido capaces de tirarlas. Solomon extendió aquellas cosas delante de sí. Ahí estaban las figuras que sus hijos más habían querido. Representaban caballeros, caballos, guerreros y carros de batalla, un pequeño ejército de madera, trabajado con cariño y pintado de vivos colores. Solomon sonrió al recordar las salvajes batallas y extravagantes historias que Esra y Zacharie habían organizado con eso. De ese modo habían pasado más de un día de invierno... hasta que finalmente habían perdido el interés y las figuras habían ido a parar al desván. Aquel día Solomon se había mostrado orgulloso, orgulloso y nostálgico. ¡Qué rápido pasaba el tiempo! ¡Qué rápido se hacían mayores sus hijos! Hacía un momento estaban jugando, olvidados de sí mismos, y corriendo felices; ahora ya ayudaban en el negocio y estudiaban las Escrituras. Algún día serían buenos judíos, prestigiosos eruditos o competentes mercaderes, y un modelo para los otros miembros de la comunidad. Pero su infancia había pasado, estaba irrevocablemente perdida.

Cogió un caballero en una mano y un caballito de madera en la otra, se sentó inmóvil y contempló las figuras, rodeado de sombras, cajas y polvo. Tenía las mandíbulas apretadas, el rechinar de los dientes sonaba ruidoso en sus oídos. «No están muertos —pensó—. Son inteligentes, fuertes y astutos. Seguro que se la habrán jugado a todos esos enemigos y asesinos.

»¿Dónde están?

»¿Dónde? Por favor, dímelo, Señor, te lo imploro.»

Esa misma noche, Baruch tuvo un sueño maravilloso...

Vio al profeta Elías bajar del cielo y recorrer el país por caminos solitarios, con un bastón de peregrino en la mano y polvorientas sandalias en los pies. En secreto, Elías estaba visitando las comunidades judías de todo el Imperio, y anunciaba la pronta llegada del Mesías, y los judíos afluían contentos a las sinagogas y ensalzaban al Todopoderoso con oraciones y alegres cánticos.

Baruch despertó abruptamente de aquel sueño. La sensación de felicidad en su pecho desapareció con rapidez, aunque trató con desesperación de retenerla. Dio paso a una agobiante inquietud, que le hizo imposible seguir durmiendo.

«Nada más que un sueño —pensó lleno de tristeza—. Demasiado bonito para ser cierto.»

Se lavó y se vistió. Léa dormía aún cuando Baruch bajó a la farmacia, con una temblorosa vela en la mano. Había decidido hacer algo sensato con su inquietud y empezar su ronda por la judería antes de la oración matinal.

En la tienda, llenó la bolsa de distintas medicinas. No quedaba mucho. Algunas hierbas y sustancias se le habían acabado hacía ya semanas; el resto pronto lo harían. No se podía contar con repuestos. Los huertos de toda la región no producían bastante para abastecer a todos los enfermos. Baruch solo pedía honorarios por los medicamentos y por sus servicios a los enfermos ricos; a los demás los atendía gratis. Había perdido mucho dinero a lo largo de las últimas semanas, pero no pensaba en eso demasiado a menudo. Tenía, en verdad, preocupaciones más urgentes.

Dieciocho miembros de la comunidad habían muerto ya a causa de la plaga; otros veinte yacían enfermos. La mitad de ellos sufría de la pérfida pestilencia pulmonar. Los habían llevado a la casa de baile, que el Consejo Judío había transformado en hospital. Solo Baruch y unas cuantas personas más tenían acceso a los consagrados a la muerte. El estricto decreto del nuevo gobierno de los gremios se aplicaba también a la judería.

Enseguida, su humor mejoró un poco. Aquellos días, solía buscar refugio en el consolador orden de las cifras. La gematría le daba la sensación de que aquella masiva mortandad tenía una finalidad secreta. Que Dios no iba a hacerlos sufrir sin sentido.

Abandonó la casa, bajó la corta escalera —«tres peldaños por las tres virtudes supremas: fe, amor, esperanza»— y se puso en camino a la casa de baile. Allí empezaba y terminaba su ronda diaria.

Oyó voces excitadas y se volvió. En la puerta occidental había dos jóvenes. Formaban parte de la guardia del carnicero Haïm, que cuidaba día y noche de que no entraran enemigos en el barrio. Desde que el gobierno de los gremios había abolido la protección, guardaban las dos puertas y estaban más atentos que nunca.

Baruch fue hacia ellos. La inquietud y el vacío en el estómago regresaron con fuerza.

—¿Qué pasa? —preguntó.

Los muchachos estaban mortalmente pálidos. Uno de ellos señaló sin decir palabra el gancho del muro que se usaba para atar los caballos. El cadáver de un cerdo colgaba del garfio. Habían clavado el cuerpo por la nuca y lo habían eviscerado en aquel mismo sitio. En el suelo había un montón apestoso de intestinos.

Baruch se quedó petrificado. No había ninguna duda de lo que significaba el cerdo muerto: era la cerda judía. Una manera repugnante de escarnecer sus mandatos alimentarios y una descarada amenaza contra su comunidad.

El horror le cerró la garganta. Tragó saliva varias veces.

—Quitadlo —bisbiseó—. Quitadlo enseguida.

Josselin despertó temblando y con escalofríos. No podía recordar haberse quedado dormido en el claro del bosque. Pero allí estaba, tumbado sobre gruesas capas de musgo, blandas como colchones de plumas, con copas de árboles y ramas sobre su cabeza que formaban una bóveda natural de madera y hojas. Tenía que ser muy temprano. La escasa luz que caía sobre él tenía el color de la ceniza vieja. Cerca había al parecer una guarida de jabalíes. El inconfundible olor especiado se sobreponía al aroma de la tierra húmeda por el rocío.

Se sentó y se frotó los brazos entumecidos. De pronto se acordó de todo, el recuerdo le dio un puñetazo. Luc y Louise. Su repugnante trajín. Su insensata huida. Las horas siguientes habían sido una confusión de desesperación, autoacusaciones, ira, tristeza y sueños sombríos.

Echaba de menos a sus hijos y estuvo a punto de ir con ellos. La vergüenza se lo impidió. No podía presentarse ante sus ojos. Aún no.

Se palpó el rostro. Los ojos estaban hinchados, las mejillas húmedas. Tenía que haberse pasado la noche llorando y se sentía exhausto, como si hubiera estado haciendo un duro trabajo físico durante días. Al mismo tiempo, sentía una extraña claridad. El dolor había desaparecido y, con él, el autoengaño y la ceguera.

Pero la ira se mantenía. Y había crecido.

Le hubiera gustado ir al campamento de los flagelantes y gritar lo que había visto, para que todos se enterasen de las mentiras de Luc. Para que supieran que era un hipócrita que se limitaba a utilizarlos.

«Nadie te creería. No te escucharían, como tú no lo hiciste cuanto tu hijo llamó "charlatán" a Luc.»

Sí, si quería desenmascarar a Luc, necesitaba un instrumento que fuera más fuerte que la ceguera de sus discípulos. Un arma con la que poder derribar los muros de la falsa fe. Una prueba irrefutable de su engaño. Una tarea difícil y peligrosa. Luc era inteligente, astuto y despierto como un lobo viejo. Y Josselin sabía por experiencia propia que el deseo de redención y el amor a un caudillo carismático volvía sordo y ciego a la realidad. Un solo error, una acusación precipitada, y aquellas hordas fanáticas lo harían pedazos.

Pero la ira le daría fuerzas para perseguir tercamente su meta. No descansaría hasta haber mostrado al mundo el verdadero rostro de Luc. Hasta que el falso profeta fuera derribado.

Se levantó gimiendo y movió sus rígidos miembros. Poco a poco, la vida retornó a sus músculos. Se lavó la cara en un arroyo. Nadie debía ver que había llorado.

Luego respiró hondo y volvió al campamento.

Entretanto, Adrianus ya estaba lo bastante fuerte como para levantarse. Pero seguía necesitando la ayuda de Léa.

—¿Lo intentamos hoy con la escalera?

—Vamos. —Ya estaba agotado por los pocos pasos que había dado, pero se forzó a sonreír.

Bajó peldaño a peldaño, apoyándose en Léa. Al llegar abajo, tenía la cara sudorosa y tuvo que sentarse.

—Haces progresos —lo alabó ella.

—Demasiado lentos para mi gusto.

—No los fuerces. Estabas completamente debilitado. Deja que tu cuerpo recupere las fuerzas con el descanso. Te haré sopa.

Avivó el fuego bajo la olla y echó en ella cebollas y zanahorias. El estado de Adrianus había mejorado visiblemente durante los últimos días. La fiebre había desaparecido… Léa confiaba en que los síntomas no volvieran. Sin embargo, aún tenía un largo camino por delante hasta alcanzar la total curación. Su cuerpo maltratado necesitaría mucho tiempo para recuperarse del martirio.

—Estás muy callada —dijo él al cabo de un rato—. ¿Te preocupa algo?

—Solo me encuentro agotada. El trabajo no disminuye.

Había decidido no decirle nada del cerdo muerto a la puerta de la judería. No haría más que agitarlo innecesariamente… tanto más cuanto que aún no sabía nada del gobierno de los gremios y su nuevo alcalde. Se lo contaría cuando estuviera mejor.

Cuando la sopa estuvo lista, se sentó a la mesa junto a él. Adrianus metió la cuchara en el cuenco.

—Háblame del trabajo.

Ella le habló de su descubrimiento de que la pestilencia pulmonar se trasladaba de persona a persona. Aquello le llenó de entusiasmo.

—¡Lo sabía! —Golpeó la mesa con la palma de la mano—. ¿Qué medidas habéis tomado a partir de eso?

—Llevamos una protección en la cara cuando vamos a ver a los enfermos. Los casos contagiosos se aíslan en el gremio de mercaderes y en la sala de baile.

—Muy bien. Quizá de ese modo podamos contener la extensión de la plaga.

—Quizá —dijo Léa—. Por desgracia, seguimos sin saber cómo surge y se expande la pestilencia. Parece tratarse de una enfermedad totalmente distinta.

—Desearía que la disección del cadáver hubiera sido más instructiva. —Movió descontento la cabeza.

—Cómete la sopa —le exhortó ella.

—Ojalá pueda salir pronto de esta casa mil veces maldita. —Dejó la cuchara en el cuenco vacío—. Quiero volver a trabajar.

—No lo harás si eres impaciente y te propasas. Ahora, deberías volver a acostarte.

Obedeció a regañadientes y subió con su ayuda la escalera.

—¡Por san Jacques! No puedo ver esta habitación —dijo cuando se tendió en la cama.

—Eres imposible. Alégrate de seguir vivo. Otros mil no han tenido tanta suerte. En verdad Dios tiene que quererte. —Léa se sentó en el borde de la cama y le enjuagó el rostro con un paño—. Ahora, debo seguir trabajando. Jacques ha prometido venir a visitarte más tarde.

Adrianus ya no la oía: se había quedado dormido.

56

Fueron días de temor en la judería. Por las noches, sus habitantes se mantenían despiertos y se sobresaltaban al menor ruido. Haïm duplicó el número de hombres en las puertas y montaba guardia en el tejado de la sinagoga desde el anochecer hasta el amanecer.

Pero no ocurrió nada, durante tres días.

El cerdo muerto no había sido más que una broma carente de gusto, le quitaba importancia Aarón. La obra de un par de borrachos. No significaba nada.

Léa, Baruch y muchos otros no estaban tan seguros. Consideraban aquel cadáver un aviso. Una amenaza mortal.

Luego, al cuarto día, Solomon desapareció.

—Quería ir a echar un vistazo a las viñas —dijo Judith—. Pero eso fue ya esta mañana. Tendría que haber vuelto hace mucho.

—¿Se llevó a sus guardias consigo? —preguntó Léa.

Judith asintió.

—¿Has enviado a alguien a las viñas? —preguntó Baruch.

—Los criados lo han registrado todo. No hay rastro de él. Como si se lo hubiera tragado la tierra.

A Léa se le ocurrió que quizá había huido de la plaga. A lo largo de los meses pasados, no pocos hombres habían dejado en la estacada a su mujer y sus hijos, su casa y su fortuna, incluso aquellos que amaban a su familia por encima de todo. «Pero no Solomon —pensó—. Eso no va con él.» Era el hombre más valiente que conocía.

—Quizá ha enfermado y, de pronto, estaba demasiado débil para ir a casa —conjeturó Baruch.

—Entonces sus guardias lo habrían traído —dijo Léa—. O al menos habrían informado a Judith. Me temo que le han atacado.

Judith apretó los labios y bajó la mirada. Una lágrima solitaria le corrió por la mejilla.

—¿No habrían tenido que encontrarle los guardias? —preguntó Baruch.

—Quizá lo hayan secuestrado. O está herido y se esconde en algún sitio. Mañana temprano, en cuanto amanezca, volveremos a buscarlo.

Aquella noche, ninguno de ellos pudo conciliar el sueño.

Haïm se frotó los ojos ardientes y se abofeteó ligeramente las mejillas. Era un hombre fuerte, pero estaba llegando a su límite. Desde la oración de la mañana hasta la del atardecer trabajaba como carnicero; luego dormía una o dos horas, antes de relevar a la guardia en la sinagoga, donde se quedaba hasta el amanecer. Así todos los días desde… Haïm no se acordaba. De puro cansancio, apenas si podía formar un pensamiento claro.

Tenía que ser así. El peligro crecía a diario. Se podía oler cómo el odio envenenaba toda la ciudad y atacaba calle tras calle, casa por casa. La comunidad le había confiado su vida, y él nunca la dejaría en la estacada. Tomaba ejemplo de Simón bar Kochba, Judas Macabeo y los otros héroes de la Antigüedad, que habían hecho frente a los enemigos de Israel sin pensar en su propia vida y en su propio bienestar. Haïm se aferraba a aquellas historias, le daban la fuerza que necesitaba con tanta urgencia.

Estaba sentado en el tejado de la sinagoga y desde allí veía de una puerta a la otra. Los accesos a la judería y a la rue des Juifs estaban alumbrados con antorchas, para que por las noches nadie pudiera entrar sin ser visto. Su gente patrullaba. Todo parecía tranquilo. Haïm se puso más cómodo para aliviar el dolor de su espalda. Poco después se le cerraron los ojos. Momentos más tarde el estómago se le contrajo, creyó caer. Sus manos se aferraron a las ripias del tejado. Solo se había resbalado un poco, pero no le había faltado mucho para caer, se hubiera roto todos los huesos.

Por lo menos ahora estaba despejado. Bebió agua de una bota y se salpicó un poco en la cara. La noche se había vuelto más oscura… faltaban pocas horas para el primer canto del gallo. Contempló el muro de la ciudad, que lindaba con la judería, y poco después oyó pasos que se arrastraban y el entrechocar de una coraza. Un guardia de la ciudad, que caminaba a lo largo del adarve. Pronto alcanzaría la gran torre que hacía esquina encima del río y probablemente oiría lo que pasaba en la casa que había bajo el muro. Haïm sacó un guijarro de su bolsa, lo tiró en la oscuridad y lo oyó rebotar sigilosamente en alguna parte. No pudo ver lo que ocurrió entonces, pero lo sabía, confiaba en sus hombres. El guardia que había delante de casa de Ruth golpearía ligeramente la puerta, advirtiendo así a sus habitantes de que guardaran silencio hasta que el guardia hubiera desaparecido.

Haïm contuvo la respiración y oyó aproximarse los pasos por el adarve, alejarse y volver a acercarse cuando el hombre armado dio la vuelta en la torre, desanduvo el camino y se alejó hacia el norte. No volvería hasta al cabo de una hora, si es que lo hacía. La plaga había diezmado de tal modo a la guardia que grandes segmentos de la muralla carecían de guarnición.

Haïm dio la señal de descanso tirando una segunda piedrecita. Cayó el silencio. Aun así, no podía relajarse. Miraba una y otra vez hacia el sur, en dirección a la casa de Ruth al final de la calle, velada por la noche. Hasta ahora, los incircuncisos no sospechaban nada. «Por favor, mantenlos en la oscuridad, oh, Señor», murmuró Haïm, y luchó para que no se le cerraran los ojos.

Los esbirros del verdugo ataron al judío a la silla y le quitaron el saco de la cabeza. Su mirada se agitó inquieta. ¿Entendía que estaba en la sala de tortura? Luc no veía miedo en el rostro barbudo, tan solo una ira desbocada.

—¿Dónde están mis hombres? —atronó Solomon—. ¿Qué habéis hecho con ellos?

—Están muertos —dijo Théoger. Le habían traído una silla cómoda, porque no podía estar de pie mucho tiempo—. Y tú pronto lo estarás, si te resistes.

El judío apretó los enormes puños. Las esposas de hierro sujetaban sus brazos a la silla. Miró fijamente a Luc.

—¿Tienes algo que decirme, judío? —preguntó este con amabilidad.

—Desearía que te hubieran matado entonces, cuando entraste en mi casa. Habría sido una bendición para esta ciudad.

—El Señor no habría permitido que los asesinos de su hijo me mataran también a mí. —Luc sonrió—. Ya entonces tenía grandes planes para mi persona.

Solomon resopló despectivo.

—Eso quizá lo crean los locos que te siguen como borregos. Para mí no eres más que un ladrón miserable, y siempre lo serás.

El verdugo le golpeó con fuerza en el rostro.

—Hablarás solo cuando se te pregunte.

El judío lanzó una carcajada; la sangre goteaba por su barba.

—Lutz, el falsificador de moneda... ese es tu verdadero nombre. Tu verdadero yo. Eso no cambiará nunca, aunque te hagas llamar mil veces «Benedictus».

El verdugo volvió a golpearle. La cabeza de Solomon giró a un lado, gimió de dolor.

—Basta ya —dijo Théoger—. Empecemos.

El verdugo metió un hierro en el fuego y extendió los instrumentos de tortura en la mesa que había delante de Solomon. Oxidadas tenazas, cuchillos de sierra, herramientas del horror. Una vez más, el judío no mostró temor alguno.

—¿Has envenenado las fuentes de la ciudad para que los cristianos, a los que tanto odiáis los hebreos, fueran exterminados por la pestilencia? —abrió Luc el interrogatorio.

—Déjame contestar con otra pregunta —gruñó Solomon—. ¿Tan fuerte te dio el ángel Tamiel en la cabeza que el entendimiento te salió como un pedo por las orejas?

Luc asintió al verdugo. Este sacó el hierro del fuego y presionó la punta incandescente contra el cuello de Solomon. Hubo un siseo y un apestoso olor a carne quemada. El judío apretó los dientes, respiró resoplando por la nariz y reprimió un grito.

—¿Has envenenado las fuentes y traído así la plaga sobre nosotros? —preguntó una vez más Luc.

—¡Eso es ridículo! —ladró Solomon—. ¡También los judíos enferman y mueren de la pestilencia! Nadie ha envenenado ninguna fuente. Si hay algo que es esta plaga, es un castigo de Dios por vuestra maldad.

El hierro al rojo volvió a tocar su cuello. Esta vez, el verdugo lo mantuvo apretado hasta que Solomon gritó a pleno pulmón.

—Podemos seguir así toda la noche —explicó Luc—. En tus manos está poner fin a esto. Entonces: ¿envenenaste las fuentes?

—¡No! Nadie me obligará a traicionar a mi pueblo. ¡Nadie! Sin duda, no lo hará un miserable aspirante a atracador, que es demasiado necio como para poder robar una cédula de deuda.

El verdugo metió el hierro en el fuego, cogió una tenaza, atrapó la uña del índice de Solomon y tiró. El judío gritó como si lo estuvieran empalando.

—¡Has envenenado las fuentes! —bufó Luc—. ¡Confiesa de una vez!

Solomon cerró los ojos y empezó a murmurar. Era hebreo. Con toda probabilidad una jaculatoria al Dios de los judíos.

Aguantó mucho. Luc tuvo que admitir que Solomon era inusualmente duro y valiente. Pocos hombres eran capaces de soportar con tanta obstinación el interrogatorio doloroso. Pero el verdugo conocía su oficio y procedió con enorme inventiva. El judío rezó, maldijo, gritó... y en algún momento se derrumbó bajo las oleadas de dolor.

—¿Confiesas? —preguntó Luc.

—Sí —fue apenas un susurro.

—No te he entendido. Habla más alto.

—Confieso...

—¿Que has envenenado las fuentes para matar a todos los cristianos de Varennes?

—Sí.

—¡Alabado sea Dios! —dijo Théoger—. Ya pensaba que íbamos a pasarnos aquí toda la noche.

—Firma la confesión.

Luc sacó una hoja de pergamino, mojó la pluma en tinta y se la puso a Solomon en la mano ensangrentada y mutilada. El verdugo soltó las esposas, y el judío garabateó algo en el pergamino.

Satisfecho, Luc cogió la confesión.

—Curad sus heridas —ordenó—. Tiene que sobrevivir a la noche.

Solomon había perdido el conocimiento, la mandíbula le caía sobre el pecho. Sangraba por dos docenas de heridas, que los esbirros del verdugo vendaron con destreza.

Théoger se levantó de la silla, torciendo el gesto.

—¡Maldita gota! Esto sí que es una tortura.

Luc lanzó una risa breve, como un resoplido.

Josselin evitó llamar la atención. Hacía el trabajo que le mandaban. Participaba en la vida del campamento, iba a las misas. Comía con los hermanos y hermanas, ayudaba a llevar enfermos al *infirmarium*. Se hacía el pecador humilde, fundido con la multitud.

Observaba.

Había decidido no hablar a otros de Luc y de Louise. Lo que había visto en el bosque no bastaría para hacer caer al falso profeta. Necesitaba algo más sólido, algo que se pudiera demostrar.

Siempre que Luc aparecía por el campamento él estaba cerca, sin perderlo de vista. Una noche, cuando el autodenominado redentor estaba en la ciudad, Josselin logró incluso entrar en su tienda sin ser visto y registrarla. Por desgracia, no encontró nada que se pudiera emplear contra Luc.

No cedió. Observaba también a Matthias y a los maestros menores, cuya influencia en el campo había crecido enormemente desde que su señor jugaba a ser alcalde y se pasaba poco por allí. Ellos eran ahora los que repartían todas las tareas, velaban por el rápido aislamiento de los enfermos e introducían a los nuevos que seguían llegando al campamento, aunque ahora solo de uno en uno.

Era una tarde cálida y soleada —Josselin venía de recoger leña— cuando uno de los maestros menores subió al carro delante de la tienda de Luc y predicó a algunos habitantes de la ciudad que querían seguir a Benedictus. Josselin dejó el cesto que llevaba a la espalda y observó el espectáculo, que un día había encontrado tan conmovedor. Matthias arrojaba leña al fuego hasta que las llamas se elevaban a la altura de un hombre. Entretanto, el maestro menor devanaba el sermón habitual: «renunciad a vuestras posesiones, vivid en la pobreza y el Señor os perdonará». Con ojos brillantes, la gente dejaba sus cosas en el carro, y el maestro las tiraba al fuego con gesto pomposo. «¡No creáis una palabra! —le habría gustado gritar a Josselin—. Benedictus es un cerdo que se revuelve en el pecado y en el vicio. La Nueva Jerusalén es mentira. ¡Volved a casa!»

La vista de los engañados le golpeaba el ánimo. Se sentó y comió un poco de pan que le trajo un hermano. Por fin, el espectáculo había terminado. El maestro menor llevó a los nuevos a sus alojamientos, y el carro fue apartado a un lado.

Josselin estaba pensando en seguir al maestro cuando se dio cuenta de que Matthias salía de detrás de la tienda de Luc. El gigante se echó un saco al hombro y se fue sin llamar la atención. Se detuvo en la pequeña elevación con la picota, que lindaba con los terrenos de la feria. Al parecer, quería salir del campamento por el camino más corto.

Josselin fue tras él. En una ocasión en que Matthias miró por encima del hombro, se ocultó deprisa detrás de un cobertizo de tablas. Matthias no le vio y continuó su camino. Josselin le siguió y poco después llegó hasta las enormes cruces de madera plantadas a grandes intervalos alrededor del campamento. Detrás se extendían campos en barbecho y prados en los que se alzaban abedules.

Allí fuera había menos cobertura que en el enorme asentamiento de los flagelantes, así que Josselin dejó a Matthias una generosa ventaja antes de atravesar la pradera y escurrirse hacia los árboles.

El gigante fue hacia el este, dejando a un lado la picota, y desapareció detrás. Josselin cruzó corriendo el campo, escaló encorvado la colina en la que se alzaba el rollo y observó el otro lado. No se veía a Matthias por ninguna parte. Eso no tenía por qué significar nada. Hacía mucho que la vista de Josselin ya no era tan buena como antes... solo veía borrosas las cosas lejanas.

¡Ahí! Una figura al borde del bosque. No podía distinguir si se trataba de Matthias. Como no se movía nada más, decidió apostar a que lo era.

Bajó la ladera, estuvo a punto de perder el equilibrio y habría caído cuan largo era si no se hubiera recobrado en el último momento. Justo en ese instante la figura desapareció entre los árboles. Josselin renunció a cualquier cautela y corrió por el prado tan rápido como sus viejos huesos lo permitieron.

Llegó demasiado tarde. Cuando alcanzó el borde del bosque, ya no se veía la figura. Entre dos jadeantes respiraciones, maldijo ásperamente y constató sorprendido lo bien que le sentaba. Durante los pasados años, de puro miedo al infierno, había reprimido cualquier maldición por inofensiva que fuera.

Se secó el sudor de la cara y se adentró en el bosque. Por desgracia no conocía la zona —cuando recogía leña iba siempre mucho más al oeste— y no tenía ni idea de adónde podía haber ido Matthias. Optó por la dirección que le pareció más probable. Cada quince o veinte pasos, se detenía y escuchaba. Por suerte, podía confiar más en sus oídos que en sus ojos cansados por la edad.

Pronto escuchó ruidos que se destacaban con claridad de los susurros y bisbiseos del bosque. ¿Había alguien clavando una pala en la tierra?

Se escurrió en esa dirección. Ante él se abría un claro. Entre los espesos helechos, sobresalía una colina redondeada, de la altura de un hombre: una vieja carbonera. Detrás vio restos de muro cubiertos de espesura: los de una cabaña.

Entre la cabaña y la carbonera estaba Matthias, apoyado en una pala. Había cavado un hoyo en el que estaba tirando el saco. Lo tapó, alisó la tierra con el pie y lo cubrió todo de ramas y helechos.

Josselin ardía en deseos de descubrir lo que había en el agujero. «¡Vete de una vez!» Pero Matthias se sentó en un tronco de árbol caído, soltó la cantimplora del cinturón y bebió.

Después de haber descansado, volvió a coger la pala y fue hacia los restos del muro. Josselin se incorporó a medias para ver mejor. Al hacerlo movió un pie... y pisó una rama, que se rompió con un seco crujido.

Matthias volvió la cabeza. Josselin se agachó con rapidez y quedó inmóvil. Si el gigante le veía, su vida había acabado, eso no lo dudaba ni por un instante. Allí estaba pasando algo que nadie debía saber.

Matthias dejó vagar la vista por el borde del claro... Josselin lo sentía más de lo que lo veía. Se encogió todo lo que pudo y contó con que el hombre saldría corriendo en cualquier momento y lo sacaría de la espesura.

No ocurrió nada.

Josselin arriesgó una mirada por entre la maraña de zarzales. Al parecer, Matthias había llegado a la conclusión de que el crujido no significaba nada. Le había vuelto la espalda y estaba escondiendo la pala en la vieja cabaña.

Josselin se fue de allí sin hacer ruido. A un tiro de piedra del claro, echó a correr hacia el oeste, protegido por los árboles, hasta quedarse sin respiración. Lentamente, fue arrastrando los pies hasta la zona en la que recogía leña todas las mañanas. Desde allí, siguió hacia el norte y salió del bosque. Entró sin llamar la atención en el campamento por los barracones de la feria.

La tarde iba pasando poco a poco hacia la noche y las nubes delante del sol poniente ardían como oro fundido. El asentamiento entero, le parecía, estaba en pie. La gente acudía en masa hacia la Puerta de la Sal.

—¿Qué pasa? —preguntó Josselin a un hermano.

—¿No te has enterado? Debemos ir a la plaza de la catedral. Benedictus quiere hablarnos.

«¿Por qué no lo hace en el campamento?»

Josselin se unió a la corriente humana. Se olía algo malo.

Adrianus ya no soportaba las cuatro paredes de su casa. Después de comer, se sintió lo bastante fuerte como para dar unos pasos. Recorrió apaciblemente la calle, gozando del sol del atardecer. Léa iba junto a él, dispuesta a sostenerlo si de repente lo abandonaban las fuerzas.

—Esta mañana, un pregonero estuvo en el mercado de la sal —dijo—. Tenía la ventana abierta y pude oír parte de lo que dijo. Mencionó varias veces el «gobierno de los gremios». ¿Qué significa eso?

—Han ocurrido unas cuantas cosas mientras estabas enfermo —respondió titubeando Léa.

—¿Qué, exactamente? Por favor, dímelo. Puedo soportar las malas noticias, ya no estoy tan débil.

—Los gremios asaltaron el ayuntamiento y se hicieron con el poder. El Pequeño Consejo ya no existe. Tu hermano y los otros consejeros solo podrán volver si renuncian a todos sus anteriores cargos y dignidades. Con la excepción de Théoger Le Roux, que hizo causa común con los gremios.

Adrianus acogió la noticia en silencio.

—Bien —dijo—. Supongo que algún día tenía que ocurrir. La insatisfacción lleva fermentando mucho tiempo. ¿Qué ha pasado con el alcalde Marcel? ¿Torre del Hambre? ¿Destierro?

—Lo han asesinado.

Adrianus se detuvo abruptamente y se llevó la mano a la boca.

—Esos monstruos. ¡Esos impíos criminales! Bénédicte era un buen hombre, que siempre lo dio todo por Varennes. ¡Fue el único que se quedó mientras media ciudad huía, maldita sea!

—Eso aún no es todo —dijo Léa—. La fuerza detrás de todo esto fue Luc. Los demás lo han elegido nuevo alcalde.

Adrianus se quedó sin habla. Abrió la boca, buscó las palabras.

—Santo Dios —susurró—. No tardará en ir a por vosotros.

—Ya ha empezado. —Quería hablarle más tarde de Solomon y el cerdo eviscerado. Pero antes tenía que saber otra cosa—. Tu hermano estuvo aquí poco después de que cayeras enfermo. ¿Lo recuerdas?

Él hizo un impreciso movimiento de cabeza. ¿La había oído siquiera? Al parecer, sus pensamientos seguían puestos en las revueltas de Varennes.

—Venía a buscarte —prosiguió—. Dijo que su hijo estaba enfermo.

—¿La plaga?

—Supongo que sí.

—Pero estaban en la casa de campo… a salvo.

—No sé los detalles —dijo Léa—. César no se quedó mucho tiempo. Al ver que no podías ayudar, se fue.

—¿Has vuelto a saber algo de él?

—Nada en absoluto.

Él cerró los puños, su respiración vaciló. De pronto se tambaleó y se apoyó en la pared de la casa. Rápidamente ella acudió a su lado y le pasó un brazo por la cintura.

—Ha sido demasiado. Deberíamos volver.

—Sí —dijo él en voz baja.

No habían dado ni diez pasos cuando una multitud vino a su encuentro desde el mercado de la sal. Tenían que ser centenares. Todos ellos flagelantes y otros habitantes del campamento, según parecía. Léa y Adrianus los dejaron pasar de largo. Iban a la plaza de la catedral. Curiosos, los habitantes de la ciudad salían de sus casas y se unían a ellos.

—De verdad, deberíamos volver. —A Léa se le subía el corazón a la garganta.

—Quiero saber qué pasa.

—Adrianus...

Él no la escuchó. Aunque estaba sin aliento y sudaba, caminó en dirección a la plaza de la catedral. A ella no le quedó más remedio que seguirle.

La plaza se llenó con rapidez. Pronto, más de dos mil personas se apretujaban entre los puestos del mercado. Todos los ojos estaban fijos en el ayuntamiento. Léa y Adrianus se mantuvieron algo apartados; él se sentó en un banco bajo las arquerías del gremio de mercaderes.

Finalmente, varios hombres salieron a las grandes ventanas ojivales de la sala del Consejo. Léa estiró el cuello. Eran Luc, Théoger Le Roux y otros dos miembros del gobierno de los gremios.

—¡Benedictus! —recitó la multitud—. ¡Bendícenos!

Luc alzó ambos brazos. Dos mil personas enmudecieron de golpe.

—¡Hermanos y hermanas, ciudadanos de Varennes! —gritó—. Estos son malos tiempos para nuestra ciudad, para toda la Cristiandad. La plaga nos asedia desde hace meses. Han muerto ya innumerables personas. Otras muchas les seguirán. Nunca antes tuvimos que soportar tanto sufrimiento. Tanto luto, miedo y dolor.

—¡Invoca al ángel, Benedictus! —gritó alguien—. ¡Aparta la plaga de nosotros!

—No puedo hacerlo —repuso Luc—. Es demasiado tarde.

El disgusto se agitó entre la multitud.

—Entonces, ¿para qué estamos aquí? —gritaron algunos.

Una vez más, Luc impuso la calma con un mero gesto.

—Pensábamos que el Señor nos castigaba por nuestros pecados. Pensábamos que el fin del mundo había llegado. ¡No es cierto! No fueron nuestros pecados los que atrajeron la plaga sobre nosotros. No fue Dios. ¡No! Un viejo enemigo lo ha hecho. Un diablo en forma humana que vive desde siempre entre nosotros y planea nuestra aniquilación.

—¡Los judíos! —rugió la multitud—. ¡Los judíos!

El odio recorrió la plaza en oleadas, golpeó a Léa como si se tratara de aire caliente. «Ya empieza.» Tenía que advertir enseguida a los demás.

—Ven —murmuró a Adrianus.

Él se había puesto en pie.

—Espera un poco.

—Los judíos... ¡cierto! —gritó Luc—. Siempre lo hemos sospechado. Aunque eran taimados como víboras y escapaban a su justo castigo. ¡Pero ahora yo tengo la prueba de su inconcebible crimen contra los cristianos de Varennes!

Dos guardias llevaron a un hombre alto hasta la ventana. Lo habían cargado de cadenas; estaba muy maltratado y casi inconsciente.

—Solomon. —A Léa se le llenaron los ojos de lágrimas.

—¡Gran Dios! —cuchicheó Adrianus—. ¿Qué le han hecho?

—¡Todos conocéis a este judío! —atronó Luc—. Es un prestamista, un usurero de la peor especie. Durante toda su vida, ha extorsionado a buenos cristianos y acumulado oro. Pero ¿creéis que tenía bastante con eso? ¡Quien lo crea no conoce a los judíos! No le bastaba con esclavizarnos con intereses y más intereses. No, quería nuestra ruina. ¡Solo quedó contento al traer mil muertes sobre nosotros!

La multitud bramaba. Luc tenía que gritar cada vez más alto para hacerse oír.

—Fue astuto. Se escondió largo tiempo de nosotros. Ayer por la noche, al fin, le seguimos la pista… el ángel Tamiel en persona me llevó hasta él. Acorralado, el judío confesó su cobarde crimen. ¡Han envenenado nuestras fuentes, él y otros hebreos, para desencadenar la plaga y asesinar a miles de cristianos!

—¡Mátalo! —chilló la multitud—. ¡Mata al asesino!

—¡Mirad! —Le tendieron a Luc un puñal, y echó atrás la cabeza de Solomon tirándole del pelo.

—No —susurró Léa.

Adrianus le cogió la mano.

—¡Así castigamos al asesino de nuestros hijos, hermanos y hermanas! —gritó Luc.

Cortó el cuello a Solomon.

La sangre salió a chorros de la herida. Luc le dio un empujón, de modo que cayó por la ventana sobre la plaza. La multitud aulló entusiasmada. Léa sintió una abrupta náusea, creyó perder el suelo bajo los pies, tambalearse, caer.

—¡Que así les ocurra a todos los judíos! ¡Por Dios! ¡Por Varennes Saint-Jacques!

—Tenemos que irnos… enseguida —oyó Léa decir a Adrianus.

No estaba en condiciones de moverse, de apartar la mirada del ayuntamiento.

Él le tiró del brazo.

—¡Léa! ¡Si te ven, estás perdida!

Ella parpadeó. Tragó saliva. Sí, no podía quedarse allí. Tenía que advertir a los otros. Eso importaba más que todo lo demás. La rigidez desapareció de sus miembros.

—Yo soy demasiado lento —dijo Adrianus—. Ve delante. Te seguiré.

Ella salió corriendo.

57

Léa corrió hacia el sur, por la maraña de callejones que había detrás del gremio de mercaderes, porque con toda probabilidad en la Grand Rue habría encontrado flagelantes dispuestos a la violencia. Adrianus, en cambio, tomó el camino más corto hacia la judería. Respirando pesadamente, ponía un pie detrás de otro, pasando ante la rugiente multitud, tan rápido como su cuerpo debilitado le permitía. No aguantaría mucho más.

En su interior, veía una y otra vez cómo Solomon era asesinado y empujado por encima de la barandilla. Esa inconcebible crueldad. El horror oprimía su pecho como una prensa. Al menos, la multitud sedienta de sangre que había en la plaza de la catedral no había salido corriendo enseguida. Al principio la gente se había quedado donde estaba, emborrachándose con su odio, repartiendo armas, dándose valor a base de cerveza sacada de toneles traídos apresuradamente. Eso les daba un poco de tiempo.

Pero ¿para qué? Léa advertiría a su gente… ¿y luego? No había nadie que pudiera protegerlos, ningún sitio en la judería en el que estuvieran seguros.

—¡Adrien!

Josselin se separó de la multitud y fue hacia Adrianus. «¡Vive!» Una ola de alivio arrastró el horror, al menos por un momento. Llevaba semanas sin saber nada de su padre y había contado todos los días con que podía recibir la noticia de que había muerto a causa de la plaga.

—¡Hijo mío! —Josselin le abrazó brevemente—. ¿Has visto lo que ha ocurrido?

—Sí.

—El pobre Solomon, es tan espantoso…

—Te dije que esto iba a ocurrir. Pero no quisiste escucharme.

—Estaba ciego a las mentiras de Luc, y tienes todo el derecho a llamarme «viejo idiota». Pero eso ya acabó. —Algo en Josselin era distinto. Parecía más despejado que durante su último encuentro. Más claro—. Vamos —apremió—. Tenemos que advertir a los judíos.

—Léa estaba conmigo —dijo Adrianus—. Ya se ha adelantado.

Josselin le miró con el ceño fruncido.

—¿Qué te pasa? Tienes un aspecto espantoso.

—Luego, padre. Debemos actuar. ¿Has sabido algo de César?

—Hace semanas que no lo veo.

—Pero ¿sigue en la casa de campo?

—Supongo.

Adrianus apretó los labios. Posiblemente toda la familia se había contagiado de Michel y había muerto hacía ya semanas. Pero no debía pensar así. No podía dejar de intentar nada.

—Ve a verle. Quizá pueda reunir a los otros consejeros y acudir con gente armada.

—Los consejeros tienen demasiado miedo a la plaga. Además, les han prohibido volver.

—Aun así, inténtalo.

—¿A pie? Tardaré demasiado.

—Ve a los establos que hay delante de la Puerta del Heno. Muchos están abandonados. Con un poco de suerte, allí encontrarás un caballo sin amo.

Josselin salió corriendo.

Adrianus respiró hondo y bajó la Grand Rue arrastrando los pies.

En la judería ya estaban al corriente del peligro que los amenazaba. Numerosos habitantes se habían congregado en la sinagoga, y el Consejo Judío intentaba calmar a la gente atemorizada. Baruch distinguió a Léa y se abrió paso por entre la multitud.

—Esa concentración de gente en la plaza… ya ha empezado, ¿verdad?

—Sí.

—Hemos encontrado a los guardias de Solomon. Yacían degollados en el bosque.

—Luc lo ha asesinado. —Léa apenas era capaz de pronunciar las palabras—. Ahora mismo. Lo he visto.

—Dios justo… —Los ojos de Baruch se oscurecieron. Tragó saliva varias veces, luchó por controlarse—. No le digas nada a nadie. Especialmente a Judith. Ahora tiene que ser fuerte.

Fueron hacia la multitud.

—¡Hermanos y hermanas, escuchadme! —gritó él—. Nos hemos preparado para este momento… Todos sabéis lo que hay que hacer. Acudid rápido a casa de Ruth. Las familias deben mantenerse unidas. Llevad solo lo más necesario. Quien esté sano ayudará a un enfermo. Los jóvenes ayudarán a los viejos. ¡Daos prisa!

Ahora obtenían el beneficio de haber hablado una y otra vez de aquella situación después de los oficios religiosos. La gente se puso ordenadamente en movimiento. Haïm apostó a sus hombres en los dos accesos de la judería. Estaban decididos a defender las puertas y dar así a los demás un tiempo valioso, sabiendo que iban a pagarlo con su vida.

—¿Qué hacemos con los enfermos que hay en el salón de baile? —preguntó Léa.

—Tenemos que abandonarlos —respondió Aarón ben Josué, que se había unido a ellos.

—¡No podemos hacer eso!

—De todos modos, están consagrados a la muerte. Si nos los llevamos, nos frenarán.

Léa iba a responderle con aspereza cuando vio en la puerta a Adrianus. Haïm le dejó pasar y ella corrió a su encuentro. Apenas podía andar, se mantenía en pie a pura fuerza de voluntad.

—¡Te vas a matar! Vete a casa.

—Me quedo contigo. —Su tono no admitía réplica—. Mi padre está intentando avisar a César y los otros consejeros. Quizá puedan ayudar.

Se sentó en el muro bajo que había delante de la casa de Solomon. El sudor le corría por el pálido rostro.

—¿Está la multitud ya en marcha?

—Siguen bebiendo y gritando. Creo que no vendrán hasta que caiga la oscuridad, para que Dios no vea su maldad.

—Bien. Eso nos dará tiempo.

—¿Tiempo para qué?

—Para la estratagema —respondió ella.

—¿Qué estratagema?

Josselin no tuvo que buscar un caballo durante mucho tiempo: había uno en un prado delante de la Puerta del Heno. Era uno de los tres caballos de monta; los otros dos habían muerto a causa de la plaga y se pudrían en la pradera. Nadie se había tomado la molestia de retirar los cadáveres, lo que apuntaba a que el propietario estaba muerto o había puesto tierra de por medio.

Josselin decidió que, en esas circunstancias, no era ningún pecado llevárselo… al menos no uno especialmente grave. Se encaramó a la cerca y atrajo a la yegua con un manojo de diente de león. De hecho, le dejó montar. Entonces se dio cuenta del error que había cometido. Había olvidado abrir la puerta. Pero no quiso descabalgar, no podía perder tiempo.

Se agarró a la crin, puso el caballo al galope y le hizo saltar la cerca baja al borde del camino. Cuando llegó a la carretera, el salto le recorría todos los huesos. La yegua se removió y resopló inquieta. Enérgico, la guio con los muslos y la hizo trotar hacia el oeste.

No fue una larga cabalgada, pero sí extenuante. Hacía años que no subía a lomos de un caballo; ya no estaba acostumbrado al agotador subir y bajar. Sobre todo porque no tenía ni silla ni bridas, lo que no hacía precisamente más fácil el asunto. Ignoró cuanto pudo el ardiente dolor en el coxis.

Al atardecer distinguió al fin la finca. Mientras subía por la ladera, rezó por aguantar las últimas veinte varas sin romperse la crisma.

La yegua cruzó el portón con él y se detuvo ante la casa. Josselin respiró.

—Buena chica.

Le palmeó el cuello y se escurrió al suelo, con el rostro convertido en una mueca. Tenía la espalda rígida como una tabla, le dolía todo. La vejez era en verdad el peor de los demonios al servicio de Satán.

La finca parecía abandonada; en la casa todo estaba oscuro.

—¿César? ¿Hélène? ¿Estáis ahí?

¿Dónde estaban los criados, los animales de carga? Un ligero espanto empezó a treparle por la nuca. Allí ocurría algo malo. Fue cauteloso hacia la puerta.

Alguien la abrió de golpe, y un barbudo salvaje con un hacha en la mano salió corriendo al exterior. Josselin retrocedió atemorizado. El duende del bosque de pelo enmarañado y ropa sucia abrió la boca para proferir un grito de amenaza, pero volvió a cerrarla y se detuvo en seco.

—¿Padre? —La voz sonaba tomada y rasposa, como una herramienta que llevara tiempo sin ser utilizada y se hubiera oxidado.

Josselin parpadeó.

—¿Hijo?

César dejó caer el hacha y lo abrazó. Su olor no era agradable, pero Josselin estaba acostumbrado a cosas peores en el campamento de los flagelantes.

—Pensaba que Adrien y tú habíais muerto —susurró su hijo.

—Estoy bien. Y tu hermano también.

—No puede ser. Estaba moribundo.

—Vive… acabo de verle. ¿Qué significa «moribundo»? ¿La plaga? César asintió.

—La última vez que le vi luchaba con la muerte.

Josselin pensó que realmente Adrien no tenía buen aspecto.

—No sé nada de eso.

—Tiene que haberse recuperado. —César movió la cabeza—. Ese hijo de Satanás.

—¿Dónde están los criados?

—Esos cobardes nos dejaron en la estacada.

—¿Hélène? ¿Los niños?

—Muertos. —La voz de César sonaba extrañamente apática, como si la muerte fuera algo que no le afectaba en persona.

Un abrupto dolor inundó a Josselin.

—Mis nietos… aún eran tan pequeños… Y Hélène, por Dios… —Dejó correr las lágrimas. Su hijo le pasó el brazo por los hombros y lo llevó a la casa.

Una luz rojo sangre caía por la aspillera sobre la mesa de la cocina, bajo la que se concentraban sombras aterciopeladas. César puso dos jarras de vino de Franconia. Josselin se secó el rostro con la manga y apartó el dolor. Lloraría por Hélène y por los niños, pero no ahora.

—Adrien y yo necesitamos tu ayuda —empezó—. Los judíos están en peligro. Luc hizo torturar a Solomon ben Abraham y le arrancó la confesión de que había envenenado las fuentes. Ahora medio Varennes cree que los judíos son los culpables de la plaga. Luc está incitando a la gente contra ellos. Si nadie los detiene habrá un baño de sangre.

El rostro de César no mostró emoción alguna. En verdad, parecía un eremita apartado del mundo.

—Así que las cosas han tenido que llegar a su extremo para que despertaras.

—He sido estúpido —dijo Josselin—. Debería haberos escuchado.

César hizo un movimiento impreciso con la mano: «Eso ya no importa».

—¿Qué hace Adrien? ¿Está con los judíos?

Josselin asintió.

—Debes informar enseguida a los otros consejeros. Tenéis que enfrentaros a Luc.

—¿Qué podemos hacer? Nos han arrebatado el poder.

—Amédée y los otros tienen hombres, y ellos armas. No necesitáis nada más.

César cerró la poderosa mano en torno a la jarra y miró al vacío con el ceño fruncido.

—El tiempo apremia —dijo Josselin.

—No lograremos informar a todos antes de mañana. Para entonces será demasiado tarde.

—No si montas a caballo ahora. Si conozco a esa gente, no atacarán hasta que sea noche cerrada.

César no se movió. ¿Qué había sido del hombre que siempre actuaba con decisión, que no temía a ningún peligro e intervenía sin pararse ante nada cuando lo consideraba justo? La pérdida de sus seres queridos tenía que haberle quebrado.

Josselin dio un puñetazo en la mesa.

—¡Eres el único que puede salvar a esa gente! —tronó—. ¡Como padre tuyo, te ordeno que montes inmediatamente y reúnas a los consejeros a tu alrededor!

Su hijo le miró sorprendido, incluso asustado.

—¡Levanta! ¡Ya!

La orden paterna arrancó a César de su letargo. Se puso en pie con pesadez.

—¿Puedo coger tu caballo?

—Claro.

—Debo de tener una silla en algún sitio.

Abandonó la estancia y volvió poco después con las manos llenas. Los dos hombres salieron y embridaron a la yegua a toda prisa.

—¿Esperarás aquí? —preguntó César después de montar.

—Iré a pie y os esperaré en la Puerta del Heno.

—No vayas en ningún caso a la judería. No puedes hacer nada solo.

—¡Buena suerte! —gritó Josselin cuando César salió al galope.

Respiró hondo y abandonó a su vez la finca.

Luc soñaba con un fuego.

Llevaba meses soñando con él.

Años.

Toda su vida.

Un fuego enorme, en el que todos los judíos desaparecían gritando. Los usureros, sus mujeres, sus críos. Los hombres con sus grotescos caireles, los eruditos con sus escritos alejados del mundo. Las casas, la sinagoga, toda la judería tenía que arder y desaparecer de la faz de la tierra.

No hacía más que pensar en el fuego. Cuando se levantaba por la mañana. Cuando predicaba. Cuando montaba a Louise. Especialmente entonces. Era un pensamiento excitante.

Soñaba con que Varennes fuera solo el comienzo. El fuego se extendería y crecería hasta convertirse en un infierno. Un huracán de llamas que barrería el país y no solo engulliría a los judíos, sino también a los curas, los señores, los débiles, sobre todo a los débiles; todo aquel orden debía sucumbir. ¿Qué vendría después? ¿Vendría algo siquiera? A Luc no le interesaba. Se quedaría mirando el fuego y reiría.

Una hora después de abatirse la oscuridad, la multitud partió hacia el mercado de la sal. Eran cientos: flagelantes y habitantes de la Nueva Jerusalén, pero también artesanos y buenos burgueses, hombres y mujeres. Habían bebido a conciencia para darse valor y estaban sedientos de sangre judía. Luc sonrió. Qué fácil era acicatearlos. Bastaba con mentiras transparentes y promesas que no se podían cumplir. Todos ellos llevaban tanto odio en el corazón: hacia los vecinos acomodados, la esposa que lloriqueaba, la propia mortalidad. Odio hacia la monótona existencia, la pequeña vida en la que estaban presos. Tan solo esperaban que alguien viniera y les permitiera dar curso al ansia asesina.

—¡Muerte a los judíos! —salmodiaban—. ¡Matad a los envenenadores de fuentes!

Un segundo grupo, encabezado por Théoger, marchaba en ese momento por la ciudad baja hacia la Puerta Este de la judería. Ningún hebreo debía escapar a su venganza.

La multitud se congregó en el mercado de la sal, un ardiente mar de antorchas. Luc sabía que los judíos habían puesto guardias, pero en la puerta no se veía a nadie.

—¡Sacadlos de sus casas y reunidlos! —gritó.

El júbilo ascendió hasta él.

—¿Eran los últimos? —preguntó Léa.

Haïm asintió.

—Solo queda mi gente fuera. Y los enfermos de la sala de baile.

—Tenemos que ir a buscarlos —dijo el rabino Baruch.

—No puede ser —replicó el carnicero.

Adrianus se había sentado, agotado, en un banco. Mientras los dos judíos discutían, contempló el agujero por el que acababa de desaparecer la última familia. La casa en la que se encontraban estaba justo al lado del muro de la ciudad, unida a él por la pared trasera. El agujero, de dos varas de alto y la misma anchura, atravesaba la maciza muralla. Debían de haber tardado semanas en abrirlo. Sin duda el lado de la muralla que daba al río no eran tan fuerte como el que daba a tierra, pero la base tenía que medir sus buenas cinco varas. Un logro notable, sobre todo porque los judíos no habían podido trabajar mucho tiempo seguido. Siempre que había guardias en el adarve, habían tenido que interrumpir su trabajo. El riesgo de que se oyeran los martillazos habría sido demasiado grande.

Léa había explicado a Adrianus que el agujero desembocaba en un viejo cobertizo para barcas al otro lado de la muralla. El inclinado edificio estaba a la orilla y se asomaba al río, sostenido por pilotes de madera. Solomon había comprado el cobertizo con el pretexto de que quería poner un almacén en él. En realidad había preparado varias canoas, con las que los judíos pasaron al amparo de la oscuridad al otro lado del Mosela. Se esconderían en un bosquecillo a media milla de la ciudad. El Consejo Judío había depositado allí tiendas de campaña, mantas y víveres.

La disputa se acaloró.

—Deberíamos habernos llevado a los enfermos hace ya días —dijo Haïm—. Ahora es demasiado tarde.

—¿Y cómo? —repuso Léa—. Mi padre tenía que presentar al Consejo una lista de todos los enfermos y la sala de baile estaba sometida a controles regulares. Si hubiera desaparecido, aunque no fuera más que uno de los enfermos, lo habrían registrado todo y encontrado con toda seguridad el túnel.

Los hombres de Haïm entraron en la casa.

—Vienen —anunció uno de ellos.

—Entonces está decidido —dijo ásperamente el carnicero—. Vámonos… ¡enseguida!

Los hombres se metieron en el túnel uno tras otro. Léa y Baruch parecían desesperados.

—Id —dijo Adrianus—. Yo me ocuparé de la gente de la sala de baile.

—No podrás protegerlos —respondió Léa.

—Apelaré a la multitud para que los perdone. Nadie va a asesinar a alguien consagrado a la muerte.

—Eso de ahí fuera no son seres humanos —dijo el rabino Baruch—, son bestias. No conocen la compasión ni la piedad.

—Nadie te escuchará —añadió Léa—. Te matarán.

—Muchos de esos hombres me deben la vida —la contradijo Adrianus— No me harán nada.

—Es una locura. —Ella le miraba fijamente, implorante, desesperada.

—De todos modos tengo que quedarme aquí. Alguien debe encargarse de poner la estantería delante del agujero.

Fuera se oyeron gritos.

—¡Vamos, ahora! —ladró Haïm—. O todo habrá sido en vano.

Agarró al rabino por los hombros y lo empujó hacia el agujero. Baruch se arrastró por su interior.

Léa abrazó a Adrianus.

—Tú también. ¡Vamos! —apremió Haïm.

A regañadientes, se separó de él y desapareció en la abertura. El carnicero tendió a Adrianus la ballesta y el carcaj.

—Eso no me va a servir de nada.

—Es mejor que nada. Sois un hombre valiente, maestro Adrianus. Que Dios os proteja. —Haïm le dio una palmada en el hombro antes de arrastrarse por el túnel.

El griterío se acercaba. Adrianus no perdió el tiempo. Aunque todo en él clamaba por ir tambaleándose hasta la cama y acostarse, reunió el último resto de sus fuerzas para empujar la gran estantería delante del agujero. Tenía un espaldar de madera, de manera que el túnel no se veía. Puso rápidamente vasijas y cacharros en los estantes para que pareciera que estaban allí desde siempre.

Todo se volvía borroso ante sus ojos; la náusea fermentaba en su estómago. Miró por la aspillera. La casa estaba en una calle lateral, en la que la multitud aún no había entrado. Si se apresuraba, podía llegar a la sala de baile sin ser visto.

Con la ballesta y el carcaj en las manos, salió y se deslizó en la oscuridad.

La gente entraba en tropel por las puertas e inundaba la judería. Las puertas se abrían o se echaban abajo; la horda asaltó la sinagoga, la farmacia, las casas de los prestamistas. Algunos rugían mientras registraban los edificios; otros reían, embriagados de su poder sobre la vida y la muerte.

La alegría no duró mucho.

—¡No hay nadie! —gritó uno—. ¡Han desaparecido todos!

Otros contaron lo mismo: no había judíos en ninguna de las casas. La multitud aullaba de ira.

—¡El diablo ha salvado a los envenenadores de fuentes! —exclamó una mujer de rojos mofletes.

—No pueden haberse esfumado en el aire —gritó Luc—. Seguro que están en algún sótano. Los sacaremos a base de humo. ¡Registradlo todo!

La gente se dispersó. Luc ordenó a Matthias apostar a algunos fieles flagelantes delante de la casa de Solomon. Los tesoros del prestamista le pertenecían.

Estaba plantado en la rue des Juifs, exactamente entre la sinagoga y la mikvá. A su alrededor se desataba el odio. Era el príncipe del caos, el ángel de la destrucción. La sangre pulsaba placentera en sus venas, tenía el miembro duro como la hoja de una espada. Se sentía tan vivo como nunca.

—¡En la sala de baile hay unos cuantos! —chilló alguien.

Enseguida la multitud se precipitó dentro de la sala de puntiaguda fachada de madera, que estaba en una placita. Hicieron un pasillo a Luc y Matthias.

—¿Por qué no entráis? —preguntó a la gente de la primera fila. Con ellos estaba Théoger Le Roux con algunos guardias armados.

—La gente de ahí dentro está enferma —respondió el patricio.

—¿Y qué? Aun así, son judíos, ¿no? ¿No sentirás de pronto compasión hacia esa chusma hebrea?

—Para nada. Pero son los casos contagiosos. No deberíamos acercarnos demasiado a ellos.

—Entonces prenderemos fuego al techo sobre sus cabezas. Ningún judío se va a librar. —Luc se volvió hacia la multitud y miró sus rostros sedientos de sangre, que la luz de las antorchas y las sombras palpitantes convertían en muecas demoníacas—. ¿Qué os parecería una pequeña fogata?

Quinientas personas jalearon la idea.

—¿Es inteligente? —observó Théoger—. Hace días que no llueve. Un golpe de viento, y media ciudad arderá.

Luc sonrió.

—Y todas tus casas, telares y almacenes de mercancías se irían al garete. De pronto serías… pobre. Una idea inaudita, en verdad.

—Y a ti la gente te haría pedazos —bufó Théoger—. ¿O crees que seguirán queriéndote si por tu culpa pierden todas sus posesiones?

Luc le dio una palmada en la espalda.

—No temas, viejo amigo. Hay calma chicha. Además, el fuego no puede extenderse… El muro que rodea lo judería es suficientemente alto. A tus valiosas posesiones no va a ocurrirles nada. —Arrancó la antorcha de la mano a uno de los hombres—. Pero primero vamos a charlar un poco con los enfermos. Sin duda pueden revelarnos dónde se esconden los otros. ¿Tengo que ir solo, o aún quedan aquí hombres con cuajo en los huesos?

Unos veinte hombres, lo bastante valerosos o borrachos, lo siguieron hasta la entrada. Matthias abrió la puerta. Un olor apestoso salió a su encuentro.

Luc iba delante. La luz de las antorchas hizo retroceder la oscuridad, y vio a una docena de judíos tendidos en el suelo de la espaciosa sala, envueltos en sábanas. Tosían y respiraban ruidosamente. Dos o tres miraban temerosos a los intrusos, pero la mayoría estaban tan débiles que no se percataron de la llegada de los cristianos.

No había guardias.

Luc se acercó a uno de los enfermos, que estaba consciente, y lo empujó con el pie.

—¿Dónde se esconden los otros?

El joven respondió con un espasmo de tos. Gotas de sangre y moco salieron volando de sus labios. Luc retrocedió asqueado.

—Nadie va a tocar a los enfermos —resonó una voz entre las sombras.

Luc dio dos pasos en esa dirección y tendió la antorcha. Al borde del círculo de luz había una figura sentada en el suelo, un resto de persona encogida.

—¿Quién eres?

Jadeando pesadamente, el hombre se levantó y fue hacia Luc, uno, dos pasos vacilantes, antes de detenerse. Parecía la muerte en persona.

Tenía una ballesta en las manos.

—Adrien Fleury. —Las comisuras de la boca de Luc temblaron—. Tendría que haberlo imaginado. Tan desinteresado como siempre.

—Esta gente espera la muerte. Déjala morir en paz.

—¿No estabas tú mismo enfermo y camino de la tumba? —De hecho, Luc suponía que hacía mucho tiempo que aquel tipo se pudría en la cripta de su familia.

Los labios de Adrien dieron forma a una escueta sonrisa.

—El ángel Tamiel bajó y me salvó.

Luc rio en voz baja y gutural.

—El Señor nos ama a todos. Incluso a un amigo de los judíos como tú.

Matthias y otros cuatro hombres fueron a pasar por encima de los enfermos para agarrar a Adrien.

—No —dijo Luc—. Acabaré con él yo solo.

—Va armado —observó innecesariamente Matthias.

—Míralo. Apenas se tiene en pie. Ni siquiera es capaz de cargar con la ballesta.

Al parecer Adrien quería demostrarle lo contrario y se afanaba con la cuerda. Como no tenía gafa, tenía que tensarla con ambas manos. Fracasó. Jadeando, dejó caer la ballesta.

—¿Dónde están los otros judíos? —preguntó Luc.

—A salvo. —La voz de Adrien era baja y débil—. Jamás los encontraréis.

—Eso ya lo veremos. —Luc regresó junto al enfermo y le puso el pie izquierdo en el pecho—. Dilo, o a tu amigo judío le irá mal.

—Déjale en paz. —El sanador volvió a intentar cargar la ballesta.

Luc cargó su peso sobre el pie izquierdo. El enfermo pataleó débilmente y jadeó en busca de aire.

—¿Dónde están los judíos?

Adrien torció el gesto en una mueca al tirar de la cuerda de la ballesta con todas sus fuerzas.

Baruch se apartó de la orilla con la pértiga, y la canoa desapareció en las tinieblas. Léa y Haïm empujaron el último bote por la debilitada rampa que llevaba del cobertizo al río y el resto de la gente subió a bordo. Algunos estaban enfermos y necesitaron la ayuda de Léa. También Judith echó una mano.

Al otro lado del muro resonó un salvaje griterío y el ruido de madera que se rompía al reventar las puertas. Eran los sonidos del horror. Ese día había ocurrido lo que llevaban temiendo toda su vida.

Trató de no pensar en Adrianus y en las personas que había en la sala de baile. Tenía una tarea, debía concentrarse y trabajar deprisa. La comunidad la necesitaba. No lo logró. No hacía más que imaginarse a Adrianus —su amante enfermo, débil, valeroso— enfrentándose a la multitud babeante, armado nada más que con una ballesta viejísima y su fe inconmovible en la bondad y la razón. Era tan absurdo... No iba a conseguir nada. Sencillamente, los harían pedazos a él y a los enfermos.

—Podemos salir. —La voz de Haïm la devolvió a la realidad.

Apretó los labios y subió al bote. Haïm lo empujó al agua y se encaramó a él. Él y otro hombre metieron los remos en el agua e impulsaron la canoa por el río. La corriente los llevó ante la judería. Por encima de la sinagoga y las otras casas se veía una campana anaranjada. ¿Ardían ya? ¿O era solo el reflejo de las muchas antorchas?

—Solomon no volverá, ¿verdad?

Léa miró a su tía. Judith estaba sentada frente a ella y se había ceñido la túnica a los hombros.

—Está muerto. Lo sé.

—Sí —dijo Léa en voz baja.

Judith bajó la mirada. No lloró; se quedó simplemente sentada con las manos cruzadas en el regazo.

—Tenemos... —Las palabras se le secaron en los labios, y empezó de nuevo—. Tenemos que ir a buscar el cadáver. Tenemos que enterrarlo conforme a la Ley.

—Lo haremos —prometió Léa, aunque no tenía la menor idea de cómo iban a hacerlo.

El bote embarrancó con un crujido en la orilla oriental. Desembarcaron y unieron sus fuerzas para subir la canoa por el terraplén. Arriba esperaban los otros. Baruch estaba inmóvil, contemplando la judería, desde la que el ruido del odio resonaba por encima del negro río.

—«Nos sentamos junto a los ríos de Babilonia y lloramos al pensar en Jerusalén —dijo—. Colgamos nuestras arpas en los sauces de Babilonia. Porque allí nos pedían nuestros opresores que estuviéramos alegres en medio de nuestra desgracia, y decían: "¡Cantadnos una canción de Jerusalén!". Pero ¿cómo íbamos a cantar la canción del Señor en tierra extraña?»

Léa le cogió la mano.

—Tenemos que irnos.

—¡Luc! —siseó Matthias.

Adrianus había conseguido tensar la cuerda lo suficiente como para que encajara. Tenía los brazos tan débiles que apenas podía levantar la ballesta. Sentía ganas de vomitar. Con mano temblorosa, sacó un virote del carcaj y lo puso.

Al principio, Luc no reaccionó a la advertencia. Siguió maltratando al judío enfermo con el pie, sonriendo como un loco a su víctima. Solo cuando Matthias volvió a gritar su nombre levantó la cabeza. La sonrisa desapareció, sus ojos se estrecharon.

—Apártate de él —siseó Adrianus. Se le aflojaron las rodillas. Podría mantenerse en pie, como mucho unos segundos antes de que las fuerzas lo abandonaran definitivamente.

—¿Tú, enano, te atreves a desafiarme? ¡Yo soy Benedictus, el enviado del Señor! —Luc sacó del cinturón el ancho cuchillo de matarife—. Dios mismo me ha encargado aniquilar a los asesinos de su hijo. Mira cómo mato a la cerda judía. No puedes evitarlo.

—Luc, maldita sea… —Matthias se puso en movimiento.

Luc agarró al enfermo por el cuello del sayo, lo puso en pie a tirones y cogió impulso con el cuchillo.

Adrianus apretó la llave.

Todo se borró ante sus ojos. La ballesta le parecía tan pesada como una rueda de molino, no podía apuntar bien. Lejos. Muy lejos…

El virote alcanzó su destino.

La punta de hierro se clavó en el cuello de Luc, atravesó el bocado de Adán y salió por la nuca.

El maestro de los flagelantes se quedó como petrificado. Primero soltó al enfermo. Luego, el cuchillo resbaló de sus dedos. Miró sin dar crédito a Adrianus. Abrió la boca, fue a decir algo, pero solo salió un borbotón de sangre.

Luc cayó de rodillas y después de costado.

En ese mismo instante, Adrianus se desplomó.

Un griterío agudo cayó como una tempestad sobre él. Unas siluetas se precipitaron hacia él. Unas manos lo agarraron, lo levantaron, tiraban de sus brazos como si quisieran descuartizarlo. Un puño se estampó con toda su furia contra la boca de su estómago. El vómito subió por su garganta y llenó su boca.

Un golpe en la cara. Una patada en la cadera. Alguien le tiró del pelo.

—¡Matadlo!

—¡Rajadlo! ¡Sacadle las tripas!

—¡No! —rugió alguien, imponiéndose a las voces que chillaban—. Irá a la rueda por esto. ¡La ciudad entera verá cómo muere este cerdo!

Adrianus sintió que lo agarraban y se lo llevaban, antes de que las tinieblas lo envolvieran.

58

Hacía ya horas que había oscurecido cuando los dos consejeros divisaron al fin Varennes. Cabalgaban despacio por el camino; les seguían seis criados a pie, con jabalinas y hachas al hombro. César contempló las negras almenas, las puntas de las fachadas de las casas y las agujas de las iglesias bajo el cielo iluminado por la luna. Le daba la impresión de que llevaba años sin ver la ciudad. Las semanas pasadas le parecían extrañamente irreales. En realidad, apenas podía recordar lo que había hecho en la casa de campo todo aquel tiempo.

A tiro de piedra de la Puerta del Heno, una voz resonó en medio de la oscuridad:

—César, ¿eres tú?

—Soy yo.

Josselin salió al camino. Miró a Amédée Travère y a los criados.

—¿Son todos?

—Amédée fue el único que quiso ayudarme.

César y Amédée lo habían intentado con otros tres miembros del Pequeño Consejo, pero todos se habían negado a ir a Varennes con ellos. Entonces habían renunciado a insistir, porque el tiempo se les escapaba de las manos.

—Con tan pocos hombres no podemos hacer nada —dijo Josselin.

—No hay nada que hacer. ¿Han entrado ya en la judería Luc y sus seguidores?

—¿No oís el ruido?

César aguzó el oído y percibió un griterío lejano. Además, creyó ver un resplandor por encima de la judería.

—¿Está abierta la Puerta del Heno? —preguntó Amédée.

—No —respondió Josselin—. Tenemos que intentarlo por otro sitio.

—Por la Puerta de la Sal —decidió César.

—Allí corremos el riesgo de encontrarnos a hordas de flagelantes —objetó Amédée.

—El campamento de la feria está prácticamente abandonado —repuso Josselin—. Casi todos sus habitantes están en la ciudad.

Poco después, la pequeña tropa se acercaba a los albergues de la feria, que limitaban el terreno por el oeste. Un criado se adelantó y anunció poco después que no había encontrado un alma; en el campamento reinaba un silencio de muerte. César y Amédée atravesaron en línea recta el asentamiento de los flagelantes.

También la Puerta de la Sal estaba cerrada.

Detrás de los muros de la judería rugía la chusma. El griterío resonaba por encima de los tejados. César oía cómo se echaban puertas abajo y se arrojaban objetos a la calle. Se le heló la sangre en las venas. Ojalá su hermano ya no estuviera allí. Adrien y él no se habían entendido en los últimos años, a veces habían pasado semanas sin hablarse. Qué necio le parecía ahora todo eso. La idea de que Adrien pudiera morir le resultaba insoportable. Su hermano y su padre eran todo lo que tenía ahora.

—Llegamos demasiado tarde —murmuró Amédée.

—Aun así, tenemos que intentarlo por la Puerta del Rey —dijo César—. ¡Venid!

Los dos consejeros cabalgaban en cabeza; Josselin y los criados los seguían a paso de marcha. Cuando llegaron al Bastión del Rey, comprobaron que también aquella puerta estaba atrancada. César sospechaba que no era ninguna casualidad. Probablemente el nuevo gobierno de los gremios temía que los hombres del derrocado Pequeño Consejo pudieran intentar penetrar en la ciudad durante la noche. Por eso prestaba minuciosa atención a que las puertas se cerraran al romper la oscuridad y hubiera guarnición en las torres, aunque faltaran guardias para tales tareas.

—¿Y ahora? —preguntó a los que le rodeaban.

—Se acabó —dijo Amédée—. No podemos hacer nada.

Decidieron volver a la Puerta de la Sal. Bajo el tilo de la justicia, César y Amédée descabalgaron y ataron los caballos. El ruido que salía de la judería había cambiado. El griterío ya no sonaba triunfal y fanático, sino iracundo y desesperado. Además, una parte de la chusma parecía alejarse en dirección al centro de la ciudad.

—Si supiéramos qué está pasando ahí dentro —murmuró Amédée, mientras caminaban hacia la Puerta de la Sal.

Allí se detuvieron y escucharon.

La ciudad entera parecía patas arriba. En varias iglesias, las campanas empezaron a sonar. El ruido que venía de la judería había disminuido perceptiblemente; solo se oían gritos aislados. César sospechaba que estaban saqueando la sinagoga y las casas de los judíos ricos.

Se retiraron hasta el dique de la orilla del río y se sentaron en el terraplén. Nadie hablaba. Cuando César miró a Josselin y Amédée, distinguió en sus rostros el mismo temor y abatimiento que también él sentía. Su padre entrelazó las manos y susurró una oración.

Las horas pasaban con torturante lentitud.

Con la primera luz del día, la puerta se abrió por fin, y una horda de flagelantes salió por ella.

—Esperad aquí —dijo Josselin a los otros, y fue hacia el camino.

Los hombres y mujeres que se arrastraban hacia el campamento no parecían precisamente los triunfantes vengadores de Dios, que acabaran de satisfacer su odio a los judíos. Más bien parecían desesperados y cansados; varios tenían el rostro bañado en lágrimas. Al ver a Josselin, algunos escupieron o le tiraron bolas de tierra del camino.

—¡Lárgate! —rugió uno.

Josselin no entendía. Se mantuvo alejado del grupo y fue hacia un rezagado que no parecía tan hostil.

—¿Qué quieres? —preguntó el hombre.

—¿Qué ha sucedido en la ciudad?

—¿Bromeas? ¿Dónde has estado toda la noche?

—Tuve que ayudar en el *infirmarium* —mintió Josselin—. No me he enterado de nada.

—Si estabas con los enfermos no puedes estar aquí. —El flagelante retrocedió—. Mantente lejos de mí.

—Me vuelvo enseguida. Primero tengo que saber qué ha pasado. ¿Habéis limpiado bien la judería?

El hombre no respondió la pregunta.

—Benedictus ha muerto —dijo en vez de eso.

—¿Qué?

—Tu fino hijo lo ha matado.

Josselin compuso una sonrisa torcida.

—Me estás tomando el pelo, ¿verdad, hermano?

—¿Quieres que te dé un consejo? No vuelvas a la Nueva Jerusalén. Ya no eres bienvenido en ella. —El hombre se marchó.

Josselin se pasó varias veces la mano por la tonsura. No podía creer todo aquello. Volvió junto a los otros y les contó lo que le habían dicho.

—Eso no puede ser —dijo César—. Se ha permitido gastarte una broma.

—Entonces, ¿por qué los otros me insultaron y tiraron barro? —repuso Josselin.

—Tenemos que preguntar en la ciudad. —Amédée despertó a los criados, que se habían tendido a dormir al pie del tilo de la justicia.

Los guardias los detuvieron en la puerta.

—Solo podéis entrar en Varennes si venís conmigo al ayuntamiento a jurar lealtad al nuevo gobierno de los gremios —dijo a César y Amédée.

—¿No tiene ahora Varennes otras preocupaciones? —preguntó ásperamente César.

—Una orden es una orden.

Amédée sacó un florín.

—¿No se podría hacer una excepción?

El guardia miró la moneda de oro y luchó consigo mismo, pero no demasiado tiempo.

—Yo no os he visto.

Amédée le puso la moneda en la mano y el guardia los dejó pasar. Dentro, Josselin y los dos consejeros hicieron que tres de sus criados les dieran sus mantos y se calaron las capuchas, para el caso de que se encontraran a otros representantes de la autoridad o a flagelantes sedientos de venganza.

El mercado de la sal estaba casi desierto. Había por todas partes antorchas tiradas y jarras rotas. Se escurrieron por una calle lateral y observaron la puerta de la judería.

—Voy a entrar —decidió César.

—¿No deberíamos permanecer juntos? —preguntó Josselin.

—Solo uno llama menos la atención. —Su hijo cruzó corriendo la plaza.

La rue des Juifs era un campo de ruinas. Habían echado abajo las puertas, volcado los carros y los puestos de venta y untado las paredes con sangre de cerdo. Por el suelo había sillas rotas, libros desgarrados y otros objetos que, en su furia, la chusma había tirado por las ventanas.

César no vio cadáveres. ¿Habrían reunido a los judíos en algún sitio y los habrían asesinado allí?

Oyó voces y se escondió en el estrecho callejón que había entre la sinagoga y la casa del rabino Baruch. Un carro pasó traqueteando por el cruce, tirado por dos criados. Detrás iban Théoger Le Roux y varios hombres armados. Al parecer, se habían pasado toda la noche saqueando la judería y habían acumulado un rico botín: en los carros había arcas, volúmenes de valiosa encuadernación, candelabros de plata de varios brazos.

Mientras el grupo pasaba por la calle, César observó a Théoger, que parecía muy satisfecho. Probablemente el obeso patricio estaba preguntándose en ese momento cuántas fincas y casas de judíos asesinados iban a tocarle a él. El estómago de César se contrajo. Él había llevado antaño esa normativa al Consejo y la había impuesto en contra de la resistencia de sus críticos. Sin él, era muy posible que Théoger nunca se hubiera puesto de parte de Luc.

Tenía parte de culpa de los acontecimientos de aquella noche.

César tragó saliva con dificultad. Después de que Théoger y su gente salieran de la judería, se asomó a la sinagoga. El templo había sido saqueado y devastado. Igual que la farmacia. No encontró muertos en ninguno de los dos edificios.

¿Dónde diablos estaba Adrien?

Salió al cruce y vio un cadáver tendido a la entrada de la mikvá. No era un judío, sino un joven oficial de carpintero al que conocía de vista. Cuando se acercó más, comprobó que el hombre no estaba muerto en absoluto. Apoyaba la espalda en el marco de la puerta, abrazaba una botella vacía y roncaba de manera audible.

César lo abofeteó. El oficial abrió los ojos y lo miró aturdido. Apestaba a cerveza y a orina.

—¿Adónde habéis llevado a los judíos?

El carpintero parpadeó. No parecía reconocerlo. César no sabía decir si era por su barba enmarañada y el cabello enredado, o por la borrachera de aquel tipo.

—A ni'gún *sizio* —farfulló.

—¿Qué significa eso?

—Todos esos e'venena'ores habían desap'recido. Como si se hubieran disuelto en el aire.

—¿Ya no estaban aquí cuando llegasteis?

—Eso he dicho.

El tipo carraspeó y escupió. Luego quiso levantarse, pero César le puso las manos en los hombros y apretó hacia abajo.

—Entonces ¿no mataron a judíos?

—Solo a los de la sala de baile. Pero esos ya tenían un pie en el otro mundo. —El oficial sonaba defraudado, como alguien a quien han arrebatado el disfrute empleando un truco miserable.

—¿Cuántos eran?

Los ojos del joven se iban despejando poco a poco.

—¿A qué vienen tantas preguntas?

—Limítate a responderlas.

—Diez, doce quizá. No los conté.

César respiró hondo. Una docena de judíos asesinados. Era espantoso, sin duda. Pero ni aproximadamente tan malo como si hubieran exterminado a toda la comunidad.

—¿Es cierto que Luc está muerto?

—Se llama Benedictus.

—¿Está muerto o no?

—Más muerto no se puede estar. Un virote de ballesta en mitad del cuello. Vi cómo se lo llevaban.

—He oído que Adrien Fleury lo hizo.

—Sí, fue él. —El oficial miró fijamente a César—. ¿No eres tú su hermano?

—Te confundes. ¿Dónde está él ahora?

—Creo que iban a exponerlo en la catedral.

—Me refiero a Adrien Fleury.

—En la Torre del Hambre, supongo.

El oficial se levantó, vacilante, y esta vez César no se lo impidió. El joven se frotó el rostro pastoso, se palpó el sayo como si hubiera olvidado algo importante y se fue de allí.

Los judíos desaparecidos… Luc muerto… Adrien en la mazmorra… César movió la cabeza desconcertado. En cualquier caso, ya nada podía hacer en la judería. Volvió rápidamente con los otros y contó lo que había averiguado.

—Entonces es cierto. —Josselin se persignó—. Señor, protege a mi hijo.

—¿Cómo lo han conseguido los judíos? —preguntó Amédée.

—No tengo la menor idea —respondió César—. Pero por el momento no podemos hacer nada por ellos. Tenemos que ayudar a mi hermano. Lo van a matar, y pronto. —Salió al mercado de la sal.

—¿Adónde vas? —preguntó Josselin.

—A la Torre del Hambre. A averiguar si Adrien está realmente allí.

—¡A la rueda con él! ¡Matadlo!…

Adrianus abrió, parpadeando, los ojos legañosos. Yacía en un suelo frío; la mitad derecha de su rostro estaba pegada a una losa de piedra.

Sentía la lengua hinchada y afieltrada. Tenía una sed ardiente.

¿Qué era ese griterío?

Apoyó las manos en el suelo de piedra y trató de levantarse. El dolor se avivó en una docena de lugares de su cuerpo, en algunos sordo y latente, en otros agudo y arrasador. Se desplomó de nuevo, gimiendo, sobre las losas de piedra. Tan solo consiguió volverse de espaldas.

Parpadeó otra vez.

Una oscura estancia con un húmedo techo abovedado, con tiras de moho y salitre pegadas. Una estrecha aspillera dividida por una oxidada barra de hierro. De allí venían los gritos.

—¡Asesino! ¡Asesino! ¡Castigadle!

Había disparado contra Luc. Lo había matado.

Poco a poco, volvió a acordarse de todo. La sala de baile. Los enfermos. La chusma furiosa. Su último pensamiento había sido que lo iban a hacer pedazos.

Bueno, estaba claro que no había ocurrido. Aún vivía. Al menos de momento.

Abrió la boca y saboreó vómito. La sed ardía como ácido en su garganta. Adrianus volvió la cabeza. Un catre, un poco de paja putrefacta en el suelo. Miró al otro lado. Un cubo que apestaba a excrementos. A su lado una vasija.

Apretó los dientes e incorporó el torso. Enseguida, todo empezó a dar vueltas. Se forzó a respirar con tranquilidad hasta que el mareo cedió. Luego cogió la jarra y bebió.

Agua estancada. Y sin embargo, más sabrosa que el mejor vino.

Dejó la jarra y volvió a tumbarse.

El griterío se aplacó un poco, antes de batir tanto más iracundo contra su prisión.

Adrianus cerró los ojos.

César y sus acompañantes no llegaron hasta la Torre del Hambre. Varios cientos de flagelantes tenían sitiada la cárcel de la ciudad, agitaban los puños y rugían pidiendo la sangre de Adrien. De no ser por los guardias armados hasta los dientes que había delante de la puerta, probablemente habrían asaltado la torre.

César alzó la vista hacia las aspilleras enrejadas y se pasó la mano por la barba. Quizá había algo que pudiera hacer. Pero antes tenía que conocer las circunstancias exactas de la muerte de Luc. Cada detalle podía ser decisivo.

—Ahí —dijo Josselin—. ¿No es el viejo maestro de Adrien? Quizá pueda ayudarnos.

Fueron hacia el maestro Jacques, que estaba al borde de la multitud y se apoyaba en su bastón. El viejo cirujano los saludó con una inclinación de cabeza. Parecía preocupado.

—¿Qué piensan hacer con Adrien?

—Quiere' poner al pob'e muchacho en la rueda. Esta tarde mi'ma.

El griterío no hacía más fácil entender al anciano.

—¿Qué pasó exactamente en la judería? —preguntó César.

—Dicen que at'aveso el cuello a Luc si' motivo alguno. To'terías, si queréis saber lo que pie'so. El chico nu'ca haría una cosa así. Quería p'oteger a los e'fermos de la sala de baile.

—¿Qué enfermos?

—Los casos contagiosos, que hay que aislar —explicó Josselin—. Los judíos los llevaron a su sala de baile.

—Tenemos que hablar con Théoger —dijo César—. Es el único que puede ayudarnos.

—Lo dudo mucho —repuso Amédée—. Ayudó a asesinar a Bénédicte y a deponer al Pequeño Consejo. Ya no somos sus amigos.

—No creo que albergue un rencor personal hacia nosotros. Ese hombre es ante todo un oportunista. Ha conseguido lo que quería. Que Luc haya muerto debe de preocuparle poco.

—Yo no estaría tan seguro.

—Tenemos que intentarlo —insistió César—. No veo otro camino.

Amédée titubeó, luego asintió.

—Está bien.

—Deja'me ir co' vosot'os —farfulló Jacques—. Ahora el chico necesita cua'quier amigo que pueda e'co'trar.

Volvieron a la Grand Rue. Todo Varennes parecía haber sucumbido a la locura. Los flagelantes iban por doquier maldiciendo a Adrien, deseando que fuera a parar al más profundo círculo del infierno. Había gente que lloraba implorando a Dios que no les castigara por el cobarde asesinato de Benedictus. Otros a su vez no se preocupaban de Luc y Adrien. Bebían cerveza, entonaban cánticos antisemitas y se jactaban de los tesoros que habían robado a los judíos.

—Os diré dónde están —explicaba un hombre con voz beoda a sus amigos—. Debajo de la sinagoga se abrió una de las bocas del infierno. Bajaron por ella, y ahora están sentados a los pies del diablo y beben sangre de cristianos. Pero en algún momento ni siquiera Satán podrá seguir soportando a esa apestosa chusma hebrea. ¡Cuando los eche, nos atacarán y nos matarán a todos!

César intercambió una mirada con Amédée. Ya no reconocían su ciudad.

Lo peor estaba en la plaza de la catedral. Innumerables personas se apiñaban delante del templo y trataban de entrar en la iglesia repleta. Amédée ordenó a un criado que echara un vistazo. Aquel hombre fornido se abrió paso por entre la multitud y volvió poco después. Dijo que habían expuesto a Luc en el altar, como si fuera un mártir. La gente rezaba a centenares ante el cadáver.

—Sobre todo los flagelantes están furiosos de pena. Sedientos de venganza. Matthias también está allí. Y la hija del alcalde.

—¿Louise Marcel? —César frunció el ceño—. ¿Qué se le ha perdido allí?

—Está arrodillada junto al cadáver y se ha arañado el rostro.

—¿Así que también sucumbió a ese tipo?

El rostro de Josselin se ensombreció.

—Es mucho peor aún. Luc sedujo a esa pobre muchacha y la instigó a prácticas monstruosas. Lo vi con mis propios ojos. Incluso metió su miembro en...

—No quiero oír eso, padre —le interrumpió César.

—Fue espantoso —prosiguió Josselin—. Pero al menos me abrió los ojos.

—Antes era imposible darse cuenta de que Luc es un monstruo. Sus sermones, su odio a los judíos, el hecho de que casi te matas por su culpa... ¿Quién hubiera podido advertirlo?

El anciano parecía malhumorado.

—Demos gracias a Dios de que Bénédicte no tenga que ver esto —dijo Amédée.

—Observé otra cosa —dijo Josselin—. No sé si ayudará, pero vi que Matthias enterraba un saco en el bosque.

—¿Qué había en él? —preguntó César.

—No lo sé. Pero podemos ir a ver.

—En verdad tenemos otras preocupaciones. Amédée y yo vamos a ir a ver a Théoger. Tú irás a nuestra casa y esperarás allí.

—¿Por qué no puedo acompañaros? —preguntó Josselin.

—Porque no cabe descartar que Théoger nos juegue una mala pasada. Si eso ocurre, quiero que estés a salvo y puedas ayudarnos —respondió César dándole la clave.

—No aflojes hasta que haya prometido ayudar a Adrien.

Josselin se marchó.

César y Amédée fueron a casa de Théoger; Jacques los siguió sin que se lo pidieran. César aporreó la puerta principal, que estaba tan cerrada como la del patio.

—Théoger, ¿estáis ahí? Dejadnos entrar.

Nada se abrió.

—Quizá esté en el ayuntamiento —conjeturó Amédée.

De pronto la puerta se abrió crujiendo y un criado asomó la cabeza.

—Solo vosotros tres —dijo—. Los criados esperarán fuera.

César, Amédée y Jacques entraron en el túnel en penumbra que llevaba al patio trasero de la casa. El criado corrió el cerrojo y los contempló receloso.

—¿Estáis enfermos?

—Sanos como una manzana —respondió César—. Los tres.

—Aun así tengo que registraros.

El criado los palpó a conciencia. Al no encontrar síntomas de la plaga, los llevó hasta una puerta abierta en la pared lateral del pasadizo y subió una escalera con ellos.

Théoger estaba sentado en la sala y cortaba un trozo de carne. Tenía la barba brillante de grasa. Delante de él había selectas viandas y una copa de plata con vino del sur. A sus pies yacía un perro que miraba hostil a los visitantes.

—No deberíais estar aquí —dijo sin una palabra de saludo—. ¿Cómo habéis entrado en la ciudad?

—No estamos aquí para reclamar nuestros asientos en el Consejo —repuso César—. Necesitamos vuestra ayuda.

Entretanto, Jacques se dejó caer gimiendo en un banco y cruzó el bastón sobre los muslos.

—¿Os he dado permiso para sentaros? —le increpó Théoger.

—¿Es que u' viejo ya no puede cuidar sus pod'idos huesos?

Théoger dejó hacer a Jacques y miró fijamente a los dos patricios.

—¿Ayuda en qué?

—Adrien. Tenéis que evitar la ejecución.

Théoger se metió una tira de carne en la boca, la mascó y escupió un cartílago, que tiró al perro.

—¿Por qué iba a hacerlo? Ha matado al alcalde, ¿no? —Lanzó un resoplido que podía ser una risa, antes de volver a dedicarse a la comida.

59

Léa se frotó los cansados ojos. No había dormido en toda la noche y estaba tan agotada que cada movimiento le costaba trabajo. Pero no podía descansar. Había mucho que hacer.

La comunidad acampaba en una antigua cantera, que no se utilizaba desde hacía generaciones. Maleza y plantas trepadoras cubrían los escarpados riscos de piedra arenisca, altos como edificios. Espesas hayas y robles, entre los que crecían zarzales y helechos, rodeaban el claro. En el límite norte del bosquecillo vivían algunos carboneros y leñadores, pero no se acercaban por allí. Era un buen escondite. Allí podían quedarse algunos días sin temor a ser descubiertos.

Nadie sabía adónde irían entonces y si iban a volver a la ciudad alguna vez. Por el momento, lo único que contaba era la pura supervivencia.

Habían encendido varios fuegos en el prado y cocinaban para toda aquella gente agotada mientras Haïm y los suyos plantaban sencillas tiendas. Los enfermos yacían bajo una carpa. La precipitada huida los había dejado agotados, y el estado de algunos había empeorado visiblemente. Léa se ocupaba con todas sus fuerzas de ellos. Por desgracia, ya se veía que las medicinas que había llevado consigo no durarían mucho. Nadie había pensado en dejar antes una reserva en el bosque.

Léa tenía que trabajar sola. Su padre estaba ocupado en ir de familia en familia brindando consuelo y rezando oraciones. Cuando Léa terminó su labor por el momento, lo llevó aparte.

—¿Cómo está Judith?

—Ha dejado de hablar.

Léa miró de reojo a su tía, que repartía sopa de una marmita. Incluso a esa distancia podía distinguir que el rostro de la mujer rubia estaba como petrificado.

—¿Quién puede reprochárselo? Primero Esra y Zacharie, ahora Solomon...

—No sabemos si Esra y Zacharie están muertos.

—Tenemos que mirar de frente a los hechos. No van a volver.

—Ah —dijo entristecido Baruch—. A veces me cuesta trabajo reconocer el plan de Dios. He estudiado cientos de escritos y no entiendo qué sentido tiene todo este sufrimiento. —Movió la cabeza y se dispuso a irse. Ella le puso la mano en el brazo.

—¿Puedes ir luego a ver a los enfermos? Yo tengo que irme.

—¿Adónde vas?

—De vuelta al barrio. A averiguar qué ha sido de los enfermos de la sala de baile. Y a buscar a Adrianus —añadió titubeante.

—Es demasiado peligroso. Además... No me gusta decirlo, pero probablemente haya muerto. Y la gente de la sala de baile también. —La observó casi disculpándose—. Tú misma has dicho que tenemos que mirar de frente a los hechos.

—«Probablemente» no me basta. Tengo que saberlo. De lo contrario no encontrará reposo. ¿Qué pasa si ha sobrevivido a esta noche, pero necesita con urgencia mi ayuda?

Se arrancó de la ropa la marca amarilla, la tiró al suelo y la pisoteó. Aquello le dio una sensación de satisfacción muy bienvenida.

—Léa, mi pequeña...

—No intentes disuadirme.

—Le quieres, ¿verdad? —preguntó él en voz baja.

—Sencillamente tengo que averiguar qué ha pasado. No digas a los demás adónde he ido.

Cuando nadie miraba hacia ellos, se escurrió en la espesura entre las hayas.

Salió del bosque por el sur y describió un arco en torno a granjas y prados mientras se dirigía hacia el río. Durante la noche, habían subido los botes por el terraplén y los habían escondido entre los juncos, frente al puerto fluvial. Léa se agachó y observó la ciudad baja, y la ciudad nueva a su derecha. Si pasaba por ese lado, la verían con toda seguridad. Trató de arrastrar por el prado el más pequeño de los botes, pero a los pocos pasos se dio cuenta de que era demasiado agotador. Nunca lograría llevarlo hasta un sitio que no se pudiera ver desde Varennes.

Además, no necesitaba un bote. Hacía suficiente calor como para nadar.

Fue hacia el sur hasta perder de vista los muros de la ciudad y la picota. Cerca había una granja, que parecía abandonada. Varias vacas y ovejas se pudrían en los prados. Léa descendió por el terraplén de la orilla, se quitó los zapatos y el vestido y bajó al río en ropa interior. El agua estaba más fría de lo que esperaba. Apretó los dientes y se sumergió hasta los hombros. Había envuelto los zapatos en la ropa, que llevaba enrollada sobre la cabeza mientras hacía movimientos natatorios con las piernas. La ropa interior colgaba pesadamente de su cuerpo, y a punto estuvo varias veces de sumergirla. Avanzaba con lentitud, y la corriente la llevaba hacia la ciudad. Cuando por fin alcanzó la otra orilla, ya estaba por debajo del dique que limitaba los terrenos de la feria.

Arrojó sus cosas al terraplén, se encaramó a los guijarros y descansó un momento. Al menos, el agua fría había ahuyentado el plúmbeo cansancio de sus miembros. Se quitó la ropa interior mojada, la dejó sobre las piedras y se puso el vestido.

Oyó ruidos que venían del campamento de los flagelantes. No se veía a nadie.

Utilizando el dique como cobertura, fue hacia la ciudad. Cuando estuvo segura de que no había guardias en los adarves haciendo la ronda en torno a la judería, se escurrió hacia el cobertizo de los botes y trepó por la rampa. Avanzó de rodillas por el túnel. La estantería aún estaba en su sitio. Así que no habían encontrado el agujero. «Bien», pensó. Si los cristianos no sabían cómo habían escapado los judíos, no encontrarían tan pronto su escondite.

Léa giró trabajosamente dentro del angosto pasadizo, hizo palanca contra el mueble con los dos pies y lo desplazó. Se movió... y algo se rompió con estrépito. Su corazón pareció detenerse un instante. No oyó voces excitadas, ni pasos, nada más que el silencio. Siguió empujando y salió con los pies por delante por el agujero.

Adrianus había puesto platos y vasijas en la estantería para disimular mejor el túnel. Una de las piezas se había caído y roto. Léa se levantó, volvió a empujar la estantería delante del agujero y miró a su alrededor. La casa estaba devastada; alguien había roto las sillas y volcado la mesa. Pero, como Ruth había sido una mujer pobre, los saqueadores pronto habían advertido que allí no había gran cosa que rascar y se habían ido. Con toda probabilidad por eso no habían descubierto el túnel.

Se asomó por la aspillera antes de abrir la puerta. El callejón estaba desierto y saturado de muebles rotos y toda clase de desperdicios. Léa se deslizó a lo largo de las casas saqueadas y los muros manchados de sangre de cerdo y se preparó en su interior para correr de vuelta al túnel a la menor señal de peligro. Pero la judería parecía totalmente abandonada.

Oyó gritos a lo lejos. No necesitaba ver el centro de la ciudad para saber qué estaba pasando allí: un hirviente caldero de brujas, lleno de odio y ansia asesina. Léa había pensado buscar el cadáver de Solomon. Desechó esa idea. Ir a la plaza de la catedral sería un suicidio.

Fue hacia la sala de baile y se preparó para una visión espantosa. Lo que encontró superó sus peores expectativas. Los enfermos habían sido bestialmente asesinados. No podía imaginar qué clase de furia se había desatado allí. Habían aplastado cráneos con mazas y hendido pechos a base de hachazos. Se cubrió la boca con la mano, el horror la dejaba casi sin respiración.

«¿Quién puede hacer una cosa así? ¿Quién puede matar a personas indefensas que de todas maneras iban a morir poco después?»

Con cuidado, para no entrar en contacto con la sangre, examinó los cadáveres y dio la vuelta a algunos con el pie.

Adrianus no estaba entre ellos.

Pero eso no significaba absolutamente nada.

«Tenemos que ser realistas», había dicho su padre.

Se aferró a la idea de que quizá él se había dado cuenta de que no podía proteger a los enfermos y se había escondido en alguna parte. Registró con rapidez la panadería y las casas de los alrededores.

Ni rastro de Adrianus.

Se atrevió a ir hasta la mikvá y la sinagoga, y buscó allí, igualmente sin éxito. La biblioteca del templo estaba devastada. El Talmud y los otros libros yacían pisoteados y quemados por el suelo... una monstruosa blasfemia que la horrorizó casi tanto como la masacre de la sala de baile.

Sin perder de vista la puerta, entró en la farmacia. También allí había rugido la chusma. Los saqueadores habían vaciado las estanterías y tirado al suelo todo aquello con lo que no sabían qué hacer. Habían destrozado el mostrador con un hacha, presas de una furia insensata. En los pisos de arriba las cosas eran igual de graves. Los escritos de Baruch habían sido despedazados y yacían dispersos por el estudio. Habían robado todo lo que valía más que un plato de hojalata.

Su existencia había quedado aniquilada, incluso si sobrevivían a aquel tiempo terrible.

Se sentó en el último banco intacto, se frotó los ojos ardientes y trató de reflexionar.

«¿Adónde podría haber ido Adrianus?

»¿Qué habría hecho yo en su lugar?»

Théoger no les ofreció nada de comer y no los invitó a sentarse.

—¿Sabíais que Adrien iba a estar acechando a Luc? —preguntó—. ¿Estabais quizá detrás?

—No conocía nada. Es la primera vez que vengo a la ciudad desde hace semanas, y hace mucho que no estoy en contacto con mi hermano.

—Y entonces ¿por qué habéis venido?

—Amédée y yo queríamos echar un vistazo a nuestras casas —mintió César.

—¿No tendrá por casualidad algo que ver con los judíos? —Théoger los miró fijamente con sus ojillos de cerdo—. ¿Sabéis incluso dónde están?

—Estamos tan en la ignorancia como vos... Tenéis mi palabra —afirmó Amédée—. Como hemos dicho, lo único que nos importa es el hermano de César.

El obeso patricio los apuntó con un dedo cubierto de anillos.

—Para que quede claro: ya no tenéis nada que decir en esta ciudad. Ahora el ayuntamiento nos pertenece a mí y a los maestres.

A César le costó mucho trabajo ocultar su ira hacia ese hombre.

—Lo aceptamos, con tal de que nos ayudéis a salvar a mi hermano. Os lo ruego: acompañadme al ayuntamiento y convenced a los maestres de que aplacen la ejecución.

Théoger apartó la carne, cortó una manzana con un cuchillo guarnecido con perlas, la peló y se metió un trozo en la boca.

—Eso es del todo imposible —dijo sin dejar de masticar—. Mientras la plaga haga estragos en la ciudad, no voy a salir por esa puerta.

«A no ser para saquear a los judíos», pensó César.

—¿No participáis en las reuniones del Consejo? —preguntó Amédée.

—Solo cuando es absolutamente imprescindible. Quizá deje Varennes. Ya llevo demasiado tiempo aquí. Cada día es un riesgo. —Otro trozo de manzana desapareció en la carnosa ranura de su boca.

Entretanto, César ya tenía una idea aproximada de lo que había movido a Théoger a quedarse en Varennes, a diferencia de los demás patricios. Debía de haber previsto la evolución de las pasadas semanas —la disminución del poder de Bénédicte, el derrocamiento, el nuevo ataque a los judíos— y había decidido de antemano explotarla. Lo había conseguido. Se había asegurado un sitio en el nuevo gobierno de la ciudad y enriquecido a costa de los judíos. Ahora podía ponerse a salvo y esperar tranquilamente. César casi le admiraba. Aquel hombre era como una gota de grasa: pasara lo que pasase, él flotaba encima.

—Por favor —dijo—, concededme una hora de vuestro tiempo, no pido más. ¡Por Dios, todos somos patricios, tenemos que apoyarnos!

—La respuesta es no. —Théoger sirvió vino y rascó la cabeza del perro.

—¡Ya ba'ta! —tronó Jacques, y golpeó el suelo con el bastón—. En aquella ocasión el muchacho y yo casi nos ar'uinamos la e'palda cua'do teníais que ir a los baños y no podíais moveros de dolor. ¿Se quejó el muchacho? Ni una palab'a dijo. Lo hizo para ayudaros. ¿Y vos no queréis ir al ayu'tamie'to a salva'lo del ve'dugo? Por los huesos amarille'tos de sa' Ja'ques, esta noche rezaré po'que el diablo dispo'ga un i'fie'no e'pecial para los coba'des como vos.

Théoger pareció ir a aplastar la copa, de tal modo apretó el cáliz de plata. Resopló sin mirar a ninguno de ellos.

—Quiero la casa de campo —dijo al fin.

—¿Mi casa de campo a cambio de ir conmigo al ayuntamiento? —preguntó César—. Eso es absurdo.

—O me la dais, o vuestro hermano tendrá esta noche una cita con el verdugo.

—Mi familia está enterrada allí.

—Trasladadla. Tenéis una hermosa cripta familiar.

César rechinó los dientes. Apretó los puños, volvió a abrirlos y repitió el proceso varias veces.

—Es vuestra.

—Amédée, maestro Jacques, podéis atestiguar que César acaba de poner a mi nombre su finca —dijo y, con estas palabras, Théoger se levantó del sillón.

Los criados de Amédée y varios hombres armados los acompañaron al ayuntamiento. Ya en la escalera oyeron que en el Gran Salón estaba teniendo lugar una acalorada sesión.

—No puedo prometeros nada. —Théoger subía resoplando un peldaño tras otro—. Ya sabéis cómo son los artesanos. Si tienen la impresión de que los patricios reclamamos privilegios especiales, todo se irá al garete.

La puerta de la sala del Consejo estaba abierta. Los maestres estaban sentados a la mesa y discutían quién debía convertirse en el nuevo alcalde ahora que Luc no estaba. Algunos no conocían a César. Al parecer, varios maestres habían muerto a causa de la plaga, y entretanto los gremios habían elegido a otros nuevos.

Cuando los hombres vieron a Théoger, enmudecieron.

—El hermano Théoger se rebaja a asistir a una sesión del Consejo —observó uno—. ¿Qué será lo próximo? ¿Resucitará Benedictus de entre los muertos?

—No se bromea con tales cosas —le riñó otro.

Entonces observaron a Amédée y César y se pusieron en pie, furiosos.

—¿Qué buscan esos aquí? —gritó el maestre del gremio de canteros, albañiles y tejadores—. ¡Los guardias de las puertas ni siquiera deberían haberles permitido entrar en la ciudad!

—Tenéis que jurar fidelidad enseguida al gobierno de los gremios —exigió el cabeza de los panaderos y confiteros—. U os arrojaremos a la Torre del Hambre.

—Juraremos lo que queráis —dijo César—. Lo principal es que sea rápido.

El dirigente de los sastres, que como maestre más antiguo dirigía la sesión, sacó una Biblia y exigió a César y Amédée que pusieran la diestra sobre ella.

—Repetid conmigo: «Reconozco sin restricción alguna al gobierno de los gremios y declaro que ostenta, junto al rey, la única soberanía legítima en Varennes Saint-Jacques. Además, renuncio a todos mis cargos públicos, juro lealtad a los consejeros presentes y prometo que ni yo ni nadie de mi linaje volverá a aspirar nunca a un cargo político en esta ciudad».

César y Amédée prestaron el juramento deseado.

—Si rompéis vuestro juramento, lo pagaréis con la muerte —les advirtió el cabeza de los sastres.

—¿Puedo ahora presentar mi petición? —preguntó César.

Los hombres asintieron a regañadientes. Era evidente que no se fiaban ni un pelo de él ni de Amédée.

—Hablo en favor de mi hermano Adrien, que se encuentra en la Torre del Hambre y va a ser castigado con la muerte. Os solicito que aplacéis la ejecución. Adrien proviene de una prestigiosa familia y ha hecho mucho por esta ciudad y sus habitantes. Tiene derecho a un juicio justo, en el que se oiga a los testigos y se aclare con exactitud por qué mató a Benedictus.

—¿Qué hay que aclarar? —repuso el jefe de los canteros—. Más de una docena de personas vieron cómo atravesaba el cuello al alcalde con un virote. Será puesto en la rueda por ello. Así lo quiere la ley.

—¿Fueron esas personas correctamente interrogadas? ¿Se tuvo en cuenta si Adrien actuó en defensa propia?

—¿Defensa propia? —se indignó el maestre de los tejedores, bataneros y tintoreros—. ¡Fue un crimen cobarde, a sangre fría! Uno de los míos estaba justo al lado cuando vuestro fino hermano apretó la llave. Lo atestiguó ante mí.

Amédée ya no pudo contenerse.

—Un hombre que ayudó a tirar por la ventana al alcalde Marcel no debería llenarse la boca cuando se trata de acusar de asesinato a otro.

—¿Os atrevéis a llamarme «asesino»? —El cabeza de los tejedores enrojeció—. ¡Hemos liberado a la ciudad de un tirano! ¡De un saqueador y un saco de especias que había desatendido su deber!

Amédée se aprestaba a darle una dura réplica, pero César le pidió con una mirada que se contuviera. Acusar a esos hombres de su crimen podía resultar satisfactorio, pero con eso iban a hacerle un flaco servicio a Adrien.

—Ayudadnos de una vez —invitó en voz baja a Théoger.

El obeso consejero se adelantó. Era imposible no ver que no sentía nada más que desprecio hacia los ilustres maestres de los gremios. Porque, a pesar de todo, Théoger era un patricio, un aristócrata, que miraba de forma condescendiente a los artesanos y al que no le gustaba que un miembro de una venerable estirpe quedara expuesto para bien o para mal a aquellas gentes.

—Me han dicho que Adrien quería proteger a aquellos judíos enfermos. Se puede pensar de eso lo que se quiera, pero es una forma de defensa propia.

—Yo lo veo de modo parecido —dijo el maestre de los herreros y coraceros—. Hasta ahora solo sabemos de oídas lo que pasó en la sala de baile. Además, me permito recordar que el maestro Adrianus ha curado a muchas de nuestras gentes de sus heridas y enfermedades. Debería contar con un juicio justo y que se le oyera ante el tribunal.

No pocos maestres estuvieron de acuerdo, por lo que estalló una acalorada disputa. Finalmente, los partidarios de Théoger se impusieron. Convencieron a los demás de que aplazaran la ejecución y examinaran primero el caso a fondo.

—Agradezco al Consejo su sabiduría —declaró César.

—Os digo una cosa —dijo el maestre de los tejedores, que no estaba en absoluto de acuerdo con esta decisión—. Los flagelantes no lo aceptarán. Huelen la sangre. Si se les impide esto demasiado tiempo, lo harán pedazos todo.

—No son los flagelantes los que determinan la ley y el derecho en esta ciudad —repuso el maestre de los matarifes—. Si perturban la paz, sentirán las consecuencias.

—¿Y cómo, si se me permite preguntarlo? —terció otro de los maestres—. Combatir a esa horda con unos pocos guardias es como intentar defenderse de una manada de lobos con un mondadientes. Marcel lo sabía. Por eso los dejó en paz.

—Los flagelantes no son ninguna «horda» —dijo indignado el maestre de los canteros—. Son humildes penitentes que nos garantizan el amor de Dios. Además, hay que recordar que entre ellos se encuentran no pocos de nuestros hermanos.

Volvió a inflamarse la disputa. César, Amédée, Théoger y el maestro Jacques aprovecharon la oportunidad para retirarse. Uno de los maestres gritó a Théoger que hiciera el favor de quedarse y tomara parte en la reunión. Este le ignoró.

—¿Satisfecho? —preguntó en la escalera.

—Hemos ganado tiempo —repuso César—. No podía esperar más.

—Aprovechadlo bien.

Théoger saludó con una inclinación de cabeza y se fue. Sus hombres le protegieron de las masas humanas en la plaza.

—No sé quién es peor —murmuró Amédée—. Luc o él.

—Ojalá la gota le ap'iete bie' e'ta noche —farfulló iracundo Jacques.

—Al menos nos ha ayudado —dijo César—. Venid. Vamos a ver a mi padre.

Josselin había visto muchas cosas indignantes en su larga vida. Pero lo que ocurría en casa de su familia las superaba todas.

Había ido hasta la puerta delantera y había querido abrirla, solo para constatar que la habían roto con violencia. No tuvo que buscar mucho tiempo a los malhechores: se habían instalado en la casa. Eran mendigos, jornaleros y otros indignos, y sumaban más de una quincena. Se habían acomodado en el salón y en los otros aposentos, estaban tirados por los bancos y se bebían el vino que había dejado César. La chusma festejaba el saqueo de la judería, en el que más de uno se había apropiado de un anillo de plata o un hermoso collar.

Josselin se quedó de pie en el pasillo, observando horrorizado el espantoso trajín. La mujer desdentada que bailaba borracha en la cocina… ¿no llevaba uno de los vestidos de Hélène? También los otros habían sacado caras vestimentas de los arcones y se las habían puesto encima de los harapos. Se movían vanidosos como patricios y aristócratas, aunque Dios les había asignado un lugar abajo del todo en el orden cristiano.

Un hombre de cara colorada fue tambaleándose hacia él. El tipo se había puesto una de las túnicas de César, una escogida pieza azul que había manchado de vino y restos de comida.

—¡Bebe con nosotros, viejo! —cacareó alegremente—. ¡Hay suficiente para todos!

—¡Eso no es tuyo! —Josselin le quitó la jarra de vino de las manos—. Y esa ropa tampoco. ¡Quítatela enseguida!

—Oblígame tú, enano. —El tipo rio, le dio un empujón y recuperó la jarra, antes de volver dando tumbos a la sala junto a sus compañeros.

Josselin se plantó en la puerta.

—Esta casa pertenece a César Fleury, honrado consejero y mercader. ¡Abandonadla en el acto y devolved esas ropas robadas!

—Y si no… ¿qué? —se burló uno de los borrachos—. El nuevo Consejo sabe desde hace días que estamos aquí, y le importa una mierda.

—¡El viejo orden ha muerto! —gritó la mujer desdentada—. Al diablo con los sacos de especias. ¡Ahora Varennes es nuestro!

Los otros jalearon alzando sus copas.

Josselin temblaba de ira.

—Dios os castigará por este atrevimiento.

—Hace mucho que lo ha hecho, viejo loco. Dentro de un mes, todos estaremos muertos. ¡Hasta entonces, festejemos!

Josselin volvió la espalda a los que se reían de él y se fue. Esperó delante de la casa.

—¿Te ayudó Théoger? —preguntó cuando César apareció al fin.

—La ejecución se aplaza. Adrien tendrá un juicio ordinario.

Josselin se santiguó aliviado y dio gracias al Señor.

—¿Por qué no estás dentro?

—Una chusma degenerada se ha instalado en tu casa. Llevan tu ropa y se beben tu vino.

El rostro de César se ensombreció. Abrió la puerta de golpe.

—No entres —advirtió Josselin—. Están borrachos y son violentos.

—¿Me ayudáis a echarlos? —se dirigió César a Amédée.

—Claro. —Los criados desenvainaron las armas.

—Son demasiados —dijo Josselin—. Podríamos resultar heridos. Deberíamos ocuparnos de eso más tarde, cuando estemos más preparados.

—Entretanto vayamos a mi casa —propuso Amédée.

También habían echado su puerta abajo. En los pisos superiores se oían risas.

—¡Al diablo! —gruñó Amédée, y entró con sus criados.

Josselin oyó voces indignadas. Algo se hizo pedazos con estrépito. Poco después Amédée regresaba con sus hombres. Tenía manchas de cerveza en la ropa.

—Lo mismo aquí —dijo malhumorado—. Mendigos y siervos por

toda la casa. Se comportan como paganos e incluso duermen en mi cama. Si mi mujer se entera...

Josselin vio de reojo que Jacques sonreía. Cuando miró al viejo cirujano, el gesto de este estaba mortalmente serio.

—En ve'dad —farfulló—. Es repu'na'te. Ya nada es sagrado para esa ge'te.

—Y el Consejo no hace nada para evitarlo. —Amédée movió la cabeza.

—Ya habéis visto a nuestro grandioso nuevo gobierno —dijo César—. Varennes se va al diablo, pero esos señores prefieren discutir quién va a ser el nuevo alcalde. —Miró a su alrededor—. ¿Qué hacemos ahora?

—Deberíamos quedarnos fuera el menor tiempo posible —dijo Amédée—. Solo es cuestión de tiempo que los seguidores de Luc os reconozcan a vos o a vuestro padre, a pesar de las capuchas.

—Os i'vitaría a mi casa —dijo Jacques—. Pero no te'go sitio.

—Iremos a casa de Adrien —decidió César—. Allí planearemos los siguientes pasos.

Evitaron la Grand Rue y fueron por los callejones al sur de la plaza de la catedral, donde apenas había unos cuantos flagelantes y mendigos.

—¿Sabes cómo vamos a sacar a Adrien de la mazmorra? —preguntó Josselin.

—Ya se me ocurrirá algo —respondió César.

Pero su rostro no parecía especialmente esperanzado.

60

L a puerta delantera de la casa de Adrien estaba cerrada.
—Intentémoslo por detrás —dijo César.

Había mentido a su padre. En realidad, no tenía ni la menor idea de cómo iban a poder proteger del verdugo a Adrien. Incluso si encontraban una prueba inequívoca de su inocencia, probablemente no le salvaría. Los seguidores de Luc querían su muerte, y el gobierno de los gremios era demasiado débil como para poner coto a las masas sedientas de sangre.

«Quizá deberíamos hacernos a la idea de que Adrien va a ser el primer Fleury que sea puesto en la rueda», pensó, sombrío, César mientras intentaba abrir la puerta trasera. Era muy posible que tuviera que violentarla.

Estaba abierta. Extraño. ¿Por qué Adrien no cerraba, en aquellos tiempos peligrosos?

Entraron en la consulta. César oyó ruidos y vio una figura que se deslizaba por la cocina. Llevaba una capucha que le ocultaba el rostro. Intentó apresurada abrir la puerta delantera. Maldijo cuando la llave resbaló entre sus dedos y cayó al suelo.

—¡Aparta las manos de esa llave! —tronó César—. Vuélvete lentamente.

La figura se giró de un golpe y le apuntó con un tembloroso puñal.

—Es Léa —dijo Jacques.

Ella se echó atrás la capucha, descubriendo sus abundantes rizos negros. Miró al viejo cirujano y pareció tranquilizarse un poco. Pero no bajó el puñal.

—No vamos a hacerte daño —aseguró César—. ¿Qué haces aquí?

Ella miró recelosa a Amédée y a los criados.

—Estoy buscando a vuestro hermano —respondió titubeando—. Pensaba que tal vez había vuelto aquí al ver que no podía hacer nada en la judería.

—¿Cómo has entrado en la casa?

—Hace mucho que tengo una llave. Yo le cuidaba, ¿os acordáis?

Jacques pasó ante él.

—No tie'es nada que temer de César y Amédée. Po' Dios, hija mía, e'toy ta' co'te'to de que e'tés viva…

Por fin apartó el puñal. El viejo cirujano y Léa se abrazaron entre lágrimas.

—Sie'to lo que os ha' hecho. Las pe'sonas que hace' esas cosas so' mo'st'uos.

La judía se secó el rostro con la manga.

—¿Sabéis dónde está Adrianus? —preguntó a César.

Él le contó en pocas palabras toda la historia. Ella se derrumbó en una silla, conmocionada.

—Estamos buscando una manera de salvarlo —dijo César—. Pero, si he de ser sincero: la cosa no tiene buen aspecto.

—¿Qué puedo hacer yo? —preguntó ella.

—Nada. No vayáis en ningún caso al centro. La gente ha enloquecido. Os matarían en el acto.

Ella guardó silencio unos instantes.

—¿Qué ha sido del cadáver de Solomon? ¿Adónde lo han llevado?

César miró a Josselin y Jacques.

—No lo sabemos. Preguntaremos.

—¿Adó'de ha ido tu ge'te? —preguntó Jacques, que también se había sentado a la mesa de la cocina—. ¿Cómo co'siguiero' hui'?

—Por desgracia no puedo decírtelo.

Léa apretó los labios. Parecía inmensamente cansada. César se preguntó un instante qué le unía a Adrien. ¿Eran una pareja de enamorados?

De pronto, ella se levantó y fue a la consulta, donde registró los estantes y metió en una bolsa las pocas medicinas que encontró.

—¿Qué pretendes? —preguntó César.

—Debo volver con mi gente. Tenemos enfermos que necesitan mi ayuda.

—De ninguna manera. Ahí fuera es demasiado peligroso.

—He logrado llegar hasta aquí sin ser vista.

—Puede que no tengas tanta suerte en el camino de vuelta. No salgas hasta que oscurezca. Es más seguro. Además, pareces necesitar un poco de descanso. A tu gente no le servirá de nada que te desplomes de agotamiento.

Léa reflexionó y terminó por asentir.

—Mi padre atenderá a los enfermos. Podrán pasar sin mí unas horas.

—Bien. —César cerró los ojos ardientes—. Por Dios. Todos podríamos soportar una buena ración de sueño.

Al caer la oscuridad, Léa recogió sus cosas. César se reunió con ella y con Jacques en la consulta. Había dormido unas cuantas horas. No habían sido especialmente reparadoras, porque se había visto asediado por sueños perturbadores.

—Te acompaño —dijo.

Ella asintió titubeando.

—Pero solo hasta la farmacia.

La judía y Jacques se abrazaron al despedirse.

—Mucha sue'te, hija mía. Te' cuidado ahí fuera.

Salieron de la casa por la puerta de atrás. El barrio de los tejedores, bataneros y tintoreros parecía dormir. De la plaza de la catedral y la Torre del Hambre llegaba un griterío lejano. Conforme a lo esperado, los seguidores de Luc no habían aceptado nada bien que se aplazara la ejecución de Adrien. Llevaban ya toda la tarde recorriendo las calles y pidiendo venganza para su redentor.

En ese momento, un gran grupo atravesaba rugiendo el mercado de la sal.

—¡Muerte al amigo de los judíos! ¡Muerte a los envenenadores de fuentes! —salmodiaban.

Léa y César se ocultaron en la rue des Tisserands y esperaron a que los flagelantes siguieran su camino. Enseguida cruzaron la plaza y se escurrieron por la puerta de la judería.

Allí reinaba el mismo silencio que en un cementerio. Entraron en la farmacia. Léa encontró yesca en medio de aquel revoltijo y encendió una tea, que puso en el soporte de la pared.

—¿Puedo ayudar? —preguntó César cuando ella empezó a revolverlo todo.

—Necesito medicinas para los enfermos. Pero apenas queda nada. Los saqueadores se lo han llevado o lo han destruido.

Con la antorcha en la mano, abandonó la casa y fue a la de Solomon. No pareció tener nada en contra de que él la siguiera.

Solomon había sido uno de los judíos más ricos, y los saqueadores habían hecho especiales estragos en su casa. En busca de tesoros escondidos, habían destrozado todos los muebles y rasgado los tapices de las paredes. Por el suelo había platos rotos, ropas pisoteadas, escritos destrozados.

—Haré todo lo que esté en mi poder para indemnizar esta injusticia hecha a tu pueblo —prometió César mientras bajaban al sótano.

Léa le rozó con una mirada que no era precisamente amable.

—Díselo al hombre que contribuyó a que las cosas pudieran llegar tan lejos. Si Théoger Le Roux no hubiera tenido la posibilidad de rapiñar nuestras posesiones, quizá no habría participado en el ataque. Posiblemente tampoco habría ayudado a derrocar al alcalde Marcel, y todo habría sido muy distinto.

El estómago de César se contrajo dolorosamente.

—He cometido muchos errores. Si vuelvo a ostentar mi cargo y mis dignidades, me encargaré de que esto no se repita.

Léa no añadió nada. Registró la bodega. Al parecer, esperaba encontrar allí amapola y otras sustancias con las que poder mezclar medicamentos. Pero los saqueadores habían roto todos los toneles y se habían llevado todo lo que tenía algún valor. Siseó una maldición y subió por la escalera.

—Ahora me voy —dijo al llegar arriba—. De ninguna manera podéis seguirme.

—Tienes mi palabra. ¿Puedo hacer algo por ti y por tu gente?

—Salvad a Adrianus.

Se volvió y fue hacia la salida. Al llegar allí, se detuvo abruptamente y se agachó.

—¿Qué es eso?

—Una carta que los saqueadores no vieron. Alguien tiene que haberla metido por debajo de la puerta. Debe de haber llegado poco antes del secuestro de Solomon —pensó en voz alta—. Judith no pudo encontrarla... estuvo todo el tiempo con nosotros.

La sucia huella de una pisada desfiguraba el pergamino plegado. Léa lo volvió y descifró la nota garabateada junto al sello de cera. Sus ojos se agrandaron.

—¿Qué? —preguntó César.

En vez de responder, ella abrió la carta y pasó la vista por ella. La nota era bastante extensa.

Léa alzó la cabeza. El resplandor de la antorcha iluminó sus rasgos en rojo y naranja, hizo que sus ojos brillaran como carbunclos.

—Sé cómo sacar de la mazmorra a Adrianus.

Cuando César volvió a casa de su hermano, los otros ya dormían. Jacques yacía en la camilla de la consulta, Josselin en el suelo; los dos ancianos roncaban audiblemente. En la cocina, César prendió una vela y volvió a leer la carta que Léa le había entregado antes de desaparecer en la oscuridad.

Su autor, el judío alemán Meir ben Jitzchak, empezaba por disculparse con Solomon por no haber escrito antes.

En Erfurt hubo graves excesos contra nuestro pueblo. Los cristianos creen que queríamos envenenar las fuentes de la ciudad. Muchos fueron asesinados. Tuve que huir con mi familia. Primero nos escondimos en casa de mi tío, pero cuando nos dimos cuenta de que tampoco estábamos seguros allí, seguimos hasta Praga. Aquí podemos vivir en paz, porque el rey Carlos (que el SEÑOR le bendiga) ha puesto bajo su protección a todos los judíos de la ciudad.

Llevamos aquí un mes, y por fin he podido escribirte. ¡Hay novedades importantes! Para que la noticia te llegue pronto, te la envío enseguida con un jinete. En realidad, ahora mismo no puedo prescindir ni del criado ni del caballo... los tiempos son duros. Pero haré una excepción por ti, viejo amigo. Solo te pido que atiendas bien al mensajero y le pagues por todos sus gastos de manutención y alojamiento. Ya sabes lo caro que resulta un viaje tan largo, incluso para un hombre solo.

César se preguntó qué había sido del mensajero. Parecía haber desaparecido después de no hallar a nadie en casa de Solomon y meter la carta por debajo de la puerta. ¿Por qué no había ido a ver al rabino Baruch o a otros vecinos? César solo podía explicárselo pensando que el criado se había dado cuenta del ambiente de violencia que reinaba en la ciudad y había vuelto a salir a escape de Varennes nada más cumplida su misión. Comprensible, después de todo lo que habían sufrido los judíos de Erfurt.

Bueno, eso no importaba. Lo que contaba era aquella carta. César acercó la vela y siguió leyendo.

—¡Muerte al amigo-de los judíos! ¡Muerte al amigo-de los judíos!

El griterío despertó a Adrianus. Algunos flagelantes se habían pasado chillando toda la noche..., sus sangrientas amenazas habían llegado incluso a colarse en sus sueños. Ahora, al amanecer, el griterío había vuelto a aumentar. Al parecer, una muchedumbre volvía a concentrarse ante la Torre del Hambre para exigir su muerte.

Se sentó, apretando los dientes. No estaba gravemente herido, pero su cuerpo parecía un único moratón. Por lo menos la enfermedad seguía retirándose. Cada vez que dormía un poco la sentía algo más débil al despertarse.

«Los flagelantes se alegrarán. ¿Dónde está la gracia de ejecutar a un medio muerto?»

Echó mano a la jarra y bebió hasta la última gota de aquella agua estancada. Poco después entró uno de los guardias, llenó el recipiente de piedra y le dejó un cuenco con una papilla pardusca en la que se clavaba una cuchara de madera. El hombre le miró con una mezcla de compasión y asco.

—Hemos tenido aquí asesinos de niños y adoradores del diablo. Pero con ninguno han estado gritando durante días. Tiene que costar trabajo que a uno le odie a muerte toda la ciudad.

—Quizá uso el perfume equivocado.

El guardia lanzó una risa como un ronquido y se dispuso a irse.

—Espera —dijo Adrianus—. ¿Qué pasa con los judíos?

—¿Qué tiene que pasar con ellos?

—¿Los han encontrado entretanto?

—Esa chusma ha desaparecido... como tragada por la tierra. Espero que el diablo se los haya llevado. —La puerta se cerró sordamente, y el cerrojo se deslizó.

Adrianus apoyó la cabeza en la pared y sonrió. Saber que Léa y los otros estaban a salvo le quitaba el miedo a la muerte.

Solo temía el dolor. La rueda era una de las formas de ejecución más espantosas. Primero le sacarían las articulaciones de sus cápsulas. Más tarde le romperían los miembros. Luego le aplastarían la carne. Si tenía suerte, en un acto de clemencia el verdugo le aplastaría el cráneo, poniendo así rápido fin al martirio. Si no, lo dejarían colgado en la rueda. Los grajos se divertirían con su rostro; tardaría horas, tal vez incluso días, en sucumbir.

Oyó rugir a la multitud. Probablemente no iba a tener suerte.

Cogió el cuenco y sacó la cuchara. Una masa marrón se quedó pegada a ella. La comida en la cárcel de la ciudad no solo era escasa, sino casi intragable... La Torre del Hambre llevaba con razón su nombre. Adrianus se obligó a tragar aquella papilla. Si no comía, pronto sería un débil despojo que tendrían que llevar al patíbulo en un carro. No quería darles ese gusto a los seguidores de Luc. Iría al cadalso con la cabeza alta.

Consumió cucharada a cucharada la espesa papilla.

—¡Muerte al amigo-de los judíos! —salmodiaban los flagelantes—. ¡Muerte al amigo-de los judíos!

Léa se había levantado muy temprano para ocuparse de los enfermos. Sangró a dos de ellos, sajó los bubones de otro. A los demás les dio un brebaje para bajar la fiebre y una sopa para darles fuerzas, y cuidó de que estuvieran cómodos. No podía hacer mucho más sin medicinas.

Un anciano estaba muy mal, aunque su padre ya le había sajado y raspado hacía días los bubones de las axilas. Aun así, estaba cada vez más débil. Léa ya no albergaba esperanzas. Todo lo que podía hacer por él era facilitar su fin. Hizo una pócima analgésica para el anciano con las hierbas que había traído de casa de Adrianus.

Salvo los guardias que observaban los alrededores, encaramados a los árboles, la mayoría de la gente del campamento seguía dormida. Baruch acababa de despertarse y fue hacia ella. Cuando ella había vuelto la noche pasada, él ya estaba dormido. Sonrió, aliviado al verla sana y salva.

—¿Has echado un vistazo por el barrio?

Léa lo apartó de la carpa. Los enfermos no debían oír lo que tenía que contar.

—Los incircuncisos han saqueado las casas, también la nuestra. Tus escritos, nuestros ahorros, los medicamentos de la tienda... todo ha desaparecido.

—¿Qué pasó con los enfermos de la sala de baile?

—Los asesinaron.

Sus ojos se ensombrecieron.

—«Los miserables sufren por la arrogancia del impío —citó en voz baja del Kevitum—. Ni siquiera pudieron morir en paz.» —Tragó saliva y movió la cabeza—. ¿Y Adrianus... también él...?

—Él vive. —Le contó la historia increíble que la carta de Meir le había revelado.

—¿Luc, un proscrito? —Baruch parpadeó confundido.

—Al parecer. Espero que César pueda conseguir algo en el Consejo. Volveré esta noche y me informaré.

—Saldrá libre. Mira cómo el Señor le protege.

Léa deseaba tener su confianza en Dios. Pero pensaba en las hordas de flagelantes de la ciudad y en su irreconciliable odio. No permitirían que Adrianus saliera impune, ni aunque se demostrara mil veces su inocencia.

El anciano tosió. Ella volvió junto a su lecho, le ayudó a incorporarse y le palmeó la espalda.

Por la mañana, César y Amédée corrieron al ayuntamiento. Solo habían llevado consigo a los criados. Josselin esperó en casa. Jacques había salido a buscar un poco de comida.

En la sala del Consejo volvía a rugir la disputa. Según parecía, seguían sin haber encontrado un nuevo alcalde.

—¡Yo soy el más antiguo! —gritaba en ese momento el maestre de los sastres y sombrereros—. ¡Me corresponde el honor de dirigir el gobierno!

—¡Si tú nos guías, que Dios se apiade de nosotros! —se opuso el cabeza de los herreros con el rostro enrojecido—. Tienes el entendimiento de un trapo. ¡Los flagelantes no tienen más que toser, y te meas de miedo!

—¡Eso es mentira! En el gremio alaban mi valor. Elegidme, y saldré a mantener el orden.

—¡Eso habría que verlo!

—¡Señores! —se impuso César al griterío. Enseguida atrajo la atención general.

—¿Qué queréis vos otra vez? —preguntó el maestre de los tejedores, bataneros y tintoreros—. La ejecución ha sido aplazada, y se examinará el asunto. No podemos hacer más por vuestro hermano.

—Adrien es inocente. —César levantó la carta de manera que todos pudieran verla—. Esta noticia lo demuestra.

Un murmullo de incredulidad llenó la sala.

—¿De quién es esa carta? ¿Qué pone en ella? —preguntó uno de los maestres.

—La ha escrito un judío de la ciudad de Erfurt... un tal Meir ben

Jitzchak —explicó César—. Solomon ben Abraham pidió a Meir que hiciera investigaciones...

—¡Solomon envenenó las fuentes y nos trajo la plaga! —le interrumpió el cabeza de los canteros—. No se puede confiar en ese hombre.

—Nadie ha envenenado ninguna fuente. Eso fue una pérfida mentira que Luc os puso encima de la mesa.

—¡Por última vez: su nombre es Benedictus! —se indignó el cabeza de los tejedores—. Y no fue ninguna mentira. Hubo un procedimiento ordinario, y el judío lo confesó todo.

—De hecho, se llamaba Lutz —prosiguió impertérrito César—. También todo lo demás que creéis saber acerca de él es falso. Meir averiguó que Lutz había vivido un tiempo en la ciudad real de Praga. Meir acaba de trasladarse allí y ha encontrado allí gente que le recuerda. Preguntó y se enteró de que, hace casi veinte años y por motivos desconocidos, Lutz se trasladó al condado de Schaunberg, en el ducado de Austria, donde trabajó como matarife durante varios años.

—Hace mucho que sabemos que Benedictus procedía de los países alemanes —dijo el maestre de los sastres—. También sabemos que en una ocasión falsificó moneda... en la ciudad de Meissen, si lo recuerdo bien. No entiendo qué hace eso al caso.

—Enseguida llegaré a eso. En el año del Señor de 1331, Lutz robó y asesinó a un mercader judío. Fue sorprendido y arrojado a las mazmorras. Bajo tortura, confesó su acción y fue condenado a muerte.

Por fin reinó el silencio en la sala. Los maestres le escuchaban en tensión, incluidos aquellos que honraban a Lutz como un santo.

—Poco antes de su ejecución, estalló una plaga en toda la comarca: el Fuego de San Antonio —siguió resumiendo César la carta—. Esa enfermedad causa horribles dolores, vuelve negros los miembros y confunde los sentidos, de tal manera que los afectados se comportan como animales. El Fuego de San Antonio rugió también en el castillo en el que Lutz estaba preso.

Que siguiera diciendo aquel nombre y se negara tercamente a llamarlo Benedictus no gustó nada a los maestres..., lo que le deparó cierto placer.

—Lutz —César enfatizó con intención el nombre— se aprovechó de la confusión y escapó de la cárcel. Nadie sabe qué pasó después. Probablemente desapareció, huyó a Lorena y empezó una nueva vida en Varennes. A causa de la plaga, las autoridades del condado de Schaunberg tenían otras preocupaciones que buscarlo, y cuando el Fuego de San Antonio se apagó al fin hacía mucho que estaba muy lejos. Así que el conde hizo lo habitual en esos casos: impuso la proscripción a Lutz. Todas las ciudades y los señoríos del entorno inmediato recibieron un mensaje con la descripción del asesino fugado. Esa es probablemente la razón por la que Lutz huyó a Lorena. Tan lejos de Austria, podía estar seguro de que nadie sabría de su crimen y de su proscripción. —César dejó que el eco de sus palabras quedara en el aire.

Los maestres de los gremios le miraban.

Tiró la carta encima de la mesa y dio una palmada sobre ella.

—¿No lo entendéis? La proscripción nunca fue levantada, sigue en vigor. Lutz era un proscrito. No solo estaba permitido matarlo; de hecho, incluso era un mandato conforme al derecho real. ¡Mi hermano no ha cometido ningún crimen! Tenéis que dejarlo en libertad enseguida.

El silencio cayó como el plomo sobre la mesa.

Finalmente, el maestre de los sastres carraspeó.

—Me temo que las cosas no son tan fáciles —dijo—. Primero tenemos que comprobarlo. La carta de un judío no sirve como prueba. El Consejo tiene que enviar un mensajero al condado de Schaunberg y reclamar las actas del proceso. Solo cuando quede probado más allá de toda duda que Bene… que Lutz fue condenado y proscrito por asesinato, vuestro hermano podrá irse. Eso puede tardar. Hasta entonces, tiene que seguir en la Torre del Hambre.

—¿No habéis visto lo que pasa en la ciudad? —ladró César—. ¡Si no dejáis en libertad a Adrien, los flagelantes asaltarán la cárcel y lo harán pedazos!

—Exageráis —dijo el maestre del gremio de tejedores—. Los flagelantes están indignados, sin duda. Pero tenemos la situación bajo control.

Amédée se adelantó y puso dos florines encima de la mesa.

—Cuidad de que Adrien sea tratado y alimentado de manera decente, y triplicad la guardia en la Torre del Hambre. Yo asumo todos los gastos.

—Si a mi hermano le ocurre algo malo, os haré personalmente responsable —dijo César.

Abandonaron la sala.

—Gracias: sois un verdadero amigo —se dirigió hacia Amédée—. Por supuesto, os devolveré ese oro.

—Ha sido un regalo —declaró con decisión el patricio de cabellos plateados—. Es lo menos que puedo hacer.

61

Después de la comida de la mañana, Adrianus había vuelto a acostarse y se había dormido enseguida. Su cuerpo magullado reclamaba descanso con vehemencia. Al oír crujir la puerta, se sobresaltó y se despejó de inmediato.

El verdugo entró en la celda.

—¿Ha llegado el momento? —De pronto el corazón le latía con fuerza y con estrépito, sentía que su redoble se le subía a la garganta.

—Levántate y desnúdate.

Adrianus obedeció frunciendo el ceño.

—Esto tiene mal aspecto —comentó el verdugo refiriéndose a las innumerables contusiones y moratones, y empezó a untarlas con una pomada de acre olor.

Adrianus sintió enseguida cómo el dolor cedía. Como muchos verdugos, también aquel parecía entender algo de artes curativas. Las exigencias de su profesión llevaban consigo que conociera el cuerpo humano mejor que más de un médico con estudios.

—No me quiero quejar, pero ¿no es un despilfarro? Se supone que van a ponerme en la rueda dentro de unos días.

—No vas a ir a la rueda —repuso escuetamente el verdugo.

Adrianus sonrió confundido.

—¿Han optado por ahorcarme?

—Tampoco te van a ahorcar.

—Así que voy a morir por la espada.

Al parecer, alguien había logrado que le dieran una muerte rápida e indolora. Parece ser que aún tenía amigos en la ciudad. «No te alegres demasiado pronto», se amonestó. Quizá los adeptos de Luc habían decidido que incluso la rueda era demasiado clemente para él y estaban ideando métodos aún más crueles para enviarlo al Más Allá. Eviscerarlo, quemarlo lentamente, aserrarlo por la mitad...

—No vas a ser ejecutado —dijo con impaciencia el verdugo.

—¿Cómo?

—A mí no me preguntes. Y deja de moverte, maldita sea.

Cuando Adrianus volvió a vestirse, el guardián entró y puso una bandeja con pollo asado y humeantes rodajas de nabo encima del catre. El exquisito aroma hizo que se le hiciera la boca agua.

—¿Ha hecho mi hermano esto?

—Nos han dado dinero para que te compremos comida y medicinas decentes —explicó el guardián—. No tengo ni idea de dónde viene. Sin duda tienes un ángel de la guarda ahí fuera.

—Cuando hayas comido, bébete esto. —El verdugo dejó una redoma junto a la bandeja—. Solo es un preparado contra los dolores —dijo, divertido, cuando Adrianus miró desconfiado el frasquito.

Los hombres se fueron y cerraron la puerta.

Adrianus tenía mil preguntas, pero al ver la comida las olvidó todas. Cogió con las dos manos el pollo asado y clavó los dientes en la carne crujiente. Estaba más sabroso que cualquier cosa que hubiera comido nunca. No dejó de comer hasta que hubo pelado hasta el último hueso y devorado todos los nabos.

Abrió la redoma y la olió. Zumo de amapola y otras hierbas. Tomó un sorbo. Poco después lo acometió un profundo cansancio. Se tumbó en el catre y se durmió al instante, y esta vez ni siquiera lo despertó el griterío de los flagelantes.

—El Consejo nos ha creído —contó César cuando Amédée y él volvieron a casa—. Adrien no será ejecutado.

Jacques suspiró aliviado, y Josselin se santiguó.

—¡Oh, Señor, gracias! —exclamó, y cayó de rodillas para pronunciar una fervorosa oración.

—En cualquier caso, por el momento no van a liberarlo —prosiguió César—. Primero quieren comprobar si Luc fue realmente proscrito. Eso puede llevar semanas.

—¡No tenemos ta'to tie'po! —dijo Jacques—. Acabo de estar e' la To're del Ha'b'e. Los flagela'tes se co'porta' como si estuviera' poseídos por demonios. Aquello no agua'tará mucho.

—Lo hemos visto —confirmó Amédée—. Y ni siquiera conocen los últimos acontecimientos. Cuando se enteren, echarán la torre abajo. Y media ciudad con ella.

—Ojalá los maestres sean lo bastante listos como para callárselo —dijo César—. Eso quizá nos dé algo de tiempo.

—Como mucho u' día —conjeturó Jacques.

—¿Tiempo para qué? —preguntó Amédée.

—Bueno, para impedir a los seguidores de Luc que maten a mi hermano.

—Eso lo tengo claro, pero ¿cómo vamos a hacerlo? Son cientos. Nosotros solo diez.

—Vamos a pensar. Tiene que haber algo que podamos hacer.

Cuando César vio encima de la mesa la comida que había preparado Jacques, se dio cuenta de que casi no había comido nada durante los dos últimos días. Cortó un trozo de queso y se lo metió en la boca.

Los hombres callaron. Josselin terminó su oración y se levantó.

—Podríamos ir a ver qué hay en el saco que enterró Matthias —propuso.

—¡Déjame en paz con ese maldito saco! —le increpó con la boca llena César.

—Matthias tiene algo que ocultar. Quizá no sea importante. Pero quizá sí. En cualquier caso, no puede hacer daño ir al fondo del asunto —replicó su padre.

—Con eso no hacemos más que perder un tiempo valioso.

—Id al bosque con vuestro padre —dijo Amédée—. Jacques y yo nos quedaremos aquí, observaremos la situación y pensaremos qué podemos hacer.

—¿Tienes tú una idea mejor? —preguntó Josselin.

César tomó otro trozo de queso. No le gustaba salir de la ciudad mientras el peligro para Adrien crecía de hora en hora. Sin embargo, seguir allí sentados tampoco iba a ayudar a su hermano.

—Vamos —decidió.

Metieron en la bolsa algunas viandas para comerlas por el camino y dejaron la casa por la puerta de atrás. Con las capuchas caladas, fueron hacia la Puerta de la Sal y de allí hacia el borde del bosque, al sur de la picota.

—No conozco esta zona especialmente bien —dijo Josselin—. Espero volver a encontrar el claro.

César se preparó para una larga marcha por el bosque, con muchos rodeos. Pero tuvo que admitir que, para ser un hombre que ya no veía bien y que se pasaba la mayor parte del tiempo pensando en las esferas celestiales, su padre tenía un pasable sentido de la orientación. No habían dado ni doscientos pasos dentro del bosque cuando de pronto Josselin dijo:

—Creo que es ahí delante.

De hecho, al cabo de otros diez pasos César pudo distinguir que el bosque se aclaraba.

—Ahí hay alguien —susurró.

En silencio, se asomaron al claro. Entre la carbonera y los restos de la cabaña había una alta figura que clavaba la pala en la tierra recién removida.

Matthias.

A sus pies se abría un agujero.

—¿Y ahora? —siseó César.

—¡Yo tampoco lo sé!

Matthias se agachó y sacó del agujero un saco del que se desprendía tierra. Y otro. Y un tercero.

—No podemos permitir que se los lleve —murmuró Josselin.

—Intenta distraerle.

—¿Cómo?

—Haz un ruido y, simplemente, sal corriendo.

—¿Y si me alcanza? Míralo. Es un gigante… me mataría de un puñetazo. Ve tú.

Matthias, que acababa de añadir otro saco al montón, levantó la cabeza. Su frente curiosamente estrecha se llenó de arrugas.

—¿Quién está ahí?

Se quedaron como petrificados en la espesura. Matthias agarró la pala y fue hacia donde se encontraban. Josselin fue presa del pánico y salió corriendo. Matthias fue tras él.

César atacó de costado al gigante y lo tiró al suelo. El flagelante tenía una fuerza inmensa y la usó para tratar de sacudírselo. Pero también César era todo lo contrario de un hombre débil. Se sentó a horcajadas sobre el gigante y le dio varios puñetazos en el rostro.

Otro hombre habría cedido entonces ante el dolor y el aturdimiento… no así Matthias. El flagelante enseñó los dientes, lo agarró por los brazos y lo derribó, de modo que de pronto era César el que estaba tendido en el suelo, y tan comprimido por la masa de su adversario que apenas podía moverse. Puso los brazos delante del rostro y, aun así, no pudo evitar que Matthias le diera dos puñetazos que lanzaron su cabeza primero hacia un lado y luego hacia el otro.

El flagelante tomó impulso por tercera vez, y César supo que perdería el conocimiento si aquel puño alcanzaba su objetivo. Pero el golpe no llegó. Matthias se desplomó de pronto hacia un lado, cayó al suelo y quedó inmóvil.

César parpadeó para despejar las lágrimas. A sus pies estaba Josselin, que sostenía en las manos la pala levantada.

César se incorporó vacilante y se palpó la mandíbula. Dolía, pero parecía que no había nada roto.

Josselin contempló preocupado al inmóvil flagelante.

—¿Crees que está muerto?

César apoyó los dedos índice y corazón en la yugular de Matthias y aplicó el oído a su boca.

—Solo inconsciente. Rápido, dame tu cinturón.

Josselin soltó el tosco cordel que le ataba el sayón a las caderas. Uniendo sus fuerzas, arrastraron a Matthias hasta un árbol y lo ataron. César dudaba de que aquella ligadura provisional aguantara mucho cuando Matthias despertase. Se quitó su propio cinturón y le ató además las manos.

—No debemos perderlo de vista. Dame la pala y mira qué hay en los sacos.

Josselin salió al claro.

—En el hoyo aún hay más sacos.

—Ábrelos de una vez.

Josselin abrió uno y vertió el contenido en el suelo.

—¡Dios omnipotente! —se le escapó.

Aparte de los enfermos que yacían en el *infirmarium* o en sus propias tiendas, había pocas personas en el campamento de los flagelantes. Josselin calculó que serían unas cuatro docenas. Estaban rezando delante de la tienda de Luc, como si esperasen el retorno de su Mesías.

Cuando vieron acercarse a Josselin, algunos se pusieron en pie de un salto.

—¿Cómo te atreves a presentarte ante nosotros?

—¡Lárgate! —gritó una mujer con el cráneo rapado—. Ya no eres de los nuestros.

—Por favor, hermanos. —Alzó las manos en un gesto de paz—. Escuchadme.

—Nosotros no somos tus hermanos. ¡Traidor!

—No sabía que mi hijo iba a intentar matar a Benedictus —afirmó—. Tenéis mi palabra.

La gente no le creyó. El ambiente era hostil. Josselin no descartaba que sus antiguos hermanos y hermanas intentaran emplear la violencia contra él. En su odio, eran capaces de todo.

Un flagelante se acercó a él y se quedó mirándolo. Era el hombre que le había interrogado la mañana anterior junto a la Puerta de la Sal.

—Hace mucho que tendrían que haber ejecutado a tu hijo. ¿Por qué razón no recibe de una vez el castigo que merece? ¿Tienes tú algo que ver con eso?

—Sí —terció otro—. Seguro que has pedido al Consejo que le perdone.

—No sé por qué se ha aplazado la ejecución —mintió Josselin—. Pero sé otra cosa. Algo mucho más importante.

—¿Qué puede ser más importante que la muerte de Benedictus? —gritó la mujer del cráneo rapado.

—Nos ha engañado a todos, desde el principio. Nunca quiso guiarnos a la redención. Era tan codicioso y degenerado como los clérigos y sacos de especias a los que ponía en la picota. Puedo demostrarlo.

Algunos hicieron gestos de desdén y rieron despreciativos. La mujer pidió incluso que le echaran. Pero otros le escucharon a regañadientes.

—¿Qué ha hecho? —preguntó el hombre de la Puerta de la Sal.

—Venid conmigo. Os lo enseñaré.

La gente se miró escéptica.

—Dadme solo una hora de vuestro tiempo —dijo Josselin—. No pido más. Si lo que voy a enseñaros no os convence, nunca volveré a molestaros.

Se volvió y se fue. El hombre de la Puerta de la Sal y quince más le siguieron. Los demás se quedaron sentados. La mujer rapada y algunos otros le gritaron obscenos insultos y le llamaron hereje y blasfemo que iba a arder en el infierno.

Josselin guio a la gente hasta el claro. Entretanto, Matthias se había despertado. César lo mantenía en jaque con la pala.

—¿Qué habéis hecho con él? —gritó indignado uno de los flagelantes.

—Él ayudó a Luc a engañarnos —explicó Josselin—. Tuvimos que sujetarlo antes de que pudiera huir con las pruebas.

—¡Ayudadme! —ladró Matthias.

El hombre de la Puerta de la Sal y algunos otros parecieron de hecho considerar la idea de apartar a César y soltar al gigante.

—Por favor, antes mirad las pruebas. —Josselin dirigió a la gente hacia el hoyo.

A su lado, esparcido por la hierba, yacía el contenido de los sacos: anillos, collares, pulseras, broches, pasadores para el pelo; joyas de oro y plata, cubiertas de perlas y piedras preciosas. Unas ciento veinte piezas, un enorme tesoro.

—Tiramos estas cosas al carro para purificarnos de nuestros pecados —dijo Josselin—. Luc fingió destruirlas en el fuego. Pero en realidad Matthias y él apartaban las piezas más valiosas. Para enriquecerse. Aquí las enterraban. —Levantó una espada de pomo dorado y vaina decorada con perlas—. Al principio no pude explicarme de dónde había salido este tesoro... hasta que encontré esta espada. Pertenecía a un joven patricio que se unió a nosotros. Vi con mis propios ojos cómo la tiró al carro.

En silencio, los flagelantes contemplaron la brillante joya. Una mujer se agachó y cogió un objeto.

—Este anillo era mío. Mirad: dentro está grabado mi nombre.

Entonces, también los demás inspeccionaron los tesoros. Otros dos flagelantes hallaron piezas que les habían pertenecido.

Inflamado de ira, el hombre de la Puerta de la Sal se volvió hacia Matthias:

—¿Es cierto?

El gigante miraba fijamente al frente. César le empujó con la pala.

—¡Habla!

—Es cierto —resopló Matthias.

—Diles también por qué desenterraste los tesoros. ¡Vamos!

—Quería largarme con ellos.

—Ahora que Luc ha muerto, te preguntabas qué se te había perdido aquí, ¿verdad? —insistió César—. Toda esa gente a la que engañasteis te daba igual. Simplemente querías abandonarlos a su suerte. Pero antes los instigaste para que hubiera un hermoso embrollo en el que poder desaparecer sin ser visto. Al diablo con ellos, al diablo con Varennes. ¿Qué te importa a ti? Ahora eras un hombre rico, que podía llevar una hermosa vida en otra parte. ¿Adónde querías ir? ¿A Francia? ¿A Italia?

Matthias no respondió. Ya no decía nada.

—¡Maldito hijo de puta! —gritó el hombre de la Puerta de la Sal—. ¡Debería partirte el cráneo!

Josselin lo agarró por el brazo.

—Lo necesitamos, para que testimonie delante de todos lo que han hecho. Luego recibirá su justo castigo.

—Entonces, ¿los sermones de Luc, el ángel Tamiel, Benedictus... todo era mentira? —preguntó la mujer que había encontrado el anillo.

Josselin asintió.

—Un cuento para hacernos dóciles. Y no es todo. Luc predicaba la castidad, pero en secreto tenía trato carnal con Louise, la hija del alcalde Marcel.

—No lo entiendo —dijo un anciano de barba enmarañada—. Curó al carpintero ciego. ¿Cómo es posible si no era más que un estafador?

—Explícanoslo —exigió César a Matthias.

—No sé cómo pasó —dijo el hombre atado—. Pero Luc dijo más tarde que en realidad el carpintero no estaba ciego... solo se había imaginado su dolencia. El verdadero trabajo lo hizo su fe.

—No me habían engañado de forma tan vergonzosa en toda mi vida. —La mujer luchaba con las lágrimas—. Y por esto dejé a mi familia. No me sorprende que la plaga cayera sobre el campamento. Dios quería castigar a estos embusteros y estafadores. ¡Y a nosotros por nuestra credulidad!

—Los otros tienen que saberlo —dijo el hombre de la Puerta de la Sal.

Josselin asintió.

—Contádselo todo. Decidles que custodiaremos los tesoros para que sean devueltos a sus legítimos propietarios.

Los flagelantes salieron corriendo. Poco después, sus voces indignadas se extinguieron.

Josselin observó que César sonreía.

—¿Qué pasa?

—Lo has hecho bien, padre. Estoy orgulloso de ti.

—En verdad no hay motivo para eso. Me he comportado como un necio. —Metió los tesoros en un saco.

Cuando hubo terminado, César dijo a Matthias:

—Ahora, vamos a soltarte y te llevaremos a la ciudad. Si intentas algo, vas a saber quién soy yo.

Dejó la pala en manos de Josselin y soltó el cordel que ataba al flagelante al tronco del árbol. No le quitó la correa de cuero que le ataba las manos. Matthias se levantó pesadamente, hizo girar los hombros varias veces... y salió corriendo. César gritó, pero el gigante no dio ni tres pasos: la pala de Josselin volvió a golpearle en la nuca, de modo que cayó cuan largo era.

Contemplaron en silencio al inconsciente.

—¿Cómo lo llevamos ahora a la ciudad? —preguntó César.

Josselin le dio la pala y el saco.

—Iré a buscar a alguien que nos ayude a cargarlo.

Por la noche, volvieron a tener visita de Léa. Josselin y César le contaron a la luz de las velas lo que el Consejo había decidido acerca de Adrianus y lo que había pasado en la ciudad.

—Cuando los maestres de los gremios vieron los tesoros y oyeron el testimonio de Matthias, nos creyeron —contó Josselin—. Luego, Matthias tuvo que salir al balcón y confesar sus delitos ante la ciudad.

—Cosa que en realidad no habría sido necesaria —dio César—. Entretanto, la estafa de Luc había corrido por todas partes, y sus seguidores estaban furiosos. Algunos sacaron su cadáver de la catedral y lo hicieron pedazos delante de la cruz del mercado.

—Fue un terrible espectáculo. —Josselin deseaba no haberlo visto.

—¿Así que el movimiento ha terminado? —preguntó Léa.

César asintió.

—El poder de Luc sobre las masas se ha roto. Mucha gente ha vuelto arrepentida a casa. El campamento se levantará en los próximos días. Los flagelantes han dejado de ser un peligro.

Ella sonrió.

—Bueno, hay unos cuantos incorregibles —dijo Josselin—. Estuve antes en el campamento y les oí hablar. Dicen que todo es una gran conspiración y quieren atenerse a las doctrinas de Luc. Pero ya no se sienten bienvenidos en Varennes y quieren irse.

—Que se vayan a donde crecen los pimientos —gruñó César.

—¿Qué va a ser de los e'fermos de las tie'das? —preguntó Jacques.

Por el momento se quedarán allí —respondió Josselin—. La gente que se ocupa de ellos no quiere dejarlos en la estacada. Además, Deniselle se ha ofrecido a ir a verlos.

—Entonces, ¿está bien? —preguntó Léa.

Jacques asintió.

—Esa mujer es i'de'tru'tible.

—Ahora tengo que volver. —Léa se levantó.

César se incorporó a su vez y cogió la vela.

—¿Volveréis a Varennes ahora?

—Eso tiene que decidirlo el Consejo Judío. —Léa se despidió. En la puerta de la consulta, se volvió una vez más—: ¿Dónde está Amédée? Espero que no le haya pasado nada.

—Después de los disturbios de la plaza de la catedral, buscamos a Louise Marcel —explicó Josselin—. La pobre niña vagaba perturbada por las calles. Amédée la ha llevado junto a su familia.

César acompañó a Léa hasta la puerta, y ella desapareció una vez más en la oscuridad.

Cuando César dejó la vela encima de la mesa, bostezó de buena gana.

—Voy a volver a acostarme. Estoy tan cansado que podría dormir tres días seguidos.

También Josselin estaba mortalmente agotado, pero siguió largo tiempo despierto aquella noche.

Habían pasado tantas cosas.

Había cambiado.

Tenía que reflexionar.

A la mañana siguiente, Léa contó lo que había averiguado al Consejo Judío.

—No estuvo bien por tu parte ir a la ciudad —la riñó Aarón ben Josué—. ¿Y si alguien te hubiera seguido?

—Nadie lo hizo.

—Aun así. Tendrías que habernos pedido permiso. ¿Lo sabías tú? —se dirigió el mercader a Baruch.

—Eso no tiene importancia ahora —dijo Haïm—. Es mejor que pensemos qué hacemos. Creo que estamos de acuerdo en que es demasiado pronto para volver, ¿no?

Los otros asintieron.

—El peligro se encuentra lejos de estar conjurado solo porque hayan aplastado el movimiento de los flagelantes —explicó Baruch—. También tenemos muchos enemigos en el gobierno de los gremios. No podemos volver mientras esa gente esté en el poder.

—Pero no podemos quedarnos eternamente aquí —objetó David, el mercader de piedras preciosas—. Los víveres alcanzarán como mucho para otras dos semanas.

—Encontraremos una solución para eso —dijo Léa—. Tenemos amigos entre los cristianos que nos ayudarán. Además, hay algunas granjas abandonadas en los alrededores. Podemos quedarnos con el ganado que no tiene amo.

Se separaron después de haber forjado planes para el futuro. Léa fue a ver a los enfermos. Judith se había ofrecido a ayudarla y estaba en ese momento dando agua fresca a una joven.

—Voy a dar una vuelta por el bosque. Quizá haya hierbas útiles. ¿Lo tienes todo a mano?

Su tía asintió y sonrió fugazmente. Seguía sin hablar... con nadie. La pena por Solomon, Esra y Zacharie le había privado del habla.

Con la cesta en la mano, Léa cruzó el claro. ¿Cómo podía ayudar a Judith? Se sentía impotente.

Lo que atormentaba a su tía era una dolencia del alma, y contra eso no había ninguna hierba curativa, ninguna medicina.

62

Junio de 1349

Dos guardias escoltaron a Adrianus escaleras abajo. A la salida de la Torre del Hambre, se detuvo. El sol parecía tan luminoso que le deslumbró. Salió, cerró los ojos y alzó la vista al cielo. Disfrutó del calor, el viento, los sonidos de las calles. No sabía exactamente cuánto tiempo llevaba en la celda... Sobre todo al principio, había estado durmiendo la mayor parte del tiempo. Tres semanas, quizá cuatro. Había olvidado cómo era estar simplemente de pie disfrutando del sol.

—¿Vamos? —preguntó impaciente uno de los guardias.

—Vamos.

Los hombres lo llevaron hasta la plaza de la catedral. Qué bien sentaba mover el cuerpo sin debilidad, dolores ni náuseas, dar un paso detrás de otro, respirar hondo. Ahora, Adrianus se había recuperado casi completamente de la enfermedad. Se sentía capaz de arrancar árboles de cuajo. Subió por la escalera con paso ágil y entró en la Sala del Consejo, donde ya le estaban esperando. Se le invitó a ponerse ante la mesa. Solo había cinco maestres presentes. Supuso que los otros estarían enfermos o habrían muerto, porque la plaga seguía cobrándose muchas víctimas. Algunos de los gremios más pequeños —por ejemplo, el suyo y el de los buhoneros y alamines— habían quedado casi completamente extinguidos, y hacía mucho que no tenían consejeros.

—Habéis solicitado ser oído —dijo el maestre del gremio de sastres y sombrereros—. Explicaos ante el Consejo.

César, al que habían permitido visitar a Adrianus en la Torre del Hambre, le había contado que el gobierno de los gremios seguía sin ponerse de acuerdo para elegir un alcalde. Las enemistades entre los distintos grupos entretanto se habían endurecido de tal manera que en la Sala del Consejo había normalmente gritos y peleas. El maestre de los canteros incluso le había roto la nariz de un puñetazo al de los matarifes. Por el momento, el maestre de los sastres dirigía unas sesiones envenenadas por una eterna disputa y un gélido silencio.

—Quiero pedir mi liberación al Consejo —declaró Adrianus.

—Eso no entra en consideración —repuso la cabeza de los tejedores—. Las actas judiciales del condado de Schaunberg aún no han llegado y, mientras vuestra inocencia no pueda demostrarse más allá de toda duda, seguiréis en prisión.

—¿Y quién se ocupa entretanto de los enfermos? Deniselle está completamente desbordada y el maestro Jacques es demasiado frágil para hacer otra cosa que recibir las noticias y llevar la cuenta de los casos. Soy el único médico que queda en Varennes... Os ruego que me dejéis hacer mi trabajo.

—¿Quién nos garantiza que no vais a escapar? —preguntó el maestre de los canteros, albañiles y tejadores.

Adrianus reprimió un suspiro. Aquellos hombres sacaban siempre lo peor de uno mismo... probablemente porque pasaban todo el tiempo pensando en cómo conseguir ventajas.

—Os doy mi palabra como hombre de honor de que no lo haré.

—Muy bien. —El maestre de los sastres salió de detrás de la mesa con una Biblia en las manos—. Os dejaremos ir si juráis no abandonar el término municipal hasta que se haya probado vuestra inocencia. Repetid conmigo...

Adrianus puso la diestra encima del libro y prestó el juramento.

—Si violáis el juramento, os impondremos la proscripción —le advirtió el maestre de los sastres—. Ahora, id y haced vuestro trabajo en bien de Varennes.

Adrianus abandonó la sala, y los hombres se dedicaron a otro asunto.

—Tenemos que aclarar de una vez quién entierra a los muertos —dijo un consejero—. Desde que los flagelantes se fueron, yacen a centenares en sus casas y en plena calle, el olor es casi insoportable. ¡Esto no puede seguir así!

—Mi gremio no va a dedicarse a eso, eso está claro —declaró el maestre de los herreros en tono de convicción—. Creo que es cosa de los tintoreros. Están acostumbrados a los olores apestosos.

Adrianus aún no había llegado al final de la escalera cuando un griterío furioso resonó en la Sala del Consejo.

Y entonces se fue a casa.

Descendió lentamente la Grand Rue, en la que había visto tanta muerte y sufrimiento durante los meses pasados. Uno de cada tres edificios estaba vacío: una visión fantasmagórica. De los habitados salía no pocas veces el gemido de los enfermos. Las pocas personas que había en la calle caminaban con la mirada baja, casi encorvadas, como si pudieran escapar a la venganza de Dios si pasaban lo bastante inadvertidas.

Aquella prueba aún estaba lejos de ser superada. Varennes le necesitaba más que nunca.

Se detuvo delante de su casa y contempló el edificio. Durante aquellas primeras noches en la mazmorra no había pensado volver a verla nunca. De pronto, una fuerte nostalgia se apoderó de él: después de su trabajo, la confortable estrechez de la consulta; las personas a las que amaba.

La puerta se abrió de golpe, y apareció su padre. Llevaba zapatos y ropa normal, y la tonsura iba desapareciendo bajo el pelo, que crecía ralo.

—¡Adrien! Mi querido muchacho. ¡Mi querido, querido muchacho! Al fin. —Josselin lo abrazó y lo llevó hacia la casa—. ¡César! ¡Está aquí!

César bajó con estrépito la escalera y abrazó también a Adrianus. Había ganado peso a lo largo de las últimas semanas y recuperado su antigua fuerza. Adrianus gimió cuando aquel hombre fornido lo apretujó.

—Así que el Consejo estuvo de acuerdo.

Adrianus asintió.

—Solo tuve que jurar no dejar el término municipal.

—Esos locos del gobierno de los gremios pueden hacer a veces algo bien, cuesta trabajo creerlo.

Se sentaron a la mesa.

—Estarás hambriento.

—No tanto. —Adrianus sonrió—. Habéis cuidado de que no me faltara de nada en la cárcel. Me temo que he criado incluso algo de panza.

Eso no impidió a Josselin poner encima de la mesa pan, queso y jamón ahumado. Ambos parecían sentirse como en casa allí.

—¿Te importa que nos quedemos un tiempo en tu casa? —preguntó César—. No voy a librarme tan fácilmente de la chusma que ocupa la mía. El Consejo no me ayuda. Y los otros patricios, que tienen el mismo problema, no piensan volver a Varennes hasta que la plaga haya pasado. —César le había contado toda la historia.

—Podéis quedaros todo el tiempo que queráis.

Adrianus también sabía todo lo demás: los espantosos acontecimientos de la casa de campo, la muerte de Hélène, Michel y Sybil. Había llorado por ellos en la mazmorra, durante muchos días.

Se sentaron a la mesa y callaron. Nadie sentía la necesidad de llenar de palabras el silencio. A cada uno le bastaba con la presencia del otro. Adrianus sentía que César había cambiado. Ya no era el alborotador sin escrúpulos de antaño, que caminaba sobre cadáveres si eso servía a sus fines. Había algo nuevo en sus ojos. Bondad. Nobleza.

Tampoco su padre era el mismo. César le había contado cómo, con tenacidad e ingenio, Josselin había desenmascarado las mentiras de Luc y conjurado así el peligro de los flagelantes. Había aprendido de sus errores y nunca volvería a sucumbir a insostenibles promesas de redención. Se había vuelto más sabio y más inteligente sin por eso perder su fe en Dios.

«¿Y yo?»

Adrianus había mirado a la muerte a los ojos, dos veces seguidas. Primero había estado a punto de morir a causa de la plaga; luego, había faltado un pelo para que lo pusieran en la rueda. Aquello había dejado huellas en su alma. Algunas cosas que antes le habían complicado la vida a él mismo y a otros —su necia timidez ante las mujeres, su irritación constante y latente contra César— le parecían ahora carentes de importancia. ¿Por qué perder el tiempo con esas cosas? La vida era demasiado corta para llevar cargas innecesarias.

Miró a su hermano, a su padre. Sí, los tres habían cambiado. Ahora se trataba de sacar lo mejor de eso.

Quizá Josselin estaba pensando cosas muy parecidas. Sonriente, dijo:

—En el futuro van a cambiar algunas cosas.

César asintió.

—Sí.

Entrechocaron las jarras y compartieron la comida que había en la mesa.

—Os aconsejo no salir de la casa hasta que tengamos bajo control la plaga —dijo Adrianus—. Abasteceos de víveres. Mantenedlo todo limpio. Ahumad las habitaciones dos veces al día.

Fue a la consulta, dejó su bolso de cuero en la camilla y guardó en él sus instrumentos. Ampolla para orina y protección para el rostro. Lanceta y ventosas. Emplastos y vendajes.

Con la bolsa en la mano, se dirigió al local del gremio, donde Jacques le asignaría los casos más urgentes.

No podía esperar para volver a ejercer.

La antigua cantera era difícil de encontrar, especialmente al atardecer, cuando la luz del día apenas atravesaba ya las copas de los árboles. Si Léa no le hubiera enseñado el camino con exactitud en aquella ocasión, sin duda habría vagado por el bosque hasta el amanecer.

Allí estaba el arroyo, que debía seguir hasta el antiquísimo roble. Ahí estaba la roca que parecía un puño clavado en el suelo. A su lado empezaba el sendero que habían abierto en la espesura. Adrianus siguió el estrecho camino y pronto vio el resplandor entre los árboles.

—¿Quién va? —La voz salía de la penumbra. Sonaba tensa, amenazadora.

—Adrianus Fleury.

—¡Adrianus, por Dios! —Algo crujió y susurró, y una figura aterrizó en el suelo junto a él. Era Haïm. A su espalda se balanceaba una ballesta—. Suerte que habéis respondido. Estaba a punto de atravesaros con un virote.

—El carnicero rio, le pasó un brazo por los hombros—. Me alegra veros.

Guio a Adrianus hasta el claro. Al pie de la pared de roca, los judíos habían levantado un campamento de tiendas de campaña y sencillas chozas. Entre la leña acumulada y los palpitantes fuegos pastaban vacas y ovejas. Olía a comida.

—¡Mirad quién está aquí! —gritó Haïm.

Enseguida, dos docenas de personas acudieron corriendo y cubrieron a Adrianus de besos y bendiciones. Lo ensalzaban como héroe y salvador por haber matado a Luc. Se forzó a sonreír, aunque todo aquello le resultaba extremadamente incómodo. Había extinguido una vida, aunque su sagrado deber como médico era proteger de todo daño a las personas. Su acción no le llenaba de orgullo, aunque se dijera cien veces que un mundo sin Luc era un mundo mejor.

Cuando la gente lo dejó en paz al fin, vio a Léa, que le sonreía. Ella y el rabino Baruch apenas alcanzaron a saludarle, porque Judith se apoderó de él, le besó en la mejilla y lo guio con resolución hasta un fuego de campamento, donde le puso un cuenco de potaje en las manos. Adrianus recibió la comida con gran satisfacción. Había estado todo el día atendiendo enfermos y apenas había tenido tiempo de reponer fuerzas.

—¿De dónde sacáis las verduras?

—Cerca de aquí hay tres granjas abandonadas —explicó Léa—. Allí hemos encontrado abundantes víveres. También el ganado. Vuelves a estar completamente sano —constató.

—He tenido ocasión de descansar mucho tiempo. Al menos para eso la cárcel era buena.

—Eso no es ninguna casualidad —dijo con gran seriedad Baruch—. El Todopoderoso tiene planes para vos. Poseéis un don especial, que se necesita con urgencia en estos malos tiempos.

—¿Había en las actas judiciales del condado de Schaunberg algo sobre Luc que aún no sepamos? —preguntó Léa.

—Todavía no han llegado. Me han dejado en libertad provisional para que pueda ayudar a los enfermos.

Adrianus contó toda la historia. Llegar hasta allí no había sido una violación del juramento que había prestado al Consejo. El campamento de los judíos se encontraba en el término municipal, aunque en su extremo.

Sorbió el último resto de caldo.

—Gracias, estaba exquisito.

Judith le sirvió enseguida otra ración. Él sopló la cuchara y miró a su alrededor.

—¿Están ahí los enfermos, en aquella carpa?

Léa asintió.

—Los atendemos todo lo bien que podemos. Pero podría ser mejor. Hace mucho que no encuentro en el bosque todas las hierbas que necesito.

—He traído medicinas. Por desgracia no muchas. En la ciudad resulta cada vez más difícil conseguirlas.

—Gracias. Nos ayuda mucho. —Abrió el bolso y sacó los frasquitos y redomas de ungüento.

—¿Cuántos enfermos tenéis?

—Trece... uno por cada cualidad de Dios —respondió Baruch a su extravagante manera—. Esto no disminuye. Esta mañana han muerto dos. Ni siquiera podemos enterrarlos en el cementerio con sus familias —dijo entristecido.

—¿Dónde aisláis a los casos contagiosos? —preguntó Adrianus.

—Ya no hay —explicó Léa—. Desde que estamos en el bosque solo ha habido pestilencia bubónica. Algo es algo.

Adrianus pensó en los enfermos de la sala de baile, a los que no había podido salvar. Perdió el apetito. Solo en atención a Judith se esforzó en comer el resto del potaje.

Baruch carraspeó.

—Por favor, déjanos solos —pidió a Judith.

Cuando la mujer rubia se hubo marchado, Adrianus preguntó:

—¿Por qué no habla?

—Guarda luto por Solomon y sus hijos —explicó Léa.

Baruch miró a Adrianus y logró la proeza de parecer al mismo tiempo severo y tímido.

—Puede que no sea el momento adecuado, porque en verdad tenemos otras preocupaciones. Pero alguna vez tengo que abordarlo —empezó—. Sabéis que os aprecio. Sois un amigo de esta comunidad y de mi familia. Aun así, tengo que pediros que os mantengáis alejado de mi hija.

—Padre —dijo Léa.

Él alzó la mano con decisión.

—No quiero oír excusas. Sé lo que sientes por el maestro Adrianus y puedo imaginarme todo lo demás. Esto tiene que parar. Una mujer judía y un hombre cristiano no pueden estar juntos. Las Escrituras son inequívocas. «No daréis vuestras hijas a sus hijos, y no tomaréis ninguna de sus hijas para vuestros hijos», dicen.

Léa le miró furiosa.

—Acabamos de perder nuestro hogar, tenemos que escondernos en el bosque y seguimos luchando contra la plaga... ¿y tú te preocupas de mi moral?

—Precisamente en los tiempos difíciles tenemos que respetar la Ley. Nos da sustento y asegura nuestra supervivencia. Nuestro pueblo tiene que mantenerse puro. Sabes que el rey Salomón trajo una gran desgracia sobre nosotros por pecar con mujeres extranjeras.

Se hizo el silencio.

—Respetaré vuestro deseo —dijo Adrianus al fin.

—Si fuerais judío... —La voz del rabino sonó como un lamento.

Adrianus se levantó.

—Os tendré al corriente de lo que suceda en Varennes. ¿Necesitáis algo de la ciudad?

—Nos las arreglamos.

Él se inclinó a modo de despedida y se fue. Haïm, que acababa de asignar las guardias nocturnas, le dio una palmada en la espalda, sonriendo, cuando pasó a su lado por el sendero.

—¡Léa! —oyó gritar a Baruch.

Ella lo alcanzó bajo los árboles.

—Deberías regresar —dijo Adrianus.

—No puede ordenarme lo que debo hacer —repuso Léa.

Él siguió caminando por el bosque, entretanto oscuro como boca de lobo. Cuando creyó que estaba lo bastante lejos de Haïm y los otros vigilantes, se detuvo.

—Tu padre tiene razón. No podemos estar juntos.

—¡No empieces otra vez! ¡Después de todo lo que hemos pasado!

—¿Qué quieres que haga? ¿Ignorar sencillamente su voluntad? Es un buen hombre, no se lo merece.

Ella caminó en silencio junto a él. Llegaron hasta la roca, cuya masa negra salía del suelo del bosque.

—Adiós, Léa.

Ella le puso la mano en el brazo, le detuvo. La luz plateada de la luna se filtraba por entre las copas de los árboles, sus ojos la atraparon y brillaron como si fueran de madreperla.

—Habría una posibilidad.

Casi susurró lo inaudito.

Al amanecer, Adrianus fue hasta el local del gremio y encontró a Deniselle en el callejón. Se había pasado media noche despierto, dando vueltas a la conversación con Léa. Estaba por consiguiente cansado. Deniselle, en cambio, difundía, como de costumbre, una ruidosa jovialidad y no prestó ninguna atención a su mal humor.

—¡Buenos días, Jacques, viejo remiendahuesos! —gritó mientras empujaba la puerta entreabierta—. ¿Te ha vuelto a sacar de la cama tu floja vejiga o por qué estás ya aquí?

Jacques estaba sentado en su sitio junto a la entrada y tenía la cabeza apoyada en la mesa. Los dos sanadores corrieron hacia él y lo incorporaron. Apenas estaba consciente y emitía murmullos incomprensibles.

—¡Por Dios, está ardiendo! —dijo Adrianus.

—Acostémoslo.

Agarraron al viejo cirujano por los brazos y las piernas y lo tumbaron en la cama que había en la alcoba. Jacques gimió ligeramente.

Adrianus apretó los labios y apartó la bufanda que Jacques llevaba a pesar del calor. En el cuello había dos bubones azulados. Enseguida, Adrianus examinó al anciano y encontró otros abscesos en las axilas.

—Qué grandes son —dijo Deniselle.

—La enfermedad tiene que haberse declarado hace ya dos o tres días. Nos la ha ocultado.

Adrianus sacó sus instrumentos y sangró a Jacques. Entretanto, Deniselle le dio agua y frotó su cuerpo febril con un paño fresco. Por fin, el viejo cirujano volvió en sí y los miró con ojos turbios.

—Lleva'me a casa —farfulló.

Adrianus miró a la herbolaria. ¿Podían arriesgarse a moverle?

—Po' favo'. —Jacques cogió la mano de Adrianus.

—Trataré de conseguir un carro. —Deniselle se fue corriendo.

—Aguanta, Jacques, ¿me oyes?

El viejo cirujano se hundió en un sueño febril y no reaccionó. Adrianus cerró los ojos. Su amigo había resistido a la plaga, aunque la enfermedad prefería a las personas viejas y quebradizas. ¿Por qué le había sorprendido al fin? ¿Qué clase de juego cruel estaba jugando Dios con ellos?

Poco después regresó Deniselle. Había tomado prestado el carro de un comerciante del mercado del pescado, y acostaron en él con cuidado a Jacques. Por suerte, su casa no estaba lejos. Lo subieron al dormitorio y lo tendieron en su cama. Había despertado y sonreía débilmente.

—Aquí e'toy mucho mejor.

—¿Por qué no nos has dicho que estabas enfermo? —Adrianus no podía ocultar su amargura.

—Solo me hubierai' metido e' la cama y me hab'iais p'ohibido t'abajar.

—¡Habríamos podido atenderte antes!

—Ya sabemos de qué hab'ía se'vido. Se acabó, muchacho. Puedo se'tirlo.

—Deja de hablar así. Te vas a curar.

Jacques cerró los ojos y respiró débilmente. Las oleadas de fiebre devoraban toda su energía. Poco después se quedó dormido.

—Haz tú la ronda por la ciudad —dijo Adrianus—. Yo me quedo con él.

—Te relevaré esta tarde. —Deniselle le puso una mano en el hombro antes de partir.

Adrianus arañó los últimos restos de sus medicinas y mezcló dos brebajes: uno contra el dolor, el otro contra la fiebre. Le administró los dos a Jacques, que despertó hacia el mediodía. Su amigo apenas fue capaz de tragar el tenue caldo que Adrianus había preparado.

Tapó las ventanas con paja para que Jacques no quedara expuesto a los rayos del sol de la tarde, e hizo todo lo posible porque estuviera fresco y cómodo. Luego, untó los bubones con una pomada de cebolla, mantequilla, levadura e higos para que se inflamaran más deprisa y poder abrirlos cuanto antes. Jacques dormía tan profundamente que no se enteró de nada.

No quedaba otra cosa que esperar.

Hacia el atardecer, Deniselle regresó y ocupó su lugar junto a la cama.

—Descansa —dijo la herbolaria—. Te avisaré si su estado cambia.

Adrianus movió la cabeza.

—Tengo que ir a buscar a Léa.

«Para que vuelva a verle una vez más. Para que pueda despedirse.»

Apartó con furia aquel pensamiento y bajó por las escaleras.

El gobierno de los gremios había puesto guardias en el barrio judío con la misión de dar la alarma si sus antiguos habitantes regresaban. Felizmente, aquellos hombres estaban todo lo contrario que atentos. Estaban sentados delante de la sinagoga, tenían entre ellos un barrilito que los saqueadores no habían visto y se regocijaban con el vino. Léa conocía un atajo entre los callejones y patios traseros que les permitió esquivar a los guardias y cruzar la puerta sin ser observados.

Llegaron a casa de Jacques hacia medianoche.

—¿Dónde está? —preguntó Léa.

—Arriba.

Deniselle había encendido una vela en el dormitorio. Jacques dormía. Al pie de la cama, ella había colgado un amuleto mágico hecho de huesos, plumas y perlas.

—¿Cómo está? —preguntó Adrianus.

—Igual.

—Vete a casa. Nosotros nos ocupamos de la noche.

Deniselle, que llevaba semanas sin ver a Léa, abrazó cariñosamente a la judía antes de despedirse. Adrianus ventiló la habitación. La llama de la vela tembló, haciendo bailar las sombras en las paredes como si se tratara de fantasmas burlones. Cuando Léa se sentó en la cama, Jacques abrió los ojos y sonrió.

—Es bonito vo'ver a ve'te.

Ella correspondió a la sonrisa y le puso una mano en la mejilla.

—Me han dicho que has sido insensato.

—¿Qué le voy a hace'? Soy un viejo. Ya no ap'e'do.

—Queda una olla entera de sopa. ¿Quieres que la calentemos para ti?

—La p'efiero f'ía.

Léa le ayudó a incorporarse y le dio de comer. Esta vez consiguió tomarse casi todo el cuenco.

—¿Qué pasa con el resto?

—Luego tal ve'. Ahora te'go que hablar co' el chico.

Se notaba lo mucho que le costaba decir cada palabra. En la frente arrugada brillaba el sudor.

Adrianus se sentó al borde de la cama.

—¿Qué hay, viejo amigo?

—La casa, y todo lo que hay de't'o... Cua'do ya no e'té, todo es para ti.

—No empieces otra vez. Aquí no se va a morir nadie.

—Por de'gracia no eres tú el que decide. Léa, hija mía, ¿ha' oído? Tú eres te'tigo. El chico ha sido como u' hijo para mí. Por eso debe hereda'lo todo.

Ella se mordió el labio y asintió. Jacques les sonrió con picardía.

—Y te'go ot'o deseo. Llevo mucho tie'po vié'doos, to'tolitos, acaba' de una ve' con e'to. No me miréis co' esa cara de su'to. No soy ciego. Veo cua'do dos se quiere'. Así que: ¿cuá'do os casái'?

—Por desgracia no es tan fácil —dijo Adrianus.

—Nada e' la vida e' fácil. Po' lo meno', no lo que vale la pena. Tenéi' que pelear por eso. ¿Me lo p'ometéis?

Asintieron. Jacques cerró los ojos. Parecía muy agotado.

—Eso está bie' —murmuró—. Yo o' veré de'de ar'iba y t'ataré de ayuda' si hace fa'ta…

—Voy a sajar los bubones —dijo Adrianus.

Jacques no respondió. ¿Había perdido el conocimiento? Adrianus puso manos a la obra. Con cuidado, sajó cada uno de los bubones, raspó el pus y limpió las heridas.

—Eso sie'ta bie' —cuchicheó Jacques con los ojos cerrados.

Poco después se quedó dormido.

Durante las dos horas siguientes, cuando la noche era más oscura, la fiebre no hizo más que subir. No lograban dar alivio a Jacques. Al amanecer, tuvo convulsiones y cayó en el delirio.

Al menos esta vez, Dios se mostró compasivo y le ahorró una larga y dolorosa lucha con la muerte. Al poco tiempo, el viejo corazón de Jacques se detuvo simplemente. La expresión de su rostro arrugado era pacífica.

Adrianus y Léa se cogieron de las manos y lloraron por su amigo.

—Tendría que haberle oído en confesión —susurró Adrianus—. ¿Por qué no lo he hecho?

—Era un buen hombre. Dios lo reconocerá.

Léa se agarró las mangas y rompió la tela de un fuerte tirón.

Encontraron hilo y aguja y amortajaron al fallecido en una sábana limpia. Al salir el sol, Deniselle apareció y ayudó a Adrianus a tender a Jacques en el carro. Adrianus quería impedir que su amigo terminara en una fosa común delante de la muralla. Guio el carro por las calles desiertas hasta Saint-Pierre y cruzó la puerta con el cadáver. El camposanto estaba abarrotado, como todos los cementerios de la ciudad. Familias enteras compartían una sola tumba; muchos cadáveres solo estaban cubiertos por una fina capa de tierra. El olor era bestial.

Sin embargo, justo al lado de la cripta de su familia, a la sombra del ángel de piedra, Adrianus encontró un último sitio libre. Un lugar de descanso adecuado para un hombre que había sido un padre para él cuando su verdadero padre no pensaba más que en el pecado y el infierno.

Con cuidado, dejó a Jacques en el suelo, cogió la pala y la clavó en la tierra.

Libro tercero

MENORÁ Y CRUZ

Igual que el exceso de alegría suele terminar
en tristeza, así suceden nuevas alegrías al
abandono de la pena.

Giovanni Boccaccio

63

Agosto de 1349

Adrianus recogió un poco de orina del enfermo y agitó el matraz a la luz. El líquido era claro, una buena señal.

—¿Cómo te sientes?

El fabricante de pergamino se sentaba desnudo y encorvado al borde de la cama.

—Como si hubiera pasado días emborrachándome. —Sonrió cansado—. Cuando me levanto todo da vueltas y no logro dar ni dos pasos. A veces me vuelve la comida.

—Pero ¿puedes comer?

—Cada día es más fácil.

—Las náuseas se pasarán. Duerme todo lo que puedas. Pronto regresarán las fuerzas.

Adrianus examinó al fabricante de pergamino. Ya no tenía fiebre, y los cortes cruzados donde antes estaban los bubones estaban curando bien. Su esposa y dos de sus cuatro hijos no habían tenido tanta suerte. Habían muerto el mes anterior: otras tres víctimas de la plaga, que solo en Varennes había costado casi cuatro mil vidas humanas... más de un tercio de la población de la ciudad. Calles enteras estaban abandonadas, algunos barrios parecían extinguidos. Pasarían décadas hasta que Varennes se recuperase de aquella catástrofe inconcebible.

Pero la ciudad se recuperaría, de eso Adrianus estaba seguro. La plaga estaba por fin en retirada. Hacía días que no se notificaban casos nuevos. De los pueblos del término municipal y de las plazas de mercado vecinas venían noticias parecidas. Incluso volvían a tratar dolencias diferentes de la pestilencia. Enfermedades magníficamente normales, como el catarro o la disentería. Hacía poco que había encajado un hueso roto, por primera vez en meses. Era una sensación indescriptible saber justo cómo se podía ayudar a un paciente.

¿Había sido vencida la plaga? Había muchas cosas que apuntaban a ello. Nadie podía saber lo que había conducido a ella. Sin duda había ayudado que los casos contagiosos se aislaran, y se ralentizara de ese modo la expansión de la epidemia. Pero, naturalmente, eso no explicaba que nadie más enfermara ya de la pestilencia bubónica. La mortal enfermedad seguía representando un completo enigma.

Era probable que Dios hubiera tenido piedad y decidido que ya había castigado lo bastante a Varennes.

El fabricante de pergamino estaba agotado por el examen y se acostó. Adrianus le recomendó algunos alimentos que daban energía y protegían el estómago, antes de coger su bolsa e ir a ver al próximo paciente.

Era un día de finales de verano, amable y suave. Durante la noche había vuelto a llover, como lo había hecho tan a menudo durante aquellas últimas semanas. Adrianus se mantuvo en equilibrio sobre los tablones que habían puesto en las calles embarradas y logró llegar seco a la Grand Rue.

Allí vino a su encuentro un guardia con la alabarda al hombro.

—El Consejo quiere veros.

Adrianus siguió al hombre armado hasta el ayuntamiento y entró en el Gran Salón. A la mesa se sentaba todo el gobierno de los gremios... o lo que quedaba de él. Varios de sus miembros habían muerto durante el verano, y los desleídos gremios no conseguían elegir sucesor. Tampoco Théoger Le Roux estaba presente. Al parecer, el patricio seguía en el campo. La mayoría de los ricos no pensaban volver a la ciudad hasta que hubiera desaparecido todo riesgo.

El maestre de los sastres pidió a Adrianus que se acercara a la mesa. Después de largas y agotadoras luchas por el poder, finalmente lo habían elegido alcalde. Llevaba el collar de su cargo sobre el pecho henchido de orgullo y se pavoneaba por la ciudad para asegurarse de que todo el mundo lo viera.

—Las actas judiciales del condado de Schaunberg han llegado al fin —declaró, regodeándose en su propia importancia—. Las hemos examinado a fondo y pedido a los santos que aguzaran nuestro juicio.

Adrianus esperó. Ocho pares de ojos le miraban con seriedad.

—Es exactamente como el judío de Erfurt contó en su carta —prosiguió el alcalde—. Luc... quiero decir, Lutz... era un asesino condenado, que fue proscrito por el conde. La proscripción nunca fue levantada. Así que hicisteis bien en matarlo.

Adrianus respiró en su interior. No dejó que se le notara. Nadie debía creer que había dudado nunca del contenido de la carta.

—El Consejo de la Ciudad Libre de Varennes Saint-Jacques retira todas las acusaciones contra vos y os considera inocente. Se os devolverá el derecho de ciudadanía en toda su extensión y podréis volver a moveros con libertad como os plazca.

—Agradezco al alcalde y a los consejeros esa sabia y justa decisión. —Adrianus se inclinó.

Una vez fuera, alzó la vista al cielo radiante y rio a voz en cuello. La gente de los puestos del mercado se le quedó mirando como si hubiera perdido el juicio. Él no pudo evitarlo. Durante meses, había vivido con el miedo a la espada del verdugo. Por fin se liberaba de la tensión. Habría podido ponerse a bailar.

Cruzó la plaza de la catedral acelerando el paso. César y su padre tenían que saberlo.

Tenían que celebrarlo.

Era uno de los últimos días de agosto, una tarde clara y calurosa. La picota proyectaba largas sombras. Cada paso levantaba polvo. Cien hombres se habían congregado al pie de la colina: casi todos los miembros del Pequeño Consejo, varios mercaderes, sus criados, algunos mercenarios. Todos ellos llevaban armas, la mayoría además corazas y yelmos.

—¿Dónde está el bailío real? —preguntó uno de los consejeros derrocados.

—Vendrá —respondió César, que llevaba una espada al cinto, prestada por su amigo Amédée—. Me ha dado su palabra.

—¿De verdad ya no nos amenaza ningún peligro en la ciudad? —expresó otro lo que muchos pensaban.

—Mi hermano me ha asegurado que la pestilencia ha sido derrotada. Desde hace tres semanas ya no hay nuevos casos. El único peligro son los locos que hay en el ayuntamiento. Pero vamos a terminar con ellos —explicó iracundo César.

Se había corrido rápidamente la voz de que la plaga había terminado, al menos en Varennes. Entretanto, muchos ricos y clérigos ya habían vuelto a la ciudad. Más de uno había tenido la misma experiencia que César y Amédée, y comprobado que en su casa vivían mendigos, borrachos y otros seres indignos. Cundían el despilfarro y la inmoralidad. Cualquier recién llegado se apoderaba de una propiedad sin dueño. Los nuevos ricos se exhibían sin recato con sus ropas ajenas y sus joyas robadas. Los criados se negaban a trabajar, y el gobierno de los gremios no hacía nada para evitarlo.

Una vergüenza que César no pensaba seguir aceptando.

Por eso los había reunido a todos, consejeros, patricios y mercaderes: ese día iban a reclamar lo que les pertenecía.

Una nube de polvo se acercó a la picota desde el sur, y poco después distinguieron a Thierry de Châtenois, que cabalgaba seguido de veinte soldados a pie. El bailío real se había atrincherado en su castillo durante semanas y había pasado allí la plaga.

Frenó su caballo de batalla delante de los hombres que esperaban. Llevaba una coraza laminada y la visera del yelmo alzada, de modo que la barba sobresalía de ella.

—Con Dios, Thierry —dijo César—. Es bueno saber que el rey está de nuestra parte.

El bailío miró a los reunidos. Lo que vio pareció gustarle.

—¡Llevemos el derecho y la ley a Varennes! —atronó, y cien hombres gritaron jubilosos.

Desfilaron por los terrenos de la feria, que ardían al sol del atardecer. Ya nada recordaba el campamento de los flagelantes: la Nueva Jerusalén había desaparecido como si nunca hubiera existido. Cuando la tropa se acercó a la Puerta de la Sal, los dos guardias que había bajo el arco se pusieron nerviosos y empuñaron sus alabardas con las dos manos.

—En nombre del rey, apartaos —ordenó Thierry.

—¡Esos hombres no pueden entrar en la ciudad! —gritó uno de los guardias—. Antes tienen que jurar lealtad al gobierno de los gremios.

El bailío alzó un brazo, y sus guardias pasaron corriendo ante él con las armas desenvainadas. Los guardias de la puerta dejaron caer las alabardas y emprendieron la fuga.

—¡Rápido, al ayuntamiento! —gritó César.

Envuelta en nubes de polvo, la tropa remontó la Grand Rue. Algunas personas huyeron a sus casas y atrancaron la puerta, otras se quedaron mirando al borde de la calle. En la plaza de la catedral, los hombres rodearon el ayuntamiento. Delante del portal se apretujaban varios guardias, que palpaban sus armas y miraban temerosos a la tropa, superior en número.

—¡Vosotros, asesinos de Bénédicte Marcel! —rugió César mirando hacia el Gran Salón—. ¡Vosotros, falsos consejeros y viles infractores de la paz, salid! ¡Entregaos a la justicia del rey!

Se abrió una ventana, y el maestre de los sastres asomó la cabeza. El collar de su cargo centelleó.

—¡Nos habéis jurado lealtad! —gritó—. ¡Lo jurasteis sobre la Biblia! ¡Esta incursión es una monstruosa traición a Varennes Saint-Jacques y sus ciudadanos!

—Un juramento prestado a criminales no es vinculante. Os lo advierto por última vez: entregaos, o correrá la sangre.

El maestre de los sastres cerró de golpe la ventana. De la sala salió un griterío amortiguado.

—Vamos a por ellos —dijo César.

Avanzaron con las armas en la mano. Los guardias del portal se retiraron al interior del edificio, sus lanzas y alabardas formaron una mortal espesura.

—¡Disparad! —ordenó el bailío.

Sus ballesteros apuntaron, y una lluvia de virotes abatió a los guardias. César y sus compañeros pasaron por encima de los heridos y moribundos y subieron corriendo la escalera.

Dentro no encontraron resistencia alguna. En todo caso, los maestres de los gremios se habían atrincherado en el salón. Dos fornidos guerreros se lanzaron contra la puerta, y el cerrojo se quebró.

César abrió una de las alas de la puerta y fue el primero en entrar, seguido del bailío, que cojeaba ligeramente —su vieja herida de guerra—, lo que no le hacía parecer menos temible.

Los hombres del gobierno de los gremios estaban detrás de la mesa, algunos habían sacado un puñal. Parecían pálidos y con pocas ganas de pelea. Solo el maestre de los sastres estaba enrojecido de ira.

—¡No podéis hacer esto! Los ciudadanos quieren que nosotros le dirijamos. Si os atrevéis a ponernos la mano encima, nuestros hermanos se tomarán una sangrienta venganza.

—Habéis matado al alcalde legítimo, asesinado a judíos, violado el derecho real y perturbado la paz —dijo Thierry—. En virtud de mi cargo, os prendo para que seáis juzgados.

Siete de los ocho hombres no se resistieron cuando los guardias se los llevaron. En cambio, el maestre de los sastres gritó y se revolvió como un demonio furioso, de modo que los hombres tuvieron que derribarlo en tierra.

—¡Traición! —chillaba—. ¡Blasfemia!

César se acercó a él.

—Esto no te pertenece. —Agarró el collar y se lo arrancó.

Llegaron a la Torre del Hambre al mismo tiempo que Amédée. Este se había dirigido con veinte hombres armados a la casa de campo de Théoger para prender al patricio renegado. Y lo había logrado: en ese momento, sus hombres estaban llevando al preso a la mazmorra. Théoger miró fijamente al frente, antes de desaparecer dentro de la torre.

Después de haber dejado a los maestres en sus celdas, el bailío se dirigió a los patricios:

—El rey desea que forméis un nuevo Consejo. La ciudad necesita una mano dura que restablezca el orden.

—El Pequeño Consejo asumirá la tarea enseguida —dijo César—. Pertenecen a él los mismos hombres que regían Varennes antes del derrocamiento. Solo habrá que cubrir los escaños de Bénédicte Marcel y Théoger Le Roux.

Thierry de Châtenois asintió.

—Que así sea. Mi deber aquí está cumplido. Me retiraré al palacio y esperaré nuevas instrucciones del rey.

El bailío montó y se fue con sus hombres.

César no había llegado a saludar a Amédée.

—Buen trabajo, viejo amigo.

Amédée sonrió.

—Théoger no nos lo puso difícil. Estaba sentado en el jardín comiendo peras en almíbar cuando llegamos. Su gente se entregó en cuanto desenvainamos las espadas.

—Está bien que hayamos golpeado con rapidez y decisión. Si hubiéramos titubeado, habría vuelto a ir un paso por delante de nosotros.

—César —dijo uno de los patricios—. El trabajo del Consejo podrá esperar hasta mañana, ¿no? Primero queremos ocuparnos de nuestras casas.

Él asintió.

—Empezaremos por la mía. Entraremos por el patio y echaremos a la chusma por la puerta delantera. No matéis a nadie, pero tampoco seáis demasiado melindrosos. Organizad un buen escándalo, para que nos oigan en toda la plaza de la catedral. —César miró iracundo a su alrededor—. Cuando esa gente haya comprendido que vamos en serio, despejarán deprisa todas las demás casas.

—Doctor Philibert —saludó Adrianus con una fina sonrisa.

El físico no se dignó mirarle. Con aquellos movimientos torpes y rígidos, tan característicos suyos, aquel hombre larguirucho anadeó por la sala y se plantó ante la mesa del Consejo.

—Os saludo, señores.

—Doctor. —La voz de César mostraba un aire de suficiencia—. Tenéis muy buen aspecto. Recuperado y tostado por el sol. Sin duda el largo verano en el campo os ha sentado bien. ¿Qué podemos hacer por vos?

—Cuando regresé esta mañana, llegó a mis oídos un rumor que no puede ser cierto.

—¿Y es...?

—Que este hombre —Philibert señaló a Adrianus estirando el dedo— es ahora el médico de la ciudad. Sin duda me han engañado. Al fin y al cabo, solo hay un médico de la ciudad en Varennes: yo. Espero que el Consejo lo confirme y ratifique.

—Vos esperáis... —César alargó la palabra—. Probablemente también esperéis que se os pague el salario de los meses pasados.

Philibert pareció inseguro.

—Bueno, de hecho sería muy bienvenido...

César cambió una mirada con Amédée, cuyo gesto parecía extrañamente concentrado y estatuario.

—Me lo imagino. Pero quien no trabaja no cobra. Y, en lo que se refiere al cargo de médico de la ciudad: el maestro Adrianus lo ejerció de hecho mientras estabais fuera.

En el rostro de Philibert aparecieron manchas rojas.

—¿El Consejo ha permitido eso? ¡No es más que un simple cirujano, un artesano! Que además fue expulsado de su gremio. No es en modo alguno adecuado para una tarea tan exigente. —El físico lanzó una mirada devastadora a Adrianus.

—El gremio volvió a admitirle y el alcalde Marcel (que el Señor lo tenga en su gloria) le dio ese puesto —dijo César—. Vos habíais huido. Antes que todos los demás ciudadanos, me permito añadir. Cuando los demás aún no sabíamos lo que estaba pasando, vos estabais ya lejos, y vuestro deber habría sido organizar la lucha contra la plaga.

—¡No se puede combatir la plaga! Incluso un Galeno y un Avicena estarían impotentes ante esto. Por eso, lo que toca es «*Cito, longe fugeas et tarde redeas*»… «Huye deprisa, huye lejos, y vuelve tarde.» Un consejo que vosotros mismos habéis tomado en consideración y seguido. Todos vosotros.

—Eso es cierto —confesó César—. Pero nosotros no somos médicos cuyo deber es asistir a los enfermos. Vos habéis dejado a la gente en la estacada. El maestro Adrianus, en cambio, se quedó a ayudar a los enfermos.

—Además, no es cierto que un médico no pueda hacer nada contra la plaga —dijo Adrianus—. A algunos enfermos les ayuda que se abran los bubones y se deje salir el pus. Además, averiguamos que la pestilencia pulmonar se contagiaba de persona a persona. Así que se puede hacer mucho si se aísla a los casos contagiosos.

—¡Callad! —le increpó Philibert—. No sois más que un estudiante fracasado que, en vuestra envidia, no dejáis pasar ninguna oportunidad de perjudicar a un físico exitoso. Y además sois un chapucero, que se ha abierto paso hasta el gremio a base de embustes. —Se dirigió de nuevo al Consejo—: Exijo que se me devuelva el puesto que este advenedizo me robó con descaro y se apropió.

—¿Os supongo enterado de que ese «chapucero» y «advenedizo» al que insultáis con tanta virulencia es mi hermano? —preguntó César.

—Lo sé muy bien. De hecho, este inaudito procedimiento huele a nepotismo. Si Adrianus no fuera un Fleury, sin duda el Consejo no habría sido tan generoso con todos sus errores.

—Creo que ya hemos oído bastante —tomó la palabra Amédée—. Doctor Philibert, os lo diré directamente: el puesto de médico de la ciudad está en las mejores manos con el maestro Adrianus. Por eso, el Consejo ha decidido mantenerlo en él. Varennes no necesita un médico que huya al primer signo de peligro.

—Y sea el último en volver —completó César.

El silencio llenó la sala.

—¿Estoy… despedido? —preguntó el físico.

Amédée asintió.

—Naturalmente, podéis seguir ejerciendo como médico liberal, si así lo deseáis.

—¡Eso quisierais! —Philibert temblaba de ira—. Me iré… allá donde sepan apreciar mis talentos, en vez de escarnecerme y humillarme.

Esperó. Y se puso cada vez más pálido cuando nadie mostró intención de retenerlo.

—Hacednos saber si necesitáis una carta de recomendación —dijo César.

—Os arrepentiréis de esta decisión. ¡Os arrepentiréis amargamente! —El físico se dio la vuelta, pasó de largo ante Adrianus y desapareció.

—Qué piojo tan hinchado. —César movió la cabeza—. Demos gracias al cielo por habernos librado de él.

Y así terminó la era de Philibert, erudito doctor en Medicina y ferviente seguidor de la doctrina de los cuatro humores, que con toda probabilidad había matado más gente con lanceta y ventosa que más de un caballero con lanza y espada.

Miles de personas habían acudido a la picota al amanecer, casi todos los habitantes de la ciudad. La gente rodeaba la colina y esperaba ansiosa que empezara el terrible espectáculo. Adrianus y Josselin, que no tenían ningún interés en ver de cerca el derramamiento de sangre, estaban atrás del todo y se apoyaban contra la cerca que había al borde del camino. Hacía frío. Las nubes ardían, blancas y doradas, entre velos de fuego, como si el Todopoderoso hubiera arrojado hierro fundido al cielo.

La multitud se agitó cuando una procesión se aproximó desde la Puerta de la Sal. Delante caminaban los consejeros en sus togas guarnecidas de piel, detrás los canónigos y media docena de guardias con brillantes alabardas. Luego venía el carro con la jaula de los prisioneros, al que seguían un sacerdote y más hombres armados.

Detrás de los barrotes se sentaban Matthias, Théoger y los maestres de los sastres, canteros, tejedores y panaderos. El resto de los miembros del gobierno de los gremios a los que el bailío real había prendido en el ayuntamiento dos días antes no habían participado ni en el ataque a la judería ni en el asesinato del alcalde Marcel. Por eso el Consejo les había atribuido una culpa menor y se había conformado con desterrarlos de la ciudad por un año y un día.

La multitud formaba un callejón para la caravana. La gente jaleaba y tiraba frutas podridas y toda clase de desechos a los ocupantes de la jaula. Los seis hombres estaban muy maltratados. Los habían torturado hasta que habían confesado sus crímenes. Adrianus había hecho lo posible por tratar los numerosos cortes y quemaduras para que no murieran antes de haber expiado sus crímenes. Más de uno le había implorado que abogara por él ante el Consejo para que le impusieran un castigo menor. El agudo gimoteo de aquellos hombres seguía resonando en sus oídos.

El carro se detuvo ante el cadalso, y los guardias formaron un círculo para contener a la multitud. Los condenados tuvieron que arrodillarse. El sacerdote los oyó en confesión.

Matthias fue el primero en ser llevado al patíbulo. César subió al estrado y expuso sus crímenes ante la multitud.

—Has ayudado a difundir las mentiras de un falso predicador y a llevar al error a innumerables cristianos honrados —atronó su voz—. Por eso, se te va a arrancar la lengua, para que nunca puedas volver a mentir. Además, habéis robado a la gente y os habéis enriquecido a su costa de forma vergonzosa. Por eso, se te va a cortar la mano, para que nunca más puedas apropiarte de los bienes ajenos.

El verdugo y sus ayudantes empezaron su sangrienta tarea. Adrianus no miró. Tan solo oyó los gritos de Matthias, el gemido placentero de la multitud y el siseo del cauterio cuando fueron selladas las heridas. Dos guardias arrastraron al hombre inconsciente hasta el carro.

Acto seguido, se obligó a arrodillarse ante César a Théoger y los cuatro maestres.

—Habéis confesado ante testigos haber asesinado pérfidamente a nuestro alcalde, el honorable Bénédicte Marcel, con el objetivo de derrocar al Consejo legítimamente elegido y haceros con el poder en Varennes Saint-Jacques. No os bastó con destruir el orden pacífico y hacer escarnio de la voluntad real… no, además cooperasteis en el vergonzoso ataque a la comunidad judía. Por vuestra causa fueron asesinados varios de sus miembros y saqueadas todas las casas de la judería. Solo puede haber un castigo para crímenes tan impíos: ¡la muerte!

La multitud callaba. En el silencio resonaban dos sonidos que se fundían en una música grotesca: el maestre de los sastres y sombrereros lloraba a voz en cuello e imploraba clemencia de manera apenas comprensible, mientras una vaca mugía en el prado vecino como si quisiera animar a los condenados.

Los esbirros del verdugo cogieron al maestre de los sastres y apretaron su cabeza contra el bloque de madera. La espada descendió, y los sollozos y las súplicas terminaron de manera abrupta. El verdugo sostuvo la cabeza por el pelo y la presentó a la muda multitud.

Los otros maestres murieron con mayor contención. Cada uno de ellos susurró una última oración antes de que la hoja del verdugo pusiera fin a su vida.

Théoger fue el último en ser ejecutado. La gota y el volumen de su cuerpo le hicieron imposible arrodillarse delante del bloque, por lo que el verdugo le ordenó que irguiera el torso e inclinara ligeramente la cabeza. Juntó las palmas de las manos para orar, pero no consiguió pronunciar una sola palabra, sino que tan solo abrió varias veces la boca en silencio, mientras temblaba de pies a cabeza. El verdugo tomó impulso, pero la afilada hoja no logró cortar de un solo golpe la gruesa nuca. La multitud lanzó un jadeo y un suspiro que parecían salidos de una misma boca. El verdugo volvió a golpear una y otra vez… Hicieron falta cuatro mandobles para que la cabeza cayera finalmente al estrado con un ruido sordo.

Adrianus había vuelto a apartar la mirada. Pero Josselin sí había mirado, presa de una morbosa fascinación.

—Es lo más espantoso que he visto nunca —bisbiseó.

César estaba mortalmente pálido cuando se volvió hacia la multitud; su voz sonó como reseca.

—¡Así ocurra a todo el que viole la Ley del rey y cometa actos criminales contra nuestra ciudad y sus habitantes! —gritó, exhortando al pueblo a respetar el orden divino y rezar por las almas de los ajusticiados.

Pero Adrianus ya no le escuchaba.

—Vámonos —dijo a su padre, y caminaron hacia la puerta, pasando de largo ante la vaca, que pastaba pacíficamente un matojo de hierba sin preocuparse de los sangrientos asuntos de los hombres.

64

Septiembre de 1349

E l voto es unánime —constató Amédée—. Con esto, César es nuestro nuevo alcalde y juez supremo de Varennes Saint-Jacques.

Los consejeros estrecharon la mano a César. Él acogió sonriente las felicitaciones.

—Os doy mi palabra de que haré todo lo que esté en mi mano para llenar el hueco que ha dejado Bénédicte.

Acto seguido prestó juramento. Se arrodilló, puso la diestra sobre la Biblia y juró por la salvación de su alma servir a Varennes y a sus ciudadanos, acrecentar el bienestar común e imponer sabiamente el derecho real. Amédée le impuso el collar.

Los doce consejeros —el lugar de Bénédicte y Théoger lo habían ocupado dos hombres de las estirpes dirigentes— tomaron asiento a la mesa. Dos criados la rodearon y llenaron las copas de plata de vino del sur, de Borgoña.

—Tenemos por delante tareas difíciles —dijo César—. Así que empecemos sin rodeos. Comencemos por los judíos. Se les hizo una grave injusticia. Deben recuperar todas sus propiedades, incluidas las casas y fincas de los fallecidos que a causa de la nueva normativa hereditaria han ido a manos de la ciudad y las familias dirigentes.

—Para eso tendrían que empezar por volver —dijo un consejero—. ¿Sabemos entretanto dónde están?

—Mi hermano lo conoce, pero no revela su escondite. Ha hablado con ellos. El Consejo Judío nos dice que la comunidad solo regresará a Varennes si cumplimos determinadas condiciones.

—¿Cuáles serían?

—La devolución del patrimonio inmobiliario que acabo de mencionar —enumeró César—. La devolución de todos los tesoros robados en el saqueo. El pleno restablecimiento de la protección a los judíos y una garantía por escrito de que no volverá a ser reducida. Además, la abolición sin compensación alguna de la desdichada normativa sucesoria. Ha fortalecido los sentimientos hostiles contra los judíos y podría, también en el futuro, llevar a las familias dirigentes a emplear la violencia contra nuestros vecinos judíos.

—A largo plazo, todo eso abrirá un gran agujero en nuestras arcas —objetó otro consejero—. La protección de los judíos, en su antigua forma, era cara. ¿Y cómo vamos a hacer que la gente devuelva los tesoros robados? En el saqueo de la judería participaron cientos de personas, y ni siquiera conocemos una fracción de sus nombres. Puede que sea imposible encontrar esos tesoros. Aparte de eso, es probable que muchos de ellos hayan sido vendidos hace mucho.

—Es posible que los judíos también comprendan eso. Se trata de mostrar buena voluntad y restablecer la confianza perdida. Haremos pregonar que todo el que devuelva de forma voluntaria las propiedades robadas no deberá temer castigo alguno, pero quien sea sorprendido con propiedad judía tendrá que contar con ser castigado por ladrón. Y, en lo que se refiere a las otras medidas —dijo César—, probablemente sé mejor que ningún otro de los que estamos aquí que nos van a costar mucho dinero. Encontraremos una forma de pagarlo. Se lo debemos a los judíos.

—He repasado los libros —dijo Amédée, que había asumido el cargo de tesorero—. Casi cien de las personas que murieron en la plaga no tenían herederos, o estos también han muerto. Hay testamento en muy pocos casos, de manera que no sabemos nada acerca de su última voluntad. Por tanto, sus propiedades van a parar íntegras a la ciudad. Entre los fallecidos hay algunos artesanos y pequeños comerciantes acomodados, así que juntaremos algo de dinero. Debería bastar para llenar nuestras arcas y terminar por fin de pagar la muralla.

—Yo no estaría tan seguro —repuso uno de los consejeros críticos—. Debido a la gran cantidad de muertos, la recaudación de los impuestos se ha hundido. Como mucho, podemos esperar ponernos a cero.

Las medidas propuestas tampoco encontraron buena acogida en algunos otros. La normativa sucesoria negociada con el bailío real les daba participación en las casas y tierras de aquellos judíos que habían muerto sin dejar herederos… No querían renunciar en modo alguno a ellas. Y no a todos les apetecía que los impopulares hebreos regresaran. César sabía que no podría convencer a aquellos hombres ni empleando los mejores argumentos.

—Votemos —decidió—. ¿Quién apoya mi propuesta?

Él mismo, Amédée y otros cinco consejeros levantaron la mano. Cinco votaron en contra.

—Está decidido. —César leyó en los rostros que acababa de aumentar el número de sus enemigos. Podía vivir con eso. No había asumido el cargo para ganar amigos—. Hablaré con el bailío y le diré que la antigua normativa sucesoria vuelve a entrar en vigor.

—Al rey le alegrará —dijo ácidamente un consejero de la oposición.

—Mi hermano pedirá a los judíos que regresen. —César miró severamente a los reunidos—. Espero que sean saludados cordialmente entre nosotros. A partir de ahora, castigaré de manera implacable cualquier clase de hostilidades.

Con eso la sesión no había terminado. César había preparado otras exigencias a aquellos once hombres.

—El ascenso de Luc, la violencia contra los judíos y el derrocamiento del gobierno de la ciudad tuvieron una causa en común: la gran insatisfacción del pueblo llano. La decisión de nuestros antepasados de apartar a los gremios del poder puede haber sido comprensible en su época... pero fue un grave error. Ha llevado a que las familias dirigentes se apartaran de los ciudadanos más pobres. El pueblo llano de la ciudad se empobrece a ojos vistas y se siente humillado. Nos odian y nos llaman «sacos de especias».

Uno de sus adversarios sonrió con cinismo.

—¿Y qué queréis hacer? ¿Ceder generosamente vuestro escaño en el Consejo a un artesano?

—Propongo un cambio de nuestro régimen —explicó César sin prestarle atención—. El Gran Consejo y el Pequeño Consejo se fusionarán. En total, hay veintiocho escaños. Catorce corresponden a los gremios, que los ocuparán con sus maestres. Catorce corresponden al patriciado urbano y al gremio de mercaderes. La corporación recién creada asumirá todas las funciones del Gran y del Pequeño Consejo y formará además el Tribunal Supremo. Cada voto en el Consejo de los Veintiocho tendrá el mismo peso, los artesanos serán iguales a los patricios.

—¡Es el mayor disparate que he oído en mi vida! —se indignó un consejero—. ¿Los zapateros y tejedores van a sentarse en el tribunal y a cogobernar la ciudad? Ya se ha visto lo que ocurre cuando se deja a esa gente ejercer el poder. ¡Ni siquiera pueden ponerse de acuerdo en un alcalde y se comportan en las sesiones como si fueran niños de cuatro años!

—Aprenderán a tratar con la responsabilidad —respondió César—. Antes funcionaba. Solamente propongo volver a las condiciones que antaño creó mi predecesor, Michel. Entonces había un Consejo de los Doce, formado a partes iguales por mercaderes y artesanos. Bajo su gobierno, Varennes prosperó durante muchas generaciones. Así que no puede haber estado tan equivocado.

—Esos eran tiempos muy distintos. ¡No pueden compararse con la actual situación!

—¡Vuestra propuesta es una bofetada a cualquier mercader que trabaje duro! —gritó indignado otro—. Es nuestra riqueza la que ha hecho grande a Varennes. Es justo y necesario que conservemos el gobierno en nuestras manos. Jamás compartiré ese privilegio con albañiles y fabricantes de cepillos. ¡Si es preciso, lo defenderé espada en mano!

César estalló:

—¡Llamáis niños a los maestres de los gremios y os comportáis como tales! —Dio un puñetazo encima de la mesa—. ¿Es que ninguno de vosotros quiere comprender que tenemos que cambiar? Si no tendemos la mano a los gremios, la insatisfacción seguirá aumentando en la ciudad. ¡Dentro de unos años tendremos el próximo derrocamiento, y entonces quizá nos tiren a nosotros por la ventana!

Sin embargo, esta vez no encontró mayoría para su propuesta. En vez de eso, empezó una encarnizada disputa, que iba a durar meses y amenazaría con romper el Consejo.

Dos días después de la reunión, los judíos volvieron a casa. Los cristianos no les dieron la bienvenida. La cordialidad que César había pedido brilló por su ausencia. Al menos, no hubo hostilidades. Cuando los judíos recorrieron la ciudad nueva, la gente estaba al borde de la calle y miraba malhumorada. El odio que Luc había alimentado durante meses no había desaparecido de la noche a la mañana.

Apenas ochenta judíos habían sobrevivido a la plaga y a la noche sangrienta de mayo…, ochenta de antaño ciento veinte. Recorrieron las calles en silencio, con sus pertenencias metidas en cestos colgados a la espalda. Muchos estaban enflaquecidos y tenían la nariz roja y goteante. Adrianus sabía que no habrían aguantado mucho más en el bosque. Al final las reservas habían disminuido, y tanto el tiempo lluvioso como las noches cada vez más frías les habían asestado duros golpes. El alivio fue grande cuando por fin volvieron a sus casas. Pero Adrianus no vio alegría alguna. La mayoría de los judíos miraban llenos de preocupación al futuro.

Adrianus los acompañó todo el camino desde la ciudad nueva hasta la judería. Iba junto a Judith y no se apartó de su lado hasta que ella volvió a entrar en su casa. Su gesto era pétreo. Recorrió las estancias cautelosa, como si el peligro pudiera acechar detrás de cada esquina. César había hecho limpiar los devastados edificios, pero aun así la casa vacía ofrecía un aspecto desolado. Los muebles dañados y las profundas grietas en el revoco recordaban con demasiada claridad la furia de los saqueadores. Adrianus deseó haber ido antes y haber acondicionado al menos las habitaciones del primer piso.

—Mirad qué muebles son utilizables y ponedlos aquí abajo —ordenó a los criados.

Los hombres salieron corriendo. Judith estaba en medio del salón y acariciaba el respaldo de una silla que la gente de César había arrimado a la mesa. Era la única intacta. Las otras daban la impresión de haber sido golpeadas con gran furia contra la pared.

Judith se sentó y dejó vagar la mirada en torno.

—¿Puedo hacer algo por ti? —preguntó Adrianus.

Al principio creyó que no le había oído. Luego, ella negó con la cabeza. Él notó que quería estar sola.

—Estaré fuera si necesitas algo.

Delante de la puerta, respiró hondo varias veces seguidas. La angustia en el pecho se negaba a desaparecer. Cruzó el patio y vio a su hermano, que hablaba en la calle con el Consejo Judío.

—Perded cuidado —estaba asegurando César a aquellos hombres—. No permitiré que se os vuelva a hacer daño. Mientras la familia Fleury tenga algo que decir en esta ciudad, los judíos tendrán poderosos defensores. Además, me esforzaré por asentar nuevas familias en el barrio para que vuestra comunidad pronto vuelva a ser tan grande como antes.

El rabino Baruch y los otros no parecían convencidos.

—Os tomamos la palabra —dijo Haïm.

—¿Qué pasa con los tesoros que nos robaron? —preguntó agresivo Aarón—. ¿Cuándo nos los devolverán?

—Haremos todo lo que esté en nuestra mano —trató de calmar César al prestamista.

—¿Habéis encontrado al menos el cadáver de mi hermano? —preguntó Baruch.

Adrianus estaba en la puerta del patio y escuchaba. Sentía gran respeto por César y sus esfuerzos, pero ¿bastarían? Los acontecimientos de los últimos meses y años, los sermones de Luc y los ataques a la judería habían dejado profundas heridas... heridas que no iban a sanar tan fácilmente. ¿Qué se podía hacer para que el odio de los cristianos desapareciera y los judíos cobraran nueva confianza? Adrianus no tenía respuesta a esa pregunta. Necesitarían tiempo. Tiempo, paciencia y la ayuda de Dios.

Observó un movimiento con el rabillo del ojo y miró a la derecha. Léa había abierto la puerta de la botica y estaba barriendo la tienda. Hacía tres meses que Adrianus no hablaba con ella; mantenía su palabra y, desde la muerte de Jacques, evitaba cualquier contacto con ella. Sus miradas se encontraron. Ella se detuvo, con la escoba en la mano.

Él le sonrió.

Las cejas de ella temblaron. Léa bajó la mirada, barrió el polvo de la escalera y desapareció dentro de la tienda.

César alisó la carta y la dejó en el libro mayor.

Tommaso Accorsi había escrito desde Florencia; un mercader italiano de paso había traído la noticia. Accorsi no solo disfrutaba de la mejor salud, preguntaba además cuándo pensaba César devolver su crédito. «En primavera iré a París, y espero veros allí a vos o un apoderado vuestro», le indicaba el banquero, y apuntaba que sería adecuado un primer pago de cincuenta florines.

César no tenía cincuenta florines... al menos, no de los que pudiera prescindir. Acababa de poner al día el libro mayor y metido el resto del dinero en el arca. El resultado era devastador en ambos casos. Hacía meses que el negocio apenas tenía ingresos. Muchas de sus ovejas habían muerto a causa de la plaga. En toda Lorena imperaba una aguda falta de mano de obra. Los nuevos criados y criadas que había contratado exigían salarios desvergonzados y salían adelante con sus exigencias. Por el momento no había encontrado un nuevo *fattore*; tenía que hacer él mismo el trabajo de escritorio. Y ya tenía en verdad bastante trabajo como alcalde.

El día anterior había ido a visitar el barrio de los tejedores, bataneros y tintoreros. Allí la pestilencia había hecho estragos especialmente fuertes: uno de cada dos trabajadores había muerto. El resto venteaba un nuevo amanecer y había acudido a las negociaciones con extrema conciencia de sí mismos. El nuevo maestre del gremio, un joven enérgico y elocuente, había hablado por ellos.

—Cincuenta tejedores y bataneros tienen que trabajar el doble que cien... es una cuenta sencilla —había dicho—. Así que también tenéis que pagarles el doble. El doble que antes, bien entendido, antes de que bajarais los salarios.

A César no le había quedado más remedio que doblegarse a aquella exigencia. Otros mercaderes, que insistieron en los viejos salarios, tuvieron que contemplar impotentes cómo su gente se pasaba en masa a la competencia.

Por el momento, la era de la omnipotencia de los mercaderes había pasado a la historia. Y ejercer la fuerza contra los jornaleros... Nunca volvería a caer tan bajo.

A todos los patricios de Varennes les ocurría algo parecido, al menos eso era un consuelo. Cada uno de ellos tenía que pagar sueldos terroríficos, cada uno de ellos había perdido trabajadores y un número enorme de animales de uso, a causa de la plaga. A alguno le había ido incluso peor que a él. Por eso, a pesar de todo, César tenía confianza en que el negocio superaría aquel difícil momento. Todos los competidores estaban debilitados, no solo en Varennes, sino en toda Lorena y más allá de ella. Ninguno tendría fuerzas para aniquilarle. Y siempre iban a necesitarse paño, sal y especias.

Por el momento, César se consolaba con los pocos puntos de luz que el destino le regalaba. Después de la ejecución de Théoger, el Consejo se había incautado de sus propiedades, porque se había comprobado que no había ningún heredero. César había logrado recuperar la casa de campo.

No solo los mercaderes sufrían los muchos cambios... todo Varennes estaba afectado por ellos. Muchas mercancías escaseaban. Los graneros apenas tenían lo suficiente para que el pueblo pasara el invierno. Amenazaba una nueva hambruna. Por eso, el Consejo se vio obligado a congelar los precios de los alimentos y forzar a trabajar a los campesinos descontentos. Mucha gente aún se inclinaba a postergar el deber y entregarse al placer. El hambre de vivir era grande; la racionalidad, por desgracia no. Se oía hablar de salvajes orgías en granjas apartadas. Las viudas volvían a casarse, aunque sus esposos habían muerto hacía pocos meses. Los jóvenes se casaban en gran número, a menudo apresuradamente. En general, todo Varennes parecía estar pensando únicamente en fabricar hijos.

Se trataba de una nueva era, con nuevas reglas. El Consejo tenía que encontrar respuestas a ellas. Él tenía que encontrar respuestas. Bueno, él lo había querido así. Nadie le había obligado a convertirse en alcalde.

César suspiró y cerró el libro con la carta.

Cuando iba a apagar las velas, su padre entró en el escritorio y puso un arcón abierto encima de la mesa.

—¿Qué hacemos con esto?

César miró el arcón. Contenía los tesoros que Luc y Matthias habían apartado. Muchas de las piezas no habían sido reclamadas por sus anteriores propietarios. Nadie se interesaba, por ejemplo, por la espada de pomo dorado y dos docenas de anillos, broches y collares… probablemente porque sus propietarios habían muerto y no había herederos.

—Yo podría dar buen uso a todo este oro.

—Oh, no —dijo severamente Josselin—. Ni se te ocurra pensar en eso. La gente dio sus cosas porque quería renunciar a la codicia. Venderlas y hacer vil comercio con ello significaría escarnecer por segunda vez a esos pobres engañados. Sin duda Dios te castigaría.

—Era solo una broma, padre.

Josselin le miró receloso.

—¿Lo era?

—Donaremos esos tesoros para fines benéficos —propuso César.

—¿Por qué no se los damos a los judíos?

—Eso es aún mejor.

Se quedaron sentados en silencio a la luz de la vela que oscilaba.

—¿Sabes ya qué vas a hacer? —preguntó César.

Josselin se tomó tiempo para la respuesta.

—He pensado mucho tiempo en eso. Volveré al convento y pasaré allí el final de mi vida.

—¿Estás seguro de que es una buena idea?

—Es el camino correcto, a pesar de todo. La vida mundana ya no es para mí. Me he dado cuenta estos últimos meses.

—Pero todos los franciscanos han muerto.

No estaba claro lo que pasaría con el convento abandonado al norte de la ciudad nueva. Hasta ahora el Consejo no había sabido nada de la orden.

—Me buscaré otra comunidad. Si hago un donativo generoso (digamos la casa de campo, los pastos, dos o tres telares), me acogerán con los brazos abiertos.

—Te lo imploro, padre, no vuelvas a hacernos eso...

Josselin sonrió con picardía. César estuvo a punto de estirarse por encima de la mesa y agarrar por el cuello al viejo, antes de echarse a reír entre resoplidos.

—¿Cuándo partirás?

—Hay tiempo hasta primavera.

—¿Tanto tiempo vamos a tenerte con nosotros?

—Tenemos que celebrar juntos Todos los Santos. Y Navidad. Y Pascua.

Se sonrieron el uno al otro.

Alguien llamó desde abajo; se oyeron pasos en la escalera.

—Será Adrien. —César se incorporó, cansado—. Espero que la comida esté lista pronto. La nueva cocinera no solo es desvergonzadamente codiciosa, sino también lenta como un asno de tres patas.

—¿Avanzas con el cambio de régimen? —preguntó Adrianus durante la comida.

—Estamos clavados en el sitio. Esos testarudos no quieren darse cuenta de que se están haciendo daño ellos mismos al no acercarse a los gremios —gruñó César—. Esto va a ser aún una larga lucha.

—Deberías hacerles una oferta —propuso Josselin—. Sin duda tus adversarios estarán dispuestos a renunciar a poder si ganan algo a cambio. Quizá podrías conseguir del rey bonificaciones para los mercados anuales.

—El gremio de mercaderes ya disfruta de todos los privilegios imaginables. Si pedimos más al rey, le irritaremos. Pero tienes razón —dijo César—, tengo que arrojar un cebo a mis adversarios. He estado pensando en una universidad.

Adrianus le miró sorprendido.

—¿Una universidad propia para Varennes?

—A causa de la plaga, faltan en todas partes médicos y otros hombres con formación académica. Necesitamos urgentemente funcionarios que entiendan algo de lógica, matemáticas y derecho. En Épinal y otras ciudades de las que los clérigos no han huido como los nuestros apenas quedan sacerdotes. Pasará mucho tiempo antes de que se vuelvan a cerrar esas filas... a no ser que echemos una mano.

—Una universidad haría a Varennes conocida en el mundo cristiano, de forma que a las ferias vendrían más visitantes —pensó en voz alta Adrianus—. Y ofrecería posibilidades completamente nuevas a los hijos de los mercaderes. Varennes podría convertirse en centro de erudición y superar incluso a Metz y Estrasburgo. El Consejo te amará. Una inteligente jugada, hermano.

—Un elogio salido de tu boca —gruñó César—. En verdad los tiempos han cambiado.

—Podrías convertir la escuela del Consejo en universidad.

—Esa era mi idea.

—Necesitarás buenos profesores. Lo mejor es que envíes cuanto antes peticiones a París, Bolonia y Montpellier... No, a Montpellier no —se corrigió Adrianus—. De lo contrario acabaremos poniendo la universidad en manos del doctor Girardus.

—De todos modos, pensaba poner en tus manos la dirección de la facultad de Medicina —dijo César.

Adrianus respiró hondo. Ahora llegaba la hora de la verdad.

—Me siento muy honrado. Por desgracia, hay un problema...

—La falta de título de doctor —César asintió—. Encontraremos una solución.

—No me refiero a eso. —Adrianus hizo una pausa—. Voy a convertirme al judaísmo.

Josselin dejó caer la cuchara, empezó a toser y estuvo a punto de escupir la sopa encima de la mesa.

—¿Qué?

—Nos está tomando el pelo —dijo César—. Hoy es al parecer el día de las bromas idiotas.

—¡Ja! Judío. No está mal... me has dejado helado. —Josselin agitó el índice en el aire—. Pero, si se te vuelve a ocurrir, espera a que haya terminado de comer, ¿me oyes?

—Lo digo en serio —dijo Adrianus.

Entonces también César bajó la cuchara. Los dos hombres se quedaron mirándolo.

—Léa y yo... somos... —Adrianus buscó las palabras.

—Pareja —le ayudó César.

—Cómo...

—Por favor. ¿Me tomas por ciego?

—¿Pareja...? ¿Cómo? ¿Qué? —tartamudeó Josselin antes de recobrar el control y mirar severamente a Adrianus—. ¿Desde cuándo dura esto?

—Mucho. Queremos casarnos.

—¡Totalmente imposible! —anunció Josselin—. Un hombre cristiano y una mujer judía jamás pueden...

—Por eso quiero hacerme judío —explicó Adrianus.

César se llevó el puño a la boca y carraspeó varias veces.

—¿No puede bautizarse Léa?

—No querría. Le parecería una traición a su familia. Puedo entenderla, después de todo lo que ha pasado. —Adrianus hizo una pausa—. He pensado mucho en esto. Mi decisión es firme.

Josselin estaba destrozado.

—¿Cómo puedes hacernos una cosa así? Los Fleury somos desde siempre cristianos y miembros prestigiosos de nuestra comunidad. Hemos donado altares y vitrales, incluso capillas enteras. Uno de tus antepasados incluso fue a Tierra Santa y combatió por Cristo. ¿Y tú quieres pisotear esa orgullosa herencia?

—Yo no quiero pisotear nada. ¿Cómo puedes decir eso?

—Porque... Porque... —A Josselin le faltaban las palabras—. ¡Un judío! —exclamó al fin, como si eso lo explicase todo. Ya no aguantaba quieto en su sitio. Iba de un lado a otro por la estancia levantando las manos al aire—. Buen Dios, ayuda a mi hijo. ¡Muéstrale su error!

En el pasillo se apretujaban los criados, mirando.

César se levantó maldiciendo en voz baja.

—¿Se os ha acabado el trabajo? —increpó a los criados y doncellas—. ¡Desapareced, largo! ¡Y no os atreváis a contar por ahí lo que acabáis de oír!

Entretanto, Josselin se desahogaba:

—Los judíos asesinaron al hijo de Dios, ¿y tú quieres ser uno de ellos? ¡Es monstruoso!

—Ni tú mismo te crees esa tontería. —Adrianus había contado con encontrar resistencia, pero no con que su padre iba a repetir frases que había oído por última vez en labios de Luc—. ¡Jesús también era judío, maldita sea!

—Adrien tiene razón... esas observaciones son indignas de ti —riñó César a su padre—. Además, no representa ningún papel lo que opinemos del asunto. Lo decisivo es lo que dice la ley... y es inequívoca.

—Conozco la ley —dijo Adrianus—. A los conversos se los quema en la hoguera. Igual que a los judíos que han apoyado la conversión de un cristiano.

César le clavó una mirada penetrante.

—Incluso hablar de ello es peligroso. Tienes que darte cuenta de que no puedo protegeros.

—No tenía intención de convertirme en Varennes. ¿De verdad me crees tan estúpido? Léa y yo nos iremos.

—¿Adónde? En ningún país que yo conozca un cristiano puede hacerse judío.

—A Alejandría, en Egipto —explicó Adrianus—. Allí reina el sultán de los mamelucos. En su reino imperan otras leyes. Los judíos tienen la vida más fácil y los conversos no deben temer castigo alguno.

—¡Alejandría! —Josselin estaba fuera de sí—. ¡Con los sarracenos! ¡Esto mejora por momentos!

—¿Lo has pensado bien? —objetó César—. Un nuevo comienzo, en un país lejano, sin familia, sin amigos... es duro.

—Es el precio que Léa y yo tendremos que pagar. No iremos solos. Baruch, Aarón y algunos más vendrán con nosotros. Conocen a muchos judíos en Alejandría..., comerciantes que les suministran medicinas y especias. Los de allí nos ayudarán a hacer pie.

Judith, en cambio, iba a quedarse en Varennes. Seguía creyendo que un día sus hijos volverían. Adrianus esperaba que Léa lograra hacerla cambiar de opinión.

—¡Basta! —gritó Josselin—. No vas a convertirte en judío. Y tampoco irás a Alejandría. ¡Te lo prohíbo!

—¿Y cómo? —repuso agresivo Adrianus—. Hace ya mucho tiempo que decidiste que ya no eras responsable de esta familia. Tus deseos carecen de importancia aquí.

Discutieron, y la comida se enfrió. Las voces se fueron elevando, los ataques se hicieron más personales, hasta que finalmente se rindieron, como dos combatientes agotados.

Siguió un opresivo silencio. Adrianus y Josselin se sentaban a la mesa con la cabeza baja, ninguno era capaz de mirar al otro.

—Como he dicho, está decidido —declaró Adrianus—. No vais a hacer que cambie de opinión. Si eso significa que ya no soy parte de esta familia, que así sea.

César suspiró.

—Siempre hay disputas y descontento en esta casa. ¿No estábamos de acuerdo en que eso tenía que cambiar?

—¿Qué debes hacer cuando tu propio hijo abjura de la verdadera fe? —dijo en voz baja Josselin.

—Bueno, tienes dos posibilidades. Puedes repudiar a Adrien... o aceptar su decisión. Depende de ti. Para mí siempre será parte de la familia, aunque en adelante viva en Egipto.

Adrianus sonrió agradecido a su hermano.

—Entonces, ¿te da igual que se convierta al judaísmo? —preguntó Josselin.

—No puedo decir que eso me haga feliz —repuso César—. Pero es y será mi hermano. Así que, maldita sea, pasaré por encima de mis propias creencias. ¿No hemos perdido ya a bastantes seres queridos?

—Estos son tiempos difíciles, padre —dijo Adrianus—. Solo los superaremos juntos. ¿No podemos mirar por encima de lo que nos separa y disfrutar de lo que nos une?

Josselin tenía lágrimas en los ojos.

—Entonces, no hay nada que nos una. Si llegas a hacerlo... si llegas a ser judío... ¡dejarás de ser mi hijo! —Echó la silla atrás de un golpe y salió con precipitación de la estancia.

—No lo dice en serio —dijo, dolorosamente afectado, César.

—Creo que sí lo dice en serio.

Adrianus se sentía herido, furioso, abatido. ¿Por qué las cosas tenían que terminar así entre ellos?

—En algún momento entrará en razón. Debes darle tiempo.

—Por desgracia ya no tenemos tiempo.

—¿Cuándo pensáis partir?

—Dentro de unos días. Queremos estar en Venecia antes del invierno, para poder hacernos a la mar en primavera, en cuanto abran los puertos.

Los judíos tenían la idea de haberse ido a Italia hacía ya semanas. Pero antes Adrianus había querido asegurarse de que la plaga no regresaba. A pesar de todo, se sentía responsable de Varennes.

—Dentro de unos días ya —dijo César—. Bueno, luego hablaré con padre. ¡Por Dios! —Movió la cabeza y llenó las copas—. Sí que hay novedades. Tomemos un vino.

Adrianus apuró su copa de un trago. Tenía grandes deseos de emborracharse.

—Así que necesitamos a un nuevo médico de la ciudad —constató César.

—Enviad gente a Estrasburgo, Metz y Nancy. Quizá allí podáis contratar un cirujano o un buen físico. Por el momento, Deniselle tendrá que desempeñar esa tarea.

—La plaga también ha hecho estragos en las ciudades vecinas. Si los médicos de allí siguen vivos, difícilmente los dejarán ir. O pedirán salarios desvergonzados.

Adrianus sonrió.

—Puedes pedir a Philibert que vuelva.

—Para eso es mejor no tener médico. —César resopló—. ¡Por los dientes amarillos de Saint-Jacques, hermano! Tú sí que sabes amargarle la vida a un alcalde probado en el dolor.

Volvió a reinar el silencio en la estancia. César ordenó a la doncella calentar la sopa. Mientras esperaban, Adrianus notó que su hermano le observaba de reojo.

—¿En qué estás pensando?

—Estoy dándole vueltas a una cosa.

César era un libro abierto para Adrianus.

—Te preguntas qué pasa con los hombres judíos.

—En cierto modo...

—Suéltalo, hermano, no tengas pelos en la lengua.

Las palabras brotaron simplemente de la boca de César.

—¿Te van a circuncidar?

Adrianus suspiró interiormente.

—¿Tú qué crees?

—Bueno, todos los hombres judíos están circuncidados, ¿no? No te lo van a ahorrar a ti.

Él asintió.

—Siempre me he preguntado cómo es el procedimiento. El rabino Baruch agarra lo mejor que tienes y te corta delante de todo el mundo...

—Exactamente así es como será —le interrumpió Adrianus.

Por fin llegó la sopa.

César se llevó la cuchara a la boca y la detuvo a medio camino.

—Tienes que querer de verdad a Léa. No puedo imaginarme ninguna mujer por la que aceptara que con un cuchillo afilado me cortaran...

—Cómete la sopa, hermano.

65

El otoño llegó pronto aquel año. A Adrianus le parecía como si el mundo estuviera cansado y anhelase el profundo sueño del invierno. Todas las mañanas, densas nubes de niebla se alzaban desde el río, se aferraban a las calles y solo se desprendían cuando el pálido sol estaba ya alto sobre los tejados. Los cementerios, los jardines, los caminos delante de las puertas de la ciudad desaparecían bajo una colorida hojarasca; las masas de hojas yacían marrones, amarillas y rojas como el fuego, y cubrían las tumbas, las viejas y las nuevas; las muchas, muchas nuevas. A veces el viento entraba y hacía bailar las hojas como si se tratara de un alegre grupo de niños.

Los judíos celebraban el Yom Kippur, el día de la Reconciliación, en el que confesaban ante Dios sus pecados, hacían penitencia y se reconciliaban con sus enemigos. Como Solomon ya no estaba, otro tuvo que tocar el shofar. David Levi asumió esa tarea. Por desgracia, no dominaba el shofar ni la mitad de bien que Solomon. Baruch contó más tarde a Adrianus que el toque de cuerno que ponía fin al oficio religioso había sonado lamentable y entrecortado, como el balido de una cabra cansada de vivir.

También Adrianus deseaba la reconciliación, esperaba que su padre viniera y retirase sus desabridas palabras. Josselin no vino. Pero Adrianus no iba a dar el primer paso. Si su padre no tenía la grandeza de disculparse, de tenderle la mano, seguiría su camino sin que hubiera explicaciones entre ellos, aunque esa idea le hacía sentir una infinita tristeza.

Tres días después del Yom Kippur fue a visitar al rabino Baruch. El erudito estaba en su estudio y leía un libro, uno de los pocos que habían superado indemnes el saqueo. Adrianus carraspeó. Baruch se estremeció y le miró sin comprender.

—Hoy es mi clase —le ayudó Adrianus.

—Tu clase. Cierto, cierto. —El rabino recogió apresuradamente los escritos de la mesa.

—Antes de que empecemos, aquí está el dinero para Judith.

Adrianus dejó varias monedas de plata. Había insistido en devolver el préstamo que Solomon le había dado antaño, con generosos intereses. Judith podía necesitar cada céntimo, y a él no le causaba perjuicio, ahora que como médico de la ciudad ganaba un buen sueldo.

Baruch, que administraba por ella el dinero, contó las monedas de plata.

—Ocho deniers... ocho personas que se salvaron en el Arca. —Sonrió feliz y las metió en la arqueta.

Adrianus no entendía qué pasaba con aquellas cifras místicas con las que su profesor estaba obsesionado. Pero, para darle gusto, se había acostumbrado a dividir los plazos de tal modo que saliera una «buena» cifra de monedas.

—¿Ha cambiado Judith de opinión?

—No hay nada que hacer —respondió preocupado Baruch—. Mientras exista la más mínima esperanza de que Esra y Zacharie regresen algún día, ni el Todopoderoso podría moverla a irse.

A Adrianus le dolía contemplar que Judith no podía desprenderse de eso e iba incluso a aceptar la separación de por vida de su familia. Excepto ella, nadie creía que sus hijos continuaran vivos. Que el cadáver de Solomon jamás hubiera sido encontrado no facilitaba las cosas. Por desgracia, no quedaba mucho tiempo para convencerla. En dos días empezaba la fiesta de las cabañas, que duraba siete días. Después se irían.

El rabino suspiró.

—¿Dónde nos habíamos quedado? —preguntó distraído—. Las letras hebreas, ¿verdad?

—Ya me las sé. Podemos ir a algo nuevo.

—No tan deprisa. El alfabeto tiene que resultarte tan familiar como para que puedas recitarlo en sueños. —Baruch hizo un gesto de invitación—: Desde el principio.

Adrianus se sometió.

—Álef Beth, Gimel...

El rabino alzó el dedo índice.

—Con su valor numérico.

—Álef uno. Beth, dos. Gimel, tres. Daleth, cuatro...

Desde que habían decidido irse juntos a Alejandría, se reunían una vez por semana para la clase de hebreo. Salvo Adrianus, Baruch, Léa y Judith, nadie sabía nada, ni siquiera César. El asunto era delicado. Si el Consejo u otra autoridad cristiana tenía la impresión de que con las clases se estaba preparando la conversión de Adrianus al judaísmo, tendría peligrosas consecuencias para todos los implicados. Pero Baruch había insistido en proporcionar a Adrianus al menos algunos conocimientos básicos de hebreo, para que pudiera entenderse con los judíos egipcios.

—... Resch, doscientos. Schin, trescientos. Taw, cuatrocientos —terminó Adrianus la enumeración.

—Muy bien —elogió el rabino—. Una última vez...

En ese momento Léa se precipitó en la estancia.

—¡Mirad quién ha vuelto!

Dos jóvenes entraron sonrientes en el estudio. Sus caireles los identificaban como judíos, pero iban vestidos como guerreros. Llevaban sucias sobrevestes y talabartes.

—¡Esra! ¡Zacharie! —Baruch se puso en pie de un salto y los abrazó. Las lágrimas le corrían por la barba—. ¡Estáis vivos! —gritó—. ¡Un milagro! ¡Un milagro!

También Adrianus saludó a los dos hombres. Comprendió que se trataba de los hijos de Judith y Solomon, que habían desaparecido hacía más de seis meses.

—¿Dónde habéis estado todo este tiempo? —preguntó Léa.

—Es una larga historia —dijo Esra, el mayor—. ¿Dónde están padre y madre? En casa no hay nadie.

Léa y Baruch cambiaron una mirada.

—Sentaos —dijo el rabino—. Hubo un incidente. El Señor ha llamado a su lado a vuestro padre.

Zacharie se cubrió los ojos con la mano y lloró en silencio.

El rostro de Esra perdió el color.

—¿Cuándo? —preguntó, contenido.

—Ya en mayo.

El joven bajó la cabeza y pronunció una oración.

Zacharie miró a Baruch con ojos enrojecidos.

—¿Y madre? ¿También ella...?

—Ella está bien. Creo que iba a ir al cementerio con los criados.

—Iré a buscarla. —Léa salió corriendo.

—Yo debería marcharme —dijo Adrianus.

—Nada de eso. Tú te quedas. Adrianus es un amigo de la familia. Es cristiano, pero no se puede tener todo —explicó Baruch, mientras servía dos copas a sus sobrinos, rebajaba el vino con agua y añadía hierbas trituradas—. Bebed. Os hará bien. Ahora contad. ¿Qué os ha ocurrido? ¿Cómo es que no hemos sabido nada de vosotros?

—No vas a creer lo que hemos vivido, tío —empezó Esra.

Los dos se turnaban para contar. Tal como había sabido entonces el criado de Solomon, ya no estaban en Worms cuando los judíos se quemaron dentro de sus casas para escapar al bautizo forzoso. Habían ido antes a Maguncia para buscar refugio en una familia amiga.

—¿Por qué no regresasteis a casa? —preguntó Baruch.

—Naturalmente que lo pensamos —respondió Esra—. Por desgracia Zacharie había enfermado. No de la pestilencia, tan solo una testaruda bronquitis —añadió—. No se le podía exigir un viaje de varias semanas. Por eso fuimos a Maguncia, que está a dos días de marcha de Worms.

Zacharie necesitó semanas para recuperarse. Entretanto, los dos hermanos comprobaron que también los judíos de Maguncia sufrían el odio creciente de los cristianos. Por miedo a los excesos, a finales de mayo decidieron dejar la ciudad del arzobispo y partir por fin hacia Varennes.

—No teníamos caballos y tuvimos que ir a pie —contó Zacharie—. El viaje fue peligroso. Había bandas que recorrían el país cazando judíos. Tuvimos que escondernos varias veces. En una ocasión, faltó un pelo para que nos atraparan.

Los hermanos apenas se movían del sitio. El peligro los obligó a dar grandes rodeos e ir hacia el noroeste. Una noche, estaban en una taberna en la que habían parado varios guerreros: hombres del conde Günther von Schwarzburg, que se habían adelantado al ejército de su señor.

—¿El antirrey? —preguntó Adrianus.

—Sí. —Esra asintió.

Adrianus no sabía más que a grandes rasgos lo que había pasado en primavera en el corazón del Imperio. Los Wittelsbach nunca habían aceptado a Carlos IV como legítimo soberano y por eso en enero habían proclamado un rey propio: ese Günther de Schwarzburg, que había partido a derrocar a Carlos. En cualquier otro año, ese acontecimiento habría estremecido a todo el Imperio. Pero a causa de la plaga, que se imponía a todo lo demás, casi nadie se había fijado en ello. En Varennes apenas habían oído nada al respecto.

—Por la noche, dos guerreros nos robaron las cosas y nos disfrazaron así —prosiguió Esra—. Pensábamos que nos iban a dejar en paz. Una necia idea, según se vio...

En la ciudad de Eltville, los ejércitos del rey y el antirrey se enfrentaron. Günther fue derrotado, su ejército huyó del campo de batalla, y tuvo que renunciar al trono. Las tropas de Carlos recorrieron la comarca ahuyentando a los enemigos dispersos. Esra y Zacharie fueron prendidos y llevados al palacio real de Ingelheim.

—Nos tomaron por espías de los Wittelsbach y nos arrojaron a las mazmorras —explicó Zacharie—. Nos interrogaron durante semanas; a Esra incluso lo torturaron.

Su hermano se subió una manga. Aparecieron unas feas cicatrices.

Afirmaron ser estudiantes del Talmud que nada tenían que ver con todo aquello. Por fin, los guardias les creyeron y dejaron de interrogarlos. Pero no los pusieron en libertad. Los hermanos temieron sucumbir en aquel agujero.

—Luego, después de cuatro meses, de repente nos dejaron ir —dijo Esra—. No sabemos por qué. Quizá se habían cansado de dar de comer a dos judíos. Nos pusimos enseguida en camino a casa, y aquí estamos.

Baruch y Adrianus guardaron silencio. En verdad, una historia increíble.

—Habéis superado muchas cosas. —El rabino sonrió taimado—. El Señor tiene que amaros.

—A veces yo tenía la sensación de que nos odiaba a conciencia —dijo Esra.

Léa regresó con Judith. Los hermanos se pusieron en pie de un salto cuando su madre entró en el estudio.

Ella tendió los brazos, puso una mano en la mejilla de cada uno, abrió la boca.

—Hijos míos —dijo.

Fue una tarde extraña, que Adrianus nunca olvidaría. La familia lloró reunida por Solomon. Festejó a Esra y Zacharie. Celebró el regreso de Judith a la vida. Poder asistir a todo aquello le pareció un valioso privilegio.

Judith ya no tenía razones para quedarse en Varennes. También Esra y Zacharie irían a Alejandría con ellos. Después de todos los horrores que habían vivido, anhelaban un nuevo comienzo. Cuando supieron que Adrianus iba a hacerse judío, le ofrecieron ayudarle en lo que pudieran en su camino hacia la nueva fe. Pasaban muchas horas juntos, hablaban, bebían. Adrianus sentía que había ganado dos nuevos amigos.

La noche cayó; el vino tendía a su fin.

—Es tarde para nosotros.

Esra y Zacharie pusieron a su madre entre ellos, pasaron los brazos por sus hombros y se fueron.

Baruch había bebido a conciencia; tenía la barba hundida en el pecho. Levantó la cabeza y parpadeó. Murmuró algo de «cama» y «dormir» y se fue tambaleándose.

Adrianus y Léa se quedaron sentados en silencio. Era la primera vez que estaban a solas desde hacía muchas semanas.

—Yo también me voy. —Él se levantó.

Léa se puso en pie a su vez.

—Quédate.

—Pero tu padre...

—No tiene nada en contra de que estés conmigo. De lo contrario no se habría ido.

—Bueno, está bastante borracho.

—No tanto. Aguanta más de lo que uno piensa.

Adrianus se frotó sonriendo la nariz.

—Como tú digas. Solo me gustaría evitar que me ponga piedras en el camino. Ya ha dicho que solo podré convertirme si lo hago todo bien. «Un pequeño error, y se acabó... incluso aunque eso signifique que todo el viaje ha sido en vano», ha dicho.

De hecho, aún tenía un largo camino por delante. No bastaba con haberse convertido al judaísmo y sellar la decisión con una ceremonia, como se hacía entre los cristianos. Antes de permitirle convertirse, tenía que participar por lo menos un año de la vida de la comunidad, celebrar las fiestas religiosas con sus futuros hermanos y hermanas y entretanto estudiar a conciencia las leyes judías. Solo cuando Baruch lo considerase maduro se llevaría a cabo la circuncisión y se le permitiría sumergirse en la mikvá.

—Oh, no debes tomarlo tan en serio —dijo Léa—. Solo quiere que te muestres digno. En realidad, hace mucho que lo ha decidido. Incluso habla de nietos.

—¿Eso hace? —preguntó sorprendido Adrianus.

—Ayer mismo.

Se quedaron mirándose el uno al otro. Los ojos de Léa centelleaban.

—Entonces, que nos haya dejado solos en medio de la noche podría entenderse como una... invitación —dijo Adrianus.

—Ya no es joven —respondió Léa—. Teme perderse algo.

—No podemos permitir eso.

—En absoluto. —Sopló la vela, lo llevó hasta su cuarto y cerró sigilosa la puerta.

EPÍLOGO

Octubre de 1349

Adrianus dejó la pluma de ganso en el tintero, secó la tinta soplando encima y depositó la página en el montón, junto a las otras.

Su libro estaba listo.

A lo largo de los tres meses pasados, había puesto por escrito todo lo que sabía de la plaga: posibles causas, los síntomas de las distintas formas de la enfermedad, las terapias útiles y las medidas de protección para los médicos, sacerdotes y otras personas que estuvieran en contacto estrecho con los enfermos. Estaba convencido de que el libro podía salvar vidas. Porque la plaga no había desaparecido en absoluto. Entretanto hacía estragos en el centro y el norte de los países alemanes, y seguía cobrándose innumerables vidas. Pediría a César que realizase copias y se las hiciera llegar a las ciudades y facultades de Medicina interesadas.

Cansado, cerró la carpeta de cuero y se frotó los ojos ardientes. Había trabajado demasiado. Y eso que había querido acostarse temprano. Pero no había encontrado el sueño.

En el barrio judío, la fiesta de las cabañas tocaba a su fin. Al día siguiente partirían para Italia. Probablemente iba a volver la espalda para siempre a Varennes. Una idea emocionante… por una parte. Por otra, también le daba miedo.

Aunque Baruch y Aarón comerciaban desde hacía muchos años con los judíos egipcios, ninguno de ellos había estado nunca allí. Solomon había visitado Egipto en una ocasión, pero de eso hacía veinticinco años. En última instancia, nadie podía decirles lo que les esperaba en Alejandría. Decían que el sultán de los mamelucos se mostraba abierto a otras religiones; en su reino, judíos y cristianos podían vivir en paz, sin miedo a la persecución y el odio. Pero ¿hasta dónde alcanzaba esa tolerancia? Adrianus había oído que en el sultanato cristianos y judíos no tenían los mismos derechos que los musulmanes. Eran *dhimmi*, miembros de una minoría sin duda protegida, pero no igual. La libertad en cuestiones religiosas iba unida a numerosas restricciones.

Sin duda, ante Léa y ante él se extendían tiempos inciertos y grandes cambios. Pero ese era el precio que tenían que pagar por un futuro en común, y lo abonaba gustoso. Difícilmente las cosas serían más difíciles que allí.

Además, el viaje inminente era una enorme oportunidad para él. El arte curativo de los sarracenos era muy superior al de los cristianos. Adrianus se alegraba de antemano con la idea de estudiarla y refinar sus capacidades. Se abriría camino. Quien había sobrevivido a la plaga superaría todo lo demás.

Estaba tan sumido en sus pensamientos que solo oyó los golpes en el cuarto de al lado cuando se hicieron más enérgicos. Con la vela en la mano, fue de la consulta a la cocina y abrió la puerta.

Fuera, en la oscuridad, estaba su padre.

Las mejillas de Josselin estaban húmedas.

—He sido un loco —bisbiseó—. Pase lo que pase, siempre serás mi hijo.

Cruzó el umbral, y se abrazaron el uno al otro.

POSFACIO

El siglo XIV vivió múltiples crisis. Las hambrunas asediaban territorios enteros. El Cisma de Occidente dividió a la Iglesia católica. Entre Francia e Inglaterra empezó aquel conflicto militar, casi interminable, que hoy conocemos como la Guerra de los Cien Años. Sin duda, lo más devastador fue la peste de 1347 a 1353, una catástrofe humana de dimensiones apocalípticas.

Los conceptos «peste» y «Muerte Negra» vinieron después. Los contemporáneos llamaron a la epidemia «gran mortandad», «pestilencia» o simplemente «plaga». Las estimaciones de los historiadores respecto a cuántas personas murieron a causa de la peste difieren ampliamente. Puede que en Europa fuera una media de entre el treinta y el cuarenta por ciento de la población... alrededor de veinticinco millones de personas. Italia resultó especialmente afectada. En Florencia murió el noventa por ciento de sus cien mil habitantes.

La plaga se presentó en dos formas: la peste bubónica y la peste pulmonar. De la peste bubónica moría alrededor del ochenta por ciento de los enfermos; la peste pulmonar no dejaba oportunidad alguna de supervivencia. Los médicos medievales estaban desvalidos ante la enfermedad. Los conceptos y terapias acreditados, como la doctrina de los cuatro humores y la sangría, o no servían de ayuda o empeoraban incluso la situación. Hoy se sabe que la peste fue desencadenada por la bacteria *Yersinia pestis*. El transmisor del agente infeccioso fue la pulga, que primero infectó a las ratas y, una vez extinguida la población local de roedores, atacó a los humanos. Los médicos del siglo XIV ignoraban todo esto. Se responsabilizó de la catástrofe a las miasmas venenosas, una constelación astral desfavorable y la ira de Dios contra una humanidad pecadora.

El tristemente famoso Dictamen de París de 1348 nos permite acceder a ese mundo intelectual. Es significativo del estado de la medicina académica de la época que en el dictamen no se mencionen ni una sola vez los síntomas de la epidemia. Probablemente ninguno de los médicos que lo escribió había examinado en persona a un solo enfermo de peste.

Otra explicación contemporánea al estallido de la plaga fue el terremoto, descrito en la novela, del 25 de enero de 1348, que se dejó sentir en Francia, Alemania e Italia. Se suponía que del interior de la Tierra habían salido vapores infecciosos, las llamadas «miasmas».

La peste obligó a cambiar la forma de pensar de los médicos, perplejos y desbordados. Algunos de ellos —habría que destacar aquí al médico de cámara del Papa, Guy de Chauliac, que enfermó de la peste bubónica y sobrevivió— supieron apartarse poco a poco de las teorías tradicionales, concepciones mágicas y autoridades clásicas, y confiar en su propia observación. Descubrieron que la peste pulmonar se contagiaba de persona a persona y desarrollaron medidas sensatas como llevar mascarilla o aislar a los enfermos.

En general, la epidemia provocó enormes transformaciones sociales. La masiva mortandad produjo escasez de mano de obra, lo que puso a los supervivientes en una situación favorable para poder exigir salarios más altos. De pronto, había tierra y suelo habitable en abundancia; las capas sociales inferiores disfrutaron de un bienestar creciente. Para reemplazar a los muchos médicos, clérigos y juristas muertos, en la segunda mitad del siglo XIV se fundaron universidades por toda Europa. Si alguien quería adquirir formación superior, ya no tenía que ir a París o Italia. Esto y un profundo cambio de mentalidad —en vista de la mortandad general, la gente se acordó de las alegrías mundanas— provocó un renovado interés por el arte, la ciencia y la filosofía. Así que puede verse a la Muerte Negra como partera del Renacimiento y el Humanismo.

Sin duda la peste fue la más mortal, pero desde luego no la única plaga que asedió la Europa medieval. Epidemias locales y enfermedades infecciosas estaban a la orden del día; algunas se mencionan en la novela. El Fuego del Infierno, que Adrianus y Hervé combatieron en Francia (y que permitió unos años antes escapar de la cárcel a Lutz) reaparecía en la Edad Media una y otra vez. La enfermedad también recibía el nombre de Fuego Sagrado o Fuego de San Antonio; hoy se le conoce con el nombre de ergotismo. Se trata de una intoxicación por cornezuelo, un hongo que ataca al centeno. El envenenamiento causa los síntomas descritos en la novela y termina a menudo con una dolorosa muerte. La hermandad laica de los antonianos, fundada el año 1095, se impuso el deber de luchar contra el Fuego de San Antonio y atender a los que enfermaban a causa de él.

La gente de la Edad Media atribuía las enfermedades psíquicas como la ceguera neurótica del carpintero Jean, que Lutz cura por medio de la imposición de manos, a la posesión diabólica, a graves pecados o a la magia negra. Quinientos años antes de Sigmund Freud, no se sabía nada de conflictos inconscientes u otros procesos psíquicos patológicos. Posiblemente —aunque esto no sea más que una especulación— una parte de las curaciones milagrosas de la Edad Media de las que hemos tenido noticia se puedan explicar con que los curados no padecían una enfermedad física, sino que sus síntomas se debían a un trastorno psíquico. La fe mueve montañas. No parece demasiado extraviado pensar que un predicador carismático, en un mundo penetrado por la religión y el temor de Dios, pueda hacer desaparecer al menos temporalmente una dolencia psíquica si se muestra lo bastante convincente.

El movimiento de los flagelantes nació en 1260 en Perugia como reacción a las hambrunas, los abusos sociales y el ambiente de fin del mundo que todo ello causó en la población. A partir de 1348, durante la peste, hubo caravanas de flagelantes en toda Europa que llegaron a tener más de mil miembros. Los flagelantes formaban hermandades laicas con reglas estrictas y un maestre elegido a la cabeza. La participación en una caravana de flagelantes duraba treinta y tres días y medio, un día por cada año de vida de Jesús. Con la autoflagelación pública, los flagelantes querían hacer penitencia por sus pecados y apaciguar la ira del cielo. Ejercían una crítica agresiva contra la Iglesia, percibida como decadente, y allá donde aparecían desencadenaban una histeria de masas, religiosa en no pocas ocasiones. Ya el 20 de octubre de 1349, el papa Clemente VI prohibió el movimiento de los flagelantes. Aun así, el fenómeno reapareció repetidas veces en la segunda mitad del siglo xiv y en el siglo xv.

La profesión de mercader había cambiado considerablemente después del siglo xiii. Antes, los mercaderes aún hacían en persona viajes a mercados lejanos; ahora, solían dejar los viajes a sus ayudantes y dirigían los negocios desde su despacho. Numerosos empresarios fundaron compañías de intermediación, es decir, financiaban industrias locales como telares y adquirían tierras, así como participaciones en minas, salinas y similares. El paño se fabricaba principalmente en Flandes y el norte de Italia; pero también había una industria textil en Lorena y en Alsacia, por ejemplo, en Estrasburgo.

La situación de los judíos en el Sacro Imperio Romano no hizo más que empeorar durante la Alta y Baja Edad Media. En muchos lugares estaban sometidos a enormes restricciones legales y eran reprimidos por la mayoría cristiana. Desde la Primera Cruzada, a finales del siglo XI, hay noticia de repetidos excesos sangrientos contra los judíos. Entre 1336 y 1338, en Franconia, Suabia, Hessen y Alsacia hubo grandes oleadas persecutorias. Un ejército de campesinos y burgueses, encabezado por el caballero Arnold von Uissigheim, llamado «el rey de los Armleder», atacó un total de sesenta y cinco comunidades judías, que en parte resultaron exterminadas.

Lo que ocurrió once años después fue mucho peor. Cuando estalló la peste, los judíos fueron hostilizados, expulsados y asesinados por cristianos en todo el Imperio; prácticamente no hubo una ciudad alemana en la que no hubiera violencia contra sus habitantes hebreos. Una de las pocas excepciones fue Regensburg, donde 254 ciudadanos cristianos se reunieron para contener a la chusma que pretendía linchar a los judíos.

Las razones de la masiva violencia del año 1349 son múltiples y complejas. Muchos cristianos hacían a los judíos responsables de la plaga y los acusaban de envenenar las fuentes... aunque ellos también enfermaban de la peste. La carta de la ciudad de Wurzburgo que los consejeros de Varennes recibieron a principios de 1349 existió en realidad. En ella, el Consejo de Wurzburgo se informaba ante distintas ciudades imperiales de si había algo de verdad en el rumor de que los judíos habían envenenado las fuentes. El contenido exacto de la consulta no se ha conservado (el texto literal que aparece en la novela es obra mía), pero sí conocemos las respuestas de algunas ciudades. Muestran, de manera perturbadora, lo cotidiano y desenfrenado que era entonces el antisemitismo. Por ejemplo, los consejeros de la ciudad de Friburgo confesaban sin ambages:

> En respuesta a vuestra consulta respecto a los judíos, os comunicamos que los hemos quemado, a excepción de los niños y las mujeres embarazadas que estuvieron dispuestas a bautizarse.

De KLAUS ARNOLD,
*Con amor y con ira: Cartas de
la Edad Media*, Ostfildern, 2003

El miedo a la peste y el fanatismo religioso de los flagelantes avivaban sin duda el antisemitismo, pero no eran las únicas causas del odio asesino de los cristianos. Más bien los judíos fueron chivo expiatorio y válvula de escape de distintas evoluciones sociales fallidas. A mediados del siglo XIV, las ciudades alemanas estaban sometidas a tensiones sociales extremas. El estrato dominante patricio se había aislado de los estratos inferiores. La ascensión social era casi imposible; muchos sencillos habitantes de las ciudades estaban golpeados por la pobreza, el hambre y la explotación a manos de los grandes mercaderes. Las autoridades eclesiásticas y civiles habían perdido prestigio y legitimación. El orden estable de los siglos anteriores no solo se desmoronaba por los bordes: era el caldo de cultivo ideal para el odio a las minorías, para los demagogos con respuestas simples.

DANIEL WOLF
Agosto de 2017

Glosario

Alabarda: Arma tardomedieval de mango largo.

Alcázar: O «alcázar real», palacio fortificado en el que los reyes se alojaban y reunían a la corte durante sus viajes.

Álef: La primera letra del alfabeto hebreo, o el número 1.

Antonianos: Orden religiosa que se dedicaba al cuidado de los enfermos, especialmente la tutela de los enfermos de Fuego de San Antonio.

Apotecarius: Denominación medieval para el farmacéutico.

Aprobación: En la Edad Media, solicitud para ser admitido como maestro.

Arcabucero: Artesano especializado en la fabricación de armas de fuego.

Artes liberales: O las «siete artes liberales», un canon de estudios consistente en Gramática, Retórica y Dialéctica (el *Trivium*) y Aritmética, Geometría, Música y Astronomía (el *Quadrivium*).

Askenazí: Denominación de los judíos del norte, centro y este de Europa.

Bailío: En la mayoría de los casos, funcionario noble de un obispado o abadía, con facultades jurisdiccionales y policiales.

Batanero: Artesano que golpeaba los paños recién tejidos dentro de una solución jabonosa caliente para hacerlos más resistentes y flexibles.

Bedel: Auxiliar en la universidad medieval.

Beth: La segunda letra del alfabeto hebreo, o el número 2.

Bima: Púlpito o podio de la sinagoga desde el que se lee la Torá en el servicio divino.

Bombarda: Cañón de finales de la Edad Media.

Braza: Antigua medida terrestre de longitud equivalente a 1,70 m aproximadamente.

Bubón: Absceso purulento y doloroso; síntoma de la peste bubónica.

Bula: Decreto papal.

Cábala: Mística judía extendida sobre todo en la Edad Media.

Cabildo catedralicio: Colegio de clérigos de una iglesia de rango episcopal, que asesora al obispo y le ayuda en la dirección de la diócesis.

Calzón: Vestimenta interior medieval, que llegaba hasta la mitad de las piernas.

Canciller: En la universidad medieval, representaba al Papa y otorgaba el grado académico.

Canónigo: Miembro de un cabildo catedralicio.

Ceca: Abreviatura para la institución medieval que acuñaba moneda.

Châtenois: Dinastía noble lorenesa, la familia de los duques de la Alta Lorena.

Cillerero: Administrador de un monasterio, cabildo catedralicio o finca, competente de atender las necesidades económicas y de la provisión de comida y bebida.

Codo: Medida de longitud, aquí de unos 50 cm (las medidas difieren parcialmente de región a región).

Collège: En el París medieval, alojamiento para estudiantes.

Collegium doctorum: Reunión corporativa de los docentes de una universidad medieval.

Compendium de epidemia: Denominación latina del dictamen sobre la peste de París de 1348.

Completas: Véase Horas canónicas.

Consejo Judío: El gremio de administración y el tribunal de una comunidad judía en la Edad Media.

Corchete: Guardia armado que mantenía el orden en la ciudad medieval.

Corregidor: Funcionario o dirigente comunal con facultades policiales menores.

Daleth: La cuarta letra del alfabeto hebreo o el número 4.

Decano: Director de una facultad académica o cabeza de un cabildo catedralicio (Deán).

Denier (francés): Véase Dinero.

Derecho de ciudadanía: Serie de derechos de los que disfrutaban los ciudadanos (¡pero no todos los habitantes!) de una entidad urbana.

Dhimmi: En el islam, adepto a una minoría religiosa que en la Edad Media gozaba de protección por parte del Estado, pero no estaba equiparada a los musulmanes.

Dinero (francés *denier*): En la Alta Edad Media europea, moneda de plata de curso más frecuente.

Disentería: Denominación medieval para las enfermedades diarreicas y distintas molestias del tracto gastrointestinal.

Doctor: En la Alta Edad Media, máximo grado académico.

Donjon: Torre fortificada que sirve de vivienda, torre del homenaje en algunos castillos.

Dracma: Antigua medida farmacéutica, corresponde a un octavo u onza.

Escrofulosis: Denominación medieval de una enfermedad cutánea hoy indefinible, posiblemente una forma especial de tuberculosis cutánea.

Espadero: Herrero especializado en la fabricación de espadas y otras armas.

Esponja soporífera: Esponja para administrar un anestésico por las vías respiratorias antes de una intervención quirúrgica.

Facultad de Artes: Facultad en la que se enseñaban las artes liberales.

Faltriquera: Bolsa sujeta al cinturón para guardar monedas.

Fattore (italiano): Apoderado de un mercader, director de una sucursal.

Fiesta de las cabañas: Festividad judía.

Físico: Médico de formación académica.

Flagelantes: Movimiento laico surgido especialmente durante la peste, a partir de 1347, que llamaba la atención mediante autoflagelaciones públicas y otras drásticas penitencias.

Flagrante delito: Delito en el que el autor del mismo es sorprendido mientras lo comete y detenido.

Florín: Moneda de oro tardomedieval de Florencia, que también se acuñaba en otras ciudades de Europa.

Fraternidad: Reunión de artesanos de una especialidad, predecesora del gremio.

Fuego de San Antonio: Envenenamiento causado por el cornezuelo de centeno, que provoca convulsiones, graves trastornos circulatorios y síntomas psicóticos. Su denominación científica moderna es «ergotismo».

Gematría: Interpretación de palabras con ayuda de su valor numérico, basándose en las letras hebreas, que corresponden cada una a una cifra.

Gimel: La tercera letra del alfabeto hebreo, o el número 3.

Gobierno municipal: Administración y gobierno de una ciudad medieval; conjunto de consejos, colegios y autoridades.

Grano del trueno: Denominación medieval para la pólvora negra.

Gremio: Fraternidad juramentada de los mercaderes de una ciudad.

Guardián: Cabeza de un monasterio de la orden franciscana.

Gugel: Prenda medieval para la cabeza, similar a una capucha.

Hansa: Asociación tardomedieval de ciudades comerciales, principalmente activa en las zonas de los mares del Norte y Báltico.

Hora de camino: Medida de longitud equivalente a unos 5 km.

Horas canónicas: División eclesiástica del tiempo que estructuraba la jornada. En la Edad Media, prima equivalía aproximadamente a las 6.00, tercia a las 9.00, sexta a las 12.00, nona a las 15.00, vísperas a las 18.00, completas a las 21.00, maitines a las 24.00 y laudes a las 3.00; las horas variaban según las estaciones del año.

Hospital: En la Edad Media, albergue para peregrinos y otros viajeros venidos de lejos.

Industria a domicilio: Forma empresarial de la Baja Edad Media en la que ricos empresarios financiaban explotaciones en las ciudades y pueblos y controlaban de ese modo su producción; importante sobre todo en el sector textil.

Infirmario: Sanitario que trabaja en un *infirmarium*.

Infirmarium: Enfermería de un monasterio u otra organización eclesiástica.

Inspección de mercancías: Control de mercancías en la ciudad medieval, destinado especialmente a garantizar la buena calidad de los alimentos.

Inspector de las basuras: Empleado municipal encargado de la limpieza de la ciudad.

Interrogatorio doloroso: Denominación medieval para la tortura prescrita judicialmente como medio de obtener una confesión.

Janucá: La fiesta de las luces, fiesta judía.

Kadish: Una de las más importantes oraciones del judaísmo, que se pronuncia, entre otras cosas, en recuerdo de los muertos.

Ketuvim: Texto de la Biblia; la parte tercera del *Tanaj*.

Kosher: Según las leyes alimentarias judías, permitido para el consumo.

La gran mortandad: Denominación medieval para la epidemia de peste de 1347a 1353.

Laico: Miembro de la Iglesia católica que no pertenece al clero.

Lanceta: Bisturí para las sangrías.

Laudes: Véase Horas canónicas.

Lectura (latín): Clase en una escuela o universidad.

Legua: Medida de longitud equivalente a unos 5 km.

Libra: Unidad monetaria equivalente a 240 deniers.

Maestre: Cabeza de una fraternidad de artesanos.

Maestro inspector: Funcionario encargado de la inspección de las mercancías en la ciudad medieval.

Magister (también *Magister artium*): Título académico; en la Edad Media, designaba a alguien que se había licenciado en humanidades y trabajaba como profesor en la universidad.

Maitines: Véase Horas canónicas.

Mamelucos: Esclavos militares de origen turco que se convirtieron en una poderosa casta de guerreros y, a partir de 1250, desafiaron al sultán en Egipto y Oriente Próximo.

Medicus: Denominación medieval del médico.

Menorá: Candelabro de siete brazos; importante símbolo religioso del judaísmo.

Meretriz: Antigua denominación para las prostitutas.

Mezuzá: Cápsula con escritos en la jamba de la puerta de una casa judía.

Miasma: Según la concepción antigua y medieval, emanación tóxica del suelo que causaba enfermedades como la peste.

Mikvá: Casa de baños ritual de una comunidad judía.

Milla: Medida de longitud; la llamada «milla alemana» equivalente a unos 7,5 km.

Mitzvá: Mandato o prohibición en el judaísmo. Hay un total de 613 *mitzvot*.

Nona: Véase Horas canónicas.

Onza: Antigua medida farmacéutica equivalente a unos 30 gramos.

Patricio: Miembro del estrato superior, rico, de una ciudad medieval; el concepto «patriciado» designa la totalidad de los patricios de una ciudad.

Pelícano: Antiguo instrumento quirúrgico utilizado para extraer muelas.

Pésaj: Una de las más importantes festividades judías.

Pestilencia: Véase La gran mortandad.

Podestà: Alto dignatario de una ciudad-república italiana de la Edad Media; dirigente electo de una comunidad.

Pot-de-fer: Véase Bombarda.

Prima: Véase Horas canónicas.

Privilegio: Derecho otorgado por el rey; por ejemplo, el derecho de una ciudad a poder construir sus propias fortificaciones.

Privilegio de ceca: Derecho a poder acuñar monedas propias.

Proscripción: Castigo medieval, que implicaba el destierro, la expropiación y la pérdida de derechos.

Proscrito: Denominación de una persona que debido a la pena de proscripción había quedado excluido de la comunidad medieval y carecía por tanto de derechos.

Protocolo: Escrito que contiene los estatutos de un gremio.

Purim: Festividad judía.

Rabí o rabino: Erudito judío.

Rector: Dirigente de una universidad, que en la Edad Media ejercía también la jurisdicción sobre la *Universitas*.

Regalía (plural «regalías», en latín «derecho real»): Privilegio otorgado por el rey.

Regalía judía: Privilegio medieval que ponía a los judíos bajo la protección del rey; véase Regalía.

Resch: Vigésima letra del alfabeto hebreo o número 200.

Rufián: Dueño de un burdel y cabeza de las prostitutas.

Saco de especias: En la Edad Media, denominación despectiva para referirse a un mercader.

Sacro Imperio Romano (en latín *Sacrum Imperium*): Ámbito de soberanía de los reyes o emperadores germanorromanos, cuyo territorio abarcaba en los siglos XII y XIII aproximadamente la actual Alemania, Suiza, Lichtenstein, Austria, el norte de Italia, los países del Benelux, Chequia, Eslovenia y, naturalmente, la Alta Lorena.

Salinero: Trabajador en una salina.

Sarracenos: Antigua denominación occidental para los musulmanes y árabes, empleada a menudo con carácter despectivo.

Schin: La letra vigesimoprimera del alfabeto hebreo, o el número 300.

SchUM: Acrónimo de las letras hebreas Schin, Waw y Mem, que representan a las ciudades de Speyer, Worms y Maguncia. SchUM designa a las comunidades judías cooperadoras de las tres ciudades que en la Edad Media, hasta más o menos el año 1350, pasaban por ser el centro de la cultura askenazí.

Scriptorium: Sala de escritura de un monasterio, en la que se copiaban los manuscritos.

Sefer Yetzirá: El Libro de la formación o Libro de la creación, una obra importante de la Cábala.

Sexta: Véase Horas canónicas.

Shalom: Palabra hebrea para «paz»; saludo habitual entre los judíos.

Shemá Israel: Una de las oraciones más importantes de la fe judía.

Shofar: Instrumento de viento, hecho en la mayoría de los casos con un cuerno de carnero.

Shojet: Matarife judío adiestrado en la técnica de la matanza.

Siervo: Campesino no libre, artesano o trabajador sometido a un señor feudal.

Sinagoga: Casa de oración y lugar de reunión de una comunidad judía.

Sodomita: Antigua y despectiva denominación para los homosexuales.

Sou (francés): Véase Sueldo.

Spiritus vitalis: Misteriosa sustancia, consistente en aire respirado y sangre, que según Galeno recorre el cuerpo humano y lo llena de energía vital.

Sueldo (francés *Sou*): Unidad monetaria equivalente a 12 dineros.

Tallador de piedra: Artesano médico especializado en la extirpación quirúrgica de cálculos renales.

Talmud: La obra escrita posbíblica más importante del judaísmo, consistente en el *Mishná* (recopilación de tradiciones jurídico-religiosas) y el *Guemará* (explicaciones y comentarios al *Mishná*).

Tanáj: La Biblia hebrea, consistente en Torá, *Nevi'im* y Ketuvim.

Taw: Vigesimosegunda letra del alfabeto hebreo, o número 400.

Tenia: Larva de distintos platelmintos que pueden anidar, por ejemplo, en la carne de cerdo.

Teoría de los cuatro humores: Concepto central de la medicina clásica y medieval que explica las enfermedades y otros procesos del cuerpo a partir del equilibrio entre los humores sangre, flema, bilis amarilla y bilis negra.

Tercia: Véase Horas canónicas.

Término: Entorno de una ciudad libre, gobernado y administrado por ella.

Tierra Santa: Denominación medieval para Palestina y otros territorios bíblicos de Levante.

Tierras comunales: Prados, sembrados y bosques cuya explotación llevaban a cabo de forma comunitaria los habitantes de un pueblo.

Torá: Primera parte de la Biblia hebrea consistente en los cinco libros de Moisés.

Triaca: Preparado de la medicina medieval, que contenía opio, carne de víbora y muchos otros ingredientes.

Trivium: Véase Artes liberales.

Trono de la flor de lis: Denominación medieval para el trono de Francia.

Universitas: Comunidad de todos los docentes y estudiantes en la universidad medieval.

Usura: Denominación, en la Edad Media, de cualquier cobro de interés por un crédito; la usura estaba condenada por la Iglesia y prohibida.

Vasallo: Persona noble sometida a un príncipe, que tenía que jurarle lealtad y prestarle servicio en caso de guerra.

Ventosa: Recipiente para recoger la sangre en las sangrías.

Vísperas: Véase Horas canónicas.

Yom Kippur: El día de la Reconciliación, la máxima festividad judía.

Zorfatim: Antigua denominación para los judíos franceses.

Agradecimientos

El trabajo en esta novela ha sido un reto. Por suerte, había personas a mi lado para ayudarme. Doy las gracias a mis incansables lectores de pruebas Juliane Stadler, Monika Mann, Uschi Timm-Winkmann, Markus Opper, Niclas Ullrich, Oliver Plaschka y Sandra Lode; a mi agente Bastian Schlück, a mi lectora Barbara Heinzius, en representación del equipo de la editorial Goldmann; a mi redactora Eva Wagner; a Uwe Ittensohn por el instructivo recorrido por su herbolario y a la tertulia de autores de Speyer por las interesantes conversaciones. Mi especial agradecimiento al doctor Kay Peter Jankfrift, que respondió con paciencia y competencia a mis preguntas acerca del judaísmo medieval. Naturalmente, cualesquiera errores que haya en la novela han de serme atribuidos a mí y no a él.

Descubre tu próxima lectura